Le Sexe de l'homme

Dr RONALD VIRAG

Le Sexe de l'homme

Illustrations de Frédéric Weill

ALBIN MICHEL

À la mémoire de mon père

« Il me semble en effet que les hommes ne se sont nullement rendu compte de la puissance d'Éros ; s'ils s'en rendaient compte, ils lui consacreraient les temples et les autels les plus magnifiques et lui offriraient les plus grands sacrifices, tandis qu'à présent on ne lui rend aucun de ces honneurs, alors que rien ne serait plus convenable. Car c'est le dieu le plus ami des hommes, puisqu'il les secourt et porte remède aux maux dont la guérison donnerait à l'humanité le plus grand bonheur. Je vais donc essayer de vous initier à sa puissance et vous en instruirez les autres. Mais il faut d'abord que vous appreniez à connaître la nature humaine et ses transformations. »

Platon, *Le Banquet.*

SOMMAIRE

Chapitre 2
Un fonctionnement compliqué et capricieux

Chapitre 3
Déterminisme et comportements

Deuxième partie : la sexualité au fil de la vie

Chapitre 4
La genèse de la sexualité

Chapitre 5
L'homme et le couple

Chapitre 6
Paternité et contraception

Chapitre 7
Au-delà de cette limite...

Chapitre 8
L'homosexualité

Troisième partie : le sexe défaillant

Chapitre 9
Maladies sexuellement transmissibles et maladies du sexe

Chapitre 10
Les débordements du sexe

Chapitre 11
Du fiasco à l'impuissance

Chapitre 12
Traiter toutes les défaillances

Chapitre 13
L'infertilité masculine

AVANT-PROPOS

Même après avoir conseillé et traité près de dix mille hommes pour leurs problèmes sexuels, je reste confondu de leur ignorance des mécanismes commandant leur comportement. De cet étonnement sans cesse renouvelé est née l'idée de ce livre dont l'ambition est d'offrir l'ensemble de l'information disponible sur le *Sexe de l'homme* dans tous ses états. L'équipe éditoriale, dont je ne louerai jamais assez l'enthousiasme, souhaitait un ouvrage qui pût être lu par tous, de l'adolescent à l'aube de ses premiers émois au sexagénaire en difficulté. Livre ambisexuel s'il en est, il s'adresse aussi aux femmes sans le secours desquelles le *Sexe de l'homme* trouve vite ses limites… J'ai essayé de vulgariser sans vulgarité, d'informer sans déformer, d'expliquer sans compliquer avec pour guide la multitude des questions posées par mes patients et leurs compagnes. J'ai voulu aussi communiquer non seulement les certitudes mais aussi les doutes que tout scientifique doit avoir pour rester et crédible, et inventif. C'est enfin le livre d'une aventure que j'ai vécue passionnément, celle de la découverte, celle de la lutte pour faire avancer des idées novatrices, celle de la pratique médicale qui soulage le désespoir. Si le lecteur y trouve le prolongement de ce quotidien de ma vie d'homme et de médecin, alors le but fixé sera atteint : un livre accessible à tous, puisque le *Sexe de l'homme* est bien l'affaire de chacun d'entre nous.

PRÉFACE

Rendre accessible au plus grand nombre l'ensemble des données concernant « le sexe de l'homme », tel était l'exercice commandé à l'auteur par l'éditeur (Albin Michel) il y a presque dix ans. Pour l'auteur, cette parution au Livre de Poche est donc comme un aboutissement de cette mission.

À l'heure de l'information rapide et brève, il n'est pas antinomique qu'existe un ouvrage où l'on trouve l'ensemble des données disponibles sur ce thème. Bien sûr, un livre de vulgarisation sur un sujet aussi vaste ne saurait être exhaustif. Entièrement réactualisé, il est à jour de toutes les données disponibles. En réalisant ce travail de rajeunissement, on s'est rendu compte que l'édition princeps couvrait déjà l'ensemble des connaissances acquises dans les vingt dernières années du XXe siècle, qui ont vu une transformation radicale de l'approche des troubles sexuels avec l'arrivée de traitements réellement efficaces.

Des découvertes sur le fonctionnement sexuel masculin (physiologie de l'érection et thérapeutique de ses dysfonctionnements) à celles concernant le rôle du spermatozoïde dans la reproduction, en passant par les études sur les comportements sexuels et leurs conséquences (M.S.T., pandémie sidéenne, explosion de la délinquance), tous les thèmes sont abordés sans tabou bien sûr, puisque le but poursuivi est de fournir à chacun des données sans préjugés, et en toute indépendance. En effet, l'industrie pharmaceutique, après avoir longtemps ignoré un marché pourtant extrêmement porteur, et qui s'élargira encore avec le vieillissement accru de la population, s'est emparée de ce que d'aucuns voudraient appeler la médecine du sexe. La vieille chimère de la panacée (un traitement unique pour tous les maux) rôde. Ce livre est là pour témoigner que les remèdes existent seulement dans le but de soigner après avoir établi un diagnostic précis ; et que celui-ci commence, comme toujours, par la connaissance intime de soi-même.

L'espace sexuel peut être le creuset du bonheur mais aussi le lieu de tous les excès et de toutes les déraisons, trop souvent nourris par l'ignorance. Si ce livre réussit à donner à chacun les bases nécessaires pour optimiser cette fonction indispensable à la vie, il aura atteint son but.

Dr Ronald VIRAG
novembre 2004

INTRODUCTION

L'une des grandes singularités physiologiques des humains est leur capacité permanente à avoir des relations sexuelles. Ils tiennent cette caractéristique de l'évolution qui, en faisant disparaître l'œstrus[1], a rendu la femelle totalement disponible pour l'exercice amoureux. Face à cela, le mâle humain peut fournir à tout moment la preuve qu'il est capable de répondre. L'instrument de cette potentialité est le pénis. Depuis l'aube de l'humanité, c'est le symbole absolu de la virilité. Or, bien que fièrement dressé dans toutes les représentations phalliques, réelles ou fantasmées, il a un inconvénient essentiel : son extrême et capricieuse fragilité. L'érection est en effet incertaine, inopinée et imprévisible, faisant de notre appendice sexuel un instrument qui « semble évoluer en nous indépendamment du reste de notre corps » (Platon). Le petit garçon vivra dans l'incertitude de sa première utilisation, l'adolescent dans les affres de la permanence de sa puissance, l'homme mûr dans la crainte de sa perte et le vieillard dans la désespérance de son ramollissement. Quel que soit l'objet du désir, l'érection est à la fois le témoin et l'outil de son accomplissement. Vecteur unique de sa sexualité, le pénis identifie le mâle. Il est la partie visible et incontournable d'un iceberg qui est la matière de ce livre : la vraie « nature[2] » de l'homme.

1. L'œstrus est la période durant laquelle la femelle d'un mammifère est à la fois fécondable et réceptrice au mâle.
2. On entendait autrefois sous ce terme de nature d'un être humain ses parties génitales. On parle toujours, en évoquant les organes génitaux, des « parties naturelles ».

L'APPÉTIT ORGASMIQUE DE L'HOMME

De tout temps, la sexualité des humains a été marquée par l'ambivalence du plaisir immédiat procuré par l'acte de chair et de sa conséquence procréatrice potentielle, instinctive et aléatoire. L'organisation sociale de tout groupe humain, spécialement en Occident, a nécessité la répression du premier, tout en ménageant la seconde. C'est ainsi que pendant des siècles les religions monothéistes n'ont admis la sexualité qu'en fonction de son seul but procréateur. Le plaisir oui, mais à condition qu'il soit productif. Cet arbitrage s'est fait contre la physiologie sexuelle humaine, dont les possibilités pour la jouissance sont bien supérieures à sa capacité reproductrice. Toute l'histoire de la sexualité humaine tourne autour de cette évidence de l'animal humain : l'urgence orgasmique face au hasard de la nécessaire reproduction.

L'intérêt prédominant que nous accordons à notre sexualité fait partie intégrante de la condition humaine. À la notion animale d'instinct sexuel dirigé vers la conservation de l'espèce s'ajoute une dimension supplémentaire et permanente que Freud a définie sous le nom de libido. Je lui préfère le terme d'*appétit orgasmique*, c'est-à-dire le désir d'avoir du plaisir par le sexe. Les paléontologues le pensent inhérent à l'évolution. Il viendrait en effet d'une suite de transformations anatomiques issues de mutations génétiques liées à la bipédie. En effet, le passage à la station debout a provoqué un bouleversement physiologique chez les femelles de nos ancêtres directs, les protohominidés, il y a 7 à 8 millions d'années. Les accouchements prématurés et la mortalité en couches étaient si nombreux que les femmes durent abandonner la chasse et devinrent ainsi dépendantes des mâles pour leur nourriture carnée. Il est probable que ce sont les plus « séduisantes » (les plus actives sexuellement) qui obtenaient les meilleurs morceaux. On peut de nos jours observer un phénomène similaire chez les singes supérieurs, dont les mâles chasseurs nourrissent en priorité les femelles en chaleur. Ainsi les femelles de ces protohominidés les plus actives sexuellement furent les mieux nourries et survécurent en plus grand nombre.

Dans le même temps, la bipédie entraîna l'antériorisation de la vulve et la possibilité de faire l'amour face contre face. Chez nos ancêtres féminines, les seins se développèrent, ainsi que le clitoris, bien au-delà des nécessités de la simple reproduction, notamment pour ce qui concerne l'appareillage sensoriel incomparable de ce dernier. Ces « superwomen » attiraient certainement les mâles les plus performants, c'est-à-dire ceux qui avaient le pénis le plus large (les plus aptes à procurer le plus de plaisir dans les rapports face à face). Ainsi se sélectionna après plusieurs milliers d'années d'évolution l'Homo sapiens, dont la sagesse était largement tempérée par cette disposition permanente au plaisir. À ce « contrat sexuel initial[1] » succéda tout naturellement le couple primitif : la femelle, qui assurait entièrement l'élevage du petit, recherchait un mâle viril et efficace pour fournir le complément de nourriture et de plaisir. La famille était née, mais aussi la concupiscence, « l'obscur objet du désir ».

C'est ainsi que depuis des temps immémoriaux, quelle que soit l'organisation sociale ou individuelle, hétéro et homosexualité confondues, l'immense majorité des humains vivent en couple. Aujourd'hui la polygamie, même s'il en existe quelques vestiges historiques et si elle est autorisée par le Coran et les religions animistes, n'a résisté ni aux contraintes économiques ni au raz de marée mondial du mode de vie occidental. Les tentatives modernes de vie communautaire demeurent l'exception et n'ont pas valeur d'exemple. À l'inverse, les loups solitaires des deux sexes sont souvent montrés du doigt comme exceptionnels. Une enquête récente sur le comportement sexuel des Français[2] montre que 71,56 % des hommes et 69 % des femmes interrogés, âgés de 18 à 69 ans, vivent en couple. Si l'on exclut le groupe des 18-29 ans caractérisant les années de l'apprentissage, bref de l'installation dans la vie, c'est presque 80 % de la population interrogée qui vit ainsi. Au-delà de l'évidence de l'attirance et du sentiment amoureux, les implications sexuelles quotidiennes de cette vie à deux, rarement mises en avant, méritent pourtant une étude approfondie, d'autant plus qu'elles ne sont pas en général le déterminant essentiel de la constitution du couple. Ainsi l'activité sexuelle se fait presque toujours avec un partenaire unique. Peu d'hommes ou de femmes sont des collectionneurs[3]. Et s'il est volage, l'être humain, homme ou femme, a sans cesse tendance à recréer en dehors de l'union officielle un nouveau couple (affranchi des liens afférents à la sacralisation de l'union). En définitive l'homme, de même que la femme serait un *monogame infidèle*.

Pourtant, et ce n'est pas le moindre des paradoxes, presque toutes les sociétés se sont construites sur la pérennisation institutionnelle du couple, voire sur son caractère indissoluble. Toutes ont pénalisé l'infi-

---

1. H. Fisher, *La Stratégie du sexe*, Calmann-Lévy, 1983.
2. A. Spira, N. Bajos, *Les Comportements sexuels en France*, La Documentation française, 1995.
3. L'enquête récente montre qu'en France, un homme aura en moyenne dix partenaires sexuelles dans toute sa vie et une femme cinq.

délité conjugale alors même qu'elles organisaient la licence (prostitution). Et, plus que le désordre inéluctable des sens, c'était la désorganisation de la société causée par l'adultère qu'il fallait combattre : d'où la légalisation du divorce. En revanche, on n'a jamais cherché à organiser l'harmonie sexuelle. Sous divers termes, elle a toujours été soit divinisée soit diabolisée.

En effet, tous les mythes grecs fondateurs de notre culture se sont organisés autour de la sexualité et de l'incessante lutte de la raison et des sens. La littérature (Homère), la philosophie (Platon) et la science balbutiante (Aristote) se rejoignent pour créer l'image caricaturale de l'antinomie masculin-féminin (attraction-répulsion) que les sociétés occidentales organiseront à l'intérieur du couple institutionnel. L'homme se croit puissant, physiquement (la guerre, le sport) et intellectuellement (la création, la réflexion). Il détiendrait ce pouvoir de la nature même de son sexe, car il est celui qui pénètre et délivre l'élan vital ; il donne la vie. La femme est la récipiendaire indispensable de la précieuse liqueur. Avant même que l'on découvre, au XVIIe siècle, son rôle physiologique réel dans la gestation, elle possédera déjà pour les Anciens le même pouvoir que la terre, indispensable à la germination. Sa faiblesse physique n'est qu'apparente, tempérée par le pouvoir qu'elle a de séduire, de refuser ou de détruire, donc d'organiser, d'amender ou d'annihiler la puissance de son partenaire. C'est dans la nature même de leurs physiologies différentes, et leur ayant assigné depuis toujours des tâches différentes, que se sont organisés les rapports entre l'homme et la femme. Les mythes ont désigné les rôles ; les religions, rejointes ensuite par les lois civiles, ont voulu les organiser pour mieux les contrôler et les cantonner à l'intérieur de la cellule familiale en donnant un pouvoir absolu au « pater familias ».

Que se passe-t-il aujourd'hui ? La personnalité sexuelle féminine est devenue dominante en Occident. Débarrassée des contraintes économiques, juridiquement protégée, maîtresse de la capacité à concevoir, elle est en matière de sexe le décideur ; ce d'autant qu'elle peut prolonger plus longtemps sa capacité de séduction. Forte de ses certitudes, elle qui était nécessairement castratrice et maternelle pour lutter contre l'asservissement a proposé aux hommes d'abandonner cela en échange d'une nouvelle masculinité, moins virile et moins machiste[1]. Bien plus, elle

1. E. Badinter, *XY, de l'identité masculine*, Odile Jacob, 1991.

menace les récalcitrants d'achever le parcours seule, tant le mâle serait inutile à l'obtention de l'orgasme et si peu nécessaire à satisfaire son désir de maternité. Elle a multiplié les expériences solitaires : partenaires multiples, expériences homosexuelles, familles monoparentales... pour finir par se plaindre de sa solitude. Mais de toutes ses libertés si chèrement conquises, la femme en revendiquera une haut et fort, sa liberté sexuelle, c'est-à-dire son droit légitime au plaisir. Or, face à elle, que trouve-t-elle ? Un homme empêtré dans les contradictions oscillant entre son pouvoir défaillant et sa légèreté ontologique. De fait, près d'un quart de la population mâle sur cette planète souffre à des degrés divers de difficultés sexuelles. Les uns trouvent leur sexe trop petit, d'autres affirment que c'est son fonctionnement qui est insuffisant, beaucoup se trouvent médiocres ou tout juste passables – en tout cas pas aux normes, sans réellement savoir ce qu'elles sont. C'est surtout l'inadéquation entre la réalité et le fantasme, accrue par la peur de l'autre, qui est à l'origine du malaise viril. Bien plus, le vieillissement des sexes paraît inégal : la femme est revigorée et l'on voit souvent son appétit sexuel s'ouvrir après la ménopause, tandis que son compagnon d'âge identique s'essouffle entre un travail qui le fuit et une érection qui défaille. Pourtant le désir le taraudera longtemps, même s'il n'ose l'exprimer.
Malgré cette nouvelle image de la femme et ces nouveaux rapports qu'elle instaure avec son partenaire, l'aspiration fondamentale de l'immense majorité des femmes et des hommes de cette planète est de vivre en couple, de jouir, d'enfanter et de chercher à deux une certaine forme de bonheur. Ils demandent que la science les aide dans cette quête. En matière de sexualité, leur recherche dominante est l'*harmonie*. Or la sexualité est encore vue à travers le prisme déformant de postulats issus des mythes plus que des sciences, et les acquis scientifiques, occultés par des siècles de tabous et d'interdits, ont bien du mal à faire surface dans la conscience commune. Quand on aura débarrassé le terrain sexuel de tous ces avatars, on s'apercevra que la demande de l'harmonie est avant tout cette exigence fondamentale : garder le désir, l'attirance pour l'autre et pouvoir le concrétiser. À une époque où l'on peut concevoir un enfant sans plaisir et ou, à l'inverse, on a le plaisir sans le risque de procréer, la tristesse absolue pour l'homme, c'est le « ne pas pouvoir ». Or, on le sait, près de 25 % des hommes souffrent à des degrés divers de difficultés sexuelles leur interdisant ou diminuant fortement l'harmonie à laquelle ils aspirent. L'angoisse ancestrale de l'insatisfaction chronique est accrue par la libération et la pérennisation des aspirations féminines. Elle augmente encore avec la plus grande longévité d'une

population dont le bien-être physique se trouve sans cesse amélioré, et, avec lui, le désir sexuel, qui disparaît d'autant moins avec l'âge que l'on reste bien portant.
Même depuis l'arrivée du Viagra, trop nombreux, décideurs médicaux y compris, sont ceux qui considèrent encore le « ne pas pouvoir » comme une fatalité irrémédiable, rançon de l'âge et des perturbations dans le parcours de santé de chacun. Pourtant, nous verrons comment l'impuissance a été vaincue, de même que l'infertilité. Car de même qu'un seul spermatozoïde suffit à féconder, de même la médecine rend possible l'érection sur commande. Déjà, au-delà des médicaments disponibles dans tous les laboratoires du monde, on travaille sur la « pilule du bonheur », voire de l'éternel désir. Cependant le fossé reste énorme entre cette réalité médicale et les idées préconçues sur le « sexuellement correct ». Il est temps de restituer son sexe à l'homme. Il est temps qu'il n'en ait plus peur, car ce n'est que lorsqu'il sera en paix avec lui qu'il pourra atteindre son équilibre et le partager longtemps sans anxiété avec sa toute-puissante mais néanmoins fragile compagne.

DU TABOU À LA SCIENCE OU DE L'IMPUISSANCE À LA DYSFONCTION SEXUELLE

Il y a bientôt quinze ans, un collègue chirurgien qui voulait me consulter m'adressa, pour m'éclairer sur son problème, une confession que je reproduis in extenso, tant elle est exemplaire.
« Tu te souviens sans doute que dans les années soixante, nous étions dans les mêmes services hospitaliers. J'avais vingt-trois ans et devais me marier. Ma fiancée m'impressionnait beaucoup. J'avais peur de la décevoir. À cette époque, on flirtait beaucoup et on couchait peu. Mon inexpérience était grande, en dépit de quelques flirts poussés et d'une aventure d'initiation, véritable viol à l'envers qui m'avait laissé mal à l'aise. Pour moi, amour et sexualité se confondaient en un romantisme innocent. Ma connaissance de la femme était surtout livresque. Combien de fois ai-je consulté le tome II du Rouvière[1] pour percer le mystère de la pénétration vaginale ! Mon expérience de l'orgasme était solitaire et je voyais avec terreur arriver la nuit de noces. Il faudrait épouser ce corps encore mal connu. Et elle qui semblait si extravertie, si sûre d'elle, comment accueillerait-elle mon inexpérience empressée ? Il faudrait aussi

1. Atlas d'anatomie que tout étudiant en médecine possède.

que je maîtrise mon éjaculation, si prompte à me submerger dès que je touche son corps. La nuit de noces fut cauchemardesque. Et durant des années ce ne fut qu'un prolongement de nos fiançailles. Je devins expert en caresses. Je cultivais l'altruisme sexuel. Au début, dès que je m'approchais de ma femme, j'éjaculais ; ensuite je réussis à me maîtriser en me concentrant sur son propre plaisir, mais mon érection ne survenait plus que très rarement, un peu comme si mon organisme tout entier avait perçu son inutilité. Avec ma femme, nous ne parlâmes jamais de rien d'ordre sexuel. Je me mis à guetter d'autres femmes, à multiplier les amours de passage ; j'obtins des pénétrations mais tout cela restait rapide, loin de l'extase rapportée par certains ou lue dans les ouvrages spécialisés. La crainte de grossesses non désirées limitait aussi les expériences. Ma femme découvrit mon infidélité, me quitta un temps puis revint ayant appris d'un autre ce que je n'avais pas su lui révéler. Ce fut une vraie lune de miel durable, d'où naquirent nos deux enfants. Cependant, je restais médiocre, marqué par l'échec initial, et humilié par son intermède initiatique. En plus, j'étais maintenant en compétition avec un autre. Je ne cessai pas de m'étourdir par ailleurs, toujours avec autant d'insatisfaction. Mon épouse, lassée, refusa de continuer à jouer, elle qui avait rompu sa liaison dans l'espoir de stabiliser notre couple. Récemment j'ai fait une rencontre plus signifiante mais catastrophique. Je multiplie les échecs par manque total d'érection. De plus, cela retentit sur ma vie professionnelle. Je suis invivable tant à la maison qu'à la clinique. Opérer est un enfer, surtout pour mon entourage. J'ai consulté un confrère psychiatre qui me conseille une analyse. J'ai eu peur ; j'ai donc sollicité un autre avis et je suis maintenant sous antidépresseur. Ma femme aussi. J'ai lu récemment un article sur tes travaux. Je suis prêt à essayer ton traitement, comme un dernier recours. Je ne puis plus vivre ainsi. »

Dominique P., dont la lettre remonte à 1983, n'a pas pu sauver son couple, trop marqué par l'échec initial, mais il a refait sa vie, comme on dit. Il est ressorti du fond du gouffre de la spirale de l'échec sexuel dans lequel ont sombré tant d'autres, parfois même jusqu'au suicide, tel Romain Gary[1] ou Cesare Pavese[2].

Son sexe est en effet une préoccupation constante de l'homme en tant qu'individu, depuis qu'il est passé à la station debout. Les premières représentations graphiques rupestres l'évoquent, tout comme les premiers

1. R. Gary, *Au-delà de cette limite, votre ticket n'est plus valable*, Gallimard, 1975.
2. C. Pavese, *Le Métier de vivre*, Gallimard, 1977.

écrits connus[1]. Tous parlent et de l'impuissance humaine et des exceptionnelles performances des divinités. Dès l'aube de la civilisation, toutes origines confondues, ce ne sont que prières, oracles, décoctions, onguents ou outils pour améliorer ou suppléer l'érection défaillante et la stérilité. Obscurs ou célèbres, d'innombrables savants se sont penchés sur la fragile robustesse des organes masculins. Ce n'est que très récemment qu'au terme d'une longue marche le pas essentiel a été franchi : *la possibilité pour tout homme de déclencher lui-même son érection.*

L'impuissance, un ennemi vieux de plusieurs millénaires

• **35 000 ans avant Jésus-Christ, à Laussel (Dordogne).** Nos ancêtres magdaléniens se pressent dans la grotte de la fertilité, tenant dans leurs mains qui des amulettes représentant le sexe de l'homme en érection, qui des petits morceaux de cailloux creusés à la forme d'une vulve. Ils tournent autour d'un phallus monumental sculpté dans la pierre. Sur la face postérieure du gland en érection est gravée une vulve. Sur l'une des parois de la grotte, deux personnages s'accouplent... On ne sait s'ils chantent, prient ou assistent tout simplement aux premières utilisations de la stimulation visuelle, support tellement important du fonctionnement sexuel de l'homme...

• **5 000 ans avant notre ère, quelque part en Mésopotamie.** C'est le printemps, les labours s'achèvent, les hommes et femmes du pays Sumer s'accouplent avec le partenaire de leur choix pour commémorer le premier dieu phallique. Un peu plus tard et pas très loin, en Phénicie, Adonis est blessé dans sa virilité par un taureau furieux. Guéri, il fera vénérer comme un dieu son phallus régénéré. Au bord du Nil, Seth, jaloux de son frère Osiris qui courtise la belle Isis, le tue et le découpe en morceaux qu'il jette dans le fleuve sacré. On retrouve l'ensemble du corps du défunt sauf son pénis, alors que, selon la loi égyptienne, l'intégralité du corps est nécessaire pour entrer dans le royaume des morts. On le remplace par un phallus artificiel, sûrement la toute première prothèse de l'histoire de l'humanité. L'amoureuse Isis s'agenouille alors près du défunt, et d'une fellation divine ressuscite et l'organe et son propriétaire. De leur union naît Horus, le dieu du Soleil.

---

1. H. Brénot, *Impuissance masculine, perspectives historiques*, L'Esprit du temps, 1994.

• **Ve siècle avant Jésus-Christ, à Milet (Asie Mineure).** La boutique de Pandémos ne désemplit pas. Dans son atelier, l'artisan grec achève de piquer le cylindre de cuir très fin, aussi souple que possible, que son apprenti a bourré de laine pour lui donner la tension nécessaire. C'est le dernier d'une série d'Olisbos de diverses tailles, qu'un messager venu tout spécialement d'Athènes livrera à sa commanditaire, une riche patricienne délaissée par un mari impuissant.
• **Vers 40 avant notre ère, à Pompéi.** La maison des Vettii, club très privé de la bonne société, accueille ses visiteurs. Le préposé qui filtre les entrées – on dirait aujourd'hui le videur – se livre à un drôle de jeu : chaque homme souhaitant pénétrer dans le lupanar doit soulever sa toge et mettre son phallus sur une balance. On ne connaît pas les critères de normalité qui présidaient à cette première évaluation clinique de l'érection…
• **1504, à Florence.** On vient de dépendre un supplicié. Un jeune homme, dans l'obscurité, emporte rapidement le corps dans un atelier proche, et le dévêt à la hâte. Scalpel à la main, avec des gestes précis, son maître s'affaire sur le pénis en érection. Après quelques instants, visiblement satisfait, il s'en va dessiner ce qu'il a vu et consigner ses remarques. Léonard de Vinci vient de démontrer que c'est le sang et non l'air qui emplit la verge et produit l'érection. Un peu plus au nord-est de la Péninsule, à Padoue, en 1573, l'anatomiste G. Varolio, dans des conditions identiques, décrit les muscles entourant l'organe mâle et entrevoit la nécessaire fermeture des veines pour que la verge demeure rigide.
• **1585, à Paris.** Un quidam provincial, venu en la capitale pour un procès, sollicite un soir les services d'une « femme honeste de son métier ». Il est pris dans la nuit, après l'amour, de vomissements et d'une érection douloureuse interminable. Il avait absorbé pour se stimuler une confiture faite avec des mouches cantharides. Ambroise Paré, appelé en urgence, lui fait boire du lait et lui ponctionne la verge… première indication d'une tentative de traitement local.
• **1676, à Amsterdam.** Antonie Van Leeuwenhoek observe son propre sperme à l'aide d'un assemblage de lentilles et de miroirs qu'il a conçu pour observer l'infiniment petit. Il le montre à Louis De Ham, qui identifie ces petits animalcules comme les spermatozoïdes et s'arroge la paternité de la découverte.
• **1787, à Londres.** John Hunter, un chirurgien réputé, propose de traiter « l'impuissance par imagination » en s'abstenant de toute relation avec une femme pendant six nuits tout en la côtoyant… Résultat : « Au bout d'une quinzaine, il alla au lit avec non la crainte de ne pas réus-

sir, mais celle d'un désir exacerbé et d'une faculté trop grande... » Il décrit ainsi la technique de base de la sexothérapie.

• **1897, à Vienne.** Sigmund Freud entreprend son auto-analyse. Il met au jour ses expériences « sexuelles » précoces, qui l'aideront à bâtir sa théorie de la libido et avec elle celle de l'origine sexuelle des névroses. Ainsi naît l'adage « tout ce qui est sexuel est dans la tête ».

• **1902, à Houston (Texas).** Un chirurgien américain du nom de J.-S. Woten pratique la ligature des veines principales du pénis à de très nombreux patients se plaignant d'impuissance par manque de maintien de l'érection.

• **1922, à Paris.** Au Congrès français de chirurgie, un vieux gentleman anglais de 75 ans, ancien colonel de l'armée des Indes, raconte avec force détails comment il a recouvré vigueur et virilité à la suite d'une greffe de testicule de singe pratiquée par S. Voronoff, chirurgien russe émigré devenu directeur au Collège de France. 475 autres vieillards bénéficieront avec plus ou moins de bonheur de ces greffes.

• **1923, à Paris.** René Leriche décrit une affection donnant à l'effort des crampes dans les mollets et une impuissance; il l'attribue à l'obstruction de la partie terminale de l'aorte, ce conduit qui irrigue en sang oxygéné toute la partie inférieure du corps.

• **1936, en Allemagne.** L'Allemand N. A. Bogoras implante un cartilage costal dans le pénis d'un homme impuissant. Il faudra attendre vingt ans pour voir les premières prothèses en acrylique, puis encore dix ans pour voir avec l'arrivée du silicone le véritable développement des implants péniens (voir chapitre 13).

• **1938, à Bloomington (Université d'Indiana).** Un professeur de zoologie, passionné de statistiques, interroge ses étudiants sur leur comportement sexuel dans le cadre d'une enquête sur le mariage. Dix ans plus tard, Alfred Kinsey publiera son premier rapport sur le comportement sexuel masculin.

• **1954, à Saint Louis (Missouri).** Un gynécologue réputé, William Masters, et une laborantine locale, Virginia Johnson, entreprennent l'étude *in vivo* de la réaction sexuelle humaine sur des volontaires sains. Ils traiteront ensuite dans leur institut, avec un certain succès, les éjaculateurs prématurés, puis avec bien plus de difficultés, les impuissants.

• **1956, à Boston.** Margaret M. est face à son gynécologue, G. Pincus. Celui-ci, un peu anxieux, l'interroge sur la régularité de son cycle et de son activité sexuelle depuis qu'elle prend ce nouveau médicament dont la prise quotidienne remplace toute autre forme de précaution contraceptive : tout va bien. La pilule est efficace.

• **1959, à Lyon.** Michel Jouvet identifie le sommeil paradoxal au cours duquel, entre autres manifestations physiologiques, l'homme a des érections rigides. Ce sera la base d'études sophistiquées sur la fonction sexuelle masculine, dont l'apôtre sera l'Américain d'origine turque, Ismet Karacan.
• **6 mai 1972, à Prague.** Dans la salle d'opération de l'hôpital de l'université de Prague, un jeune tchèque de 34 ans est endormi. Deux ans plus tôt, il a été écrasé par la roue arrière d'un tracteur. Il était menacé par une hémorragie massive. Pour le sauver, on lui a lié en urgence les deux artères alimentant les organes du bas-ventre. Il va bien mais se plaint d'une impuissance totale. Vaclav Michal, familier des pontages vasculaires, réalise avec succès la première reconstruction vasculaire sur le pénis. Son patient retrouve une activité sexuelle identique à ce qu'elle était avant son accident.
• **1978, à Oldham (Grande-Bretagne).** Le premier bébé-éprouvette (Louise Brown) voit le jour grâce aux travaux du physiologiste de Cambridge, R. G. Edwards qui a mis au point la fécondation *in vitro* chez la femme.
• **1978, New York Hospital.** Dans les sous-sols du service d'urologie, moins de trente participants assistent au premier congrès sur la revascularisation des corps caverneux.
• **1978-1982.** On assiste au développement de techniques instrumentales pour évaluer le fonctionnement de l'érection, ainsi qu'à un certain essor de la chirurgie ; le bistouri se mobilise contre l'impuissance.
• **1980, à Paris, aux Entretiens de Bichat.** L'un des « patrons » français les plus influents déclare : « L'impuissance est psychologique dans 90 % des cas et ne mérite pas de traitement véritablement médical. »

S'ériger contre les idées reçues, un combat encore d'actualité

C'est souvent à partir de l'observation de l'organisme malade que progressent les connaissances sur son fonctionnement normal. Concernant un organe comme le foie ou le cœur, ou une fonction comme la respiration ou la digestion, les progrès de la médecine, aidée par la biologie et la physiologie, ont assez rapidement balayé les tabous et idées reçues accumulés tout au long de l'histoire de l'humanité. Mais pour des organes comme le pénis ou le cerveau, et pour une fonction comme la sexualité, la résistance perdure, nourrie par des siècles de superstition. Aujourd'hui encore, malgré toutes les connaissances et les découvertes

de ces vingt dernières années, on en appelle toujours à l'inconscient pour expliquer nos comportements, tout en voulant que nos organes génitaux obéissent à notre volonté toute-puissante. Lorsqu'ils ne fonctionnent plus, on s'en remet plus facilement à la fatalité ou aux guérisseurs qu'à la médecine patentée.
Il est vrai que celle-ci n'a toujours pas intégré ce sujet « glissant » dans sa pratique quotidienne, pas plus que dans l'enseignement dispensé aux futurs médecins. Ainsi, l'étude de la sexualité est toujours restée en marge, aux lisières de disciplines qui soit se servaient d'elle pour guérir d'autres maux – ce fut le cas de la psychanalyse –, soit n'en extrayaient qu'une part limitée – ce fut le cas de l'endocrinologie, spécialité qui étudie le fonctionnement des glandes et qui affina les connaissances relatives à la reproduction, en évitant le plus possible celles relatives au sexe lui-même.
En fait, le cadre était tracé dès le début de l'ère moderne : le fonctionnement du corps humain était scindé de façon dogmatique en deux aspects, l'*organique* d'une part – tout ce qui est identifiable par la chimie et la physique, tout ce que l'on peut voir et examiner –, et le *psychologique* de l'autre – tout ce qui échappe au visible et qui appartient à ce qui fonde l'espèce humaine, *la conscience.* Faute de mieux, et parce qu'elle faisait peur, la sexualité a d'emblée été classée comme relevant du psychologique, voire du pathologique. C'est ainsi que l'un des livres fondateurs de la sexologie moderne a pour titre *Psychopathologia sexualis*, alors que l'œuvre monumentale de l'Australien Havelock Ellis, s'appuyant dès le début de ce siècle sur la description de comportements habituels et majoritaires, est passée presque inaperçue, sans doute d'autant plus qu'elle banalisait sans le culpabiliser ce qui paraissait honteux. En affirmant la primauté du sexuel dans tous nos comportements psychiques, et en particulier dans certains de nos errements, Freud et ses successeurs, toutes tendances confondues, n'ont fait qu'enfoncer tout ce qui touche à l'étude de la sexualité dans le flou d'hypothèses plus philosophico-psychologiques que physiologiques. Même quand elle a tenté de se dégager du dogme, en étudiant de façon directe les réactions sexuelles humaines[1], la sexologie contemporaine n'a pas su se débarrasser du carcan de la primauté du psychologique : l'appel même à l'intervention de la volonté dans le contrôle de la physiologie de l'acte sexuel est contradictoire avec son déroulement harmonieux. C'est pourquoi les espoirs fondés sur les

1. W. Masters et V. Johnson, *Human Sexual Response*, Grün and Stratton, 1966.

techniques proposées par les sexologues firent long feu, de l'aveu même de W. Masters[1].
Au début des années 1980, l'impuissance restait l'impuissance, inéluctable quand elle était attribuée à l'âge, et toujours frappée de ses tabous ancestraux, quand elle atteignait des sujets plus jeunes : culpabilisation, refoulement de souvenirs d'enfance, ambi ou homosexualité latente, etc. Les techniques raffinées pour explorer les réactions sexuelles et traiter l'impuissance organique, d'abord regardées avec quelque condescendance furent essentiellement utilisées pour répéter le schéma simplificateur de la séparation étanche du physique et du psychique. On laissa avec désinvolture les « plombiers du sexe » s'acharner sur les quelques rares cas organiques qu'ils avaient identifiés, et la plupart des psychiatres et sexologues eurent vite fait de retrouver leurs certitudes et leurs patients. Les traitements étaient toujours cantonnés au cérébral et au gestuel.
Or précisément en cette année 1980, une découverte fit soudain basculer et l'ordonnancement des idées, et jusqu'au concept même de la fonction sexuelle masculine. L'impuissance ancestrale allait céder la place aux dysfonctions sexuelles.

Quand une péripétie opératoire devient une découverte fondamentale

Au printemps 1980, dans une clinique de la région parisienne, Roland L., un solide Normand de 48 ans, est opéré dans la perspective de lui permettre de retrouver des érections, absentes depuis cinq ans. Les examens ont montré avec certitude que très peu de sang arrive dans son pénis, à cause de son tabagisme et d'un excès de cholestérol. Comme l'avait proposé le Tchèque V. Michal en 1972, j'avais décidé de faire un pontage avec une petite artère prélevée derrière les muscles abdominaux et implantée directement sur les corps érectiles. L'intervention s'achevait, mais ne donnait pas les résultats escomptés. La petite artère, pourtant manipulée minutieusement, s'était spasmée et son débit était par conséquent très insuffisant. J'y injectai alors de la papavérine, une substance destinée à dilater les vaisseaux, et constatai quelques minutes plus tard une érection puissante et durable. Croyant en avoir trop fait et voyant que le phénomène ne cessait pas, j'inter-

1. W. Masters et V. Johnson, *Les Mésententes sexuelles et leur traitement*, Robert Laffont, 1972.

rompis temporairement l'afflux de sang, mais sans conséquence : le pénis restait rigide et le demeura plus de deux heures. L'intervention se termina sans autre incident que les rires et les sarcasmes des collègues venus des salles d'opération avoisinantes se moquer gentiment de l'apprenti sorcier. Le patient, dont les érections étaient très nettement améliorées par l'intervention, repartit en province. Il ne sut que quelques années plus tard qu'il avait été à l'origine d'un bouleversement décisif dans l'approche même de la sexualité masculine. Le phénomène, qui n'était en fait qu'une péripétie opératoire, aurait pu le rester, si l'analyse des séquences de l'opération n'avait révélé que la substance injectée devait être à l'origine de l'érection. Il me fut facile, l'organe sexuel masculin étant aisément accessible, de vérifier l'exactitude de cette hypothèse et l'ampleur de la découverte : injectée à petite dose dans le pénis, à l'aide d'une très fine aiguille rendant le geste indolore, la papavérine se révéla capable de produire des érections correctes et durables. Le phénomène n'était pas accidentel, il était reproductible.

L'impuissance terrassée ?

En 1997, toutes les publications reconnaissent le tournant fondamental qu'a autorisé la possibilité de déclencher aussi simplement l'érection. L'analyse des raisons d'un tel bouleversement doit nécessairement tenir compte des acquis antérieurs.

C'est en 1978 qu'avait lieu, à New York, le premier congrès réunissant les pionniers en matière de revascularisation des corps caverneux. À cette époque, il existait des données éparses : d'un côté, un outil diagnostique permettant la visualisation des artères de la verge, mis au point par un radiologue de Montpellier trop tôt disparu, J.-F. Ginestié ; de l'autre, les techniques chirurgicales proposées par V. Michal. Il y avait aussi des évaluations physiologiques provenant d'un groupe danois animé par Gorm Wagner, et d'intéressants travaux cliniques sur le réseau veineux d'un urologue américain du nom de P. Fitzpatrick. À Houston, I. Karacan travaillait de façon isolée sur l'érection nocturne lors du sommeil paradoxal. Tout cela était fragmentaire, souvent compliqué, en un mot expérimental et peu compatible avec une utilisation en médecine quotidienne.

Dès l'année 1977, poussé par G. Zwang, j'avais appliqué mes connaissances de chirurgien vasculaire à l'exploration des artères de l'érection avec les ultrasons, plus simples d'emploi que l'artériographie. On put ainsi détecter des cas qui nécessitaient une intervention telle que la proposait V. Michal. Mais l'essentiel de mes efforts consista dès lors à assembler les pièces du puzzle de l'érection pour déterminer avec précision les raisons qui entraînent la dysfonction du système. Pour ce faire, j'ai suivi une démarche analytique qui devait servir ensuite de modèle à tous ceux qui se sont investis dans cette nouvelle spécialité. En effet, j'ai simplifié ce qui existait, j'ai inventé les instruments qui manquaient, j'ai modélisé ce qui était constaté et enfin j'ai exploité la chance que nous offrait la papavérine.

Avant la découverte de l'action de la papavérine, la prise en charge d'une dysfonction sexuelle était fondée sur l'analyse objective de chaque facteur en cause avant toute décision thérapeutique (voir chapitre 12), selon un schéma distinguant encore avec précaution ce qui est organique, à traiter par des médicaments ou par le bistouri, de ce qui est « dans la tête », donc à ne pas traiter de cette façon, puisque sans lien avec l'organe. La papavérine démontra l'inanité de cette démarche du point de vue du traitement. Comme tout autre organe, le pénis fonctionne sur un mode automatique, réflexe indépendant du cerveau supérieur, ainsi que Platon l'avait si simplement souligné dans le *Banquet* ; et c'est bien ce qui rend son propriétaire si anxieux quand il doit le faire fonctionner. La papavérine montra qu'elle pouvait aussi bien soigner celui qui est privé d'érection par une maladie ou un accident, que celui qui ne désire plus tout en aimant encore et souhaite le manifester ainsi à sa compagne.

Au-delà de son efficacité, ce sont surtout les conditions d'utilisation de ce traitement qui ont permis de transformer, comme en d'autres temps la pilule anticonceptionnelle, l'approche qu'a l'homme de sa sexualité. En effet, l'administration des médicaments étant organisée en autotraitement, l'homme en a enfin terminé avec la peur ancestrale de l'échec ou de l'interruption prématurée de l'acte. Pour en être convaincu, il faut avoir vu, après un test efficace, le visage radieux de ces patients jusqu'alors désespérés par la pauvreté de leur vie affective, du fait de ce qu'on appelait une impuissance psychologique. En quelques instants, on peut réaliser ce que dix ans d'analyse ou des dizaines de séances chez le sexologue ne réussissent pas toujours : rendre à un homme une confiance définitive en ses capacités.

D'une manière générale, cette découverte a provoqué une véritable explosion dans l'ensemble de la recherche sur la sexualité. Depuis 1982, date de la première publication sur l'action de la papavérine sur l'érection, des centaines de travaux ont été réalisés, impliquant animaux et humains, organes entiers et tissus isolés. Plusieurs dizaines de substances actives ont été recensées. Sur le plan biologique, l'ensemble du comportement sexuel masculin a éte exploré, dans la mesure où, grâce au traitement possible, l'activité sexuelle peut se poursuivre *normalement* bien au-delà de ce que l'on pensait généralement. Ce passage de l'impuissance inéluctable de naguère à un dysfonctionnement guérissable a profondément changé l'approche globale de l'homme. L'homme peut vivre désormais avec l'idée qu'il n'y a pas de limite dans le temps à son activité sexuelle. La banalisation du traitement apportée par le Viagra a démultiplié ce sentiment.

Une approche réductrice ou une découverte fondamentale ?

Certains pourront objecter qu'une approche de la sexualité masculine sous le seul angle du fonctionnement des organes est singulièrement réductrice. On pourrait aisément répondre que l'envisager sans en tenir compte ou, pire, en fustigeant lesdits organes, l'est encore plus. D'autant que ce rapide aperçu des idées et des recherches sur la sexualité masculine à travers le temps nous a permis de constater que l'homme a toujours recherché avant tout à conserver ou à retrouver sa puissance virile. Dans les mythes comme au cours de l'histoire de la médecine, l'obtention ou la restauration d'une efficacité sexuelle sans cesse renouvelée est constante. Son éventuelle perte est omniprésente. Du geste rédempteur d'Osiris à l'injection salvatrice de papavérine, en passant par l'absorption dangereuse de cantharides comme dans l'alchimie du Moyen Âge, c'est la lutte permanente contre le « ne pas pouvoir » qui semble régir l'approche que l'homme a de sa sexualité. C'est aussi ce qu'il exprime lorsqu'il se décide à en parler, tout en trahissant une touchante ignorance du fonctionnement réel de son sexe.

En simplifiant l'approche de ce fonctionnement et en le libérant de l'inéluctable de l'échec sexuel, la papavérine, puis le Viagra, ont remis le sexe masculin dans le bon sens, celui d'une fonction physiologique essentielle dont les implications psychiques sont évidemment capitales mais dont le bon fonctionnement est indispensable à son équilibre. En définitive, s'appuyant sur une réaction contre l'explication par le « tout psychologique », l'approche moderne de la sexualité masculine (défaillances comprises) a permis en une vingtaine d'années de passer du tabou du sexe à la science de la sexualité. En évaluant mieux le fonctionnement du pénis, on a aussi appris à mieux connaître son propriétaire. À partir d'une physiologie érectile sans faille, on peut maintenant envisager d'explorer sereinement et en profondeur tous les aspects de la sexualité masculine, sans préjugés. Le cerveau et le pénis font en effet un tout sexuel qui doit s'épanouir globalement, en une alchimie complexe et délicate.

Première partie

LE SEXE QUI FAIT L'HOMME

Chapitre 1

UNE ANATOMIE ENCOMBRANTE ET COMPLEXE

« Les parties dites sacrées par les Grecs ont été rebaptisées honteuses par les chrétiens. »
Hervé Bazin.

De chair et de sang, c'est ainsi que la femme vit sa sexualité. Elle reçoit l'homme dans sa chair et le sang des menstruations ponctue ses cycles ovariens. Elle n'est ni anatomiste ni physiologiste, mais elle vit dans son corps des modifications incessantes qu'elle a appris tôt à gérer, sinon à maîtriser. Elle vit au jour le jour dans le concret de son animalité. L'homme, lui, n'est que rarement confronté aux avatars de la nature. Si le développement pubertaire (voir chapitre 4) a été normal, arrivé à l'âge adulte, il bande, éjacule, urine sans problème particulier, sans interférence médicale. Son pénis est là et s'il fonctionne, il ne s'y intéressera pas outre mesure. Tant qu'il obtient l'orgasme aisément, il ne s'embarrasse pas de la physiologie. Seul le dysfonctionnement le plongera dans l'inquiétude, voire l'angoisse. C'est alors, le plus souvent, un analphabète de son corps qui sollicitera avec anxiété le spécialiste.

L'HOMME ET L'IGNORANCE DE SON CORPS

Le plus frappant, pour le spécialiste, c'est l'ignorance dans laquelle les humains sont du fonctionnement de leur corps. Leurs connaissances en général se résument à ce qu'ils auront appris pendant l'adolescence à un âge où, dans tout l'éclat de la jeunesse, la santé est vécue comme allant de soi et où l'étude de la biologie est avant tout obligatoire. Le « connais-toi toi-même » du philosophe n'a pas cours… Les préoccupations sont ailleurs, elles concernent notamment son apparence, et cette indifférence à l'égard de la santé se poursuivra le plus souvent tout au long de la vie, sauf avatar amenant la souffrance et la crainte de la mort. Ainsi l'extraordinaire esprit d'observation qui caractérise l'espèce humaine s'applique à tout sauf à son fonctionnement. Ici, le fossé est immense entre les scientifiques avec leur savoir et le commun des mortels, d'où le pouvoir potentiel exorbitant du médecin : celui qui sait face à celui qui ne sait pas et qui veut tout à coup rattraper le retard de toute une vie lorsqu'il se sent menacé dans son intégrité.

Pour ce qui concerne le sexe, le phénomène est encore plus frappant, surtout pour la gent masculine, d'autant qu'à l'ignorance s'ajoutent les mythes, les interdits et le souci de la performance. À l'heure du doute, le roi est nu.

Un jeune homme de 27 ans me consultait récemment parce qu'en dépit d'un désir important, d'une érection sans problème particulier, l'acte sexuel était peu satisfaisant. Il n'éprouvait, lors de sa conclusion, que peu de plaisir et une émission de sperme insignifiante. « Ma copine, me disait-il, contrairement à ce qu'elle a observé chez d'autres auparavant, a remarqué que mes testicules ne remontaient pas lors du maximum de l'excitation. Est-ce vraiment pathologique ? » Depuis l'âge de 20 ans, date de ses premières tentatives, il éprouvait les mêmes symptômes, et se vivait comme anormal dans son psychisme : son incapacité à jouir venait selon lui d'une paralysie du cerveau. L'observation d'une anomalie locale et les conseils de sa compagne l'avaient conduit jusqu'à moi et ce fut un déluge de questions. Il ignorait tout des mécanismes de l'éjaculation, de la manière dont le sperme se formait, comment il était émis… Ce qui l'intéressait *spécifiquement*, c'était de comprendre ce qui chez lui apparemment ne marchait pas, le reste lui était indifférent. Ce qui le rassurait en me consultant, c'est que l'on allait pouvoir changer ou réparer une pièce du système et le restituer dans son intégrité et surtout dans sa normalité. Histoire exemplaire, car quotidienne : on passe sans cesse de l'idée générale, souvent reçue, à l'exigence de la

normalité du fonctionnement sans prendre en compte la totalité du problème.
Nos organes sexuels, comment sont-ils faits, comment fonctionnent-ils individuellement et quelles interactions s'exercent entre eux et avec le cerveau ? Qu'est ce que le désir ? Comment se développent nos comportements sexuels ? Comment se fait l'attirance vers l'autre, où se place l'Amour ? Comment tout cela évolue-t-il tout au long de la vie ? Quelles conséquences dans le vécu quotidien de notre sexualité ? Qu'en est-il de ceux qui vivent une autre sexualité ?
En 1989, les chercheurs de l'Institut Kinsey ont testé les connaissances sexuelles de base d'un échantillon représentatif de 1974 Américains adultes[1]. Dix-huit questions étaient posées sous forme de QCM (questions à choix multiple) allant de l'âge moyen du premier rapport sexuel à la taille du pénis, en passant par les comportements intimes et l'homosexualité. Un point était attribué pour chaque réponse correcte : 55 % échouèrent au test. Seuls 45 % reçurent une note A ou B, soit de 14 à 18 points. Ceux qui réussirent au test avaient entre 35 et 45 ans, étaient plus souvent libéraux, avaient reçu une éducation universitaire et vivaient plutôt dans les villes. Par contre, ils étaient plus enclins à considérer les causes des dysfonctions sexuelles, en particulier le mauvais fonctionnement de l'érection, comme secondaires à des problèmes psychologiques, ce qui dans la plupart des cas se révèle aujourd'hui une estimation erronée. Nul doute qu'on obtiendrait des résultats identiques à une enquête similaire réalisée dans notre pays, où il n'y a pas de véritable enseignement de physiologie et de biologie sexuelles.
Être un homme est le fruit du développement harmonieux d'un ensemble complexe de composants innés et acquis ; leur agencement fait l'objet de la première partie de cet ouvrage.

Les organes sexuels de l'homme comprennent une partie visible et accessible : le pénis et les deux testicules ; et une partie cachée : la prostate, les vésicules séminales et quelques glandes annexes. Ils exercent, sous la commande du système neurovégétatif et endocrinien et sous le contrôle du cerveau, une triple fonction excrétrice, reproductive et récréative.
Leur examen doit souvent affronter une donnée rarement évoquée et pourtant très répandue : l'extrême pudeur masculine. Confrontés à la

1. J. Reinisch et R. Beasley, *L'Amour, le désir, le corps*, Robert Laffont, 1993.

nécessité d'un examen médical exigeant la nudité, voire l'exploration de leurs parties intimes et internes, 8 hommes sur 10 auront deux attitudes successives : ils demanderont d'abord s'il est nécessaire de se dévêtir complètement, et beaucoup garderont jusqu'au dernier moment leur sexe couvert ; et lorsqu'ils seront enfin totalement nus et allongés sur la table d'examen, ils croiseront les jambes dans un ultime geste de protection. Qu'il soit flaccide ou en érection, l'homme répugne à montrer son pénis. Nul doute que la station debout, l'absence de pelage et l'ignorance de sa physiologie expliquent cette extrême crainte de la nudité qui livre notre intimité à l'appréciation d'autrui. Avec sa nudité, en effet, l'homme livre son intimité, à la fois situationnelle (érection éventuelle incontrôlable) et structurelle (aspect, dimension) ; il entre de plain-pied, à l'échelon individuel, dans le mythe de Priape et les affres de l'anxiété de la performance.

Allongés, nus sur la table d'examen, en tête à tête avec le spécialiste, un nombre considérable d'entre eux (les mêmes qui auront déjà énoncé lors de l'entretien préalable qu'ils ne sont pas des « foudres de guerre » quant à leurs performances sexuelles) affirmeront qu'ils ne sont pas pourvus d'organes sexuels très développés. En définitive, à en juger par les dires des patients en consultation, il n'y aurait que deux sortes d'hommes, les surmâles (« bien montés » comme ils le disent avec fierté et quelque vulgarité), et les autres, sous-espèce la plus nombreuse, munis d'organes génitaux qu'ils jugent modestes et tout juste aptes à des performances moyennes.

Sans doute les explications paléontologiques mentionnées dans l'avant-propos ne sont-elles pas étrangères à ce reste d'animalité qui lie la dimension de nos organes génitaux à la potentialité de notre bonheur exprimé dans la sexualité. Pourtant, dans le processus d'union, ce sont eux qui seront dévoilés en dernier. Le choix de l'autre n'est donc en aucune façon déterminé par le développement plus ou moins marqué de l'organe sexuel. Malgré tout, cette crainte s'exprime dans toutes les conversations sur le sexe, sans qu'aucune étude épidémiologique vienne démontrer un lien quelconque entre satisfaction sexuelle et dimension du pénis. Bien plus, les études publiées par l'institut Kinsey[1] révèlent que lorsque les femmes se plaignent, c'est plutôt d'une inadéquation en raison d'un volume pénien trop important (voir chapitre 5). Dans le questionnaire du sondage réalisé par cet institut, deux réponses sont révélatrices de la mauvaise analyse que font les hommes de leur équi-

1. J. Reinisch et R. Beasley, *op. cit.*

pement sexuel : 30 % des hommes interrogés donnent une réponse erronée à la question sur la taille moyenne du pénis en érection et 75 % ne savent pas que les femmes en général n'expriment pas de préférence pour un organe plus gros. Bien plus, elles dévoilent leur indifférence à cet aspect des choses en sous-évaluant dans leurs réponses la taille du pénis en général.

Il faut donc franchir cet obstacle mythique du paraître, arrêter de fantasmer sur la dimension de cet organe, et entrer avec précision dans le descriptif du fonctionnement de l'ensemble de notre appareil sexuel. Si l'aspect général des organes génitaux externes est bien connu, ils sont en définitive très mal appréciés ; ni leur propriétaire, ni les partenaires ni même les médecins – qui n'incluent qu'exceptionnellement leur examen détaillé dans la pratique quotidienne – ne sont capables de décrire précisément leurs structures pourtant aisément accessibles.

LE PÉNIS

Le pénis est un organe composite complexe, dont les deux tiers sont extériorisés et un tiers est enfoncé dans le périnée sous le pubis. Il se compose d'une hampe formée par les deux corps érectiles principaux, dits *caverneux*, accolés l'un à l'autre. Ils sont coiffés d'une partie renflée, le *gland*, recouvert du prépuce lorsqu'il a été conservé. Le gland est l'extrémité du corps spongieux entourant le canal de l'urètre, lequel se love dans la gouttière inférieure délimitée par les deux corps caverneux. Le corps spongieux, avec le gland qui le termine, peut être détaché des deux corps caverneux par la dissection anatomique. Ils partagent cependant les mêmes vaisseaux et une innervation identique (voir figure 1.1). Lorsqu'il est flaccide, on peut apprécier l'*élasticité* du pénis en l'étirant longitudinalement. Des cliniciens français (l'équipe de P. Bondil) ont observé que cette élasticité diminuait avec l'âge, proportionnellement au degré de sclérose du tissu érectile. On peut également évaluer la *consistance* non seulement du gland qui est invariablement élastique, mais surtout celle des corps caverneux, dont on peut distinguer trois états : un aspect charnu normal, un aspect induré évoquant un certain degré de sclérose, enfin un aspect un peu ramolli traduisant une raréfaction du tissu érectile.

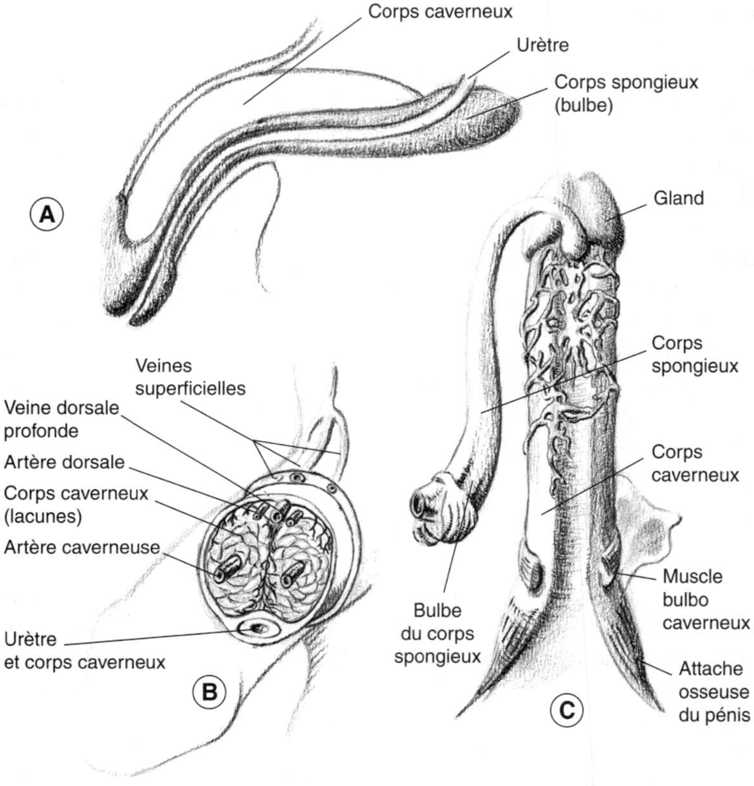

Figure 1.1. – *Structure générale du pénis.*
A : profil schématique ; en grisé le corps spongieux – en blanc le corps caverneux. B : coupe transversale. C : vue inférieure montrant la séparation du pénis en un corps spongieux entourant l'urètre et comprenant le gland et deux corps caverneux attachés sur le pubis.

Couvert ou non couvert

Chez les hommes à verge intacte, non circoncis, le prépuce recouvre le gland. C'est un morceau de peau lui servant de fourreau protecteur, qui coulisse aisément depuis l'extrémité du gland vers sa base. Cette manœuvre porte le nom peu amène de « décalottage ». Il n'est

pas inutile de rappeler qu'elle doit être effectuée à chaque fois que l'on urine et au minimum matin et soir lors de la toilette.
Lors de l'érection, le gland se découvrira naturellement, sauf en cas de rétrécissement du prépuce, appelé phimosis. Une telle anomalie doit être décelée tôt dans la vie et traitée rapidement, sinon elle peut être cause d'un trouble psychologique important (voir chapitre 4). Le prépuce est attaché au gland, au niveau de sa face inférieure (il faut retourner l'organe pour le voir), par un filet de peau un peu saillant appelé le frein du prépuce, car il en limite le coulissage. Lorsque cette zone, par ailleurs très sensible, est raccourcie, elle peut être source de difficultés lors des premiers rapports ou des premiers jeux érotiques. Une trop brusque ou violente tension peut même entraîner sa déchirure et une hémorragie peu grave, mais d'autant plus spectaculaire qu'il y aura eu un témoin oculaire. Certains de ceux qui ont subi cet inconvénient en restent marqués à vie, évoquant à son propos une sorte d'équivalent lointain de la rupture de l'hymen de la jeune vierge.
La peau du gland une fois découverte est diaphane, dépourvue d'épiderme kératinisé, et humide. Elle est en général extrêmement sensible au toucher ; celui-ci provoquant un mouvement de retrait si la manipulation est effectuée brusquement. Cette hypersensibilité disparaîtra avec la tension du désir sexuel et le gland devient alors l'épicentre des stimuli qui conduiront à l'orgasme. Tout se passe comme si – comme chez la femme d'ailleurs, pour ce qui concerne sa propre sexualité – l'accès au pénis n'était autorisé, hormis à son propriétaire, que dans des circonstances extrêmement précises et après modification de la réceptivité locale et annulation des réflexes de défense, le prépuce constituant à cet égard une barrière à la fois physiologique et psychologique, une ultime protection avant l'abandon et la fusion vers l'autre. Certains, qui n'arrivent jamais à vaincre la pudeur et la timidité, le manifestent par la crainte panique du décalottage. C'est pourquoi il est si important d'apprendre très tôt ce geste naturel faisant partie de l'hygiène quotidienne, avant que ne se développent d'éventuels comportements phobiques.
Sur le plan physiologique mais aussi symbolique, le prépuce a eu mauvaise réputation depuis des temps reculés : c'est pourquoi on a pratiqué *la circoncision* dans de nombreuses sociétés primitives, pour des raisons à la fois hygiéniques et culturelles. Ce sont les Hébreux, bien qu'ils aient été précédés dans cet usage par d'autres peuples de la région, qui en ont codifié l'utilisation et l'ont sacralisée. Elle est aujourd'hui très largement répandue dans le monde anglo-saxon, et spécialement aux États-Unis, toutes religions confondues.

Sans entrer ici dans une exégèse philosophique de sa signification symbolique, ce d'autant qu'elle est aujourd'hui largement banalisée, il convient cependant d'indiquer que dans le monde scientifique le débat est toujours vif entre partisans et adversaires de la circoncision, notamment au sujet de l'aspect préventif des maladies sexuellement transmissibles (voir chapitres 4 et 9).

Le gland d'un homme adulte circoncis dans son plus jeune âge est rose, la peau qui le tapisse, bien que très fine, est moins diaphane et surtout un peu moins sensible. Habitué depuis toujours à être au contact du sous-vêtement, non enserré dans un fourreau, il est en général plus distendu, plus charnu. La verge flaccide prend alors l'aspect d'un gros champignon dont la tête regarderait vers le bas.

Si l'on poursuit cette description, on remarque, en plaquant le pénis étiré contre l'abdomen, sur sa face ventrale une partie médiane un peu plus molle qui constitue le corps spongieux de l'urètre : en pressant sur cette zone au moment opportun, on peut bloquer l'émission du sperme. Enfin au-delà des bourses, vers l'anus, on perçoit la continuation de la verge. On appelle cette portion de l'organe la *racine*. Elle s'enfonce sous le pubis, aux branches osseuses duquel elle s'attache solidement (voir figure 1.1 C).

Toutes ces nuances de l'examen laisseront place, lors de l'érection, à la dureté formidable des corps caverneux coiffés du gland distendu. L'organe ainsi gorgé de sang peut être animé de battements synchrones au pouls et demeurera ainsi jusqu'à la survenue de l'éjaculation.

Les dimensions du pénis

Tous ces aspects morphologiques des organes génitaux masculins sont en général indifférents à la plupart des hommes. En tout cas ils sont occultés par la préoccupation majeure évoquée d'entrée de jeu : les dimensions du pénis.

André P., 53 ans, et Louise, 37 ans, sont assis face à moi dans mon bureau de consultation. Elle vient pour la première fois et me regarde en esquissant un sourire discret qui plisse ses yeux très bleus. Lui, je l'ai déjà vu à plusieurs reprises pour un traitement lui permettant d'obtenir à la demande des érections durables. Son impuissance persistait depuis six ans, date de son veuvage, et avait résisté à cette nouvelle relation, par ailleurs confiante et harmonieuse. Avant de rencontrer André, Louise vivait seule avec son fils âgé de 13 ans. Elle raconte plusieurs aventures sans suite, mais attestant son excellente physiologie et son

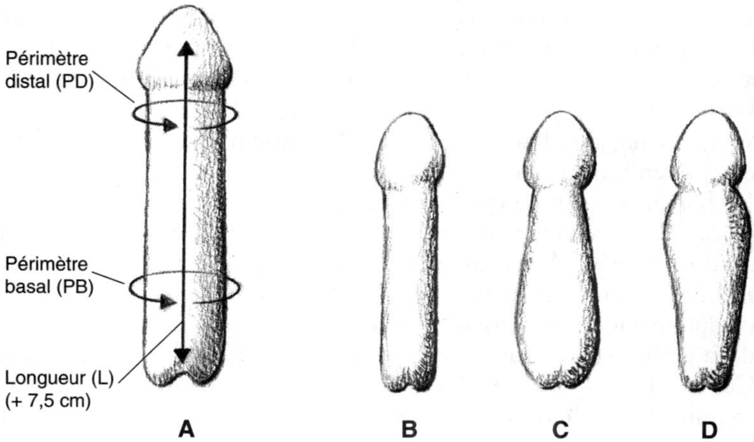

Figure 1.2. – *A : la longueur utile de la verge L est mesurée entre la base du pénis et l'extrémité du gland. Pour avoir la longueur totale (y compris la portion enfouie sous le pubis), il faut ajouter 7,5 cm). Si on mesure le périmètre basal (PB) et le périmètre distal (PD) on peut calculer le volume pénien en utilisant la formule du volume du tronc de cône*

$$\frac{[(PB^2 + PD^2) \div 2] \times (L + 7.5)}{12\pi}$$

B=C=D représentent les 3 formes principales de pénis.

B : périmètres basal et distal sont identiques : la verge est cylindrique. C : périmètre basal > périmètre distal, verge « tour Eiffel ». D : périmètre distal > périmètre basal ; verge en battant de cloche.

aptitude à vivre le plaisir physique de leur amour. Or, phénomène rarissime, malgré la normalisation des érections, ils ne pouvaient concrétiser l'acte à cause du volume exagéré du pénis en érection d'André. Il n'y avait ni crainte, ni complexe, juste une exceptionnelle incongruence anatomique qui méritait d'être citée en exemple de la vanité du mythe du gros organe. L'exemple inverse du pénis trop petit pour obtenir l'harmonie étant presque aussi rare, atteste bien l'impact plus psychologique que morphologique de ce chapitre controversé.
Il existe en Asie du Sud-Est une affection, évoluant souvent par petites épidémies, voire de manière endémique, nommée *syndrome de Koro*. Le sujet atteint est convaincu que son pénis se rétrécit, rentre progressive-

ment dans son ventre, et nourrit la crainte d'une mort imminente lorsque la disparition intra-abdominale sera achevée. Ce syndrome psychiatrique avec suggestion culturelle traduit bien la charge émotionnelle qu'implique la dimension de notre appendice pénien et la préoccupation qu'elle occasionne à un grand nombre d'hommes, empoisonnant jusqu'à leur comportement général.

Un bon quart des patients consultant pour dysfonction sexuelle se plaint de ce que j'ai appelé le *syndrome de la petite verge*, forme atténuée du syndrome de Koro, caractérisé par la conviction, sans lien avec l'état réel de l'organe, que le pénis est trop petit. Cette idée provoque un complexe d'infériorité vis-à-vis de la sexualité en général, et une anxiété de la performance pouvant aller jusqu'à l'évitement de toute relation. Cette préoccupation alimente une inflation de demandes pour des techniques d'agrandissement chirurgical du pénis, dont l'efficacité est le plus souvent aléatoire[1].

La possibilité pour les médecins de déclencher et d'entretenir l'érection d'une façon simple a permis d'obtenir des mesures objectives et de comparer les dimensions de l'organe flaccide et en érection. Hors stimulation sexuelle, et de façon totalement indépendante de notre volonté ou de notre comportement, la musculature du pénis est plus ou moins contractée, justifiant de variations très importantes en taille et en volume, même si l'organe reste flaccide. En effet, ce muscle étant extrêmement sensible aux modifications du milieu intérieur comme du milieu extérieur, la verge peut se rétrécir ou s'allonger en dehors de tout stimulus sexuel.

Chez l'homme adulte, on parlera de *micropénis* lorsque la longueur du pénis au repos est en permanence inférieure à 5,5 cm (mesurée entre son extrémité et le relief osseux du pubis) ; la fonction sexuelle sera perturbée si, avec ces mêmes paramètres, la longueur de la verge en érection est inférieure à 8 cm. Autre élément important entrant en ligne de compte, la circonférence de l'organe, car elle conditionne son volume : à longueur égale, un pénis plus épais (mais pas trop) aura une meilleure fonction. Sade, dans ses descriptions des armes des héros des *Cent Vingt Journées de Sodome* et de ceux de *La Nouvelle Justine*, nous donne des renseignements précis[2] sur les dimensions des pénis en érection avec des circonférences allant de 5,4 cm (Ducret) à 21,6 cm (Blangis) et des longueurs de 10,8 cm (Ducret) à 32,4 cm (Blangis). Tandis

1. Voir Troisième partie : *Le sexe masculin défaillant*.
2. D. A. F. de Sade, *Œuvres complètes*, Gallimard, « Bibliothèque de la Pléiade », 1995.

Figure 1.3. – *Longueur et volume du pénis.*
Enquête effectuée sur une population choisie au hasard parmi les consultants d'un centre explorant des dysfonctions sexuelles.

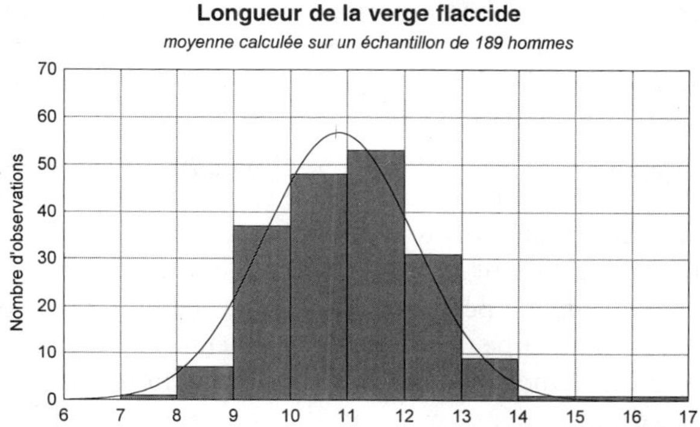

La moyenne de la longueur est de 10,84 cm, avec un écart-type de 1,32.

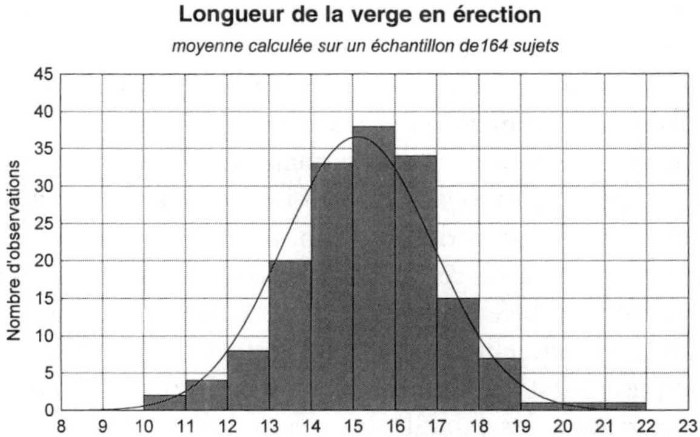

La moyenne de la longueur est de 15,11 cm, avec un écart-type de 1,78.

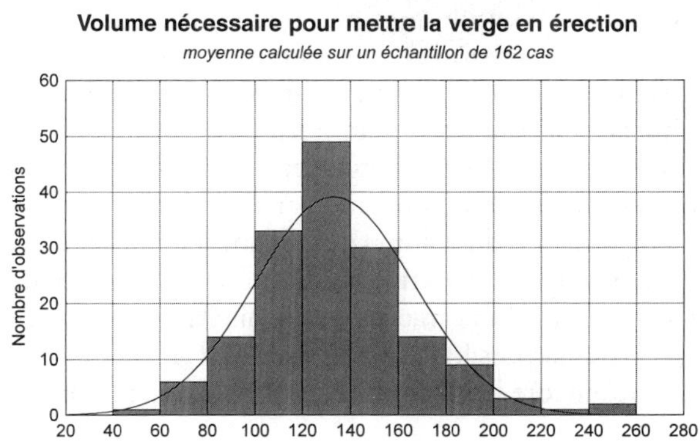

On appelle capacité érectile, la différence entre le volume atteint par le pénis lors de l'érection et celui qu'il a lorsqu'il est flasque. La moyenne de la capacité érectile est de 133 ml avec un écart-type de 33 ml.

que le premier est affublé d'un presque micropénis, le second se situerait très largement au-dessus de la moyenne, pour ne pas dire hors norme, comme c'est le cas d'ailleurs dans les descriptions pornographiques modernes rencontrées au fil des lectures spécialisées !
Les observations faites par le médecin, donc objectives et avec l'appui de la statistique, permettent à chacun de se resituer dans la normalité (celle d'une répartition dans une distribution générale d'une population donnée). Elles seront utiles ultérieurement pour démontrer aux possesseurs d'un organe perçu par eux-mêmes comme trop court, où ils se situent sur la courbe de la moyenne générale ainsi établie. On l'a vu, ce n'est pas tellement une préoccupation fonctionnelle qui motive le syndrome du petit pénis mais plutôt ce que j'appellerais une motivation de « gestionnaire ». Pour certains, cela commence souvent tôt, à l'école, et se poursuit au service militaire pour se pérenniser dans les vestiaires des stades ou des clubs de sport : ils se perçoivent moins bien pourvus que leurs congénères. Ils penseront alors, sans raisons objectives, être moins performants. Déjà pudiques par nature, ils n'oseront pas se découvrir devant une femme, persuadés que la petite taille de leur pénis se remarquera immédiatement. C'est là aussi la manifestation d'une préoccupation existentielle de l'homme vis-à-vis de son sexe, une cruciale identification à l'incertitude fonctionnelle, doublée de la vaine sensation d'être d'emblée inférieur à la concurrence. Les vestiaires de nos salles de sports seraient comme la projection de l'époque historique où les antiques Lucy évoluaient parmi des protohominidés qui se battaient pour avoir les femelles et rivalisaient par la taille de leur organe[1]. Mais contrairement aux hommes, les femmes d'aujourd'hui ne sont pas dupes de mensurations plus ou moins avantageuses, et sont plus attachées à un savoir-faire amoureux qu'à des performances visuelles. Les proverbes comme les chansons sont révélateurs de pensée populaire, qui atteste ce bon sens féminin à travers le dicton : « Il la vaut mieux petite et travailleuse que longue et paresseuse. »
Ce bon sens est pleinement confirmé par une autre donnée physique significative, la variation du volume de l'organe lorsqu'il passe de la flaccidité à l'érection. Cette variation est appelée compliance ou encore capacité érectile, terme qui caractérise à la fois l'unité de volume nécessaire à l'érection et la possibilité de distension. Elle est en moyenne de 130 ml, mais ici encore les variations sont extrêmes et l'on distinguera

1. Cf. Hélène Fisher, *op. cit.*

les grosses cylindrées dont l'érection nécessite un volume important (supérieur à 200 ml) et les pénis devenant rigides avec moins de 75 ml de capacité érectile. On a constaté qu'un pénis ayant besoin d'un volume important pour parvenir à l'érection conservait en général moins bien cette érection que ceux ayant une capacité érectile plus faible. Il est possible que cela soit en rapport avec l'épaisseur de l'enveloppe rigide entourant les corps caverneux. Plus celle-ci serait naturellement épaisse, moins la distension lors de l'érection serait possible, ce qui permet de garder le volume nécessaire pour obtenir la rigidité convoitée dans des limites harmonieuses pour le fonctionnement de l'organe. Au contraire, lorsqu'elle est trop fine, l'enveloppe laisserait le pénis se distendre exagérément, lui donnant un volume flatteur mais plus vulnérable, car plus gros consommateur de son carburant essentiel, le sang qui l'emplit. Enfin, il y aurait, pour que le fonctionnement de l'organe soit harmonieux, un rapport optimum (inférieur à 1,3) entre longueur et circonférence en érection.

Un homme, des cavernes

Les corps caverneux, organes de l'érection, sont deux et fonctionnent en synergie totale, car simplement séparés en leur milieu par une cloison ajourée (voir figure 1.4). Ils sont constitués d'une musculature particulière, blanc rosé, assez similaire à celle qui équipe la vessie, l'intestin ou l'utérus. Elle constitue ce qu'on appelle le *tissu érectile*. Celui-ci est organisé à la façon d'un nid d'abeille ; les alvéoles qu'il forme, appelées *lacunes* ou *cavernes*, sont virtuelles lorsque l'organe est flasque, et atteignent jusqu'à 3 mm de diamètre lors de l'érection. L'espace ainsi délimité se remplit de sang pour provoquer, lorsque la distension maximum sera atteinte, la rigidité.

Le sang est fourni par deux artères (une pour chaque corps caverneux) qui parcourent l'organe dans le sens de la longueur. Leurs branches sont incroyablement pelotonnées lorsque la verge est au repos, d'où leur nom *d'artères hélicines*. Elles s'allongent et se dilatent, lors du processus initial de l'érection, pour déverser le sang dans les centaines de milliers de petits sacs ainsi formés. Ceci peut se comparer au gonflement d'une éponge sèche que l'on mettrait dans l'eau. Cependant, le gonflement de l'éponge pénienne est limité par l'étui rigide qui entoure les corps caverneux. Épais d'environ 1 mm, cet étui est riche en tissu fibreux, d'élasticité médiocre et multicouches. Le glissement de ces couches les unes sur les autres permet l'allongement du pénis lors de l'érection. Son

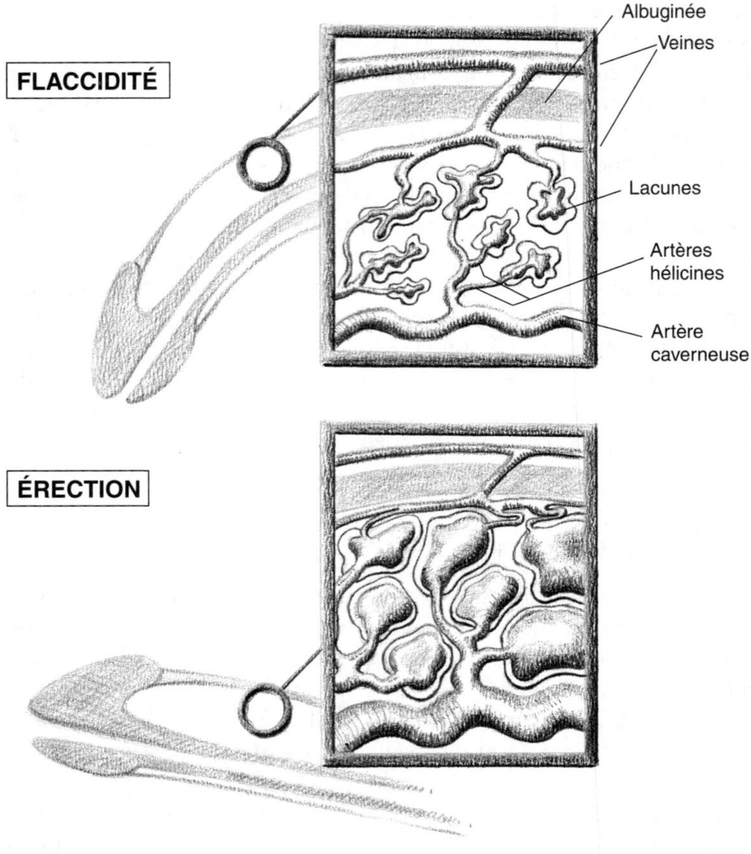

Figure 1.4. – *Structure interne des corps caverneux.*
En haut : à l'état de flaccidité, l'artère débite peu de sang, les lacunes sont virtuelles et les veines largement ouvertes.
En bas : à l'état d'érection, l'artère se dilate, les lacunes se gorgent de sang, les veines sont écrasées par la pression sanguine contre l'albuginée.

aspect blanchâtre le fait ressembler aux membranes plus ou moins épaisses qui recouvrent les muscles rouges, ou aux tendons qui rattachent ceux-ci aux os, d'où son nom d'*albuginée* (du latin *albus*, blanc). Celle-ci joue un rôle important dans le maintien de l'érection. Sur le plan morphologique, elle émet par sa face profonde, celle qui tapisse le tissu érectile, des sortes de cordons de tissu servant de haubans, et charpentant solidement la verge (laquelle, contrairement à celles des autres mammifères, ne contient aucun squelette). Sur le plan fonctionnel, elle assure lors de l'érection l'étanchéité des corps caverneux, en constituant le plan dur sur lequel les veines situées à la périphérie de l'organe vont venir s'écraser, sous la poussée de sang contenu dans les corps caverneux. Le sang ainsi trappé ne pourra plus sortir de la verge.

Le sang, carburant de l'érection

Les anciens pensaient que lors de l'érection, la verge se gonflait d'air (*pneuma*), à partir d'un circuit complexe mettant en jeu cerveau, poumons et moelle épinière. C'est à la Renaissance, avec les premières dissections anatomiques humaines clandestines et les premières expérimentations animales, qu'on pressentit le caractère vasculaire de l'érection. Trois pionniers ont marqué cette évolution au XVIe puis au XVIIe siècle : Léonard de Vinci, dans ses carnets conservés à Windsor et récemment décodés, révèle la certitude qu'il avait de l'origine sanguine de l'érection ; G. Varolio, un anatomiste italien lui aussi, explicite le blocage du sang veineux lors de l'érection dans un manuscrit conservé à l'université de Padoue ; et enfin R. De Graff, qui confirma les dires de ses deux prédécesseurs en démontrant sur le chien, dont il provoquait l'érection, que la verge était emplie de sang artériel, puisqu'il jaillissait sous pression lorsqu'il incisait celle-ci. L'enjeu était d'importance car dans le débat sur les rôles respectifs de l'âme et du corps, les phénomènes impliquant le sexe relevaient nécessairement d'une dimension surnaturelle divine, ce qui les plaçait sous l'emprise du religieux. Ces découvertes constituent les premières atteintes à ce pouvoir, et marquent l'aube de l'approche scientifique de la sexualité humaine.

Pour la bonne compréhension de ce mécanisme complexe, il faut se rappeler que tous les organes reçoivent leur carburant, le sang, propulsé par la pompe cardiaque dans les artères après qu'il a puisé son oxygène au niveau des poumons. Ce sang rutilant très rouge nourrit les organes et assure leur fonction. En traversant les organes, il délivre son oxygène et se charge en gaz carbonique et en déchets divers provenant du travail chimique des cellules. Ce sang qui retourne vers le cœur est beaucoup plus foncé, sombre et bleuté. Il est transporté par les veines jusqu'au ventricule droit, qui le propulsera dans les poumons afin qu'il se sature à nouveau en oxygène. À partir de ce mouvement général, chaque organe

va adapter sa circulation propre suivant sa spécialisation. Ainsi au niveau du pénis, lorsque l'organe est au repos, la demande sanguine est très faible, le débit n'excède pas quelques millilitres à la minute. Pour que l'érection se produise, il faut que le débit augmente formidablement : il atteint en quelques instants 100 ml par minute. Chacune des artères dites *caverneuses* ayant un diamètre intérieur de 0,3 à 0,5 mm lorsque la verge est au repos, voit son diamètre atteindre plus de 1 mm lors de l'érection. Autre particularité du fonctionnement pénien : les veines jouent leur rôle classique d'évacuation du sang chargé en gaz carbonique, mais de *façon différée*. En effet, la masse sanguine écrase tout d'abord les veines contre l'albuginée, empêchant le sang de sortir. La pression à l'intérieur des corps caverneux est telle, voisine ou supérieure à la pression artérielle elle-même, que le débit sanguin s'autorégule. Une fois l'érection obtenue, compte tenu de l'élévation de la pression, le débit sanguin diminue, voire s'arrête jusqu'à l'éjaculation.
On verra plus loin (voir chapitre 2) comment ces variations importantes du débit sanguin sont régies par le système neurovégétatif, sans intervention de la volonté : des fibres nerveuses spécialisées faisant relais dans la moelle épinière vont et viennent des corps caverneux, activant constamment le tissu érectile et les vaisseaux du pénis. Certains entretiennent l'état de flaccidité en maintenant le muscle contracté, d'autres participent à l'élaboration de l'érection. La particularité de la physiologie de la verge est la mise en œuvre extrêmement rapide de ces mécanismes, nécessitant une synergie parfaite de tous les intervenants.

Pourquoi le corps spongieux

Le corps spongieux entoure l'urètre et s'évase pour former le gland. Identique sur le plan histologique au tissu formant les corps caverneux, il est cependant plus riche en veines et en glandes. Entourant l'urètre, ces glandes ont pour fonction de l'humidifier pour faciliter l'émission du sperme, ce qui est d'autant plus aisé que l'albuginée est ici beaucoup moins épaisse, donc il n'y a pas de compression, pas d'obstacle à l'éjaculation ou à l'émission des urines. Cette différence anatomique explique également que le gland se distend facilement lors de l'érection, lorsqu'il se gorge de sang. Cette distension est maximale dans les érections provoquées par des stimuli sexuels et tant que ceux-ci persistent. Le gland, surtout lorsqu'il émerge d'un prépuce indemne, prend un aspect congestif bleuâtre témoignant de la stase du sang à l'intérieur de la verge, lors de l'érection. Il est important de comprendre que le gland est tendu mais non rigide surtout en comparaison avec la rigidité quasi ligneuse des corps caverneux. Cela lui permet, de surcroît, de conserver toute sa sensibilité. Très souvent, les hommes sont inquiets du manque de rigidité du gland, n'ayant jamais remarqué la différence de structure entre celui-ci, qui est élastique, et la rigidité réelle des corps caverneux. Il faut également souligner que le gland ne se gonfle de façon spectaculaire que sous l'influence de l'excitation sexuelle.

Dureté de l'organe : ce qu'il faut savoir

CE QUE L'HOMME PERÇOIT

La rigidité pénienne n'est pas une fin en soi, c'est simplement l'état physique atteint par la verge lors de la mise en jeu du processus vasculaire et permettant l'accomplissement de l'acte sexuel. Le culte ancestral du phallus est là encore à l'origine d'interprétations fallacieuses, comme en témoigne la saynète suivante qui se répète fréquemment dans le cabinet du spécialiste.

« – Docteur, vous savez, ça ne va pas plus !

Le médecin (lisant le questionnaire préalable auquel le patient a répondu) :

– Mais pourtant, d'après vos réponses, vous semblez avoir eu des rapports satisfaisants ce dernier week-end…

– À peu près, mais ça n'est pas ça…

– Que voulez-vous dire par “ça n'est pas ça” ?

– Mon érection, je n'ai plus la même rigidité… Il me faut ces injections dont on m'a parlé.

– On va voir. Avant tout, revenons sur ce qui s'est passé ce dernier week-end.

– Eh bien, on a fait l'amour à plusieurs reprises mais la rigidité, ce n'est plus pareil.

– Votre femme a-t-elle remarqué quelque chose ? Vous a-t-elle fait part de son insatisfaction ?

– Absolument pas ! Elle a même été très étonnée quand je lui ai dit que je venais vous consulter. »

On ne peut renvoyer un tel homme sans l'assister, mais on ne doit pas souscrire à sa demande *de facto*. Il faut lui expliquer sa physiologie et désamorcer ainsi la bombe à retardement que constitue cette perception inquiète d'un moindre fonctionnement. La verge n'est pas un bout de bois et la capacité virile n'est pas nécessairement proportionnelle à la dureté du pénis. L'important, même si cela est un truisme, c'est la fonction : la possibilité de réaliser l'acte, donc *le maintien de l'érection*. Cependant, l'homme fait de cette rigidité le baromètre de sa puissance virile, une sorte de « je bande donc je suis » primaire, qui participe de sa forme physique générale, voire de son potentiel intellectuel. La ressentant depuis son plus jeune âge, elle fait partie de lui-même. Certains individus se comportent avec elle avec indifférence et ne la regardent pas plus qu'ils n'observent le rythme de leur cœur ou de leur respiration ; d'autres, aux aguets de la moindre perturbation de leur organisme, y associent la fierté de leur virilité et verront dans la moindre modification, réelle ou non, de l'organe (c'est vrai aussi pour sa forme ou sa dimension) une atteinte potentielle à leur dignité d'homme.

CE QU'IL EN EST

Pour faire de la bonne médecine, on a besoin à la fois de bons outils pour mesurer les phénomènes physiologiques que l'on veut étudier et beaucoup de bon sens et d'expérience pour interpréter les résultats sans *a priori*. Aussi, pour apporter une réponse à la question sous-jacente du patient ci-dessus – quelle rigidité est donc suffisante à une bonne fonction sexuelle ? – on lui proposera ce qu'il est convenu d'appeler un test pharmacologique : l'équivalent pour le pénis de l'épreuve d'effort que l'on pratique pour évaluer une anomalie cardiaque suspectée mais qui n'apparaît pas sur le cœur au repos. On injecte donc une substance provoquant habituellement l'érection en une dizaine de minutes (voir chapitre 12). Lorsque le spécialiste aura objectivement constaté et mesuré la « normalité » de la rigidité obtenue, le dialogue reprendra ainsi :

– Alors, qu'en dites-vous ?

Le patient, inquiet et dubitatif :

– On n'obtiendra pas plus ? Avec ma femme, je suis plus rigide et avant c'était encore mieux…

Ici, le médecin s'expliquera avec des chiffres. La mesure de rigidité se fait avec un appareil, sorte de palpeur placé autour de l'organe, qui enregistre en temps réel l'intensité de l'érection. Il affiche des valeurs allant de 0 à 200 unités de rigidité, correspondant assez fidèlement (à plus ou moins 10 % près) à la pression régnant à l'intérieur des corps caverneux. À partir de 75, la rigidité obtenue permet la pénétration. Lors de l'érection, les valeurs atteignent des chiffres voisins de 200 et plus, correspondant à une pression intracaverneuse voisine de 200 mm de mercure. Chez le taureau, les vétérinaires ont pu mesurer des valeurs supérieures à 600 mm/Hg, jusqu'à 1 000 mm/Hg. Si l'on ne dispose pas de cet appareillage sophistiqué, un bon repère consiste en la capacité de l'organe, lorsque l'homme est debout, à s'élever jusqu'à l'horizontale. Suivant la forme du pénis, la rigidité peut d'ailleurs être achevée avant que l'horizontale soit atteinte, notamment si la verge est longue et fine. La résistance offerte par l'organe lorsqu'on tente de le plier constitue un autre critère de rigidité suffisante à réaliser la fonction.

On montrera au patient ces mesures quantitatives et qualitatives en soulignant le caractère variable de cet état physique qui, comme toute manifestation physiologique, n'obéit pas à la loi du tout ou rien. On insistera sur le fait qu'il y a une marge de sécurité, et qu'à partir de 75 la rigidité est suffisante pour la pénétration, même si elle peut atteindre le double ou le triple. Ici, comme pour tous les organes de l'économie humaine, il existe une réserve d'efficacité qui est la marque générale des mécanismes biologiques. La nature a prévu une grande marge de sécurité, ce qui n'exclut pas le fonctionnement pour des valeurs inférieures au maximum possible. Les phénomènes vitaux intègrent probablement d'emblée l'inhérence du vieillissement, la lente détérioration de l'ensemble de l'organisme, tout en lui permettant de rester, malgré tout, fonctionnel. Ainsi, avec l'âge, on le verra, la sensibilité locale, et avec elle la sensation de plénitude provoquée par la tension extrême du phallus, diminuera. Le phénomène ne marquera pas la fin des espérances sexuelles mais une simple modification physiologique qu'il faudra intégrer.

MOBILITÉ ET STABILITÉ

Dernier élément physique lié à la rigidité, l'organe doit être à la fois mobile et stable. Ces deux propriétés sont liées à la forme générale du pénis et à son enchâssement dans le périnée.

Les verges relativement courtes et trapues sont fixes et très résistantes. Les verges longues et plus graciles sont plus mobiles sur la charnière que constitue le plan fixe du pubis. Quant aux organes longs et épais s'évasant vers le gland, ils ont tendance à « piquer du nez » en érection, et ne pointent jamais vers le haut comme les figurines grecques. On distingue donc trois silhouettes principales de pénis[1] (voir figure 1.2) : cylindrique, en forme de tour Eiffel, et en forme de batte de base-ball ; ces dernières donnent souvent une impression d'instabilité due à leur poids excessif en bout d'organe. Dans tous les cas de figures, une fois

1. R. Virag, *L'homme qui marche*, La Table Ronde, 1990.

l'érection obtenue, la contraction réflexe des muscles entourant le pénis dans le périnée entraîne un surcroît de pression dans l'organe visible et un mouvement ascendant avec renforcement de la rigidité (voir figure 1.5 C). Il faut savoir que ce mouvement est soit automatique sous l'influence de l'excitation sexuelle, soit volontaire puisque l'on peut, par l'intermédiaire du cortex cérébral, donner ordre à ces muscles de fonctionner ; c'est en fait le seul élément sur lequel on puisse avoir un contrôle volontaire. On verra le parti que l'on peut tirer, lors de l'acte sexuel, du contrôle de ces muscles.

LES TESTICULES, GARDIENS DE LA VIRILITÉ

Chacun des deux testicules a une forme ovoïde et tend à échapper aux doigts qui l'examinent, glissant facilement dans sa poche cutanée appelée scrotum ou bourse. Une pression prudente en appréciera l'extrême et particulière sensibilité ; trop de brusquerie déclencherait une douleur violente, quasi syncopale, bien connue des footballeurs et des tortionnaires. L'appréhension qu'inspire le toucher des organes génitaux externes est due à la crainte de cette douleur causée par l'hypersensibilité des testicules. Un examen attentif de chaque testicule permettra de percevoir une petite excroissance d'où part un cordon dur roulant sous les doigts, filant vers le pli de l'aine avant de disparaître dans l'abdomen. Cette excroissance constitue l'épididyme, organe de stockage des spermatozoïdes fabriqués par le testicule ; et le cordon est le canal déférent qui les conduira jusqu'à la région prostatique (voir figure 1.6 A).
Le profane ne palpera rien d'autre de proéminent à l'intérieur des bourses, et toute perception anormale, en particulier toute autre excroissance faisant perdre son contour régulier au testicule, doit alarmer, faire consulter et exige la pratique d'une échographie. Dépisté à temps chez l'adulte jeune, le cancer du testicule (voir chapitre 9) est parfaitement curable : il faut apprendre à tout adolescent à s'examiner régulièrement pour le diagnostiquer précocement.
La dimension et le volume des testicules font l'objet de discussions dans lesquelles fantasmes et ignorance sont le creuset des pires âneries. L'une des plus tenaces est la faculté qu'auraient les testicules à « se vider » lors de l'éjaculation. Aucune réalité physiologique ne sous-tend cette affirmation, née sans doute d'une confusion avec la tension extrême que l'on perçoit avant l'éjaculation, et qui peut devenir douloureuse lorsque celle-ci ne se produit pas ou s'il y a abstinence.

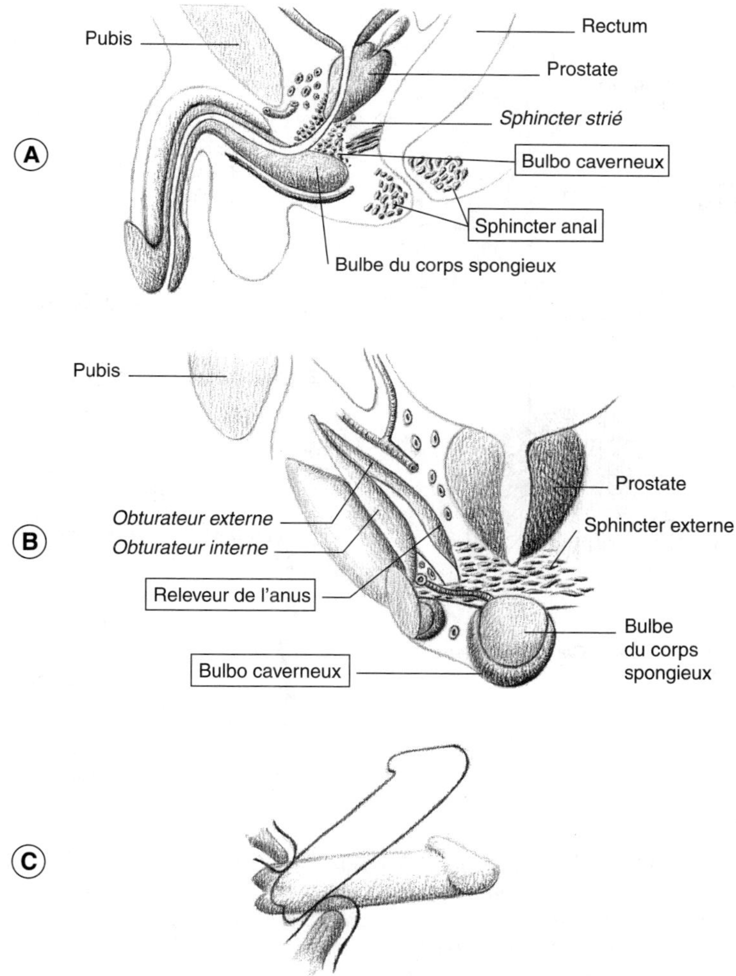

Figure 1.5. – *La musculature du périnée et son rôle dans l'érection. A : coupe médiane d'avant en arrière du bassin. B : coupe vertico-transversale du périnée (les muscles participant à l'érection sont indiqués en italique gras). C : élévation du pénis en érection autorisée par la contraction volontaire de la musculature périnéale.*

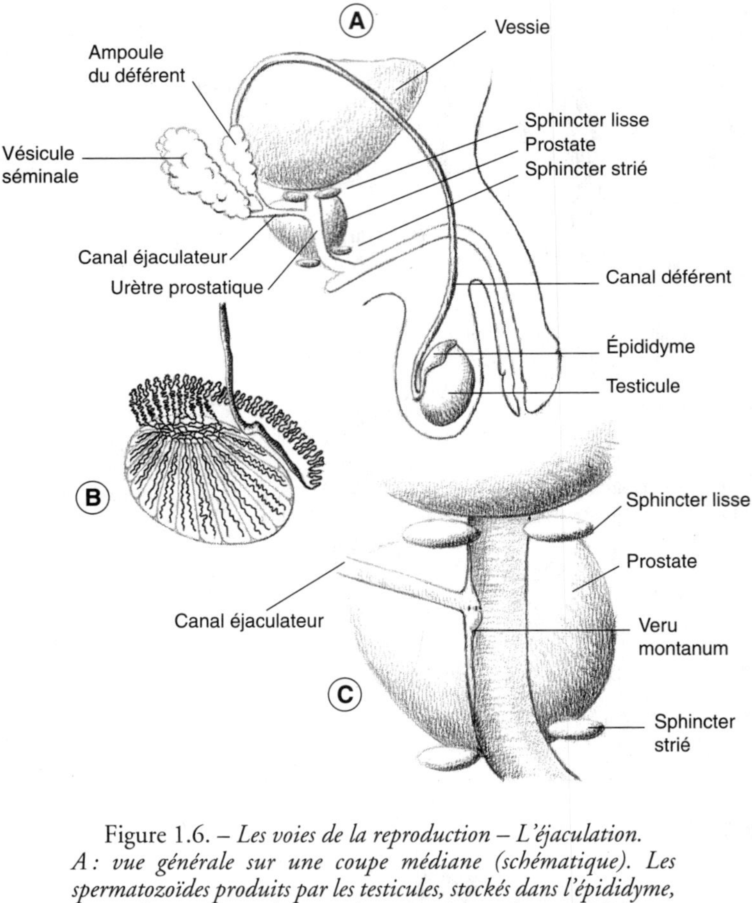

Figure 1.6. – *Les voies de la reproduction – L'éjaculation. A : vue générale sur une coupe médiane (schématique). Les spermatozoïdes produits par les testicules, stockés dans l'épididyme, sont acheminés vers la vésicule séminale par le canal déférent. B : coupe du testicule montrant les pelotons des tubes séminifères. C : grossissement de l'urètre prostatique avec le* veru montanum. *Lors de l'excitation sexuelle, les spermatozoïdes stockés dans les vésicules séminales sont conduits par le canal éjaculateur dans l'urètre prostatique où ils sont coincés entre les deux sphincters musculaires (phase d'émission). L'ouverture du sphincter strié entraîne l'expulsion.*

Lors de la réalisation effective de l'acte, l'éjaculation et l'orgasme donneront la sensation de se vider et de se relâcher, mais sans qu'il y ait la moindre variation objective du volume des testicules. *Le sperme éjaculé ne représente en volume qu'une quantité limitée de liquide provenant des testicules et s'évacuant d'ailleurs à partir de l'épididyme.*

Une étude récente sur le volume des testicules menée dans une population de 444 hommes sélectionnés au hasard a révélé qu'en moyenne le testicule droit est un peu plus volumineux que le gauche. Ce volume s'accroît jusqu'à l'âge de 20 ans (voir figure 1.7). Le volume testiculaire est corrélé à la quantité et à la qualité des spermatozoïdes[1]. Ceci pourrait accréditer l'idée que plus les testicules sont gros, meilleure est la fertilité potentielle.

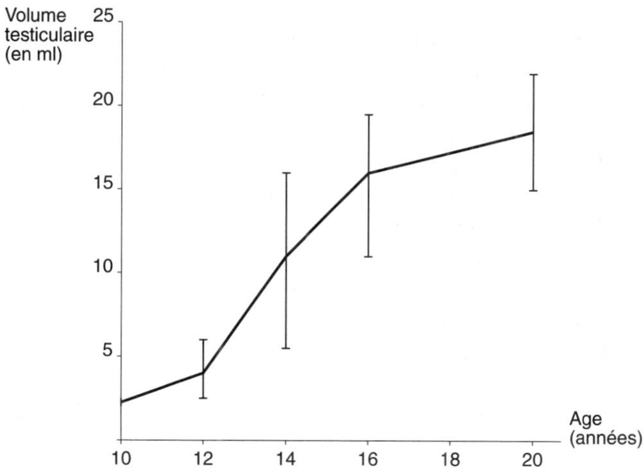

Figure 1.7. – *Le volume du testicule suivant l'âge.*
Les points joignant la courbe représentent la valeur moyenne à un âge donné. Les traits verticaux et leur limite horizontale indiquent la répartition des valeurs à chaque âge considéré. On voit que la maturation testiculaire survient essentiellement entre 12 et 16 ans. (Modifié de Dale Mc Clure, op. cité*).*

1. « Ultrasonic testicular texture and size in 444 men from the general population : correlation to semen quality », *Eur. Urol.,* 1993 : 24 (2), p. 231-238.

Leur extrême mobilité et leur situation extérieure donnent aux testicules une grande marge de manœuvre à l'intérieur des bourses suivant diverses circonstances, atmosphériques et émotionnelles en particulier. Le froid, la peur, la stimulation sexuelle les feront remonter jusqu'à la paroi abdominale, la chaleur ambiante, la détente, le repos post-orgasmique les feront descendre au fond des bourses. Une trop grande mobilité peut cependant être néfaste : le testicule peut se tordre et entraîner des dommages irrémédiables sur sa structure interne (voir chapitre 4). Aussi toute douleur intempestive spontanée durable ou répétitive de l'un des testicules doit faire impérativement consulter.

Les testicules ont en commun avec le pénis d'être entourés d'une enveloppe épaisse, identique à l'albuginée pénienne, qui émet par sa face profonde des cloisons formant deux à trois cents compartiments distincts, appelés *lobules.* Chacun d'entre eux contient des pelotons de tubes (de un à quatre) représentant, pour chacune de ces unités, 1 km environ d'une tubulure de 0,2 à 0,3 mm de diamètre. Lorsque le chirurgien incise l'albuginée pour faire une biopsie, il verra saillir ces éléments dans la brèche blanchâtre, tant ceux-ci sont compressés dans leur compartiment. C'est à ce niveau, dans ces tubes dit *séminifères*, que se fabriquent les spermatozoïdes. Cette fine tuyauterie baigne dans un tissu très richement vascularisé (le syncitium de Sertoli) dont les cellules spécialisées sont chargées de produire l'hormone mâle et de l'évacuer dans les vaisseaux sanguins qui la distribuent dans tout l'organisme.
L'ensemble des vaisseaux et des nerfs du testicule ainsi que le canal déférent constituent *le cordon spermatique*, entrant ou sortant des bourses par un orifice étroit situé au creux de l'aine, appelé *orifice inguinal externe.* C'est cette même fente osseuse et musculaire qui aura servi, durant la formation de l'embryon, à amener l'annexe génitale primitive jusqu'à sa place définitive (voir chapitre 4).
On a vu que cette disposition assure une grande mobilité aux testicules. C'est aussi le lieu où se produisent les très fréquentes hernies inguinales dont le traitement chirurgical doit toujours prendre en compte la présence du cordon spermatique.

La double fonction du testicule

La structure interne des testicules leur assure une double fonction : l'une de maturation de la cellule reproductrice qui sera rejetée à l'extérieur de l'organisme – c'est la fonction *exocrine* ; l'autre de production de l'hormone mâle, la testostérone, à destinée interne – c'est la fonction *endocrine.*

L'HORMONE VIRILE : LA TESTOSTÉRONE

Cette hormone dont le testicule fabrique environ 6 mg par jour (voir figure 1.8) a de très nombreuses fonctions dans l'organisme et à des périodes différentes de la vie : détermination des caractères sexuels secondaires (barbe, voix, forme du bassin), sexualité, reproduction,

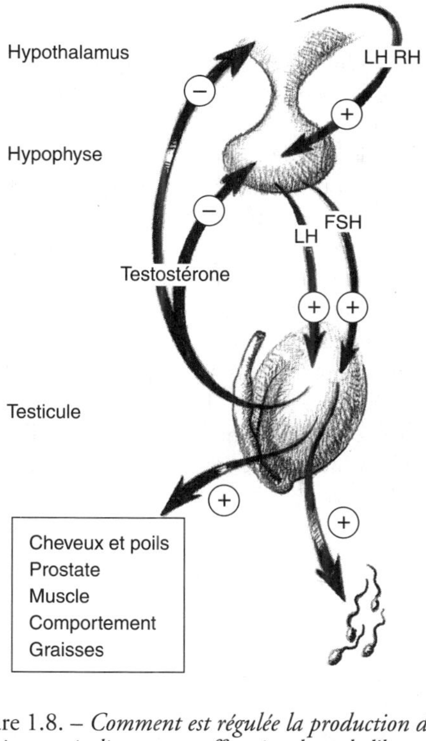

Figure 1.8. – *Comment est régulée la production de testostérone. Les signes + indiquent un effet stimulant de l'hormone. Les signes – indiquent un effet inhibiteur. Sous l'influence de la LH RH produite par l'hypothalamus, l'hypophyse produit une hormone, la LH, stimulant la production de testostérone par le testicule. À son tour, le niveau sanguin de testostérone régule la production de LH et de LH RH. S'il y a beaucoup de testostérone, la production de LH RH et de LH est diminuée et le testicule sera moins actif. Inversement, si le taux sanguin de testostérone diminue, la LH RH et la LH augmentent leur production et le testicule aussi. C'est ce que l'on appelle le rétro-contrôle. (Pour les abréviations, voir le glossaire.)*

musculature, peau, etc. (voir chapitre 4). De très nombreux organes et tissus possèdent des récepteurs spécialisés répondant à la testostérone. La production de testostérone obéit à diverses horloges biologiques, relevant des rythmes *circadiens* (production quotidienne plus marquée en fin de nuit et début de matinée rendant son dosage souvent critiquable s'il n'est pas effectué toujours à la même heure, et avant 10 h 30 le matin), et de variabilité saisonnière.

Dans l'organisme de l'adulte, la testostérone circule pour 95 % de son volume total sous une forme inactive liée à des protéines chargées de la transporter jusqu'aux organes cibles où les fractions utiles seront déversées spécifiquement. Chacune des fractions peut aujourd'hui être dosée, ce qui permet aux spécialistes de différencier ce qui est utile à la reproduction, à la sexualité ou à l'usage plus général, et de définir d'éventuelles carences spécifiques. Parmi les diverses fractions, la testostérone libre a une importance particulière sur le développement de la sexualité du jeune adolescent : dans une étude faite en 1985, J. R. Udry et son équipe[1] ont montré que plus la testostérone libre était élevée, plus la sexualité était éveillée, en terme de rapports, orgasmes et pensées sexuelles. Pour les jeunes filles également, l'implication de la testostérone a été envisagée (voir encadré). On verra plus loin (chapitre 3) quelle est l'interaction de la testostérone avec les structures de contrôle cérébrales sur le pénis.
Des travaux récents (Aversa, Virag) montrent le rôle joué par la testostérone sur les mécanismes érectiles, et en particulier sur la production du NO.

---

1. J. R. Udry, J. O. G. Billy, N. M. Morris, « Serum androgenic hormones motivate sexual behaviour in adolescent boys », *Fertil. Sexual.*, 1985.

Testostérone et sexualité féminine[1]

La testostérone semble impliquée dans le développement de la sexualité féminine et spécialement la testostérone libre. Quatre autres hormones sont également intéressées. Dans une étude sur 60 adolescentes, on note une corrélation entre la masturbation et la fréquence des pensées sexuelles et le niveau de la testostérone libre[2]. Cependant, même si les facteurs hormonaux semblent importants, les données sociales et l'interaction des proches sont également significatives. À l'âge adulte, c'est dans la période proche des règles où le taux de testostérone est le plus élevé, que le désir sexuel serait le plus intense. L'étude observe là aussi une corrélation entre le niveau de testostérone et la fréquence des rapports sexuels ainsi que les indices de satisfaction vis-à-vis de la sexualité. Enfin, dans une étude sur 32 couples ayant des difficultés sexuelles avec anorgasmie, on a observé un résultat favorable sur l'orgasme féminin grâce à la testostérone.

LA FABRICATION DES SPERMATOZOÏDES

À partir de la puberté, l'« *usine à spermatozoïdes* » se met à fonctionner. Dès lors, la production sera constante toute la vie durant. Les spermatozoïdes furent identifiés en 1677 avec le premier microscope par le Hollandais Antonie Van Leeuwenhoek. Il pensa qu'il se trouvait devant un embryon préformé et décrivit les spermatozoïdes comme des « lézards bisexués ». Il s'opposait ainsi aux théories ovistes qui avaient cours depuis les découvertes de R. De Graff au XVIIe siècle, selon lesquelles l'embryon était déjà inclus dans l'œuf provenant de l'ovaire. Ce n'est qu'en 1870 que le spermatozoïde fut reconnu comme la cellule fécondante mâle.

Tout le processus de maturation se passe à l'intérieur des tubes séminifères où collaborent deux sortes de cellules : les cellules germinales et les cellules de Sertoli. Les premières se transformeront progressivement pour engendrer le spermatozoïde mature. Les secondes sont les ouvriers zélés de cette transformation, assurant à la fois la nutrition des cellules germinales et le nettoyage des scories occasionnées par les diverses transformations cellulaires. Pour ce faire, elles sécrètent des substances,

1. K. H. Hutchinson, « Androgens and Sexuality », *The American Journal of Medicine*, 1995, 98.
2. J. R. Udry, J. O. G. Billy, *op. cit.*

hormones et protéines, qui régissent l'équilibre hormonal local (voir figure 1.9).

Le stock définitif des cellules germinales souches est établi à la puberté : ce sont les spermatogonies. Il existe un système autorégénérant : chaque cellule souche se divise activement, donnant deux à trois cellules secondaires, les spermatocytes, destinés à la reproduction, et au moins une cellule qui retourne au parc initial, constituant un stock permanent toujours renouvelé.

Les transformations ultérieures des spermatocytes sont destinées à la multiplication des cellules puis, *in fine*, à la fameuse réduction chromosomique ou *méiose* qui va amener le spermatozoïde à ne compter que la moitié des chromosomes des autres cellules de l'organisme, soit 23. À partir d'une seule spermatogonie, sont créés 16 spermatozoïdes. La méiose donne deux sortes de spermatozoïdes différents sur le plan génétique, les uns sont porteurs du chromosome X et les autres du chromosome Y (chapitre 4).

Les cellules subissent également une métamorphose, la *spermatogenèse*, qui donnera au spermatozoïde son aspect définitif, seul capable de réaliser l'œuvre procréatrice. Elle vise à l'alléger par la disparition d'une grande partie du matériel cellulaire, à le rendre mobile par l'adjonction d'un organe particulier, le flagelle, lui permettant de se déplacer rapidement, à le fortifier par la création d'un bouclier, l'acrosome, qui l'aidera à perforer sans dommage la paroi de l'ovocyte.

Il faut 74 jours pour transformer une cellule souche en un spermatozoïde opérationnel, et le testicule ayant un rendement élevé, c'est par millions que les spermatozoïdes sont fabriqués quotidiennement. Un seul, cependant, parviendra au terme d'un long parcours jusqu'à son destin procréatif, saisissante image de la pléthore de la nature pour assurer la meilleure pérennité possible de l'espèce.

LA LONGUE MARCHE

Chaque spermatozoïde est une cellule ronde de 60 nanomètres dont la tête cuirassée de son bouclier protecteur est dix fois plus petite que sa queue, le flagelle. La tête est essentiellement formée par le noyau, dépositaire du message génétique. Le flagelle a une structure protéique spéciale faite de microtubules centraux et latéraux, qui lui assure son mouvement par ondes successives, à une vitesse variable de quelques micromètres à 120 nanomètres/seconde (voir figure 1.9 D).

Avant d'être propulsés dans le canal déférent, les spermatozoïdes sont entreposés dans l'épididyme, cette petite structure qui coiffe le testi-

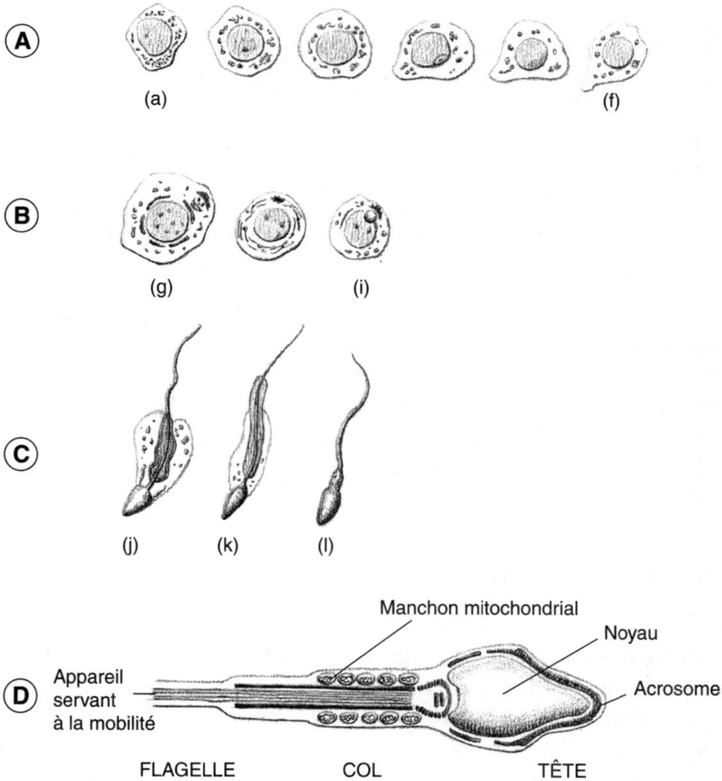

Figure 1.9. – *La maturation du spermatozoïde.*
A : transformation de la cellule souche de base (le gonocyte (a)) en une spermatogonie (f). B : maturation d'un spermatocyte I (g) en une jeune spermatide (i). C : évolution vers le spermatocyte définitif : spermatide allongée (j), spermatozoïde testiculaire (k), spermatozoïde épididymaire (l), seul ce dernier est fertile. D : spermatozoïde adulte : le noyau contient 23 chromosomes ; l'acrosome est comme un renfort servant à pénétrer l'ovocyte ; le flagelle mesure une cinquantaine de micromètres et sert à faire se mouvoir le spermatozoïde. Le manchon mitochondrial fournit l'énergie nécessaire à ces mouvements.

cule, tapissée de cils qui permettent la propulsion des cellules reproductrices. Là, ils subissent encore une sévère sélection qui en éliminera 50 %. C'est à ce stade qu'apparaît une protéine essentielle aux spermatozoïdes, la FMP (initiales anglaises de *Forward Mobility Protein*), qui leur permet de se mouvoir tout au long d'un parcours de 40 cm le long du canal déférent. Au terme de cette longue marche, les spermatozoïdes vont s'associer à divers liquides pour constituer le sperme.

LES AUXILIAIRES INVISIBLES

On appelle annexes urogénitales les organes placés aux pourtours de la partie basse et postérieure de la vessie. Ils jouent un rôle important dans la constitution du sperme et dans la physiologie de l'éjaculation. On a déjà mentionné cette notion fantasmagorique de la vidange testiculaire lors de l'éjaculation. En fait, seulement 5 % du contenu séminal final est élaboré au niveau des testicules, le reste se fabrique au niveau de ces fameuses annexes.

Les vésicules séminales

Ce sont deux glandes ayant la forme de minuscules poires de 5 cm au niveau où le canal déférent devient canal éjaculateur. Elles ont dans l'imaginaire viril une importance considérable puisqu'elles fabriquent les deux tiers du liquide séminal. On sait combien les hommes sont comptables de la quantité de sperme éjaculé… surtout lorsqu'ils constatent sa diminution, qu'ils perçoivent immédiatement comme une perte de virilité. Ils sont également attentifs à la couleur de ce sperme, à son odeur, voire pour certains à son goût, éléments qui sont sous la responsabilité de ces vésicules. En effet, elles alcalinisent le contenu séminal, l'enrichissent en fructose à titre énergétique, et lui fournissent une substance lui donnant au final cet aspect de lait caillé. Par ailleurs, elles produisent des enzymes particulières, les prostaglandines, qui aideront les spermatozoïdes dans leur cheminement intravaginal. Enfin, la flavine qu'elles sécrètent donne au sperme la couleur discrètement jaunâtre qu'il prend après son émission à l'air libre.

La prostate

C'est une glande en forme de châtaigne, d'un volume d'une quinzaine de millilitres, placée sous la vessie, près du col de celle-ci. Elle ne fait en général parler d'elle que lorsqu'elle grossit et gêne l'émission de l'urine. Elle est aussi le siège potentiel de l'un des cancers masculins les plus fréquents, que l'on recherchera systématiquement par des examens réguliers au-delà de 50 ans. En effet, placée en arrière de la vessie, puis du rectum, elle est accessible à l'examen médical par un toucher rectal – geste clinique abhorré par la plupart des patients qui doivent le subir, mais aussi par de très nombreux médecins qui à tort ne le pratiquent pas… pour ne pas déplaire. À travers la paroi rectale, au toucher donc, la glande apparaît ferme, de consistance élastique, sans dureté excessive. La perception par un doigt exercé d'une dureté particulière, ou d'une déformation fera craindre la présence d'une tumeur et entraînera des examens approfondis. On verra également que la pathologie de la prostate a un retentissement néfaste, le plus souvent psychologique, sur la sexualité de l'homme d'âge mûr. La fréquence de sa pathologie, même bénigne, mais affectant la physiologie de l'éjaculation, est perçue par celui-ci comme le début de la fin de son activité sexuelle, le commencement de son déclin en tant qu'homme (voir chapitres 7 et 11).
On oublie trop souvent le rôle véritable de la prostate et on s'y intéresse peu. Les sécrétions qu'elle fabrique augmentent le volume du liquide séminal d'un tiers supplémentaire. Les enzymes qu'elle fournit fragmentent les protéines accumulées tout au long du parcours, contribuant aussi à fluidifier le sperme. L'une de ces protéines est le fameux PSA (initiales de *Prostatic Specific Antigen*) qui est aujourd'hui aisément dosé dans le sang circulant. Sa présence en excès témoigne d'un hyperfonctionnement de la glande, faisant craindre l'existence d'un processus tumoral à son niveau. Autre propriété de la prostate, elle enrichit le sperme en zinc, métalloïde qui contribue à protéger le matériel génétique lors de son périple vagino-utérin. Enfin, par l'intermédiaire de la *spermine*, elle est responsable de son odeur si particulière.

Les glandes de Cowper

Ces deux petites glandes, de la dimension d'un noyau de cerise, sont placées de chaque côté de l'urètre, sous la prostate. Elles ont pour unique fonction la lubrification de celui-ci. C'est elles qui sont responsables de la sécrétion de ce que certains appellent la rosée d'amour, lors de la phase initiale de l'acte amoureux ou un peu plus tard.

L'urètre et le *veru montanum*

La portion du canal urétral comprise entre le col de la vessie – entouré d'un sphincter de muscle lisse gouvernant, tel un robinet, l'ouverture et la fermeture du réservoir à uriner qu'est la vessie, – et l'entrée dans la verge proprement dite, où elle est entourée d'un autre sphincter musculaire (voir figure 1.6 C), voit déboucher tous les canaux conduisant les constituants du sperme. Au niveau où ils se jettent dans l'urètre, il existe une excroissance muqueuse, le fameux *veru montanum*, très riche en terminaisons nerveuses maîtresses du déclenchement du mécanisme de l'éjaculation (voir chapitre 2).

LE SPERME

De même que le sang, le sperme a une sorte de caractère sacré. Celui-là coule en nous, synonyme de vie, celui-ci, émis puissamment, est source d'une nouvelle existence. Précieux, irremplaçables, ils sont investis d'une formidable charge émotive, d'où la violence des sentiments vis-à-vis du sida, transmissible par le sperme et par le sang : la métaphorique mort par le sexe, le psychanalytique « Éros et Thanatos », devient bien réelle.

La vénération pour le sperme nous vient de très loin dans l'histoire des civilisations : toutes les religions l'ont sacralisé comme le principe créateur. C'est la source même du Gange, le fleuve sacré des Hindous. Chez les Égyptiens, il est le fondateur du monde par la masturbation du dieu Rê-Atum-Khefen. Comme le souligne A. Daniélou[1], « il est la manifestation de l'être divin ». Aujourd'hui encore, en Afrique, dans certaines ethnies, lors de la puberté, on mène les jeunes adolescents dans les champs, afin qu'ils y émettent leur sperme pour fertiliser la terre.

Liqueur d'origine divine, le sperme est générateur d'idées reçues altérant souvent la façon dont l'homme vit sa sexualité. Une des idées fausses les plus répandues est que le sperme serait porteur d'une sorte d'énergie vitale qui diminuerait avec le temps et la répétition des émissions. Comme le mentionne Flaubert[2], « une once de sperme perdu,

1. A. Daniélou, *Le Phallus*, Éd. Pardès, 1993.
2. G. Flaubert, *Correspondance*, t. I, Gallimard, « La Pléiade », 1991.

c'est plus que deux litres de sang... » Il confond, comme tant d'autres, la sensation de bien-être procuré par l'orgasme et l'émission du sperme. Un sexologue, W. Reich, dont les écrits philosophico-scientifiques étaient encore à la mode il y a peu, prônait dans les années 1930 une théorie issue de cette croyance mythique. Des particules porteuses de l'énergie vitale emmagasinées dans l'organisme en nombre limité seraient émises à chaque éjaculation. Chaque homme aurait ainsi une réserve limitée d'orgasmes, à lui de les gérer... et au sexologue-philosophe de les exploiter. Exilé aux États-Unis pour fuir l'holocauste, il imagina de capter ces particules de vie, qu'il appela *orgones*, et de les vendre. Confondu, il termina sa vie en prison.

De telles théories trouvent souvent leur origine dans les mythes fondateurs de l'histoire de l'humanité. On le verra avec le destin tant utilisé d'Œdipe. La théorie de W. Reich s'appuyait sur la vieille croyance en l'origine cérébrale du sperme via la moelle épinière. En Chine ancienne, les taoïstes l'avaient érigée en une véritable philosophie du comportement, celle du Yin et du Yang : en ayant des rapports sexuels sans émettre le sperme, on faisait remonter celui-ci le long de la colonne vertébrale jusqu'au cerveau. Les taoïstes privilégiaient aussi, avec ce qu'ils appelaient « la petite révolution céleste », la conservation de l'énergie interne, le yang. Aussi, lorsque l'Empereur de Chine voudra avoir un rapport sexuel sûrement fécondant, il se chargera préalablement en yang avec des courtisanes, grâce à des rapports répétés à orgasmes « secs » (sans éjaculation extériorisée). On peut y voir aussi la réalisation d'une « parfaite » séparation entre sexualité et fécondation, bannie par les religions occidentales monothéistes.

Tout cela, en fait, n'a rien à voir avec la physiologie réelle de l'orgasme et de l'éjaculation. Lorsqu'il n'est pas émis à l'extérieur, le sperme est propulsé dans la vessie, c'est ce qu'on nomme l'éjaculation rétrograde. Dans tous les cas, deux notions sont à retenir : il n'y a pas de limite physiologique dans le temps à la capacité humaine à avoir des orgasmes ; il n'y a qu'une perte d'énergie minime lors de l'acte sexuel.

La composition du sperme

Fait de 10 % de cellules reproductrices venues du testicule et de 90 % de liquide séminal fabriqué par les glandes annexes, le sperme éjaculé est un liquide composite et instable. Le volume moyen émis est de 4 ml. Une étude statistique donne comme chiffres extrêmes de normalité 1,8 et 5,8 ml[1] (voir encadré). Le volume conditionne la pression exercée sur les terminaisons nerveuses à l'intérieur de l'urètre au niveau du *veru montanum*. Cette notion volumétrique est importante, car elle participe à la qualité de l'acte sexuel : « Un plus grand volume éjaculé est éprouvé comme un plus grand plaisir[2] ». Cet aspect est purement psychologique, les deux partenaires percevant souvent la quantité de sperme éjaculé comme proportionnelle à l'intensité du plaisir partagé.

Une fois émis, le sperme, en contact avec l'air ambiant, prend une odeur caractéristique de détergent ménager, liée à l'oxydation de la spermine en composés volatiles alcalins. Sa couleur, qualifiée par Verlaine « d'opale et de lait[3] », vire rapidement au jaunâtre. Il coagule en cinq minutes en un mélange gélatineux qui se transforme, au bout d'une vingtaine de minutes, en un liquide visqueux plus ou moins opalescent.

Le comportement sexuel et surtout la rupture des barrières morales, lors de l'acte lui-même, amènent certains à goûter, voire à ingérer le sperme dans une suprême preuve d'amour, en hommage sans doute à la valeur sacrée de la liqueur procréatrice. J'ai même eu un patient qui, masturbateur frénétique, par impuissance, ingérait sa propre semence dans un processus d'autoconservation. Son comportement psychologique était par ailleurs parfaitement normal et son habitude spermophage disparut avec la guérison de son impuissance. Ceci dit, le sperme a un goût fade dû à son alcalinité et qui ne le désigne pas comme un élixir particulièrement recherché en tant que tel.

Chaque millilitre de sperme contient une moyenne de 100 millions de spermatozoïdes. Cela peut donc aller jusqu'à 800 millions par éjaculation. Précisons pour rassurer les futurs pères que l'on peut être fécond avec un nombre plus restreint de spermatozoïdes, surtout s'ils sont bien vigoureux et bien mobiles – sans parler des techniques modernes régénérant les cellules reproductrices fatiguées. Le laboratoire pourra aussi, grâce au dosage de certaines fractions, attribuer à telle ou telle glande, un déficit de production affectant la qualité du sperme, carnitine pour l'épididyme, zinc pour la prostate, fructose pour la vésicule séminale (voir figure 1.6). Enfin, la composition du sperme lors de son émission n'est pas homogène et privilégie la pénétration intravaginale du maximum de spermatozoïdes lors de la première fraction éjaculée,

---

1. J. Texier, *Le Sperme*, PUF, « Que sais-je ? », 1993.
2. *Ibid.*
3. P. Verlaine, *Poèmes érotiques*, in *Œuvre poétique complète*, Gallimard, « La Pléiade », 1962.

tandis que les fractions émises lors des spasmes ultérieurs contiennent essentiellement le liquide d'accompagnement, ce qui explique qu'une pénétration approximative ou rapidement interrompue peut être fécondante.

Caractéristiques de référence du sperme humain
(source : l'OMS, analyse du sperme humain, Éditions Inserm, 1994)

- Volume ≥ 2 ml
- Concentration en spermatozoïdes ≥ 20 000 000/ml
  ⇒ si moins ⇒ oligospermie
  ⇒ si = 0 ⇒ azoospermie
- Nombre total de spermatozoïdes ≥ 40 000 000/éjaculation
- Mobilité ≥ 50 % de mobilité progressive
  ⇒ si moins ⇒ asthénospermie
- Morphologie ≥ 30 % de forme normale
  ⇒ si moins ⇒ teratospermie

In utero

Une fois dans le vagin, les spermatozoïdes ont encore un long chemin à parcourir, si le rapport est supposé fécondant. De la centaine de millions de spermatozoïdes parvenus dans le vagin, seuls quelques milliers vont rester présents, grâce au liquide (mucus cervical) sécrété par la femme avec une intensité maximale dans la phase du cycle précédant immédiatement l'ovulation. Cette glaire est tout d'abord un filtre sélectif n'admettant en son sein que les spermatozoïdes les plus mobiles et les plus vigoureux. Ensuite, elle aura, pour les sélectionnés, des propriétés conservatrices. Les spermatozoïdes peuvent en effet y survivre plusieurs jours. Après avoir passé le col de l'utérus, ces survivants remontent l'utérus en une première vague d'assaut, une sorte de commando d'éclaireurs qui va gagner rapidement la trompe dans laquelle l'ovocyte à féconder a été pondu. Pour la plupart, il s'agit d'une opération suicide : seuls quelques centaines y parviendront. Ces individus se transforment, chemin faisant, pour être en mesure de percer l'énorme citadelle constituée par l'ovocyte féminin. C'est Goliath attaqué par les Lilliputiens. Pour triompher, il faut ruser : ils adaptent leurs mouvements à la rotondité de la muraille ovocytaire, ils modifient la structure des molécules constituant l'enveloppe de leur tête chercheuse pour mieux découvrir la zone élective qu'il faudra perforer pour fusionner avec l'homologue féminin et créer ainsi un nouvel être vivant. Un seul en définitive y parviendra sur les quelque 700 ou 800 millions qui auront été envoyés !

La raréfaction des spermatozoïdes

Alors que l'on n'a pas encore percé le mystère de la nécessité naturelle de cette surabondance, on craint désormais pour la survie de l'espèce en raison d'une diminution progressive de la qualité du sperme. Diverses données de la recherche médicale le signalent, en particulier depuis 1992[1]. Un travail réalisé à Paris[2] montre qu'en 20 ans, la concentration du sperme en spermatozoïdes a décru de plus de 40 %, passant d'une moyenne de 89 millions par millilitre en 1973 à 60 millions en 1994. Or, lorsque le sperme d'un homme n'excède pas 20 millions de spermatozoïdes au millilitre, on s'inquiète pour sa fertilité, et en dessous de 5 millions, il est très probablement stérile. Aussi si la diminution se poursuivait au même rythme partout, *en moins d'un siècle le potentiel reproducteur de l'humanité serait anéanti*. Même si parallèlement on ne voit pas le chiffre global des infertilités augmenter, il est capital de comprendre ce qui se passe, « sans quoi, à n'en pas douter, nous nous trouverons confrontés dans les années qui viennent à un redoutable problème de santé publique »[3]. Le fait que le développement des techniques de procréation médicale assistée permet aujourd'hui avec un seul spermatozoïde prélevé au niveau même où il est produit, de provoquer une grossesse (voir chapitre 13) ne constitue pas en soi une réponse à ce problème général. D'autant plus qu'on ne connaît pas encore les effets à long terme de ces techniques et que l'on ne sait toujours pas pourquoi il faut à la nature tant de spermatozoïdes pour une seule fécondation. Comme l'avait déjà souligné André Langaney[4], quand il s'agit de perpétuer les espèces, qu'elles soient animales ou végétales, l'évolution a imaginé les processus les plus mirobolants pour renouveler la vie.

Dans le formidable débat institué aujourd'hui autour de la maîtrise et des méfaits du progrès, nous aurions, si cette baisse spectaculaire du

---

1. B. Jegou, « Les hommes deviennent-ils moins fertiles ? », *La Recherche*, 288, juin 1996, p. 60-65.
2. « Decline of semen quality among fertile men in Paris during the past twenty years », *NEJM*, 2 février 1995.
3. P. Jouannet, interview, *Le Monde*, 3 février 1995.
4. A. Langaney, *Le Sexe et l'Innovation*, Le Seuil, 1973.

chiffre des spermatozoïdes humains se confirmait sur l'ensemble de la planète[1], un devoir absolu d'enquêter sur ce que nous avons modifié dans l'ordonnancement de la nature pour aboutir à un tel résultat. Il semble bien que l'environnement soit en cause, puisque que le déclin annoncé est inégal : à Athènes, ville très polluée, les chiffres sont inquiétants, alors que des études réalisées dans le Sud-Ouest français, en Finlande ou dans certaines parties des États-Unis y montrent des taux nettement plus élevés. La chute du nombre de cellules reproductrices mâles pourrait être due à l'exposition aux rayonnements, à certains pesticides, aux xenohormones dans l'alimentation ou dans les produits industriels comme les détergents ou les shampooings. Ces produits altéreraient la biochimie locale et prendraient la place de l'œstradiol, dont le rôle dans la fertilité masculine est établi. Tous les chercheurs soulignent le caractère multifactoriel des phénomènes en cause. Des faits similaires ont été constatés dans de nombreuses espèces animales, des gastéropodes aux reptiles et poissons en passant par les oiseaux. Du grain à moudre pour l'écologie au bon sens du terme.

Les scientifiques n'en finiront jamais – l'un des plus célèbres d'entre eux, Jacques Monod, pense que c'est inscrit dans les gènes humains – de démonter les mécanismes de la vie pour théoriquement les améliorer et fournir à l'espèce humaine plus de bien-être, voire de bonheur. En ce qui nous concerne ici, nous sommes à la croisée des chemins. Avec les progrès de la pharmacologie, de la génétique, de la biologie moléculaire, l'ordonnancement naturel des fonctions sexuelles est désormais durablement modifié : plaisir d'un côté, reproduction de l'autre. Même si dans l'histoire les élites sociales l'avaient anticipée, cette dissociation entre plaisir et reproduction est aujourd'hui érigée dans nos sociétés modernes en système organisé, ratifié par la loi. Le débat ne se situe pas seulement entre croyance aveugle et tolérance, entre malthusianisme et productivisme, entre féministes et machistes. A-t-on bien mesuré les conséquences évolutives de toutes ces modifications, à l'échelon individuel comme à l'échelle globale ? Peut-on impunément dissocier totalement l'amour, le plaisir, le désir d'enfant dans une programmation incluant le plan de carrière, les congés, les avantages fiscaux ? Peut-on sans risque à terme privilégier sans cesse la nécessité sur le hasard ?

1. Une étude américaine récente, réalisée dans les banques de sperme privées, tend à démontrer des résultats contredisant ceux de l'étude parisienne. Il semble qu'un effet climatique et/ou géographique limite la portée des constatations précédentes.

Ce qu'il faut retenir

① La taille de la verge, même modeste, est exceptionnellement la cause de difficultés sexuelles.

② La rigidité doit être suffisante mais pas excessive pour conserver lors de l'acte une sensibilité suffisante.

③ Le pénis est fait de deux organes distincts : les corps caverneux qui lui donnent sa dureté, le corps spongieux terminé par le gland qui lui procure sa sensibilité.

④ Les testicules ne se vident pas lors de l'éjaculation.

⑤ La testostérone, hormone de la masculinité, est fabriquée par les testicules sous la commande de l'hypophyse.

⑥ Il y a une production continue tout au long de la vie de testostérone et de spermatozoïdes.

⑦ La raréfaction en spermatozoïdes, constatée par certaines études, ne menace pas l'humanité dans l'immédiat.

Chapitre 2

UN FONCTIONNEMENT COMPLIQUÉ ET CAPRICIEUX

« C'est d'ordinaire avec notre être réduit au minimum que nous vivons, la plupart de nos facultés restent endormies ; parce qu'elles se reposent sur l'habitude qui sait ce qu'il y a à faire et n'a pas besoin d'elles. »
Marcel Proust, *À l'ombre des jeunes filles en fleurs.*

L'époque contemporaine récente, héritière de la pilule anticonceptionnelle et de la libération sexuelle, a séparé beaucoup plus profondément qu'il ne convient la fonction de reproduction et la fonction de plaisir. Il est symptomatique à cet égard de constater que l'enquête récente sur les comportements sexuels[1] ne pose aucune question sur le désir d'enfant. Toutes les tentatives d'éducation sexuelle, et encore plus depuis les campagnes de prévention contre les maladies sexuellement transmissibles et spécialement le sida, apprennent d'abord à ne pas faire d'enfant. Même si cela part d'une intention tout à fait louable, cela contribue encore à accroître cette dichotomie grandissante entre plaisir et procréation. Les éducateurs, les enseignants, les médecins ont le devoir de transmettre aux jeunes l'ensemble du message, non des informations morcelées.

1. A. Spira, N. Bajos, *op. cit.*

FONCTION DE REPRODUCTION ET FONCTION ÉROTIQUE

Roland et Hélène sont récemment venus me consulter. Lui est un ingénieur de 32 ans, elle une enseignante de 29 ans. Stricte éducation religieuse et études supérieures les ont amenés à réfréner quelque peu les émois sexuels de l'adolescence, puis à entretenir de longues et chastes fiançailles après leur rencontre, une dizaine d'années auparavant. Ils sont mariés depuis trois ans et consultent pour ce qu'il est convenu d'appeler non-consommation de mariage, au sens canonique du terme[1] : un rapport complet n'a jamais pu être obtenu, essentiellement en raison du manque d'érection de Roland au moment crucial.

Après un an de cette situation bloquée, Roland et Hélène ont cherché conseil auprès de divers médecins. Un examen du sperme ayant détecté un nombre assez faible de spermatozoïdes, ils se sont trouvés orientés vers des spécialistes de la fertilité, ce d'autant plus facilement que le désir d'enfant était au premier plan de leurs préoccupations. Dès lors, on privilégia le traitement de la fonction de reproduction et l'on commença à parler de procréation médicalement assistée, voire d'adoption. C'est le gynécologue, toujours consulté en cas de stérilité du couple, qui découvrit l'absence de relations complètes du couple, sans toutefois en percevoir les raisons… Ils furent alors envoyés à un conseiller conjugal qui les confia à un psychiatre. On allait s'orienter vers une approche psychothérapique quand quelqu'un s'avisa que Roland devait être également examiné sur le plan physique. C'est ainsi que je vis arriver un couple désemparé et totalement inculte sur le plan sexuel. Ayant capté leur confiance, je fus assailli de questions ; car au-delà de l'ignorance, une fois les barrières conventionnelles brisées, il y avait une immense soif de savoir, fondée sur la profondeur des liens tissés entre eux. Pour Roland et Hélène, les fonctions érotique et reproductrice étaient justement intimement liées. Et s'ils en étaient déjà à envisager de faire un enfant autrement, c'est que personne ne leur avait indiqué, au terme de leurs années d'échecs, qu'il y avait moyen de rétablir la fonction naturelle, avant d'aller plus loin.

Cette histoire simple montre la nécessité, pour celui qui prétend s'occuper de sexualité – au risque d'enfoncer des portes ouvertes – de sans

1. En droit canon, la non-consommation du mariage est la cause première d'annulation du mariage catholique en cour de Rome.

cesse retourner à la physiologie primordiale du « dresser, entrer, mouiller » [1], puis éventuellement procréer. À trop regarder, qui dans le microscope, qui dans l'inconscient, on finit par perdre le fil d'Ariane de la nature.

Après quelques semaines d'un traitement essentiellement pédagogique, Hélène et Roland se connurent mieux ; puis complètement. Ils s'épanouirent véritablement et conçurent leur premier enfant naturellement.

LE CYCLE SEXUEL MASCULIN : LES TEMPS DE L'ÉRECTION

L'acte sexuel masculin se déroule suivant un cycle invariable établi, sous l'influence de stimuli divers, par la séquence en quatre temps : érection, maintien du plateau, éjaculation, détumescence. Toutefois, cette séquence chronologique n'est pas absolument invariable : il peut y avoir orgasme sans éjaculation, éjaculation sans érection, ou érection sans éjaculation.

L'érection est l'ensemble des événements amenant le pénis à un état de rigidité suffisante pour que l'intromission puisse se faire, cet état devant se maintenir assez longtemps pour permettre l'accomplissement harmonieux de l'acte par les deux partenaires.

On distingue quatre phases successives de l'érection : le remplissage, l'établissement de la rigidité, le maintien, dite phase en plateau, et la détumescence avec retour à la flaccidité. L'éjaculation et l'orgasme se produisent à l'apogée de la phase en plateau. En présence de stimuli suffisants, et chez un homme jeune, les deux premières phases (intumescence et rigidité) surviennent très rapidement et sont difficilement dissociées. Les observations faites au laboratoire en utilisant la stimulation visuelle ou pharmacologique ont permis de les analyser avec plus de précision.

Le remplissage

À l'extrême début du processus, la verge répond aux stimuli en se contractant légèrement, comme si les terminaisons nerveuses dépendantes du

1. Dresser (érection), entrer (pénétration), mouiller (éjaculer) : telles étaient les étapes à franchir pour prouver sa virilité lors des procès en impuissance au XVIIe siècle.

système sympathique, connu cependant comme anti-érectile, devaient être nécessairement excitées préalablement à toute relaxation. En quelques secondes survient le relâchement des mêmes fibres musculaires et l'engorgement sanguin se traduisant par l'augmentation rapide du volume pénien, c'est-à-dire l'intumescence (voir figure 2.1). Elle est provoquée par l'augmentation de la pression à l'intérieur des deux corps caverneux. Arrivée à une valeur seuil, la pression, qui jusqu'alors s'était élevée très progressivement, augmente en flèche pour atteindre des valeurs bien supérieures à la pression régnant dans le système artériel. Le sang occupant tout le volume des corps caverneux, eux-mêmes enserrés dans l'enveloppe peu extensible déjà décrite, le pénis devient rigide et se redresse. La quantité de sang mobilisé pour la survenue de l'érection est en moyenne de 130 ml, l'équivalent du volume d'une petite bouteille de jus de fruit avec des variations allant d'une tasse à café à une bouteille de Coca-Cola.

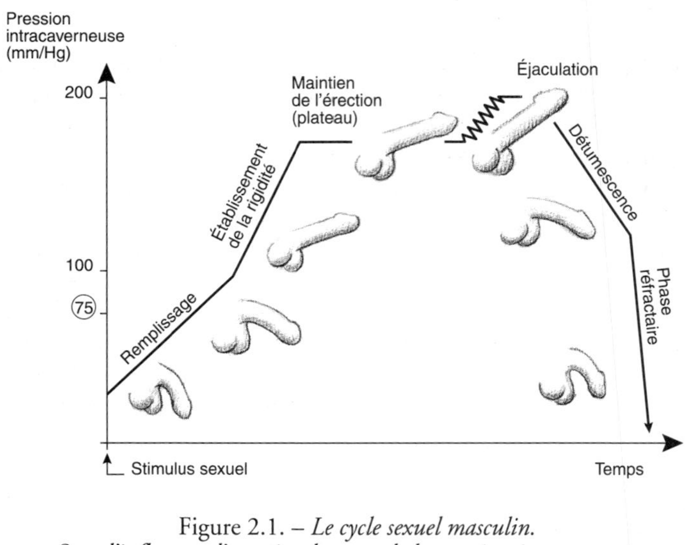

Figure 2.1. – *Le cycle sexuel masculin.*
Sous l'influence d'un stimulus sexuel, la pression intracaverneuse s'élève. Il faut qu'elle atteigne un seuil critique (voisin de 75 mm Hg) pour que la rigidité s'établisse. La pression élevée à l'intérieur des corps caverneux entraîne le blocage du sang et la survenue de la rigidité. La durée de la phase en plateau est proportionnelle à la capacité du sujet à différer la survenue de l'éjaculation. Après, la détumescence se produit, inaugurant une phase réfractaire de durée variable.

Il y a trois impératifs au fonctionnement harmonieux de l'érection : l'adaptation parfaite du débit artériel, la plasticité du tissu érectile et l'intégrité de l'enveloppe qui l'entoure. L'essentiel étant dans la capacité des artères et du muscle lisse à répondre immédiatement de façon synchrone aux informations reçues du système nerveux. Ceci est réalisé grâce à des changements biologiques complexes qui font intervenir les neuromédiateurs, produits à l'extrémité des terminaisons nerveuses, et qui provoquent une chaîne de réactions *in situ* dont la simultanéité est réglée par des phénomènes cellulaires complexes (voir pages 96-97).

Le maintien

La durée de la phase en plateau est fonction de la poursuite des stimuli nécessaires à l'entretien du relâchement musculaire avec pour conséquence le maintien de l'érection, et du contrôle volontaire du moment propice à l'éjaculation. L'activité physiologique, au niveau de la verge, est maximum, l'érection est totalement rigide, le gland est distendu à l'extrême et prend une couleur bleutée dite apoplectique – Verlaine parle à ce propos de « Sa caresse de chaud satin violet ». Avec les mouvements saccadés de va-et-vient contre la douce paroi vaginale et avec l'accentuation des stimuli, le cerveau, dont la volonté s'affaiblit, est submergé par la sensation de l'imminence de la jouissance.

La valse de l'éjaculation

L'éjaculation comporte trois temps : l'émission, le point de non-retour et l'expulsion secondaire du sperme. C'est cette dernière phase qui, dans l'esprit de tous, est l'éjaculation.

LA ROSÉE D'AMOUR

L'éjaculation est souvent précédée par l'apparition, au niveau du méat de l'urètre, d'un petit écoulement baptisé par les Romains *rosée d'amour*. Fins observateurs, ils avaient sans aucun doute établi une relation entre l'intensité du désir et l'importance de cette sécrétion préjaculatoire, souvent décalée dans le temps, apparaissant pendant les jeux érotiques et pouvant même se produire avant l'érection. L'abondance de cette sécrétion est variable. On distingue trois catégories. Chez 30 % des hommes, elle n'apparaît même pas à l'orifice de l'urètre. Pour un autre tiers, elle revêt l'aspect de la rosée romaine, quelques gouttes de liquide clair. Enfin, pour les 30 % restant, il s'agit d'un écoulement plus abondant.

Les scientifiques ne se sont pas réellement intéressés jusqu'ici à cet aspect de la physiologie sexuelle. L'explication classique de lubrification de l'urètre est sans doute exacte mais fragmentaire. Le lien entre l'intensité du désir immédiat, ce que l'on pourrait qualifier d'excitation sexuelle (le « *sexual arousal* » des Anglo-Saxons), et l'abondance de cette sécrétion devrait être précisé. À mon avis, elle doit être en relation avec l'activation exagérée du système sympathique consécutive à l'émotion sexuelle. Chez certains, dont l'excitation psychique prend une intensité qui submerge toute la réaction sexuelle, l'abondance de cette sécrétion est telle qu'elle constitue une sorte d'équivalent de l'éjaculation, sans orgasme, suivie d'une détumescence rapide et de l'impossibilité de retrouver immédiatement la moindre érection (voir chapitre 11).

Toute la phase initiale de l'éjaculation se joue au niveau du *veru montanum* (voir figure 1-6). C'est là que s'accumulent le sperme propulsé dans les voies internes au moment de l'excitation sexuelle et le produit des glandes annexes. Il se crée ainsi à ce niveau une zone de haute pression située entre les deux sphincters fermés, celui de la vessie pour éviter au sperme d'être rejeté dans l'urine, et celui de l'urètre pour éviter une éjaculation prématurée.

LE POINT DE NON-RETOUR

Le point de non-retour est une phase extrêmement brève (2 à 3 secondes), cruciale pour le contrôle de l'éjaculation. Elle correspond au temps qui s'écoule entre le moment où la portion de l'urètre dilatée est totalement remplie de sperme et le déclenchement de l'expulsion proprement dite. À ce moment, les messages sensitifs transmis à partir des récepteurs situés au niveau du *veru montanum* préviennent le cerveau que la coupe est pleine, donnant cette sensation dite prémonitoire de l'imminence de l'éjaculation. Jusque-là, par l'intermédiaire de son cerveau, l'homme peut différer l'expulsion. C'est ainsi que le déclenchement de celle-ci s'opérera soit de façon automatique jusqu'au point de non-retour, lorsque le seuil d'excitabilité est atteint et qu'on se laisse aller, submergé par le désir irrépressible du plaisir ; soit de manière volontaire, en restant en deçà de ce point jusqu'au moment le plus opportun, celui où la partenaire atteint elle-même l'orgasme.

L'EXPULSION ET L'ORGASME

L'expulsion du sperme est alors activée par plusieurs phénomènes concomitants : l'ouverture par relaxation du sphincter strié de l'urètre alors que le col vésical reste fermé ; les contractions rythmiques de la prostate se combinant avec le rétrécissement de l'urètre qu'elle entoure ; et surtout les violentes et décisives contractions de la musculature périnéale.

Propulsé dans l'urètre, le sperme est expulsé par la fente du gland, *le méat*, en 3 à 6 saccades violentes suivies de quelques spasmes moins significatifs.

L'orgasme, d'un point de vue strictement physiologique, se définit comme l'ensemble des manifestations cérébrales liées à l'éjaculation. Pour simplifier, c'est le moment où l'on perd la tête. Lorsque tout va bien, en même temps que surviennent les contractions de l'expulsion, une sensation de plaisir submerge le cerveau de façon indélébile. L'excitation sexuelle (voir encadré page suivante), qui a bouleversé la plupart des sens et des fonctions physiologiques (respiration, tension artérielle, rythme cardiaque, régulation thermique, transpiration...) culmine dans ce véritable tremblement de terre cérébral qu'est l'orgasme, tellement intense et incontrôlable qu'on l'a parfois comparé à une crise d'épilepsie. Il n'y a pas d'échelle de Richter permettant de mesurer la magnitude du plaisir ressenti. Pourtant, l'observation clinique permet de déceler une grande variété de réponses. La plupart des hommes sont mono-orgasmiques, et ressentent une seule fois, à l'acmé de leur excitation, au moment où le sperme est expulsé, ce plaisir ineffable et quasi extatique. Plus rarement, certains décrivent des sensations orgasmiques se répétant de façon rapprochée bien au-delà de l'éjaculation. Le pourcentage de ces multi-éjaculateurs n'excéderait pas, selon les enquêtes récentes, 15 %[1].

---

1. J. Reinisch, *op. cit.*

L'ensemble des organes fait l'amour

Dès que les partenaires ont chacun agréé de passer à l'acte, une série de manifestations générales accompagnent les événements purement sexuels. Ce sont les signes extérieurs du *stress amoureux* : accélération importante du pouls – qui peut atteindre 180, avec une élévation de la tension de 4 à 5 points – et des mouvements respiratoires, lesquels atteignent au moment de l'éjaculation la fréquence de 40 à la minute, soit plus du double de la périodicité de repos. Il s'y associe une rougeur exagérée du visage et de certaines parties du corps comme la face antérieure de la poitrine, une contraction de l'appareil pileux donnant le phénomène dit de la « chair de poule », souvent suivi d'une sudation qui se déclenche de façon privilégiée sur la zone située au-dessus de la lèvre supérieure et sur les surfaces en contact avec la partenaire. L'orgasme s'accompagnera en outre d'une hypersalivation pouvant se traduire par un trait de bave lâché par les protagonistes.

Cette hyperactivité physiologique générale s'accompagne d'une sensation de chaleur extrême. Tous les sens sont exacerbés à leurs stimuli respectifs, et particulièrement l'odorat et le toucher. L'hypersensibilité cutanée intéresse les zones érogènes, pour l'homme essentiellement le gland, plus rarement les mamelons, sans oublier toutes les zones en contact direct avec la partenaire. Le rôle des odeurs est plus délicat à analyser. Vestige de nos origines animales, il trouve son impact dans l'attrait sexuel suscité au moment de l'acte par les effluves provoquées par les sécrétions vaginales et la transpiration de la compagne. Les fabricants de parfum et de produits d'hygiène oublient parfois le célèbre écrit de Napoléon, de retour de campagne, à Joséphine : « Ne te lave pas, j'arrive... »

Ces manifestations visibles du stress amoureux sont pour la plupart consécutives aux modifications biochimiques induites au niveau du cerveau par l'exercice amoureux. Elles échappent au contrôle de la volonté tant celle-ci est affaiblie par le désir du plaisir. L'activité psychique est ainsi toute entière mobilisée par *l'urgence orgasmique*, la quête du plaisir d'abord, puis l'imminence de l'orgasme qui efface toute velléité de contrôle « moral ». D'où un aspect d'incohérence totale et d'imprévisibilité par rapport à la conduite habituelle.

Ce comportement irraisonné peut se traduire par une profusion de mots plus ou moins clairement articulés, un vocabulaire peu châtié, et par des mouvements souvent désordonnés, qui prêtent souvent à rire quand on les entend ou les observe hors du contexte. Certains iront jusqu'à proférer des jurons de charretier, d'autres poussent des cris ou des grognements d'animaux, d'autres encore prendront des postures libidineuses, ébaucheront des conduites proches du sadisme ou du masochisme... Tout cela dans la normalité absolue et sans autre but que la satisfaction sexuelle. Il faut être bien conscient du fait que tout ce qui se passe lors de ces instants n'a rien à voir avec le vice, mais est la manifestation de la physiologie normale. Les structures cérébrales sont tout entières mobilisées pour le but à atteindre, au détriment de toutes les autres facultés. On notera aussi comment un sens comme la vue, qui a tant d'importance dans le rapprochement sexuel, perd pratiquement toute valeur au moment de l'acte lui-même. Le cerveau devient alors singulièrement sélectif et aveugle dans tous les sens du terme.

La débandade

Le sperme émis, l'orgasme ressenti, tout va alors très vite. L'hyperactivité fait place à une lascive béatitude. Le cerveau jouit de son plaisir pendant que le corps retrouve son calme. Dès la fin de l'éjaculation, toute sollicitation supplémentaire au niveau des organes sexuels, et en particulier du gland, est inefficace, parfois repoussée car perçue comme désagréable. La rigidité s'efface, laissant place à une intumescence plus ou moins marquée selon que le coït s'est prolongé ou non. En quelques minutes le pénis retrouve sa flaccidité. Les vannes veineuses se sont en effet ouvertes sous l'action de la violente décharge d'adrénaline résultant de l'orgasme : celle-ci a entraîné la constriction des artères et la contraction de la musculature lisse, provoquant une baisse de la pression à l'intérieur des lacunes caverneuses.

À la béatitude succède souvent une certaine langueur : *post coïtum animae triste* (l'âme est triste après l'amour), note avec regret Ovide. Ce spleen est gouverné par des substances chimiques sécrétées en abondance dans la phase post-orgasmique (voir page 104). Cela peut se traduire par une crise de larmes incontrôlée (surtout chez la compagne), par l'endormissement, fréquent chez l'homme, qui est alors taxé de goujaterie, par l'envie irrépressible de fuir ou au contraire de se blottir pour chercher protection, par le besoin de fumer ou par une sensation de faim.

La phase réfractaire

Quoi qu'il en soit, ces manifestations locales et générales sont le prélude de la phase dite réfractaire, pendant laquelle même l'incitation la plus pressante ne parviendra pas à provoquer l'érection. La durée de cette inexcitabilité peut varier de quelques minutes à plusieurs jours. L'âge, l'état physique, la fréquence de la pratique sexuelle sont autant de facteurs influant sur cette donnée, qui préoccupe beaucoup d'hommes. En effet, compte tenu du décalage fréquent entre la physiologie de la femme, souvent multi-orgasmique, et celle de l'homme, éjaculant souvent trop précocement, la répétition possible de l'acte au cours d'une même séance amoureuse est une préoccupation quasi permanente de nos consultants. Au-delà des phénomènes exceptionnels – comme celui, signalé par Masters et Johnson, d'un homme ayant éjaculé, sous leur contrôle, trois fois en dix minutes –, l'adolescent et le jeune homme sont réputés pouvoir avoir plusieurs éjaculations à l'heure. Pour l'homme d'âge mûr, deux éjaculations dans le même laps de temps deviennent exceptionnelles. Quant aux hommes réellement multi-éjaculateurs, ils n'excéderaient pas 15 % de la population masculine globale.

LE SEXE GOUVERNÉ PAR LES HUMEURS[1]

Avec l'analyse des mécanismes intimes du fonctionnement des éléments déjà exposés, on entre ici dans le domaine où s'opposent avec le plus de véhémence le rationnel et le surnaturel, le biologique et le métaphysique, en un mot le cœur et la raison. Trois petites histoires vécues illustrent ce conflit permanent qui gêne l'analyse factuelle des événements touchant à la sexualité de l'homme.

Maxime et Marie-Thérèse ont une cinquantaine d'années. Mariés depuis 25 ans, ils racontent leurs difficultés croissantes depuis deux ans,

1. Dans les traités médicaux anciens mais aussi dans le langage populaire, les humeurs désignent les sécrétions de l'organisme.

du fait de l'érection défaillante de Maxime. Elle me confiera, à l'insu de son mari : « Vous savez, je comprends bien, je ne l'attire plus, je suis incapable de provoquer l'érection, il ne me désire pas autant qu'avant ; tout ça, c'est dans la tête... Sans doute ne m'aime-t-il plus ? » Or lui, en tête-à-tête, me confiera sa vision de la situation : « Ma femme a toujours autant d'ardeur, je l'aime comme aux premiers jours mais ça ne répond plus... » Cette différence d'interprétation de l'impuissance reflète bien l'amalgame fonctionnel partagé par la plupart des femmes : « S'il m'aime, son sexe doit le montrer. » L'opinion générale est qu'il y a un lien direct entre le cerveau et le pénis avec commande automatique intégrée répondant au starter que constitue la volonté. On verra que c'est plutôt une fusée à plusieurs étages.

À l'inverse, l'histoire de Monsieur et Madame L. est édifiante à propos de l'aveuglement des médecins. Il s'agit d'un couple de provinciaux, elle est médecin anesthésiste, lui est notaire. Ils sont mariés depuis 12 ans et n'ont pas d'enfant. Lui présente une forme particulière d'excès de graisses dans le sang, appelée hypertriglycéridémie familiale, qui a tendance à favoriser prématurément des dépôts d'athérome dans les artères. Dans ce contexte, Monsieur L. confie aux spécialistes qui le suivent son impuissance. Le lien est vite établi entre les graisses en excès et le défaut érectile, et l'on détecte un rétrécissement important de l'une des deux grosses artères apportant le sang au petit bassin, donc au pénis. Pourtant, une intervention chirurgicale réussie ne changera rien à l'impuissance.

En interrogeant longuement le couple et plus particulièrement Monsieur L., on apprendra qu'en fait d'impuissance, il n'y avait jamais eu entre eux de tentative réelle d'acte sexuel. L'absence d'érection avait été constatée, puis admise, jusqu'à l'approche de l'âge limite pour une éventuelle conception. À 40 ans, elle était vierge et lui, à presque 50, était puceau. Les médecins ne s'étaient pas avisés de cet état de fait, satisfaits d'avoir trouvé un défaut anatomique local. On avait restauré l'outil sans s'aviser qu'il n'y avait aucune utilisation de celui-ci !

Jean et Juliette vivent une sexualité épanouie depuis une dizaine d'années. Pourtant leur horizon est un peu obscurci par l'absence d'enfant. Les enquêtes médicales classiques se sont multipliées depuis trois ans, et plusieurs tentatives de fécondation *in vitro* ont échoué. Un processus d'adoption a été mis en route, et le couple attend non sans impatience l'arrivée d'une petite Vietnamienne. Elle est là depuis à peine trois mois lorsque Juliette, toute à sa maternité d'adoption, tombe enceinte ! On imagine aisément les problèmes potentiels nés d'une telle situation.

Ces trois histoires illustrent la difficulté mais aussi la nécessité de l'analyse exhaustive des phénomènes agissant sur les mécanismes de la sexualité. Les scientifiques traquent sans cesse ce que François Jacob a appelé « la logique du vivant », mais tout n'est pas encore clair, et les médecins doivent rester modestes et prudents, et dans leurs affirmations et dans leurs choix.

Dans l'histoire de Maxime et Marie-Thérèse, on s'arrête à la notion primaire d'un postulat universellement répandu : la femme aimée paraît, et le processus sexuel se déclenche sans coup férir. Corollaire du postulat, si l'érection ne se déclenche pas, c'est que cette femme n'est plus aimée. Sophisme parfait et biologiquement faux, qui a servi d'argument à tant de ruptures et à tant de discours sexologiques.

La seconde histoire, celle de Monsieur et Madame L., est l'illustration des ravages de la spécialisation, du syndrome du microscope. Braqué sur l'athérome obstruant les artères génitales du patient, personne n'avait reconstitué le parcours vierge de ce couple, par ailleurs bien installé dans la vie. Le mécanisme avait été analysé uniquement sous la ceinture.

La troisième histoire rend compte de la fragilité de notre compréhension de l'agencement de ce système complexe, dont nous avons découvert, dans les trente dernières années, de multiples aspects fascinants mais encore épars. Nous pouvons produire la cartographie de nos gènes mais nous sommes incapables de dire avec *certitude* au couple qui est en face de nous s'il est stérile ou non.

C'est à la lumière de ces exemples qu'il faudra lire et interpréter ce qui suit, en ne perdant pas de vue ce que souligne Francis Crick, le découvreur avec James Watson de la double hélice de l'ADN, dans l'introduction de son ouvrage sur les mécanismes de fonctionnement du cerveau[1] : « L'hypothèse stupéfiante c'est que "vous" et vos peines, vos souvenirs et vos ambitions, le sens que vous avez de votre identité et de votre libre arbitre, ne sont rien de plus que le comportement d'un vaste assemblage de cellules nerveuses et des molécules qui y sont associées. » On pourrait y ajouter le désir, l'amour et le rapport à l'autre.

L'analyse de ces interactions indispensables entre la fonction et le comportement sexuel de l'homme doit partir du phénomène essentiel de la réaction sexuelle masculine : *l'érection est automatique et échappe totalement pour l'essentiel, son déclenchement et son maintien, au contrôle de la volonté*. On peut certes avoir envie de se penser maître du déclenchement de l'érection, à partir du désir sexuel et de stimulations adéquates, celle-ci ne se déclenchera que si les conditions physiologiques requises sont réalisées. Et elles sont en apparence imprévisibles, échappant à l'analyse psychologique.

1. F. Crick, *L'Hypothèse stupéfiante. À la recherche scientifique de l'âme*, Plon, 1994.

Qui n'a pas vérifié une fois dans son existence le caractère capricieux de la fonction érectile ? Dans telle situation particulièrement émoustillante, rien ne se passe, au grand désarroi d'amants déconfits par la mollesse durable du pénis, quelle que soit l'habileté déployée pour le stimuler. Dans telle autre, à un moment particulièrement inopportun, parce que sans lien aucun avec la sexualité, Priape affirmera sa présence encombrante de façon tout à fait incongrue. Ceci tient à ce que la partie « consciente » de notre cerveau, le cortex, n'intervient pas initialement dans l'activation des mécanismes érectiles. Tout est géré par les connexions entre le cerveau primitif et les organes sexuels. Ce dont nous sommes conscients parvient des étages inférieurs de l'organisme, indiquant une situation donnée qui échappe à notre analyse. Ainsi, dans l'exemple de l'érection, et quelle que soit l'origine de son déclenchement, un début de remplissage des corps caverneux est perçu par les récepteurs nerveux locaux. Tels des puces électroniques, ils agissent localement et en symbiose avec des centres nerveux régionaux, répercutent l'information par l'intermédiaire de la moelle épinière, jusqu'au cerveau qui les analyse et les intellectualise : « Tiens, j'ai un début d'érection » qui deviendra en fonction de la situation particulière et de l'expérience : « J'ai envie d'elle » ou « J'ai envie de faire l'amour » ou encore « Pourvu que j'y arrive ». A contrario, ce peut être : « Ce n'est pas le moment » ou « Ce n'est pas convenable ». D'autres préoccupations peuvent encore faire dévier de l'objectif final apparent et empêcher la poursuite de l'érection initialement induite.
Dans cette ligne droite apparente de la réaction amoureuse la plus gratifiante : **amour → désir → érection → acte sexuel → plaisir**, nonobstant les affirmations des philosophes de l'âme et des tenants du tout-culture[1], les phénomènes biologiques ont un rôle primordial, d'autant plus efficace qu'ils sont bien compris par un cerveau souvent impuissant à les maîtriser dans l'instant.

L'érection est automatique

Le tissu musculaire constituant les corps caverneux responsables de l'érection est sans cesse en mouvement, donnant au pénis cette impression d'autonomie qui rend l'observateur de son propre organe si inquiet lorsqu'il se rabougrit sous l'effet de la peur ou du froid ou au contraire lorsqu'il est détendu, relaxé, atteignant un volume notable prêt à basculer dans la rigidité.

---

1. J. Kelen, *L'Éternel masculin*, Robert Laffont, 1994.

Les mouvements sont régis par le système nerveux autonome, celui qui commande le fonctionnement automatique de nos viscères, par l'intermédiaire de deux voies distinctes : le sympathique qui indique à la verge de rester sage, et le parasympathique, qui l'aidera à s'exciter. Ces actions s'exercent par l'intermédiaire de récepteurs locaux connectés à ces deux groupes de nerfs captant et délivrant leurs informations sous forme de messages chimiques permettant les échanges au niveau cellulaire. Il convient de concevoir les récepteurs comme des serrures ayant une seule clé mais plusieurs utilisateurs, les uns agissant sur la fermeture, les autres sur l'ouverture.
Depuis que l'on sait déclencher ou supprimer l'érection en injectant des substances médicamenteuses directement dans le pénis, et que la recherche s'est mise à l'unisson en multipliant les expérimentations sur le tissu érectile isolé, ou sur celui de certains animaux, les scientifiques ont pu élucider de nombreux aspects de ce mouvement de va-et-vient incessant qui fait comparer notre pénis à un accordéon (voir figure 2.2).

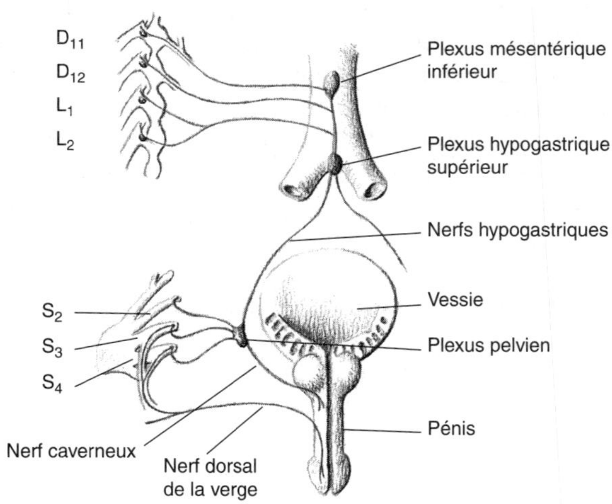

Figure 2.2. – *Représentation schématique du système nerveux autonome innervant la verge.*
(D est l'initiale de dorsal, L de lombaire et S de sacré ; le chiffre correspond à la vertèbre d'où sort le nerf figuré.) Le va-et-vient des informations captées par les récepteurs du pénis et ceux du cerveau s'effectue par des relais au niveau de la moelle épinière et des plexus et ganglions situés dans l'abdomen, le petit bassin et le périnée. Le fonctionnement de ce système est automatique. Des récepteurs spécifiques à certains médiateurs (ocytocine) ont été identifiés dans la moelle épinière.

L'alternance flaccidité-rigidité

Pour ce qui concerne le maintien de la position de repos (flaccidité), tout est clair, le système sympathique domine la situation. Le tissu érectile est riche en récepteurs alpha (ce sont les serrures répondant spécifiquement à la clé biochimique de ce système, une substance appelée noradrénaline présente à l'extrémité des fibres sympathiques). Cette substance commande par l'intermédiaire de ces récepteurs l'état de contraction des fibres érectiles, en quelque sorte la fermeture de l'accordéon. Les lacunes caverneuses étant closes, peu de sang y pénètre et l'organe reste flasque.

C'est cette même substance qui est responsable de l'accélération du rythme cardiaque, de l'élévation de la tension artérielle et de la contraction des bronches, des viscères digestifs et de la vessie. Elle est également la sœur jumelle d'une hormone fabriquée par la partie centrale de nos glandes surrénales et déversée dans le sang circulant, l'adrénaline. Celle-ci est l'hormone du stress et des émotions dont on verra les intrications étroites et parfois antinomiques avec les phénomènes que nous décrivons ici.

L'état de flaccidité du pénis est donc sans aucun doute sous la dépendance active du système sympathique et de son médiateur chimique, et probablement aussi sous celle du taux sanguin de l'adrénaline. Plus ce système est activé, plus les serrures que constituent les récepteurs alpha sont fermées, plus la verge est resserrée, moins l'érection a de possibilités de se produire. Le passage à l'érection nécessite au préalable la désactivation de ce blocage des récepteurs alpha.

Si tout est clair et simple pour ce qui concerne l'état de flaccidité, la survenue de l'érection obéit à un processus d'une rare complexité, malgré son instantanéité.

Un premier mécanisme, issu cette fois du système parasympathique, entraîne l'inactivation des récepteurs alpha, leur non-réponse à la noradrénaline. Dès lors, une cascade d'événements biochimiques se produit en quelques instants, entraînant le relâchement de la musculature préalablement contractée (l'accordéon s'étire) et l'ouverture des vannes artérielles (les lacunes se remplissent de sang).

Les anatomistes et physiologistes du XIXe siècle avaient entrevu, avec C. Eckardt, les principes de ce fonctionnement. Lorsque plus tard, dans les années 1950, on décrivit les premiers neurotransmetteurs de ce système nerveux double, on pensa, par symétrie avec le rôle de la noradrénaline, que le neurotransmetteur du système parasympathique, l'acétylcholine, était le candidat naturel pour le rôle principal dans la production de cette relaxation. Cela ne s'est pas vérifié, car son rôle est fragmentaire. Initiateur indispensable de la réaction, il n'en est pas le responsable direct. À ce stade, il faut produire une énergie suffisante, au niveau cellulaire, pour obtenir le relâchement musculaire, l'ouverture de l'accordéon.

On ne maîtrise pas encore tous les tenants et aboutissants de la réaction en chaîne conduisant à l'érection. Chaque semaine qui passe, depuis que les scientifiques ont enfin décidé de fouiller les entrailles du pénis, bravant ainsi tous les tabous qui avaient conduit les médecins à transplanter des cœurs tout en refusant d'entreprendre l'exploration *in vivo* de la verge[1], voit de nouvelles substances isolées et proclamées chacune à leur tour unique responsable du déclenchement de l'érection. L'homme, même savant, reste très réducteur dans son analyse des phénomènes, toujours à la recherche d'un seul et unique responsable, là où les candidats sont multiples parce que la tâche est collective.

Ainsi une mosaïque d'événements locaux intervient au niveau pénien, ce que l'on ne soupçonnait pas avant la découverte selon laquelle la simple injection d'un vasodilatateur comme la papavérine permet de déclencher l'érection sans l'intervention des systèmes de contrôle. Avec cette évidence palpable, on s'avisa que le mécanisme essentiel devait se passer *in situ.*

Du « cylindre inerte » à l'« éponge active »

On étudia ainsi tout particulièrement la partie de l'éponge qui tapisse les fameuses lacunes et l'on réalisa que le tissu qui le constituait était de même nature que celui qui revêt la paroi interne des vaisseaux sanguins et porte le nom d'*endothélium.*

Avant l'avènement de la biochimie moléculaire et du microscope électronique, on pensait ce tissu plutôt inerte, uniquement habilité à servir de conduit au noble fluide sanguin, avec lequel il était en contact étroit d'où le nom d'*intima* qu'on lui avait donné. En fait, il s'est révélé beaucoup plus complexe et intéressant. Ses cellules fabriquent en effet des substances capables de dilater les vaisseaux sanguins, ou de les rétrécir.

Tout d'abord isolées au niveau des grosses artères des animaux puis de l'homme, ces substances ont été retrouvées dans le sang des lacunes caverneuses produites par son *endothélium.* On pense aujourd'hui qu'elles

1. En 1979, le secrétaire général du Collège français de pathologie vasculaire considérait comme immoral et sans intérêt d'explorer les artères sexuelles de l'homme.

jouent un rôle important dans l'alternance flaccidité-érection. Sous le nom de code de EDRF[1] se cache une substance chimique simple, le monoxyde d'azote, connue depuis des lustres pour ses puissantes propriétés vasodilatatrices. C'est actuellement en physiologie humaine la substance à la mode. C'est, pour les chercheurs, le candidat vedette au titre prestigieux d'initiateur unique de l'érection. Or, si le monoxyde d'azote est une pièce importante du puzzle, elle n'est sûrement pas la seule. C'est par l'accumulation du NO dans le pénis que le Viagra et ses suiveurs, Cialis et Lévitra, favorisent la survenue de l'érection. En effet, le tissu caverneux produit également d'autres substances ayant la propriété de dilater les vaisseaux et de relâcher la musculature lisse contractée. Même si tout n'est pas encore clair, toutes ces recherches ont le mérite de modifier l'idée que l'on a du fonctionnement de la verge : de la notion de cylindre inerte – obéissant, pour passer de la flaccidité à l'érection, à des forces extérieures uniquement mécaniques, quand elles n'étaient pas considérées comme inconscientes – on passe à celle *d'éponge active* (J. Dorémieux), où les processus sont essentiellement intrinsèques.

L'état de non-fonctionnement pénien est un phénomène physiologique actif induit par les fibres nerveuses sympathiques qui sont dites anti-érectiles. Elles entretiennent au niveau de la verge un tonus permanent dont l'intensité électrique peut être mesurée et fait actuellement l'objet de recherches cliniques. Les stimuli sexuels provoquent l'annulation de ce tonus par l'intermédiaire des fibres nerveuses parasympathiques dites pro-érectiles. Leur activation entraînant ensuite la séquence d'événements biochimiques qui conduisent à la relaxation puis à l'érection. Le retour à l'état de repos avec restitution du tonus musculaire est le fruit d'un processus inverse, lié au retour du calcium dans les cellules. L'ensemble du phénomène est automatique échappant au contrôle des centres cérébraux supérieurs. De fait, l'érection peut survenir sans stimulus particulier, par simple rupture biochimique de l'équilibre qui vient d'être décrit.

L'érection intempestive

Chaque homme en connaît deux variantes. L'une est diurne, sans aucune stimulation, strictement occasionnelle, liée à des changements thermiques ou mécaniques entraînant l'activation inopinée du système décrit

1. *Endothelium Derived Relaxing Factor.*

ci-dessus. Dans *L'homme qui marche*, je l'avais caractérisée par l'expression « érection Alphonse Allais » : celui-ci en avait expérimenté l'incongruité durant ses voyages en train de Paris à Honfleur, et ironisait sur les vertus de la trépidation des wagons de chemin de fer. L'autre est nocturne, obligatoire, fruit de périodes particulières du sommeil, appelées sommeil paradoxal, au cours desquelles, entre autres phénomènes physiologiques généraux et cérébraux[1], le tonus permanent maintenant la verge flasque est aboli, entraînant l'érection. Si le réveil survient au moment d'une de ces phases de sommeil paradoxal, on constatera ces érections. C'est ce que j'ai appelé les « érections Victor Hugo » par référence aux « matins triomphants » du vieil et vigoureux ermite de Guernesey[2]. Ainsi, tout au long de sa vie, chaque nuit, le système érectile est mis en œuvre, en quelque sorte à blanc, pendant une à deux heures. Il peut en résulter aussi une activation du phénomène éjaculatoire, connu sous le nom de pollutions nocturnes, émissions de sperme sans orgasme, beaucoup plus fréquentes dans l'adolescence.

Les spécialistes du sommeil et de l'érection ont beaucoup étudié ces phénomènes sous un double aspect : tenter de percer les arcanes du fonctionnement cérébral, et trouver ainsi un substitut neurologique aux aspects mythiques des rêves érotiques ; mieux préciser la physiologie de l'érection. En ce qui concerne le premier aspect, et dans le domaine de la sexualité précisément, il ne paraît pas y avoir de liens entre la nature des rêves et l'érection nocturne. Que ceux-ci soient ou non érotiques, celle-ci surviendra de toute façon. Les chercheurs ont d'ailleurs repéré que le sang véhicule plus de substances favorisant le relâchement musculaire lisse lors de ces phases de sommeil paradoxal que dans les phases de sommeil plus profond. La mesure de ces érections nocturnes, couplée à l'étude de l'encéphalogramme, a été l'une des premières techniques objectives de mesure de la qualité des érections, permettant de différencier les impuissances dites psychogènes – où les érections nocturnes sont normales – des impuissances dites organiques – où les érections nocturnes sont altérées ou absentes (voir chapitre 11).

Sans nécessairement recourir à cet examen compliqué, chaque homme

---

1. Le sommeil est un phénomène actif et variable avec des phases distinctes que l'on peut analyser par l'électroencéphalogramme. Lors des phases de sommeil paradoxal, le cerveau est le siège d'une activité intense, c'est le moment des rêves. L'organisme est le siège de mouvements involontaires, en particulier d'un phénomène de mouvements oculaires rapides (*REM periods* des Anglo-Saxons).
2. R. Virag, *L'homme qui marche*, *op. cit.*

peut étudier sommairement la qualité de son érection « Victor Hugo » en vérifiant l'état de son pénis le matin au réveil. La constatation, deux à trois fois par semaine (c'est le pourcentage de chances de se réveiller au cours d'une phase de sommeil paradoxal), d'une érection matinale rigide est un signe indubitable de bonne santé érectile. Son absence *prolongée* doit inquiéter. Cependant, l'interprétation négative est aléatoire, dépendante de paramètres multiples (rythme du sommeil, voyage avec décalage horaire, état général) et ne doit pas être prise en compte si l'activité sexuelle est normale. Ce d'autant que des études récentes ont montré que l'interprétation des phénomènes est plus complexe qu'on ne l'avait cru. L'érection nocturne n'est pas tout à fait identique à l'érection sexuellement stimulée et serait, par exemple, plus influencée que celle-ci par le niveau sanguin des hormones mâles. Rien n'étant gratuit dans l'économie physiologique humaine, on considère que le phénomène de l'érection nocturne correspond à une nécessité : il oxygénerait régulièrement le tissu érectile pour une meilleure régulation de son fonctionnement. Les médicaments favorisant l'érection, que ce soit par voie générale, ou surtout par voie locale, ont la même fonction d'oxygénation du pénis.

L'érection utile

C'est celle qui survient pour la bonne cause. Elle est dite stimulée. Il en existe deux sortes. L'une que l'on appellera réflexe, stimulée à partir du pénis et entièrement gouvernée par les centres nerveux de la moelle épinière. C'est aussi l'érection caricaturale du pendu, au cours de laquelle la suppression brutale du circuit réflexe maintenant la verge flasque entraîne l'érection *post mortem*. Certains impuissants n'hésitent pas à utiliser ce mécanisme en tentant une autostrangulation temporaire pour provoquer l'érection qu'ils ne parviennent pas à obtenir naturellement. L'autre forme d'érection stimulée est dite psychogène. Elle fait intervenir des stimuli extra-péniens (le désir tout simplement, le baiser, les caresses appliquées au partenaire, etc.). Ici, les stimuli parviennent aux centres cérébraux puis redescendent vers les centres médullaires (voir figure 2.2).

Les messages arrivent et partent du pénis par deux contingents de fibres nerveuses faisant relais sur leur chemin vers la moelle épinière (si l'on part pour les décrire de la verge) dans des ganglions, sorte de boîtes de distribution du courant nerveux. Au niveau du pénis, l'information sensorielle est captée par les nerfs dorsaux qui cheminent sur le dos de la verge, sous la forme de câbles blancs très épais et larges de plus de 1 cm. Ils transmettent essentiellement les stimuli captés au niveau du gland, zone érogène principale, quasi unique, de la sexualité masculine. Le nerf dorsal, après avoir cheminé dans le périnée et le pelvis où il a pris le nom de nerf honteux, rejoint la moelle épinière en s'étalant au niveau des deuxième, troisième et quatrième ganglions sacrés. C'est exactement du même niveau que partent les branches du « nerf érecteur », faites des fibres parasympathiques pro-érectiles. Elles font relais dans un gros ganglion, le plexus pelvien, situé près du rectum.

Cette « boîte relais » est essentielle dans la distribution de la commande nerveuse. Des fibres en partent pour la vessie, les vésicules séminales, la prostate, la verge et les muscles qui l'entourent. Des fibres y arrivent, venant de plus haut, par la moelle épinière (partie basse de la moelle dorsale et haute de la moelle lombaire), ayant fait relais dans deux autres plexus au niveau de l'aorte et dans le petit bassin. Elles véhiculent jusque-là les fibres sympathiques anti-érectiles. À partir du plexus pelvien, toutes ces fibres anti-érectiles, pro-érectiles et celles destinées à provoquer l'éjaculation cheminent ensemble, formant les nerfs caverneux. Ils gagnent le pénis, l'un à droite, l'autre à gauche, après avoir croisé latéralement et d'arrière en avant la prostate.

Pour l'éjaculation, il existe aussi une double commande, l'une entièrement automatique, médullaire, l'autre plus psychogène à partir de centres cérébraux. Le contrôle de l'émission du sperme se fait dans la moelle épinière entre la douzième vertèbre dorsale et la deuxième vertèbre lombaire. Celui de l'éjaculation proprement dite se fait dans la moelle du sacrum. Les fibres sont toutes dépendantes du système sympathique. Il est bien évident qu'au cours d'un acte sexuel, les phénomènes décrits ici sont intriqués, érections réflexe et psychogène s'additionnent et se complètent. Les stimuli extra-péniens seront d'autant plus efficaces que la verge aura été stimulée localement, et inversement.

On peut faire l'expérience suivante : montrer des images érogènes fortes à des hommes sans anomalie aucune, placés hors d'un contexte sexuel (allongés nus dans une salle d'examen avec des appareils mesurant qualitativement et quantitativement les érections). À peine 20 % auront une érection totalement rigide si aucune stimulation locale n'intervient, contre 80 % si préalablement à la projection, on a appliqué des stimuli adéquats sur le pénis. Cette expérience, réalisée il y a plus de 10 ans, a été à la base des traitements pharmacologiques de très nombreuses formes d'impuissance ; si l'on peut enclencher le mécanisme érectile, et qu'il y

a des stimuli psychiques suffisants, la rigidité s'établira dans la plupart des cas (voir chapitre 12). Il y a en effet échange d'informations entre le pénis et le cerveau, avant même que celui-ci n'en soit conscient.
Le paraplégique souffrant d'une section complète de la moelle épinière peut avoir des érections et même des éjaculations : il les constatera sans les ressentir. De même, il arrive que des hommes indemnes en apparence de toute lésion se plaignent de ne pas sentir leurs érections ou de ne pas percevoir le positionnement de leur verge lors de l'acte sexuel ; il faut qu'ils se regardent pour constater leur érection. Il y a déconnexion complète entre pénis et cerveau.
À l'inverse, chacun aura pu constater comment une simple conversation téléphonique avec l'être aimé peut amener l'érection, voire l'éjaculation, sans aucun autre stimulus et sans contrôle cérébral. Tout cela démontre qu'il existe un système d'échange permanent d'informations entre le cerveau et les organes génitaux.

LA TROÏKA CÉRÉBRALE OU LES TROIS CERVEAUX

Encore faut-il comprendre que le cerveau n'est pas un organe univoque, mais qu'il est fait de trois structures distinctes et interconnectées, fruit de l'évolution qui a conduit des poissons à l'*Homo sapiens* en passant par les reptiles[1] (voir figure 2.3).

• *Le cerveau reptilien*, dont les structures principales sont l'hypothalamus, l'hypophyse et l'épiphyse, est le cerveau de nos humeurs et de nos comportements instinctifs. Il les génère et les contrôle à l'aide des hormones. Il n'est pas capable d'adaptation mais réagit aux stimuli internes et extérieurs. *C'est le cerveau des humeurs.*

• Le *rhinencéphale,* ou cerveau primitif des mammifères, est régenté par le *système limbique*, qui enchâsse le précédent. Il intègre les données venues du cerveau reptilien et des organes sexuels, organise et centralise les comportements moteurs – érection, éjaculation, orgasme –, envoie et reçoit les informations des aires cérébrales sensorielles. Il est, lui, capable de mémoriser les comportements, à partir du moment où il les aura vécus. On a l'habitude de dire que *c'est le cerveau de l'affectif.*

• Le *cortex cérébral, ou néo-cortex,* est *le cerveau de l'intelligence*, c'est donc celui de l'adaptation aux comportements instinctifs qu'il ne peut cependant ni inhiber totalement ni transgresser, aussi puissante soit sa motivation.

1. Lire à ce sujet l'excellent résumé de G. Zwang, *Histoire des peines de sexe*, Maloine, 1994, p. 342-345.

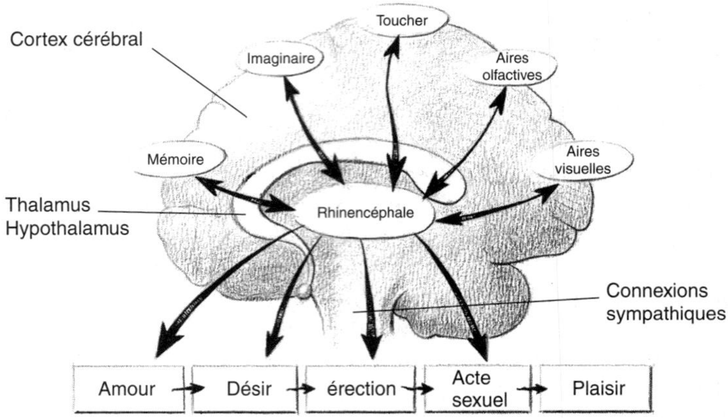

Figure 2.3. – *Les trois cerveaux et la fonction sexuelle.*

Le « C'est tout dans la tête » des « psychocentristes » est exact si l'on considère cette troïka complexe, mais il est générateur de contresens fondamentaux si, ne considérant que le cortex cérébral, on s'en réfère uniquement au conscient (et à sa face cachée, l'inconscient) pour expliquer nos comportements.

Les centres cérébraux contrôlant l'érection et l'éjaculation sont donc situés dans ce système limbique, enfoui entre les deux hémisphères cérébraux. Dans une série d'expériences réalisées il y a plus de trente ans sur un singe, de la taille d'un cochon d'Inde, le neuro-anatomiste Paul Mac Lean[1] a précisé le rôle des différentes structures cérébrales impliquées dans le contrôle de la fonction sexuelle. La technique consiste en la stimulation *in vivo* des zones du cerveau impliquées, à l'aide de minuscules aiguilles implantées millimètre par millimètre. Ensuite on laisse ces électrodes en place pour procéder à des enregistrements dans des situations comportementales données. L'information sensorielle arrivée au niveau du système limbique est traitée et transformée en sensations ou en mouvements. Mac Lean a constaté que les zones stimulables sont multiples, obéissant à des stimuli variables, et s'accompagnent d'autres manifestations totalement involontaires comme uriner, vocaliser, fermer

1. Paul Mac Lean a été le premier à intégrer l'étude de l'anatomie et de la physiologie centrale dans le processus évolutif (*Les Trois Cerveaux de l'homme*, Robert Laffont, 1990).

les cuisses, rétracter l'une des commissures des lèvres, rétracter les testicules, etc. Son étude comportementale montrait que l'animal pouvait avoir l'érection même s'il était isolé. En revanche, lorsqu'on lui montrait son propre visage dans une glace, il la perdait, alors qu'en groupe, l'érection permettait au singe stimulé d'affirmer sa domination sur d'autres mâles et constituait un moyen de séduction.

À partir de toutes ces zones sexuelles du système limbique, des relais multiples se font, par l'intermédiaire d'une autre structure cérébrale, le thalamus, vers le néo-cortex où les informations seront interprétées, ou directement ressenties sans forcément passer par les organes des sens ; cela grâce à des circuits courts vers ce que l'on appelle des aires dites associatives. Il y a en particulier interconnexion avec les aires auditives, visuelles, olfactives et somesthésiques (celles qui perçoivent l'état physique et sensoriel de l'organe). On sait aujourd'hui que la multiplication de ces aires associatives dépend de la densité du câblage entre ces diverses structures. Cette densité n'est pas innée mais dépend de facteurs environnementaux, comportementaux et biologiques, et font intervenir expérience et mémoire.

Les informations sont transmises au niveau du cerveau à l'aide de messages chimiques d'une extraordinaire complexité, car mettant en jeu des milliards de neurones pour des fonctions multiples, alors qu'au niveau des organes cibles, la réponse est relativement simple : érection ou flaccidité, libération ou non de la testostérone, etc.

Ainsi le lecteur doit être conscient qu'un phénomène en apparence aussi simple que la vision fait encore aujourd'hui l'objet de discussions enflammées impliquant psychologues, neuro-anatomistes et biologistes. Que dire lorsqu'on aborde un sujet aussi controversé que la sexualité, avec l'ambition de l'expliquer comme les autres phénomènes de notre organisme ? Freud lui-même en avait ressenti la nécessité lorsqu'il écrivait en 1930 : « *Si l'on pouvait remplacer les termes de psychanalyse par des termes de biologie et de physiologie, notre connaissance de l'inconscient s'en trouverait considérablement élargie*[1]... »

Le cortex central réagit suivant deux systèmes principaux, l'un activateur sous l'influence d'un médiateur, le glutamate ; l'autre inhibiteur, régi par une autre substance, le gaba. Imaginons qu'arrive sur notre rétine l'image d'une jeune femme, belle, nue et buvant le contenu d'une bouteille de Coca-Cola. Si j'ai très soif, c'est sûrement le Coca-Cola qui occupera le champ visuel et en un éclair déclenchera le système activa-

1. S. Freud, « Par-delà le principe du plaisir », in *Essais de psychanalyse*, Payot, 1966.

teur vers une série de mouvements (actes) visant à étancher ma soif. L'image de la jeune femme nue ne sera pas intégrée en image sexuelle. Si maintenant, au lieu d'avoir soif, j'ai une forte envie (non formulée) de faire l'amour, le système activateur agira en favorisant la survenue de l'érection. De proche en proche, les neurones solliciteront les centres sexuels qui réagiront en envoyant les stimuli aux organes cibles. Ceux-ci réagissent en signalant au cortex qu'ils sont prêts à agir. Le cortex doit alors peser la situation : je suis seul et j'ai une érection. Je ressens intensivement le désir du plaisir procuré par l'orgasme, je vais donc me masturber pour y parvenir, sauf si mon éducation, ma religion, ma culture me l'interdisent. Je dois alors faire intervenir ma volonté pour éteindre ou tenter d'éteindre l'activation. Pour ce faire, le cerveau utilise souvent un dérivatif, il transporte l'activation vers d'autres centres plus faciles à contenter, – par exemple, par la nourriture, le plaisir esthétique, une distraction plus simple –, car ils ne mettent en jeu aucune censure morale. Je n'ai fait intervenir ici que le plaisir solitaire pour ne pas interférer avec les réactions psychiques beaucoup plus complexes liées à la présence de l'autre : le comportement amoureux (voir chapitre 3). La réponse à la sollicitation sexuelle primaire qu'est la vue d'une jeune femme nue est assez peu spécifique, mettant en jeu des médiateurs chimiques (noradrénaline, dopamine, vasopressine, ocytocine) qui peuvent être impliqués aussi bien dans la faim, la soif, les comportements d'agressivité que dans la sexualité. C'est le moment et le lieu d'action qui sont déterminants. De plus, pour être activés, les centres sexuels doivent être suffisamment imprégnés en hormone mâle.
Lorsque l'urgence physiologique qu'est le désir de l'orgasme aura été satisfaite, le système inhibiteur gaba sera mis en action sous l'influence de la production de médiateurs apaisants (endorphines) ou inhibiteurs des centres spécialisés (sérotonine), alors que la sécrétion d'hormones comme la prolactine limitera la production des hormones sexuelles facilitatrices (voir figure 2.4). La phase réfractaire peut commencer.

LE RÔLE DE LA TESTOSTÉRONE

Si elle ne semble jouer qu'un rôle assez limité dans la réalisation finale de l'érection, la testostérone a partout ailleurs un rôle essentiel.
Schématiquement, si le niveau sanguin de la testostérone baisse, la production des hormones qui facilitent la fabrication testiculaire de l'hormone mâle augmente. *A contrario*, si le niveau sanguin de la testostérone augmente, il y a freinage de la production des hormones hypophysaires et hypothalamiques. Le principe est le même pour la

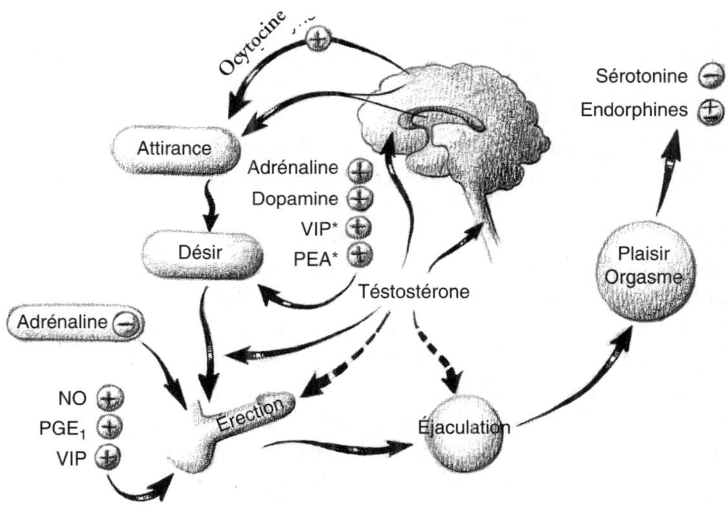

Figure 2.4. – *La chimie de l'amour.*
Représentation schématique des intervenants chimiques dans la réaction sexuelle masculine. Les substances activatrices sont marquées d'un ⊕, celles qui freinent l'activité sont signalées d'un ⊖. VIP signifie vaso-intestinal peptide ; PEA signifie phényléthylamine ; NO signifie monoxyde d'azote ; PGE_1 signifie prostaglandine de type 1.

maturation des spermatozoïdes, par l'intermédiaire d'une hormone hypophysaire différente, la FSH (voir page 67).
Il y a des siècles que les hommes ont compris les liens qui existent entre testicules et virilité. La consommation des génitoires animaux, quand ce n'était pas ceux de congénères d'autres tribus, était habituelle. En pure perte vraisemblablement, car on a calculé qu'il faudrait absorber quotidiennement 3 kg de testicules animaux frais pour obtenir la ration journalière de testostérone nécessaire. Depuis que Brown Sequard, en 1888, à l'âge de 72 ans, avait annoncé fièrement à la tribune de l'Académie de médecine qu'il avait recouvré toute sa virilité à l'issu de l'injection d'extrait de testicules de chien[1], ce sont des centaines de milliards d'ampoules, d'onguents, de pilules contenant de la testosté-

1. Il n'avait pu obtenir en fait qu'un effet placebo, les extraits de testicule ne contenant pas de testostérone chimiquement active.

rone maintenant synthétisée, qui ont été et sont absorbés, sans oublier les greffes de testicules de chimpanzés proposées et exécutées pendant plus de 40 ans par le chirurgien russe S. Voronoff, exilé en France après la Révolution de 1917.
On sait maintenant que la testostérone agit essentiellement au niveau cérébral. Quand on bloque expérimentalement la fabrication de testostérone de jeunes volontaires bien portants, on voit diminuer en un mois la fréquence des rapports et la fréquence des fantasmes, en même temps que s'espacent les érections spontanées et les habitudes de masturbation. Par contre, si on injecte dans le pénis d'un sujet privé de testostérone une substance déclenchante, l'érection peut être obtenue.
Dans une autre série d'expériences sur des volontaires sains, S. Stoleru (un jeune chercheur français) a montré que la projection d'images pornographiques entraînait l'élévation du taux de testostérone sanguine. Ces faits sont à rapprocher de la découverte faite par l'équipe de E.-E. Baulieu selon laquelle le cerveau fabrique lui-même des hormones sexuelles, et en particulier de la testostérone.
Dernier élément expérimental, on a objectivé chez le rat mâle deux centres sexuels différents, tous deux situés au niveau de l'hypothalamus, au niveau de l'aire préoptique. Si l'on castre un rat mâle adulte, on le rend sexuellement indifférent. Si l'on applique à ce rat castré des cristaux de testostérone sur le centre mâle, il aura de nouveau un comportement de rat mâle, si par contre on applique de l'œstradiol (équivalent féminin de la testostérone) sur le centre féminin, normalement totalement inactif, il aura un comportement féminin. On reviendra plus loin sur la conséquence de cette androgynie potentielle.
Pour l'instant, revenons à notre jeune femme nue avec sa bouteille de Coca-Cola et à son observateur. Si je m'intéresse à sa nudité en tant qu'objet de désir et de plaisir, c'est que mes centres sexuels hypothalamiques sont bien imprégnés d'hormones mâles, et qu'ils ont bien été programmés, au moment de mon développement embryologique et dans l'enfance, pour répondre à cette imprégnation. Si j'éprouve la nécessité de la masturbation pour assouvir mon désir d'orgasme, c'est que le niveau de tension sexuelle dans les centres limbiques est élevé. Comme disait Brel dans sa chanson *Les Vieux Amants* : « Il faut bien que le corps exulte. » À tout cela, la testostérone est indispensable, mais on ignore encore aujourd'hui à quel taux sanguin s'optimise sa performance et quel est le rôle exact de tous les acteurs en présence (voir chapitre 3). Il n'y a pas de spécificité dans les mécanismes exposés et une substance peut aussi bien nous conduire à l'extase que nous précipiter dans le vide.

L'histoire de la phényléthylamine (PEA) est à ce titre assez édifiante. Il s'agit d'une protéine fabriquée par le cerveau au niveau du système limbique et que l'on a trouvée en grande quantité dans les urines des amoureux passionnés (ceux « victimes » d'un coup de foudre). Assez semblable aux amphétamines que l'on prend pour se doper, elle serait responsable du comportement particulier des amoureux : indifférence aux autres, prise de risque inconsidérée, perte de sommeil, hyperactivité motrice et intellectuelle, etc. On l'avait vite intronisée « molécule de l'amour », avant de constater qu'elle était impliquée également dans d'autres activités comme le saut en parachute : les urines des parachutistes après un saut contiennent en effet une grande quantité de PEA. En biologie, on a vite fait de confondre cause et conséquence ou d'assimiler l'amour fou et le saut en parachute !

RÊVES ET FANTASMES, LA SEXUALITÉ DU CORTEX

La masse d'informations parvenant à notre cerveau est stockée et sélectionnée selon trois mécanismes :
• la mémoire à court terme, qui nous permettra de nous souvenir de la forme des seins de la jeune fille à la bouteille de Coca-Cola. Son image s'estompera très vite, laissant place à l'ébranlement psychique qu'elle a provoqué. C'est la mémoire iconique ;
• une mémoire à moyen terme, qui permet de mémoriser ce qui est utile, le code de la carte bleue, des numéros de téléphone usuels, etc. Elle est stockée mais rapidement disponible à certaines conditions. C'est la mémoire de travail ;
• enfin la mémoire à long terme, celle des souvenirs élaborés.
La façon dont s'organise dans ce labyrinthe notre vécu sexuel est encore du domaine spéculatif et le restera tant que le cerveau n'aura pas levé tous ses mystères. Notre jeune femme nue à la bouteille de Coca-Cola peut ne provoquer en moi aucun désir sexuel, mais simplement la satisfaction intellectuelle d'une publicité bien faite. Elle peut aussi me rappeler une amie autrefois désirée, dont le numéro de téléphone me reviendra immédiatement en même temps que le désir de la rencontrer à nouveau… Elle peut me renvoyer à d'autres images purement sexuelles, le fantasme de l'inconnue rencontrée fortuitement, dénudée et possédée puis quittée à jamais… Elle peut me rappeler mon adolescence, la mère d'une petite amie, entr'aperçue nue dans une cabine de bain au bord de la mer et dont la gentillesse me faisait penser qu'elle

était potentiellement consentante, alors que ma timidité m'avait fait reculer.
Nos fantasmes sont construits par notre imaginaire dans le cortex cérébral : leur nature et leur intensité dépendent de l'équilibre biologique et des schémas élaborés dans le système limbique (ce que K. Lorenz appelle les empreintes et J. Money, les cartes affectives[1]). Ils appartiennent à notre patrimoine psychique et comme tels, ils sont influencés par notre culture et notre éducation. Ils existent, ils ne sont pas anormaux mais deviennent encombrants quand ils entravent notre propre comportement, sans parler de celui d'autrui.
Les rêves, qu'ils soient érotiques ou non, sont conçus, dans les connaissances actuelles que l'on a du cerveau, comme une activité désordonnée des neurones s'effectuant lors du sommeil paradoxal. Comme le reste des modifications physiologiques survenant lors de ces phases, ils correspondent à une hyperexcitabilité neuronale vraisemblablement compensatrice, agissant comme une revue (un classement) des événements diurnes récents. Ils auraient un rôle soit de filtre, soit de soupape pour la mémorisation des faits survenus dans la vie courante. Leur composante érotique n'est en tout cas pas uniquement le fruit de l'extériorisation d'un refoulement quelconque. L'interprétation des rêves relève de l'imaginaire. Les rapporter à son thérapeute n'a qu'une valeur d'exorcisme, comme c'était le cas pour les Anciens lorsqu'ils allaient livrer le fruit de leurs songes à la pythie… dans l'espoir de connaître l'avenir.
Le comportement sexuel est donc le fruit, d'une part de l'organisation d'un ensemble de réactions qui implique des phénomènes mécaniques automatiques périphériques (l'érection, l'éjaculation), des phénomènes sensoriels ressentis au niveau central (l'orgasme) et ayant imprégné notre cerveau affectif durablement ; et d'autre part, du cortex cérébral, qui élabore un imaginaire, une stratégie et des actes dont le libre arbitre est conditionné par les empreintes issues du milieu extérieur (culture, éducation, expériences) mais aussi du milieu intérieur (équilibre physiologique et biologique, programmation des centres limbiques). On peut ainsi envisager la complexité et la diversité de ces comportements, mais aussi les tendances universelles obéissant à la loi générale de l'évolution.

1. John Money, *Au cœur de nos rêveries érotiques*, Payot, 2004.

Ce qu'il faut retenir

① L'érection est un phénomène automatique échappant au contrôle de la volonté.

② L'orgasme peut exister sans extériorisation de l'éjaculation et inversement.

③ Pour que l'érection se produise, il doit arriver au pénis une quantité de sang suffisante.

④ Pour que l'érection se maintienne, il faut que le sang reste dans le pénis.

⑤ Après une éjaculation, il y a toujours un temps plus ou moins long (quelques minutes à plusieurs heures) pour que le pénis soit de nouveau excitable.

⑥ Une bonne érection perçue le matin est le signe d'un bon fonctionnement du pénis.

⑦ Les fantasmes sexuels sont naturels. Ils ne deviennent gênants que quand, réalisés ou non, ils retentissent sur l'équilibre personnel et celui du couple.

Chapitre 3

DÉTERMINISME ET COMPORTEMENTS

« L'homme n'a jamais agi que par hypothèses de travail et expérimentation. Quand l'expérience lui permet de restaurer son équilibre interne, de rester en vie en se faisant plaisir, il la reproduit parce qu'il a une mémoire. Et il la transmet à ce moment-là ; c'est comme cela que naissent nos modèles de comportement. »

Henri Laborit.

Les intellectuels continuent de penser au façonnement d'un homme différent, meilleur ou plus acceptable, avec l'aide des scientifiques, qui poursuivent inexorablement le déchiffrage de l'ordonnancement biologique de nos comportements.

XY, À L'ORIGINE DE L'HOMME

L'homme a un sexe, c'est le sexe masculin, et son comportement est le fruit d'un agencement complexe de protéines établi depuis des millions d'années, dont il doit adapter les vieux réflexes à une évolution foudroyante qu'il a lui-même provoquée. Dans le *Banquet*[1], Platon fait expliquer par Aristophane la formation des sexes et leur attirance l'un pour l'autre. Au commencement, il y avait trois sortes d'humains : les hommes/hommes, les femmes/femmes et les androgynes. Chacun était double, pourvu de deux têtes, deux corps, huit membres et d'organes génitaux doubles. Bien qu'ayant de curieuses démarches, ils étaient puissants, actifs et se mirent à menacer les dieux eux-mêmes. Zeus décida, pour les calmer, de les couper en deux. Il en résulta l'humanité actuelle, avec trois sortes d'êtres, les homosexuels faits de moitiés d'homme/homme, les tribades provenant des moitiés de femme/femme et les hétérosexuels issus de la partition des androgynes. Le désir est ainsi expliqué par la recherche permanente de l'autre par la moitié détachée de ces êtres primitivement doubles. Merveilleux conte biologique, le mythe d'Aristophane est instructif et prémonitoire des explications de la génétique. Au XIXe siècle, un moine tchèque, Gregor Mendel, précise les lois de l'hérédité en observant les pois de senteur et les petits pois : dans chaque être vivant, il y a un processus de transmission des caractères parentaux immuables à la génération suivante. Certains caractères sont dominants et se transmettent quoi qu'il arrive, d'autres sont dits récessifs et se transmettent seulement s'ils ne sont pas inhibés par un caractère dominant. Cette transmission, on le découvrira plus tard, se fait par l'intermédiaire des gènes, portés par les chromosomes. La génétique moderne a ainsi confirmé ce que Mendel avait vu en observant le développement des fleurs et des légumes[2]. Les chromosomes, par leur nombre et leur composition, caractérisent l'espèce : l'espèce humaine en compte 46. Ils sont à la fois la marque de fabrique et le moteur de chaque cellule de l'organisme. Ils vont, comme les hommes primitifs de Platon, par paires. Vingt-deux paires sont identiques quel que soit le sexe, ce sont les autosomes ; la dernière paire est différente puisque portant les gènes déterminant le sexe. Chez l'homme, cette vingt-troisième paire de chromosomes comporte un chromosome X et un chromosome Y, alors que chez la femme, elle est caractérisée par deux chromosomes X.

---

1. Platon, *Le Banquet*, 190a-191b, Le livre de Poche n° 4610.
2. B. Lewin, *Gènes*, Flammarion Sciences, 1988.

Les lettres rappellent la forme de ces chromosomes, sortes de bâtonnets de substances protéiques, inhomogènes, ressemblant à des quilles portant des renflements plus ou moins longs. Chaque chromosome contient un nombre plus ou moins important de gènes. Mais comme l'indique B. Lewin, c'est le « père qui est la véritable unité d'hérédité ». Un gène se compose d'une séquence d'acides nucléiques qui porte l'information nécessaire à la fabrication ou au fonctionnement de telle ou telle structure vivante. L'unité de base de ce système, commune à tous les êtres vivants, est l'ADN, le fameux acide désoxyribonucléique. C'est lui qui renferme le message nécessaire, le code génétique. Chaque gène code pour une fonction, au travers d'une structure chimique particulière, à partir d'un ordonnancement spécifique de ses molécules, appelées séquences. Le gène est habituellement d'une grande stabilité mais peut voir survenir un changement dans sa séquence, à l'origine d'une mutation dont la transmission une fois effectuée sera alors stable elle aussi. Autant l'influence des gènes est reconnue dans l'induction des structures, autant son rôle doit être considéré avec prudence dans l'étude des comportements.

Le sexe imposé par les gènes

Le matériau cellulaire initial est asexué et n'est capable de différenciation dans le sens masculin ou féminin que grâce à une succession de réponses au code génétique. Si, dès 1947, A. Jost avait décrit les étapes de la formation sexuelle de l'embryon, ce n'est qu'en 1990 que l'on a identifié sur le bras court du chromosome Y un gène qui détermine la différenciation sexuelle masculine en guidant la transformation de l'ébauche gonadique primitive « asexuée » en testicule. Ce gène s'exprime dans les toutes premières semaines de la vie fœtale, très tôt semble-t-il, dès les premières divisions cellulaires de l'œuf.
Ce gène, le SRY, provoque directement l'ordonnancement des cellules indifférenciées en cellules germinatives masculines primitives. Il agit indirectement sur la formation des organes génitaux externes et internes par la stimulation de la sécrétion de deux hormones, la testostérone et une hormone dite antimullérienne (HAM). On peut schématiser l'embryon initial comme un composé de deux ébauches juxtaposées, l'une masculine (canaux de Wolf), l'autre féminine (canaux de Muller). Pendant que la testostérone (sécrétée par l'ébauche testiculaire) favorise le développement des canaux de Wolf en prostate, canal déférent, verge, etc., l'HAM empêche le développement des canaux de Muller (voir figure 3.1).

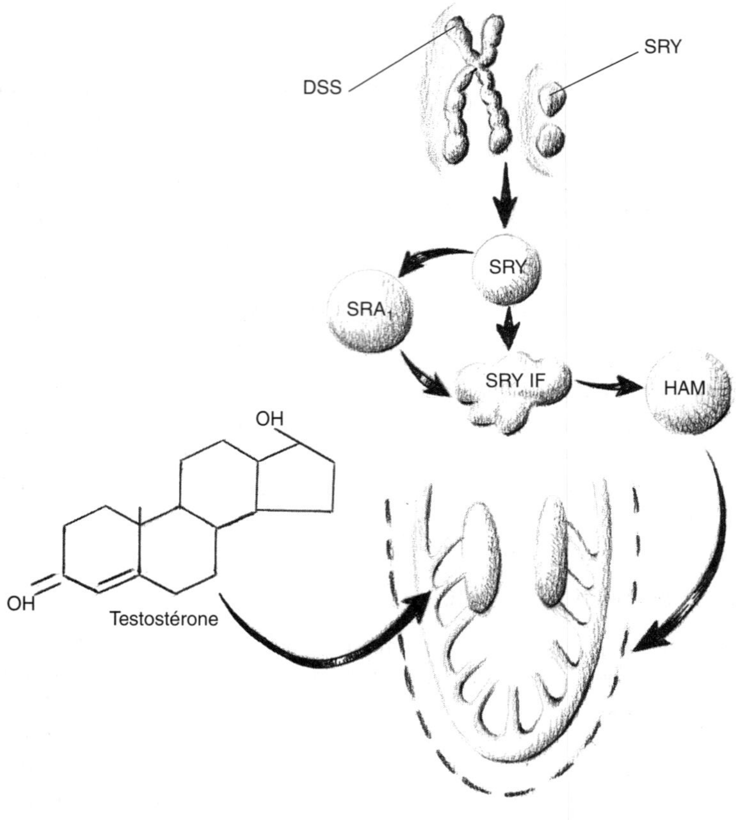

Figure 3.1. – *Mécanisme d'action du gène de la masculinité SRY. Le gène SRY (masculinité) est placé sur le bras court du chromosome Y. Le gène DSS (féminité) est placé sur le chromosome X (il aurait ainsi un rôle sur la formation de l'embryon mâle). Grâce à ses intermédiaires SRA et SRY IF, le gène SRY stimule la production de testostérone qui transforme l'ébauche gonadique en testicules et pénis, et d'HAM (hormone antimullérienne) chargée de nettoyer l'embryon de ces résidus « femelle ».*

Dès la rencontre du spermatozoïde et de l'ovocyte le sort génétique de l'embryon est fixé : tout le matériel provenant de chaque parent géniteur sera contenu dans une seule cellule après la fusion des deux noyaux, l'un provenant de l'ovocyte maternel, l'autre du spermatozoïde paternel.

Cette cellule primordiale, le zygote, contient donc tout le matériel nécessaire au développement du nouvel être vivant. Chaque cellule vivante portera ainsi dans son noyau, au niveau de sa chromatine, son estampille permettant d'évaluer quel est le sexe génétique de l'individu : c'est son caryotype. Une méthodologie relativement simple permet ainsi de déterminer l'effectif chromosomique de chaque cellule ainsi que le sexe génétique : XX ou XY. C'est indispensable pour savoir si, à l'origine, l'être qui s'est formé était une fille ou un garçon, mais ce n'est pas suffisant, on l'a vu, à la réalisation de cet être-là : il faut que les gènes portés par ces chromosomes induisent harmonieusement la transformation des cellules encore indifférenciées dans le sexe génétiquement déterminé. Il faut que le sexe génétique et le sexe apparent concordent (voir figure 3.3).

La part de femme en tout homme

Il y a encore des inconnues et des incertitudes dans ce déterminisme, en particulier le rôle d'un gène, le DSS (initiales de *Dosage Sensitive Sex Reversal*), présent sur le chromosome X et que par symétrie on pourrait appeler le gène de la féminité, puisqu'il est capable d'induire l'ovaire primitif et le développement des organes génitaux féminins. Jusqu'à son identification, on pensait que le développement du sexe féminin était passif, uniquement déterminé, par défaut, par l'absence du chromosome Y et donc du gène SRY.

Tout fraîchement identifié, ce gène DSS semble bien lié à la transformation de l'ébauche primitive en ovaire, tout comme le SRY le fait pour les testicules. Il conduit donc à la formation d'une fille, et ce même s'il n'est présent que sur un seul des deux chromosomes X. Chez le garçon en devenir, qui n'en possède normalement qu'une copie, puisqu'il n'a qu'un seul chromosome X, tout n'est pas encore clair dans le rôle exact de ce DSS. Certes, sa duplication anormale entraîne une expression exagérée et des anomalies de développement des organes génitaux, mais paradoxalement son absence paraît conduire, du moins chez certains, à des défauts de migration des testicules – qui restent enfouis dans la paroi abdominale au lieu de descendre dans le scrotum –, voire à une puberté tardive, une anomalie génétique de type absence de DSS étant trouvée dans 50 % de ces cas. Un peu comme si le DSS, qui représenterait cette fameuse part de féminité, était indispensable à la constitution d'un homme totalement homme…

La probabilité d'avoir un garçon ou une fille

Lors de la méiose (division de la cellule germinale en deux), le spermatozoïde forme deux cellules différentes, l'une porteuse d'un chromosome Y et qui induira un garçon, l'autre porteuse d'un chromosome X qui conduit à une fille. Les techniques modernes d'analyse génétique, en particulier la PCR (Polyméase Chaîne Reaction), permettent de calculer le *sex ratio* des spermatozoïdes au moment de la méiose ; il varie suivant les individus de 41,9 à 56,7 % avec une moyenne de 50,3 %. Le pourcentage varie peu, que le sperme soit brut ou ait été manipulé. Les chances d'avoir un garçon ou une fille sont donc globalement égales mais pas forcément réparties puisqu'il y a dispersion de 42 à 57 %, selon les individus. Par ailleurs, il est désormais possible de trier les embryons et les cellules reproductrices. On en verra les implications scientifiques et morales (voir chapitre 14).

L'embryon a un sexe

Jusqu'à la 5e semaine, le développement de l'embryon est sexuellement indifférencié en apparence. Ce n'est en effet qu'à ce moment-là que le gène SRY s'exprime et œuvre à bâtir un garçon (voir figure 3.1).

Le zygote primordial se divise en diverses cellules, les blastomères, qui s'agglomèrent en une masse indifférenciée, la morula (voir figure 3.2). Quatre jours après la conception apparaissent dans cette masse cellulaire des espaces liquidiens qui forment une cavité dans laquelle les cellules se différencient en une masse interne qui formera l'embryon, et une couche externe qui sera le placenta. À la fin de la 1re semaine, la masse cellulaire s'organise, alors que l'œuf est totalement implanté dans l'utérus maternel. Vers le 15e jour, au niveau de ce disque, avec le développement d'une structure intermédiaire, le mésoderme, on peut désormais reconnaître l'embryon.

Le rapide développement de celui-ci entraîne celui de l'ensemble de ces parties. Vers la 4e semaine se développe le tubercule génital. En arrière et de chaque côté de la membrane, se différencie le pli urogénital et encore

plus latéralement les plis labio-scrotaux (futurs bourses ou lèvres). L'embryon est à ce stade encore indifférencié. C'est à ce moment crucial que l'action du SRY puis de la testostérone va transformer cette ébauche en organes sexuels masculins. Le tubercule génital s'allonge pour former le pénis.
À partir de l'ébauche phallique, il y a allongement progressif du pénis initial, puis différenciation du tissu érectile primitif en deux corps caverneux espacés par une membrane ajourée et un corps spongieux entourant l'urètre.
À la 16e semaine du développement, le prépuce est également complètement formé. Enfin, pendant que le pénis se développe, les ébauches des bourses s'isolent, se plissent, migrent en arrière pour finalement fusionner. Le stigmate de cette fusion reste apparent après la naissance, au niveau des bourses, sous la forme d'une ligne cicatricielle brunâtre, le raphé scrotal. Ce n'est en définitive qu'au 9e mois que les testicules, qui se sont développés, à partir de la 5e semaine, dans la cavité abdominale, descendent chacun dans sa bourse. Aux 10e et 11e semaines, au moment où s'achève la formation des organes génitaux externes, la prostate et les vésicules séminales se développent sous l'influence d'un dérivé de la testostérone, la déhydrotestostérone (DHT).

Au 3e mois, le sexe de l'embryon est identifiable. Ainsi, lors de l'échographie que toute femme enceinte pratique au 4e mois de sa grossesse, on sera en mesure de préciser s'il s'agit d'un garçon dont le petit pénis est déjà repérable, ou, par défaut, d'une fille. C'est ce « sexe génital externe » qui, constaté à la naissance, fera l'objet de la déclaration en mairie et fixera le sexe officiel, celui de l'état civil.

Masculinisation du cerveau : le sexe comportemental

La testostérone, qui a été l'outil principal de la construction des organes génitaux masculins, est sécrétée pendant toute la vie intra-utérine et encore un mois après la naissance. Elle joue un rôle très important dans le développement « masculin » du cerveau, notamment au niveau de l'hypothalamus : l'aire préoptique, en particulier, sous l'influence de la testostérone, devient plus grosse chez le rat mâle que chez la femelle. Il en serait de même chez l'homme. Toujours est-il que c'est de la testostérone que vient la différence des comportements masculins et féminins, et cela jusqu'aux structures les plus complexes du cerveau.

Le cerveau aussi a un sexe

Il existe deux situations expérimentales lors desquelles on a pu étudier les conséquences d'un excès de testostérone sur le comportement de toutes jeunes filles ; d'une part, lors d'une maladie génétique dans laquelle les glandes surrénales produisent d'énormes quantités d'hormones mâles ; d'autre part, lorsque des femmes enceintes avaient absorbé des quantités excessives de cortisone. Des études comparatives ont pu être faites avec des sœurs indemnes. Celles qui étaient atteintes choisissaient toujours les jeux que pratiquent habituellement les garçons, réussissaient mieux dans tous les tests où les garçons sont en général meilleurs que les filles. On en conclut qu'une imprégnation précoce et intense du cerveau en hormone mâle dès la vie intra-utérine et avant la puberté joue sûrement un rôle déterminant dans la nature du comportement sexuel et dans certaines aptitudes ultérieures. De ce qui se produit dans une situation extrême et anormale ou de façon caricaturale, on peut extrapoler les données physiologiques suivantes : les cerveaux masculin et féminin s'organisent différemment dès le début de la vie sous l'égide des hormones sexuelles.

Les travaux d'une psychologue canadienne, Dora Kimura[1], ont montré que les hommes réussissaient mieux dans les tests d'orientation spatiale, qu'ils étaient plus précis dans les tâches motrices comme la visée, l'interception des projectiles, qu'ils identifiaient mieux une figure simple dissimulée dans une figure compliquée et qu'ils étaient meilleurs aux tests de raisonnement mathématique. Les domaines dans lesquels les femmes réussissent mieux sont la rapidité de perception, l'identification des objets, l'association ; elles ont une meilleure coordination motrice et sont meilleures en calcul arithmétique. Là où ces études deviennent encore plus passionnantes, c'est lorsqu'on étudie la répartition de la concentration en testostérone à l'intérieur du sexe masculin. On remarque que ce ne sont pas ceux qui en ont le plus qui sont les plus performants (au niveau des tests d'aptitude). Il y aurait donc une concentration optimale, qui se situe plutôt vers la fourchette basse des dosages masculins. Enfin, la testostérone provoque-

1. D. Kimura, « Le sexe du cerveau », *Pour la science*, novembre 1992, p. 98.

rait des asymétries de développement du cortex en ralentissant en particulier la croissance du cerveau gauche et aussi de certaines zones du corps calleux. Des chercheurs ont confirmé, en examinant des fœtus masculins, que leur cortex droit était plus épais que le gauche. Il est probable que ces différences se sont établies, il y a des millions d'années, sous l'influence de la sélection naturelle, à l'époque où nos ancêtres organisés en chasseurs-cueilleurs avaient réparti les tâches domestiques en fonction du sexe.

Il y a donc des différences structurelles entre homme et femme, non seulement sur le plan génital, mais sur le plan cérébral, cognitif et, on le verra, affectif. L'oublier, pire, le nier, c'est aller au-devant d'erreurs tragiques dans l'étude de nos rapports intimes.

Madame Proust a eu deux garçons, tous deux intellectuellement brillants. Le cadet, Robert, vigoureux, plutôt scientifique, fut chef d'école médicale, un grand patron comme on disait autrefois, archétype du grand bourgeois, un tantinet « macho », sans doute amateur de femmes : un homme « normal », quoi ! L'aîné, Marcel, délicat et maladif dès sa puberté, faisant montre d'une hypersensibilité exacerbée doublée d'une indécision légendaire, était un homosexuel honteux : un « anormal » type, bien qu'il eût les moyens (le génie) de transfigurer ce qu'il vivait comme une anormalité en un chef-d'œuvre pour la postérité. Deux individus du sexe masculin issus de mêmes géniteurs, à l'éducation plus ou moins semblable, et pourtant totalement différents dans leur développement.

Une différence aussi marquée se retrouve chez le campagnol, un petit rat commun dont il existe deux espèces différentes, l'une qui vit dans les prairies, l'autre dans les montagnes. Le premier est fidèle, strictement monogame. Le second est volage, abominablement polygame. *A priori*, rien ne différencie anatomiquement ces deux espèces de campagnols, si ce n'est des niches écologiques différentes. De la même manière rien ne différencie, en apparence, ce Monsieur G. qui me dit avoir besoin, à 50 ans, de deux rapports sexuels quotidiens, auxquels il ajoutera fréquemment une masturbation matinale ou vespérale, du jeune Bernard L. que sa femme, malgré toute sa séduction et son amour, n'arrive pas à émouvoir plus d'une fois par mois, et qui n'en éprouve aucune sensation de manque. Tel garçon a dans l'enfance des jeux

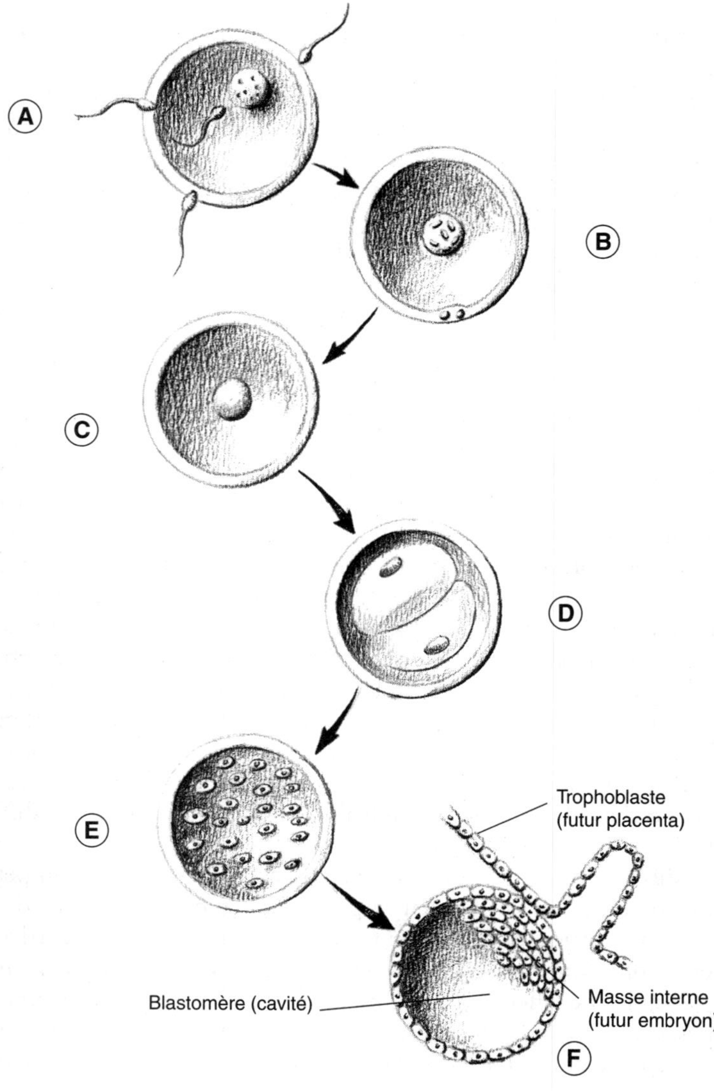

Figure 3.2. – *Les étapes initiales de la formation de l'embryon. A : le spermatozoïde dans l'ovocyte ; B : fusion des noyaux ; C : le zygote ; D : le zygote s'est divisé en blastomère ; E : l'amas cellulaire initial : la morula ; F : première ébauche de l'embryon.*

Y a-t-il un gène de la fidélité ?

Chez les campagnols fidèles, ceux des prairies, l'étude de certaines régions de leur système limbique et du cortex situé près de lui a montré une affinité bien plus grande pour une hormone, l'ocytocine, que chez les campagnols montagnards et volages. Peut-on imaginer que notre plus ou moins grande capacité à fixer tel ou tel neurotransmetteur, ou hormone, puisse justifier tel ou tel comportement ? Quelque part sur notre cartographie génétique, un « Philémon love 33 » coderait pour « amour toujours » ? Tel époux volage bien qu'aimant pourrait-il justifier ses écarts par une moins grande capacité, comme le campagnol montagnard, à fixer l'ocytocine ?
Les généticiens qui s'occupent du comportement humain ont évalué à un maximum de 40 % le degré d'héritabilité de la personnalité et des comportements de base des individus. Mais n'oublions jamais que ce ne sont pas les gènes qui génèrent le comportement mais le système nerveux. On verra que certains comportements, violents, déviants, voire l'homosexualité, pourraient être liés à des anomalies chromosomiques (voir chapitre 8). Mais il ne faut à aucun moment oublier l'environnement et l'aspect multifactoriel de toutes les données. Il est capital de savoir aussi que tout est normalement programmé dans l'homme pour assurer sa masculinité. C'est elle, sauf accident de parcours, qu'il devra laisser se construire et assumer.

masculins, tel autre ressent de l'envie ou de l'attirance pour des activités en général dévolues à des filles. Il y a des millénaires que l'on débat du caractère acquis ou inné de ces différences.
Robert et Marcel Proust étaient-ils différents génétiquement, ou bien Madame Proust mère a-t-elle eu durant sa première grossesse des difficultés ou un régime alimentaire tels que des modifications hormonales se sont produites ? Monsieur B. et Bernard L. ont-ils une différence enzymatique ou hormonale particulière ? C'est ce que les biologistes cherchent aujourd'hui à comprendre, en étudiant la vie sexuelle et amoureuse des campagnols, de même que les historiens et les cliniciens. Robert Soupault, un éminent chirurgien, frère du poète Philippe Soupault, émet une hypothèse intéressante quant à la santé

précaire de Marcel Proust[1], allant dans le sens des modifications induites durant la vie intra-utérine : la plus grande partie de la grossesse qui engendra Marcel Proust se passe durant la guerre de 1870 et, surtout, Madame Proust souffrit des privations de la Commune... Explication de la fragilité du grand écrivain ?

La silhouette masculine : le sexe du corps

Le bébé, puis l'enfant, est un garçon dans l'âme avant de l'être dans son corps. Le taux de testostérone qui a fait le lit du sexe masculin pendant la grossesse et les premiers jours de sa vie restera désormais bas jusqu'à l'explosion pubertaire. On l'a vu, chaque cellule de notre corps soutient son programme génétique prédéterminé, mais tout n'est pas fixé pour autant de façon définitive. D'une part, parce que l'environnement agit sur l'organisation initiale. On sait en particulier que les circuits cérébraux s'enrichissent au fur et à mesure de leur développement. C'est le phénomène de l'empreinte, une sorte de mémorisation automatique des sensations, des envies comme des répulsions. À la naissance, notre cerveau serait riche de ses potentiels, mais simplement « imprimé » de quelques vagues « souvenirs » glanés au cours de notre vie intra-utérine ; nous sommes en devenir. Si très tôt nous étions séparés de toute présence humaine, enfermé ou élevé par un autre mammifère, nous n'atteindrions jamais un niveau satisfaisant d'organisation psychique. Le rôle de l'« élevage » – pour l'humain, on dit éducation –, c'est d'accompagner ce développement, de faire en sorte qu'il soit harmonieux en tenant compte des trois niveaux cérébraux (voir chapitre 4).
La testostérone va reprendre ses droits au moment de la métamorphose pubertaire : le corps de l'enfant devient celui de l'homme, les récepteurs périphériques sensibles à l'hormone mâle sont activés, la pilosité apparaît, les organes génitaux externes prennent leur aspect définitif, de même que le corps, forme et musculature incluses, prend son aspect androïde définitif. Le squelette s'épanouit, les cartilages se soudent, le larynx s'élargit (la voix mue), la taille définitive est atteinte. C'est l'heure aussi des premiers vrais émois sexuels : le corps a désormais les moyens d'exprimer ses désirs.

1. R. Soupault, *Marcel Proust, du côté de la médecine*, Plon, 1967.

La testostérone ne sert pas qu'au sexe

La testostérone, qui a masculinisé le cerveau, qui a sans doute guidé le schéma des préférences sexuelles, qui a œuvré pour que la reproduction future soit efficace, agit également sur de très nombreuses autres fonctions, nécessairement différentes de ce qu'elles seront chez la femme, compte tenu d'une teneur sanuine totalement différente.

Faire du muscle

La testostérone, par l'intermédiaire de récepteurs spécifiques, augmente la dimension des muscles striés. Tous les athlètes le savent. Une étude récente démontre pour la première fois de façon scientifique que la prise de doses supraphysiologiques de testostérone augmente la masse musculaire, et ce d'autant plus qu'on lui associe un entraînement physique intensif[1].

Les chauves et les poilus sont-ils plus virils ?

La production de sébum (le liquide qui graisse la peau) dépend de la production de testostérone. Son excès est responsable de l'acné juvénile, spécialement celle contemporaine de la puberté. Les follicules pileux (la racine des poils et des cheveux) sont eux aussi sous la dépendance de l'hormone mâle. Cependant la pousse nécessite des concentrations variables : faibles pour les poils axillaires et pubiens, fortes au contraire pour la face, la poitrine et la chevelure. Les follicules pileux métabolisent la testostérone, et la calvitie temporale serait le fruit d'un excès de production locale de déhydrotestostérone. Y a-t-il pour autant une relation avec la sexualité ? La réponse est non pour ce qui concerne les adultes. Ni pour les chauves, ceux qui sont victimes de ce que les médecins appellent l'alopécie androgénique, ni pour les « gorilles » velus, cela ne constitue une garantie de puissance sexuelle accrue. Les fractions de testostérone agissant sur les récepteurs des zones pileuses n'étant pas les mêmes que celles agissant sur la sexualité. Par contre, à la puberté, la barbe rare, la non-apparition des poils, constitueront un signe de puberté retardée et inviteront à la recherche d'un défaut de fabrication de l'hormone mâle.

Le foie

La testostérone active certaines fonctions hépatiques et en particulier les facteurs de coagulation.

1. S. Bhasin, « The effects of supraphysiologic doses of testosterone on muscle size and strength in normal men », *NEJM*, 335, n° 1, 1996, p. 1.

Elle diminue en revanche la globuline transportant les hormones sexuelles et le fibrinogène. D'une manière générale, l'excès de testostérone est nocif pour les fonctions hépatiques.

Les graisses sanguines

C'est de la testostérone que vient le taux plus bas en mauvais cholestérol (LDL) et plus élevé en triglycérides constatés chez les hommes (comparativement au sexe féminin). L'administration de doses importantes d'hormones mâles doit faire surveiller cet élément. L'usage abusif chez les athlètes augmente le risque cardio-vasculaire par le biais de cette augmentation.

Le système osseux

La densité osseuse augmente durant la puberté, contemporaine d'une production élevée de testostérone. Le manque d'hormone mâle lié à sa non-production entraîne de l'ostéoporose (raréfaction osseuse). La masse osseuse diminue avec l'âge, mais chez l'homme, on ne connaît pas la quantité d'hormone mâle nécessaire pour la maintenir, ni même si ce maintien est dû à la testostérone elle-même ou aux œstrogènes produits grâce à elle.

Le système immunitaire

La testostérone semblerait stimuler le système immunitaire. En tout cas, l'incidence des maladies dites auto-immunes est plus importante chez les femmes que chez les hommes. De même, les hommes porteurs d'anomalies génitales avec hypogonadisme ont une plus grande fréquence de maladies du système immunitaire.

Ainsi, la testostérone agit sur l'ensemble de l'organisme. Elle est le pilier de la différence morphologique et comportementale entre les sexes. On doit en tenir compte quand on envisage son utilisation thérapeutique (voir chapitre 12).

L'homme pubère : le sexe reproducteur

En même temps que se développe le corps masculin, les cellules reproductrices deviennent actives. Dès sa puberté, l'homme est fertile, il est encore un enfant mais peut devenir un père, notion rarement intégrée, jamais précisée dans les programmes éducatifs, essentiellement tournés vers la protection de la jeune fille. La « génération pilule », comme le dit joliment E.-E. Beaulieu, a oublié la responsabilité fécondante de l'homme.

Ainsi la différenciation sexuelle masculine, induite par des gènes façonnés par l'évolution, appartient à un processus biologique lent dont le phénomène majeur en matière de sexualité reste l'antinomie entre la permanence de notre penchant pour la satisfaction de notre désir de jouissance et l'organisation de notre équilibre psychologique fondée sur la vie en couple et en société.

Avec ses deux phases espacées d'une dizaine d'années, faites d'une courte période embryonnaire et néonatale (d'un an environ) et de la période péri-pubertaire (de trois à quatre ans), la maturation sexuelle de l'espèce humaine est la plus lente de toutes les espèces animales. Elle se poursuit dans l'adolescence et même pour certains au-delà de la majorité civique… Sans parler de ceux qu'on appelle d'éternels adolescents. Le « timing » de cette maturation est très largement fonction de l'équilibre entre la production des hormones de l'axe hypothalamo-hypophysaire et celles du testicule et des glandes surrénales. Vers la dixième année, les centres de l'hypothalamus, jusqu'alors inhibés par l'épiphyse et les noyaux amygdaliens du cerveau, sont activés. Il faut pour cela qu'un certain poids corporel soit atteint. Dès lors, la testostérone est produite sous l'influence de ces hormones facilitatrices hypophysaires, mais sont produites également les hormones femelles qui joueraient un rôle relais important dans la croissance du jeune garçon pubère. Des études récentes montrent en effet que la fin de la poussée pubertaire des garçons s'accompagne d'une croissance importante de la taille de l'hypophyse, sous l'influence des hormones sexuelles féminines. Leur faible taux naturel chez le garçon pourrait éventuellement expliquer le caractère plus tardif de cette poussée post-pubertaire.

L'homme adulte : les différences liées au sexe

À l'achèvement de cette longue maturation, l'homme est un adulte : la différenciation masculine, essentiellement liée au sexe, amène des différences morphologiques, physiologiques et comportementales fondamentales qui, tout sexisme mis à part, sont incontournables pour l'appréciation des rapports quotidiens entre homme et femme (voir figure 3.3).

Arrêtons-nous quelques instants aux différences structurelles directement impliquées dans les comportements sexuels. Sur le plan anatomique, la sexualité de l'homme s'exprime essentiellement par son pénis en érection, c'est par lui qu'il matérialise son désir, qu'il obtient la gratification orgasmique. C'est donc autour de lui que s'organise la sexualité. Face à cela, sa compagne potentielle exprime des comportements sexuels multifocaux, mais cachés. Le clitoris et le vagin sont à découvrir pour l'un, à pénétrer pour l'autre. L'expression de la séduction est ailleurs : au niveau des seins, de la silhouette et du visage.

Sur le plan physiologique, la différence essentielle est d'ordre hormonal : l'homme est fécond toute sa vie alors que sa compagne ne l'est plus vers la cinquantaine. Il n'y a pas d'andropause au sens « climatérique » du terme. Ses manifestations cliniques peuvent survenir à un âge variable, étalé de 40 à 75 ans, voire ne pas exister, alors que l'arrêt du cycle menstruel constitue pour la femme une rupture fondamentale, même si ses effets généraux sont aujourd'hui gommés par le traitement médical de la ménopause.

Sur le plan comportemental, la différence majeure s'inscrit dans l'affectif : le mâle humain a une sexualité moins volontiers liée à son affectif amoureux que la femelle. De là découlent des attitudes globalement et statistiquement différentes, en particulier la tendance à la multiplication des partenaires (y compris rémunérées), alors que sa compagne féminine doit plus volontiers être amoureuse pour se livrer aux rapports sexuels. L'étude des comportements sexuels en France[1] est tout à fait éclairante à ce sujet (voir figure 3.4) : 63,8 % des hommes pensent que l'on peut avoir des rapports sexuels sans être amoureux, contre seulement 35,9 % des femmes. Si l'on revient aux habitudes de nos campagnols, on peut dire que, dans l'espèce humaine, le mâle est plutôt du type campagnol des montagnes et la femelle volontiers campagnol des prairies : fixerait-elle mieux, comme celui-ci, l'ocytocine sur son système limbique ? Faut-il encore retourner aux chasseurs-cueilleurs de notre patrimoine ancestral pour y retrouver les données de la sélection naturelle : l'amour était-il une condition de l'attachement ou bien la nécessaire sédentarité des femmes exacerbait-elle leurs sentiments dans l'attente du retour du guerrier, alors que le mâle chasseur, coureur de savanes, devait sûrement se payer sur la bête, lors des chasses ou des guerres ? L'*Odyssée* ne raconte rien d'autre que l'édifiante histoire d'un campagnol volage retournant finalement en son île d'Ithaque retrouver un campagnol de prairie, tapissière de surcroît !

1. A. Spira, N. Bajos, *op. cit.*

Figure 3.3 (1re partie)

Différences morphologiques entre les sexes		
	Homme	**Femme**
Organes externes	– Verge comportant corps caverneux et corps spongieux et l'urètre terminal – Bourses contenant les testicules	– Vulve comprenant le mont de Vénus, les grandes lèvres, les nymphes et le clitoris – Vestibule avec le méat et l'orifice vaginal
Organes internes	Canaux déférents et éjaculateurs - Prostate - Vésicules séminales	Vagin - utérus - trompes - ovaires
Seins	Mamelons et aréoles rudimentaires - Glandes atrophiques	Développés et fonctionnels
Pilosité		
- Pubis	Losangique	Triangulaire
- Aisselles	Ovalaire	
- Face, Tronc, Membres	Abondante avec barbe	Réduite
- Cheveux	Épais, moins serrés Implantation frontale en M Nuque rectiligne.	Serrés, fins, soyeux Implantation frontale curviligne Nuque en trident
Peau	Épaisse, plissée, sèche	Fine, lisse, douce.
Tissu cellulaire sous-cutané adipeux	Réduit et également réparti	Développé avec effacement des reliefs musculaires et renflements localisés
Stature	Diamètre des épaules nettement plus grand que celui des hanches	Taille moins élevée et diamètre épaule/hanches égal
Muscles	Épais, charnus, saillants	Allongés, fins
Squelette	Bassin étroit, aplati Os épais, attaches espacées Reliefs accrus (arcades sourcilières)	Bassin large Os fins et attachés Reliefs effacés
Larynx **Voix**	Allongé, saillant Ténor ou basse	Court, effacé Soprano, contralto
Cerveau	Prédominance du cerveau droit, cortex plus épais	Importance de la région antérieure

Figure 3.3 (2e partie)

Différences physiologiques et comportementales entre les sexes[1]		
	Homme	**Femme**
Activité des gonades	Production continuelle des spermatozoïdes et de la testostérone Pas d'andropause	Production périodique d'ovules et cyclique des hormones Ménopause
Fonction reproductrice	Disponibilité intermittente au rapport sexuel mais érections fréquentes - Éjaculation	Disponibilité permanente mais excitabilité moins fréquente - Menstruation - Gestation - Allaitement
Fonction érotique	– Unifocale - une seule zone érogène : le gland – Phase réfractaire longue.	– Bifocale - Clitoris - Vagin – Phase réfractaire courte
Métabolisme basal	Plus élevé	Faible
Respiration	Abdominale	Thoracique
Démarche	Rectiligne à grands pas	Balancée - souple
Aptitudes générales	Affrontement physique à l'adversité – Protection des plus faibles – Aventure – Compétition – Créativité	Maternage – Entretien – Conservation – Précision – Abstraction – Organisation
Aptitudes sexuelles	– Goût pour la polygamie – Tendance au service rémunéré – Fréquente sexualité sans affectivité – Prédisposition à l'agressivité sexuelle – Signaux sexuels olfactifs et visuels	– Préférence monogamique – Dédain pour le service rémunéré – Affectivité parallèle à la sexualité – Signaux sexuels tactiles

1. Modifié de G. Zwang, *Abrégé de sexologie*, *op. cit.*

Figure 3.4

Amour et attirance sexuelle (source : Enquête ACSF)		
	Hommes	**Femmes**
Nombre de partenaires dans la vie entière	11	3,3
Nombre de partenaires dans la vie entière dont on a été amoureux	4,5	3
Avez-vous été amoureux de votre premier partenaire ?		
- pas du tout	33 %	9 %
- un peu	34 %	27 %
- très	33 %	64 %
L'attirance sexuelle entraîne forcément un passage à l'acte	63,5 %	47,5 %
Il peut y avoir amour sans fidélité	43,2 %	34,8 %
On peut avoir des rapports sexuels avec quelqu'un sans l'aimer	63,8 %	35,9 %
Les infidélités passagères renforcent l'amour	26,9 %	17,1 %

LE DÉSIR D'ORGASME

Appétit sexuel, libido[1], désir – ces trois termes expriment la même fonction physiologique ; on pourrait en ajouter d'autres, certains relevant du vocabulaire psychanalytique (pulsions sexuelles, fantasmes…), d'autres, exprimés avec pudeur (pensée ou envie sexuelle), ou d'autres encore sans aménité (envie de faire l'amour, de baiser). Quelle qu'en soit la terminologie, il s'agit le plus prosaïquement possible de l'envie d'obtenir l'orgasme. Ce que Luis Buñuel a appelé « l'obscur objet du désir », ce que l'expression populaire nomme le cochon qui sommeille.

1. La libido exprime, pour les psychanalystes, l'énergie psychique. Mais c'est un terme fréquemment utilisé dans un sens exclusivement sexuel.

L'adultère expliqué par l'ADN ?

H. Fisher raconte, dans *Histoire naturelle de l'amour*[1], l'histoire de Lisa, une femme Kung vivant dans le désert du Kalahari avec ses cinq maris et une ribambelle d'amants. Comme l'ethnologue qui l'examinait lui demandait la raison d'une telle débauche, elle expliqua que « une femme a une foule de travaux à faire et, où qu'elle aille, elle devrait avoir des amants. Si elle part seule en visite, quelqu'un lui donnera des poules, quelqu'un de la viande, et quelque autre une nourriture différente encore. Quand elle reviendra au village, elle pourra se flatter qu'on s'est bien occupé d'elle. » Notre brillante anthropologue développe l'idée que la monogamie n'exclut pas l'adultère, et que celui-ci dans la préhistoire faisait office d'assurance-vie en cas de décès prématuré du « mari ». Ce faisant, la descendance génétique était certainement améliorée par la multiplication des pères. L'infidélité améliora ainsi l'ordinaire et la condition de survie de nos aïeules, souligne encore H. Fisher, et il en est resté cette formidable capacité orgasmique qui peut aller jusqu'à l'extase continue, laissant pantois le partenaire déjà revenu depuis longtemps à une flaccidité contrite. H. Fisher remarque qu'il faut bien un nombre à peu près égal de femmes et d'hommes pour satisfaire les évidents appétits érotiques de ces messieurs, compte tenu du chiffre marginal (inférieur à 5 %) d'homosexuels des deux bords. On en revient à notre avant-propos : l'espèce humaine est monogamique et infidèle.

Alors Pénélope serait un fruit de la répression de l'adultère féminin issue de la civilisation, et les inégalités constatées dans l'étude des comportements sexuels seraient une fiction entretenue par le volontaire souci des femmes de masquer leurs véritables penchants et performances ! Quelles que soient les motivations, les femmes seraient au moins aussi volages que leurs partenaires... Sans doute et malgré tout, même si elles mentent sur la quantité, elles sont d'incorrigibles romantiques : elles veulent être amoureuses de leurs amants !

1. H. Fisher, *Histoire naturelle de l'amour*, *op. cit.*, p. 100 et suiv.

Les fondements biologiques et comportementaux

Si j'ai faim ou soif alors que je suis chez moi, j'ouvre la porte du réfrigérateur et je mange ou je bois ; si je suis sur la route, je vais garer ma voiture et aller satisfaire cette envie qui, si elle tarde à l'être, peut devenir impérative. Manger quand on a faim ou étancher sa soif procure un plaisir particulier, puis la satiété. Les mécanismes cérébraux régulant ces fonctions sont parfaitement étudiés. Pour ce qui concerne le désir sexuel, rien n'est aussi simple, même si le processus est comparable. À la base, chez l'homme – et sans doute chez la femme également –, on trouve encore et toujours la testostérone. Et tout particulièrement la fraction dite libre de ce complexe hormonal tout puissant. Il faut une imprégnation suffisante en testostérone pour que se manifeste le désir sexuel. Là-dessus tous les scientifiques sont d'accord. Et si l'on fait chuter artificiellement le taux de testostérone en donnant à des volontaires sains des substances inhibant sa production dans le testicule, l'appétit sexuel diminue. Il se normalise lorsque le taux se rétablit. Mais tout se passe comme si les scientifiques s'étaient arrêtés à cette constatation liminaire : au-delà rien ou presque, on entre dans le spéculatif et le flou. Sur le CD-Rom que je reçois chaque trimestre et qui renferme l'analyse des articles parus dans l'ensemble des journaux scientifiques les plus réputés, au deuxième trimestre 1995, alors que 675 articles concernent la sexualité, 26 seulement étudient la libido, dont 6 s'intéressent plus spécifiquement à sa physiologie.

Le problème réside sans doute ailleurs, et plus singulièrement dans l'ouverture de la porte du réfrigérateur : je n'ai pas appris à satisfaire mon appétit sexuel aussi facilement que ma faim ou ma soif.

À la naissance, notre cerveau est organisé. Les neurones sont là génétiquement programmés, mais les connexions entre eux (les synapses) sont encore peu abondantes, leur nombre augmentera de façon considérable quand le bébé sera immergé dans le monde extérieur : c'est la phase, on l'a vu, que les éthologistes avec K. Lorenz ont appelé l'empreinte. Si lors de cette période on met un chaton nouveau-né dans une cage avec des barreaux verticaux, il apprendra à passer entre les barreaux verticaux. Si une fois cette période néonatale passée, on le change pour une cage à barreaux horizontaux, il passera sa vie à se cogner à ceux-ci, il sera incapable de franchir le même espace devenu horizontal... Quand le petit d'homme a faim ou soif, tout naturellement on lui donne le biberon ; plus tard, on lui apprendra à ouvrir la porte du réfrigérateur sans trop de contrainte. Même si, à partir de là, l'importance du milieu

socioculturel et économique existe indubitablement, le comportement de base vis-à-vis de la faim et de la soif reste identique : il n'y a aucun inconvénient majeur immédiat à ouvrir la porte du réfrigérateur et à se servir, tout au plus un risque d'indigestion. Tel n'est pas le cas pour l'appétit sexuel. Il y a deux raisons à cela : l'une est son apparition tardive dans l'enfance au moment de la puberté, à une époque où la phase d'empreinte neuronale est, semble-t-il, achevée depuis longtemps ; l'autre, qui découle de la première, est que le lien entre cet appétit et l'orgasme est à découvrir.
C'est donc au cours de la puberté que l'appétit sexuel devient impérieux et que va s'organiser dans le cerveau du jeune adolescent le lien entre cette impérieuse sensation et la gratification procurée par l'orgasme. Les premières sensations et expériences sont déterminantes : elles se font le plus souvent dans la clandestinité, quand ce n'est pas dans l'interdit ou la répression.

LA DÉCOUVERTE ET LA RECHERCHE DU PLAISIR

Dans l'immense majorité des cas, la découverte du plaisir sexuel comme satisfaction de cette pulsion mal identifiée est solitaire, et le plus souvent nocturne ! « Comme Ève naquit d'Adam, une femme naissait d'une fausse position de ma cuisse, formée par le plaisir que j'étais sur le point de goûter, je m'imaginais que c'était elle qui me l'offrait. Mon corps qui sentait en elle sa propre chaleur voulait se joindre à elle et je m'éveillais. » C'est ainsi que le jeune Proust [1] décrit avec lyrisme et précision la découverte de l'« appétit » pour le plaisir sexuel du narrateur dont la première satisfaction s'effectuera dans l'enfermement des cabinets de la maison de Combray, qui ferment parfaitement à clé... Précisément, en ce qui concerne la sexualité, les faisceaux de la récompense et de la punition (voir encadré ci-dessous) sont, chez l'adolescent, également sollicités. Bien peu en effet sont ceux qui échappent à la culpabilisation issue de la satisfaction solitaire de cet appétit impérieux et nouveau. Face à cette sourde sollicitation, chaque individu va répondre en fonction d'une série de paramètres hétérogènes qui se regroupent en trois catégories : le substrat biologique, le passé composé et le présent vécu. Cela recouvre peu ou prou la délimitation des trois cerveaux déjà décrite.

1. M. Proust, *Contre Sainte-Beuve*, Gallimard, 1954, p. 62.

Les trois façons de réagir à une stimulation : le plaisir, la fuite et l'indécision

Dans l'organisation de nos trois cerveaux, l'instinctif, l'affectif et l'intellectuel sont reliés par des faisceaux qui interviennent dans la hiérarchisation de nos expériences et du souvenir que nous en avons[1]. Il en existerait trois : le MFB (initiales de *Medical Forebrain Bundle*) ou faisceau de la récompense, qui est mis en jeu lorsqu'une action nous fait plaisir, le PVS (*Periventricular System*) ou faisceau de la punition, qui est actionné quand quelque chose de désagréable se produit et enfin le SIA (Système inhibiteur de l'action), mis en jeu lorsqu'on ne peut pas agir du tout. Lorsque l'on aura reconnu ce qui est agréable et que l'on aura mémorisé « la stratégie qui apporte le plaisir » (H. Laborit), le MFB sera actionné de façon à privilégier l'action gratifiante. *A contrario*, si c'est une sensation désagréable qui est issue de l'action, le PVS est mis en jeu vers un autre type de comportement, la lutte ou la fuite. Enfin dernière circonstance, si l'on ne peut ni se faire plaisir, ni fuir, ni lutter, on met en jeu le SIA. H. Laborit prend l'exemple du souriceau qui voit un faucon qui tourne dans les airs au-dessus de lui : s'il ne met pas en jeu son SIA, il est condamné. L'inhibition de toute action est la condition de sa survie. On verra comment nombre de nos comportements sexuels et amoureux sont issus de ces schémas simples.

MESURER LA LIBIDO

Chaque individu a un appétit sexuel de base variable. On parle ici de cette faim sexuelle qui étreint normalement chaque être vivant, quel que soit celui ou celle vers qui elle est dirigée. Cet état de base est certainement fonction de notre capital génétique et de l'imprégnation en hormones mâles lors de la vie embryonnaire, de la période postnatale et au cours de la puberté. Il est régulé par le taux sanguin de la testostérone, et les érections nocturnes et matinales en sont le témoin objectif. Tout est simple en apparence. En fait, tout est d'une grande complexité pour l'observateur objectif. Force lui est de constater la grande disper-

1. H. Laborit, *Les Bases biologiques des comportements sociaux*, Éd. Fides, 1994.

sion des données issues d'un dosage biologique aussi banal que le taux sanguin de la testostérone (voir page 136). Il y a, en matière de sexualité comme ailleurs, de gros mangeurs, comme des sujets nantis d'un appétit d'oiseau. Bien plus, nombreux sont ceux qui ne savent pas définir dans leurs réactions ce qui appartient à la libido, au sentiment amoureux et à ce que certains désignent parfois sous le nom de désir intellectuel.

Michel consulte récemment pour impuissance : les troubles ont commencé de longues années auparavant à la suite du décès de son enfant, un nourrisson d'un mois, victime d'une mort subite. Très affecté, le couple conçoit très vite un remplaçant et au chagrin succèdent les nuits d'angoisse à redouter de voir se reproduire sur le nouveau-né l'accident fatal. Difficile dans ce contexte de faire l'amour sereinement. Peu à peu, on s'éloigne physiquement l'un de l'autre, et lorsque l'on veut reprendre une vie plus normale, la défaillance se démasque. Comme je demandais à cet homme quelle était l'intensité de son désir, il me répondit : « très faible ». Pourtant, il avouait se masturber assez fréquemment, deux à trois fois par semaine. Comme je lui faisais remarquer l'antinomie de ses deux réponses, il me rétorqua : « Ah ! oui docteur, mais cela, c'est par pure hygiène ! »

En consultation, je suis presque toujours obligé de définir cette faim sexuelle, la libido de base, souvent complètement séparée dans l'esprit de l'homme du comportement amoureux. À ces critères mal définis correspondent les difficultés d'évaluation précise des données recueillies par les cliniciens : nous ne possédons donc que très peu d'études sur l'intensité et le renouvellement du désir chez l'homme. Une sexologue américaine[1] propose aux hommes de reconnaître l'intensité de leur désir « immédiat » (celui qui marque la transmission cerveau → moelle épinière → pénis) et de le classer suivant son intensité de 1 à 10 :

- *Niveau 1* : aucune excitation.
- *Niveau 2-3* : frémissement à la base du pénis.
- *Niveau 4* : la sensation s'est intensifiée, mais peut être aisément réfrénée.
- *Niveau 5-6* : l'envie orgasmique est beaucoup plus intense, et il devient difficile de la réprimer.
- *Niveau 7-8* : les signes généraux de l'excitation sexuelle sont apparus, en particulier l'accélération des rythmes cardiaques et respiratoires.

1. B. Keesling, *Comment faire l'amour toute la nuit*, Albin Michel, 1996, p. 113.

• *Niveau 9* : il y a déconnexion avec le monde extérieur et rien ou presque ne peut arrêter celui qui l'éprouve sur le chemin de l'orgasme.
• *Niveau 10* : c'est le point de non-retour (voir chapitre 2), le contrôle n'est plus possible.

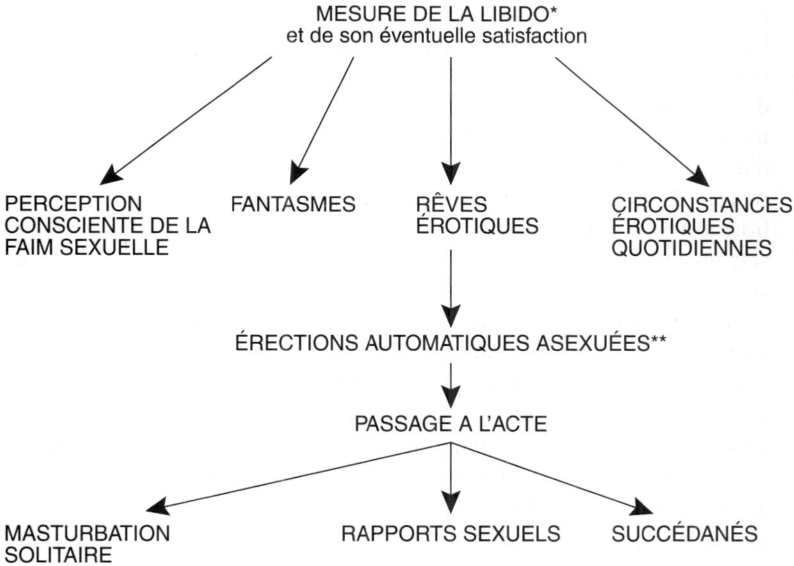

Figure 3.5. – *Les différents aspects de la libido.*
**On entend sous ce nom toutes les formes d'images, souvenirs, gestes, sons, odeurs à connotation sexuelle, venant à la pensée d'un individu et le conduisant à évoquer, envisager, un acte sexuel.*
***La physiologie amène des érections sans lien avec la sexualité mais qui peuvent, par leur présence, inciter au passage à l'acte.*

On peut considérer, en ce qui concerne l'appétit sexuel général, que si l'on additionne la fréquence des actes sexuels, la fréquence de la masturbation et la fréquence des pensées à connotation sexuelle et des fantasmes, on jauge assez bien le degré de base de l'appétit érotique d'un sujet donné. Dans la population qui consulte, donc qui est motivée, il est au minimum *quotidien*, mais là encore les résultats manquent de rigueur car il faut compter avec l'incertitude sur la véracité des réponses recueillies.

La variabilité du degré de cette libido de base est à mettre en parallèle avec la très grande dispersion du dosage de la testostérone sanguine, dont la normalité varie de 1 à 4 (soit de 3 à 12 nanogrammes/ml). Aucune autre valeur biologique n'a une telle dispersion de données réputées normales. Et curieusement, jusqu'ici aucune corrélation valable n'a été établie entre ces valeurs et une échelle de mesure de la libido. Le seul élément de certitude est que la baisse du niveau sanguin de la testostérone en dessous de sa valeur seuil est souvent contemporaine d'une baisse significative de l'appétit sexuel. À l'inverse, le rétablissement de valeurs au-dessus de la valeur seuil s'accompagne en général d'une réapparition de la libido et des érections matinales. D'autres paramètres biologiques interviennent certainement, notamment les hormones hypophysaires et hypothalamiques, ainsi que les neurotransmetteurs cérébraux (dopamine, endorphines, ocytocine, entre autres). L'activité sexuelle elle-même, surtout si elle est gratifiante, paraît conditionner la libido. En cela, il existe un rythme biologique qui obéit à une triade : **besoin → satisfaction → manque.**

Chez les sujets qui interrompent toute activité sexuelle quelle qu'en soit la raison, ce cycle s'émousse progressivement pour disparaître complètement. Il en existe une traduction biologique encore très mal étudiée, c'est la mise en repos du système hypothalamo-hypophyso-testiculaire, avec baisse de l'ensemble des hormones qui en dépendent. Que l'activité reprenne et le système se remet à fonctionner avec restauration progressive et naturelle de taux sanguins meilleurs. Monsieur D., 62 ans, est veuf depuis sept années. Son activité sexuelle avait décru bien avant la disparition de son épouse, étant donné le handicap de la maladie. Tout au long de ces années, il n'a, dit-il, éprouvé aucun désir. Une masturbation occasionnelle au début, puis plus rien, avec en plus une raréfaction des érections nocturnes réflexes. Illustration parfaite de la mise en jachère du système, qui se réveillera timidement quand, aiguillonné par le poids de la solitude, il recherchera une nouvelle compagne (voir chapire 7). On constatera souvent chez ce type d'homme une baisse globale des taux hormonaux qui se répare spontanément lorsqu'un rythme de rapports sexuels satisfaisant se rétablit, et ce sans traitement substitutif. Cependant, on confond souvent les modifications biologiques dues au vieillissement et cette baisse due à l'inactivité. J'ai constaté qu'elle existait aussi chez les jeunes qui bridaient leur sexualité pour des raisons éthiques, religieuses ou comportementales. L'exploration de ces perturbations fonctionnelles et de leur mode de régularisation physiologique est encore balbutiante et le restera tant que l'étude de la sexualité ne sera pas totalement débarrassée de tous les carcans et *a priori* qui l'alourdissent et en obscurcissent les mécanismes.

LE PASSÉ COMPOSÉ

Le niveau de notre appétit sexuel individuel dépend, on l'a vu, du taux de nos hormones… Il résulte aussi de la place que la libido s'est forgée au cours de l'enfance, à la puberté et dans les premières expériences sexuelles (voir chapitre 4). L'« empreinte », chère à Konrad Lorenz, s'effectue sur une longue période qui culmine à la puberté avec la révélation de l'orgasme. Peut-on imaginer aujourd'hui une enfance totalement asexuée qui amènerait l'adolescent à l'âge adulte vierge d'une vraie sexualité ?

Bernard M. est un jeune agriculteur de 29 ans, qui vient consulter pour ce qu'il est convenu d'appeler une impuissance primaire (il n'a jamais pu obtenir une pénétration). Celle-ci a entraîné la non-consommation du mariage avec une jeune Malgache épousée par convenance et choisie probablement par défaut, du fait de la désertification de nos campagnes. Il consulte par désir d'enfant plus que pour l'impossibilité d'avoir des rapports sexuels complets. Voici un garçon en apparence normal sur le plan morphologique, biologique et physiologique, dont le niveau d'érotisation est pratiquement nul. On ne retrouve dans l'enfance aucun désir particulier, pas de masturbation, quelques pollutions nocturnes, pas de flirt ni de relations à l'école, quittée tôt pour le travail de la ferme. Aujourd'hui chef d'entreprise, c'est la solitude qui lui a pesé plus que l'appétit sexuel inassouvi. C'est le désir de former une famille plus que le désir d'orgasme qui l'a mené vers cette femme qui, elle, a eu ses premières expériences sexuelles à l'âge de 14 ans. Il n'est que très vaguement inquiet de son érection incomplète et beaucoup plus gêné de l'inefficacité de ses tentatives manuelles de procréation assistée. En effet, ne pouvant réussir à porter la semence là où elle est nécessaire avec l'instrument habituel, il utilisait ses doigts !

Le passé composé de Bernard n'existe pas. On aimerait avoir les moyens d'explorer les tenants et aboutissants d'une telle situation qui implique une mise au jour insuffisante des mécanismes biologiques et une totale inculture, rendant impossible la reconnaissance de l'effet gratifiant du faisceau de la récompense. Et lorsque quelques semaines plus tard, il aura découvert, grâce à un traitement approprié, le véritable orgasme, il remarquera avec candeur : « J'ai l'impression que je commence à vivre. » Preuve *a contrario* qu'une impression de manque existait mais n'était pas formulée. La rythmicité biologique **besoin → satisfaction → manque** est certainement fonction de ce passé composé, de notre patrimoine génétique, de nos expériences initiales et du souvenir que nous en gardons. Chez notre agriculteur, il était pratiquement absent. En le traitant, on l'a induit pour forger une vie de couple harmonieuse.

LE PRÉSENT VÉCU

« Je suis du matin, dit François L., et mon épouse plutôt du soir... » Combien de fois entend-on cette phrase, qui renvoie à la différence fondamentale – incomprise – entre les manifestations de l'érection automatique perçues par un homme le matin, et le passage à l'acte qui nécessite une intégration dans le cerveau conscient. Ce passage à l'acte est autrement conséquent que l'ouverture de la porte du réfrigérateur pour assouvir une faim passagère. Preuve supplémentaire que dans la sexualité, tout est à découvrir, à apprendre, à maîtriser. La découverte souvent solitaire de la dualité désir/plaisir s'accompagnera ultérieurement de l'irruption de l'autre comme partenaire potentiel.

L'appétit sexuel individuel devra s'adapter à ce qui s'appelle le présent vécu, et qui conjugue la vie quotidienne, la vie amoureuse, la vie de couple, les contingences sociales. C'est là qu'interviendra le cortex cérébral, le choix. En un mot, peut-on absolument maîtriser ou orienter le désir sexuel ? C'est souvent de situations extrêmes que naissent les vérités les plus terre à terre : voyons, pour illustrer notre sujet, quelques exemples choisis dans la légende, l'histoire littéraire et dans l'expérience clinique.

Quand Pâris, enlevant Hélène, déclenche la guerre de Troie, plutôt qu'un choix déterminé ne cède-t-il pas simplement à une pulsion (partagée) irrésistible envers la jeune reine grecque qui aveugle en lui toute analyse des conséquences de son acte ? Dans le *Satiricon*, Pétrone raconte l'histoire de la matrone d'Éphèse, veuve éplorée qui ne veut pas, des jours durant, quitter le tombeau de son défunt mari et qui finit par succomber sur les lieux mêmes de cette sépulture aux avances d'un jeune soldat. Donatien Alphonse François de Sade, emprisonné, utilise toute son intelligence et tout son temps à la satisfaction de sa libido déchaînée : séduction de la fille de son geôlier, qu'il s'arrange pour soumettre à ses caprices répétés, et masturbations incessantes que son biographe a estimé à plusieurs dizaines par jour.

À l'opposé, voici l'histoire véridique de ce patient de 62 ans venu me consulter, après 14 ans d'emprisonnement politique, pour quelques difficultés érectiles lors de la reprise de sa vie sexuelle. Lorsqu'il entre en détention, au secret absolu, il a 48 ans et une activité sexuelle riche. Les premiers temps, sa libido le taraude et il n'a d'autre ressource que se masturber fréquemment et, me dit-il, de plus en plus. Après quelques semaines, sentant que cela devient obsessionnel, il décide de « faire taire en lui toute forme de sexualité » – c'est son expression. Dès lors, au lieu de le satisfaire, il cesse d'activer son appétit sexuel. Il voit peu à peu s'atténuer, puis disparaître, les érections nocturnes et matinales. Toute sexualité s'effacera jusqu'à sa libération presque 15 ans plus tard. C'est à l'hôpital où on l'aura mené que sa libido se réveillera, et que de timides érections réapparaîtront à la vue, dit-il, « des jambes et des jupes virevoltantes des infirmières » qui s'affairent autour de lui. C'est donc en définitive dans l'incertitude de la décision d'ouvrir cette porte de réfrigérateur que réside toute la part d'inconnue de notre sexualité. On peut l'ouvrir, quitte à déclencher des guerres en succombant, à oublier un amant ou une maîtresse irremplaçable, à s'y abandonner sans limite, ou au contraire la clore temporairement ou définitivement.

L'économie du système biologique humain fait la preuve, à chaque instant, d'une grande capacité d'adaptation à toutes les situations. La sexualité n'y échappe pas. Chaque homme se construit son système personnel pour répondre à un appétit sexuel variable. Il n'est malheureusement pas toujours en phase avec l'harmonie souhaitable du couple (voir chapitre 5). Le scientifique manque encore de données objectives pour mesurer ces comportements. L'observation clinique et le bon sens concourent à considérer que l'appétit sexuel n'est pleinement satisfait que dans la réalisation de l'acte *en couple* et avec le support d'un sentiment amoureux.

L'attirance sexuelle

Bruno a 27 ans. Il a fait de brillantes études, puis monté une société commerciale, dans laquelle il dirige efficacement une vingtaine de collaborateurs. Il me consulte car il n'est jamais vraiment passé à l'acte. Pourtant, un solide appétit sexuel l'a amené, dès l'âge de 15 ans, à des expériences contrariées par une éjaculation trop rapide. Au lieu de s'épanouir, sa sexualité s'est confinée à un comportement très limitatif : il fréquente des bars spécialisés où il rencontre, contre rémunération, des jeunes femmes qui assouvissent son appétit sexuel d'une étreinte furtive. Même avec elles, terrorisé par sa crainte de l'échec, il élude la pénétration. Le désir d'orgasme revenant fréquemment, le coût de fonctionnement de son système affectif est très élevé. Pour lui, comme pour chacun d'entre nous, l'achèvement d'un couple véritable, c'est la fusion dans ce qui s'appelle alors un acte d'amour. Bruno a totalement séparé l'amour et la réalisation du désir sexuel. Est-ce seulement pour les raisons techniques évoquées plus haut qu'il craint d'aimer ? Comme au terme de sa consultation et des examens pratiqués, je lui indiquais qu'il n'y avait pas d'anomalie physique à l'origine de son trouble et que la médecine pouvait l'aider à maintenir une érection suffisamment longtemps, il m'avoua qu'il ne savait pas s'il utiliserait, pour commencer, le traitement avec l'une de ces jeunes femmes. Il craignait trop, en cas de réussite, de tomber amoureux d'une prostituée...

Roger M. a 28 ans. Adolescent, il est tombé éperdument amoureux de Louise, avant de céder aux avances de la sœur cadette de celle-ci, pour finir par se marier avec l'aînée. Il fait ensuite la connaissance de Marie, une de ses consœurs, qu'il identifie comme « l'amour de sa vie ». Entretemps, Louise donne naissance à leur premier enfant. Dilemme et impuissance ont amené Roger au bord de la dépression : il est prêt à renoncer à une brillante carrière professionnelle car il veut avoir le temps de s'occuper à la fois de son enfant et de Marie, son grand amour. Quant à Louise, pas de problème, elle a compris, ils divorceront au moment opportun. Pour le moment, elle s'installera avec l'enfant pas trop loin pour qu'il puisse être présent.

Si l'on revient au schéma des trois cerveaux (pages 101-102), on s'aperçoit que Bruno en est resté au stade « reptilien » de sa sexualité, le désir sexuel inassouvi sans amour véritable : le système limbique n'a pas été marqué ou obscurci par la peur de l'échec technique ; quant à son intelligence, son néocortex, elle n'a retenu qu'une leçon culturelle : on n'épouse pas une prostituée. Roger, quant à lui, a un cerveau affectif très actif sans doute marqué par son câblage neuronal du type « campagnol volage », alors que son néocortex cherche à tout prix à construire un amour durable.

LES MÉCANISMES DE L'ATTRACTION

Jusqu'à présent, on peut avoir eu l'impression d'une vue un peu narcissique de la sexualité masculine, compte tenu de la nécessité d'explorer longuement les mécanismes internes la conditionnant. Cependant, comme l'indique si joliment et si justement le biologiste J.-D. Vincent, « il existe un “besoin en autre” comme il existe un besoin en eau et en protéines (...) Finalement, l'autre ne peut échapper au sexe, principe de l'unité au sein de l'altérité. On conçoit donc que toute vie sociale soit réglée par le sexe, ce qui nous pousse vers l'autre, c'est nous-même (...) mais comment s'effectue le choix et pourquoi ?[1] »

• **La ronde des sens.** La vue, l'ouïe, le tact, l'odorat et le goût vont jouer, on le sait, à tour de rôle leur partition dans l'alchimie de la rencontre amoureuse. C'est à dessein que j'introduis l'adjectif « amoureux » à ce stade de mon exposé. « Enfin », diront certains. On pourrait le définir comme la cristallisation « corticale » vers autrui de notre attirance « reptilienne », activée par notre faim sexuelle d'origine limbique... Cet autrui qui va devenir par le « miracle de l'amour » le seul être qui compte... pour quelques instants ou pour toute une vie.

• **Inégalité des sexes.** Comme le souligne le tableau comparatif (voir page 142), une des différences essentielles entre le comportement masculin et féminin réside dans la concordance féminine entre l'investissement amoureux et l'attirance sexuelle, alors que l'homme s'investit affectivement beaucoup moins dans ses relations sexuelles : alors que deux tiers des hommes interrogés dans l'enquête sur les comportements sexuels en France (voir figure 3.4) estiment que l'on peut avoir des rapports sexuels avec quelqu'un sans l'aimer, un tiers des femmes seulement expriment le même sentiment. L'analyse de l'ensemble des résultats recueillis lors de cette enquête est d'ailleurs révélatrice d'une différence notable dans l'expression et/ou (?) l'interprétation du sentiment amoureux dans chacun des deux sexes. Les différences se retrouvent dès le début de la vie sexuelle, les femmes déclarant presque toutes avoir été amoureuses, et pour les deux tiers énormément, de leur premier partenaire, alors que ce n'est le cas que pour un tiers des hommes. L'homme est plus dominé par sa quête de la performance sexuelle et succombera plus souvent à la séduction de l'autre (11 partenaires en moyenne dans toute une vie contre 3,3 pour la femme). Cette différence, même si elle est réelle, est sans doute moins accusée qu'il y a une dizaine d'années. Les statistiques sont cohérentes pour confirmer que deux fois sur trois il n'est pas amoureux de sa partenaire sexuelle, alors qu'il y a concordance presque parfaite (du moins le déclare-t-elle) entre amour et sexe chez la femme.

À quoi attribuer ces différences fondamentales d'approche ?

• Différence ontologique et biologique du pénétrant et du pénétré.
• Interprétation différente du sentiment amoureux.

1. J.-D. Vincent, *Biologie des passions*, Odile Jacob, 1994.

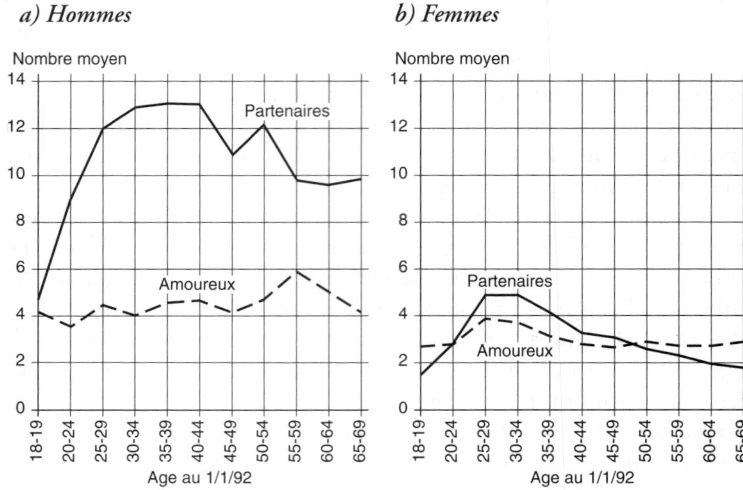

Figure 3.6. – *Écart entre le nombre de personnes dont on a été amoureux et le nombre de partenaires sexuels au cours de la vie, selon le sexe et l'âge à l'enquête 1.**

• Persistance de l'attachement préhistorique de la femelle protohominidée à l'amant nourricier.

Ici encore, les balbutiements de la biologie et de la génétique des comportements n'ont pas livré de réponses claires. On peut cependant formuler quelques hypothèses issues de l'observation clinique et de la réflexion sur les données recueillies à ce jour. La loi générale exprimée par la statistique n'est-elle pas le reflet des différences biologiques entre mâle et femelle humains, en particulier concernant les hormones cruciales pour le désir que sont le couple testostérone/œstradiol et la prolactine ? La répartition très étalée des taux de testostérone admis comme normaux chez l'homme n'est-elle pas le reflet de la diversité des comportements et en particulier des appétits de chacun ? Les capacités d'amour et d'attachement individuelles ne peuvent-elles pas être le fait de câblages cérébraux intervenus tôt dans l'enfance suivant des modèles induits par la culture et l'éducation ?

Les études animales et l'observation clinique humaine ont montré que les pulsions sexuelles, et par conséquent la réceptivité augmentent chez

* Reproduit de A. Spira, N. Bajos, *op. cit.*

la femelle dans la période préovulatoire, au moment où l'œstradiol est à son pic maximum, et qu'il y aurait également un lien entre l'élévation de la progestérone et la perception de la satiété sexuelle. On a vu que le désir, chez la femme comme chez l'homme, serait proportionnel à la quantité de testostérone, spécialement celle de l'un de ses dérivés, l'androsténédione. Cependant, les mécanismes intermédiaires sont totalement ignorés ou peu étudiés, notamment la disparité des taux sanguins masculins et féminins. On a constaté que l'élévation anormale dans certaines tumeurs surrénaliennes de la testostérone entraîne chez les jeunes femmes atteintes une déviation vers un comportement de type masculin. Il n'y a cependant pas d'étude montrant ce qui se passe à l'intérieur des variations considérées comme purement physiologiques et sur un long laps de temps. Un dosage biologique n'a pas plus de valeur à long terme qu'un sondage : c'est une photographie instantanée d'un équilibre momentané. Ce n'est que la juxtaposition de chiffres multiples coïncidant avec la répétition et l'identité des comportements qui pourra nous apporter un éclairage vrai sur notre sexualité.

COMMENT VA-T-ON VERS L'AUTRE ?

> « L'aptitude à charmer les femelles a parfois pesé plus lourd que les victoires "militaires" remportées par d'autres mâles » (C. Darwin, cité par H. Fisher[1]).

Sur des bases physiologiques fondamentalement inégales, on va rencontrer l'autre. L'attraction se fait le plus souvent dans le sens du féminin vers le masculin. Ce n'est que très récemment que s'est développé un recentrage de cette notion ancestrale, avec développement de la séduction masculine, fondée sur une volonté égalitariste issue du mouvement féministe.

Dans le règne animal, l'attraction sexuelle par la femelle s'effectue en trois stades successifs : l'attractivité (phase de séduction), la proceptivité (phase d'attraction) et la réceptivité (phase de posture). L'humain rencontre l'autre essentiellement par le regard et la voix, il le perçoit par le toucher et l'odorat, et affirme la relation par le baiser, terme ultime habituel de l'indispensable « conduite de cour ». Il faut ajouter à ce recensement de nos moyens de rencontre l'écriture, relayée aujourd'hui par la télématique, lesquelles constituent parfois un éventuel moyen sélectif préalable. Mme de Maintenon avait séduit Scarron

1. H. Fisher, *Histoire naturelle de l'amour*, *op. cit.*

Le comportement « amoureux » féminin

Pour l'éthologue allemand I. Eibl-Eibesfeldt[1], il existerait un comportement « amoureux » féminin universel qu'il a étudié à l'aide du système de la caméra cachée. Les séquences obligatoires sont les suivantes :

1. La femme sourit à celui qu'elle veut séduire.
2. Elle lève les sourcils d'un mouvement furtif.
3. Elle ouvre de grands yeux pour le contempler.
4. Elle baisse les paupières, en baissant la tête vers le bas et le côté, et détourne le regard.
5. Enfin, souvent elle cache son visage dans ses mains et émet un rire de gorge nerveux.

Ce spécialiste, qui a enregistré ces séquences dans les années 1960 en France, au Japon, en Amérique, en Amazonie, à Samoa, en Nouvelle-Guinée, pense qu'il s'agit d'un comportement inné, signant l'excitation sexuelle féminine. À nous de les reconnaître, de les décrypter et d'en faire bon usage !

Sait-on vraiment le faire ? Ou l'homme est-il lui aussi plus occupé à séduire qu'à être séduit ?

Pour faire le pendant à cette étude, d'autres chercheurs ont étudié le comportement « séducteur masculin ».

d'abord, Louis XIV ensuite, plus par ses qualités d'épistolière que par sa beauté.

Tous les comportementalistes ont insisté sur la puissance du regard humain et nous n'y reviendrons pas si ce n'est pour signaler qu'il peut provoquer la séduction dans l'instant, et que de ce fait, il complique tout rapport humain. La femme que je regarde alors qu'elle est au volant de sa voiture, dans un embouteillage, et qui me rend ce regard avec l'ébauche d'un sourire, et qui de surcroît me laisse voir ses genoux légèrement découverts par les nécessités de la conduite, que désire-t-elle ? La séduction est ici gratuite. Dans quelques instants, elle disparaîtra dans le flot de la circulation automobile, me laissant à mes fantasmes. Comme s'évanouira, à jamais sans doute, la voix mélodieuse de l'opératrice entendue au téléphone à l'occasion d'une réservation ou d'une demande de renseignement. L'éloignement crée une sorte de permissi-

1. J. Eibl-Eibesfeldt, *Biologie du comportement*, Ophrys, 1984.

vité qui stimule un rapprochement fantasmatique, l'ébauche d'une rencontre à jamais impossible.

Ce jeu de la séduction, qui précède éventuellement la rencontre intime effective, complique singulièrement l'activité quotidienne des hommes et des femmes, car chacun en joue à un moment ou à un autre, et pas nécessairement uniquement pour la bonne cause amoureuse.

Le comportement « séducteur » masculin

Dans les années 1980, un anthropologue[1] et un biologiste[2] se sont livrés à des observations, l'un sur la côte Ouest des États-Unis, l'autre sur la côte Est pour apprécier le comportement d'approche de jeunes hommes dans les bars de différentes villes. Il se déroulait toujours selon un scénario univoque en cinq phases :

1. Attirer l'attention.

a) Marquer son territoire (repérage d'un endroit stratégique).

b) Attirer l'attention sur soi (exagération de tous les mouvements du corps, rires bruyants, s'exhiber).

2. Échanger des regards.

3. Converser.

4. Toucher.

5. Développer un synchronisme corporel (d'où l'importance de la danse dans le rapprochement intime).

Il faut rapprocher des points 4 et 5 la notion d'univers spatial humain caractérisant les critères de promiscuité, qui se décompose en :

– espace public : 3 m et au-delà autour d'un individu ;

– espace professionnel ou social (1,20 à 2,40 m), celui qui caractérise les évolutions de la vie quotidienne ;

– l'espace intime, qui s'étend jusqu'à 50 cm. Seuls les amis très proches ou les animaux familiers franchiront durablement cette limite.

Dans la conduite de cour, c'est l'autorisation du franchissement de ce dernier espace qui constitue le véritable signal de l'imminence du passage à l'acte sexuel.

1. D. B. Givens, *Love Signals : How to attract a mate*, New York, Crown, 1983.
2. T. Perper, *Sex Signals : The Biology of love*, Philadelphie, IV Press, 1985. Rapporté par H. Fisher, *Histoire naturelle de l'amour, op. cit.*, ch. I, p. 22-28.

L'ODORAT : LE PLUS PRIMITIF DE NOS CINQ SENS

La hiérarchie établie de la conduite séductrice humaine privilégie le regard pour la séduction, la voix pour entrer en relation, le toucher discret (effleurement des doigts ou du corps) pour franchir la distance qui sépare espace social et espace intime. C'est à ce moment qu'intervient un sens omniprésent : l'olfaction. Sans atteindre la qualité de celui du chien qui possède 300 millions de récepteurs olfactifs dans ses fosses nasales, l'odorat de l'homme, malgré seulement 30 millions de récepteurs [1], peut reconnaître des milliers d'odeurs différentes qu'il a souvent du mal à définir. Les interactions avec les centres cérébraux des émotions et ceux du souvenir en font un puissant « organe » de marquage sexuel. L'importance de l'odorat nous vient de l'évolution, et bien qu'enfoui au plus profond du cerveau humain, le rhinencéphale (cerveau primitif), il existe toujours. Certes, nous ne reniflons plus comme notre chien à la recherche du souvenir olfactif qui lui permettra, après des années de séparation, de nous reconnaître à l'instant par notre odeur spécifique, mais nous gardons une puissante capacité attractive ou répulsive par l'odeur que nous dégageons. En supprimer les aspects répulsifs est l'une des vocations de l'hygiène moderne et en renforcer les aspects attractifs est l'objet de la science et de l'industrie des parfums. Cette odeur spécifique que notre chien a dix fois plus de capacité à mémoriser et à reconnaître nous est propre et nous distingue du voisin aussi nettement que notre voix ou notre personnalité. C'est grâce à cette empreinte olfactive que le nourrisson reconnaît sa maman et qu'il s'endort apaisé si, absente, elle a pris soin de laisser près de lui un morceau d'étoffe imprégné de son odeur.

En matière de sexualité, l'odeur de l'autre a deux rôles distincts : l'attraction et la stimulation. Pour ce qui est de l'attraction, l'odeur de chacun est aujourd'hui largement modifiée par l'usage des parfums (pas toujours à bon escient d'ailleurs, car la ténacité de certaines fragrances, alliée à la puissance de la mémoire olfactive, peut nous éloigner par simple rejet du parfum ou par la réminiscence d'un souvenir désagréable qui lui est attaché). Pour ce qui est de la stimulation sexuelle, les glandes spécialisées que nous avons sous les aisselles, autour des mamelons et dans le creux de l'aine entrent en activité lors de la puberté et sécrètent, sous l'influence des hormones sexuelles, une sueur particulière par son odeur un peu âcre. Le caractère aphrodisiaque de ces sécrétions est supputé et utilisé depuis l'aube des temps.

---

1. A. Birchall, cité par B. Cyrulnik in *Les Nourritures affectives*, Odile Jacob, 1993.

Il y a des variations infinies, à la fois culturelles, raciales, climatiques à l'attraction-répulsion causée par les odeurs de la sueur humaine. Il y a aussi des variations individuelles en fonction du moment : notre réceptivité est différente lors de l'attraction, où tout un ensemble de réactions et de sensations (y compris olfactives) identifiées dans la parade amoureuse vont s'additionner, puis se modifier lors du passage à l'acte, où le contact corporel et la puissance des sécrétions intimes vont à la fois exacerber le désir et être exacerbé par lui, exactement comme l'érection est produite par le désir et l'excite à la fois. Une fois l'orgasme obtenu, la même odeur peut devenir indifférente ou insoutenable, mais elle reste indélébile.

Quel pouvoir pour les odeurs ?

Hormis cette attraction sexuelle indéniable des corps transpirants et qui se touchent, il n'y a aucune preuve scientifique irréfutable d'un rôle quelconque de substances attirant à distance le sexe opposé chez l'homme. Les phéromones, pourtant, ont été identifiées chez au moins 250 espèces animales depuis la célèbre expérience de J.-H. Fabre : ayant ramené chez lui le cocon d'un papillon, le phalène impérial, il l'enferma la nuit et vit éclore le lendemain une femelle. Une quarantaine de mâles se présentèrent le soir même, puis 150 les nuits suivantes, pour courtiser la belle. On a ainsi découvert que ces femelles sécrètent des substances capables d'attirer les mâles sur une distance de plus de deux kilomètres. Pour le bombyx du mûrier, la substance émise par la femelle est l'hexadécadiénol, qui attire le mâle, même concentré à une aussi petite dilution que 10^{-12} mg/ml.

Existe-t-il des phénomènes semblables chez les humains ? Telle est la question qu'ont essayé de résoudre des chercheurs américains. Ils traitèrent par congélation et alcoolisation, de la sueur de mâle humain recueillie dans des tampons de coton appliqués plusieurs jours de suite dans les aisselles de volontaires. L'essence masculine était ensuite appliquée trois fois par semaine sur la lèvre supérieure de femmes, elles-mêmes volontaires. Celles-ci ne sentirent que l'odeur du solvant d'alcool. Après 12 à 14 semaines, les femmes qui avaient un cycle menstruel irrégulier le virent se régulariser. On émit l'hypothèse que le « musc » masculin optimisait la fertilité en régularisant le cycle de l'ovulation. Poursuivant leurs expériences, Cutler et Pireti[1] exposèrent d'autres femmes, dans les mêmes conditions que précédemment, à de la sueur féminine. On observa trois mois plus tard une tendance à la synchronisation des règles des « donneuses » et des « receveuses ». Ces constatations sont à rapprocher d'études antérieures montrant que des étudiantes partageant la même chambre et des travailleuses vivant constamment à proximité les unes des autres, sans aucun lien intime, synchronisaient leurs cycles menstruels. Autres expériences, celles réalisées en 1975 à l'université de Birmingham, montrant que 80 % des 840 femmes à qui l'on proposait de s'asseoir ont choisi une chaise qui avait été « traitée » à la sueur d'homme. Récemment, D. Berliner et L. Monti-Bloch ont montré que le pregnadiènedione présent dans la sueur féminine est capable d'entraîner chez l'homme un ralentissement cardiaque et respiratoire et une relaxation des muscles lisses ; l'hormone aurait également une action sur la testostérone – on pense que les récepteurs de ces phérormones seraient situés dans un organe spécialisé, vomero-nasal, situé dans l'appendice nasal[2].

Est-il impossible de penser qu'hommes et femmes puissent réciproquement s'attirer par leurs sécrétions intimes ? Sans parler de l'importance de la mémoire olfactive et de la libération des souvenirs issus d'une odeur perçue parfois des années auparavant, comme l'a exploré et exprimé si intensément Marcel Proust : « Quand d'un passé ancien rien ne subsiste, après la mort des êtres, après la destruction des choses, seules, plus frêles mais plus vivaces, plus immatérielles, plus persistantes, plus fidèles, l'odeur et la saveur restent encore longtemps, comme des âmes, à se rappeler, à attendre, à espérer, sur la ruine de tout le reste, à porter sans fléchir, sur leur gouttelette presque impalpable, l'édifice immense du souvenir[3]. » B. Cyrulnik[4], qui cite cette

1. Cités par H. Fisher dans *Histoire naturelle de l'amour*, *op. cit.*
2. P. Lannoy, *in* « Un organe sexuel dans le nez », *Le Figaro*, 31.01.97.
3. M. Proust, *À la recherche du temps perdu*, *Du côté de chez Swann*, Gallimard, « La Pléiade », t. I, p. 46.
4. B. Cyrulnik, *Les Nourritures affectives, op. cit.*

même phrase concluant le célèbre épisode de la madeleine, rapporte l'histoire d'une de ses patientes qui, trois ans après un deuil dont elle s'était progressivement remise, fond en larmes, sans aucun souvenir volontaire, à l'ouverture d'une armoire pour ranger des effets du disparu : les larmes avaient été déclenchées par l'odeur du défunt enfermée dans un vieux sac de sport et soudain exhalée. Un sens comme l'odorat, capable de solliciter aussi puissamment le cerveau et connecté si étroitement aux centres des émotions et à la mémoire, ne peut-il pas, à notre insu, nous attirer vers l'un ou vers l'autre, comme les phalènes de J. H. Fabre (l'entomologiste français du XIXe) ? Déjà l'industrie a compris, et l'on peut se procurer, par l'intermédiaire d'Internet, *Beaux Gest, Cologne on the Scent* (La Senteur) pour 20 dollars le flacon, lequel a parmi ses composantes des phérormones certifiées par le chercheur D. Berliner…

L'état amoureux en devenir

De leur aveu même, tout au long d'une vie les humains ne développent de véritables sentiments amoureux pour autrui que trois ou quatre fois. Pour les femmes, cela semble coïncider avec le nombre moyen de partenaires sexuels qu'elles avouent, alors que cela ne se produit pour les hommes, on l'a vu, que dans le tiers de l'ensemble de leurs relations sexuelles. Peu importe la différence, chacun des deux sexes n'éprouve ce sentiment que de très rares fois, et sans doute avec des nuances telles qu'ils seront toujours fascinés, sans distinction d'âge, par les grandes histoires d'amour. Le sexe, c'est l'ineffable de l'instant qui ne s'imprime qu'imparfaitement dans la mémoire, effacé par le flux et le reflux du couple désir/orgasme, alors que l'amour c'est la permanence de l'autre en nous.

Le « coup de foudre »

On pourrait comparer l'état amoureux à une espèce de mayonnaise biologique qui aurait pris… Le problème, et sans doute le grand soulagement, est que l'on n'en connaît pas toutes les composantes. Ni la beauté, ni l'intelligence, ni la richesse, en fait aucune des valeurs traditionnelles, ni les clichés accompagnant les amours célèbres, de Shakespeare au plus banal des romans photos en passant par la plus doucereuse des séries télévisées, n'expliquent les facteurs déclenchant cet état particulier de l'individu amoureux.

Maître X., 52 ans, est un avocat en vue, il me consulte pour des difficultés à concrétiser sexuellement un coup de foudre récent qui l'a laissé totalement confondu : ce vieux garçon, un peu coureur, est littéralement tombé amoureux d'une jeune consœur qu'il avait rencontrée à de très nombreuses reprises, tant professionnelles que sociales. Cela ne se traduisit pas d'emblée par une quelconque attirance partagée, jusqu'à ce jour fatidique où notre amoureux tardif raconte qu'un premier regard échangé parmi une assemblée de plusieurs centaines d'invités leur révéla qu'ils étaient saisis par la passion. Cette alchimie particulière doit se différencier de l'attirance sexuelle mutuelle brusque, qui peut amener dans certaines circonstances deux êtres qui n'éprouvent aucun sentiment amoureux véritable à faire l'amour presque fortuitement et sans bouleversement apparent de leur vie affective. L'état amoureux qui culmine avec le coup de foudre est consécutif à une foule de facteurs se cristallisant soudain et entraînant une hyperactivation des circuits neuronaux du système limbique, alors que les systèmes inhibiteurs sont totalement abolis.

LA PHYSIOLOGIE DE L'ÉTAT AMOUREUX

Les schémas préétablis de nos goûts se constitueraient au niveau du cerveau entre 5 et 8 ans en fonction des émotions et des expériences de notre enfance[1]. Au moment de la puberté, chacun aurait en soi une image mentale du modèle idéal à aimer. Il est probable que pour être positive, la rencontre doit s'inscrire dans un état biologique et psychologique particulier, et plus largement dans ce que J.-D. Vincent[2] appelle « les trois dimensions de l'état central : le corporel, l'extracorporel et le temporel ». Le corporel est ce qui vient de soi, l'extracorporel est notre relation à l'autre et le temporel est notre environnement à un moment donné. Le coup de foudre est la concordance instantanée de ces trois composantes, qui vous propulse littéralement dans la passion amoureuse et son cortège connu : euphorie qui confine à l'exaltation, hyperactivité, capacité à ne vivre et parler que par et pour l'autre – toutes sensations qui s'exacerbent dans les obstacles ou les interdits.

---

1. J. Money, *Love maps : Clinical concepts of sexual erotic healthy and pathology, paraphilia and gender transposition*, New Yor, Irvington Publishers, 1986.
2. J.-D. Vincent, *Biologie des passions, op. cit.*

Pour de nombreux scientifiques, l'archétype de Roméo et Juliette, amoureux passionnés, ne serait que le transfuge mythique de ce qui pousse l'écureuil femelle, tenaillée par le besoin de procréer dans le court instant de la saison des amours, vers le premier mâle convenable qu'elle débusque. Pourtant notre système limbique baigné de neurotransmetteurs est également fortement connecté à notre cerveau supérieur ; et au-delà de nos gènes, nous nous croyons capables de transformer le jeu des molécules en un drame ou en une comédie bien au-delà du quotidien de la statistique. Même si le sentiment amoureux puise ses racines dans nos gènes et leur déterminisme à conforter la survie de l'espèce, l'imaginaire a su suffisamment le magnifier pour en faire le moteur le plus puissant du rapprochement des humains… au moins au début. L'état amoureux est certainement biologiquement marqué. J'ai identifié dans la littérature au moins huit substances chimiques sécrétées au niveau cérébral, dont on a étudié l'implication dans le processus amoureux (voir figure 2.4). On peut concevoir que, à l'instar de ce qui se passe pour la dépendance à la drogue, l'état amoureux fonctionne suivant la loi générale qui fait que la sensation extrême de plaisir provoquée par l'autre est sans cesse renouvelée par le manque, l'absence et/ou le désir.

QUI RENCONTRE QUI ?

Le mariage d'amour est une valeur assez récente dans l'histoire des civilisations humaines. Jusqu'à peu, une histoire comme celle de Roméo et Juliette était exemplaire parce qu'exceptionnelle : l'amour défiait les conventions sociales, le groupe, le temporel. En effet, on n'avait de chance de se rapprocher qu'à l'intérieur d'un groupe défini et pour des motivations autres que le sentiment amoureux. Et on finissait le plus souvent par s'éprendre de celui ou celle qui avait été choisi pour vous. Aujourd'hui, comme le souligne B. Cyrulnik[1], « depuis que le mariage d'amour est devenu une valeur culturelle, ce n'est plus la structure sociale qui s'y exprime, c'est la structure personnelle. Quand les parents provoquaient la rencontre, ils renforçaient le groupe. Quand l'amour préside au choix de la partenaire, il renforce la névrose ». On pourrait ajouter à ce fait la facilité nouvelle de la relation purement sexuelle, sans risque réel de procréation involontaire.

1. B. Cyrulnik, *Les Nourritures affectives*, *op. cit.*, p. 34.

Cela a-t-il changé quelque chose ? Individuellement, on est attiré par un stéréotype qui paraît être fixé par nos circuits cérébraux (aspect, mémoire et culture réunis). Socialement, la plupart des rencontres, même si elles ne sont plus imposées, se font dans un cadre social et culturel donné significatif. Amour et sexualité sont si intimement liés que 95 % des hommes affirment être amoureux de leur partenaire sexuelle habituelle[1]. Ces trois faits président à la plupart des rencontres humaines, et sont confirmés par l'observation et par la statistique.
Ainsi une étude des comportements de rapprochement faite en milieu psychiatrique[2] a montré que les pensionnaires s'assemblent suivant certaines structures mentales :
– les angoissés se reconnaissent et se rencontrent facilement, ils sont démonstratifs ;
– les schizophrènes se reconnaissent et se rencontrent discrètement à l'écart, ils sont peu démonstratifs ;
– les obsessionnels et les psychorigides rencontrent peu et difficilement ;
– les handicapés n'ont aucune relation entre eux.
Les homosexuels ou les toxicomanes se reconnaissent entre eux grâce à d'imperceptibles indices (gestuels ou vestimentaires) très vite éclairants.
Il faut encore citer Proust pour ces descriptions de l'état amoureux, et surtout celle de la reconnaissance immédiate des invertis entre eux, comme dans l'épisode de la rencontre de Mr de Charlus avec Jupien : véritable observation clinique de ce phénomène de perception instantanée du comportement de l'autre[3]. B. Cyrulnik insiste sur ce fait en indiquant que, quand la contrainte de la socialisation disparaît, « les êtres perçoivent sur le corps des autres des signes qui correspondent à leur structure intime ». L'état amoureux, désir sexuel compris, exacerbant cette perception, les rencontres auxquelles il expose sont mémorisées avec une intensité encore plus grande que pour toute autre relation humaine.
On sait reconnaître, par les tests de personnalité, des tendances assimilées à ces types de comportement chez les sujets dépourvus de maladie psychiatrique (voir chapitre 11). On peut imaginer que ces tendances contribuent à la facilité ou à la difficulté de la rencontre initiale. Il est certain que certaines oppositions qui se révéleront ulté-

1. A. Spira, N. Bajos, *Les Comportements sexuels en France, op. cit.*
2. B. Cyrulnik, *Les Nourritures affectives, op. cit.*, p 39.
3. M. Proust, *À la recherche du temps perdu, Sodome et Gomorrhe*, Gallimard, « La Pléiade ».

rieurement dans la relation du couple trouvent leur origine dans ces conflits de personnalité (voir aussi chapitre 5).
Même si elle est libre, non choisie en apparence, la rencontre reste très liée au groupe social dans lequel on évolue, si l'on se réfère encore une fois à l'une des données statistiques de l'étude Spira sur les comportements sexuels en France. À la question de savoir où l'on a rencontré son dernier partenaire sexuel, en considérant que dans 75 % des cas c'est celui ou celle avec lequel on partage sa vie au moment de l'enquête, on obtient globalement les réponses suivantes : au travail, études comprises (23,6 %) ; par les amis (20 %) ; dans un lieu de détente et de rencontre, bal ou boîte de nuit (19,3 %). Loin derrière viennent la famille (9,1 %), les lieux publics et les transports (8,8 %), plus loin encore les vacances (4,3 %), les annonces matrimoniales et le Minitel (1,1 %). La banalisation de l'Internet a sans aucun doute modifié le pourcentage de ses rencontres du hasard programmé. Les effets de l'âge ont été gommés par le rapprochement des activités suivant les tranches d'âge (travail et études), les lieux de détente (bal et boîte de nuit). Même si l'influence de la famille en tant qu'origine de la rencontre a chuté de 50 % si l'on compare les plus de 50 ans et les moins de 35 ans, la contrainte du milieu socioculturel (travail et amis) est toujours aussi forte, puisque dans près de la moitié des cas, c'est dans ce cadre que l'on choisira son partenaire.

LE MARQUAGE SEXUEL

La discussion du lien entre l'état amoureux et la sexualité *stricto sensu*, au sens de la satisfaction de l'appétit orgasmique, peut paraître plus d'ordre philosophique que scientifique. Pas si sûr, tant il interfère sur le comportement individuel quotidien. On a vu que 95 % des hommes interrogés déclarent être amoureux de leur partenaire sexuelle habituelle, alors que seulement 60 % affirment l'être de leur dernière partenaire de rencontre. L'état amoureux peut-il naître de la relation sexuelle elle-même : une sorte de pendant « hard » du coup de foudre qui, lui, serait plus « soft » ? Un simple rapprochement statistique permet de répondre par l'affirmative : si, aux données chiffrées que l'on vient de citer, on juxtapose le fait, comme on vient de le voir, que les couples ne se constituent que rarement sur la base du rapprochement amoureux au sens étroit du terme, force est de constater que, même s'il ne l'est pas au début, l'homme devient (ou se considère) amoureux de sa compagne sexuelle habituelle, et réciproquement.
L'acte sexuel n'est pas innocent. La banalisation extrême de celui-ci

ne signifie pas son innocence, et ce fait majeur explique les legs de l'histoire de l'humanité tels que le refus de l'inceste et le caractère ignominieux et hautement coupable du viol. Ce qui est condamné dans ces actes, ce n'est pas la copulation en elle-même mais sa conséquence : le marquage que constitue la copulation. Celle qui reçoit, qui est « possédée » est aujourd'hui encore, dans l'esprit populaire et l'inconscient collectif, marquée par celui qui pénètre. Ce fait est corroboré par le fait que les femmes ont au cours de leur vie un moins grand nombre de partenaires différents que les hommes. Corollaire : l'homme qui a possédé une femme développera toujours vis-à-vis d'elle, peu ou prou, un instinct de propriété. Comme dit J.-P. Sartre, « je me fais chair, en présence d'autrui, pour m'approprier la chair d'autrui[1] ». Comme souvent en matière de sexualité, les phénomènes qui n'ont pas été clairement explorés par les penseurs, savants ou philosophes s'expriment dans le roman, la chanson ou le bon sens populaire : « Je t'ai dans la peau, y a rien à faire, tu es partout dans mon corps », chante Édith Piaf. Sans doute ce marquage s'incarne-t-il dans les notions de fidélité et de jalousie (voir chapitre 5), mais aussi dans la poursuite par chacun d'un idéal qui pousse à rechercher toujours le même type de compagne. Là aussi on ne peut que constater la carence des recherches scientifiques : on a étudié séparément les phénomènes physiologiques, l'Éros des Grecs, et les manifestations psychologiques individuelles, l'Agapé, l'amour. Ni l'interaction de l'un avec l'autre, ni le couple en tant que tel ne sont considérés. Quelle alchimie réussit à totalement assujettir un être humain, homme ou femme, à un autre par et pour la simple satisfaction de son appétit orgasmique ? Ce que saint Augustin traduit par la célèbre constatation : « L'amour est charnel jusque dans l'esprit, spirituel jusque dans la chair. » Il faut être objectif : ce n'est pas seulement le sexe qui réunit deux êtres, mais la conjonction de deux attirances mutuelles dont les causes, évidentes ou non, sont multiples.

C'est pourtant à partir de leur fusion charnelle que tout change, que plus rien dans leur relation ne sera identique à avant ; le souvenir premier que l'on aura de cet être, même si la relation ne va pas au-delà, sera celui de l'acte charnel. La conscience que l'on a de l'autre sera : « il a été mon amant », « elle a été ma maîtresse », aussi peu durable aura été la relation. C'est en cela que je dis qu'il y a marquage sexuel.

---

1. J.-P. Sartre, *L'Être et le Néant*, Gallimard, 1976.

À une époque où règne une grande liberté d'avoir des rapports sexuels, il n'est pas évident que ce marquage ait été bien analysé, pas plus que la nécessaire fusion d'Éros (le sexe) et d'Agapé (l'amour) pour que s'installe l'harmonie[1]. Les bases de celle-ci sont antinomiques, puisqu'elles reposent sur l'équilibre nécessaire entre le désir « égoïste » et impérieux de satisfaire son appétit orgasmique et l'altruiste dépassement de soi qui s'investit dans l'amour de l'autre. Ici encore, l'observateur impartial qu'est le clinicien doit noter le manque d'objectivité des tenants des théories dualistes opposant le corps (désir) et l'âme (amour) : la plupart des hommes expriment prosaïquement que la capacité de jouissance de leur compagne exacerbe et leur désir et leur satisfaction. Au jour le jour, la confusion est extrême entre Éros et Agapé. En ce sens, et tous les interviews, sondages et enquêtes de société le prouvent, même s'ils ne l'expriment pas, on a plus de chances de devenir ou de rendre amoureux celui ou celle qu'on fait bien jouir que si on ne le (la) satisfait pas.

L'ATTACHEMENT, L'HABITUDE ET LA RÉPULSION

Au-delà de l'attirance, une fois le couple constitué, l'état d'euphorie amoureuse et sexuelle persiste un nombre d'années limité, entre deux et quatre ans d'après toutes les études faites, et ce quels que soient l'ethnie, le niveau culturel ou socio-économique[2]. Il semblerait que l'état biologique caractérisant cette dépendance amoureuse soit limité dans le temps, les récepteurs cérébraux finissant par se saturer ou réagir de moins en moins longtemps et rapidement. Le couple biochimique ocytocine–phényléthylamine laisserait de plus en plus la place aux endorphines, avec deux conséquences possibles : l'attachement et/ou la lassitude. Dans la plupart des couples (voir chapitre 5), quand un équilibre harmonieux s'est établi entre le purement sexuel et l'affectif, l'euphorie cède la place à l'attachement : l'acte sexuel, bien que moins impérieux, vient ponctuer l'entente établie sur des critères extra-sexuels. L'attachement est caractérisé par des liens où la sensualité et l'affectif s'unissent pour donner à chacun la conscience d'une fusion complète extra-corporelle, que l'acte sexuel va venir revivifier, sans plus en être le moteur essentiel. On verra néanmoins que celui-ci est tout de même nécessaire, voire indispensable, à la pérennisation de cet attachement. Pour d'autres couples, surtout si la relation sexuelle ne s'accompagne pas de la construction d'une relation basée sur des sentiments de valorisa-

1. P. Breney, *L'Amour*, PUF, « Que sais-je ? ».
2. H. Fisher, *Histoire naturelle de l'amour, op. cit.*

tion altruiste, l'attachement ne se produira pas. Il sera remplacé par deux états pouvant éventuellement se succéder : la lassitude et la répulsion, la première constituant une sorte de version douce de la seconde. De la lassitude naîtra bientôt une morne indifférence, alors que la répulsion peut entraîner une véritable hostilité vers ce que l'on a aimé. On a pu voir que même dans les relations les plus fortes où la satisfaction est la plus grande, la phase réfractaire qui suit immédiatement l'orgasme est souvent un moment de totale insensibilité et même l'occasion de repousser violemment celui ou celle qui tentera de réanimer le désir. La répulsion, telle que je l'évoque comme issue d'une relation amoureuse rompue, peut être aussi extrême que l'ont été l'attirance et la passion disparues. On peut voir s'installer une véritable « haine sexuelle », incontrôlable, irraisonnée. Il s'agit d'un état permanent, semblable à une phase réfractaire indéfiniment poursuivie. Elle est le plus souvent l'occasion d'une rupture définitive totale : on ne se verra plus, on tentera d'effacer jusqu'au souvenir de l'autre. Tout ce qui concerne l'autre sera rejeté. Là encore, on a peu d'études objectives et beaucoup de modèles sont issus du roman ou de la dramaturgie théâtrale (voir page 200, figure 5.1). Néanmoins ainsi peut-on tracer en définitive un schéma général et évolutif de l'attirance sexuelle. De très nombreux éléments vont venir interférer dans ce schéma général : les conditions matérielles, la venue des enfants, les données sociologiques du couple, les différences biologiques des deux sexes, tout ce qui constitue, en définitive, la sexualité de l'homme au quotidien.

Ce qu'il faut retenir

(1) C'est le chromosone Y qui caractérise le sexe masculin. C'est lui qui est déterminant pour le sexe de l'enfant à naître.

(2) Il faut une imprégnation suffisante en hormone mâle de l'embryon dans le sens masculin pour qu'un comportement masculin voie le jour.

(3) La testostérone influe sur l'intensité de l'appétit sexuel.

(4) Les hommes ont plus de partenaires que les femmes, lesquelles s'investissent plus affectivement.

(5) Le rôle des odeurs et des phérormones serait important dans la sexualité humaine.

(6) L'état amoureux a aussi un fondement biologique.

Deuxième partie

LA SEXUALITÉ AU FIL DE LA VIE

Chapitre 4

LA GENÈSE DE LA SEXUALITÉ

« Tous les hommes ont désiré leur mère dans leurs rêves. L'oublier, c'est la meilleure façon de vivre en paix. »
Sophocle, *Œdipe roi.*

En France, 72 % des mâles ayant atteint 18 ans ont déjà eu des rapports sexuels[1]. Dans des communautés urbaines nord-américaines, une étude de la population afro-américaine[2] âgée de 9 à 15 ans révèle que 35 % des enfants ont eu des rapports sexuels avec pénétration. L'enfant prépubère est mis très tôt, volontairement ou non, face à la sexualité. Il y a plusieurs raisons à cela :
- la promiscuité, par la mixité à l'école, à la crèche (même l'enseignement confessionnel a adopté la mixité) ;
- la télévision, qui amène dans tous les foyers une imagerie sexuelle qu'il était autrefois beaucoup plus difficile de voir ;
- la contraception, qui permet aux jeunes un accès beaucoup plus sûr et précoce à l'activité sexuelle véritable, même si la crainte du sida a quelque peu réprimé ce qu'elle permettait (voir chapitre 9).

Il n'y a plus rien de commun entre le petit Hans, jeune Autrichien de la fin du XIXe siècle, et dont la psychanalyse fut à l'origine des thèses de Freud sur les stades de la sexualité infantile, et Gunther, David, Éric et Mohamed, qui n'ont plus besoin de scruter par le trou de la serrure les ébats de leurs parents. Ils sont renseignés par la télévision, le cinéma, les journaux, voire parfois par de trop zélés enseignants.

---

1. A. Spira, N. Bajos, *Les Comportements sexuels en France, op. cit.*
2. *Pediatrics*, p. 966-973, 1993-94.

LE SEXE AVANT L'ACTE SEXUEL

Les échographistes identifient le sexe de l'embryon mâle en repérant le pénis du petit garçon en devenir dès le 5e mois ; ce phallus, de plus, peut être en érection, reflet de l'automatisme de la fonction érectile, et non pas manifestation inconsciente d'un quelconque Œdipe prénatal.
Déjà on peut imaginer que l'on est ici en contradiction avec la séquence freudienne puisque le stade phallique n'interviendrait qu'à partir de 3 ans. La physiologie du nourrisson se chargera d'ailleurs de contredire à nouveau le grand homme, puisque dès l'âge de 8 mois, le réflexe de préhension (le *grasping* des Anglo-Saxons) fera que le bébé empoignera, entre autres choses, sa « guillery » comme la nommait Heroard, le médecin du tout jeune Louis XIII[1]. On ne peut d'ailleurs pas établir de stades évolutifs très cloisonnés de l'éveil sexuel des très jeunes enfants, tant le rythme de celui-ci est variable. En tout état de cause, aucun observateur n'a pu les regarder avec une constance analysable statistiquement. Tout au plus, hormis quelques exceptionnelles manifestations extrêmement précoces d'intérêt sexuel, on n'observe jusqu'à 3 ans que l'automatisme érectile déjà mentionné. Il n'a vraisemblablement pas plus de signification sexuelle que l'érection automatique, nocturne ou matinale, constatée chez l'adulte. Des échographistes sans doute imprégnés de psychanalyse ont même identifié des mouvements de succion et de préhension *in utero* qui, compte tenu de la position fœtale, pourraient faire penser à une activité masturbatoire précoce. Délire interprétatif, sans doute.

Existe-t-il un plaisir prépubertaire ? Certainement, si l'on se base sur l'expérience des pédiatres[2]. Un observateur précis et honnête au sens scientifique du mot comme Kinsey signale d'emblée que les pourcentages qu'il fournit d'après une enquête sur la sexualité infantile ne peuvent être que fragmentaires, puisque recueillis sur 217 des 6 000 cas qu'il avait étudiés. On ne peut donc encore aujourd'hui en tirer des conclusions sur ce qui se passe dans la population générale.
Si l'on constate des attouchements dans la petite enfance (aux stades oral et anal de Freud, soit avant 3 ans), un orgasme avant 12 mois n'est

---

1. Rapporté par P. Debray-Ritzen dans *Petite histoire de la sexualité infantile expurgée de ses jobardises*, P.-M. Favre, 1982.
2. P. Debray-Ritzen, *op. cit.*

mentionné que dans 1 % des cas explorés par Kinsey, et la moitié avant l'âge de 7 ans. Il faut s'empresser de souligner qu'une telle manifestation d'orgasme prépubertaire n'est pas un acte délibéré mais le fruit d'une excitation occasionnelle et le plus souvent réflexe. Rapportés par les grandes personnes qui les observent, les nourrices de personnages célèbres et/ou puissants, ces « exploits » flatteront et rassureront les parents quant à la virilité future du jeune enfant. Pourtant, dans la mémoire de la plupart des hommes, les premiers souvenirs sexuels sont rarement signalés avant l'âge de 6 ans, et plus communément entre 12 et 15 ans. Les écrivains étant nettement plus prolixes que les scientifiques – hormis Kinsey –, un rapide recensement de leurs écrits permet de fixer l'âge de ces premiers émois : Proust le fixe lui-même « à douze ans, quand j'allais m'enfermer pour la première fois dans le cabinet qui était en haut de notre maison… ». Dans cette esquisse, il est tout à fait précis et lyrique, dans la découverte si importante de cette « autre chose » que fait, solitaire, le pré-adolescent : « Ma pensée exaltée par le plaisir sentait bien qu'elle était plus vaste, plus puissante que cet univers que j'apercevais plus loin sous la fenêtre (…) je sentais que mon esprit allait un peu plus loin que l'extrémité des choses, n'était pas entièrement rempli par elles. Je sentais mon regard puissant dans mes prunelles porter comme de simples reflets sans réalités, les belles collines bombées qui s'élevaient comme des seins des deux côtés du fleuve (…) J'étais plus que tout cela, je ne pouvais mourir (…). » Cependant, il s'agit déjà là des premières expériences pubertaires puisque s'achevant par l'émission de ce que Proust décrit comme un « jet d'opale (…) à l'odeur âcre ». La difficulté première d'une recherche scientifique dans ce domaine précis de l'orgasme réside dans la période prépubertaire, car à ce stade, il n'y a pas d'extériorisation de la jouissance. Les adultes interrogés sur leurs propres souvenirs ne rapportent en général, comme le fait Proust, que les toutes premières expériences orgasmiques avec éjaculation. L'oubli d'éventuelles expériences orgasmiques antérieures sans manifestations identifiables, ou dont les parents se gardèrent bien de parler, est la règle. L'investigation patiente que le clinicien ou le statisticien peuvent faire de cette période est à ce jour toujours extrêmement fragmentaire. Ayant établi un questionnaire pour l'évaluation de la période pré- et péripubertaire de mes consultants, je n'ai pu, pour l'heure, que constater les éléments généraux suivants, et encore épars :

• pour chaque homme interrogé, le premier émoi sexuel mémorisé (tous sont adultes au moment de la consultation) est le premier orgasme avec éjaculation ;

• il n'y a pas de souvenir particulier dans l'enfance, autre que les jeux (parfois pernicieux) autour de la taille du pénis, que certains n'hésitent pas à classer comme homosexuels parce qu'ils se passent entre garçons – encore faudrait-il être certain que ces jeux sont évidemment sexuels ;
• il n'y a pas de trace de sentiments œdipiens, mais parfois un désir vague vis-à-vis d'une sœur (7,5 % des cas) un peu plus âgée ;
• la masturbation est d'une extrême fréquence (supérieure à 90 %), chiffres corroborant toutes les enquêtes plus exhaustives.
Pour ce qui concerne l'orientation du désir sexuel, tous les homosexuels signalent un penchant très précoce et univoque pour des individus de sexe identique.

Comment contrôler le développement sexuel du petit garçon

Bon sens et naturel doivent gouverner l'attitude parentale vis-à-vis du sexe dans la première enfance – et jusqu'à ce qu'il était convenu d'appeler l'âge de raison (7 ans) – avec trois nécessités : examiner, ne rien cacher, ne pas punir.

EXAMINER

Les parents doivent être attentifs, et s'assurer que le pédiatre l'est, au développement harmonieux des organes génitaux, en particulier à la descente de chacun des deux testicules dans les bourses. La visite annuelle chez le pédiatre jusqu'à la fin de l'adolescence est indispensable, surtout pour contrôler le développement harmonieux physiologique et psychologique de la puberté. Il faut savoir distinguer entre le testicule ascenseur et le testicule absent. Le premier est facilement mobilisable, monte et descend aisément dans la bourse. On le perçoit à la partie haute de celle-ci, et une fois qu'on l'a saisi délicatement entre le pouce et l'index, il migre facilement jusqu'à sa place habituelle, au fond du scrotum. Le seul risque ici, lorsque le testicule est très mobile, est la *torsion*, accident qui peut survenir inopinément soit avant, soit le plus souvent après, la puberté. Dans ce cas, l'organe est étranglé et privé d'apport sanguin, et si l'obstacle n'est pas rapidement levé (dans les six heures qui suivent l'accident) il y a risque de gangrène et d'une perte définitive de la fonction. On doit s'alarmer de toute douleur intempestive et continue de l'organe et conduire l'enfant chez le médecin, lequel doit penser à la torsion surtout si l'interrogatoire de l'enfant apprend qu'il a existé préalablement des incidents identiques spontanément résolutifs. Le testicule est immobile, tuméfié et excessivement douloureux, et cette douleur irradie jusque dans l'aine, remontant dans l'abdomen. L'échographie faite d'urgence confirmera le diagnostic de torsion du testicule et conduira à l'exploration chirurgicale immédiate de la bourse, intervention bénigne durant laquelle le chirurgien procédera à la détorsion du testicule et à sa fixation pour éviter la récidive d'un tel accident. Il pourra profiter de l'anesthésie, pour réaliser également une fixation préventive de l'autre testicule s'il présente, comme c'est le cas habituel, les mêmes caractéristiques anatomiques.

Le testicule ectopique, c'est-à-dire ayant déserté l'emplacement qui lui est dévolu, est le fruit d'un défaut congénital. La migration normale de l'ébauche embryologique du testicule ne s'est pas effectuée jusqu'à son terme, et le testicule s'est arrêté en cours de route. Une fois constatée la vacuité de la bourse, il faudra d'une part rechercher quel est l'emplacement du testicule ectopique, et d'autre part s'assurer que la même anomalie n'existe pas du côté opposé. *Il est capital, surtout si elle est bilatérale, affectant donc l'ensemble du capital reproductif du futur mâle, de reconnaître une telle anomalie avant la puberté.*

Dans l'immense majorité des cas, il s'agit d'un défaut de migration testiculaire intervenu lors de la toute dernière phase du voyage embryonnaire, le testicule se trouvant dans le canal inguinal. Repéré puis identifié, il pourra être descendu et fixé en place avant le développement pubertaire de ses éléments nobles, donc sans dommage pour la fertilité future. Beaucoup plus rarement, le testicule est en situation intra-abdominale, ce qui rend son acheminement vers le scrotum beaucoup plus difficile, voire impossible. Lorsque l'anomalie est bilatérale, il faut s'efforcer d'abaisser au moins l'un des deux testicules[1].

La deuxième préoccupation dans la surveillance des organes génitaux du petit mâle est bien sûr le pénis, avec deux niveaux tout à fait distincts : d'une part, la reconnaissance périnatale d'éventuelles anomalies morphologiques, exceptionnelles mais dramatiques quant au choix et aux épreuves qu'elles imposent aux parents, d'autre part l'attitude à avoir vis-à-vis du prépuce.

---

1. Une analyse récente des résultats des techniques chirurgicales d'abaissement du testitule appréciés sur 8 425 cas (*Journal of Urology*, 1996, 154, p. 1148-1152) montre que la qualité des résultats des interventions est fonction de la position initiale du testicule, et inversement proportionnelle à la sévérité de l'anomalie. Le taux de réussite passe en effet de 74 % quand le testicule est intra-abdominal, à 92 % lorsqu'il siège au niveau ou sous l'orifice externe du canal inguinal.

LES POSSIBLES ANOMALIES

La définition officielle d'ambiguïté sexuelle implique la coexistence chez un même individu de caractères sexuels appartenant à chacun des deux sexes, en raison d'anomalies survenues pendant la vie du fœtus. Répertoriées sous le nom d'hermaphrodisme, elles excitent l'imagination populaire, avec leurs relents mythologiques et la notion de monstres qu'on exhiberait dans les foires. Il s'y associerait, pour certains, le rêve secret d'un retour à la nature humaine primitive, composée d'un matériel brut sans sexe prédéfini – le retour au mythe d'Aristophane : un être totalement ambisexuel. La réalité est tout autre, posant de multiples problèmes médicaux (malformations associées) et moraux (détermination du sexe à déclarer à l'état civil). Ainsi une possible ambiguïté sexuelle doit être détectée très tôt (avant la naissance si possible, par l'échographie), en tout cas avant que l'on assigne légalement un sexe à l'enfant. En effet, ce type d'anomalies appelle plusieurs remarques liées aux incertitudes quant à l'attribution du sexe. Seule la constatation d'un *phénotype* masculin normal à la naissance, à savoir un pénis de taille normale avec urètre abouché à l'extrémité du gland et deux testicules dans les bourses permet d'exclure toute arrière-pensée d'ambiguïté. Il m'arrive encore aujourd'hui d'examiner des sujets masculins adultes porteurs d'anomalies d'abouchement de l'urètre, appelées hypospadias, n'ayant pas été détectées jusqu'alors. Le méat urétral, au lieu d'être à l'extrémité du pénis, se situe soit au niveau des bourses, soit en un endroit variable de la face inférieure du pénis. Certains de ces hommes n'ont même jamais pu uriner debout. On imagine bien les modifications psychologiques pouvant s'installer dans une telle circonstance, jusqu'à y compris une incertitude quant à sa propre appartenance au sexe officiellement déclaré.

Toute anomalie sexuelle du nouveau-né – garçon avec microphallus ou micropénis ou absence des deux testicules (voir encadré ci-contre pour les définitions et descriptions de ces anomalies), ou fille avec un clitoris anormalement développé, voire dans les cas extrêmes impossibilité de définir d'emblée le sexe du nouveau-né –, doit faire l'objet de recherches médicales exhaustives : détermination du sexe génétique et dosages hormonaux principalement. La constatation d'un sexe génétique féminin amène à déclarer le nouveau-né comme une fille et à corriger l'anomalie dans le sens de la féminisation. Par contre, lorsque le caryotype est masculin, de type XY, la décision du sexe légal est prise essentiellement en fonction de la dimension du pénis. C'est elle qui conditionnera l'évolution ultérieure et les possibilités chirurgicales de réparation des anomalies urinaires fréquemment associées. Lorsque le pénis est trop petit, il vaut mieux s'orienter très vite vers une transformation morphologique féminine et une déclaration de sexe féminin, avec orientation de l'éducation dans ce sens dès la naissance. Lorsque l'ambiguïté sexuelle n'est pas immédiatement détectée, on peut encore corriger le tir jusqu'à l'âge de deux ou trois ans. Au-delà, ce sera d'autant plus difficile que le contexte familial aura largement imprégné l'enfant dans le sens du sexe masculin.

Ambiguïtés sexuelles[1]

- *Hermaphrodisme vrai* : très rare (moins de 200 cas rapportés), il est caractérisé par la coexistence chez un même individu de tissu ovarien et testiculaire. Compte tenu de la présence de tissu testiculaire, les organes génitaux mâles sont suffisamment développés pour que le sexe masculin ait été déclaré dans 75 % des cas.
- *Pseudo-hermaphrodisme féminin* : il s'agit d'individus exclusivement féminins (caryotype XX) avec présence d'ovaires normaux, mais présentant des caractères sexuels masculins s'étant développés sous l'influence d'un excès de testostérone pendant la vie intra-utérine (hyperfonctionnement des glandes surrénales du fœtus de la mère, ou encore apport extérieur intempestif en hormone mâle).
- *Pseudo-hermaphrodisme masculin* : ce sont des sujets génétiquement masculins (caryotype XY) mais présentant à la naissance des anomalies des organes génitaux avec des caractéristiques féminines plus ou moins marquées. La forme la plus complète et la plus spectaculaire en est le *testicule féminisant.* C'est l'une des plus déconcertantes, puisqu'à la naissance l'aspect est celui d'une fille, tout comme à la puberté où le développement des seins et l'aspect général traduisent une féminisation « parfaite ». En réalité, ces femmes en apparence sont génétiquement des hommes (caryotype XY) : elles n'ont ni utérus ni trompe et les testicules ne sont pas descendus. Il n'y a pas de pénis, un clitoris souvent petit, et un vagin souvent atrésique que l'on agrandira éventuellement chirurgicalement à la puberté. Les anomalies sont expliquées par l'absence de liai-

1. D'après J. Mahoudeau, « Ambiguités sexuelles », *in* P. Godeau, *Traité de médecine*, Flammarion, 1996, p. 2448-2455.

son de la DHT (le dérivé de la testostérone agissant sur le tissu périphérique) à son récepteur spécifique. Les œstrogènes, non contrecarrés par les androgènes, entraînent la féminisation des organes périphériques. Le traitement est simple : castration bilatérale au moment de la puberté, et traitement hormonal féminin substitutif. Il existe des formes dégradées de cette insensibilité périphérique des tissus sexuels à l'hormone mâle. Il s'agit d'une anomalie familiale qui fait prendre les nouveau-nés pour des filles et les déclarer comme telles. À la puberté, cependant, des tissus de virilisation apparaissent, avec évolution quasi complète dans le sens masculin, alors que jusque-là, l'éducation avait été faite dans le sens féminin. L'anomalie existe à l'état endémique à Haïti.

PRÉPUCE ET CIRCONCISION

Dans l'épître aux Corinthiens, saint Paul dit : « La circoncision et la non-circoncision ne sont rien d'autre que le respect des commandements de Dieu. » Dans un article de la littérature médicale anglo-saxonne[1], la question est posée de façon impertinente : le prépuce serait-il une erreur de la nature ? Sans revenir sur le caractère symbolique et religieux de la circoncision, la question posée est celle de la plus grande fréquence d'infections urinaires et de M.S.T. chez les sujets ayant conservé leur prépuce. Diverses études faites sur de larges populations montrent en effet de façon indiscutable que les infections urinaires pouvant avoir des conséquences ultérieures sévères sont douze fois plus fréquentes lorsque les garçons (il en est de même pour les jeunes adultes) ne sont pas circoncis. Pour ce qui concerne les M.S.T., la gonorrhée (vieille « chaudepisse » de nos pères), la syphilis et la contamination par le virus H.I.V. atteignent plus fréquemment les sujets non circoncis. Pour le virus du sida, le risque serait multiplié par deux, et les auteurs posent la question d'une circoncision chez les sujets infectés comme mesure préventive capable de diminuer le risque de la contamination masculine.

Ces données seules suffiraient à montrer la nécessité de la circoncision,

1. *The Lancet*, 1989, 18 mars, n° 8638, p. 598-599.

Anomalies du pénis

▪ *Agénésie* : c'est l'absence totale de pénis ; extrêmement rare, elle intéresserait une naissance sur dix millions. Dans les deux tiers des cas, il y a des anomalies urinaire et rectale associées plus complexes. Une décision de changement de sexe est indispensable, car il n'y a pas de solution de substitution.

▪ *Pénis double* : deux fois moins rare que le précédent, mais tout de même exceptionnel, l'anomalie est variable, allant d'une duplication complète véritable à des anomalies moins marquées, avec dédoublement soit au niveau caverneux, soit au niveau du gland. La correction chirurgicale s'impose, laissant en place l'organe le plus complet et le plus fonctionnel.

▪ *Torsion congénitale* : le pénis est tordu sur son axe longitudinal, le plus souvent de façon à peine visible tant que la torsion ne dépasse pas 180°. Parfois elle s'associe à d'autres anomalies, en particulier au niveau de l'urètre.

▪ *Le pénis « palmé »* : il est également souvent associé à des anomalies urétrales, mais il peut exister isolément et dans ce cas, il n'est reconnu que tardivement. Le pénis est alors totalement enfoui dans le scrotum. Une opération simple de chirurgie plastique suffit à corriger l'anomalie.

▪ *Microphallus et micropénis* : il s'agit d'organes dont la taille est inférieure aux normes indiquées en fonction de l'âge. On distingue le microphallus, qui est associé à d'autres anomalies, du micropénis, qui est isolé. Chez le nouveau-né, lorsqu'une longueur inférieure à 2 cm est constatée, le diagnostic de micropénis doit être envisagé.

et ce le plus tôt possible dans la vie. Mais, outre que ces études rétrospectives ne sont pas totalement exemptes de critiques, d'autres facteurs entrent en ligne de compte :

• **ontologique et physiologique :** quelles que soient les croyances, on a peine à penser que, même s'il n'est pas essentiel, le prépuce soit totalement inutile. La protection du gland, qui est sa fonction primordiale, vise certainement à préserver son extrême sensibilité ;
• **religieux et symbolique :** la circoncision imposée par la Bible puis

par le Coran est encore marquée, surtout dans la vieille Europe et en Asie, d'un sceau mythique, conservant dans les populations chrétiennes et hindouiste une connotation péjorative. Sans oublier le souvenir du temps où l'absence de prépuce, découverte par la police, signifiait le départ en camp d'extermination ;

• **statistiques :** alors que la circoncision concerne environ 10 % de la population mâle ailleurs dans le monde, et pour des raisons essentiellement liées à une tradition religieuse, 80 % des Américains, toutes origines confondues, sont circoncis, pour des raisons d'hygiène. Dès 1891, un prosélyte signalait que la circoncision prévenait ou traitait des affections aussi diverses que l'épilepsie, l'alcoolisme, les affections du rein et du rectum ! On peut se demander si inconsciemment il ne s'agit pas d'un geste complémentaire de la volonté des pères fondateurs et de leurs descendants de fondre tous les Américains dans le même *melting-pot* physiologique.

Depuis 50 ans, on réfléchit, surtout outre-Atlantique, sur la nécessité ou non de généraliser la circoncision, sans que rien ait changé de chaque côté de l'océan dans les habitudes des uns et des autres. Depuis quelques années, une tendance inverse se fait jour.

Que dire aux parents de nouveau-nés du XXIe siècle ? Sans avoir le caractère définitif d'une excision, la circoncision est une mutilation dont il convient de se passer, sauf exigence médicale particulière (infection, malformation).

Si on a conservé le prépuce, des règles d'hygiène doivent être apprises et soigneusement respectées pour éviter les infections. Dès la phase néonatale, il faut soigneusement nettoyer le prépuce à chacun des changes. Le décalottage doit être systématique. Il m'arrive de voir en consultation des adultes qui ne nettoient jamais, voire n'ont jamais décalotté leur prépuce. Ils n'ont jamais découvert le gland. Les sécrétions des glandes locales deviennent solides et, surtout, les régions non nettoyées et non exposées sont des nids microbiens et viraux expliquant les constatations infectieuses exposées plus haut. Signalons tout de même qu'un débat subsiste entre les classiques, partisans du décalottage systématique avec libération des éventuelles adhérences dès la première année, et ceux qui préconisent l'abstention de toute manipulation pour laisser faire la nature.

Cependant, un avantage des habitudes tôt apprises de mobilisation du prépuce est le dépistage et le traitement des anomalies du prépuce pendant la petite enfance, avant qu'elles ne marquent le jeune enfant

Circoncision : la pratique et la tradition

- Pour ceux qui ont un prépuce :

– les petites sécrétions blanchâtres accumulées entre le gland et le prépuce lui-même s'appellent le smegma. Il doit être enlevé régulièrement à la toilette ;

– le prépuce doit coulisser sans mal même si la verge est en érection, *a fortiori* si le pénis est « au repos ». Si ce n'est pas le cas, il faut consulter ;

– assurer un minimum de deux fois par jour l'hygiène (décalottage) de ce petit bout de peau légendaire.

- Pour ceux qui n'en ont pas :

– même si cela paraît probable, il n'y a pas de preuve statistique d'une sensibilité moindre ;

– il n'y a ni tare, ni tabou induit par la circoncision ;

– il n'y a pas d'indication chirurgicale pour restituer un prépuce à ceux qui en ont été privés.

- Le rite et la chirurgie :

– il faut distinguer la circoncision rituelle faite par les religieux juifs (à l'âge de 8 jours), celle pratiquée par les musulmans (beaucoup plus tard, entre 3 et 7 ans) à l'aide d'une instrumentation consacrée par l'autorité religieuse, et la circoncision chirurgicale faite suivant une technique opératoire classique ;

– de nombreuses circoncisions rituelles sont effectuées en clinique (ce qui permet l'anesthésie) et, ce faisant, sont indûment prises en charge par la Sécurité sociale.

et surtout avant que les organes génitaux n'atteignent leur taille définitive.
Les deux anomalies bénignes les plus fréquentes sont le rétrécissement du prépuce, appelé phimosis, et le raccourcissement du frein, déjà évoqué lors de la description anatomique. Pour chacune de ces anomalies, souvent associées, une intervention bénigne doit être pratiquée. Il n'est certes pas indiqué d'effectuer dans ce cas une circoncision si elle n'est pas médicalement nécessaire : des interventions limitées sont le plus souvent suffisantes. En effet, lorsque l'érection surviendra, douleur par rétrécissement et saignement par rupture de l'artère d'un frein trop court peuvent marquer un enfant ou un jeune adulte d'une manière indélébile, voire le culpabiliser, en tout cas gêner l'épanouissement sexuel d'une manière disproportionnée avec la bénignité des anomalies.

NE RIEN CACHER

La petite enfance est l'âge de la plus grande promiscuité sexuelle entre jeunes et adultes. La puberté, avec l'apparition des véritables caractères secondaires, verra s'installer aussi une séparation plus nette entre le jeune et ses parents. En l'attendant, il ne faut rien cacher de soi ni laisser le jeune occulter quoi que ce soit de lui-même. La nudité ne doit être ni agressive ni proscrite. Les questions doivent être reçues naturellement et doivent recevoir une réponse intelligente et surtout intelligible par l'enfant.

Dans la phase préparatoire de la petite enfance, le rôle des parents est primordial dans cette attitude décontractée que l'on devrait avoir vis-à-vis des choses du sexe dès le plus jeune âge. Le bébé se touchera le pénis, comme d'autres parties de son corps, et cela ne doit pas étonner et ne doit faire l'objet d'aucune remontrance. Il doit pouvoir appréhender le corps de ses parents, tout comme les parents appréhendent le sien. Il n'y a aucun inconvénient à ce qu'il partage occasionnellement la couche de l'un et/ou l'autre de ses parents.

Avant la période qui précède immédiatement la puberté, vers l'âge de 12 ans, l'information sur les problèmes sexuels appartient aux parents. Le père en particulier devrait prendre en charge le discours, après s'être entouré de conseils. Il faut informer en respectant la pudeur de l'enfant mais aussi en tenant compte de sa curiosité, souvent muette, et de son tempérament, alors plus explosif, et surtout ne pas éluder les questions quand elles sont posées.

Le véritable problème est la très fréquente absence des parents, qui laissent la place à la rue et à l'information télévisée, qui est loin d'être spécifiquement adaptée à l'enfant qui la reçoit. Il faut dans tous les cas savoir instaurer le contact et savoir guider l'enfant en appréciant discrètement ses connaissances et ses interrogations.

NE PAS PUNIR

On a vu que la découverte de l'orgasme et de la masturbation, le plus souvent contemporains de la puberté, est pour la plupart des garçons la première manifestation objective et solitaire de leur sexualité, même si les conditions contemporaines de promiscuité scolaire, par la mixité des établissements, mettent garçons et filles très tôt en contact.

Il est important à ce stade de ne pas punir, de ne pas diaboliser ni les pollutions nocturnes, ni la masturbation débutante, ni même l'énurésie, le « pipi au lit » tant craint, tant décrié quand il est tardif, et dont on sait aujourd'hui qu'il est le fruit le plus souvent d'un trouble organique, éventuellement congénital. L'idée dominante est que le symptôme serait dû à une mauvaise imprégnation cérébrale du contrôle du réflexe permettant la retenue des urines dans la vessie lors du sommeil. En évaluant les axes nerveux locaux, on constate des anomalies persitantes chez les adultes ayant des antécédents d'énurésie. Ceci confirme l'hypothèse d'une origine plus physique que psychique du phénomène. L'ignorant à l'époque et en ayant été victime moi-même – j'ai des souvenirs de honte indicible quand cela m'arrivait au collège –, j'ai voulu « dresser » très jeune mon fils à ne pas m'imiter… en pure perte, malgré force punitions. C'est aujourd'hui un solide gaillard qui n'a gardé qu'un souvenir « ému » de ces inutiles vexations, heureusement sans aucune séquelle urinaire ni psychologique.

Sans punir, il faut savoir observer et aussi détecter des attitudes s'écartant des normes, soit précoces, soit s'éloignant de l'habituel comportement masculin. Il faut, surtout et ce dès « l'âge de raison », mettre en garde l'enfant contre les comportements déviants des adultes. Là encore, il ne faut pas affoler, il faut expliquer et obtenir confiance et confidence des enfants pour qu'ils puissent révéler, le cas échéant, les sollicitations dont ils ont pu être l'objet (voir chapitre 10).

Que reste-t-il de Freud ?

De nos jours, la question peut être posée de la pertinence de la stratification en stades de la sexualité prépubertaire avec établissement d'un comportement masculin universel fondé sur l'évolution de ces stades et leur fixation définitive lors de la puberté (voir figure 4.1). On peut souligner les contradictions entre les théories freudiennes et l'observation quotidienne des enfants. Sans polémiquer, car ce n'est pas le sujet ici, à propos des bienfaits ou méfaits de la psychanalyse à l'âge adulte, on peut affirmer qu'il n'y a aucun fondement, ni biologique ni clinique, au schéma freudien général de la sexualité infantile. En effet :

• la succession de *stades oral et anal* n'a pas de connotation sexuelle. La satisfaction éprouvée par la tétée ou le caprice issu de la nécessité du contrôle de la selle appartiennent à la découverte de la satisfaction et de l'affirmation de soi, et n'ont besoin ni l'une ni l'autre d'explications sexuelles pour être manifestées ;

• *la phase de latence* dans la suite du stade phallique est au contraire celle de l'affirmation de soi et de la découverte de la chose sexuelle qui, loin d'être refoulée, est le plus souvent extériorisée et est l'objet du questionnement de l'enfant ;

• *le complexe d'Œdipe* est une brillante et poétique construction de l'esprit, bâtie de toutes pièces par un intellect imaginatif et cultivé, mais là encore, cette théorie n'a aucun support clinique, appuyée seulement sur la mythologie et le tabou de l'inceste, dont on discutera la nature biologique ou non (voir page 387). Il n'y a pas d'attraction naturelle du garçon vers sa mère, autre qu'affective, et le sentiment maternel, sauf déviance ou circonstance exceptionnelle, est asexué.

On peut cependant accorder au crédit de Freud, crédit qu'il partage avec ses prédécesseurs Havelock Ellis et Kraft Ebbing, d'avoir attiré l'attention, en pleine ère victorienne, sur les interdits terribles qui pesaient sur la sexualité. C'est la répression exercée par le monde bourgeois et les religions judéochrétiennes qui fut responsable du refoulement et des nombreuses névroses rapportées par Freud et ses élèves, beaucoup plus qu'un comportement universel.

Une éducation sexuelle et intellectuelle établie sur les concepts psychanalytiques, comme cela a été trop souvent le cas depuis la Seconde Guerre mondiale, à la fois dans la petite enfance (jusques et y compris dans les crèches) et dans les milieux scolaires et universitaires (le plus souvent non médicaux) n'est pas « loyale » (comme le souligne Debray-Ritzen), car elle présente ces concepts comme des *certitudes scientifiques*. Une telle attitude a conduit à des erreurs massives au même titre que les interdits religieux ou le laxisme intégral. Il faut en revenir aux concepts archaïques qui, au-delà des mythes, ont toujours présidé à l'élevage des petits de toute race : la nécessaire autorité et affection des parents.

DEVENIR SEXUELLEMENT UN HOMME

Si l'on a préparé ses goûts, ses inclinations en fonction de son patrimoine génétique, de son milieu, de son éducation et aussi des hasards de la vie, durant sa petite enfance, l'explosion véritable de la sexualité s'effectue au moment de la *puberté*. Cette période, qui s'initie pratiquement avec le premier orgasme et le début des pratiques masturbatoires, est l'âge de toutes les tentations, de toutes les interrogations mais aussi de toutes les inhibitions.

Des changements physiques

Le calme physiologique relatif entraîné par le long sommeil des hormones sexuelles s'interrompt vers l'âge de 9 ans, souvent un peu plus tard, avec la sécrétion nouvelle d'une quantité importante de testostérone à partir des testicules. Le premier signe en est l'apparition de quelques poils lisses au niveau du pubis, souvent d'ailleurs plus liée à la sécrétion d'androgènes à partir des glandes surrénales, devenues actives sur des récepteurs à présent eux-mêmes stimulables. On assiste ensuite au développement des testicules qui grossissent alors que la peau des bourses qui les contiennent devient plus épaisse et change de coloration, rougissant assez nettement. On observera aussi des modifications un peu similaires au niveau des mamelons.

Ces manifestations initiales traduisent la libération progressive du mécanisme endocrinien dont on a étudié le fonctionnement chez l'adulte et qui trouvera sa pleine activité deux ans après le début de la puberté.

Figure 4.1

Les 5 stades de la sexualité infantile		
	Vu par Freud	**Explications physiologiques et statistiques**
Stade oral (de 0 à 18 mois) Réflexe de succion	Plaisir oral de nature sexuelle.	Le réflexe de succion et la mimique de l'enfant repu sont liés à la faim et la réplétion gastrique.
Stade anal (de 18 mois à 3 ans) Contrôle de la défécation	La défécation est pour l'enfant un moyen de manifester son amour.	Propreté anale → 3 ans Propreté vésicale → 4 ans Pas de lien avec la sexualité.
Stade phallique (de 3 à 5 ans) Découverte par le garçon de son pénis et de son absence chez les filles	- Désir de la mère - Haine du père (Œdipe et peur de la castration systématique).	La « découverte » du pénis est beaucoup plus précoce. Œdipe et menace de castration sont rares et plus tardifs.
Phase de latence sexuelle (de 6 à 9 ans)	Disparition des questions sexuelles jusqu'à la puberté.	- Éveil sexuel prépubertaire - Curiosité pour le corps des parents et celui de l'autre sexe - Auto-érotisme.
Stade pubertaire	Fixation de l'organisation sexuelle en fonction des orientations antérieures (inhibition, perversion, ambisexualité).	Poussée pubertaire avec grande variation des attitudes sexuelles mais rareté de l'ambisexualité (< à 5 %).

Les modifications physiques vont s'enchaîner, entraînant les transformations morphologiques que l'on connaît :
• développement du pénis et des testicules ; le premier s'allonge et s'épaissit, et les seconds grossissent. En même temps, il y a maturation des organes génitaux internes, comme la prostate, et de la lignée séminale : l'éjaculation devient fertile ;
• maturation osseuse suivant la poussée de croissance qui précède l'installation de la puberté, puisque la testostérone va hâter l'ossification des cartilages de conjugaison et ralentir d'autant la croissance ;
• allongement du corps ; les épaules s'élargissent et les hanches deviennent plus étroites, donnant au corps son aspect androïde, encore accru par la répartition spécifique des graisses.

La pilosité prend également son aspect masculin, devenant plus drue et envahissant menton, joues, aisselles, thorax et bien sûr pubis. C'est l'heure du premier rasage. Parallèlement, le larynx s'est élargi et la voix mue, « virant du soprano cristallin au ténor voire au baryton, plus rarement d'emblée à la basse chantante[1] ». Durant cette période qui, rappelons-le, est longue (deux à cinq ans), il peut se produire un événement apparemment perturbant dans cette virilisation, une poussée mammaire, appelée par les médecins gynécomastie. Elle survient dans 50 à 75 % des cas (une étude récente réalisée sur 536 garçons âgés de 10 à 15 ans fixe

La mélatonine

Placée en plein cerveau, sous le toit du diencéphale, l'épiphyse ou glande pinéale a gardé une aura de mystère. Pour Descartes, elle était l'endroit précis où siégeait l'âme. Chez les Grecs, on l'interprétait comme une sorte de troisième œil, magnifiée dans l'*Odyssée* par la légende du Cyclope. Longtemps considérée comme un vestige calcifié de l'évolution de mammifères, c'est en fait un organe glandulaire dont le rôle est la régularisation de certaines fonctions en liaison avec la lumière, en particulier la reproduction, la thermorégulation et les rythmes circadiens (c'est-à-dire les facultés qu'ont certains paramètres physiologiques de varier tout au long des 24 heures d'une journée). Le principal intermédiaire chimique de ce petit organe glandulaire est la *mélatonine*. Sa sécrétion par la glande pinéale est contrôlée par l'alternance du jour et de la nuit, et elle intervient dans le cycle de

1. G. Zwang, *Abrégé de sexologie*, Masson, 1985.

reproduction des mammifères. Par exemple chez le hamster, la décroissance des jours, à l'automne, entraîne la régression des organes sexuels, qui est maximum en hiver lors de l'hibernation (atrophie complète) ; l'allongement des jours à la fin de l'hiver réactivant les gonades qui deviennent efficaces, au printemps et à l'été, phase de reproduction de ces animaux. De fait, la glande pinéale est plus développée chez les animaux vivant dans les latitudes les plus élevées (manchots, cervidés nordiques) que ceux habitant les zones équatoriales (rhinocéros, crocodiles). La glande gérerait également des variations physiques, comme la température ou le degré d'humidité.

Il reste de nombreuses variantes, mais ce qui est certain, c'est que la mélatonine sécrétée par cette minuscule glande reproduit les effets constatés de l'obscurité sur les paramètres physiologiques évoqués, et qu'une rate maintenue dans la lumière reste indéfiniment en œstrus (c'est-à-dire potentiellement réceptrice du mâle). C'est donc par la sécrétion de la mélatonine durant l'obscurité que la glande pinéale inhiberait l'activité gonadique, donc la reproduction, pour privilégier la naissance au moment des périodes les plus propices au développement du petit.

En physiologie humaine, le rôle de l'épiphyse est encore très mal élucidé ; on suppute qu'elle influence les variations circadiennes de la sécrétion des hormones sexuelles et/ou les pics de naissances constatés dans l'espèce humaine.

Le rôle de la mélatonine dans l'impuissance psychogène a été exploré[1]. Si sa production paraît identique aux sujets normaux sur les taux de base, elle serait sécrétée de façon plus importante sous l'influence de l'hypothalamus, suggérant une hypersensibilité de la glande pinéale des sujets ayant une impuissance psychique. En revanche, sa prise n'amène pas d'amélioration de la performance sexuelle, rendant illusoire la consommation exagérée qui en est faite aux États-Unis dans cette indication.

1. G. Grugni, C. Carani et coll., « Melatonia levels in psychogenic impotence », in *Hormonal Metabolic Research 26,* p. 440/441, 1994.

à 48,5 % la fréquence exacte du phénomène). Unie ou bilatérale, elle est passagère et ne doit inquiéter que si elle est encore présente après la fin du processus pubertaire. Elle est liée à une diminution transitoire du rapport sanguin entre hormones mâles et femelles chez le jeune garçon. Tout se corrigera rapidement et cela ne doit pas inquiéter.

Des changements de comportement

Les modifications du corps, modulées par l'irruption massive de la testostérone, vont entraîner des modifications comportementales souvent aussi spectaculaires que le sont les changements physiques. Le rapport à soi comme le rapport à l'autre change : les certitudes d'autrefois ont tendance à basculer et l'irruption de la réalité de la sexualité vient se télescoper avec la perception de l'irrémédiable sortie de l'enfance. Une double réaction se développe vis-à-vis de l'entourage : pudeur et isolement. On cache souvent ce corps disproportionné et souillé (pollutions constatées et éjaculation provoquée). On s'isole dans le plaisir récemment découvert et, le plus souvent, on évite de se montrer au reste de la famille, surtout à ses éléments féminins.
Personne ne doit s'alarmer de ces changements, qui peuvent s'accompagner d'échanges verbaux violents, de rébellion vis-à-vis du père. Dans certaines sociétés primitives[1], à cette période l'enfant était partiellement sorti du milieu parental et encouragé à aller dans un lieu de rencontre approprié où il côtoyait des ami(e)s dans une liberté sexuelle totale. Par contre, toute relation avec les sœurs, aussi platonique fût-elle, était totalement interdite. On laissait l'adolescent jeter sa gourme à l'extérieur du cercle familial sans l'empêcher de revenir s'y nourrir et y rapporter les fruits de son travail. Sur le plan sexuel, la découverte de l'orgasme s'accompagne d'un élan, d'un « besoin de l'autre » nécessairement fantasmé au début[2]. L'urgence orgasmique est souvent extrême… Face à elle, aujourd'hui en Occident, où la chose sexuelle est omniprésente, l'adolescent, qui est souvent encore intellectuellement un enfant, et ses parents se posent de multiples questions.

1. B. Malinowski, *La Sexualité et sa répression dans les sociétés primitives*, Payot, 1990.
2. G. Zwang, *Éthologie humaine*, Simep, 1988.

L'âge de la puberté

Le développement sexuel est-il normal ? Trop lent pour les uns, trop rapide pour d'autres. La puberté est une phase longue qui peut commencer vers 10 ans, intervenant en moyenne vers 12 ans et se terminant un peu avant 16. Si la puberté est achevée chez le garçon avant 11 ans, on parle de précocité sexuelle, si elle n'a pas débuté alors qu'il a atteint ses 15 ans, il s'agit d'un retard pubertaire. Dans les deux cas, c'est aux spécialistes, pédiatres et endocrinologues d'examiner l'adolescent et de déterminer, avec l'aide des dosages biologiques, s'il s'agit d'une anomalie organique véritable où d'une simple modification du calendrier général.

PUBERTÉ PRÉCOCE

Dans le cas de précocité sexuelle, l'enjeu est important car la maturation sexuelle s'accompagnera de l'arrêt de la croissance. Il faut donc différencier les précocités vraies avec développement de tous les caractères sexuels secondaires et un taux de testostérone très élevé, des fausses précocités où seules pilosité et verge se développent alors que les testicules restent petits. Il faut alors freiner au maximum le développement trop précoce de la puberté pour limiter la fusion des cartilages de conjugaison. On utilise pour cela des médicaments bloquant les effets de la testostérone, les anti-androgènes (voir chapitre 10). L'écueil ici est de laisser le temps œuvrer en omettant de consulter, en se réjouissant trop tôt et trop vite de voir l'enfant devenir un « petit homme ». De fait, il risque de rester très petit.

RETARD PUBERTAIRE

C'est la raison la plus fréquente des consultations médicales du jeune garçon qui, contrairement au cas précédent, la réclamera volontiers, car il constate, par comparaison avec ses congénères, que ses testicules restent petits, ou bien c'est la dimension de sa verge qui l'inquiète, ou encore son absence de barbe. L'adolescence tarde, l'enfant grandit mais sans maturation ou maturité, la poussée prépubertaire ne se produit pas... Dans près de la moitié de ces cas de puberté tardive, il s'agit d'un retard sans conséquence. Le pédiatre constatera une harmonie entre âge statural, âge osseux et développement pubertaire. On se rassurera en constatant un timide début de développement des testicules et surtout en remarquant le caractère héréditaire de l'anomalie : le père et le grand-père, voire un frère, ont vécu le même retard. Si un doute persistait, des épreuves biologiques bien codifiées viendraient à bout des appréhensions en indiquant une réponse potentielle satisfaisante de l'organisme.

L'affirmation par le spécialiste du caractère fonctionnel anodin de ces retards pubertaires est très importante, car les autres causes, heureusement plus rares, sont beaucoup plus sérieuses et compromettantes pour l'avenir de l'enfant (anomalies d'ordre génétique, représentant des formes atténuées des ambiguïtés sexuelles décrites plus haut, voir tableau page 180). La finesse des explorations biologiques et la connaissance clinique de ces anomalies permettent aujourd'hui au spécialiste de les reconnaître et de traiter au moins les conséquences endocriniennes, c'est-à-dire la baisse ou l'absence d'imprégnation en hormones mâles. C'est dire l'importance d'être à l'écoute et surtout d'observer, sans inquiéter outre mesure l'enfant, pour déceler au plus tôt ces anomalies, heureusement rares dans leurs formes sévères.

Dans l'immense majorité des cas, le dialogue, la consultation annuelle ou bisannuelle du pédiatre ou du médecin de famille qui connaît l'enfant, la connaissance de ce qui s'est passé pour le père, les frères ou les oncles au moment de la puberté, apporteront les réponses rassurantes qui sont nécessaires au développement harmonieux de l'adolescent, souvent inquiet des immenses modifications qui l'assaillent.

Les premiers émois solitaires

La deuxième grande question de l'entrée de l'adolescent dans la vie sexuelle est celle de l'émission du sperme. Jusqu'alors, les expériences orgasmiques et les jeux masturbatoires restaient occultes, souvent anodins et en tout cas pouvaient être facilement cachés.

PREMIÈRES ÉJACULATIONS

La grande affaire reste et restera dans le souvenir de chacun la première éjaculation. Pour Kinsey[1], l'âge de sa survenue est de 13 ans et demi et elle est obtenue par la masturbation dans plus des deux tiers des cas, alors que les pollutions nocturnes représentent 13 % des premières éjaculations. Rappelons toutefois que les entretiens ayant servi à Kinsey faisaient appel à des souvenirs pouvant remonter à plusieurs dizaines d'années.

---

1. Kinsey, *Le Comportement sexuel de l'homme, op. cit.*, p. 262 et suiv.

Figure 4.2

Retard ou absence de la puberté masculine			
	Retard simple	**Origine hypothalamique ou hypophysaire**	**Origine testiculaire**
Aspect	Enfant normal paraîssant plus jeune de 3 à 4 ans	Fréquentes anomalies associées (pas d'odorat, surdité) cryptorchidie	Absence de testicules ou cryptorchidie verge normale
Examens	Profil biologique normal d'aspect impubère	Testostérone, FSH, LH basse non stimulable	Testostérone basse FSH élevée anomalie des chromosomes (XXY)
Traitement	Attente	Analogue LHRH (résultats souvent incomplets)	Traitement substitutif à la testostérone à vie
Principales appellations	Retard pubertaire simple	Syndrome de Kallman -De Morsier	Syndrome de Klinfelter

L'important ici est la fréquence de ces mécanismes et comportements qui en fait des événements « normaux » de la physiologie du garçon et de l'homme en devenir. En effet, entre 13 et 20 ans, 88 % des garçons interrogés par Kinsey se masturbent et 70 % ont constaté des pollutions nocturnes. Ce qui était vrai lors de la réalisation de cette étude le reste, puisque dans l'enquête menée par le groupe de A. Spira sur le comportement sexuel des jeunes de 15 à 18 ans[1], à la question : « À quel âge vous est-il arrivé pour la première fois de vous caresser vous-même le sexe pour avoir du plaisir ? », 90 % des garçons répondent en donnant une date précise, prouvant la réalité du phénomène. Pourtant, aujourd'hui encore, tout ce qui tourne autour de ces événements reste chargé parfois de culpabilité, toujours d'une certaine honte et d'une multitude de questions. Cela tient, d'une part, au caractère sacré

1. A. Spira et N. Bajos, *Enquête sur le comportement sexuel des Français*, La Documentation française, 1995.

ancestral du sperme, et d'autre part, à la répression exercée efficacement par la religion catholique relayée, voire amplifiée par la médecine officielle vis-à-vis de ce que l'on a appelé l'onanisme, par un caprice historique et une erreur sémantique puisqu'Onan ne s'est pas masturbé (voir encadré page 182). Tous les scientifiques, et Kinsey en premier, l'ont expérimenté : la question ne peut, encore de nos jours, être abordée de front car la pratique est peu avouable. Je le constate tous les jours en consultation lorsque, après avoir fait préciser au patient qu'il a bien interrompu toute activité sexuelle, j'ai toute chance d'avoir une réponse positive si je reprends l'interrogatoire en lui demandant s'il se masturbe. N'oublions pas, et ceci justifie ce qui précède, que le nouveau catéchisme de 1992 indique encore que la masturbation est un péché contraire à la vertu de chasteté. L'Église catholique, cependant, semble tenir compte des problèmes de l'adolescence en atténuant quelque peu son jugement négatif : « Nous formerons un jugement équitable sur la responsabilité morale des sujets et pour orienter l'action pastorale, on tiendra compte de l'immaturité affective, de la force des habitudes contractées, de l'enfant angoissé, ou des autres facteurs psychiques ou sociaux qui amoindrissent voire atténuent la culpabilité morale. » On ne peut être plus jésuite. Précisons encore que cette même année 1992, dans la dernière décennie du deuxième millénaire, un employé d'une conserverie qui était tenu, pour des raisons d'hygiène, de justifier une absence de son poste de dix minutes et qui avait indiqué par dérision la masturbation comme motif, s'était vu licencié pour faute relative à l'accomplissement de sa tâche. Le conseil de prud'hommes saisi avait, pour une fois, heureusement statué : « L'excuse de masturbation n'est pas un motif de licenciement ! »

Ce qui reste tabou chez l'adulte l'est encore plus chez l'adolescent. Alors soyons clair et pragmatique : les pollutions nocturnes correspondent à une éjaculation réflexe, contemporaine des périodes de sommeil paradoxal et survenant sans lien direct avec la nature des rêves, même si l'on peut se souvenir au réveil avoir eu un orgasme. Le plus souvent, le seul souvenir en sera la trace sur le drap du dessous, que l'adolescent cherchera à tout prix à cacher. Si cela pose problème, une discrète explication physiologique dispensée par le père sera la bienvenue, faisant simplement référence au caractère naturel, habituel et « héréditaire » du phénomène. Ce type d'émission de sperme n'est pas d'une grande fréquence, probablement bimensuel plus qu'hebdomadaire (Kinsey le chiffre avec précision à l'adolescence à 0,37 fois par semaine).

Onan et l'onanisme : l'incroyable fléau de Dieu

La Genèse (38) raconte l'histoire d'Onan, dont le frère était mort sans descendance. Selon la coutume, en tant que deuxième fils, il devait prendre pour épouse sa belle-sœur, afin d'assurer la succession en ligne directe. Or, « sachant que la succession ne serait pas réellement la sienne », il laissait perdre à terre sa semence à chaque coït[1]. Lui et sa descendance furent frappés d'impuissance. Par un caprice sémantique et une erreur physiologique, Onan, probable objecteur de conscience, donna son nom (onanisme) à l'action si controversée de l'autosatisfaction sexuelle : la masturbation. Il est peu probable qu'il l'ait pratiquée réellement.

La fureur divine qui frappa Onan devait aussi à travers les âges frapper les masturbateurs. L'église est formelle : « *masturbare diabolicum* ». Tous les maux frappèrent cette si banale activité humaine (et animale) avec son point culminant au XVIIIe siècle et le délicieux ouvrage *Traité de l'Onanisme* de Tissot, qui fit autorité jusqu'à l'aube de ce siècle. Aujourd'hui encore, la masturbation est à la fois fréquente et occultée.

COMMENT PARLER DE LA MASTURBATION AVEC L'ADOLESCENT

Il faut bien différencier ces pollutions nocturnes involontaires et inconscientes de l'éjaculation provoquée par masturbation, que l'on pourrait qualifier de volontariste et consciente, dont la fréquence est nettement plus élevée. Selon Kinsey toujours, elle se pratique au minimum deux fois par semaine dans la population de 16 à 20 ans. Mon expérience clinique personnelle me fait penser que cette fréquence est certainement grandement sous-évaluée.

La masturbation n'est ni un vice ni une maladie, mais simplement le moyen transitoire d'obtenir le plaisir dont la révélation et l'urgence de la satisfaction sont la marque du début effectif de la vie sexuelle. En aucun cas elle ne doit être réprimée, encore moins diabolisée. Le médecin n'a même pas à être consulté, si ce n'est à titre de conseiller, de guide, encore moins sollicité, sauf exception, pour calmer ces ardeurs juvéniles, comme l'était le narrateur du *Voyage au bout de la nuit* par la tante de Bébert :

---

1. Rapporté par D. J. Duché, *Histoire de l'onanisme*, PUF, coll. « Que sais-je ? », 1994.

« – Bébert, Docteur, faut que je vous dise, parce que vous êtes médecin, c'est un petit saligaud ! (...) Il se "touche" ! Je m'en suis aperçue depuis deux mois et je me demande qui est-ce qui a pu lui apprendre ces saletés-là ? (...) Je l'ai pourtant bien élevé, moi ! Je lui défends (...) Mais il recommence (...).
– Dites lui qu'il deviendra fou, conseillai-je, classique. (...)
– Dites-moi, Docteur, pendant que vous êtes-là, vous pouvez pas lui faire un sirop pour l'empêcher de se toucher ? (...)
Je la suivis jusque dans sa loge, pour prescrire un sirop anti-vice pour le môme Bébert[1]. »

Il y a dans ce dialogue savoureux composé par Céline (alias le docteur Destouches), toutes les croyances, y compris médicales, que l'on nourrissait vis-à-vis de la masturbation, mère de tous les vices et de très nombreuses affections, et frappée il y a peu encore, d'un opprobre et d'une méfiance aussi grands que l'est aujourd'hui le sida. La menace habituelle des adultes et du corps médical vis-à-vis du jeune masturbateur était la mutilation de l'organe coupable, comme ce fut le cas pour André Gide, que sa mère conduisit chez un médecin célèbre de l'époque, le docteur Brouardel, lequel le menaça d'émasculation en lui montrant sa collection d'armes touarègues[2] !

Il est cependant des cas où la pratique solitaire peut devenir un handicap et entrer dans le cadre des névroses. Lorsqu'elle devient exclusive – ce fut le cas pour le dramaturge allemand Heinrich von Kleist –, et surtout compulsive, c'est-à-dire poussant à l'esclavage un sujet qui en devient totalement dépendant. Elle s'accompagne alors soit d'un sentiment de culpabilité, le plus souvent d'ordre culturel, basé sur les interdits parentaux et religieux, soit d'une incapacité à assumer la sexualité dans sa dimension interpersonnelle, c'est-à-dire sa réalisation « dans l'autre ». C'est le seul exemple où elle devrait mener l'adolescent à la consultation médicale.

LA MASTURBATION APRÈS L'ADOLESCENCE

Il ne faut bien évidemment pas que « le coït ne soit qu'un succédané insuffisant de la masturbation », comme l'affirmait l'humoriste viennois Karl Kraus, contemporain de Freud et pourfendeur des idées psychanalytiques[3]. Que devient cette habitude, quasi constante à ce moment

---

1. L.-F. Céline, *Voyage au bout de la nuit*, Gallimard, 1972, p. 180.
2. A. Gide, *Si le grain ne meurt*, Gallimard, 1976.
3. T. Szasz, *Karl Kraus et les docteurs de l'âme*, Hachette, 1985.

de la vie, après la phase initiale intense d'auto-érotisme, où la concomitance de la découverte du plaisir et l'urgence orgasmique d'une libido exacerbée par la toute nouvelle physiologie l'ont instituée, tant que les premiers rapports ne sont pas intervenus comme l'acte sexuel essentiel ? Dans l'immense majorité des cas, elle diminue sans nécessairement totalement disparaître : 70 % des adolescents qui ont des relations sexuelles ne se masturbent pratiquement plus. *A contrario*, ceux qui n'ont pas encore de relation continuent à le faire avec la même régularité qu'auparavant. On en revient toujours à Jacques Brel : « Il faut bien que le corps exulte… » En allant plus loin dans le détail, comme l'a fait l'enquête de l'ANRS [1], les adolescents qui ont une activité de flirts sans vraies relations sexuelles génitales se masturbent autant que ceux qui n'ont aucune activité relationnelle : l'activité masturbatoire rend compte très exactement du besoin orgasmique. Activité initiatrice de la sexualité, elle deviendra ultérieurement une activité de compensation dont il convient d'examiner un instant nature, avantages et risques.

Le matraquage éducatif et médical longtemps poursuivi a été tel que le caractère néfaste de l'acte masturbateur est resté ancré chez la plupart des gens au point qu'on pourrait le croire inné…

Dans la consultation quotidienne et surtout dans les réponses au questionnaire sur leur vie sexuelle que je fournis à mes patients, c'est l'une des questions directes (à quelle fréquence vous masturbez-vous ?) qui est la plus fréquemment éludée, comme si elle était frappée d'une culpabilisation immédiate, y compris chez les femmes.

Récemment, un couple s'entretenait longuement avec moi des difficultés sexuelles du mari, éjaculateur prématuré de la première heure d'un mariage (le deuxième pour lui) vieux de vingt ans : elle, 40 ans, dynamique, féminine et décideuse, matériellement autonome ; lui, 57 ans, sortant d'une déprime consécutive à une sérieuse maladie dont il avait guéri. Entre eux, dix ans d'absence totale de rapports. Le dialogue sur la « chose » sexuelle se révéla malaisé. Elle attendit d'être restée seule avec moi pour me questionner sur le plaisir procuré par la masturbation, opposé à sa frigidité totale et de toujours lors de rapports peu gratifiants car trop rapides et peu affectifs. La question fut d'abord indirecte, nuancée et comme s'il s'agissait de quelqu'un d'autre. Comme je lui indiquais que je trouvais tout à fait naturel qu'elle procédât de la sorte pour assouvir son manque, elle se libéra et on put avancer très vite dans

1. *Enquête sur les comportements sexuels des jeunes de 15 à 18 ans, op. cit.*

les problèmes subis par le couple. Histoire simple, si ce n'est que les dix ans de psychanalyse qu'elle avait pratiquée n'avaient pas estompé cette sorte de « péché originel » de l'aveu d'une sexualité solitaire.
L'homme, en fait, se masturbera toute sa vie, dans une proportion inverse de son activité sexuelle « réelle » avec une partenaire. Même si certains le font en parallèle avec cette dernière, pour la plupart, c'est une activité de compensation dont ils se culpabilisent parfois, qu'ils banalisent presque toujours et méprisent en tant que vraie gratification sexuelle. Un peu comme si tous acquiesçaient aux confessions de saint Augustin sur ses affres personnelles face à ses pollutions nocturnes, « vaines illusions, assez puissantes toutefois sur mon âme et ma chair, sans obtenir de moi, quand je dors, ce que les réalités demandent en vain à mon réveil... ».
Rarement, mais c'est un risque qui se révèle encore plus marqué chez la partenaire féminine, la masturbation peut rester ou devenir la seule source de satisfaction sexuelle. Le sujet masturbateur depuis sa plus jeune enfance, animé d'une riche fantasmagorie, ne trouve alors pas dans les rapports sexuels réels une satisfaction orgasmique aussi intense que dans le plaisir solitaire. Cela peut aller jusqu'à l'absence totale d'orgasme, contrastant avec l'intensité de ceux perçus lors de la masturbation. Il y a ici déconnexion complète entre la vie sexuelle vécue et celle qui est rêvée, il y a surtout source de dissociation entre le sexuel et l'affectif.
Dans l'immense majorité des cas, néanmoins, la masturbation ne refait surface dans la vie sexuelle que lorsqu'il y a peu ou pas de relations sexuelles régulières. Ainsi le pourcentage de l'activité de masturbation par rapport à l'activité sexuelle totale, calculé par Kinsey[1], est en moyenne de 40 % chez les célibataires, contre moins de 10 % chez les hommes mariés.
Même si les principes éducatifs qui fustigent cette pratique se sont amendés, les résistances existent toujours et les questions également. Très récemment un médecin américain de sexe féminin, directeur du très sérieux Institut national de la santé, a été contrainte de démissionner parce qu'elle avait simplement exprimé l'idée qu'il fallait laisser les enfants se masturber sans les culpabiliser. On vit sur les survivances de nombreux siècles d'interdits, voire de chasse aux sorcières du mâle masturbateur. Quotidiennement, le médecin spécialiste est encore interrogé sur les dommages physiques et psychiques éventuels entraînés par la masturbation.

1. Kinsey, *Le Comportement sexuel de l'homme, op. cit.*, p. 305.

Cinq questions simplistes… mais fréquentes

▪ *La masturbation est-elle dangereuse sur le plan physique ?*
Non, elle ne conduit à aucune des affections terrifiantes (folie) ou menaçantes (surdité) dont l'ont affublée des siècles d'interdits.

▪ *Sa fréquence peut-elle entraîner des conséquences fâcheuses sur la sexualité ?*
Non, hormis dans les cas extrêmes de déconnexion entre le sexuel et l'affectif où elle devient la seule source de plaisir. Et là encore, elle a le mérite de constituer une soupape physiologique à la nécessité orgasmique.

▪ *La masturbation peut-elle menacer la procréation ?*
Non, et l'on sait aujourd'hui que toutes les études du sperme humain sont réalisées sur des éjaculations recueillies par masturbation : le spermatozoïde n'en souffre d'aucune façon.

▪ *Doit-on réprimer la masturbation ?*
Non. Il ne faut sûrement pas faire comme pour le petit Albert du *Voyage au bout de la nuit*, auquel est prescrit un sirop anti-vice. Bien au contraire, il faut souligner la banalité de la chose, en n'y prêtant qu'une attention indirecte. Les parents ne doivent s'en soucier qu'en cas de dérive (exhibitionnisme ou gêne par sa fréquence dans le comportement quotidien et dans le cadre d'une adolescence mal vécue). Il faudra alors entourer l'enfant, engager un dialogue détourné et ne consulter que si ces moyens simples échouent. Surtout, il faut éduquer l'enfant dans la discrétion, l'éloigner de l'exhibitionnisme, banaliser l'événement d'une phrase simple : « Fais-ça quand on ne te regarde pas… » Quand il n'y aura plus d'autre possibilité, il faudra consulter de préférence le pédiatre ou un pédopsychiatre familier de ces problèmes et, en tout cas, éviter une psychiatrisation exclusive.

▪ *Un homme marié trompe-t-il sa femme en se masturbant ?*
Non. Si l'épouse ou la compagne « découvre » le masturbateur, alors qu'en apparence le couple « fonctionne » bien, le dialogue devra s'engager de la même façon, en amont et indirectement. Il ne faut pas vivre la masturbation de l'autre comme une tromperie, mais comme un appel à plus de contact et certainement à une mise au point dans la relation du couple.

En définitive, la masturbation peut être considérée comme un régulateur de l'activité sexuelle masculine : elle sera quasi exclusive à l'aube de sa vie sexuelle, elle restera présente pour compenser une solitude provisoire ou une différence de besoins avec ceux de la partenaire habituelle, frein potentiel à l'infidélité, pour redevenir prédominante, quand l'âge ou les circonstances de la vie font penser qu'il n'y a plus possibilité de constituer à nouveau un couple. A ce titre, elle fait partie intégrante de l'activité sexuelle et ne doit être ni occultée ni proscrite.

Les premiers rapports sexuels

L'adolescence est bien sûr l'âge des premiers contacts sexuels avec l'autre, avec une graduation quelque peu gommée par la permissivité contemporaine. On se risque d'abord au baiser et aux caresses sur le corps en évitant le sexe, puis surviennent les attouchements génitaux, et enfin la pénétration. Cette succession est étalée dans le temps.
L'enquête récente faite dans les lycées français différencie bien ces deux ordres d'activités chez les adolescents : les premiers baisers intervenant vers 14 ans chez les garçons comme chez les filles, et les caresses génitales un peu plus tard. Quant aux premières pénétrations, elles interviennent en moyenne respectivement à 17 ans et 3 mois pour les garçons et 17 ans et 6 mois pour les filles.
Quand on leur fait raconter l'histoire de leur vie sexuelle, les hommes sont peu bavards, hormis le besoin d'orgasme et le début de la masturbation, sur la période qui précède le premier rapport, lequel est par contre généralement très présent dans leur mémoire, véritable datation, comme diraient les paléontologues, du début de leur histoire sexuelle.
Ce premier rapport sexuel constitue un peu pour tous, parents comme adolescents, un sujet tabou. Aujourd'hui encore, l'enquête la plus récente le démontre[1] : seuls 16 % des garçons, contre plus d'un quart des filles, en parlent avec leurs parents. Le non-dit sexuel parents-enfant se prolonge bien au-delà de cet âge charnière, qu'il y ait ou non un problème. On verra qu'il s'installe bien souvent aussi dans le couple constitué. L'activité sexuelle est ressentie comme naturelle et physiologique, et l'on n'en parlera pas, tout comme on ne parlera pas de sa manière de respirer, de manger ou d'uriner. Comme souvent, ce silence ressort d'une espèce de bon sens populaire, qui revendiquerait plus ou

1. *Les Comportements sexuels des jeunes de 15 à 18 ans, op. cit.*

moins confusément que rien ne saurait modifier cet état de chose biologique, et que le petit animal qu'est l'homme débutera sa sexualité au moment où la Nature le poussera à le faire. Il en oublie bien sûr que la Culture doit contribuer à l'y préparer.
La pandémie sidéenne a permis la réalisation à travers le monde de nombreuses enquêtes sur la sexualité adolescente, dont certains résultats ne manqueront pas d'être surprenants et révélateurs sur la fixité de l'âge des premiers rapports sexuels chez les garçons, le peu d'influence de la culture (religion, niveau scolaire, etc.) sur la précocité sexuelle, la rareté relative de l'homosexualité véritable (voir chapitre 8).

À QUEL ÂGE ?

Alors qu'un changement radical s'est opéré dans le comportement sexuel féminin, puisque l'âge moyen des premiers rapports avec pénétration s'est abaissé de 4 ans en 50 ans – avec un net infléchissement vers un âge plus jeune à partir des générations nées après 1956 –, l'âge du premier vrai rapport est remarquablement fixe chez le garçon : un rajeunissement moyen de 1 an en 50 ans montre que la prétendue libéralisation des mœurs n'a que peu d'effets globaux sur la précocité générale de la sexualité active.
Certes, c'est le rajeunissement de l'âge du premier rapport pour les jeunes filles, directement lié à la disponibilité de la contraception, qui est responsable du rajeunissement de l'âge moyen des premières relations, puisque 30,4 % des hommes nés entre 1922 et 1946 avaient eu leur premier rapport à 16 ans ou moins, contre 44,6 % dans la génération née entre 1974 et 1977.
Dans la palette des consultants que je reçois, dont la moyenne d'âge est de 48 ans, l'âge moyen de ce premier rapport (tentatives avortées incluses) est de 18 ans. C'est donc en tout état de cause à la fin de l'adolescence qu'auront lieu ces premiers rapports, et essentiellement en liaison avec la demande biologique issue de la puberté : la fixité notable de l'âge moyen est donc tout à fait logique, tout juste infléchie par les modifications issues du comportement féminin, délivré de la crainte d'un rapport fécondant grâce à la contraception précoce.
Dans l'enquête de référence, sur les 55 % des jeunes de 15 à 18 ans interrogés, les deux sexes confondus, qui ont déjà eu des rapports sexuels, un quart des garçons les ont commencés à 14 ans au moins et un autre quart avant d'avoir 16 ans. Les filles sont à peine moins précoces puisque 45 % commencent avant d'avoir 16 ans.

Dans l'enquête de Kinsey, vieille maintenant de presque un demi-siècle, à peine un quart des garçons de la même tranche d'âge avait eu des rapports pénétrants. On pourrait, *a contrario*, gloser sur les raisons qui poussent, alors que les verrous que constituaient la crainte de la grossesse et le culte de la virginité se sont estompés, une bonne moitié de ces jeunes à ne pas passer plus précocement à l'acte.

Les médecins et les sociologues se sont penchés sur ces problèmes, notamment outre-Atlantique. Ces études sont encouragées à la fois par la nécessaire prévention du sida, mais aussi pour tenter de déterminer une relation entre la précocité sexuelle et certaines conduites déviantes, afin de définir des programmes éducatifs capables de les refréner.

Les résultats de ces études (y compris celle réalisée dans les lycées français) convergent pour identifier un parallélisme entre la précocité sexuelle du premier rapport et la nature des rapports, le niveau socio-éducatif, la vie en bande, l'utilisation de la drogue et de l'alcool. Deux de ces études, fiables par l'abondance des cas et la rigueur de leur protocole statistique, sont à cet égard révélatrices : l'une, réalisée auprès d'un millier de lycéens de Chicago[1], a recherché parmi quatorze variables démographiques celles qui se corrélaient avec le premier rapport sexuel. La précocité de l'activité sexuelle s'est trouvée associée à seulement cinq de ces variables : le sexe (masculin), la race (plus de précocité chez les Noirs), l'état d'avancement de la puberté, les idées suicidaires et le nombre de frères et sœurs. Aucun des neuf autres facteurs démographiques étudiés, à savoir la fréquentation de l'église, la religion, le niveau d'éducation, le niveau social, le statut des parents naturels, la conscience de soi, le niveau d'éducation sexuelle, la fréquentation scolaire et l'âge chronologique n'interféraient avec la précocité. Comme le soulignent en conclusion les auteurs de l'étude, ces résultats sont très décourageants pour les travailleurs sociaux, les éducateurs et les enseignants : les facteurs influençant la précocité sexuelle sont essentiellement biologiques – ils sont peu manipulables.

La deuxième étude[2] essaie de préciser l'environnement et les conséquences de cette sexualité précoce. Les auteurs ont ici comparé deux groupes, l'un ayant eu des rapports sexuels à ou avant l'âge de 10 ans, l'autre n'en ayant pas encore eu avant, ou les ayant débutés, à l'âge de 16 ans et plus. Tous ceux ayant été victimes d'abus sexuels de quelque façon que ce soit ont été exclus de l'étude. Dans le groupe à sexualité

1. M. D. Benson, E. J. Torpy, *Obstet. and Gynec.*, 85, p. 279-284, 1995.
2. M. D. Resnick, R. W. Blum, *Pediatrics*, 94, p. 909-913, 1994.

précoce, on retrouvera plus fréquemment l'usage de la drogue chez les parents, de faibles performances scolaires, des habitudes sexuelles ultérieures plus fréquentes et moins prudentes, des grossesses non désirées, l'envie de quitter la maison, des traitements antidépresseurs, une anxiété fondamentale marquée et une plus grande fréquence des tendances suicidaires. Ici, bien que les facteurs étudiés puissent être à la fois causes et conséquences, les résultats ne remettent pas en question les conclusions de l'autre étude : ils soulignent, au contraire, l'attention particulière qu'on doit porter aux enfants ayant une sexualité précoce, à la fois sur le plan physiologique et psychologique. Gènes et biologie d'une part, environnement social et éducation d'autre part, sont à l'évidence indissociables. Les uns et les autres l'oublient trop souvent.

AVEC QUELLES PARTENAIRES ?

Alors qu'autrefois, les jeunes adolescents avaient pour leur initiation sexuelle recours à des partenaires un peu plus âgées, issues, selon les milieux sociaux, du cousinage éloigné, d'amis de la famille, ou à des prostituées (près de 20 % pour les générations nées entre 1922 et 1943[1]), ils rencontrent aujourd'hui des adolescentes en général plus jeunes, et le plus souvent inexpérimentées. 53 % des premières partenaires des adolescents de 15 à 18 ans interrogés lors de l'enquête ACSJ[2] sont vierges lors du premier rapport du garçon. Le recours à l'initiation par des professionnelles paraît avoir totalement disparu à partir de la génération née en 1972-1973. Elle était en diminution constante depuis la génération née à la fin de la Seconde Guerre mondiale, avec une recrudescence au moment de la guerre d'Algérie (génération née entre 1937 et 1943). En effet, autrefois nombre des premières expériences sexuelles s'effectuaient lors du service militaire. Et cela s'est prolongé un temps après la Libération, l'armée ayant conservé lors de ses campagnes (et notamment celle d'Algérie) le privilège des maisons closes, mobiles (les fameux BMC, bordels militaires de campagne), qu'avait abolies dans le civil, dès 1945, la loi Marthe Richard. Parallèlement, les sociologues ont également vu décroître les expériences du type *« Blé en herbe »*[3] ou *« Diable au corps »*[4], qui voyaient une femme mûre et libérée dans le premier cas, sevrée précocement dans le deuxième cas, initier un jeune

1. *Les Comportements sexuels en France, op. cit.*, p. 125.
2. *Idem*, p. 13.
3. Colette, *Le Blé en herbe*, Flammarion, 1969.
4. R. Radiguet, *Le Diable au corps*, Gallimard, 1982.

puceau, non sans lui avoir éventuellement inspiré un amour passionné exacerbant son ardeur juvénile. Ce deuxième type d'initiative, autrefois fréquent, ne fait même plus partie des fantasmes des adolescents que j'ai pu interroger.

La première partenaire est aujourd'hui presque exclusivement une copine et c'est en vacances (63 % des cas) qu'auront lieu les premiers vrais rapports. Dès les premières partenaires, on retrouve l'opposition sentimentale déjà mentionnée entre l'investissement féminin, où « on se donne par amour », deux fois sur trois, et la non-implication masculine du « on pénètre et on jouit », par désir et attirance physique pour la moitié des cas et sans amour véritable, deux fois sur trois.

Même si, comme le souligne l'auteur de l'enquête ACSF, « dire qu'on est amoureux » légitime le premier rapport sexuel, la différence fondamentale dans l'investissement « affectif » du pénétrant et du pénétré, qui apparaît statistiquement dès le premier rapport sexuel, est encore démontrée par l'absence de durabilité de la relation après ce premier rapport : 70 % des garçons ont déjà cessé de fréquenter « leur première expérience » au bout de deux mois. Moins de 4 % auront encore la même compagne au bout d'un an. Les jeunes filles résistent mieux grâce à leur investissement amoureux à cette « volatilité » du premier partenaire et plus de 30 % maintiendront la relation initiale au-delà de six mois.

Une autre caractéristique de ces premières expériences adolescentes, et qui paraît un peu contradictoire avec ce qui précède : les garçons attendent en général plus longtemps que les filles, certains plus d'un an, avant d'avoir une nouvelle expérience.

Du côté des filles, l'investissement affectif du premier rapport a certainement fait découvrir à la plupart (au moins 65 %) le plaisir physique de l'orgasme vaginal et suscité l'envie de le reproduire, ce d'autant que la pratique solitaire semble beaucoup moins fréquente que chez le garçon. Celui-ci, après une première expérience, sans grand investissement affectif, et biologiquement rassasié par la masturbation (91 % des cas), va se mettre en quête avec plus de lenteur de la véritable « élue »... Cette hypothèse personnelle mériterait une validation scientifique qu'aucune enquête disponible ne révèle.

Le dernier élément caractérisant ces premières relations est la monogamie généralisée : seuls 10 % des garçons commencent une deuxième relation alors que la première n'est pas terminée.

Aussi apparaît de nos jours une modélisation des relations sexuelles des jeunes qui préfigure un peu ce que sera le couple actuel, tout en gardant les caractéristiques biologiques de l'espèce : des premières relations de courte durée, instituées dans le milieu sociologique et/ou culturel, où, la capacité de reproduction étant maîtrisée, seuls en théorie les sentiments devraient s'exprimer. On se rend compte en fait que, dès le début de ses expériences, l'adolescent reproduit le schéma humain évolutionniste, celui de la monogamie infidèle[1].

Contrôler l'incontrôlable

Devenir sexuellement un homme s'inscrit bien sûr bien au-delà de la pratique et des conséquences du premier rapport. Pourtant, compte tenu de tous les paramètres en cause, on ne mesure qu'imparfaitement les conséquences catastrophiques d'un mauvais départ dans la vie sexuelle. Or, le rajeunissement de l'âge des premiers rapports et leur nature même, intra-spécifique, dans la même tranche d'âge, entraînent le plus souvent le partage de l'inexpérience. Certes, 90 % des adolescents mâles ont du plaisir lors d'un premier rapport sexuel (pour seulement 65 % des filles), mais quand plus tard, ils racontent leur histoire, beaucoup moins s'en déclarent franchement satisfaits, puisque ce pourcentage, qui reflète initialement essentiellement la satisfaction d'avoir pu réaliser l'acte, chute à 35 % quand on interroge le sujet après un certain nombre d'années de vie sexuelle. Ce pourcentage est encore plus bas chez les femmes qui répondent aux mêmes questions.
La crainte, la douleur parfois, la rapidité, et pour le garçon l'éjaculation prématurée ou tout simplement l'érection insuffisante viennent sanctionner une première tentative mal vécue et qui peut être à l'origine d'une anxiété de la performance sexuelle qui restera latente ou patente toute la vie durant (voir chapitres 11 et 12). Certes, on ne peut contrôler l'incontrôlable, mais on peut l'infléchir ou l'anticiper : ni les éducateurs, ni les parents, ni les médecins n'assument actuellement ce rôle. Seuls 16 % des garçons et 26 % des filles[2] parlent de leurs premiers rapports à leurs parents. Pourquoi, d'ailleurs, leur en parleraient-ils, puisqu'ils sont héritiers d'une tradition de non-dit sexuel ? Pour ce qui concerne les éducateurs, soit ils prohibent (discours religieux), soit ils anticipent les conséquences (pilule et latex). Les médecins réalisent une parfaite synthèse du non-dit parental et de la prescription mécanique de la contraception. Depuis quelques années, les spécialistes proposent des ouvrages vulgarisateurs à l'usage des adolescents, qui vont au-delà de l'apprentissage du « safe-sex ».

1. H. Fisher, *La Stratégie du sexe*, *op. cit.*
2. *Les Comportements sexuels des jeunes de 15 à 18 ans, op. cit.*

Quatre problèmes de l'adolescent ou du jeune adulte

- *La rupture du frein du prépuce*

Quand il est trop court (voir chapitre 1), le frein du prépuce peut se rompre lors d'une masturbation solitaire ou, plus fréquemment, lors de l'un des tout premiers rapports. Sans céder ni à la panique ni à la honte, il faut réaliser un tamponnement direct et compressif du point qui saigne en jet (c'est la minuscule artère du frein qui se déchire) à la partie inférieure du sillon séparant le gland du corps de la verge proprement dit. Il faut alors consulter sans retard un chirurgien qui, sous anesthésie locale, achèvera de couper proprement le frein et fera cesser l'hémorragie. L'accident restera un mauvais souvenir et ne doit pas entacher la vie sexuelle ultérieure.

- *Le phimosis*

« Docteur, est-il normal que j'ai mal au bout de la verge lorsque je suis en érection et surtout lorsque ma partenaire ou moi-même essayons de "faire sortir le gland" ? »

Le rétrécissement du prépuce, ou phimosis, se révèle le plus souvent lors des premiers rapports. C'est lors de l'excitation sexuelle que le gland, se gonflant au maximum, aura du mal à émerger de son capuchon cutané. Lorsqu'il est très serré, le phimosis étrangle littéralement la base du gland. Si l'on arrive à recalotter la peau du prépuce, il n'y a pas trop de mal et c'est sans urgence que l'on consultera le chirurgien pour supprimer l'inconvénient, soit par la circoncision lorsque la peau a des anomalies associées, soit par plastie agrandissant le prépuce lorsqu'elle est intacte.

Tout autre est l'ambiance si le gland ne peut réintégrer son logement cutané : l'étranglement est très douloureux et très rapidement apparaît un œdème important, voire gigantesque, qui donne au pénis un aspect inquiétant et angoissant pour son propriétaire. *Le paraphimosis « étranglé »* (c'est ainsi qu'on le nomme) est une véritable urgence : la réduction chirurgicale est indispensable.

- *Le risque d'oreillons tardifs*

Parents et jeunes hommes pubères ne doivent pas oublier les rappels de vaccination contre les oreillons, maladie virale génératrice de localisations testiculaires qui, lorsqu'elle est bilatérale, peut entraîner une infertilité (voir chapitre 14). La meilleure prévention est de ne pas omettre de consulter le carnet de santé pour vérifier si des rappels réguliers ont été effectués après la vaccination faite dans la petite enfance : si oui, pas de problème ; dans le cas contraire, il est prudent de vacciner à nouveau.

- *L'échec sexuel initial*

Pour un jeune adulte ou un adolescent, l'échec d'un premier rapport peut prendre rapidement l'allure d'une tragédie. Que celui-ci soit consécutif à une éjaculation rapide intempestive ou à une absence d'érection, le désarroi est identique. Celui qui en est victime va cacher l'événement, et c'est le plus souvent la répétition de l'échec qui va le pousser à chercher assistance : où ? Là est tout le problème (voir chapitres 11 et 12).

D'abord ne paniquez pas : l'échec sexuel initial est fréquent, lié le plus souvent à un trop-plein d'émotion ! Essayez de vous maîtriser en jouant sur la respiration. Ensuite, ne vous précipitez pas, prenez le temps de vous occuper de votre partenaire. L'érection, vous le savez maintenant, vient naturellement, et chez un sujet jeune, elle est rapide. Le risque important est celui de l'éjaculation précoce. C'est sur elle que doit se concentrer la volonté : percevoir le point de non-retour (voir chapitre 2) et contrôler avec sa respiration et sa musculature pour ne pas le dépasser. Le succès n'est pas toujours immédiat et il faut persévérer !

Enfin, informez-vous sur le fonctionnement sexuel, pour connaître votre physiologie et celle de votre compagne. Faites-vous conseiller. Ce n'est pas le plus simple. C'est dans la famille qu'il faut chercher. Un aîné et surtout le père sont les interlocuteurs privilégiés. Surtout, partagez avec votre compagne vos découvertes, vos approximations et finalement le bonheur du plaisir partagé.

Si l'anxiété et les échecs persistent, surtout ne sombrez pas dans l'isolement. Consultez impérativement. Confiez-vous d'emblée à un spécialiste. Il existe des solutions efficaces et rapides.

Face à cette situation, il faut accepter de reconnaître l'inéluctable : la biologie conditionne les différences, y compris dans une même fratrie. L'âge de la puberté peut varier, il faut guetter sa survenue et savoir reconnaître une puberté précoce (avant 10 ans), s'en inquiéter, consulter et éventuellement traiter pour la ralentir. Chacun doit savoir que cette puberté est l'aube de l'avènement d'une sexualité vraiment active, et l'accompagner. Avoir en mémoire qu'elle n'est que très peu influençable, puisque liée à la physiologie même de l'individu. Il faut donc moduler l'enseignement mais l'effectuer réellement, de façon à ce que l'adolescent connaisse sa propre physiologie et celle de l'autre sexe. Les programmes scolaires pourraient anticiper : anatomie en fin de primaire, physiologie et comportement dans la tranche d'âge des 12-13 ans, cet enseignement étant fait par des spécialistes, sans aucune considération d'ordre moral et religieux (exactement comme on le fait pour la reproduction de l'escargot).

Au-delà, il faut expliquer individuellement à l'adolescent la nature même de la relation sexuelle : impérieuse et gratifiante dans l'immédiat, posant ensuite des questions existentielles, la satisfaction de son propre plaisir mettant en cause et en perspective la relation à l'autre. À l'adolescence, c'est un peu difficile et certainement lié au développement culturel. La permissivité n'exclut pas l'institution d'une morale fondée sur la connaissance.

Les trois principes essentiels pourraient être les suivants :

- ne pas avoir peur de sa sexualité (se connaître) ;
- intégrer sans honte le plaisir dans sa physiologie quotidienne (même si cela implique le recours à la masturbation) ;
- savoir que l'autre n'a pas la même physiologie ni le même comportement face à la sexualité. C'est tout le problème de la vie du couple.

LE RÔLE DU PÈRE

Dans cette perspective, le père peut – et devrait – jouer un rôle primordial de guide. Avant la disparition récente de mon propre père, j'avais envisagé de dédicacer ce livre ainsi : « À mon père qui ne m'a rien dit, à mon fils à qui je n'ai rien appris… » Pourtant, il est certain que le géniteur a un rôle essentiel à jouer dans la naissance de la vie sexuelle de son fils, depuis la petite enfance jusqu'à l'adolescence et aux premières vraies expériences. La prise en charge des affaires sexuelles doit s'installer tôt. C'est l'un des terrains où l'homme doit se substituer à la mère nourricière : conduire son fils chez le pédiatre pour une puberté qui s'installe difficilement ; discuter avec lui sur les modifications physiologiques de ses organes ; être disponible pour aller plus loin dans le dialogue ; l'anticiper même lorsque l'adolescent se renferme, devient secret, s'isole. C'est surtout lorsque l'enfant en est à ce dernier stade qu'il est difficile de l'aborder, de susciter un dialogue. Le père souvent l'éludera, car il ne suffit pas d'être à l'écoute : il faut provoquer la confidence.

J'ai le souvenir de la visite de deux Italiens d'origine napolitaine, le père et le fils ; le garçon s'était tardivement confié à son père de ses problèmes sexuels, liés essentiellement à la honte qu'il avait conçue après avoir constaté une déformation mineure de sa verge en érection (voir chapitre 12). Il avait extrapolé cela sur un manque de rigidité et depuis qu'il était en âge d'en avoir, il évitait les rapports sexuels. L'examen auquel j'avais procédé montrait un fonctionnement érectile parfait, hormis une petite courbure vers le bas sans gêne mécanique aucune. Devant moi et en présence de son père, il persistait à se trouver anormal. Alors son père se déshabilla, et provoqua une érection pour montrer à son fils l'identité de leur anatomie : « Tu vois, avec ça je t'ai conçu et puis j'ai mené une vie sexuelle satisfaisante jusqu'à ce jour ! », exemple extrême, merveilleux, de l'implication d'un père[1].

Dans le quotidien de la consultation du très jeune garçon en difficulté, même lorsque le père est présent, il est discret. La mère s'implique beaucoup plus. La médecine lui est plus familière, cela lui est certainement plus aisé. Allons, messieurs, encourageons-nous à bien nous connaître pour mieux guider nos fils dans les arcanes de leurs premiers émois sexuels. L'une des questions essentielles est de les informer sur leur responsabilité vis-à-vis d'une paternité prématurée : le port du préservatif ne dispensant pas de vérifier la contraception de la partenaire.

Ce qu'il faut retenir

① Les théories de Freud sur la sexualité infantile n'ont pas de support biologique ni comportemental.

② Il est essentiel de reconnaître anomalies et/ou malformations génitales, avant la puberté.

③ L'attitude vis-à-vis du sexe de l'enfant doit être : « ne rien cacher, ne pas punir, éduquer ».

④ L'âge moyen des premiers rapports sexuels chez le garçon est de 17 ans mais plus de la moitié commencent beaucoup plus tôt.

⑤ La circoncision n'est pas une nécessité médicale si l'hygiène est respectée.

⑥ Le rôle du père devrait être essentiel dans l'éducation sexuelle du garçon.

1. Voir R. Virag, *Histoires de pénis*, Albin Michel, 2003.

Chapitre 5

L'HOMME ET LE COUPLE

« Ne pouvant supprimer l'amour, l'Église a voulu au moins le désinfecter et elle a fait le mariage. »
C. Baudelaire, *Mon cœur mis à nu.*

L'homme occidental vit toujours sous la double contrainte des croyances religieuses et du pansexualisme freudien. Mythes, interdits, *a priori* recouvrent sa vie sexuelle d'un manteau pesant dont le seul but est de masquer l'inéluctable et l'incontrôlable de la satisfaction de l'appétit orgasmique. « Rien d'autre ne m'intéressera, soupirait une femme très intelligente, bafouée par un mari volage, tant qu'on ne m'expliquera pas comment, tel un primate, on peut mettre en jeu tout l'édifice d'une vie pour un cul... » Toute la connaissance acquise peut-elle, doit-elle nous mettre à l'abri d'une telle situation, aussi banale et sans aucun doute aussi ancienne que l'humanité ? Au fil de l'étude de la sexualité au quotidien, on tentera de rassembler les informations permettant de comprendre, d'éviter (?) ou du moins de vivre avec...

Le couple, légitimé ou non par le mariage civil et/ou religieux, se définit essentiellement par la relation sexuelle entre ses deux constituants. La preuve en est que même s'il y a eu union sacramentelle, que celle-ci soit civile ou religieuse, elle n'est réellement scellée que s'il y a union véritable des deux conjoints : on dit alors que le mariage est *consommé*. Que ce soit devant les juges ou devant les autorités religieuses, le mariage non consommé est une cause majeure d'annulation de l'union.

Le dernier quart de ce siècle est marqué dans le monde occidental par des transformations biologiques et juridiques fondamentales de la vie du couple : la possibilité de réguler les naissances, la banalisation du divorce et de l'union libre, en même temps que la généralisation de la mise en couple d'origine amoureuse, au détriment des mariages d'intérêts. D'où vient alors que ces couples, formés pourtant sur des bases d'attirance individuelle réciproque, débarrassés de la surcharge que constituait la multiplicité des grossesses non voulues, soient si fragiles, si instables ?

L'UNION EN STATISTIQUES

L'homme, dans la très grande majorité des cas – même s'il faut garder une certaine prudence dans l'interprétation de données recueillies par interview concernant la fidélité éventuelle[1] –, a une seule partenaire sexuelle à la fois. C'est vrai à 92 % en temps réel, c'est-à-dire en considérant la réponse à la question : « Avec qui avez-vous fait l'amour lors de votre dernier rapport sexuel ? » C'est vrai à 85 % sur une période d'une année et à 75 % sur une période de cinq ans. J'indique ici des moyennes pour des hommes âgés de plus de 25 ans, puisque l'âge moyen à la date du mariage est de 26 ans pour les hommes (et un peu plus de 23 ans pour les femmes). Il faut noter à ce propos que ce siècle, si fertile en apparence en changements comportementaux, n'a pratiquement pas vu évoluer ce paramètre. Si l'on note une moyenne de 20 % d'unions libres, on remarque cependant une régularisation ultérieure, quand le couple reste uni. L'augmentation de ces situations de concubinage ne serait-elle pas plus le fait de contingences matérielles que d'une véritable attitude comportementale[2] ? Quoi qu'il en soit, l'homme n'ayant qu'une seule partenaire à la fois, se marie ou vit avec elle et a une forte tendance statistique (75 % des cas sur une période de cinq ans) à lui rester fidèle. Même les jeunes, qui n'ont pas encore contracté d'union véritable, établissent des liens durables et uniques avec une seule partenaire, celle avec qui ils ont eu une relation active et consommée.

Face à ce tableau idyllique de monogamie déclarée constante, s'inscrit le chiffre en augmentation régulière des divorces : 30 % en moyenne des mariages se dissolvent et le chiffre atteindrait 50 % dans les grandes métropoles comme Paris. Dans une étude exhaustive faite d'après des statistiques de l'ONU, H. Fisher[3] rapporte que ces ruptures interviennent tôt dans la vie du couple, après deux ans et demi en moyenne, et cela de façon assez uniforme, quels que soient le pays ou l'ethnie. Pourtant, ce n'est pas la vie de couple qui est en cause puisque ultérieurement, 75 % de ces divorcés se remarieront. L'infidélité est la première raison déclarée de ces séparations, suivie par l'infertilité, la cruauté mentale et les sévices physiques. Là encore, il faut être prudent dans

---

1. *Le Comportement sexuel des Français, op. cit.*
2. On le voit avec la vogue nouvelle du mariage en France depuis l'annulation de certains avantages fiscaux consentis aux « solitaires » vivant en fait en concubinage.
3. H. Fisher, *Histoire naturelle de l'amour, op. cit.*

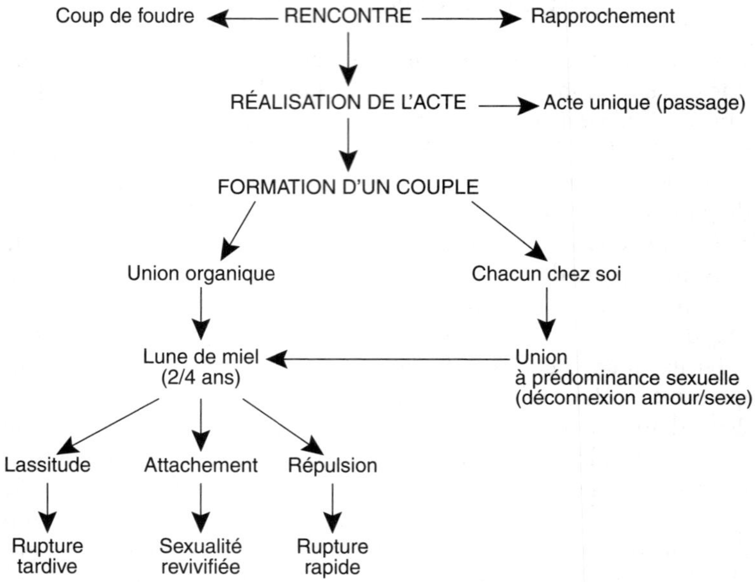

Figure 5.1. – *Évolution du couple.*

l'analyse, car l'apparition des divorces par consentement mutuel rend toute statistique illusoire quant à la cause réelle de la séparation. La majorité des procédures de divorce ou de rupture des couples sont initiées par les femmes, et d'autant plus fréquemment que celles-ci ont une indépendance matérielle et moins d'enfants.

Les statistiques apportent ainsi trois enseignements essentiels :

• la constitution d'un couple est fondée sur l'union affective de ces deux constituants ;

• le couple est fragile et sa durabilité problématique ;

• après une séparation, la tendance est à la reconstitution d'un nouveau couple.

Mariage ou union libre

Jusqu'en 1970, il n'y avait qu'un moyen de fonder une famille : le mariage. Il associait l'union légale et l'amour. Avec le développement de l'union libre, de la cohabitation et maintenant du PACS (1 300 000 couples vivent ainsi en 1991-1992) sont apparues des formes plus lâches de liens qui n'ont pas modifié de façon fondamentale la manière de se rencontrer et de s'unir toujours empreinte d'un important marquage social, même s'il s'exerce moins sous le contrôle des parents. Les choix sont individuels mais toujours effectués à l'intérieur d'un groupe social défini. « Il n'en reste pas moins que de puissants mécanismes sociaux continuent de faire de l'union (cohabitation ou mariage) un lien de reproduction des diversités sociales[1]. »

La principale évolution est encore venue du comportement féminin : évolution biologique avec maîtrise de la fécondité et donc « libre choix » sexuel, évolution sociologique, l'épouse d'autrefois quittant le foyer paternel pour intégrer celui du mari ; évolution individuelle, culturelle, l'accès potentiel aux mêmes diplômes que les hommes leur donnant un capital (les sociologues parlent de « dot sociale ») d'indépendance et de choix social. Ce sont elles le plus souvent qui font le choix de l'union libre[2].

Ces unions sont d'ailleurs fécondes puisque bon nombre de ces couples voient un enfant arriver sans qu'ils éprouvent pour autant, comme autrefois, la nécessité de légaliser ou sacraliser leur union. Observateurs de la société (sociologues) ou observateurs des individus (psychologues ou médecins) font le même constat : dans un monde bouleversé où les valeurs traditionnelles ou expérimentales ont toutes été tour à tour mises à mal, le comportement affectif de l'immense majorité des individus est fondé sur la relation à l'autre (le couple) dans un microcosme intangible (le groupe familial), cet autre étant choisi le plus souvent en fonction de son niveau socioculturel. Aucun système politique n'a encore à ce jour réussi à modifier de façon significative ce mixage social.

1. M. Segalen, *Sociologie de la famille*, Armand Colin, 1993.
2. G. Flaubert, *Correspondance*, Gallimard, « La Pléiade », 1991, t. II, p. 13.

LES BASES AFFECTIVES ET SEXUELLES

Formé tôt dans la vie, quand l'inexpérience est la marque habituelle, le couple sera plus fondé sur une attirance affective que sur des bases strictement sexuelles. Cependant, il s'établit à l'époque de la vie où l'activité sexuelle est la plus intense. Il s'agit presque toujours d'une activité désordonnée, spontanée, toute empreinte de l'éblouissement de l'amour partagé.

L'amour naissant

Qu'il soit immédiat, véritable coup de foudre amoureux, ou plus progressif, le stade initial de l'« amour naissant » préside au rapprochement et à la mise en couple. C'est l'« inamoramento » des Italiens, période obligée au cours de laquelle on « tombe » amoureux, avant d'« être » amoureux[1], puis de « faire » l'amour. L'absence de terme équivalent dans le vocabulaire français et anglo-saxon ne rend pas toujours ces étapes facilement identifiables. C'est à ce stade précis de l'amour naissant que le couple se constitue le plus souvent aujourd'hui, non sur une communauté d'intérêts mais sur des rapports essentiellement affectifs, souvent soudains, et très rapidement relayés par l'émoi sexuel. L'amour courtois privilégiait la pérennisation de ce stade initial de l'amour, où la relation affective se restructure dans une fusion sublimée dans l'autre, ou se sublime dans l'attente, jamais satisfaite, du « faire » qui renvoie chacun des protagonistes à l'individualisme de sa chair. Le « bel amour » chanté par les troubadours et les trouvères, revu par la pensée catholique, semblait avoir fixé à jamais l'ordonnancement des séquences : l'amour naissant conduisait à des fiançailles justifiant l'abstinence et matérialisant la transformation de l'amour naissant en amour ; puis le mariage réalisait l'union charnelle du couple, avec comme but officiel la reproduction. Il y avait bien des avatars liés à ce système à deux niveaux : d'une part, nombre de ces unions étaient plus économiques que le fruit de l'« inamoramento » des deux protagonistes, d'autre part, des fiançailles trop longues voyaient les amoureux ne pas attendre le mariage pour « consommer ».
Beaucoup plus tard, médecins et biologistes, venant à la rescousse des révoltés de l'abstinence forcée, ont aidé à inverser l'ordre des facteurs,

1. F. Alberoni, *Le Choc amoureux*, Ramsay, 1987.

malgré les interdits religieux, en autorisant, grâce à la contraception, le « faire » à s'immiscer dans cet ordonnancement que l'on croyait immémorial, bien qu'il souffrît de très nombreuses entorses[1] dues au « désordre amoureux ». Il ne s'agit pas ici de revenir sur l'éternel débat du fondement « biblique » du couple et de sa nature essentiellement créatrice de nouvelles vies, mais d'intégrer dans le paysage du couple de cette fin de siècle, à l'échelon individuel, la place de la sexualité. On l'a vu, à la génération qui avait 30 ans en mai 68, et qui avait essentiellement flirté, en respectant les étapes de la séquence « tomber amoureux, être amoureux et faire l'amour », a succédé une génération où le « faire » se télescope le plus souvent avec l'amour naissant.

Un amour, deux sexualités

Les comportements masculins et féminins de base sont très différents sur le mode physiologique comme sur le mode affectif. La problématique du couple est d'intégrer les différences dans le quotidien, comme dans la perspective d'une vie. L'amour est une renaissance, les êtres frappés par le « choc amoureux » deviennent autres, ils sont recréés par l'autre et dans le regard de l'autre. Le monde extérieur devient totalement différent, voire indifférent. Seul comptera désormais l'autre, qui capte la totalité de l'attention, des pensées, des rêves, des projets. Il ou elle est exclusivement, furieusement et totalement désiré. Il y a là identité du vécu des hommes et des femmes amoureux, surtout s'il y a égalité dans le degré du sentiment éprouvé, en un mot s'il y a de part et d'autre amour véritable. Comme l'explique Valéry[2] : « (...) Le fond de l'amour, c'est de penser à quelqu'un hors de la présence, puis hors de propos ; puis malgré la présence, l'insistance de choses variées ou importantes et que tout ramène à l'objet, le moindre rien, puis comme sans cause, comme se fait sentir notre corps qui nous accompagne partout, et entre comme il lui plaît dans la sphère ou dans l'affaire quelconque qui nous occupe... Tout se passe comme si l'idée de X prenait assez brusquement dans le système de l'être, la puissance d'une région du corps, régulièrement rappelée, visitée par tout notre sang, en communication perpétuelle, potentielle avec notre centre et par lui avec toutes les autres – douée du pouvoir de nous éveiller à elle à tout moment, de nous attacher à elle, de nous tourmenter – d'être pensée et gêne des autres

1. J.-L. Flandrin, *Le Sexe et l'Occident*, Le Seuil, « Points Histoire », 1981.
2. Paul Valéry, *Cahiers*, Gallimard, « La Pléiade », 1974, t. II, p. 452.

Évolution de la notion de couple

Sur une population de 58 millions d'habitants, on a célébré en France, en 1993, seulement 258 000 mariages et plus de 300 000 dix ans plus tard, malgré la disponibilité du PACS. L'institution que l'on pensait en perte de vitesse constante dans sa forme juridique et religieuse trouve un nouvel élan, preuve que le comportement fondamental est toujours le même.

L'un des faits majeurs de cette évolution pourrait cependant être l'arrivée, beaucoup plus rapide que par le passé, d'un marquage sexuel fondé sur la réalisation plus précoce de l'acte lui-même, sans sacralisation du lien. Dans le même temps, s'exprimeraient avec plus d'acuité les différences fondamentales entre le comportement féminin et masculin. Enfin, les vicissitudes matérielles ralentiraient l'institutionnalisation des couples. Au contraire du mariage d'autrefois, qui était le plus souvent l'occasion de pérenniser ou d'étendre la puissance financière, mobilière ou foncière de telle ou telle famille, le couple, dans l'immense majorité des cas, est devenu pour chacun des deux constituants une aventure essentiellement individuelle, pour ne pas dire individualiste.

Les bases affectives et sexuelles de ce rapprochement juvénile de deux êtres sont donc essentiellement émotionnelles. Nul n'est réellement conscient des différences et des aléas physiologiques de l'union. On joue à être en couple avant d'être capable de construire les bases de l'union. L'arrivée presque toujours rapide des rapports sexuels précipite l'intimité mais ne donne pas le temps de bien se connaître. Ce qui autrefois se construisait au cours d'une lente maturation, les fiançailles, est aujourd'hui remplacé par une vie de couple, souvent nomade, sans toit réel, mais avec tous les attributs extérieurs du cou-ple constitué : on étudie ou on travaille ensemble, on sort ensemble, on part en vacances ensemble, et bien sûr on fait l'amour. Parfois, on décide aussi d'avoir un enfant, avant même d'être réellement établi. Le mariage vient plus tard, comme une concrétisation du lien préalablement établi.

pensées, de colorer ces autres pensées, de leur donner de nouvelles valeurs, de rendre les unes indifférentes, les autres capitales, de changer nos impressions, de nous donner des attentes nouvelles... »
Formidable description de ce changement de comportement quasi transcendant ; les médecins parleraient de « réflexe » qu'effectue l'amour sur tout être qui subit ce choc psychique véritable qui est de tomber amoureux. Plus loin encore, cet entomologiste des sentiments humains qu'était Valéry note encore que « lorsque l'Amour puissant s'est emparé d'un mortel, il en fait une bête stupide, terrible dont les forces et les faiblesses sont extérieures ; et qui est comme un animal écorché, fou de sensibilité et de violence[1] ». Nul doute, même si le biologiste ne peut encore le démontrer, qu'une telle violence, une telle soudaineté échappe, du moins dans l'instant, au contrôle du cerveau supérieur. Ce n'est pas une alchimie qui est produite, c'est une réaction chimique véritable déclenchée par l'autre. Tous les amoureux, et surtout toutes les grandes amoureuses de l'histoire, celles des mythes et des légendes, en étaient bien conscients – elles qui chercheront à l'aide de philtres, de sorts, d'envoûtements à provoquer chez l'autre cette transformation. Comme le souligne encore notre professeur d'émotion amoureuse[2], « nous savons que l'on aime en nous une illusion que nous produisons *sans le vouloir* [c'est moi qui souligne], et que nous entretenons par coquetterie, par vanité, ce goût d'être aimé, qui est le goût du pouvoir arbitraire ».
En effet, l'une des premières évidences est que les amoureux ne sont pas à parité. Il y a un déséquilibre, souvent masqué au début du couple par l'enthousiasme juvénile, l'attirance mutuelle et l'éblouissement de la fusion des corps. Très vite s'établira une hiérarchie fréquente entre celui qui donne et celui qui reçoit – le premier étant essentiellement amoureux, le second étant essentiellement aimé. Le comportement sexuel surtout, l'érotisme de l'homme et de la femme sont singulièrement différents. L'une, comme l'indique remarquablement F. Alberoni[3], travaille dans la continuité, l'autre évolue dans le discontinu. Lors de la constitution du couple, et le plus souvent tout au long de son existence, ces différences ne sont ni reconnues ni perçues. L'épouse qui voit son homme quitter le lit conjugal dès l'acte consommé pense qu'il est égoïste, uniquement occupé à bestialement se satisfaire ; et lui ne comprend pas plus pourquoi il est sans cesse questionné sur la réalité

1. Paul Valéry, *op. cit.*, p. 454.
2. *Ibid.*, p. 453.
3. F. Alberoni, *L'Érotisme*, Ramsay, 1989.

et la force de son amour, alors qu'il pense l'avoir largement démontré par ses actes. Combien de fois j'entends les mêmes interrogations quand ce ne sont pas des doléances sur le comportement de l'un ou de l'autre. Il faut tout simplement intégrer dans le comportement quotidien les bases physiologiques déjà exposées (voir chapitre 2).
La sexualité de l'homme est immédiatement perceptible par l'érection, elle s'extériorise violemment par l'éjaculation, avant de s'effondrer dans la détumescence et la phase réfractaire d'inexcitabilité totale : elle est vraiment discontinue et fugace, rapide à s'extérioriser, difficile à réprimer, elle est avant tout impérieuse. La sexualité féminine est discrète dans son extériorisation, pas nécessairement perceptible, mais nettement volontariste. La femme décide le rapport en offrant délibérément son intimité. On verra les significations particulièrement dramatiques du viol et des rapports non voulus, qui constituent pour une femme une agression aux séquelles presque toujours indélébiles (voir page 379 et suiv.).
Dans son approche sexuelle, la femme détentrice du pouvoir d'agir peut ériger des degrés qui se franchissent pas à pas ou plus rapidement suivant son humeur et sa décision. L'homme est nécessairement suiveur, même s'il déploie imagination et savoir-faire pour franchir les étapes vers son but ultime et impérieux : la possession par pénétration. En définitive, c'est sa compagne qui lui ouvrira, si elle le souhaite et quand elle le décidera, le chemin du bonheur de l'instant. Il ne sera pas encore rassuré pour autant.

LA FRAGILITÉ DE LA TOUTE-PUISSANCE MASCULINE

Pascal, 32 ans, revient me consulter dix ans après un premier bilan plutôt rassurant pour sa condition virile. Ces examens avaient été pratiqués en raison d'échecs successifs au démarrage de sa vie sexuelle. Après avoir pris connaissance de leurs résultats et ayant estimé la démarche thérapeutique qui lui avait été alors proposée trop complexe et incertaine, il avait décidé d'assumer seul son problème, sans le secours de la médecine. Aujourd'hui, il sollicite à nouveau mes conseils. Il s'est marié peu de temps après notre première rencontre. Le couple est très uni. Ils ont eu deux enfants. Pourtant, Pascal est plein d'incertitudes. Il se sait, ou plutôt se voit, assez insatisfait sexuellement, tout en ne souhaitant pas s'inféoder à ce problème. Il n'envisage pas de vie sexuelle hors de son couple. Les érections sont capricieuses, souvent insuffisamment rigides et il est de plus en plus angoissé de se retrouver dans l'intimité. Même les vacances n'arrivent plus à lui apporter la sérénité. Puis vient ce dialogue caractéristique :
« Avez-vous parlé du problème avec votre épouse ?

– Non, jamais !
– Est-elle au courant de la visite d'aujourd'hui ?
– Non, pas du tout. »
Pascal insiste, gêné : « Je vais vous paraître un peu béotien, docteur, mais comment peut-on être certain que sa compagne a un orgasme véritable ? » Il ajoute très vite : « Je ne suis d'ailleurs pas persuadé que la mienne n'en ait jamais éprouvé un vraiment ! » Il m'interroge ensuite, avec beaucoup de candeur, sur le fait qu'il est certain pourtant « que sa femme jouit puisqu'elle mouille suffisamment », m'obligeant à un rapide cours de physiologie orgasmique féminine primaire.
L'homme vit, en définitive, une sexualité perpétuellement inquiète. Face à son désir exigeant et toujours renouvelé, il doit affronter une partenaire qui va décider si elle veut ou si elle ne veut pas et qui va conduire le jeu de la séduction jusqu'à la décision ultime de réalisation. Face à cela, il doit prouver qu'il la désire en ayant une érection qui doit durer aussi longtemps que l'autre « n'entre pas en orgasme » ; enfin sa satisfaction n'est totale que si cet orgasme controlatéral est effectif. Il est l'acteur effectif et visible, le joueur qui abat toutes ses cartes. Face à lui, il n'a qu'une image du bonheur partagé qui, de plus, peut être feinte dans le but de ne pas le diminuer dans son incapacité à provoquer la même extase.
Au-delà d'anomalies manifestes, les dysfonctionnements amoureux et sexuels d'un couple s'installent sur une absence de connaissance de la physiologie du comportement de l'un et de l'autre. Or le discours des psychanalystes a pour objet avant tout de guérir des névroses obsessionnelles individuelles à partir de schémas concernant la sexualité infantile. Celui des sexologues s'est développé sur la seule physiologie orgasmique, le couple n'étant considéré que comme la juxtaposition de deux corps qui doivent jouir ensemble. Mais quand les couples consultent ensemble – et c'est tout ce que l'on retient ici… –, ils veulent comprendre ensemble pourquoi il y a déséquilibre, désunion au sens littéral, absence de fusion. Il faut alors être philosophe, sociologue, physiologiste et n'avoir en tête que la morale que s'est construite le couple qui vous demande assistance. Chez l'homme, c'est toujours un sentiment d'incertitude qui domine ; chez la compagne, c'est le plus souvent un sentiment de reproche, quand ce n'est pas de l'indifférence.

L'INVESTISSEMENT AFFECTIF

Le processus amoureux féminin est fait, quand il fonctionne harmonieusement, d'un abandon complet, où la signification du don physique de soi – elle est pénétrée après qu'elle a accepté de l'être – est immense et, on l'a vu, marquante. Une fois réalisé, il y a exigence de conserver en soi, au propre comme au figuré, cette part de l'autre que l'on a captée. Cet abandon nécessaire et cette pénétration sont perçus peu ou prou par elle comme une faiblesse, tout comme – écrit F. Alberoni – « le besoin irréversible qu'éprouve la femme de retenir l'homme contre elle, longtemps après l'orgasme[1] ». Celui-ci se dégagera vite, même s'il reste tout proche, il vaquera à d'autres occupations, ou préoccupations, dans la discontinuité de son fonctionnement amoureux. Il y a deux conséquences à cela, qui expliquent bien des difficultés et des incompréhensions.

Le don de soi et la nécessité de l'autre rendent nécessaire à la plupart des femmes d'identifier très étroitement sexe et amour, jouissance et sentiment amoureux. Les statistiques sont formelles : globalement, elles auront moins d'amants que les hommes de maîtresses, et elles en seront plus souvent amoureuses (voir chapitre 3). Ceci exaspérait Flaubert, qui reprochait aux femmes « leur besoin de poétisation. Un homme aimera sa lingère, il saura qu'elle est bête, qu'il n'en jouira pas moins. Mais si une femme aime un goujat, c'est un génie méconnu, une âme d'élite, etc. si bien que par cette disposition naturelle à loucher, elles ne voient pas le vrai, quand il se rencontre ni la beauté, là où elle se trouve. Cette infériorité (qui est au point de vue de l'amour en soi, une supériorité) est la cause des déceptions dont elles se plaignent tant ! Demander des oranges aux pommiers leur est une maladie commune[2] ».

La différence physiologique pénétrant-pénétré, le caractère explosif et relativement bref de l'acte amoureux masculin face à la durée de l'orgasme féminin, suivi de la nécessaire volonté de prolonger la fusion ont pour conséquence une dichotomie beaucoup plus grande entre sexualité et sentiment amoureux. Partant de là, il y a chez l'homme, on le sait, un investissement affectif beaucoup plus faible, lié à la discontinuité physiologique et anatomique, à la séquence hachée de son cycle sexuel. C'est Flaubert qui le traduit encore magnifiquement : « Vis-à-vis de l'amour, les femmes n'ont pas d'arrière-boutique, elles ne gardent rien à part pour elles, pas comme nous autres (les hommes) qui, dans toutes nos générosités de sentiment, réservons néanmoins toujours *in petto* un petit magot à notre usage exclusif. » Différence ontologique, génétique dirait-on aujourd'hui.

Le problème est lié à nos structures développées de façon asymétrique en raison d'imprégnations hormonales singulièrement différentes.

---

1. F. Alberoni, *op. cit.*
2. G. Flaubert, *Correspondance*, Gallimard, « La Pléiade », 1980, t. II, p. 80.

Même si les féministes ont pensé que cette différence entre le don total de soi de la femme et la possession qu'exerce sur elle l'homme était liée à l'organisation patriarcale et absolutiste de la société, et disparaîtrait avec l'acquis des révoltes féministes et des transformations biologiques, il faut bien constater que les mêmes interrogations demeurent toujours. Indépendantes, seules et mères d'enfants sans père, elles peuvent néanmoins tomber amoureuses et le cycle vrai des sentiments persistera... même si les effets pervers de la désunion paraissent gommés par l'absence même d'union. Cette quête absolue d'indépendance se solde en définitive par un grand sentiment de solitude, qui débouchera tôt ou tard sur l'organisation peu ou prou d'une vie en couple. Peu de femmes en effet sont capables d'avoir continuellement une activité sexuelle hors de tout investissement affectif. Diane est presque toujours chasseresse... pour mieux apprivoiser sa proie.

Quelle que soit la nature du rapprochement, amour passion, sentiment amoureux, passade, il y a en temps réel constitution d'un couple (mis à part toute forme de vénalité dans le rapport amoureux) qui doit tenir compte, sans arrière-pensée, de ses différences, et ce d'autant plus lorsque le couple est destiné à se pérenniser.

Le dialogue sexuel

Hors fantasmes et sans le prisme déformant de la pornographie, comment l'homme vit-il et voit-il sa femme sur le plan sexuel et réciproquement ? Le couple, on l'a vu, est aujourd'hui la traduction d'une volonté de vivre ensemble, fondée le plus souvent sur le sentiment amoureux et/ou sur l'attirance l'un pour l'autre. Or qu'observe-t-on ? Quand on fait l'amour et que l'on vit ensemble, les deux sexes à égalité parlent de sentiment et se déclarent leur amour dans moins de 50 % des cas [1]. Ils sont encore moins nombreux (35 %) à verbaliser leur désir de rapports sexuels. L'expérience clinique montre que les couples constitués ne parlent pas de leurs sentiments et encore moins de sexualité. Surtout, c'est le clinicien qui le constate, les habitudes sexuelles sont, la plupart du temps, fixées, figées dans leurs caractéristiques initiales, sur des bases assez univoques et souvent mal formalisées par des individus aveuglés par leur amour et la facilité d'obtenir alors l'orgasme. À la lumière des plaintes et griefs perçus plus tard, quand le couple tend

1. *Les Comportements sexuels en France, op. cit.* p. 185.

à se désagréger ou quand des problèmes physiques surviennent, chacun des constituants sera amené, souvent avec stupéfaction – surtout en ce qui concerne les hommes –, à prendre conscience de ces habitudes et de son ignorance sur le vécu, et mesurera les ravages exercés par l'absence de dialogue sexuel dans le couple.

L'IMPORTANCE FÉMININE DU TOUCHER

« Je l'ai dans la peau », chantait Piaf avec véhémence. Les caresses sont pour toute femme le vecteur essentiel et indispensable de son excitation sexuelle. Ubiquitaires, les caresses sont reçues sur l'ensemble de son corps, puis sur les zones sexuelles primaires d'excitation que sont les seins, enfin sur les zones plus spécifiquement génitales. Elles sont le préalable indispensable à la disponibilité ultérieure pour l'accouplement. Par rapport à l'homme, l'urgence orgasmique, le moment où elle perd la tête, est décalé, survenant toujours plus tardivement. C'est donc lui qui, dans les rapports amoureux, doit faire « l'effort » pour gommer ce décalage, s'il veut harmoniser son plaisir à celui de sa compagne, essentiellement par le toucher et le contrôle de soi.

Les hommes sont essentiellement inégaux face à cette clé essentielle de l'entente sexuelle du couple. Ils se regroupent en deux grandes catégories. La première comprend ceux dont l'urgence orgasmique prime sur toute autre considération, même s'ils affichent un amour sincère pour leur compagne. Ils jouiront quoi qu'il arrive ; on dira que leur sexualité est fixée à un stade primaire. La seconde implique ceux qui ont besoin, en sus, de percevoir l'orgasme de leur compagne pour pleinement ressentir le leur. Je définis ces derniers comme des hommes à sexualité secondaire. Ils exhibent en général avec fierté leur altruisme, certes un peu entaché d'égocentrisme comportemental, le plaisir de l'autre étant surtout intégré au mécanisme intime du leur. Les primaires auront tendance à ignorer la prévalence de la gestuelle qui précède l'acte et, sauf à rencontrer les rares femmes qui ont besoin de peu de caresses pour aboutir, ils seront perçus par leur compagne comme violents et égoïstes.

L'IMPORTANCE MASCULINE DE LA VUE

L'amoureuse, celle qui veut séduire, qui dépense des trésors d'énergie et grève lourdement son budget pour son apparence, l'a compris : depuis l'aube des temps, la vue est le moteur essentiel de l'attraction qu'elle exerce sur l'homme. Un simple regard peut enflammer l'homme, exprimer et transmettre le désir qu'on a pour lui. Les formes féminines, couvertes d'abord, puis découvertes, l'exciteront jusqu'au dernier jour de son existence. On a vu (voir l'avant-propos) que les paléontologues expliquent le développement exagéré, par rapport à leur fonction physiologique, des seins et des fesses chez nos ancêtres hominidés, par la nécessité de séduire les mâles les plus forts. Cela était essentiel à la survie de la femme, donc à celle de l'espèce. Le pouvoir de la séduction visuelle est tellement fort chez l'homme qu'il est capable à lui seul (sans intervention du désir conscient) de provoquer l'érection. Le mécanisme de l'excitation visuelle doit bien évidemment rencontrer un état de réceptivité sexuelle suffisant pour être efficace. On verra que cette excitabilité visuelle exceptionnelle a tendance à s'altérer avec l'âge, et aussi avec la banalisation des images érogènes.

L'homme est fasciné et excité par la beauté féminine en soi, tous attributs confondus et, si l'on peut dire, brut de décoffrage, alors que la femme voit son compagnon, sexuellement parlant, à travers le prisme déformant de son imaginaire affectif. L'homme a sexuellement besoin de voir sa compagne pour se raconter une histoire. Alberoni[1] illustre cette différence en observant les kiosques à journaux : d'un côté les publications pornographiques à cible masculine, fondées sur l'impact des images, de l'autre les romans à l'eau de rose à clientèle féminine, fondés sur la narration d'un récit. Le rôle primordial de la vue dans l'excitabilité sexuelle de l'homme le rend extrêmement vulnérable à la séduction quotidienne, ce d'autant qu'il s'agit d'un processus direct activant des circuits sous-corticaux sans lien immédiat avec le niveau supérieur et les structures de la volonté et de l'analyse.

L'homme étant d'abord séduit par le regard qu'il porte sur l'autre, il puisera son excitation sexuelle primordiale dans la contemplation du corps de sa future partenaire. Ce n'est qu'ultérieurement qu'il utilisera le toucher, pour amener celle-ci, on l'a vu, à une disponibilité physiologique qui permettra l'accouplement. Tout au long de l'acte sexuel, il voudra la voir pour entretenir cette excitation.

Cette opposition situationnelle entre la femme rêveuse et l'homme voyeur est d'ailleurs source de conflit permanent dans les couples. La femme ne demande à être vue qu'à l'étape de la séduction, lorsque c'est réellement nécessaire au rapprochement. Quand arrive la phase ultime de la rencontre amoureuse, elle demande en général l'obscurité pour ne pas être vue à un moment de vulnérabilité maximum, au moment où

---

1. F. Alberoni, *L'Érotisme, op. cit.*

elle perd la tête, mais sans doute également parce que le maximum de ses sensations est ressenti par le toucher, le contact. *A contrario*, l'homme veut voir jusqu'au bout car son excitation sexuelle sera exacerbée par la vue de la jouissance de sa compagne. Bien des hommes se plaignent de l'obscurité de la chambre à coucher, et bien des femmes du caractère voyeur de leur compagnon, alors qu'il faudrait simplement instaurer une harmonie du clair-obscur.

TROIS IDÉES FAUSSES, MAIS TENACES

La méconnaissance bilatérale de la physiologie de l'autre et l'absurde séparation qui s'est installée progressivement et singulièrement depuis le XVIIe siècle entre l'âme et le corps sont responsables de bien des différends au sein du couple sexuel. Fondement théorique et pratique de l'union, vécue comme telle par tous, la sexualité dans son quotidien n'est que rarement un sujet de discussion entre les époux. Elle est souvent caricaturée, presque toujours ignorée dans son vécu commun. Au-delà de l'ombre et de la lumière, il y a surtout le passage de l'état naissant de l'amour au quotidien du couple : l'adaptation à un autre qu'on ne « connaît » qu'en fonction de ses propres sensations, l'effort que l'on doit consentir pour oublier sa propre physiologie au profit de l'autre. L'ignorance est bien grande et conduit à nombre de contresens et d'incompréhension.

Un jeune couple consultait récemment pour non-consommation du mariage. Élevés tous deux dans le sérail catholique, ils ne parvenaient pas depuis trois ans à concrétiser sexuellement un amour sincère et baigné du désir commun et ardent d'enfantement. Après quelques semaines de traitement, le garçon fut en état de jouer son rôle. Aussi stupéfiant que cela puisse paraître, je découvris au fur et à mesure de nos entretiens que, malgré une érection tout à fait correcte, nos jeunes mariés n'arrivaient toujours pas à leurs fins. La gynécologue habituelle de ma patiente, consultée préalablement, ayant également constaté l'absence d'anomalie physique, j'acquis la conviction d'une inculture sexologique totale, doublée d'une certaine adynamie sexuelle. Attisé par les échecs successifs, mon interrogatoire devint plus pressant, plus détaillé et mit au jour les faits suivants : l'homme était incapable d'éjaculer *in utero*, alors que son épouse affirmait ressentir l'orgasme. En fait, la séquence sexuelle se déroulait ainsi : préliminaires qui amenaient rapidement chez la femme un orgasme unique, faisant tomber immédiatement son excitation sexuelle ; ébauche de pénétration, quand elle était possible, d'une femme devenue totalement inerte et non stimulable, le pénis venant buter sur un vagin refermé de façon réflexe. J'eus alors le sentiment d'avoir atteint mes limites : j'avais essayé de baliser leur parcours en leur indiquant les gestes classiques. Il n'y avait pas de blocage psychologique. Bien plus, on était devant une bonne volonté touchante d'aboutir, dans un désert sensitif bilatéral. La gynécologue consultée à nouveau m'insulta à distance de ne pas laisser faire cette nature qui se dérobait à eux, les rendait pour l'instant si malheureux. Le problème put être finalement résolu avec l'aide d'un autre gynécologue. Une intervention mineure commença par réduire ce qu'on appelle le vaginisme ; les érections durables induites par les médicaments et leur formidable envie de bonheur et de procréation rendirent leur union possible. Histoire caricaturale, certes, aux tenants et aboutissants extrêmes, mais très démonstrative du chaos sexuel et sentimental qu'entraînent l'ignorance et les difficultés qu'elle engendre.

Le commun des mortels pense que la sexualité se vit, se découvre mais ne s'apprend pas. Même si c'est vrai dans le quotidien de la vie, c'est le plus souvent fondé sur des *a priori* qui causent bien des mésententes.

• *A priori* n° 1 :
Si un homme n'a pas d'érection, c'est qu'il n'est pas amoureux

Corollaire de cet aphorisme très largement, pour ne pas dire universellement répandu dans la gent féminine : le désir de l'autre provoque obligatoirement l'érection.

Réponse physiologique et éthologique : l'amour de l'autre entraîne le désir de l'acte et normalement l'érection, mais il peut y avoir érection sans désir et encore plus fréquemment sans amour, puisque chez l'homme, fonction sexuelle et fonction amoureuse sont souvent dissociées. Surtout à l'intérieur d'un couple constitué où l'amour est intact, la perte de l'érection n'est pas en général liée à la disparition du désir, bien au contraire. On touche là à l'une des plus grandes incompréhensions entre les amoureux. La physiologie du couple s'inscrit dans deux séquences qui doivent se superposer à la manière des deux triangles d'une étoile à six branches. Il y a d'un côté la séquence masculine, avec le couple désir/plaisir soustendu par le duo érection/pénétration. De l'autre, la séquence féminine, avec ses couples amour/désir de l'autre, excitation/désir d'être pénétrée (orgasmes multifocaux). La pierre angulaire de l'édifice est l'érection, puisque sans elle il n'y a pas pénétration, donc pas d'orgasme profond. D'où cette double conséquence : l'importance pour l'élément féminin de la perception de cette érection, le plus souvent à tâtons dans l'obscurité, et la certitude de l'entrelacs des deux triangles ; et la crainte absolue pour l'homme de son absence ou de son insuffisance.

L'érection, pour l'homme comme pour la femme, est le signal absolu du passage à l'acte. La femme a intégré depuis toujours que lors de ce passage à l'acte, le fait d'ouvrir son intimité est la preuve absolue de son amour, et que le pendant masculin, l'expression de l'amour de l'homme, est l'érection. Or, on a vu que trop d'amour pouvait tuer l'érection, et l'on verra que les vicissitudes médicales ou simplement émotionnelles de l'individu peuvent faire de même, sans aucun délaissement affectif. Le désir amoureux peut exister chez l'homme sans manifestation pénienne, l'érection n'est pas nécessairement l'expression de l'amour, même si elle est son vecteur principal dans la réalisation de l'acte. Surtout sa spontanéité peut disparaître avec le temps ou les circonstances, sans pour autant signifier une disparition de l'attrait de l'autre, et le couple doit savoir s'adapter à ces modifications physiologiques (voir chapitre 7) sans remettre en question la réalité des sentiments.

• ***A priori* n° 2 :**
La synergie orgasmique est indispensable

On entre ici dans le domaine central de la relation sexuelle, qui concerne, au-delà du plaisir partagé de l'union, la perception du plaisir par chacune des composantes du couple. Dans l'idéal, la symphonie amoureuse voit l'orgasme arriver de façon simultanée pour les deux participants, au maximum du crescendo de l'excitation mutuelle. La réalisation de cet idéal se heurte à un obstacle important : la rythmicité différente de l'excitation sexuelle masculine (rapide et explosive) et féminine (plus lente et continue). Les principales sources de distorsion sont temporelles.

Éventualité n° 1 : l'homme n'attend pas que sa femme soit disponible et donc consentante et l'acte ressort plus de l'effraction que de la synergie et s'achève sans aucune satisfaction pour l'épouse. Situation certes caricaturale dans son expression, mais relativement fréquente au moins dans des formes plus ou moins achevées d'égoïsme masculin. Elle est le fait essentiellement de ces hommes à sexualité primaire et dont l'acte se résume au duo : pénétration-éjaculation. Ils ne peuvent trouver l'harmonie qu'auprès de compagnes – il en existe – très vite excitables et exclusivement satisfaites par la pénétration.

Éventualité n° 2 : l'homme nanti d'une sexualité secondaire a besoin, pour éprouver de façon optimale son propre plaisir, de constater celui de sa compagne. Les préliminaires seront donc conduits de façon à stimuler au

maximum la compagne pour favoriser la survenue de son orgasme, avec trois scénarios possibles : le contrôle de l'éjaculation est parfait et la succession des phénomènes amènera à « l'idéal » de l'orgasme simultané ; le contrôle de l'éjaculation est incertain mais la partenaire est multi-orgasmique, l'union s'effectuera lors d'une de ses salves de plaisir féminin en l'exacerbant ; enfin, il peut s'agir d'une compagne uni-orgasmique et la fusion ne s'effectuera pas toujours au moment de cette unique manifestation, laissant la femme totalement ou partiellement insatisfaite.
La plupart des hommes vivent à un moment ou un autre les affres de cette sensation d'inachevé qui transforme une relation de couple qui serait par ailleurs harmonieuse en « drame de la chambre à coucher », comme l'exprimait Léon Tolstoï. Il en existe deux variantes : d'une part, la crainte de ne pas avoir l'érection dans l'initiation de l'acte, d'autre part la crainte de ne pas la maintenir parce que l'éjaculation survient trop vite. Ces affres sont aggravées par les reproches, muets ou exprimés, d'égoïsme et de manque d'amour, que l'homme ressent ; alors que le plus souvent, dans cette éventualité n° 2, c'est l'inadaptation physiologique liée à l'inexpérience, souvent par méconnaissance de la physiologie de l'autre qui est en cause. On connaît le dicton qu'il n'y a pas de femmes frigides mais seulement des hommes pressés. Ces hommes-là sont perçus non seulement comme de piètres amants mais aussi comme de mauvais amoureux.
Ce qui peut aggraver encore cette image de l'homme trop pressé « en amour », c'est sa propension à dormir ou à fuir après l'orgasme, alors que sa compagne est encore disponible à plus de caresses ou de tendresse. Le niveau d'excitation sexuelle masculine tombant brutalement, il sera saisi soit d'une irrépressible envie de dormir, consécutive à une décharge cérébrale d'endorphines, soit d'une hyperactivité n'ayant plus rien à voir avec la sexualité, due à une décharge importante d'adrénaline. Un centre cérébral proche des centres sexuels comme celui régulant l'appétit peut alors être excité, et la femme retrouvera son mari rassasié d'amour à la cuisine explorant le réfrigérateur. Dans d'autres cas, c'est son activité créatrice qui se trouve stimulée, et il éprouvera l'impérieuse envie de vaquer à ses occupations intellectuelles et/ou professionnelles.

• *A priori* n° 3 :
« Vous savez, ma femme n'est pas intéressée par le sexe »

Cet aphorisme résulte souvent du précédent et s'installe en même temps que la routine du couple, quand l'amour naissant, la passion initiale font place au quotidien de la vie. L'inverse est d'ailleurs possible (« Elle ne pense qu'à ça »), traduisant l'intérêt sexuel décalé des deux constituants du couple, lorsque l'un est plus demandeur que l'autre, ou bien recherche autre chose. Habitudes et techniques sont souvent en cause. À la physiologie individuelle différente s'ajoutent aussi les différences culturelles. Les couples se formant essentiellement sur des critères affectifs, l'abord de la sexualité est souvent différent. Ces différences sont négligées, occultées au début par la toute puissance de l'attirance, et se dévoileront au fur et à mesure de l'évolution du couple. Lorsque, le désir se diluant dans la routine, l'érotisme de la femme se nourrit de l'amour de « son homme », celui de l'homme est beaucoup plus dépendant de stimuli directs et physiques. L'homme ne comprend pas toujours que cette femme qu'il aime n'entreprenne pas ce qu'il estime nécessaire, voire indispensable à la réalisation de son idéal sexuel. Son épouse, elle, ne saisit pas toujours pourquoi il est nécessaire de se livrer à tous ces enjolivements du sexe puisque l'amour devrait suffire à exciter le désir.

LE QUOTIDIEN SEXUEL DU COUPLE

La vérité est que, la sexualité étant tout sauf poétique et dans son expression et dans son extériorisation, on n'examine pas ses aspects quand la décision de vivre en couple est prise. On ne voit à ce moment là que la face visible de l'iceberg sexuel individuel : la capacité à « jouir ». L'un et l'autre, à partir d'expériences antérieures, peuvent avoir déjà acquis des habitudes, un vécu sexuel, sur lequel devront se greffer les nouvelles sensations. Ce qui sera alors soit caché, soit exprimé, ce sont essentiellement des différences. La crainte exprimée est alors celle de l'incapacité à rendre l'autre heureux. Le passé, les fantasmes, les interdits sont très peu évoqués, quand ils ne sont pas systématiquement occultés ou refoulés. Ils seront ultérieurement le pain quotidien des psychanalystes. La femme aime sentir le sexe en érection de l'homme qu'elle aime, l'homme aime avoir la certitude que la femme qu'il aime jouit « réellement ». Les raffinements de l'érotisme, les fantasmes, tout ce qui fait le cœur de l'acte sexuel et son environnement restent le plus souvent des non-dits. Ce n'est pas la sexualité omniprésente mais son expression qui reste le continent noir de chaque couple. Les enquêtes faites sur une large échelle[1] sont assez éclairantes sur les comportements de chacun et leurs facteurs culturels et sociologiques.

---

1. Kinsey, *op. cit.*

La fréquence des rapports sexuels

La fréquence hebdomadaire moyenne des rapports sexuels d'un couple constitué[1] décroit de 4,5 à l'âge de 20 ans à environ 2 à l'âge de 40 ans. À partir de la quarantaine, le rythme se stabilise en diminuant lentement, puisque à 55 ans il est encore de 1,5. Un certain nombre de facteurs influencent cette fréquence, tout d'abord la longévité du couple[2], puisque la moyenne des rapports sexuels passe de 13 par mois dans l'année de formation du couple, à 7 par mois après 15 ans de vie commune. L'appétit individuel joue également un rôle régulateur, et Kinsey mentionnait déjà le rôle ralentisseur de la femme, qui se contente généralement d'une fréquence moindre. On se demande pourtant s'il ne s'agit pas encore d'une idée reçue, ou tout du moins générée par des facteurs extérieurs, et en particulier par la réelle satisfaction que l'épouse éprouve lors des rapports, élément qui n'est pas pris en compte dans ce type de statistiques : en effet, si elle est insatisfaite, elle aura tendance à freiner, voire à réduire la répétition de ce qui pour elle n'est pas une fête.

Cependant, à qualité orgasmique égale, nombreuses sont les femmes qui, installées dans la continuité du rapport amoureux, n'éprouvent plus la nécessité de séduire pour conserver cet amour, qu'elles pensent sans doute éternel. Elles évoluent dans la sécurité du cocon familial et de la tendresse amoureuse. L'homme, lui, est presque toujours dans l'urgence physiologique de l'explosion orgasmique.

Les besoins peuvent être égaux, ils ne sont pas identiques. L'harmonie doit être trouvée par les couples dans l'adaptation à ces deux demandes différentes. Les vicissitudes quotidiennes, quant à elles, ne sont pas toujours favorables au rapprochement des cœurs et des corps. Combien de fois entend-on des couples arrivés à la quarantaine parler de leur souhait de rattraper le temps perdu sexuel, dilué qu'il a été dans la grisaille du quotidien ! Combien de fois entend-on des consultants dire que « cela va nettement mieux » pendant les vacances ! Aujourd'hui, chacun des deux constituants d'un couple a une occupation professionnelle, le plus souvent différente et qui donne à l'un et à l'autre une certaine indépendance matérielle. Sans revenir sur la dimension sociologique de ce phénomène et sur le fait que la séparation de biens conduit plus facilement à la séparation des corps, il faut souligner ici que les

1. Kinsey, Spira, *op. cit.*
2. Spira, *op. cit.*

conditions de vie quotidienne du couple « moderne » rendent plus difficile le rapprochement intime. Les « Je suis crevé, je vais me coucher et je dors », « J'ai une réunion », etc., ne sont pas propices au nécessaire épanouissement sexuel du couple. De même, les charges ménagères à assumer en plus du travail quotidien, sont encore, malgré tout, effectuées par la femme, et même si elles sont partagées, elles diminuent le temps libre. Le fameux adage « métro, boulot, dodo » semble exclure l'étreinte amoureuse.
La (ou les) grossesse(s) et la présence des enfants modifient voire constituent un tournant dans la vie sexuelle du couple, se traduisant presque toujours par une baisse significative de la fréquence des rapports. Cela se retrouve aussi dans les couples plus traditionnels, où la femme ne travaille pas, quand le mari, accaparé par les exigences de sa carrière professionnelle, ne respecte pas le nécessaire équilibre de sa vie de couple.

Les pratiques sexuelles

À la question « Êtes-vous satisfait de votre vie sexuelle actuelle ? », moins de la moitié des hommes (45 %) et des femmes (48 %) répondent « très satisfaits »[1] et respectivement 44 et 36 % répondent « assez satisfaits ». Encore qu'on ne sache pas toujours ce que recouvre le terme « assez », on pourrait à la lecture de ces statistiques se poser la question de l'utilité d'une démarche pédagogique. Pourtant, pour le clinicien, observateur quotidien de la si fréquente misère sexuelle des humains, la statistique est terriblement réductrice. Il suffit de gratter un tout petit peu pour voir se brouiller l'image induite par le « assez » mis devant « satisfait ». L'inconnu, la méconnaissance et les interdits se conjuguent souvent pour brider le vécu sexuel de nombreux couples.

L'ART ET LA MANIÈRE

Les précis de sexologie et les ouvrages plus célèbres comme le *Kama Sutra* ou l'*Art d'aimer* d'Ovide décrivent avec un luxe de détails toutes les variantes du coït. Chaque couple doit trouver son équilibre mais surtout varier et le rythme et la manière de procéder. L'une des constantes restant la préparation, aussi importante que l'acte lui-même. Le temps des caresses attendues, voulues, est en effet capital. On trouvera dans la littérature hindoue et chinoise décrivant l'art tantrique et

1. A. Spira et N. Bajos, *Les Comportements sexuels en France, op. cit.*, p. 202.

Figure 5.2

LES PRATIQUES SEXUELLES CONJUGALES (PSC)

1 - Selon le niveau d'éducation (Kinsey 1948).
Pour les hommes seulement.

PSC/Niveau d'éducation	Supérieure	Secondaire	Primaire
Baisers	84	55	40
Caresses corporelles (seins)	99	63	36
Caresses organes génitaux	95	62	32
Cunnilingus / fellation	60	20	11
Nudité lors de l'acte	89	66	43

Position lors du coït (autres que la classique position du missionnaire)

Femme au-dessus	37	28	17,1
Femme de côté	26	22	16,1
Femme de dos	10,6	11	6,1
Femme assise	6,1	9,4	7,7
Femme debout	3,6	9,1	7,5

2 - Selon les groupes sociaux (enquête ACSF).
réservés aux pratiques suivantes : cunnilingus, fellation, pénétration anale et la vision d'un film pornographique (chez des sujets de 25 à 49 ans - 1993).

	Cunnilingus	Fellation	Pénétration anale		Film pornographique	
	Hommes	Femmes	Hommes	Femmes	Hommes	Femmes
Agriculteurs	51	N.R.	14	N.R.	52	N.R.
Artisans/ commerçants	71	66	25	19	67	48
Cadres	70	75	21	16	40	14
Professions intermédiaires	70	72	21	15	40	22
Employés	79	62	14	14	45	30
Ouvriers	75	56	18/31*	18	55	34
ENSEMBLE	**76**	**63**	**18**	**16**	**52**	**29**

* *Ouvriers non qualifiés*
N.R. : *non renseigné*

taoïste du plaisir les conseils pour exercer mutuellement ces préparatifs à « l'acte de chair » proprement dit[1].

Au-delà de la culture érotique indispensable, qui doit se faire dans la déculpabilisation de tout ce qui touche aux relations intimes, il y a des données physiologiques qui peuvent aider dans le quotidien de la vie sexuelle[2].

• La position classique dite du « missionnaire » (femme allongée sur le dos) est améliorée si la femme resserre les cuisses en entourant de ses jambes le corps de son partenaire. Il en résulte une pénétration plus profonde du pénis. Cette position convient aux hommes à pénis plutôt court et à ceux qui éjaculent tardivement compte tenu du surcroît de stimuli occasionnés par l'action des cuisses de la compagne.

• La position en « ciseaux », la femme couchée sur le flanc (la jambe libre se relevant), est une variante accueillante pour les pénis à rigidité incertaine.

• La position de la « levrette », dans laquelle la compagne est pénétrée par l'arrière, est opportune lorsque le pénis est volumineux. En effet, dans cette position, l'objet pénétrant et son réceptacle ont une orientation identique qui facilite l'intromission ; elle est par ailleurs très prisée par de nombreuses femmes.

• Lorsqu'il y a une certaine étroitesse anatomique féminine, la position sur le dos avec les jambes venant s'appuyer sur les épaules de son partenaire permet à la femme d'élargir l'entrée, tout en raccourcissant la longueur de son vagin. L'homme devra alors faire preuve de beaucoup de douceur pour ne pas provoquer de douleurs intempestives.

LE DOIGT ET LA LANGUE

La phase initiale de l'acte sexuel, que d'aucuns appellent « jeux érotiques », implique presque systématiquement les caresses mutuelles (94 % des hommes et 92 % des femmes s'y adonnent). Par contre, nos statisticiens de l'amour[3] ne recensent qu'à peine la moitié d'entre eux étendant les caresses aux organes sexuels de leur partenaire. Pour ce qui concerne les couples constitués, et l'utilisation de ce merveilleux instrument de plaisir qu'est la bouche, on passe à 25 % d'« amants » utilisant le cunnilingus[4] et à 20 % les compagnes pratiquant la fellation, c'est-à-

---

1. C. Bishop, *Le Sexe et le sacré*, Albin Michel, 1997.
2. M. Bonnard, *Sexualité masculine, grandeur et défaillances*, Ellipse, 1996.
3. A. Spira et N. Bajos, *Les Comportements sexuels en France, op. cit.*, p. 158.
4. Rappelons aux « non-latinistes » qu'il s'agit de l'excitation du clitoris par la langue.

dire prenant le sexe « de leur homme » dans la bouche. Même si les statistiques citées sont un peu réductrices, compte tenu de leurs conditions de recueil, il n'en reste pas moins vrai que toucher et mettre en sa bouche le sexe de l'autre restent des pratiques rares et peuvent expliquer nombre de dysfonctionnements et d'éloignements des couples pour qui l'acte sexuel devient un peu plus un devoir qu'une fête. Dans les entretiens que j'ai avec les uns (hommes) et les autres (leurs compagnes) la plainte est presque toujours identique :
Elle : « Il ne pense qu'à lui. »
Lui : « Elle ne me fait pas ce que j'attends… »
Les activités sexuelles « naturelles », celles qui utilisent les organes que la nature nous a donnés, sont en définitive plus « fantasmées » que « vécues », faute de dialogue et de culture. L'interdit rôde encore, alors que le geste devrait être naturel. Bien des frigidités, des déficiences orgasmiques et de nombreuses impuissances n'existeraient pas si les couples allaient au bout d'eux-mêmes sans retenue. Toucher intime de l'autre, cunnilingus et fellation font partie de la fête amoureuse. Ce n'est ni pécher, ni transgresser la nature que de les utiliser comme tels.

À PROPOS DE SODOME

La sodomie, consistant en l'introduction du pénis dans l'anus de la partenaire, a été frappée *de facto* de l'opprobre judéo-chrétien puisque marquée par la malédiction biblique. C'est cependant l'un des fantasmes les plus fréquents et l'une des raisons invoquées assez souvent par mes consultants désirant des érections plus fortes que de pouvoir sodomiser leur compagne.

En dehors de toute prévention moralisante, le débat est ouvert entre spécialistes : acte contre nature et sans grande valeur érotique comme le pense G. Zwang[1] ou raffinement indispensable comme le proclame Sade tout au long de son œuvre[2].

Trois pour cent seulement des couples dits « monopartenaires » de l'enquête sur le comportement sexuel des Français[3] avouent cette pratique. Je pense personnellement que cela est certainement sous-évalué par l'interdit doublé de la mauvaise réputation frappant le « péché de Sodome ». Si une telle pratique est intégrée dans la vie sexuelle d'un couple, elle n'est pas nécessairement utilisée lors de chaque relation. Elle peut ne

1. G. Zwang, *Abrégé de sexologie, op. cit.*
2. Sade, *Œuvres complètes*, Gallimard, « La Pléiade », 1995.
3. A. Spira et N. Bajos, *op. cit.*, p. 158.

faire partie qu'occasionnellement de la fête amoureuse. Dans les fantasmes masculins, elle est le plus souvent perçue comme un signe particulier de puissance virile.
En tout état de cause, et comme pour la sexualité du couple dans son ensemble, l'harmonie doit présider à l'accomplissement d'un rituel accepté par les deux participants. C'est dans le plaisir partagé que doit s'inscrire cette pratique controversée, mais sans aucun inconvénient pour l'un et l'autre partenaire. (Pour ce qui concerne les relations s'exerçant dans des couples non constitués, on sait que pour la sodomie encore plus que pour tout autre pratique, la protection du préservatif est impérative.)

NI MAÎTRE, NI ESCLAVE

En effet, les raffinements érotiques de l'acte sexuel ne sont accessibles qu'à ceux qui se connaissent bien et dont les sentiments mutuels sont suffisants pour générer le désir de la « totale » satisfaction de l'autre. Le dialogue, l'expérience, l'oubli des tabous doivent se réaliser dans la fusion sexuelle des deux êtres qui constituent un couple. Certes, on sait qu'on peut très bien « faire l'amour », satisfaire l'urgence orgasmique, sans amour véritable, uniquement pour le plaisir. Les hommes, on l'a vu en principe, beaucoup plus fréquemment que les femmes.
L'essentiel pour les pratiques sexuelles du couple sera dit quand on aura prononcé les mots d'harmonie et de diversité librement consentie. Alors il n'y aura ni maître, ni esclave. Quelles que soient les convictions spirituelles des uns et des autres, elles se confronteront tôt ou tard aux expériences physiologiques de chacun : l'abstinence pourra être nécessaire quand l'autre n'est pas réceptif ou bien ce sera l'abstention de telle ou telle pratique à un moment donné, ou bien la recherche d'autre chose : « On ne fait pas l'amour comme on se lave les dents », me disait une « femme de qualité » au sens classique du terme. Le jeu dominant-dominé doit être alterné. L'équilibre est réalisé quand il n'y a pas sens unique, mais réalisation bilatérale et variée de toutes les sensations, quand l'un et l'autre ont l'impression que « ça n'est jamais pareil ».

« QUICKIES » ET CÉLÉBRATION

Les francophones souffriront de l'emploi de cet adjectif anglais substantivé, qui n'a pas encore son équivalent français. Un « quickie » caractérise une séance amoureuse brève qui télescope les étapes obligées de la séance amoureuse, faute de temps avant de vaquer à ses occupations professionnelles ou autres. On peut être aussi saisi d'une urgence orgasmique violente. « Ma femme est plutôt du soir, alors que moi je suis

du matin », clament de nombreux hommes en déplorant que leurs épouses ne soient pas plus disponibles pour profiter d'un prolongement de l'érection nocturne naturelle. Un « quickie » occasionnel à ce moment serait sûrement le ciment d'une bonne entente du couple. Si l'on en croit les enquêtes récentes, les femmes fantasment tout autant que leurs compagnons sur ces sortes de « brèves rencontres » pour compenser la monotonie du sexe « métro, boulot, dodo ». Savoir faire l'amour soudainement, de façon impromptue, ailleurs que dans le lit conjugal est pour elles preuve que le désir de leur homme est vivace, à tout instant. Aux antipodes de ces « brèves du sexe » que sont les « quickies » se situe la « fête amoureuse ». Une célébration de ce type constitue un temps fort de la relation du couple. Elle a les mêmes ingrédients que ceux qu'on offrirait à une femme inconnue et désirée. Ici l'invitation est propice, que ce soit en dehors de la tanière ou à la maison ; on se doit de sublimer le quotidien pour une vraie fête des sens.
Tout ceci n'a qu'un but en définitive : éviter de faire sombrer la sexualité du couple dans la monotonie, donc dans l'érosion du désir, éviter le terrible et si fréquent « vous savez docteur, j'aime ma femme mais je ne la désire plus... ».

La routine

Le couple constitué résulte de la transformation d'un amour naissant en un quotidien où la passion initiale se dilue. Les valeurs initiales d'égalité, de vérité, d'authenticité disparaissent peu à peu dans la routine, même si le sentiment de l'amour partagé persiste. Il demeure sous la forme d'une notion à la fois abstraite et terriblement exigeante : la famille. Pour de nombreux couples, c'est au détriment de l'entente sexuelle que s'effectue cette transformation. Et en définitive, la plupart des couples vivent après un certain temps leur sexualité séparément. Il y a malheureusement peu d'études sur cette séparation, qui doit s'installer très tôt dans la chronologie de la vie du couple, quand elle n'y était pas présente avant sa constitution. On ne partagera qu'exceptionnellement ses fantasmes, ses interrogations ou même ses désirs. Quand on interroge les uns et les autres, on s'aperçoit que la sexualité est un état de fait qui ne bouge guère tout au long de la vie, et dont on ne cherche pas à faire évoluer les données, quels que soient le milieu ou l'âge. Quand on interroge les couples, on est frappé par les *a priori*, les banalités, voire les ignorances :
« Et votre femme ?

– Vous savez, elle n'est pas intéressée, elle est clitoridienne, elle aime que ça aille vite.
– A-t-elle des orgasmes ?
– Je ne sais pas vraiment. »
Et elle : « Mon mari, vous savez, n'est pas un tendre, il veut pénétrer quoi qu'il arrive sans se soucier que j'y sois prête, il ne fait pas attention à moi. Il me prend et me laisse immédiatement… »
Alors on peut bien faire des statistiques qui donneront des tendances sur les techniques de coït conjugal, elles mettent essentiellement en avant des différences culturelles : l'éducation et la pratique religieuse (Kinsey indique que les non-pratiquants ont une fréquence d'actes sexuels 20 à 30 % plus élevée que les pratiquants). Ces différences ont d'ailleurs tendance à se gommer avec le temps et la banalisation des moyens d'information. Vivant habituellement ses orgasmes séparément, chaque constituant du couple intériorisera, également seul, ses frustrations, et ce n'est pas nécessairement en les exprimant sur le divan d'un psychanalyste ni en allant les réaliser ailleurs qu'il résoudra de façon satisfaisante ses problèmes. C'est pourtant ainsi que s'achève la vie sexuelle de nombreux couples, alors que persistent des liens familiaux solides et une vraie tendresse. Il est dommage que ne soit pas établi préventivement un dialogue sexuel intime qui ne devrait avoir besoin ni de psychologue ni de conseiller conjugal, fondé sur une reconnaissance des besoins de chacun, une expression des fantasmes, habitudes et expériences dénuée d'arrière-pensée.
Autrefois, dans la constitution du couple, ce qu'on appelait l'acte de chair était un accomplissement. Il est aujourd'hui donné avec, naturellement inclus. Inhérent à lui, il reste en définitive à l'arrière-plan du rapprochement de deux êtres. Dès le départ, il ne fait plus partie du rêve. Le risque de grossesse disparu, il a fallu le sida pour rappeler le caractère extraordinaire et initiatique de cet acte dans la relation amoureuse. On a certes beaucoup parlé de technique amoureuse pour en disséquer les risques, mais les amants ont-ils pour autant progressé dans la connaissance intime l'un de l'autre ?
Je ne le pense pas, faute de réponses et surtout parce que la nature même de leur différence physiologique est irréductible. Le « qu'importe le flacon… » d'Alfred de Musset s'oppose toujours au « c'est mon homme » de la chanson de Piaf… Et pourtant, c'est de cette connaissance et du respect de l'autre tant sur le plan affectif que sexuel que naîtra l'harmonie. La gratitude de la satisfaction répétée n'aura alors d'égale que le poids de la famille.

De la relativité du couple

En novembre 1995, à une vente aux enchères chez Christie's à New York, on apprit la tyrannie domestique d'un des grands esprits de ce temps, Albert Einstein. Dans une lettre à sa femme Mileva, il avouait en 1901 que lorsqu'il n'était pas avec elle, il ne se sentait pas entier. En 1919, alors qu'il sort en secret avec sa cousine, il écrit encore à Mileva : «**A.** Tu feras en sorte : 1 – Que mes vêtements et sous-vêtements soient en ordre. 2 – Que l'on me serve régulièrement trois repas par jour dans ma chambre. 3 – Que ma chambre et mon bureau soient toujours rangés et que personne d'autre que moi ne touche à ma table de travail. **B.** Tu renonceras à toute relation personnelle avec moi, excepté lorsque ce sera requis pour sauvegarder les apparences sociales. En particulier, tu ne me demanderas pas : 1 – Que je m'assois à tes côtés à la maison. 2 – Que je sorte ou voyage avec toi. **C.** Tu promettras explicitement d'observer les points suivants dans tout contact avec moi : 1 – Tu n'espéreras aucune affection de ma part et ne m'en feras pas le reproche. 2 – Tu me répondras immédiatement lorsque je te parlerai. 3 – Tu sortiras immédiatement et sans protester de ma chambre ou de mon bureau lorsque je te le demanderai. 4 – Tu me promettras de ne pas me dénigrer, ni en paroles ni en gestes, auprès des enfants. » Réponse de l'épouse : elle le quitte quelques mois plus tard en emmenant ses deux fils.

La famille

Un jeune homme de 22 ans, en difficulté avec sa sexualité, s'étonnait devant moi de rencontrer si souvent des jeunes femmes assumant seules une maternité voulue. Il s'interrogeait également sur la réelle volonté de paternité des jeunes hommes qu'il fréquentait. En effet, si au cours des siècles, la notion de famille n'avait que très rarement été remise en question, si ce n'est par quelques intellectuels rebelles, elle paraît aujourd'hui remise en cause dans ses fondements mêmes par des modifications comportementales majeures – au premier rang desquelles s'inscrit le contrôle de la gestation – et par des modifications juridiques – la liberté officialisée de rompre les liens du mariage ou d'en établir hors mariage.

Dans le contexte ancien, la durée des couples était fondée sur la multiplication des naissances, encouragées par les préceptes religieux qu'il était outrageux de transgresser. Le couple était le plus souvent une machine à reproduire. La mère enchaînait les grossesses, avec les risques puerpéraux énormes que cela entraînait. Celles qui y résistaient, vieillies avant l'âge, épuisées par les charges domestiques, ne pouvaient constituer de bien séduisantes compagnes. Dans tous les milieux – même si la licence paraissait n'appartenir qu'à l'aristocratie – fleurissait l'adultère et les naissances illégitimes avec leur cortège de faiseuses d'anges et d'abandons d'enfants[1]. Puis arrivèrent Malthus et Ogino (voir chapitre 6). La bourgeoisie émergente, tout en faisant mine de conserver le schéma religieux judéo-chrétien, organisa de façon plus rigoureuse le contrôle des naissances, en préservant au mieux la mère au foyer : c'est ainsi que s'installa le concept de la famille nucléaire[2]. C'est le profil que nous avons tous connu, avec ces familles de deux à cinq enfants, plus ou moins voulus, en tout cas acceptés.
En cette fin de siècle, pour certains c'est le schéma même de cette famille qui paraît remis en cause par les transformations biologiques et sociologiques qui se sont imposées dans le monde occidental. Appuyées sur les conquêtes de la science et leurs luttes idéologiques, les femmes, au nom d'une liberté toute neuve, tentent de rejeter en bloc des charges tutélaires hétéroclites. Certaines en viennent même à contester la réalité de leurs instincts, qu'ils soient maternels ou sexuels. L'utopie et le dogmatisme ont toujours constitué le fondement de toutes les erreurs ; ceux qui se sont emparé des idées de Marx pour tenter d'asservir à leur profit la collectivité, comme ceux qui tentent encore d'asservir l'individu aux découvertes de son inconscient, comme s'il était totalement détaché de son corps. Les féministes, encouragées par les uns et les autres, ont voulu gommer l'essentiel de la biologie, effacer les strates successives dont la nature a marqué l'humanité. Elles ont fait croire aux unes à une parthénogenèse totale et absolue, qui se termine le plus souvent en solitude totale, et aux autres qu'ils n'étaient que des phallus dominateurs devant abdiquer leur prétention de mâles pour se reconstruire en tant qu'hommes, à partir de leur bienfaisante et obligatoire féminité. Toutes ces idées peuvent être confortées par les avancées des connaissances biologiques : chacun y trouve une justification à ses théories. Ici ce sont les possibilités de la procréation médicale assis-

1. M. Lewisohn, *Histoire de la vie sexuelle*, Payot, 1957.
2. E. Shorter, *The Making of the Modern Family*, Basic Book Inc., 1975.

tée qui font oublier qu'il faut tout de même un spermatozoïde pour procréer. Ailleurs ce sont les connaissances génétiques nouvelles qui soutiendraient l'ambivalence sexuelle de chaque individu[1]. Largement médiatisées, ces idées ne se concrétisent pour l'instant en expérience vécue que pour une minorité de femmes. Elles contribuent cependant à très largement remettre en question le schéma de la famille tel qu'il était défini. Paradoxalement, ces incertitudes renforcent et pérennisent chez les jeunes la famille originelle, celle dont ils sont issus, et qu'ils quittent de plus en plus tardivement.

Dans cette remise en question fondamentale, on peut affirmer que l'idée de famille éclatée est encore minoritaire et le restera très probablement, car elle est contraire aux « acquis biologiques » que sont la nécessité physique de vivre en couple et le désir d'enfants. On peut certes discourir à perte de vue sur la réalité biologique de ces acquis, mais ils sont transculturels, transraciaux, et ils ont résisté à tous les bouleversements idéologiques ou sociologiques. Fonder ou maintenir une famille reste la priorité fondamentale de l'immense majorité des hommes et des femmes sur la planète.

Dans le souci de déterminer la hiérarchie des valeurs prioritaires pour mes consultants, je leur demande de classer par importance décroissante et pour eux-mêmes les cinq valeurs suivantes supposées fondamentales : réussite professionnelle, santé, place dans la société, sexualité, famille. La première place de ce classement revient à la famille, qui devance la santé d'une courte tête, suivi de la sexualité classée régulièrement en troisième position, devançant largement la réussite professionnelle. Quant à la place dans la société, elle est presque systématiquement classée en dernière position. Ces constatations sont d'autant plus parlantes qu'elles sont faites dans une population de cadres et de professions libérales, dont la réussite professionnelle et la place dans la société auraient pu dominer les notions plus primaires. Le bien-être global (la santé), le noyau dur de la vie sociale (la famille) sont vécus comme primordiaux, devant la sexualité en tant que telle. Un chercheur en sociologie qui répondait lui aussi à ce questionnaire, tout en critiquant quelque peu sa méthodologie doctrinale, classa les trois valeurs de tête (santé/sexualité/famille) en premier *ex aequo*, jugeant, non sans un certain à propos, qu'elles sont indissociables.

Dans ce contexte de la famille mise en avant en tant qu'élément primordial, la sexualité apparaîtra soit comme un complément important de

1. E. Vilain, *L'Inutile Adam*, Médialogue, 1996.

l'équilibre, soit comme un exutoire à des difficultés internes au noyau familial, soit comme un parallèle extra-conjugal et totalement différencié de la vie familiale. On percevra sans doute comme un certain conservatisme ce qui n'est que l'expression de vérités brutes issues de statistiques effectuées avec des items non manipulés et non manipulables : *la famille, c'est-à-dire l'ensemble constitué par les parents, géniteurs et enfants issus de ceux-ci, reste l'élément moteur de la conduite humaine.* Il faut donc examiner la sexualité et son implication dans la perspective de cette donnée fondamentale, même fragilisée, attaquée de toutes parts : celle de la construction ou de l'avènement d'une famille.

L'ENFANT ET LA SEXUALITÉ DU COUPLE

Pour tout homme interrogé dans le cadre de l'enquête mentionnée ci-dessus, célibataire, divorcé ou vivant en couple, la famille, ce sont les enfants. Dans la vie intime du couple cependant, la grossesse puis l'arrivée des enfants représentent un tournant à la fois matériel, physiologique et psychologique. L'irruption, même désirée, de l'enfant amène dans la relation du couple des modifications tangibles.

Celles-ci additionnées suffisent à expliquer que statistiquement, c'est à partir de là que la relation de la plupart des couples évolue vers moins d'intimité, moins de sexe. À savoir : les modifications physiques de la grossesse, associées à la crainte que les ébats amoureux mal contrôlés mettent en péril le fœtus ; les changements psychologiques qui transforment l'épouse en mère, avec à divers degrés un désir sexuel qui s'émousse (même si des exceptions existent dans les deux sexes) ; la présence même de l'enfant, phénomène qui persistera longtemps, jusque parfois son envol du nid familial (la plupart des logements, insuffisamment spacieux, entraînent une contrainte de promiscuité, et bien des enfants découvrent le coït de cette façon-là, ce qui est la fameuse scène primitive, source pour Freud de tant de névroses). Loin de s'amender avec le temps et avec la prétendue libéralisation des mœurs (la fondation de nouveaux couples succédant aux si nombreux divorces), ce frein à l'épanouissement sexuel des couples que constitue la présence des enfants est plus puissant que jamais.

C'est sans doute au-delà de la sexualité elle-même, même si le résultat tangible de l'arrivée des enfants est la diminution de la fréquence des rapports sexuels, qu'il faut rechercher la nature profonde de la modification des relations du couple. On a vu que l'état amoureux véritable entraîne une restructuration de la relation affective permettant la fusion des habitudes individuelles dans une relation complètement altruiste et également égoïste puisqu'elle élimine tout ce qui n'est pas essentiellement l'autre. L'arrivée de l'enfant peut créer dans cet édifice une brèche bien plus grave que l'Œdipe, ce que F. Alberoni[1] appelle le complexe de Laïos, la naissance de l'enfant fait surgir la jalousie du père vis-à-vis du couple mère-enfant. Il y voit la raison essentielle de l'abandon d'Œdipe éloigné par ce père jaloux, dès sa naissance, pour ne pas altérer sa relation exigeante avec son épouse. Les mythes comme les proverbes contiennent toujours une part de vérité, même s'il faut bien se garder d'en faire des principes universels. Qu'elle soit perceptible ou non exprimée, cette jalousie latente traduit la sensation fréquente que quelque chose a changé dans le paysage intime du couple. Cela se matérialise dès le retour à la maison de la mère et du nouveau-né : les biberons ou l'allaitement, les charges, les soins auxquels le père est invité à participer sont de nature à modifier fondamentalement la relation. Qu'ils s'y investissent peu ou totalement, les amants sont devenus papa et maman.

L'ACCOMPAGNEMENT PATERNEL DE LA NAISSANCE

Sous la poussée des idées féministes, on a promu ces vingt dernières années une image transformée du père, qui ne devait plus être le « pater familias », procréateur et protecteur de la famille, mais un associé, voire un substitut de la mère. Dans cette optique, il faut déjà – en attendant que la science lui permette de procréer lui même, comme le suggérait Marco Ferreri dans son film *La Dernière Femme* –, qu'il vive le plus étroitement possible la grossesse de sa femme. Qu'il ne se contente pas d'écouter les battements du cœur de l'enfant à naître en posant une oreille attendrie sur le ventre de la mère, mais qu'il soit un peu obstétricien, qu'il voit les échographies, surtout qu'il partage la joie mais aussi les affres de la naissance.

Je ne sais pas si ces pratiques ont raffermi la solidité des couples ; je suis certain en revanche qu'elles ont créé, chez nombre d'hommes qui me l'ont rapporté (observations éparses cependant, sans étude statistique scientifique), une transformation radicale de la vision ultérieure qu'ils avaient de leur femme. Notamment, la vue de la vulve exagérément distendue, voire de l'épisiotomie[2], peut créer chez l'amant un

1. F. Alberoni, *Le Choc amoureux, op. cit.*
2. L'épisiotomie est une intervention visant à sectionner peau et muscles périnéaux, souvent nécessaire lors de l'accouchement d'un premier enfant, pour faciliter le passage de la tête du nouveau-né.

traumatisme psychique bien plus important que le bénéfice théorique de la présence paternelle à ce moment-là. N'oublions jamais que ce n'est pas seulement l'intégrité physique qui est en cause ici, mais aussi la levée du mystère et de l'émerveillement que constitue l'anatomie de la partie intime de sa compagne. Il y a brouillage de l'image de la femme, qui contribue à renforcer la transformation de l'amante d'hier en mère exclusive, avec le risque de voir la sexualité s'exercer ailleurs. Si éloignés de toute connaissance de leur propre physique, les hommes le sont encore plus de ce qui concerne celui de leur compagne, hormis ce qu'ils en aperçoivent ou perçoivent lors de l'acte sexuel. Ils prendront en pleine figure la déchirure de cette image intime, et avec elle, l'évidence que le sexe de la compagne a une autre fonction et une image bien souvent effrayante. Une étude approfondie sur les effets pervers d'une telle pratique sur la sexualité du couple serait la bienvenue.

Frustrations et lassitude

Les couples qui ont une longévité suffisante vivent sur des critères le plus souvent non sexuels. Formés jeunes dans l'éblouissement du choc amoureux, ils se construisent sur des valeurs psychologiques et dans le secret d'une sexualité maladroite et rarement partagée. Quand la relation est harmonieuse, chacun apprend sur le tas la technique qui conduira à l'épanouissement du plaisir partagé. Cependant, on ne partage en définitive que très peu sur les réflexions et les éventuelles frustrations qui peuvent surgir dans la relation. Chacun vit, dans l'immense majorité des cas, la sexualité individuellement : elle existe en tant que telle chez l'un et l'autre. Elle ne surgira le plus souvent au milieu des préoccupations quotidiennes que sur un mode conflictuel, ou à l'occasion d'une opposition sans relation apparente avec elle. Ce sera simplement un « Et en plus, au lit, tu ne me satisfais pas ». Il est curieux que les grandes enquêtes faites sur la sexualité n'expriment que des comportements individuels, pour ne pas dire individualistes. Les couples ne sont jamais interrogés ensemble. Ceci accroît encore la sensation que ce qui se réalise à deux ne se vit ni ne se ressent solidairement.
Cela rejoint le classement des valeurs fondamentales de l'existence : la sexualité vient derrière la famille et la santé. Cela vaut aussi comme constat : même si elle est perçue comme essentielle par presque tous, elle sera sans cesse occultée ou reléguée au deuxième plan par le quotidien de la vie – soucis professionnels, grippe ou fatigue accumulée, cours du soir, routine aggravée par l'accumulation des heures passées devant le petit écran.

C'est ainsi que, pour ne pas avoir perçu l'importance de la sexualité au-delà du quotidien de la vie, de nombreux couples se déliteront le plus souvent sans s'en apercevoir, faute d'avoir cimenté leur union sur des relations sexuelles plus fréquentes. L'homme est souvent responsable de cet état de fait : il ne voit, donc ne désire plus la même femme, celle qu'il a tant aimée et qui est devenue la mère de ses enfants, celle aussi qui partage ses soucis quotidiens, quand elle n'est pas transformée par une carrière professionnelle personnelle.
Il y a aussi, on l'a vu, évolution du choc amoureux initial vers la tendresse qui peut atténuer et le désir et la manière de solliciter ou vivre la séduction de l'autre. Si l'on n'approfondit pas la relation avec l'autre, y compris dans la compréhension de sa sexualité, physiologie et psychologie mêlées, on se dirigera tout droit, comme c'est si fréquent, vers une séparation entre la tendresse amoureuse et le désir sexuel lui-même. Les démons de la séduction extérieure saisiront l'un et l'autre partenaire du couple, avec un risque supérieur pour l'homme d'y succomber parce qu'il investira moins ses sentiments dans une relation sexuelle extra-conjugale. Il y a en effet, faut-il le rappeler, presque deux fois plus d'hommes (64 %) que de femmes (36 %) pour penser qu'on peut avoir des rapports sexuels sans être amoureux.
Des entretiens que j'ai avec les uns et les autres, j'ai acquis la conviction que, pour un bon nombre de ces couples qui se désagrègent, les mésententes ou éloignements sexuels, même s'ils ne sont pas affirmés comme la cause essentielle de la séparation, sont sous-jacents et apparaissent dès que des questions appropriées forcent les protagonistes dans leurs retranchements. Les griefs ont déjà été évoqués : lui est trop rapide et elle n'a pas d'imagination, voire pas de tempérament ; l'une réclame plus de douceur, l'autre plus de fantaisie. Mais il n'y a pas de règle, et le seul conseil que l'on puisse donner, c'est de reconnaître et de connaître l'autre pour vivre sa sexualité dans l'épanouissement mutuel.

Conseils discrets à un mari pour demeurer un bon amant

▪ L'homme doit capter les signes qu'émet son épouse pour exprimer le désir de l'acte ; elle ne le verbalise que rarement. Il doit répondre à la séduction autrement qu'en prenant sa bière et en se plantant devant la retransmission télévisée du match de football. Il faut qu'il sache que son épouse est une amoureuse permanente, au moins le temps du rapprochement. Il faut qu'il sache la caresser crescendo, sans hâter les phases ultimes de la montée de l'orgasme, pour que l'instant suprême de la pénétration soit un renouvellement de la fusion et non pas une sorte de viol par consentement mutuel et devoir conjugal. Il faut qu'il respecte les périodes féminines de plus grande réceptivité et de plus grand désir, lui qui est excitable de façon plus permanente. Certaines femmes sont plus excitables à l'acmé de leur cycle, dans la phase ovulatoire, pour d'autres ce sera au moment des règles ou dans la période qui les précède immédiatement. Dans les couples plus âgés, il faut également savoir gérer les modifications liées à la ménopause (voir chapitre 7).

▪ L'homme devra surmonter aussi le « complexe de Laïos », car de nombreuses femmes enceintes demandent un surcroît de tendresse et de sexe pendant toute la durée de leur état. Il lui faudra apprendre à connaître toutes les réactions de ce corps qui lui est offert, car c'est de cette intimité et de cette capacité à le faire jouir sous toutes ses facettes que s'approfondira et sera d'autant plus étroite l'union, dans le sens non sexuel du terme.

▪ Aujourd'hui où, comme le soulignait B. Cyrulnik[1], on se marie beaucoup plus par inclination que par intérêt, si on se sépare beaucoup plus, c'est peut-être aussi que cette inclination initiale n'a pas été approfondie ; elle reste à l'orée des fantasmes de chacun et du « continent noir » de la sexualité individuelle, avec la méconnaissance des différences physiologiques et psychologiques de chaque constituant du couple. Certes, le temps n'est plus de la caricaturale vie sexuelle de la princesse de Lampedusa[2], qui faisait le signe de croix à chaque

1. B. Cyrulnik, *Les Nourritures affectives, op. cit.*
2. G. Tomasi di Lampedusa, *Le Guépard*, Seuil, 1996.

fois que son prince de mari la « prenait », pour la seule bonne cause de la procréation, le laissant aller assouvir sa concupiscence chez les prostituées de Palerme. Pourtant, en écho au mariage d'inclination, les progrès de la contraception permettent d'échapper également aux avatars du coïtus interruptus (voir chapitre 6), et des grossesses non voulues, mais ne semblent pas avoir fondamentalement modifié, bien au contraire, les comportements dans le sens de la consolidation des couples.

▪ La singularité humaine, c'est cet amalgame étroit du psychique et du physiologique, du corps et de l'âme au sens philosophique du terme. Ignorer l'un au profit de l'autre signifie l'échec pour celui ou celle qui s'y abandonne. La grande difficulté du couple est de mettre en harmonie l'un et l'autre dans la singularité de chacun. Il faudrait éviter de bâtir des couples sur des distorsions physiologiques importantes ou en avoir conscience et savoir d'emblée comment les compenser. Partager ses différences, résoudre ensemble ses problèmes de communication et surtout verbaliser ses désirs, sont les clés pour éviter de découvrir qu'on a vécu cinq, dix, vingt ans côte à côte sans même avoir voulu les imaginer.

Gustave Flaubert[1], merveilleux observateur de la difficulté de vivre en couple, écrivait à sa maîtresse alors qu'il avait à peine 30 ans : « Ce n'est pas un homme vieilli comme moi, dans tous les excès de la solitude, nerveux à s'évanouir, troublé de passions rentrées (...) ce n'est pas celui-là qu'il fallait aimer. Je vous aime comme je peux, mal, pas assez, je le sais (...) À qui la faute ? Au hasard ! À cette vieille fatalité ironique, qui accouple toujours les choses pour la plus grande harmonie de l'ensemble et le plus grand désagrément des parties. On ne se rencontre qu'en se heurtant et chacun portant ses entrailles déchirées accuse l'autre qui ramasse les siennes. » Il ajoute aussitôt : « Il y a de bons jours cependant, des nuits douces. J'aime votre compagnie, j'aime votre corps, oui, ton corps... »

Pérenniser le couple, c'est aller au-delà du choc des entrailles tout en conservant le goût pour la compagnie de l'autre et le désir de son corps. Rude tâche, pensera-t-on, surtout si l'on en est totalement conscient,

1. G. Flaubert, *op. cit.*

mais qui répond à ce qui se dit des nécessités et vicissitudes des unions qu'elles soient civiles, religieuses ou libres. La mise en couple reflète la transformation d'une relation idyllique en une relation quotidienne, où les *impedimenta* matériels jouent un rôle d'autant plus grand que l'on est plus jeune, et d'autant plus pesant que le couple vieillit. La sexualité s'inscrit au milieu de cette relation quotidienne, indispensable pour les uns, nécessaire pour la plupart, mais pas toujours suffisante pour cimenter à elle seule le couple.

QUAND L'AMOUREUSE DEVIENT TÂCHERONNE

L'ascension socioprofessionnelle et/ou les nécessités économiques (deux salaires rendent la vie plus facile qu'un) qui maintiennent la femme hors du foyer conjugal n'ont pas modifié deux tâches fondamentales : l'une, biologique, mettre au monde et élever les enfants ; et l'autre, économique et matérielle, la charge quotidienne des tâches ménagères. Il suffit de lire le tableau ci-contre pour être édifié : la répartition du travail domestique est clairement inégale, dans la répartition des deux pôles de tâches et dans la prédominance de l'activité féminine quand les travaux sont négociables. Quand un couple vient nous confier ses problèmes médicaux ou simplement relationnels, est-on conscient de cela ? Est-on conscient aussi du brouillage de l'image que constitue cet élément incontournable du couple ?

L'amoureuse, la femme que l'on avait idéalisée, devient au quotidien une tâcheronne ; celle qu'on avait mise sur un piédestal, on la laissera à 89,7 % faire les sanitaires. Douloureuse reconversion pour toutes les Yseult, Juliette, et autres amoureuses ravalées plus ou moins rapidement, comme dans la chanson de Brassens, au rang de Pénélope de banlieue… Jusqu'au jour où…

Autre élément extra-sexuel important lorsque les deux conjoints travaillent : quand naissent les enfants, l'aide d'une tierce personne devient nécessaire pour garder les enfants pendant les tranches horaires de travail des parents. Crèches et garderies étant en nombre très insuffisants, c'est la grand-mère maternelle (la traditionnelle belle-mère) qui assume le plus souvent ce rôle, rendant l'intimité beaucoup plus aléatoire, surtout lorsqu'elle partage ou encourage les soucis et les aspirations libertaires de sa fille.

Ce tableau de la condition féminine peut paraître une caricature proféministe, mais il est pourtant validé par toutes les études sociologiques et démographiques fiables. Son utilité ici est de stigmatiser une influence dévalorisante sur l'image que l'homme a de sa femme, une influence

Figure 5.3

RÉPARTITION DES TÂCHES AU SEIN DES MÉNAGES
DONT LES DEUX MEMBRES SONT ACTIFS
PÔLE MASCULIN, PÔLE FÉMININ, TÂCHES NÉGOCIABLES[1]

	Tâches domestiques	Selon les réponses des hommes et des femmes, la tâche est principalement effectuée par...						Proportion de cas où l'homme participe à titre secondaire, selon les réponses des hommes
		l'homme	la femme	les deux conjoints également	une autre personne de la famille	un tiers rémunéré	Total	
PÔLE FÉMININ	Laver le linge à la main	1,1	96,7	0,5	0,9	0,8	100	5,7
	Laver le gros linge à la machine	2,6	94,2	1,3	0,9	1,0	100	11,7
	Laver du petit linge à la machine	2,0	95,0	1,7	0,8	0,5	100	13,3
	Repasser	2,2	89,3	0,9	2,4	5,2	100	13,7
	Recoudre un bouton	2,0	93,3	0,9	2,4	1,4	100	14,4
	Faire les sanitaires	4,4	89,7	1,9	1,2	2,8	100	14,4
TÂCHES NÉGOCIABLES	Faire la cuisine	8,3	84,0	5,1	1,9	0,7	100	37,4
	Faire les vitres	13,6	77,9	2,1	1,1	5,2	100	21,1
	Passer l'aspirateur, le balai	13,5	75,3	5,5	2,9	2,8	100	41,7
	Faire la vaisselle à la main	16,4	73,7	6,8	2,6	0,5	100	44,6
	Faire les courses	19,9	67,4	10,6	2,0	0,2	100	47,0
	Remplir et vider le lave-vaisselle	21,9	63,0	6,3	8,4	0,3	100	43,1
	Mettre le couvert	23,5	52,0	8,4	15,9	0,3	100	48,3
PÔLE MASCULIN	Porter du bois, du charbon, du mazout	74,1	20,2	2,2	3,2	0,2	100	12,8
	Laver la voiture	71,3	12,3	2,3	3,1	11,1	100	9,5

1. Reproduit de M. Segalen, *op. cit.*

antinomique avec la relation amoureuse et intime. D'une part, on explique quotidiennement aux femmes et aux toutes jeunes filles, dès l'école, qu'elles ne sont plus destinées à assumer ce rôle, alors qu'elles devront nécessairement (?) le plus souvent l'assumer dans la réalité de tous les jours. D'autre part, on inculque aux hommes une image théoriquement égalitaire du couple qui ne se vérifie absolument pas, parce que, en particulier dans l'enfance, ils ne l'ont pas vue s'appliquer. Dans cette double contradiction, le regard de l'homme sur « sa » femme et celui de l'épouse sur « son mari nouveau » peuvent rapidement changer l'image qu'ils ont l'un de l'autre.

FIDÉLITÉ, JALOUSIE ET ADULTÈRE

On l'a vu, il y a très peu de communication franche sur la sexualité dans le couple, et d'une manière générale entre amants, ce d'autant que les hommes pensent plutôt « hard » et les femmes plutôt « soft ». Qu'en est-il de la fidélité ? Les grandes enquêtes sont sujettes à caution car, d'une part, la faculté d'oubli d'un « coup de canif » dans le contrat est grande chez ceux qui se rangent parmi les (faux) fidèles ; d'autre part, nombreux sont ceux qui ont tendance à multiplier et magnifier leurs conquêtes. Même dans la communication individuelle face à face dans le cadre du colloque singulier, il n'y a pas toujours franchise absolue. Certes, on peut poser et recouper les questions de telle manière qu'on acquiert suffisamment d'arguments pour cerner la vérité. Ensuite, l'entretien permet au médecin de capter la confiance de son interlocuteur, car il n'est ni un confesseur ni un homme de loi. Il y a déjà une constatation dans ce problème central de l'équilibre du couple : la fidélité est toujours perçue comme une vertu. L'infidélité, en revanche, est vécue de façon inégalitaire par celui qui la subit : l'épouse est pudiquement « délaissée », le mari est franchement « cocu », et même si l'on n'accroche plus à sa porte les cornes de la honte, il les ressent avec la même acuité. Le même rapport d'inégalité se retrouve à l'inverse sous l'angle de celui qui trahit : l'acte est plutôt positif lorsque c'est l'homme (« c'est un homme à femmes »), et franchement négatif quand c'est la femme (« c'est une traînée »).

La fidélité est d'autant plus perçue comme une vertu qu'elle est considérée, surtout dans le long terme, comme exceptionnelle. Les grandes amours ont le plus souvent une fin tragique ou une rupture fracassante qui leur épargne l'effilochage du temps. Parmi les couples que je suis

quotidiennement, ceux qui perdurent dans la chasteté extra-conjugale ne sont pas légion et, dans la plupart des cas, un interrogatoire un peu plus poussé montre combien cette fidélité est aléatoire.
Pour expliquer l'infidélité si répandue, il faut en revenir d'une part à nos observations anthropologiques de l'animal humain pour lequel on a retenu le qualificatif de monogame infidèle, d'autre part au cycle de la genèse du couple : attirance → amour → réalisation → attachement. On a constaté précédemment l'inégalité de réactivité du pénétrant et du pénétré face au processus amoureux en général et tout spécialement à la réaction de l'homme une fois passée la réalisation de l'acte. Il y a certes une variété infinie de réactions individuelles, mais un schéma comportemental global peut être dégagé.
La première partie du cycle, celle qui précède la réalisation, est identique pour les deux sexes : elle va faire naître à travers un amour partagé un désir égal. Les différences de personnalité et de comportement entre l'homme et la femme n'apparaissent pas comme des contradictions puisqu'elles sont diluées dans la fusion réalisée par la cristallisation de l'amour. Le sexe est à ce moment-là présent par le désir, par le rapprochement de deux corps qui se veulent pour magnifier l'union psychique : c'est le corps pour l'esprit. Le sexe, à cet instant précis, est secondaire. Il n'y a pas encore fusion des corps, et la fidélité est totale, partagée, la tromperie est inimaginable, puisqu'elle serait la négation même de l'existence de ce jeune couple. C'est cette phase séraphique que l'amour courtois a idéalisée et a surtout voulu pérenniser. Pourquoi ? Parce que c'est à ce stade, où l'on est entièrement imprégné de l'autre, que devrait se construire la fidélité future.
On a vu, à travers l'histoire des campagnols des montagnes et des prairies, que même en prétendant qu'il y aurait un gène de l'infidélité, exutoire scientifique à nos turpitudes sexuelles, les hommes sont foncièrement inégaux face à leur comportement sexuel. Dans cette inégalité, la fidélité est une vertu à bâtir ou à négocier, car elle n'est pas naturelle sur la durée.
La sexualité se situe dans l'imprévu des sensations, en marge de l'intellect. La construction psychique de l'équilibre du couple ne peut s'effectuer sans tenir compte de la manière différente dont homme et femme perçoivent la sexualité. Cette phase si importante du « oui, mais… » d'autrefois, où l'on éprouvait son corps, sans aller trop vite, jusqu'au bout, est à redécouvrir. Ce devrait être le moment propice pour bâtir les fondements d'une meilleure compréhension de l'autre et, partant, pour décider en toute connaissance de cause de la place que le couple souhaite donner à la fidélité.

Le seul véritable changement intervenu depuis un quart de siècle dans les mœurs amoureuses et sexuelles est le rajeunissement relatif des premiers rapports avec pénétration, notamment chez les jeunes filles. Le seul véritable changement sociologique intervenu depuis vingt-cinq ans est l'accroissement des couples non mariés. Le seul véritable changement juridique intervenu dans le même laps de temps est l'augmentation explosive des divorces dans les couples mariés. Si l'on en croit l'enquête ACSF [1], les couples mariés sont plus fidèles que les couples non mariés, eux-mêmes moins volages que les amants qui ne vivent pas ensemble. Le médecin n'est ni sociologue ni moraliste. Il ne peut s'intéresser à une valeur de ce type qu'à travers son expérience clinique. La fidélité absolue et durable, dans le couple même stable, reste rare. Un quart de mes consultants affirment ne jamais tromper la femme avec qui ils vivent. Encore faudrait-il différencier parmi ceux qui sont fidèles les individus qui en font la vertu principale de l'équilibre du couple et ceux, timorés, qui motivent leur refus des rapports extra-conjugaux par la peur de ne pas être à la hauteur, peur renforcée aujourd'hui par la crainte de maladies sexuellement transmissibles.

Portraits d'infidèles

Qu'ils aient leur épouse pour seule partenaire, une maîtresse attitrée ou qu'ils soient papillonneurs invétérés, une majorité d'hommes placent la famille au premier rang des valeurs fondamentales de leur vie, avant la réussite professionnelle ou même la sexualité. Pourtant, ils sacrifieront rarement leurs pulsions à cette notion de fidélité que leur assignent non seulement l'institution du mariage civil (mais quelle valeur a l'obligation puisqu'elle peut juridiquement être aussi facilement dissoute ?) ou religieux (mais la contrainte devient faible puisque les principes en sont de moins en moins respectés), mais surtout la notion éthologique du couple. Pourquoi ? Parce que, face à cette notion abstraite, donc forcément construite cérébralement, éventuellement enseignée mais presque toujours perçue comme une contrainte, donc non librement consentie, l'homme est soumis quotidiennement à la séduction extérieure et à l'écueil des rencontres. La vie professionnelle, la vie sociale, la vie sportive, bref, la vie quotidienne le met sans cesse en situation de devenir infidèle. Il y a aussi l'image qu'il s'est construite de ce que dans son esprit

1. A. Spira, N. Bajos, *op. cit.*

doit être un homme. L'image du séducteur, en tout cas de « l'homme qui peut » en toutes circonstances, est dominante.
Toutes générations confondues, la remarque la plus souvent entendue en début d'entretien avec mes patients ou avec des interlocuteurs m'interrogeant sur la sexualité est : « Vous savez, docteur, je ne suis pas un foudre de guerre, mais… » Cette insatisfaction sexuelle latente que les enquêtes ne décèlent pas vraiment, faute de questions bien formulées, est certainement à la base de bien des ruptures et en tout cas de nombreuses incompréhensions. Ni la psychanalyse, ni les tentatives sexologiques plus modernes fondées sur la perception sensorielle des corps n'ont résolu le problème de l'identification sexuelle masculine à son phallus. C'est son phallus qui, comme l'albatros du poème de Baudelaire, l'empêche réellement de marcher, parce que non totalement intégré, ni à son individu, ni a fortiori au couple que, en partie grâce à lui, il tente de former. On en revient à la nécessité pour l'homme de sans cesse ressentir sa capacité d'érection. Cela explique aussi le succès sans précédent des médicaments produisant ou aidant à une érection sans faille, puisqu'elle donne à son utilisateur cette certitude. Avant d'en arriver là, voyons comment il s'en arrange.

DISSOCIATION COMPLÈTE SEXUALITÉ-AFFECTIVITÉ

« J'aime ma femme ; nous nous entendons très bien sur tous les plans, sauf celui-ci. Cela fait 10 (ou 15 ou 20) ans que nous n'avons plus de rapports. J'ai ma vie de mon côté, elle aussi (ce n'est pas toujours la vérité et l'observateur clinique ne pourra pas toujours vérifier la réalité de cette affirmation). » C'est la communauté réduite aux acquêts sexuels. Il y a séparation de corps. L'homme a préservé la famille et n'entérinera pas sa liaison amoureuse dans une nouvelle union, ce d'autant qu'elle est souvent éphémère parce que interchangeable.

LE BIGAME

Espèce en voie de disparition, en tout cas officiellement, il n'est pas toujours facile pour les sociologues ou les spécialistes d'études démographiques de le détecter, car il échappe à la catégorisation. J'appelle bigame celui qui mène de front une liaison de couple « officielle » et une liaison « secondaire » mais suivie, avec une partenaire fixe. Intervenue quelques années après la mise en couple initiale, elle se poursuit en même temps que perdure l'union « officielle ». Il y a, comme on dit, double vie. Dans ma propre expérience clinique avec des sujets dont la moyenne d'âge est de 50 ans, la fréquence de la « bigamie » est supérieure à 30 %. Cela rejoint l'évaluation de Kinsey déjà mentionnée. Ces bigames consultent fréquemment pour inégalité dans les performances sexuelles avec l'une ou l'autre des deux femmes. Ce qui le différencie de la catégorie précédente d'infidèles est que le bigame ne dissocie pas sexualité et affectivité. Les rapports qu'il a installés avec l'épouse, la mère de ses enfants, sont de grande tendresse avec le désir et la nécessité de les couronner de satisfaction sexuelle. Au détour de la vie, il a rencontré une autre femme avec qui il partage « autre chose », souvent une sexualité différente, plus épanouie et plus conforme à ses fantasmes et à son imaginaire. En quelque sorte, il complète sa vie en volant à l'une et à l'autre une part de la leur.

On se rapproche ici du schéma de la vie sexuelle des puissants d'autrefois : le mariage cautionnait une union politique officielle, et parallèlement se juxtaposait l'existence de la ou des maîtresses officielles. On a vu, avec l'affaire Diana, que cette image était largement brouillée, car ce schéma quasi officiel heurte la notion de famille et surtout l'image médiatique du bonheur à deux. Il aura fallu toute l'autorité du monarque républicain que fut François Mitterrand pour officialiser la réalité et le fruit de sa vie adultérine et même les faire admirer.

Ainsi, même dans des générations qui sont entrées dans la vie sexuelle et le mariage après le séisme intellectuel de mai 68 et avec la pilule, cette bigamie comportementale est toujours largement répandue, étayant mon affirmation que la sexualité dans la plupart des couples n'est que subie.

L'ACCIDENT DE PARCOURS

Le couple fonctionne bien à tout point de vue, mais au hasard de la vie sociale et professionnelle, il y a une rencontre ponctuelle qui débouche sur des rapports sexuels. La fête terminée, *invitus invitam dimisit,* Titus ne reverra plus jamais Bérénice. L'une des questions que se posent de nombreux hommes (et un encore plus grand nombre de femmes) qui ont envie, même si leur couple marche bien, de céder occasionnellement à la séduction ambiante, qu'on aura contribué soi-même à susciter… un peu comme on décide d'aller au cinéma un après-midi, au lieu de vaquer à ses occupations, c'est de savoir les dommages réels que cela risque de provoquer dans la relation principale.

Il ne faut jamais oublier que l'orgasme provoque un séisme cérébral. Il n'y a pas de « sexo-vulcanologue » capable d'apprécier avant qu'il ne survienne l'intensité qu'il aura et comment résistera l'édifice. Est-ce parce que les humains en sont conscients intuitivement qu'ils ne construisent plus en cette fin de siècle leur couple en dur ? Ou bien préfèrent-ils masquer, comme par le passé, leur inégale fringale sexuelle dans des ersatz moins compromettants ?

LA PSEUDO-PERVERSION

Les risques psychologiques des vraies liaisons extra-conjugales poussent de nombreux hommes (il y a un développement identique, bien que plus souterrain, chez les femmes qui choisissent de chercher ailleurs que dans leur couple officiel la satisfaction d'une sexualité inégale) à rechercher ou à satisfaire leur besoin d'autre chose dans toutes les formes de prostitution, voire des rencontres programmées, où la seule sexualité est la raison du rapprochement. Ici aussi, les enquêtes officielles sur le comportement sexuel sous-évaluent certainement le pourcentage des utilisateurs. En témoignent l'abondance de l'offre et les confidences recueillies en consultation. L'histoire la plus étonnante est celle de ce haut fonctionnaire me consultant parce que récemment tombé « fou amoureux » d'une jeune femme rencontrée par le biais du Minitel rose et présentée par son mari particulièrement complaisant. Cet homme, qui m'avouait n'être réellement excité que par les relations vénales, était impuissant maintenant qu'il était amoureux. Juste retour des choses ! Il n'y a rien de nouveau ici et même si le plus vieux métier du monde a pris de multiples expressions, il reste un moyen non négligeable, même s'il n'est pas réellement chiffré, de satisfaire l'obscur objet du désir tout en conservant l'apparence de la fidélité (voir chapitre 10).

Jalousie et fidélité comme expressions antinomiques de l'amour

Toute la problématique individuelle du couple oscille entre jalousie et fidélité. Dans le processus amoureux, le concept de fidélité est inégalement réparti, fonction de l'histoire individuelle de chacun. Il se construit dans les couches supérieures de notre cerveau, comme un pendant, voire un fortifiant du sentiment amoureux. Si la fidélité est contraignante, elle sera nécessairement transgressée. Dans le début de la relation, lors de « l'inamoramento », la fidélité est souvent « réflexe », comme si l'on devenait totalement réfractaire à toute stimulation provenant d'un autre être. Plus tard, lors de l'installation de l'attachement, elle sera essentiellement fondée sur la pérennité du désir de l'autre. Elle est surtout l'expression du respect de l'autre.

La fidélité s'oppose en cela à la jalousie qui, elle, est une expression beaucoup plus primaire de l'amour, beaucoup plus « bestiale », une manière de défense animale de sa chose. Elle implique le marquage cérébral du sentiment amoureux qu'exprime quotidiennement le « mon » homme ou le « ma » femme. La jalousie est directement issue de ce marquage. Dans le couple, qui, rappelons-le, est issu de la fusion de deux personnalités, plus le sentiment de cette fusion est fort, plus chaque individu aura la sensation « siamoise » de la possession de l'autre. L'individu sera « jaloux » de tout ce que l'autre fera sans lui : *a fortiori* si c'est l'amour, puisque c'est dans l'amour charnel que se matérialise la fusion des corps.

Dans le concept ancien du couple depuis l'époque des chasseurs cueilleurs jusqu'aux années 1970, date du réel changement des conditions de vie du couple, la jalousie avait une forte connotation unilatérale masculine, même si le « cocuage » n'était pas, loin de là, unilatéral. Celui qui était au-dehors ne concevait pas d'être trompé : sa femme, sa chose, gouvernait sa maison et ce dans toutes les couches de la société. Elle était en principe bien trop occupée aux tâches ménagères et éducatives, bien trop encombrée de grossesses à répétition pour être infidèle, et la jalousie masculine apparaissait d'autant moins que les mariages d'inclination étaient moins nombreux. L'épouse, elle, était condamnée à observer de l'intérieur la vie extra-conjugale d'un époux seul habilité à quitter le foyer conjugal. L'homme jaloux pouvait aisément « enfermer » son épouse dans la chasteté.

Aujourd'hui, on observe un bouleversement complet de l'expression de ce sentiment dans le couple. Si les conditions de constitution des couples sont inscrites beaucoup plus dans le rapprochement psycho-affectif des êtres, après l'amour les amants retrouvent leur activité individuelle, leur plan de carrière. Et de ce fait, on voit la jalousie individuelle masculine se développer à tous les niveaux parce que l'épouse – la compagne – existe « en dehors » du couple. Imaginaire ou réelle, l'image de l'homme sexuellement dominateur a du mal à demeurer face à une femme qui réussit « mieux » ou vit en dehors une vie professionnelle exaltante ou simplement intéressante. On a vu naître de nombreux problèmes de couple avec la montée du chômage, surtout lorsqu'il y a avec l'inemploi du mari, inversion de l'antique répartition des rôles domestiques. L'image déjà brouillée du héros masculin évoquée par J. Kelen[1] disparaît alors totalement pour laisser place à un désenchanté jaloux.

---

1. J. Kelen, *op. cit.*

On voit aussi, avec leur accession à des tâches professionnelles donnant la possibilité d'échapper pour un temps aux contraintes domestiques, la jalousie ancestrale des femmes se modifier. Fondée essentiellement sur la nécessité de conserver le mâle qui apportait la meilleure nourriture pour elle et sa progéniture, puis, plus tard, sur celle de conserver le nom, la position, un certain bien-être, et toujours pour la protection de l'enfant, elle serait réduite aujourd'hui à la fonction unique de *lutter contre la solitude*. Quand cela n'est pas simplement la juxtaposition d'un deuxième salaire qui fonde une association plus lucrative pour amender les charges du quotidien.
Sans illusions sur la fidélité et sans plus grande nécessité viscérale d'être jalouses (à moins d'être restées dans la phase initiale de « l'innamoramento »), les femmes ont anticipé la fragilité du couple, et tout cela a considérablement contribué à le « désexualiser ».

Nécessité de la fidélité

L'analyse de l'infidélité donne une impression d'ensemble complexe et désordonnée dans laquelle se dégagent trois lignes forces : la priorité de la notion de famille ; la difficulté pour l'humain de vivre autrement qu'en couple ; et l'acceptation tacite qu'il n'y a pas d'éternité des sentiments et des attirances.
Dans l'organisation cyclique de ce sentiment amoureux, on a d'une part banalisé à l'excès la réalisation effective de la fusion, d'autre part on n'a pas intégré le nécessaire amalgame du sentiment amoureux et de la sexualité. De plus, l'homme n'est pas conscient de l'indispensable respect de la continuité des sentiments amoureux et du désir féminin, mis en parallèle avec la dissociation désir/amour dans laquelle s'installe si facilement le mâle humain. On se quitte facilement parce que ni l'un ni l'autre n'a intégré, faute de discussion, ces différences, ou bien elles ont été négligées trop longtemps, ou acceptées comme une fatalité. Le seul ciment reste, même bancale, la famille élargie avec une succession de beaux-pères, belles-mères, grands-parents, demi-frères et demi-sœurs dont les sociologues ne finissent pas de mesurer les implications possibles sur les générations futures.
L'enquête de l'ACSF offre des sujets de réflexion quant à la solidité des couples dans l'instant, c'est-à-dire sur une tranche de vie de un an. Seulement 6 % des hommes mariés auraient eu leur dernier rapport sexuel hors du couple, le double pour ceux qui vivent en couple sans lien légal, et enfin 16 % pour ceux qui revendiquent une vie de couple

mais qui n'habitent pas ensemble. Quant à savoir si la fidélité est vraiment nécessaire à la pérennité du couple, *a fortiori* si un « coup de canif » dans le contrat est salutaire pour revivifier le couple, la même enquête montre qu'un nombre important (presque 60 %) pense qu'il ne peut pas y avoir amour sans fidélité, et seuls 27 % acquiescent à l'idée que des infidélités passagères peuvent renforcer l'amour à l'intérieur du couple. Si l'on ajoute à cela que plus de la moitié des femmes demandant le divorce (52 %) invoquent l'infidélité comme cause principale, on mesure que le marquage constitué par l'acte sexuel, que celui-ci se produise à l'extérieur comme à l'intérieur du couple, reste en définitive le repaire fondamental de l'existence du couple.

L'ordonnance du « docteur des couples »

Je suis toujours frappé quand certains sexologues consultés par des couples, les voyant séparément, préconisent à l'un un changement de partenaire revivifiant et à l'autre, quand ce n'est pas aux deux, de penser à autre chose pendant l'acte sexuel, voire de fantasmer sur d'autres êtres, appliquant à la lettre le conseil de Musset : « Qu'importe le flacon pourvu qu'on ait l'ivresse… » Certes, nombreux sont ces couples qui ne demandent conseil qu'au bord de la rupture, voire à un moment où la situation est telle que, quel que soit le remède, la maladie évoluera jusqu'à son terme : la séparation. Au moment où nous sommes sollicités, il y a un état de fait, un passé du couple, deux êtres qui sont construits, qui ont un équilibre et qui viennent nous demander, ensemble, de perpétuer leur union dont ils pensent qu'elle est en danger du fait des difficultés sexuelles. On verra (voir chapitres 12 et 13) comment la prise en charge doit être conduite. Ici, ce que je veux exprimer, à partir des constats faits jusqu'à maintenant, c'est une ligne de conduite des couples, pour intégrer au mieux la connaissance de la sexualité de chacun dans la persévérance de l'union et du sentiment amoureux. Au « Connais-toi toi-même » de l'un, il faut ajouter la connaissance et l'acceptation de l'autre.

Il y a ce que l'on ne peut pas changer dans la physiologie individuelle, car les données sont fixées lorsque l'on se rencontre :

– *l'importance du marquage sexuel.* Chacun a une histoire sexuelle antérieure – y compris chez ceux, nombreux, qui additionnent leur inexpérience, et qui doivent savoir que le film vierge qu'ils ont impressionné a une sensibilité donnée qu'il faut apprendre à évaluer. Cette histoire

est fonction des gènes, de l'éducation, des visages déjà rencontrés et bien sûr des expériences sexuelles antérieures. C'est une histoire à découvrir, un marquage à percevoir et à intégrer dans la relation future ;
– *l'inégalité de l'appétit sexuel.* On peut être attiré par l'autre, s'aimer avec une physiologie du désir différente. Cette différence peut créer des divergences importantes au quotidien, lorsque la phase initiale aiguë du sentiment amoureux aura disparu. On ne parle pas ici de différences fonctionnelles liées aux vicissitudes de la vie au jour le jour mais de différences de nature ; l'un se satisfait d'un rapport sexuel hebdomadaire, l'autre est avide d'une relation journalière. Il faut reconnaître ces différences et savoir si on peut s'y adapter, sachant aussi qu'elles évoluent dans le temps ;
– *l'image brouillée de l'autre par l'éblouissement de l'amour initial et l'excès de désir.* Cela est valable pour le physique comme pour le moral. Il faut savoir « mettre au point » le regard que l'on a sur l'autre, et ceci jusque dans les détails du quotidien, car la vie à deux se vit aussi et surtout au jour le jour. Cela vaut pour ce qui se perçoit et dont on ne parle jamais, comme l'odeur de l'autre, son aspect au réveil, tous les détails de son physique dénudé et sans fard, le grain et la douceur de la peau, le soyeux des cheveux, la forme de ce corps que l'on va côtoyer sans cesse… Sans oublier que l'autre aura au jour le jour lui aussi son regard sur vous.

Il y a ce que l'on peut partager :
– *les connaissances* que l'on peut acquérir ensemble afin d'éclairer les pans sombres de la sexualité de chacun ;
– *les fantasmes*, les siens et ceux de l'autre, que l'on peut évoquer et partager ;
– l'essentiel *respect* de l'autre et des différences pour mieux réaliser l'union, la fusion ;
– et surtout *le choix éclairé de la sexualité* que l'on veut vivre, intégré à l'ensemble du projet que l'on bâtit ensemble.
Certes, on peut paraître bien loin de la relation amoureuse entre deux êtres, née « d'abord de ce regard, qui n'est pas que le porte-parole des yeux, mais à la fenêtre duquel se penchent tous les sens, anxieux et pétrifiés, le regard qui voudrait toucher, capturer, emmener le corps qu'il regarde et l'âme avec lui[1]… » On se situe au-delà, simplement. Car même s'il s'agit du regard d'un enfant, les couples se formant de plus en plus tôt, s'ils doivent persister, ils auront une durée de vie beau-

1. M. Proust, *Du côté de chez Swann*, Gallimard, « La Pléiade », t. I, p. 139.

coup plus longue que dans les siècles précédents. Les principes de base de toute façon resteront valables à tout âge. Et comme on voit ces couples exister précocement, faire des enfants tôt dans la vie, on se doit de leur expliquer que la pérennité d'une vraie vie de couple est à ce prix.

Ce qu'il faut retenir

① Dans un couple, il n'y a pas d'interdit sexuel si les pratiques sont consenties par l'un et par l'autre.

② L'homme est plus visuel et la femme plus tactile.

③ La synergie orgasmique n'est pas indispensable à l'équilibre sexuel du couple.

④ Famille, santé, sexualité sont les piliers principaux de l'équilibre individuel.

⑤ La grossesse et l'arrivée d'un enfant doivent être intégrées naturellement dans la vie sexuelle du couple.

⑥ L'infidélité n'est souvent que la conséquence d'un non-dit sexuel des couples.

⑦ Il est indispensable dans un couple de s'adapter à l'autre, que ce soit mentalement ou physiquement.

Chapitre 6

PATERNITÉ ET CONTRACEPTION

« L'enfant a besoin d'un père qui ne soit ni un étranger ni une mère bis, mais d'un père homme qui fasse pleinement et sereinement acte de présence. »
J. Le Camus.

Dans l'image de l'homme reconstruite par les idéologies modernistes, en particulier ultraféministes, le « père nouveau » a tour à tour l'aspect d'une « nounou » de remplacement, d'un père copain pas nécessairement géniteur puisqu'on peut concevoir autrement, quand ce n'est pas la fantasmagorie d'un père « porteur » qui aurait développé jusqu'à l'extrême sa part de féminité...

PATERNITÉ, MODE D'EMPLOI

Il n'y a d'instinct paternel que dans la fierté de la conception. Ici comme ailleurs dans ce long plaidoyer pour la nature humaine qui essaye d'en préciser toutes les facettes du versant masculin, plutôt que d'envisager chaque aspect du vécu humain à travers une focale réductrice qui se pencherait sur des modèles minoritaires, l'approche des cliniciens et des scientifiques sera (ou devrait être) de dégager des lois s'appliquant au plus grand nombre. Dans l'esprit de tous, le seul « vrai père » est le père biologique, celui qui a fourni « la petite graine ». Bien sûr, il y a le problème des couples infertiles (voir chapitre 13), mais c'est une forme clinique, une défaillance du système qui découle des règles générales, et non pas l'inverse. Bien sûr, il y a le problème de l'adultère, avec les incertitudes quant à la paternité réelle du mari quand la mère a des rapports hors du foyer conjugal. Ces problèmes, tout à fait connus, qui ont fait l'objet de multiples études et ont été le sujet de nombreuses œuvres de fiction, attestent en eux-mêmes la primauté du biologique dans la notion générale de paternité. Bien plus, l'engouement général pour l'arbre généalogique que l'on voit se développer partout soutient ce sentiment de la prédominance biologique. Nombreux aussi sont les enfants adoptés qui, lorsqu'ils auront la révélation de leur origine incertaine, rechercheront passionnément leur véritable père.
Bien sûr, l'intelligence humaine a cherché non sans succès à construire une image de père nourricier, substrat affectif au père biologique, rendue nécessaire autrefois par la disparition prématurée du père dans la guerre ou la maladie et aujourd'hui par la multiplicité des divorces suivis de remariages ou de mises en couple successifs.
La plupart des études sur la paternité sont axées sur le rôle du père vis-à-vis de l'enfant. Rares sont celles qui traitent de l'implication du comportement sexuel qui, comme toujours, se trouve isolé de l'ensemble familial. L'exceptionnel (le père abusif, le papa poule, le papa psychanalysé) est toujours privilégié par rapport à l'habituel. La normalité et les questions qu'elle peut poser intéressent peu.
Pourtant les sociologues, spécialistes du comportement, réalisent un travail d'entomologiste qui permet de battre en brèche les dogmes de la « pensée unique psychanalytique[1] ». En effet, toutes ces études remarquent un rétrécissement du rôle paternel ; dans la conception, puisque

1. J. Le Camus, *Pères et bébés*, L'Harmattan, 1995.

le contrôle et la décision éventuelle de la naissance sont aujourd'hui assurés par la mère ; dans son rôle éducatif initial car la place du « papa poule » n'est au mieux que celle d'un accompagnant ou d'un substitut en cas de carence maternelle. Il ne peut prétendre à un rôle clé que dans la deuxième enfance et à l'adolescence, mais qui ne peut s'exprimer que dans le cadre d'une famille unie, aujourd'hui raréfiée vu le nombre de divorces et de couples non mariés. Ces mêmes études soulignent que dans l'adolescence, les jeunes sont plus en révolte contre la société que contre la famille. Le très intellectuel « Familles, je vous hais... » de Gide n'a plus cours. Ce modèle familial, toujours vivant, se heurte aujourd'hui souvent à l'incertitude créée par l'éloignement du père biologique : 54 % des enfants de couples séparés ne voient jamais leur père et n'ont plus avec lui que des contacts épisodiques[1]. Et même dans une famille recomposée, le rôle du beau-père est l'objet d'un enjeu, surtout face au pouvoir grandissant intellectuel et matériel de la mère.

Au pouvoir tout-puissant du *pater familias* issu de la loi romaine s'est substituée aujourd'hui au mieux une espèce d'égalitarisme qui n'est librement consenti qu'en apparence, même si les hommes ont dans cette évolution une évidente responsabilité, car ils n'assument pas toujours la part qui leur est dévolue. Le plus souvent, prenant acte de ce rejet officiel ou souterrain du vrai rôle du père, la mère devient *de facto* le chef de famille.

Pourtant, ce que l'adolescent ou l'adulte soulignera le plus souvent plus tard, lorsqu'il exprimera des difficultés psychologiques ou sexuelles, c'est l'absence du père – non pas, comme l'exprimaient les fils des veuves de 14-18[2], de l'image d'un étranger omniprésent en photo dans le cadre posé sur la coiffeuse ou sur le coin du piano, mais celle, brouillée, de ces différents pères qu'on lui a présentés successivement au cours de son éducation : Laïos que ses maîtres à l'école lui indiquent de nécessairement tuer pour devenir lui même un homme ; nounou de substitution qui de temps en temps aide maman avant de parfois disparaître, remplacé par un autre ; et s'il est toujours présent plus tard, éventuellement le copain avec qui on ira faire du sport. Ce père a perdu l'initiative, il n'a plus le pouvoir, il n'est plus respecté. Comment en restaurer au moins l'image ?

---

1. Villeneuve, Gokalp et Léridon, cité par M. Segalen in *Sociologie de la famille, op. cit.*, p. 178.
2. J.-P. Sartre, *Les Mots*, Gallimard, 1987.

La loi du sperme

C'est sûrement l'élément le plus important de la paternité, à tel point que l'on a longtemps confondu infertilité et impuissance. Les auteurs anciens décrivaient pourtant déjà deux sortes d'impuissance sexuelle, l'impuissance à pénétrer, et l'impuissance à générer. Sans revenir sur la lutte sans fin et sans merci que se sont livrée les scientifiques, philosophes et théologiens pour savoir qui était le plus important de l'homme ou de la femme dans la conception, je ne relèverai que l'engouement pour une technique nouvelle de fécondation *in vitro* (voir chapitre 13) permettant d'éviter l'utilisation du sperme d'un donneur anonyme, en utilisant un seul spermatozoïde provenant du testicule. Être père, c'est avant tout avoir conçu. Autrefois, la loi romaine autorisait d'ailleurs le père à refuser le nouveau-né dont il n'était pas certain d'être le géniteur. Aujourd'hui, le possesseur de ce sperme inscrit sa capacité de reproducteur le plus souvent dans le négatif. Il doit faire avant tout attention à ne pas procréer. Au mieux, il répond à une demande, il partage l'envie d'enfant de l'autre. Si son désir à lui ne rencontre pas l'assentiment de la femme choisie et aimée, il y aura conflit mais pas nécessairement grossesse. Dans le cas inverse, il ne pourra jamais rejeter un enfant qu'il n'a pas voulu, sauf à ne pas s'en occuper, et encore... Les techniques en matière de détection de paternité sont tout à fait performantes si d'aventure il refusait l'évidence. Après avoir fait vivre la femme pendant des siècles dans les affres de la grossesse non voulue, l'homme a payé le progrès contraceptif au prix fort, en abdiquant la plupart de ses prérogatives. Pourtant, il doit en revenir à la biologie fondamentale, l'assumer et la contrôler. Il doit tenir compte de la loi de la nature qui, de nombreuses études le prouvent, pousse les couples qui s'aiment à relâcher les précautions contraceptives. Le désir d'enfant de la femme est exacerbé par le sentiment amoureux ; et même si le désir de paternité était encore et toujours un désir de matérialiser son pouvoir pénétrant et conceptionnel, il doit s'exprimer au grand jour, se placer en écho, en miroir du désir d'enfant de la mère. Le père doit être présent et non le simple vecteur de la petite graine. Il doit être conscient du pouvoir de son sperme.

Le sentiment paternel

On l'a vu, le désir d'être père ne peut se définir comme un pendant à l'instinct maternel. Celui qui donne la vie n'est pas celle qui crée l'être de chair qui en est issu. S'il l'entoure de toute sa sollicitude, de sa force

protectrice et de son affection, il reste extérieur, tout au plus associé, pièce rapportée ou supplétive, à ce qui se passe ensuite.
Le sentiment paternel est avant tout le sentiment de la fierté de la conception : il suffit, pour le confirmer, de regarder ces pères tardifs, bouffis de l'orgueil de leur force conceptionnelle conservée et vénérée. Malgré tous les bouleversements idéologiques, l'image du patriarche est tout de même restée très forte. Il faut certes se défendre de tout machisme, mais retrouver l'essence de ce que J. Testart appelle le « désir du gène ». Même amendé, passé au tamis de notre cerveau supérieur, on est obligé de tenir compte de ce déterminisme biologique. Comme dans tous les domaines liés à l'activité sexuelle, l'harmonie entre instinct et réflexion est toujours malaisée. Nature et culture ne font plus bon ménage.
Globalement, quelles sont les attitudes devant la paternité ? Il y a en premier la notion confuse (prédéterminée ?) que nous devons engendrer, même si cela est ressenti plus comme un devoir de l'humanité toute entière que comme une vocation individuelle. Pourtant, justement à titre individuel, certains refuseront carrément de jouer ce rôle naturel et irréfléchi. Tel Flaubert encore, qui dans les affres d'un retard des règles de sa maîtresse, éclate de joie lorsqu'il apprend leur arrivée rédemptrice : « L'idée de donner le jour à quelqu'un me fait horreur. Je me maudirais si j'étais père (...) que je ne transmette à personne les ignominies de l'existence[1]. » Tel ce patient qui me confiait être en conflit avec sa compagne, qui lui avait annoncé qu'elle attendait un enfant dont il avait refusé l'idée à de nombreuses reprises. Son corps refusait désormais la fusion avec la désobéissante. La paternité non désirée s'était transformée en impuissance réelle. Être conscient du pouvoir de son sperme, c'est discuter librement cette notion de vouloir ou non engendrer, au-delà du vague déterminisme de la perpétuation de l'espèce.
La plupart des hommes, globalement persuadés d'être destinés à un moment ou à un autre à devenir pères, accompagnent encore soit avec joie soit avec une certaine indifférence la nouvelle de la paternité, qu'ils assumeront ensuite de façon plus ou moins active, puisque la gestion du problème est entièrement laissée à l'élément féminin du couple. Beaucoup souhaitent s'en remettre à la bonne nature. Ils veulent bien un enfant, sans savoir précisément quand cela adviendra. Enfin, il y a les couples qui gèrent ensemble la conception et la naissance de leurs

1. G. Flaubert : *Correspondance*, Gallimard, « La Pléiade », 1991, t. II, p. 205.

enfants dans le cadre d'une nature parfaitement maîtrisée. L'intelligence supérieure y trouve son compte, même si c'est au détriment de la spontanéité et du merveilleux de l'inattendu. Cela ne va pas sans quelques problèmes parfois, quand on soumet sa sexualité à la nécessité de cibler au mieux la phase fertile. Les mécanismes biologiques se révèlent parfois rétifs à cette programmation impérieuse ! C'est souvent l'érection elle-même qui se révélera incapable de fonctionner sur commande (voir chapitre 13).

Être père et rester amant

On a vu que l'arrivée de l'enfant commence avec sa présence effective dans le ventre de sa mère. Elle peut être l'occasion de changements déterminants dans le couple. Sans insister sur les ravages que peut réaliser sur l'entente du couple la perspective d'un enfant non voulu par le père biologique, arrêtons-nous quelques instants aux péripéties possibles liées à la maternité :

- le rejet sexuel du père concepteur par la mère qui veut vivre exclusivement sa maternité ;
- le rejet sexuel de la mère par le père qui ne voit plus que l'enfant qu'il a conçu, dont la génitrice est ravalée au rang de porteuse, simple prolongement machiste de la vision aristotélicienne d'un œuf exclusivement masculin ;
- l'éloignement mutuel par ignorance, par préjugé : « on ne touche pas une femme enceinte », pas plus d'ailleurs qu'on ne l'aura fait pendant ses menstruations antérieures. Cette attitude est aussi le fruit de la médicalisation excessive des grossesses, la raréfaction des relations sexuelles étant souvent mises sur le compte de la protection du fœtus ! Or, hormis le cas particulier des grossesses à risque, il n'y a aucun inconvénient à poursuivre des relations sexuelles pendant toute la grossesse. Nombreuses d'ailleurs sont les jeunes femmes dont la demande sexuelle est intense pendant la grossesse.

Par contre, une période délicate s'ouvre immédiatement après l'accouchement. Qu'il y ait eu césarienne avec cicatrice abdominale ou accouchement naturel avec éventuellement une épisiotomie, et une zone génitale endolorie pendant plusieurs jours, il est prudent de laisser s'effacer le traumatisme local. Le père doit également tenir compte, dans son enthousiasme à démontrer son amour et sa reconnaissance paternelle, de la déprime maternelle post-natale, connue sous le nom de « baby blues ». Il n'y a pas ici rejet du père dans le sens où nous l'exprimons plus haut, mais une simple phase dépressive (vraisemblablement biologique) en réaction à l'accouchement et au sevrage physique d'avec l'enfant. Cette phase dure souvent quelques semaines, mais peut nécessiter un traitement ponctuel. Le père et compagnon de ces femmes doit savoir reconnaître ces phénomènes et assumer son nouveau double rôle de mari et de père.

Ce qu'il y a de singulier dans toutes les études consacrées à la paternité, et d'une manière générale au couple, c'est le silence sur la sexualité. Il y a le plus souvent séparation rapide dans l'esprit de tous entre sexualité et paternité, comme il y a parfois clivage entre amour et sexualité.

Pour y remédier, après avoir largement contribué à détruire l'image traditionnelle du « pater familias et podestas », les penseurs, encouragés par les féministes, ont voulu construire une nouvelle image du père, accompagnant physiquement et mentalement toutes les étapes de la grossesse et de la petite enfance, depuis l'image échographique du fœtus, les visites gynécologiques, l'accouchement, le premier bain, les changes, etc. On a vu que cela peut conduire à une représentation sexuelle déformée et malheureusement dévalorisée du physique de la mère. Nombreux sont les jeunes patients (ces nouveaux pères) m'ayant signalé que la vue de la déformation de la vulve par la tête de l'enfant restait ancrée en eux et était à l'origine d'une perturbation durable des rapports sexuels. Dans l'investissement individuel du père vis-à-vis de l'enfant, l'image qu'il a de sa paternité est déterminante. Les études réalisées avant et après la naissance[1] montrent clairement que plus le futur père aura imaginé son enfant et pensé à son rôle concepteur et éducatif, meilleur père il sera : plus il portera d'attention à cet enfant qu'il aura « construit » dans son esprit avant de le concevoir et que sa compagne ne le porte.

Cependant, ces mêmes études ont montré que la présence et le rôle du père et de la mère ne sont pas identiques. L'enfant, et ce très tôt, ne les voit pas à l'identique : ils ne sont pas interchangeables. C'est pourquoi, après la naissance, l'élément déterminant reste encore l'harmonie du couple. Cela peut paraître un truisme, mais doit s'exprimer avec force quand on sait que plus d'un million de familles étaient monoparentales en 1989[2]. Au terme de son étude sur le rôle du père, J. Le Camus a une dernière phrase extraordinairement révélatrice : « L'enfant a besoin d'un père qui ne soit ni un étranger ni une mère *bis*, mais d'un père

1. J. Le Camus, *op. cit.*
2. Statistiques INSEE 1991, citées par J. Le Camus, *Pères et bébés, op. cit.*, p. 166.

homme qui fasse pleinement et sereinement acte de présence. » Chaque mot de cette phrase absolument banale non seulement envoie au rebut les expériences modernistes sur les nouveaux pères, mais rappelle sévèrement les autres à leur devoir réel. Il rappelle aux femmes leur rôle dans l'élaboration de ce père idéal. On a, avec cette phrase qui conclut une étude scientifique, la condamnation de nombreux principes considérés encore récemment comme acquis :
– les enfants de couples séparés ne souffriraient pas puisque le père de remplacement (l'étranger) remplirait le même rôle que le père biologique ;
– le père est meilleur s'il tient un rôle identique à celui de la mère ;
– le père n'est pas que le garant de l'autorité, et même absent il ne peut s'en contenter.

La paternité : un principe de responsabilité

La paternité ne doit plus être accidentelle. Or, jeune ou adulte et quel que soit l'âge, elle peut être le fruit d'une seule relation sexuelle. Sa possibilité doit donc être présente dans toute relation, que celle-ci soit éphémère ou potentiellement durable. La mère pourra faire instruire une reconnaissance en paternité, et les techniques modernes vous obligeront à assumer vos responsabilités. L'acte sexuel n'est anodin que s'il est protégé.
Le père doit d'abord assumer l'idée de la paternité avant de faire le projet de concevoir. C'est à partir de là qu'il acceptera, ou demandera à sa compagne, l'enfant dont il désire être le père. Cette étape de la relation de couple est souvent court-circuitée dans l'esprit des deux membres du couple, incluse dans la relation amoureuse ou gommée dans l'évidence de la contraception. Dans une relation de couple suivie, sous-tendue par des liens affectifs importants ou non, l'homme doit toujours avoir présente à l'esprit l'éventualité de la conception et être en mesure de répondre, face à l'éventualité d'une grossesse chez sa partenaire, aux questions suivantes : Ai-je vraiment envie de cet enfant ? Au-delà de ma vanité primaire de géniteur, pourrai-je l'assumer ? Dans une étude menée sur des « primipères », on a constaté que 83 % de ceux qui étaient « fantasmatiquement » investis, c'est-à-dire conscients et désireux d'être pères avant la conception, assuraient leur rôle après la naissance de façon indépendante, positive et active[1].

1. J. Le Camus, *op. cit.*

La reconnaissance en paternité et la loi

Elle concerne les cas de paternité issus soit d'une relation de couple conflictuelle, soit d'unions illégitimes ou passagères. L'article 340 du Code civil a été remodelé par la loi du 8 mars 1993[1], l'adaptant aux mœurs du temps et aux techniques scientifiques nouvelles. Compte tenu de ces moyens élargis, la loi indique que « la preuve de la paternité hors mariage ne peut être apportée que s'il existe des présomptions ou indices graves ».

Il est intéressant de constater que les juges ne fondent pas encore leur décision sur le seul examen des sangs. Un arrêt de la Cour de cassation (31 janvier 1990) fait droit à une demande de subsides dès lors que la présomption grave de paternité résultant d'une expertise sanguine, avec un taux de probabilité de 99,7 à 99,9 % est corroborée par les dires de trois témoins entendus à l'enquête.

La mère qui revendique doit apporter à la fois la preuve de l'existence du lien charnel (témoignages) et la preuve du lien biologique (examens sanguins, empreinte génétique).

L'homme accusé, en l'absence de preuve formelle de lien charnel ou en présence de partenaires multiples chez la demanderesse, peut s'appuyer sur ces mêmes techniques scientifiques.

Jusqu'au bout, c'est-à-dire jusqu'à l'âge d'homme, cet enfant à naître aura besoin de ses deux parents. Pédiatres, sociologues et même psychanalystes, qui privilégient si souvent l'individu sur la famille, sont tous d'accord : l'enfant a besoin de la présence de ses deux parents pour croître harmonieusement et sereinement. Le père qui, par sa seule présence, joue un rôle à la fois stimulant et sécurisant, doit le jouer dès la naissance, sans mimer pour autant le rôle si différent de la mère. À des degrés divers, toutes les études récentes menées par les psychologues ou les pédopsychiatres sont concordantes : les enfants « biparentés » sont plus actifs, plus sociaux, mieux adaptés sur le plan émotionnel que les enfants « monoparentaux », surtout pour ce qui concerne les garçons, et ce d'autant plus que la séparation s'est produite plus jeune et que le niveau économique de la famille est plus faible.

1. J.-P. Branlard, *Le Sexe et l'état des personnes, op. cit.*, p. 88, voir p. 179, p. 158 et suiv.

Ce dernier élément est tellement important qu'il convient d'indiquer au futur jeune père que, compte tenu de la longue assistance que l'enfant nécessite tout au long de sa croissance intellectuelle et physique, et ce d'autant plus que c'est un garçon, il doit s'assurer, avant de concevoir ou d'en accepter le principe, de la pérennité potentielle du couple qu'il forme. La contraception en offre préalablement la possibilité. L'enfant à naître ne doit pas s'inscrire dans l'émerveillement irrationnel de l'« inamoramento », mais dans l'harmonie plus réfléchie de la tendresse partagée du couple solidaire. Or, on a vu que la date moyenne des séparations se situe dans les trois premières années suivant la formation du couple. L'enfant doit s'inscrire dans un couple déjà solide : il ne doit être ni le témoin d'une passion égoïste et éventuellement éphémère, ni l'hypothétique ciment d'un couple fragile. S'il devait l'être, on doit savoir, que peu ou prou, il n'aurait pas les mêmes chances qu'un enfant né et élevé dans un couple durable.
Dans cette situation, le futur père doit regarder son épouse et se comporter avec la future maman en époux-amant et père dans les différentes phases de la nouvelle vie de couple avec l'enfant. Pourtant, bien souvent, à partir de la naissance de l'enfant, une distorsion intervient qui conduit les hommes à ne plus voir que la mère. C'est souvent une première étape de la distanciation sexuelle du couple. L'enfant sera également sensible aux conflits conjugaux, ce d'autant plus que le logement est petit et que les disputes sont fortes. Dans l'imaginaire de l'enfant, on l'a vu, il faut la présence des deux parents s'aimant visiblement, ou se réconciliant facilement après les inévitables conflits qu'engendre la vie à deux. Les solutions de substitution à ce schéma (père ou mère de remplacement) ne sont que des ersatz, même si elles ont l'aspect de reconstitution d'un bloc familial. Elles sont à l'adolescence source de conflits, d'inaptitudes et d'instabilité pour le jeune, même si toutes les apparences de la famille ont été simulées. L'absence du père, vérifiée dans plus de la moitié des couples divorcés, montre à quel point l'inconscience des jeunes géniteurs est grande.
Même s'il est vrai que le petit enfant « préfère toujours la mère », il faut s'empresser de corriger l'affirmation en soulignant qu'il aimera différemment le père, et qu'il aimera d'autant mieux l'un et l'autre que chacun d'eux est présent autour de lui.
Ainsi être père, c'est être d'abord l'amant de la future mère au propre comme au figuré, et pas seulement un donneur de sperme pour une mère exclusive dominatrice et matériellement indépendante, à laquelle il aura abandonné, souvent par confort, tous les rôles. Être père, c'est

aussi aliéner une certaine liberté, quand on sait que c'est dans le maintien de l'harmonie du couple que s'inscrit le développement optimisé de l'enfant que l'on a conçu.

LA CONTRACEPTION MASCULINE

Dans cette famille, composante structurelle unique – même si elle est actuellement déstabilisée par ses recompositions multiples, même si elle n'est composée que de ses deux constituants primaires, un homme et une femme –, la contraception joue un rôle essentiel. Or, on l'a vu, l'homme occidental, de recul stratégique en égoïsme sexuel, a abandonné depuis longtemps, et surtout depuis l'apparition d'une contraception féminine absolument efficace, le contrôle de la fertilité à sa compagne, que ce soit par nécessité d'un jour ou tout au long de la vie du couple. Contraception et sexualité sont intimement liées et le débat autour du préservatif remet au goût du jour un débat plus profond, celui de la liberté sexuelle individuelle et de ses limites.

Contraception et fertilité sont l'une des illustrations les plus flagrantes de l'antinomie entre la société et l'individu, entre les principes et les pratiques, entre le projet et l'instant. L'acte sexuel procède de l'instinct et se déroule dans l'instant, mais ses conséquences biologiques potentielles, la conception d'un nouvel être humain, intéressent au plus haut point d'abord la famille, par le nombre de bouches à nourrir, mais aussi le groupe ethnique, religieux ou politique par l'affirmation de son existence et de sa puissance.

L'intelligence humaine cherchera donc à maîtriser son instinct naturel à se reproduire pour que se perpétue l'espèce. L'individu, par confort, cherchera à limiter le nombre de naissances, alors que le groupe, quel qu'il soit, les encouragera. Aujourd'hui encore, l'autorité religieuse condamne sévèrement la limitation volontaire des naissances, se réfugiant derrière dame Nature, alors que la loi laïque organise la contraception et légalise l'avortement. Le médecin qui regarde cet ensemble ne peut que constater les outrances des uns et des autres : qu'il y ait des médecins pour bannir ces avortements légaux au nom de je ne sais quel intégrisme participe de l'imbécillité inhérente à tout extrémisme, mais que l'on autorise l'avortement comme réponse à une absence de responsabilité individuelle et surtout à l'absence de toute prévention contraceptive n'est pas plus raisonnable au sens rigoureux du mot. S'il est vrai que la situation antérieure n'était plus viable, compte tenu de ses risques et de ses inégalités, et rendait nécessaires des procédures supprimant les avortements sauvages, il faut être conscient que la suppression d'un œuf conçu par deux êtres humains, potentiellement un nouvel être vivant, dans les entrailles d'une future mère, quel que soit l'âge légal du commencement de la vie, reste un événement douloureux qui marque de toute façon celle qui en est l'actrice et la victime.

Or il est certain que, de lois en pilule et en stérilet, l'homme s'est largement esquivé du débat, à l'échelon individuel. La conception comme la maternité sont, dans le mental des hommes, du genre féminin. Il est probable qu'un peu plus de responsabilité apporterait ici un peu plus de masculinité.

L'histoire de la contraception

L'homme a longtemps été le seul maître de la contraception, légalement et biologiquement. Légalement parce qu'il était, seul après Dieu, le seigneur et maître, le « pater podestas ». Hormis infertilité ou impuissance notoire, il ne pouvait être répudié. Lui seul avait la possibilité de tricher avec la nature.

Les Anciens avaient bien perçu que l'acte sexuel était « générateur », mais ils ne connaissaient pas précisément le cycle ovarien même s'ils avaient constaté la disparition des règles à chaque grossesse. La plupart des civilisations antiques, les Hébreux probablement, les Grecs derrière Aristote, attribuaient le rôle conceptuel primordial au sperme. C'est donc tout naturellement l'homme qui a tenté d'éviter que le sperme connaisse (au sens biblique du verbe connaître) la cible féminine. Le seul moyen d'éviter la grossesse était donc d'interrompre le rapport avant l'éjaculation, ce qui se dit en latin *coïtus interruptus*. Avec l'avènement de la locomotion à vapeur, on utilisa l'expression imagée de « descendre du train en marche ». Onan constitue certainement le premier cas clinique de *coïtus interruptus* rapporté dans la littérature, puisque la Bible explique avec beaucoup de clarté qu'il jeta volontairement sa semence à terre. Il voulait éviter de concevoir dans une relation, même si elle était imposée par Dieu, qu'il jugeait incestueuse. On sait ce qu'il advint de cette transgression de la loi divine : l'impuissance pour lui et sa descendance.

Le *coïtus interruptus* en tant que méthode contraceptive se généralisa et resta l'unique méthode contraceptive pendant des siècles. Même si le préservatif exista très tôt dans l'Antiquité, il devait déjà souffrir de son manque de naturel et, pendant longtemps, de ses imperfections techniques. La hiérarchie catholique, héritière de la Bible et soucieuse de perpétuer le « croissez et multipliez » de l'Évangile, tenta en vain de lutter contre le *coïtus interruptus*. Affaire strictement individuelle, cette pratique ne put que se généraliser, car on ne pouvait mettre un prêtre dans toutes les alcôves[1].

PRATIQUE ET CONSÉQUENCES DU *COÏTUS INTERRUPTUS*

Pour être efficace, le *coïtus interruptus* devait être bien maîtrisé. Il impliquait que l'on se retirât suffisamment tôt pour éviter que la première giclée de sperme – qui est la plus fertile, la plus riche en spermatozoïdes – ne soit émise à l'intérieur. Exercice d'autant plus aléatoire que c'était à cet instant où l'on « perdait la tête » qu'il fallait être lucide, et il n'était pas toujours aisé, notamment pour les éjaculateurs précoces, de différencier les étapes successives de l'acte. La méthode souffrait donc de nombreux échecs et était vécue par tous comme un obstacle majeur à l'épanouissement de leur sexualité.

Peu d'hommes, en définitive, profitèrent de cette technique pour tenter de raffiner leurs pratiques sexuelles. Le manque d'éducation, l'ignorance de la physiologie sexuelle, mais surtout la présence de l'orgasme, qu'il soit ou non *intra muros*, précipitèrent les hommes sur une pente de plaisir solitaire abandonnant leurs compagnes à la frustration, sans doute préférable, *in fine*, aux grossesses successives qui n'étaient malheureusement pas toujours évitées. Masters et Johnson[2] inventeront bien plus tard, à partir du *coïtus interruptus*, une technique de contrôle de l'éjaculation (le *squeeze*). On verra (chapitre 12) qu'elle consiste à interrompre les mouvements et même à se retirer pour éviter de franchir le point de non-retour.

L'homme aurait donc pu tirer parti de cette technique contraceptive approximative pour mieux se maîtriser, pour s'intéresser plus à sa compagne tout en gardant le contrôle de la conception. Il s'abandonna plutôt à son égoïsme orgasmique ancestral, laissant le champ libre à la révolte justifiée des femmes, et à l'avènement ultérieur de l'ultraféminisme. Au lieu de générer des progrès et un raffinement de l'art d'aimer, le *coïtus interruptus* n'entraîna en définitive qu'une exacerbation des effets pervers de l'éjaculation rapide, et une totale séparation entre conjugalité et sexualité. Ce fut sans doute l'une des raisons du développement de

1. M. Lewisohn, *Histoire de la vie sexuelle, op. cit.*
2. W. Masters et V. Johnson, *Human Sexual Response, op. cit.*

l'adultère et de la sexualité vénale là où une sexualité plus complète pouvait s'exercer, la conception d'enfants illégitimes n'étant pas nécessairement reconnue et ne constituant pas une charge économique supplémentaire.

OGINO AU SECOURS DU *COÏTUS INTERRUPTUS*

Avec les découvertes du cycle ovarien et de la sécrétion des hormones sexuelles féminines, on connut avec un peu plus de précision les moments où la femme était fertile et l'on affina, en le limitant, l'usage du *coïtus interruptus*. En particulier, on s'aperçut que les différentes phases du cycle ovarien s'accompagnaient de variations de la température lors de l'ovulation. Une méthode de prédiction de la période fertile par l'étude des baisses de température individuelle de chaque femme fut alors mise au point par un médecin japonais du nom d'Ogino. Ne faisant appel qu'à l'interprétation de la nature, elle reçut l'approbation de l'Église. Le *coïtus interruptus* ne fut plus alors utilisé que pendant les périodes fertiles.

Malheureusement la méthode souffrait de multiples imperfections liées autant à la pratique – la nécessité pour la femme de tenir une courbe de température quotidienne – qu'à la physiologie individuelle, les femmes à cycle irrégulier ne pouvant l'utiliser. De plus, une pathologie intercurrente pouvait perturber le cycle et la courbe thermique. Il n'en reste pas moins que la méthode d'Ogino a eu une conséquence importante : la maîtrise de la conception fut pour la première fois partagée. De passive ou victime, la femme devint active : elle prenait en main pour la première fois, autrement que par l'abstinence, son destin de femme et de mère. Elle n'allait plus le laisser échapper.

LE TRIOMPHE DE LA CONTRACEPTION FÉMININE

Quelle que soit la méthode, locale (stérilet, tampon spermicide) ou générale (pilule anticonceptionnelle), la contraception est devenue au fil des ans et des progrès techniques un acte essentiellement féminin. On a vu comment elle avait permis à ses utilisatrices d'épanouir leur sexualité tout en contrôlant leur fécondité, de programmer comme elles le désirent l'heure de leur maternité. La plupart des hommes se satisfont de cette situation qui leur permet aujourd'hui de jouir avec une insouciance accrue. Sur le plan de la conception, ils sont à la merci complète de la volonté féminine qui ne peut être que négociée, sans aucune certitude d'être respectée.

La période de fertilité

Qui souhaite être responsable doit avoir une meilleure connaissance de la physiologie du coït conceptionnel, en particulier du risque de survenue d'une grossesse, en fonction du moment du rapport sexuel dans le cycle ovarien de la femme. Cela vaut aussi bien pour éviter que pour obtenir une grossesse. Une étude récente[1] fait le point sur cette question, et peut aider les adeptes de méthodes naturelles de contrôle de la fertilité aussi bien que ceux qui, abandonnant toute méthode contraceptive, souhaitent concevoir. Les auteurs, chercheurs à l'université de la Caroline du Nord, ont examiné durant trois ans l'ensemble des cycles de 221 femmes de couples souhaitant avoir un enfant et dont on recueillait les urines pour des examens biologiques permettant de dater avec précision le jour de l'ovulation. Ces jeunes femmes notaient chaque matin si un rapport sexuel avait eu lieu. Des études statistiques rigoureuses ont permis d'aboutir aux constatations suivantes :

– une grossesse ne survient que pendant une période de six jours se terminant avec le jour estimé de l'ovulation ;

– la probabilité d'une grossesse est d'autant plus forte que le rapport sexuel est plus proche du jour de l'ovulation ;

– il n'y a pas de relation significative entre l'âge du sperme émis et la viabilité de l'œuf conçu, bien que seules 12 % des grossesses enregistrées lors de cette étude auraient été dues à un sperme ayant été émis depuis 48 heures et plus.

Cette étude permet de tordre le cou à deux serpents de mer qui resurgissent à intervalles réguliers chez les couples souhaitant avoir un enfant : la fréquence des rapports sexuels et l'influence du jour du rapport sur le sexe de l'enfant. On recommande en effet fréquemment aux couples désirant concevoir de modérer leur ardeur sexuelle pour augmenter les chances de grossesse, les rapports répétés altérant, selon ces conseillers, la qualité fertile des spermatozoïdes émis. Cette étude réalisée dans des conditions totalement naturelles montre qu'il n'y a aucun support clinique ni statistique à cette recommandation, et donc aucune

1. A. J. Wilcox, C. R. Weinberg et D. D. David, « Timing of sexual intercourse in relation to ovulation », *New England Journal of Medicine*, 7 décembre 1995, t. 333, p. 1517-1520.

raison pour le couple de modifier ses habitudes sexuelles lorsqu'il souhaite un enfant.
Le choix du sexe de l'enfant est souvent l'objet de fantasmes, fréquemment exploités par des pseudo-savants peu scrupuleux. On a vu conseiller de concevoir le plus près possible de l'ovulation pour avoir un garçon avec 85 % de chance de réussite et le plus loin possible de l'ovulation pour une chance de 80 % d'avoir une fille. L'étude que nous mentionnons est formelle : il n'y a aucune relation entre le sexe de l'enfant conçu et le jour de la conception par rapport au jour de l'ovulation.
Ces travaux cliniques, d'une remarquable simplicité, puisqu'ils observent ces événements au jour le jour, avec beaucoup de discrétion et sans modifier le cours naturel des choses, apportent des notions essentielles pour la vie sexuelle des couples. Avant toute pratique contraceptive et quelle que soit la conviction intime de chacun, il faut savoir qu'un comportement responsable et librement choisi peut maîtriser la conception. Si le cycle ovarien naturel est régulier, le jour de l'ovulation peut être précisé et par conséquent une période de fertilité « absolue » de six jours peut être isolée. Si le cycle est plus irrégulier, la date de l'ovulation est plus incertaine, donc on étendra à dix jours cette période, pendant laquelle des méthodes contraceptives pourront être mises en œuvre. On peut avoir une fiabilité accrue par l'utilisation de réactifs urinaires permettant de dater avec encore plus de précision le jour de l'ovulation.
La contraception actuelle par la pilule est donc maximaliste, puisqu'elle oblige à un traitement continu pour une période fertile vulnérable de six jours maximum. Dans une perspective responsabilisée, où la sexualité serait discutée et appréciée en fonction de tous ces paramètres, la contraception pourrait être réexaminée et partagée.

Si l'homme veut regagner un tant soit peu de libre arbitre, il doit mieux se connaître, s'intéresser à la physiologie de sa compagne et à la sienne propre, pour reprendre l'initiative et dans l'acte de concevoir et dans celui de contrôler la fertilité.

Vers une contraception masculine ?

La pilule anticonceptionnelle féminine s'est développée de façon considérable dans les pays occidentaux – beaucoup moins ailleurs –, compte

tenu de son coût. Mais outre son caractère maximaliste, elle n'est pas exempte d'inconvénients. Elle est même parfois impossible à utiliser pour certaines femmes. D'un point de vue strictement masculin, elle laisse l'homme irresponsable et démuni face au problème, tant dans les couples constitués que face à une liaison en devenir ou en cas de simple rencontre : il reste à la merci d'une paternité non voulue.
Actuellement, l'homme a le choix entre la passivité, le port du préservatif, ou la stérilisation définitive par vasectomie (section des canaux déférents).

LE RENOUVEAU DU PRÉSERVATIF

Ce sont indubitablement les campagnes menées dans le cadre de la prévention du sida qui ont amené une banalisation de l'image du préservatif. L'ensemble des données démographiques récentes [1] montre qu'on l'utilise de plus en plus non seulement dans un but préventif mais aussi à titre contraceptif. Dans ce dernier cas, c'est surtout lors des premiers rapports sexuels et quand la partenaire ne prend pas encore la pilule qu'on observe une généralisation de l'emploi du préservatif, puisqu'en 1993, près de 90 % des garçons l'utilisent, soit une progression de près de 30 % en quatre ans. Cette utilisation reste cependant relativement ponctuelle puisque la même enquête révèle que dès que le garçon s'est assuré que sa partenaire prend la pilule, le taux d'utilisation du préservatif tombe à moins de 50 %, sauf multipartenariat. L'utilisation massive du préservatif est de toute façon un phénomène récent : globalement, seuls 56,5 % des hommes de l'enquête ACSF ont utilisé ne serait-ce qu'une fois un préservatif, et dans les générations qui ont 55 ans et plus, il est minoritaire. Ce facteur de l'âge est encore plus spectaculaire dans l'enquête si l'on considère le dernier rapport sexuel, datant de moins de un an, et même en cas de multipartenariat. Il semble donc que l'usage du préservatif reste très largement réservé aux premières expériences. Dès 20 ans, le pourcentage des utilisateurs tombe à 33 % pour atteindre moins de 10 % au-delà de 45 ans.
Du point de vue strictement anticonceptionnel, le préservatif est très largement vécu comme *indispensable* dans la frange initiale de la vie sexuelle, et ce d'autant que les rapports sont plus précoces et la partenaire non encore protégée de son côté par la contraception. Dès que l'on peut faire autrement, et que l'on est « certain » de sa partenaire,

1. *Les Comportements sexuels en France, op. cit.*, p. 261-265, et *Les Comportements sexuels des jeunes de 15 à 18 ans*, ACSF, *op. cit.*

on a tendance à l'abandonner. L'image du préservatif dans l'imaginaire collectif, comme dans toutes les enquêtes réalisées est jusqu'ici toujours négative et contraignante. Pour plus des deux tiers des utilisateurs, et d'autant plus que ceux-ci sont plus jeunes, il est perçu comme trop onéreux. Près de la moitié considèrent qu'« il diminue le plaisir » et « tue le romantisme ». Un autre élément intéressant réside dans la masculinisation du préservatif : dans 83 % des cas, c'est l'homme qui le fournit, contre seulement 12 % pour les femmes. Les mêmes enquêtes montrent également que les femmes sont des utilisatrices moins fréquentes de ce type de protection.

Dès lors, on entrevoit des constantes dans la démarche et dans le développement de l'utilisation du préservatif :

• très grande réceptivité dans la population jeune (moins de 18 ans), fruit des campagnes récentes justifiées par le développement du sida ;

• utilisation essentiellement à titre contraceptif au démarrage de la vie sexuelle et abandon dès qu'on est certain que la partenaire est protégée de son côté, essentiellement parce qu'il est contraignant et souvent mal perçu ou mal vécu par la partenaire : « Nous n'en avons pas besoin puisque je n'ai pas d'autre partenaire que toi et que je prends la pilule… Continuer à mettre un préservatif voudrait dire que tu n'as pas confiance en moi » ;

• donc, abandon rapide tant que dure la relation, au profit de l'habitude de confier les rênes de la contraception à la partenaire féminine, ce d'autant plus que le préservatif est inconfortable. Personnage surajouté, intempestif invité des jeux érotiques, pesant souvent sur l'anxiété de la performance, au début de l'activité sexuelle ou lors des changements de partenaire, c'est-à-dire à des moments ou l'érection peut se trouver fragilisée.

HEURS ET MALHEURS DU LATEX

Ennemi intime du pape, le latex pénien, qu'il soit envisagé dans son rôle anticonceptionnel ou anti-infectieux et antiviral, est un mal-aimé. Même paré d'une dignité nouvelle conquise par son statut d'unique combattant efficace contre l'extension de l'infection par le virus sidéen, il reste un empêcheur du plaisir total et libéré. Les aspects négatifs sont à la fois physiques et moraux. Physiques car le mettre est une contrainte qui interrompt la continuité de l'acte amoureux, fait plus d'abandon que de lucidité, qui oblige l'homme à quitter momentanément le théâtre des opérations, et qui lui rappelle la fragilité de son érection. La mise en place et le port du préservatif nécessitent, en effet, une verge durablement rigide. Il est donc malaisé, voire impossible, à utiliser lorsque, pour des raisons émotionnelles ou physiques, l'organe n'est pas suffisamment érigé (voir chapitres 11 et 12). C'est sans doute l'une des raisons de l'abstinence sexuelle des jeunes en proie à l'éjaculation rapide, qui n'ont même pas le temps de se munir du précieux bouclier, et de la sagesse imposée aux plus âgés qui, faute de pouvoir se protéger efficacement, entrent dans une chasteté extra-conjugale absolue par crainte des M.S.T. (voir chapitre 7). C'est la raison de nombreuses consultations d'hommes seuls ou désirant des rapports avec de nouvelles partenaires et ne pouvant, pour ces raisons, utiliser le préservatif pour initier une relation, en raison d'une érection insuffisante.

Il faut noter aussi que nombreux sont ceux qui passent outre au risque potentiel et ont des rapports non protégés. Ils sont aidés en cela par la généralisation de la contraception féminine, la légalisation de l'avortement et la mauvaise image morale liée à l'utilisation du préservatif. Outre qu'il diminuerait le plaisir, n'étant alors qu'un prolongement de l'entrave physique évoquée plus haut, le préservatif induit le doute sur l'autre et surtout sur l'élément féminin du couple. Malgré tous les progrès apparents faits par la libération sexuelle, une femme ayant éventuellement plusieurs partenaires est encore perçue péjorativement, d'où cette constatation statistique stupéfiante : à peine 15 % des femmes fournissent elles-mêmes le préservatif lors du rapport sexuel ! Cela est sans doute réservé, dans leur esprit, aux professionnelles qui, elles, exhiberont avec fierté leur collection de petits bouts de latex multicolores, telle l'héroïne du film *Pretty Woman.*

On peut ainsi esquisser une ébauche d'analyse de l'utilisation actuelle du préservatif. Chez les hommes, bien que poussé sur le devant de la scène par la protection contre l'infection, il est perçu comme contraceptif dans l'installation de la relation, puis abandonné dans la fidélité, pour être parfois repris dans les éventuelles expériences extra-conjugales. Chez la femme, nécessairement protégée par la contraception féminine, il est le prix à payer pour se prémunir de l'infection avec un partenaire non connu, ou dont on sait l'infidélité potentielle, mais il doit nécessairement être proposé par lui, pour ne pas paraître elle-même une utilisatrice patentée.

LES AUTRES MÉTHODES CONTRACEPTIVES EN DEVENIR

Face à la pilule qui, malgré ses inconvénients potentiels dont certains sont toujours débattus avec âpreté par les spécialistes, reste la méthode contraceptive la plus répandue et la plus discrète actuellement, l'usage du préservatif paraît antédiluvien, verrue inadmissible, boursouflure inacceptable dans son principe sur la liberté absolue des sens, telle qu'elle est revendiquée en cette fin de siècle.

Les chercheurs ont donc essayé de trouver autre chose pour libérer (?) les femmes de la contrainte contraceptive ou plus certainement redonner à l'homme plus d'indépendance face à son destin de reproducteur. Toute méthode contraceptive, qu'elle soit masculine ou féminine, obéit à trois nécessités : une efficacité absolue, une réversibilité totale et l'absence d'effets secondaires. C'est vers l'étude de méthodes respectant ce dernier postulat que s'orientent toutes les recherches actuelles en matière de contraception masculine.

Le préservatif, mode d'emploi

Un homme pubère et responsable devrait toujours avoir avec lui des préservatifs. Compte tenu de ce qui est exprimé ci-dessus, c'est lui qui devra en prendre l'initiative discrète, même si la demande ne lui en est pas faite expressément. Dans l'état actuel des possibilités, c'est le seul moyen individuel qu'il a d'éviter une paternité non désirée.

Les préservatifs distribués dans le commerce sont sûrement efficaces et à titre contraceptif et à titre anti-infectieux. Pourtant, nombreuses sont les femmes qui le considèrent encore peu fiable, surtout sur le plan contraceptif (il y a en effet 5 % d'échecs de la contraception par le préservatif).

Il est prudent de les adapter à son anatomie, avant usage. Les novices auront intérêt à les tester à blanc, pour ne pas être pris au dépourvu par l'inexpérience au moment crucial. Certains conseillent de faire entrer la pose du préservatif dans les jeux érotiques. Cela suppose de la part des deux partenaires une totale liberté vis-à-vis de la sexualité, ce qui est certainement le cas d'une minorité de couples ayant totalement démystifié, désacralisé l'acte sexuel. Par comparaison avec certaines techniques médicales visant à remplacer ou renforcer l'érection (voir chapitre 12), je conseillerais plutôt le plus de discrétion possible. Le préservatif reste malgré tout un intrus dans la relation sexuelle. Toute interruption dans la continuité du cycle sexuel peut entraîner la rupture subite de l'excitation chez la partenaire ou la perte de l'érection chez l'homme : il vaut donc mieux se prémunir dès que celle-ci s'est manifestée.

Y a-t-il nécessité ou possibilité d'utilisation du préservatif dans le couple constitué ? Dans un couple fidèle et essentiellement préoccupé de la question de la fertilité, on pourrait suggérer que le préservatif soit utilisé à titre contraceptif lorsque l'on souhaite avoir des rapports sexuels dans la phase fertile du cycle ovarien, libérant ainsi la femme de la nécessité d'une contraception médicamenteuse continue. L'unique contrainte serait de tenir un calendrier, ce qui est déjà le fait de presque toutes les femmes qui se surveillent, qu'elles prennent ou non la pilule. Ceci dans l'attente de procédés contraceptifs encore moins contraignants. Cela aurait aussi pour effet positif de redonner à l'homme sa part de responsabilité, donc de libre arbitre dans la question des effets de la vie sexuelle.

• **Le chauffage du spermatozoïde.** Des chercheurs toulousains[1] ont récemment mis au goût du jour une méthode relativement simple, et surtout extra-sexuelle, c'est-à-dire n'impliquant aucune contrainte lors de l'acte. La technique est basée sur la diminution de la production des spermatozoïdes lorsqu'on élève la température scrotale. Cette propriété, connue depuis une trentaine d'années, avait déjà été utilisée de façon sporadique, en particulier en utilisant une source de chaleur extérieure, nécessitant un dispositif assez complexe. Nos ingénieux Toulousains ont imaginé utiliser la chaleur du corps humain lui-même pour faire gagner aux testicules les quelques degrés (un ou deux) nécessaires à l'arrêt de la spermatogenèse, avec la seule aide de sous-vêtements adaptés. Le port quotidien et continu d'une variété de caleçon anticonceptionnel utilisé à titre expérimental par six hommes pendant 117 cycles ovariens a permis à lui seul d'éviter toute grossesse. Le matériel lui-même consiste en un slip muni d'un anneau maintenant les testicules le plus proche possible de l'abdomen. Aucune mention n'est faite de l'inconfort du port d'un tel vêtement, à ce stade encore expérimental. Nul doute que si la méthode devait confirmer son efficacité et se généraliser, designers et industriels se pencheraient avec sollicitude sur la question esthétique et fonctionnelle. En allant plus loin, combien d'hommes seraient prêts à aliéner leur liberté vestimentaire pour ce but précis ? Que se passerait-il l'été lorsque l'on souhaite passer une grande partie de la journée en maillot de bain ? Peut-on envisager une

1. L. Berjau et R. Mieusset, « Contraception masculine par hyperthermie », *Contraception, fertilité, sexualité*, 1995, vol. 23, p. 611-614.

utilisation limitée ? Pour l'instant, le résultat efficace semble n'avoir été obtenu qu'après un délai de quatre mois. L'avantage principal de ce type de méthode réside en définitive dans son côté naturel, n'impliquant aucune action médicamenteuse.

• **L'aube de la pilule masculine.** Toutes les autres voies de recherches actuelles se concentrent sur l'inactivation chimique du spermatozoïde ou de ces prédécesseurs dans l'usine testiculaire les fabriquant. Des inducteurs médicamenteux comme le Gossypol ont une efficacité réelle, mais ont pour inconvénient d'entraîner une stérilité définitive dans 10 à 40 % des cas.
L'immunologie a été appelée à la rescousse, avec comme idée de réaliser une véritable vaccination anticonceptionnelle, plus dans un but de contrôle socio-économique de l'explosion démographique dans certains pays qu'à titre individuel. Elle utiliserait les antigènes antiséminaux que l'on a pu isoler dans le plasma humain. Il convient d'être très prudent dans l'appréciation de ce genre de méthodes, d'ailleurs tout à fait expérimentales, qui évoquent de douloureux souvenirs quant à la stérilisation de masse de certaines populations dans le passé. On se doit, en matière contraceptive, de ne pas confondre économie et individualité et de savoir qu'il n'y a dans ce domaine que deux maîtres mots : l'individu et son éducation. Sans cette dernière, aucune technique contraceptive ne peut être efficace, sauf à l'imposer par coercition massive.
La piste hormonale est actuellement la plus prometteuse sur le plan de la contraception masculine individuelle. Calquée à l'origine sur les procédés utilisés pour la pilule anticonceptionnelle féminine, elle freine la fabrication par l'hypophyse de la FSH indispensable à l'initiation de la spermatogenèse (voir chapitre 1). Les essais cliniques en cours reposent sur l'utilisation de la testostérone qui, injectée régulièrement, met l'hypophyse complètement au repos. L'hormone mâle est utilisée en association avec des analogues de l'hormone sécrétée par l'hypothalamus (LHRH) de manière à bloquer plus complètement la fabrication de la FSH et donc la spermatogenèse. Encore plus récemment, E.-E. Beaulieu a proposé d'utiliser son RU 486 (la pilule abortive) en association avec la progestérone pour bloquer temporairement certaines fonctions du spermatozoïde. Il s'agirait d'un modèle idéal de pilule fonctionnelle, encore tout à fait expérimental malheureusement, et dont on devra avant tout vérifier l'innocuité à long terme.

LA STÉRILISATION CHIRURGICALE

Le préservatif, le port d'un caleçon, la prise quotidienne ou épisodique d'un médicament constituent toujours une contrainte considérée par beaucoup comme une aliénation de la liberté nécessaire à l'expression de leurs désirs. Cette perception de l'aliénation s'accroît avec l'âge et intervient surtout lorsque le problème de la paternité ne se posant plus nécessairement, on souhaite pouvoir jouir pleinement de sa sexualité.

La vasectomie, opération au cours de laquelle le chirurgien rend l'homme stérile en coupant les deux canaux déférents, est la méthode contraceptive la plus fiable[1]. Plus de 33 millions de couples aux États-Unis, en Angleterre, en Chine et aux Indes se reposaient sur elle en 1983. En 1991, on a pratiqué aux États-Unis environ 500 000 de ces opérations, soit 10,3 pour 1 000 hommes dans la tranche d'âge 25-49 ans.

Peu pratiquée en France parce que en principe interdite comme technique contraceptive, la ligature des canaux déférents est, à certaines conditions, d'une absolue efficacité anticonceptionnelle. Elle nécessite une intervention extrêmement bénigne, pouvant être réalisée sous anesthésie locale. Elle consiste à découvrir au niveau de l'aine le cordon spermatique, isoler le canal déférent, en couper un minimum de 1 cm avant d'en ligaturer chaque extrémité. Après l'intervention, la stérilisation n'est certaine qu'après plusieurs semaines, après que deux spermogrammes successifs ont montré l'absence complète de spermatozoïdes mobiles. Sujette à un minimum de complications (hématomes, douleurs testiculaires résiduelles), elle ne doit être pratiquée qu'à la demande expresse du sujet ou surtout du couple et après s'être assuré que celui-ci (ou ceux-ci) a (ont) parfaitement compris qu'une telle méthode entraîne une stérilité en principe irréversible.

On peut en effet aujourd'hui procéder, lorsqu'un sujet vasectomisé souhaite retrouver des facultés procréatrices, à une « recanalisation » des conduits, avec des chances de succès d'environ 50 %. Certains chirurgiens font état de 75 % de succès, surtout si la réintervention est effectuée moins de 10 ans après la vasectomie initiale. L'étude des sujets vasectomisés réclamant ces réinterventions est éclairante dans leurs motivations et dans leur caractère. Près de la moitié des demandeurs sont divorcés ou séparés de la compagne pour laquelle ils avaient désiré la stérilisation. Leur motivation principale est désormais que leur infertilité constitue un handicap dans leur quête d'une nouvelle compagne. Chez ceux qui sont déjà remariés, c'est souvent la nouvelle épouse qui

1. W. F. Hendry, *Br. J. Urol.*, 1994, p. 337-344.

pousse à la réintervention. Ces études, à long terme, indiquent qu'il faut être extrêmement prudent quand la stérilisation est réclamée par des hommes âgés de moins de 35 ans et dans une trop grande atmosphère émotionnelle.

Il conviendra donc que le sujet désireux d'une vasectomie signe un consentement éclairé sur la nature de l'intervention qu'il subit à sa demande et en toute connaissance de cause. Il faudra, en outre, lui conseiller de faire conserver des paillettes de sperme congelé, au cas où il souhaiterait plus tard revenir sur sa décision de ne plus être père, malgré les possibilités réelles de la chirurgie reconstructrice.

Les spécialistes du planning familial, dans les pays où cette méthode est largement utilisée, insistent tous sur la nécessité de bien informer les couples, surtout ceux qui sont instables, sur les conséquences physiques et psychologiques d'une telle intervention. Tous indiquent que si elle peut temporairement améliorer la qualité de la relation du couple par la suppression de la « peur de la grossesse », elle ne saurait résoudre les problèmes de fond de la relation difficile.

Pour toutes ces raisons, le médecin doit être extrêmement prudent et circonspect et n'accepter la pratique d'une vasectomie que chez des hommes volontaires avertis et en dehors de toute crise individuelle ou familiale. On l'a vu par l'observation d'un nombre non négligeable de demandes de rétablissement de la continuité déférentielle, nombreux sont les hommes qui souhaitent retrouver leur intégrité physique après un changement radical de leur vie affective. On peut signaler que le parallèle de la vasectomie pour la femme est la ligature des trompes, souvent proposée par confort à l'occasion d'une césarienne. Celle qui la demande doit être clairement informée de toutes les conséquences d'un tel geste. En matière de sexualité, qu'elle soit contraceptive, conceptionnelle ou simplement affective, la certitude du moment ne doit jamais être prise pour vérité éternelle. Le conseiller, le médecin à titre individuel, le philosophe et le sociologue à titre général, doivent en être conscients à chaque instant de leur réflexion, et surtout avant d'émettre des jugements.

Ce qu'il faut retenir

① Dans un couple constitué et solide, une contraception naturelle peut être envisagée si les cycles féminins sont réguliers.

② L'homme, s'il veut avoir son libre arbitre, se doit de contrôler sa propre fertilité.

③ Le préservatif est le moyen contraceptif masculin le plus efficace.

④ L'administration de testostérone est le meilleur contraceptif chimique actuel (il bloque la fabrication du spermatozoïde par le testicule).

⑤ La stérilisation volontaire par la vasectomie peut être inversée, dans la plupart des cas, par une opération réparatrice.

Chapitre 7

AU-DELÀ DE CETTE LIMITE...

« Toutes les tragédies que l'on peut imaginer reviennent à une seule et unique tragédie : l'écoulement du temps. »
Simone Weil.

Toutes les civilisations vénèrent leurs vieillards chenus encore capables de procréer. Il n'y a aucune indignation à voir un homme âgé convoler avec une épouse plus jeune, surtout s'il occupe une position dominante. Les patriarches de la Bible, les rois (dont les prérogatives procédaient du divin) pour arriver aux puissants de la terre de toutes sortes aujourd'hui, tous connurent (au sens biblique de posséder) des femmes plus jeunes, attestant ainsi de leur vigueur maintenue. Pouvoir et puissance sexuelle se confondent ici et dans l'histoire de l'humanité et dans l'imaginaire individuel. Les deux sont issus, à l'origine, d'un don divin : en Égypte, dans l'Olympe pour les dieux et demi-dieux, il n'y a pas d'interdit sexuel et la puissance phallique paraît immortelle. Ceux qui gouvernent sont puissants par définition et dans tous les sens du terme... Dans l'imaginaire du peuple, il n'y a donc pas, pour les puissants, abus de pouvoir sexuel puisque ce pouvoir est en grande partie issu des phallus. Bien plus, dans certaines sociétés primitives[1], le roi était supprimé par sa propre épouse ou sur sa simple

1. Boris de Rachewitz, *Éros noir, mœurs sexuelles de l'Afrique de la préhistoire à nos jours*, Le Terrain Vague, 1993.

dénonciation, dès les premiers signes d'impuissance sexuelle. Le souverain âgé devait garder l'image de la performance sexuelle. Charlot vieillissant était devenu Charles Chaplin, un patriarche dont on ne savait plus très bien distinguer enfants et petits-enfants : sa longévité sexuelle en faisant un personnage nouveau, différent, populaire plus par sa performance phallique que par son comique vieilli.

LA VIEILLESSE N'EST PLUS UN NAUFRAGE

Il y a dans l'inconscient collectif un lien évident entre le pouvoir et la puissance sexuelle, sans doute venu du fond des âges quand l'organisation des sociétés primitives s'est faite avant tout sur la prééminence sexuelle (le mâle dominant). Conquis par la force, sublimé ensuite dans le divin dont est investi le pouvoir royal, puis légitimé par le peuple dans la démocratie, le potentat se conçoit comme viril. C'est essentiellement une notion patriarcale d'où découleraient toutes sortes d'avantages sexuels, réels ou fantasmés, si férocement combattus aujourd'hui par les féministes. On peut aussi se demander si l'intérêt et la tolérance (surtout en Europe) du public quant à la vie sexuelle de nos gouvernants (ainsi la révélation de la double ou triple vie du président français récemment décédé) ne vient pas de ce respect et de la fierté ancestrale vis-à-vis du chef. Ce peut être aussi bien le petit chef d'un bureau de poste (voir le savoureux et très documenté film *Promotion Canapé* de Didier Kaminka) que le chef de clan incontesté à la Chaplin. La notion ici est celle de pérennité sexuelle dévolue par anticipation à ceux qui ont un pouvoir et, son corollaire, la perte de ce pouvoir quand la puissance sexuelle décroît. Il s'y est associé, dans l'inconscient collectif, l'idée que ce pouvoir sexuel du sujet âgé est réservé à cette minorité patriarcale, et, qu'on le citera toujours comme exceptionnel, lié au génie (Victor Hugo, Picasso) ou au commandement (Mathusalem).

Face à cette image positive de la vieillesse, il y a tous ces hommes ayant dépassé la soixantaine en proie à des difficultés érectiles et qui, consultant le spécialiste, s'en excusent presque ou le questionnent d'emblée sur l'opportunité d'une telle démarche, *vu leur âge* (voir figure 7.1).

La grande question est lancée : le commun des mortels a-t-il le droit de prétendre, lui aussi, conserver aussi longtemps que la vie demeure des possibilités sexuelles intactes ? On rejoint un débat plus vaste sur les conséquences du vieillissement, qui sera sûrement la grande affaire du XXIe siècle puisque uniformément, mais spécialement dans les pays dits développés, l'espérance de vie augmente très rapidement. La réflexion couramment entendue quant à la demande d'assistance vis-à-vis d'une « prolongation de la vie sexuelle » est encore, dans l'immense majorité des cas : « Oh vous savez, à votre âge... » Et l'homme baissera pudiquement les yeux, se demandant comment il a bien pu avoir l'outrecuidance de questionner un médecin... ou tout autre possesseur du savoir. Il devrait, au contraire, se révolter contre cet *a priori*, et le médecin devrait s'enquérir sérieusement des motivations de la demande :

comment vit-il ce problème ? Où en est-il de ses désirs, de son appétit orgasmique, de sa vie de couple ? Qu'en est-il de la demande de sa ou de ses partenaires ?

On accepterait l'idée d'une conservation prolongée des capacités intellectuelles dont on nous rebat les oreilles avec toutes les recettes adéquates pour les conserver y compris la gymnastique cérébrale, et on occulte la même demande de conservation vis-à-vis des capacités sexuelles qui, pour être entretenues, nécessiteront elles aussi pratique et gymnastique. Ainsi l'homme devrait faire travailler le cerveau et le reste de son corps, par des exercices intellectuels et physiques à la pelle, mais accepter comme inéluctable le déclin sexuel, comme une espèce de fatalité impossible à combattre, faite de tous les non-dits de la terre.

Au-delà de 70 ans, on n'a pas d'existence sexuelle, semblent penser les instigateurs[1] de l'enquête sur le comportement sexuel des Français si souvent citée. À partir de quel âge doit-on avoir honte d'avoir du désir et de l'exprimer ? Je vois souvent des hommes ayant largement dépassé 65 ans (âge « médical » de la vieillesse) n'ayant plus eu de rapport sexuel depuis 10 voire 20 ans, dont le pénis s'est rabougri faute d'une pratique solitaire que la morale conventionnelle réprouve. Ils viennent surtout s'informer pour recueillir du spécialiste la certitude que l'on ne peut rien y faire. Quelques dixièmes de millilitre de médicament vont suffir à les faire basculer dans la joie, à l'idée d'un possible bonheur tout neuf, parce qu'ils peuvent de nouveau avoir une érection et qu'ils pourront oser rompre leur solitude.

Derrière les convenances, derrière le célèbre « la vieillesse est un naufrage » de De Gaulle, derrière les suicides de Hemingway, de Romain Gary et d'autres, il y a cette perception du temps qui fuit encore plus vite quand, en plus d'autres vicissitudes, il n'y a plus la possibilité de l'ineffable, matérialisée par l'érection, ce véritable baromètre de la physiologie masculine. Le rapport à l'autre n'est certes pas que cela, mais il peut le devenir ; et sans l'érection, il n'est pas le même. L'homme vieilli qui perd ce pouvoir se sent différent même dans sa vie quotidienne.

Notre époque éprise de concepts unicistes caractérise cette situation sous le nom d'andropause.

---

1. A. Spira, N. Bajos, *op. cit.*

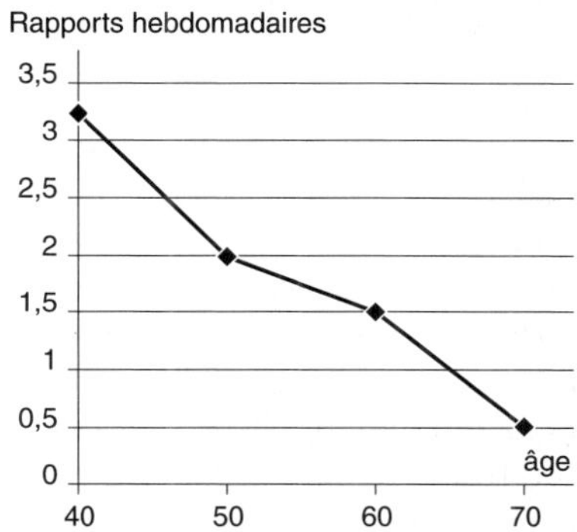

A: *Pourcentage de sujets ayant une activité ou manifestant un intérêt sexuel après 60 ans (modifié de Kinsey*[1]*).*

ÂGE	60-65	> 65
Activité sexuelle	67-71%	21-39%
Intérêt sexuel	77-88%	50-72%

B: *Activité sexuelle hebdomadaire des couples mariés au-delà de 40 ans (enquête ACSF*[2]*).*

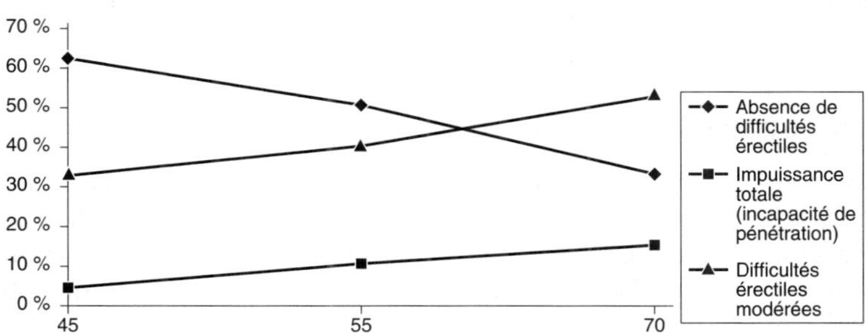

C: *Les difficultés érectiles au-delà de 40 ans*

(Source : Massachusetts Male Aging Study[3]*).*

Figure 7.1. – *Activité et intérêt sexuels au-delà de 40 ans.*

1. Kinsey, *Le Comportement sexuel de l'homme, op. cit.*
2. A. Spira, N. Bajos, *op. cit.*
3. *In* A. H. Bennett, *Impotence, op. cit.*

L'ANDROPAUSE : MYTHE OU RÉALITÉ ?

L'andropause est un terme inventé pour caractériser les troubles variés que présenterait l'homme aux environs de la cinquantaine, un peu en miroir de ce qu'éprouvent les femmes lors de la ménopause, du fait de la baisse du taux des hormones sexuelles.
Par sa terminologie même, andropause, au sens littéral, signifierait arrêt de la masculinité ; le parallèle avec la ménopause est déjà abusif, puisque ménopause ne signifie qu'arrêt des règles et des possibilités de procréation. De nombreuses manifestations cliniques accompagnent l'arrêt de l'ovulation et les modifications hormonales qui s'ensuivent évoluent dans un temps très court et peu variable. Or on n'observe aucune phase de cette sorte chez l'homme. L'andropause, si elle existe, n'a pas d'âge de début bien défini et ne correspond ni à un arrêt des possibilités reproductrices (sauf effondrement biologique lié à une pathologie), ni nécessairement à un déficit d'érection. Cette utilisation fallacieuse du mot andropause induit en erreur le sujet : même s'il a effectivement, et on en verra les conditions, une baisse de ses hormones liée à l'âge, rien ne prouve que la suppression de ses manifestations, et en particulier des difficultés érectiles, sera obtenue par l'administration d'hormones. Or rien n'est moins sûr, on va le voir, car seulement 25 % des hommes de plus de 60 ans accusent une baisse significative du taux d'hormones mâles. Pour corriger l'erreur sémantique et bien cibler la pathogénie, on préfère maintenant parler de déficit androgénique lié à l'âge (DALA).

La baisse de la testostérone

On a vu précédemment que le taux de testostérone, qui est maximum à 25 ans, diminue dès l'âge de 55 ans, pour décroître ensuite de plus en plus. À 80 ans, le taux de testostérone globale et celui de sa fraction active, la testostérone libre, ne présentent plus respectivement que 60 et 80 % de ce qu'ils furent à 25 ans[1].
Cette baisse de la testostérone avec l'âge serait liée à des facteurs variables, tous dus au vieillissement, au niveau du testicule comme au niveau de l'axe hypothalamo-hypophysaire. Cette certitude de la baisse de la testostérone avec l'âge est admise par tous. Ce qui reste beau-

1. Données provenant d'une conférence tenue par A. Vermeulen (*Quotidien du Médecin*, 6 mars 1996).

coup plus discuté, c'est son rôle réel dans la diminution des possibilités sexuelles, ce d'autant plus que l'organisme, faisant une fois de plus bien les choses, compense cette baisse de production par une baisse de l'excrétion urinaire de ces dérivés.

Deux certitudes sur la testostérone

UNE RÉALITÉ BIOLOGIQUE ET STATISTIQUE

À 20 ans, seuls 1 % des sujets sains ont une testostérone libre très basse (par référence au taux limite admis) ; à 80 ans, ce sont 35 % des sujets qui atteignent un taux inférieur à ce taux minimum. On a envie d'ajouter « seulement » : si seulement 35 % des sujets au-delà de 80 ans ont en effet un taux trop bas de testostérone, cela veut bien dire que, *a contrario*, dans 65 % des cas, ce taux est au-dessus de la limite. Tous ces hommes dont le taux de testostérone reste dans les limites de la norme échappent donc à une prétendue andropause universelle et inéluctable qui serait liée aux conséquences de la baisse hormonale.

UNE RÉALITÉ CLINIQUE ET STATISTIQUE

Il n'y a pas de lien entre le taux de testostérone et l'impuissance chez des sujets au-delà de 50 ans (voir figure 7.2). Alors que l'âge est un facteur intrinsèque de survenue de troubles de l'érection, il n'y a pas de lien significatif entre le taux de la testostérone et la survenue des difficultés à obtenir l'érection. Ces données viennent d'une remarquable étude réalisée dans onze villes de l'État américain du Massachusetts, sur des hommes âgés de 40 à 70 ans[1]. L'étude des données liées à la sexualité a porté de façon complète sur trois quarts des 1 709 sujets y ayant participé.

Parmi les 17 hormones étudiées pouvant influencer la fonction sexuelle, seul le taux du sulfate de DHEA peut être considéré comme indicateur d'une impuissance. En effet, on a constaté un taux bas de cette hormone (0,5 ng/ml) chez les sujets impuissants de cette population sélectionnée au hasard. Il convient cependant de rappeler que cette hormone n'est en aucune façon liée au fonctionnement du testicule et qu'elle ne paraît pas influer sur la sexualité masculine. Par contre, son taux bas a été proposé comme facteur prédictif des maladies cardio-

---

1. « Massachusetts Male Aging Study (MMAS) », *J. of Clinic Endoc. Metab*, 71, p. 14-42, 1990.

vasculaires. On verra que la même étude établit une corrélation très étroite entre des facteurs certes liés à l'âge mais à forte connotation vasculaire, et l'impuissance. Bien plus, chez les hommes traités sur une longue période pour impuissance par injections intracaverneuses et ayant une activité sexuelle régulière, les contrôles successifs du taux de la testostérone donnent des résultats très variables, qui montrent que celui-ci n'influe que partiellement sur les possibilités sexuelles reconquises et maintenues par le traitement.
Cependant, il se vérifie par les études cliniques et expérimentales les plus récentes qu'un taux sanguin de testostérone satisfaisant est nécessaire à un fonctionnement érectile correct.

Quand soupçonner l'andropause ?

Si chez un homme ayant passé la quarantaine et se plaignant d'une fatigue générale, d'un manque d'entrain, de la perte du désir d'entreprendre et bien sûr d'une baisse de l'appétit sexuel, on constate une diminution globale de la masse musculaire et une faiblesse significative de son taux de testostérone (par rapport à celui qui devrait être théoriquement le sien dans sa tranche d'âge), on peut suspecter que les faits constatés sont liés à cette baisse hormonale et méritent un traitement substitutif. Ce dernier devra alors être prescrit de façon permanente (voir chapitre 12).

La question de l'efficacité d'un traitement systématique à la testostérone pour effacer les effets du vieillissement fait l'objet de nombreuses études. Des spécialistes faisant autorité comme A. Vermeulen, rejoints par les plus récentes recommandations anglo-saxonnes [1], soulignent avec prudence que si ces traitements sont justifiés dans les limites que nous avons indiquées, ils sont encore à l'état d'expérimentation clinique et demandent confirmation, pour ce qui est d'une lutte éventuelle contre le vieillissement des organes (os, muscles, etc.). Ils n'agiraient que très partiellement sur la sexualité.
L'amélioration espérée se cantonne généralement à l'appétit sexuel, mais

1. C. J. Bagatelle et W.J. Bremner, « Drug therapy : Androgens in men : uses and abuses », *NEJM*, 334, p. 704-707, 1996.

on note peu d'effets sur la qualité des érections lors de l'acte, même si les sujets traités constatent une amélioration de leurs érections matinales. En définitive la testostérone n'est pas à cet âge un réel traitement de l'impuissance, mais un traitement d'accompagnement quand la diminution de son taux est plus forte que ne le voudrait le processus naturel du vieillissement. Encore faut-il souligner que les résultats obtenus sont très variables, comme sont variables les effets de cette baisse hormonale.

Pour en finir avec l'andropause, c'est certes un bon concept de marketing, car impliquant par sa terminologie même, sans le dire, la défaillance sexuelle. En effet, l'homme qui va consulter sous prétexte

La DHEA, encore des incertitudes

Une autre hormone surrénalienne, la fameuse DHEA (déhydroéplandrostérone) diminue au fil des ans, et ce dès l'âge de 30 ans. Le taux de cette substance serait, lui, un indicateur assez significatif du vieillissement : plus il serait précocement bas, plus le vieillissement serait rapide. Le taux sanguin de cette hormone est aussi fréquemment abaissé, quand les patients se plaignent d'impuissance. Son « découvreur » E.-E. Baulieu (l'inventeur de la pilule abortive) pense qu'il s'agit là d'une source de jouvence et d'un éventuel stimulant sexuel. Une première étude en double aveugle contre placebo, faite sous les auspices d'un endocrinologue américain de réputation mondiale S. Yen, a montré des résultats inégaux sur le vieillissement et tout à fait aléatoire sur la sexualité[1]. Puis en France, l'étude DHEA-âge a confirmé, du moins chez l'homme, l'absence d'action sur la sexualité, mais un bénéfice sur l'état général, la peau et peut-être sur l'ostéoporose. Une polémique est née sur les risques de cancérisation d'organes comme la prostate ou les seins chez la femme, où les effets sur la sexualité sont plus positifs. Ce risque formel n'existe pas si l'on en croit les milliers de publications. Ni la testostérone ni la DHEA ne sont susceptibles de déclencher un cancer. Cependant, l'existence d'un risque potentiel pour l'individu (antécédents personnels ou familiaux de cancer) doit faire proscrire l'utilisation d'un tel traitement hormonal dans ces cas.

1. R. Guillemin, communication personnelle.

de vieillissement a souvent plus en tête son phallus que son aspect physique général. Or il faut qu'il sache que, dans l'état actuel de nos connaissances, les traitements hormonaux qu'on lui propose traitent essentiellement son aspect physique. Et quant à l'éventuelle perte de rigidité de son pénis, l'hormonothérapie ne constitue qu'une des armes, certes nécessaire mais insuffisante en général.

LES MODIFICATIONS DE LA PHYSIOLOGIE SEXUELLE

La raison pour laquelle la correction du déficit hormonal lié à l'âge est souvent décevante sur le plan sexuel est probablement que ce traitement ne vise que l'un des éléments du processus altérant la fonction sexuelle du sujet atteint par l'âge. En physiologie humaine, on sait que les organes ont plusieurs manières de vieillir[1]:

• la perte totale d'une fonction, comme la fonction de reproduction de la femme;
• la disparition de certaines parties d'un organe comme le rein, alors que d'autres restent intactes (c'est ce que l'on appelle la perte d'unités anatomiques);
• la diminution d'efficacité d'unités physiologiques, comme celles des fibres nerveuses et des neurones;
• la perte de fonctions biologiques comme celles du contrôle, exercées par les hormones hypophysaires.

La fonction sexuelle masculine, dont l'expression majeure est l'érection, est complexe. Son vieillissement procède des trois derniers mécanismes, car, on l'a vu, la fonction de reproduction, pour ce qui concerne le sexe masculin, ne disparaît pas avec l'âge.

De plus, aux transformations physiologiques elles-mêmes, s'ajoutent des facteurs extrinsèques comme les maladies qui, plus fréquentes, les accélèrent ou ajoutent leurs mécanismes propres, ou même les effets des médications ou des interventions chirurgicales qu'elles entraînent (voir chapitre 12). Par similitude avec d'autres organes et en se référant à ces processus généraux, voyons maintenant comment se manifeste réellement et objectivement ce vieillissement sexuel.

1. Kenney, *Physiology of aging*, Year Book, 1989.

Perte d'activité ou perte de capacité ?

Toutes les observations, celles du sens commun comme celles des statisticiens, concordent pour dire que tous les aspects de la sexualité masculine diminuent avec l'âge, à savoir :
• la fréquence des rapports sexuels ;
• la spontanéité et la qualité des érections ;
• l'intérêt et l'appétit sexuel.
Les études statistiques soulignent aussi la corrélation entre les difficultés sexuelles largement constatées dans la population âgée et l'état morbide.
Cela signifie qu'il y a deux aspects à considérer quand on étudie le facteur âge dans la sexualité : l'activité sexuelle elle-même d'une part, la capacité sexuelle d'autre part. Ces deux aspects sont fréquemment confondus (voir figure 7.2).
• L'intérêt sexuel est largement conservé même dans les populations les plus âgées, puisque les chiffres recueillis dépassent 50 % dans le pire des cas, dans la tranche des plus de 75 ans.
• C'est essentiellement l'activité sexuelle qui diminue beaucoup plus rapidement que l'intérêt lui-même, puisque dans la même tranche d'âge, la pratique diminue de façon massive : seuls 40 % des hommes de plus de 75 ans gardent une activité sexuelle.
• C'est à l'évidence la qualité de l'érection qui est en cause jusqu'à 70 ans : seuls 30 % des sujets interrogés considèrent avoir une puissance sexuelle normale (littéralement traduit de l'américain *potency*, qui veut dire précisément « capacité » érectile). On peut remarquer cependant que seuls 15 % des hommes de cet âge indiquent qu'ils sont totalement impuissants[1].
Si l'on regarde ces chiffres dans un sens positif, on peut affirmer que près des trois quarts des hommes ayant dépassé 70 ans expriment un intérêt sexuel et que 85 % d'entre eux conservent des possibilités, bien qu'altérées, de répondre effectivement à cet intérêt.
De fait, lorsque l'on donne à ces hommes les possibilités thérapeutiques de se considérer comme performants, la fréquence de leur activité sexuelle (voir chapitre 12) est bien au-dessus de la moyenne exprimée ici pour une même tranche d'âge. Elle rejoint les moyennes observées dans la population comprise entre 30 et 40 ans.

1. *Massachusetts Male Aging Study, op. cit.*

Les changements de la nature

L'ÂGE DE NOS ARTÈRES

Les modifications du système cardio-vasculaire dues à la vieillesse sont connues et résumées par deux phénomènes de mécanique des fluides : la baisse du débit cardiaque, qui se réduit environ de 1 % par an à partir de l'âge de 20 ans, et l'augmentation des résistances périphériques, qui gêne progressivement la perfusion des organes. Le pénis, dont on a vu qu'il demande, pour entrer en érection, la mobilisation rapide d'une grande quantité de sang, va être très vite affecté par ces phénomènes, à la fois dans la spontanéité de l'érection et dans les conséquences de la perfusion moindre du tissu érectile. L'érection stimulée est plus lente à venir et la rigidité plus difficile à obtenir. Ces modifications surviendront d'autant plus vite et avec plus d'intensité que les vaisseaux sanguins considérés sont infiltrés d'athérome, même de façon inapparente sans autre manifestation dans l'organisme (voir chapitre 12). L'âge des artères vient ici rejoindre l'âge du pénis comme facteur essentiel du vieillissement.
Ceci revient aussi à dire que les maladies impliquant les vaisseaux (hypertension, diabète, excès de cholestérol) comme les interférences (alcool, tabac) vont accélérer l'apparition de conséquences néfastes au niveau du pénis. D'ailleurs, on trouve chez les patients âgés se plaignant d'impuissance une plus grande fréquence de maladies vasculaires que chez les plus jeunes, en particulier trois fois plus de sujets présentant une hypertension artérielle et un taux de cholestérol élevé.
Ces modifications cardio-vasculaires sont les mêmes au niveau des testicules : la diminution du taux de testostérone s'explique alors par l'affaiblissement de l'irrigation de ces glandes endocrines.

LE VIEILLISSEMENT DU PÉNIS

Les changements subis par les artères, quel que soit l'organe qu'elles irriguent, sont déjà connus de longue date. Pourtant, bien que toute la communauté médicale admît ces mécanismes du vieillissement, il fallut beaucoup d'énergie et de talent pour que, il y a presque dix ans – quand on croyait encore (et nombreux sont ceux qui le pensent toujours) qu'en matière de sexualité masculine, tout se passait dans la tête –, la démonstration soit faite que le pénis lui aussi vieillissait. À cette époque, j'avais déjà démontré que les facteurs vasculaires étaient déterminants dans la survenue d'une impuissance (voir chapitre 12), mais il fallait appuyer cette démonstration sur des éléments palpables : des modifications histologiques locales au niveau du pénis sur du tissu vivant. J'eus alors la chance de rencontrer, par l'entremise du président de la Société helvétique d'urologie, un homme truculent, pionnier de l'anatomopathologie du pénis, l'Italien Giuseppe Conti. Il exerçait à Fribourg et, à près de 70 ans, avait un enthousiasme et une vigueur intellectuelle formidables. Quarante ans plus tôt, il avait élaboré une théorie de l'érection qui, faute de connaissances biochimiques suffisantes, avait séduit tous les cliniciens et chercheurs s'intéressant au sujet. S'étant orienté vers l'étude d'autres organes, il avait remisé, mais heureusement conservé, toutes ses coupes histologiques, de même que son intérêt pour le pénis. Il ne me fallut pas longtemps pour ranimer sa curiosité. Nous réexaminâmes ses travaux antérieurs, et il étudia de nouvelles pièces histologiques provenant des pénis que j'opérais alors. En conjuguant une relecture des données anciennes et les renseignements obtenus sur des sujets dont on connaissait parfaitement l'état clinique, nous réunîmes les éléments d'une étude anatomique[1] portant sur un panel de 7 embryons humains, 12 nouveau-nés décédés à la naissance, 12 sujets décédés de 2 à 86 ans et une quarantaine de patients que j'avais opérés pour diverses anomalies. Les principales conclusions furent les suivantes :

• à partir de 65 ans, on constate une très importante sclérose des vaisseaux à l'intérieur du pénis ;

• ce que l'on appelle le tissu érectile, fait à la fois du muscle lisse lui-même et de son architecture fibreuse et élastique (y compris l'enveloppe appelée albuginée) est de plus en plus fibreux à partir de la cinquantaine et devient peu à peu dépourvu de vaisseaux ;

• chez les sujets impuissants, ces manifestations surviennent prématurément.

Ce travail, qui démontrait à l'évidence, avec une technique histologique classique accessible à tous, une liaison entre l'âge et la détérioration des constituants vasculaires et érectiles du pénis, passa pratiquement inaperçu en Europe et fut ignoré aux États-Unis car, essentiellement descriptif, il n'avait pas sacrifié aux sacro-saintes exigences de la statistique. En 1994, pourtant, un livre référence[2] parut outre-Atlantique donnant acte de ce travail, de l'importance de ces constatations et de leur exactitude. Par la suite, nous pûmes, en utilisant l'informatique, définir un index mesurant la quantité de tissu érectile restant à l'inté-

1. G. Conti et R. Virag, *Urol. Int.*, 44, p. 303-317, 1989.
2. A. H. Bennett, *Impotence*, W. Saunders, 1994, p. 120.

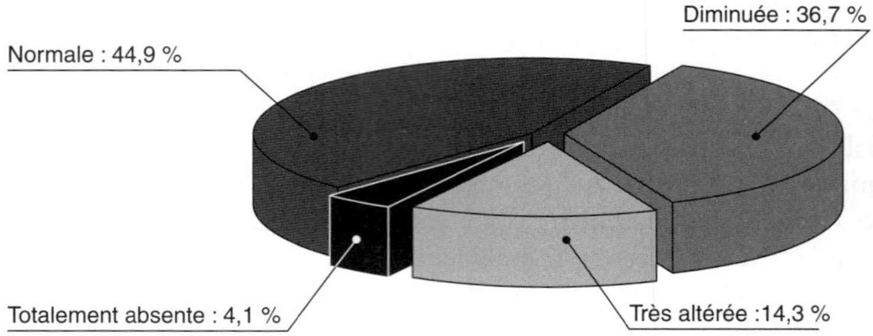

A: *Capacité d'érection sous stimulation pharmacologique (voir chapitre 12).*

	VAISSEAUX	*NERFS*	*FIBROSE*	*HORMONES***
Normal	*11.6%*	*24%*	*27%**	*72%*
Légère atteinte	*41.2%*	*32%*	*29.2%*	
Lésion notable	*27.5%*	*24%*	*25%*	*28%*
Lésion sévère	*19.6%*	*20%*	*18.8%*	

B: *Causes possibles du vieillissement sexuel.*

Figure 7.2. – *Les acteurs du vieillissement sexuel (données provenant de l'examen de 172 sujets de plus de 60 ans consultant pour insuffisance érectile).*

rieur du pénis. G. Conti pouvait, quant à lui, apprécier avec une marge d'erreur minime, sans l'aide de l'ordinateur, la quantité de tissu érectile sain, par un simple coup d'œil dans l'objectif de son microscope. Un travail similaire est en cours à l'échelon moléculaire. Des techniques issues de la biochimie moderne permettront prochainement de localiser et comptabiliser l'ensemble des récepteurs similaires intervenant dans l'érection, et vraisemblablement de constater leur raréfaction (ou leur dégradation) avec l'âge.

---

* Absence de fibrose.

** Pourcentage des patients ayant un taux de testostérone inférieur à 3 ng/ml.

Le pénis vieillit donc comme le reste de nos organes, au gré de l'état de nos vaisseaux sanguins. On va voir que sa réactivité est aussi le fruit de l'état de nos neurones.

DES TRANSMISSIONS PLUS LENTES

On entend sous ce nom les modifications qui affectent la transmission des messages sexuels entre le cerveau et le pénis, dues à une altération des structures nerveuses chargées de les assurer.

J'ai l'habitude, en consultation, de décrire leurs effets à mes patients avec la petite histoire suivante : « Si j'ai moins de 20 ans et que je devine simplement une silhouette séduisante, une érection instantanée peut se produire ; un peu plus tard, entre 20 et 30 ans, il faudra au moins que je voie l'objet de mon désir, lequel ne doit pas demeurer obscur pour que mon pénis ne reste pas immobile ; encore plus tard, il faudra que la dame de mes pensées soit assise sur mes genoux et que je perçoive son corps, et au-delà de la soixantaine, elle devra non seulement être sur mes genoux mais se montrer active pour provoquer ce qu'une simple œillade provoquait autrefois. »

En termes cliniques, cela signifie une diminution de la réponse nerveuse : la conduction à travers les ramifications se fait moins vite, l'influx s'attarde dans les synapses. Les récepteurs sont aussi moins nombreux et la sensibilité au toucher, à la pression comme à la vibration diminuant, les sujets âgés se plaindront d'absences de sensations liées à ces phénomènes : « Je ne sens plus mon pénis, il est comme absent, voire mort ! », « J'ai encore le désir mais mon organe ne répond pas », « Ma femme se plaint parce que je n'ai plus d'érections naturelles (c'est-à-dire qu'elles ne viennent plus spontanément). »

Dans le cerveau, les centres sexuels, l'hypothalamus et l'hypophyse, sont également affectés par des mécanismes biochimiques diminuant la concentration en dopamine, dont on a vu qu'elle s'implique dans les nombreux relais nerveux liés à la sexualité.

Toutes ces modifications au niveau sexuel sont variables, à âge égal, en fonction de l'état de santé général, de facteurs génétiques rendant les sujets essentiellement inégaux devant le vieillissement, et des facteurs comportementaux au premier rang desquels se situe la poursuite de la pratique sexuelle. Le « *use it or lose it* » des Anglo-Saxons s'applique chez le sujet âgé avec encore plus d'acuité : l'interruption de la vie sexuelle accélère au niveau pénien comme au niveau cérébral les phénomènes d'involution, alors que la poursuite d'une activité, et ce d'autant qu'elle est vécue de façon valorisante et heureuse, allègera considérablement les conséquences du vieillissement.

SEXE, CŒUR ET PROSTATE

Au centre des préoccupations de l'homme qui avance en âge et craint la décrépitude, l'état du cœur et la peur du cancer viennent télescoper souvent de plein fouet son ancestrale anxiété de la performance sexuelle. Mafalda, l'héroïne de Moravia[1], invective le héros après un échec retentissant : « Ah, nous sommes des Don Juan, des Casanova, nous allongeons la main sous la table, nous baisons derrière la porte. Mais, lorsque sonne l'heure, nous nous sentons mal, nous avons une crise cardiaque… »

La sexualité des cardiaques

Il y a une dimension affective liant cœur et sexualité, ce d'autant que peines de cœur et peines de sexe sont souvent confondues. Puis il y a le « croustillant » de la mort subite survenant au beau milieu de l'acte ou à l'acmé du plaisir, particulièrement spectaculaire lorsqu'elle se produit pour un personnage célèbre en situation inopportune dans un palais gouvernemental (Félix Faure) ; ou même chez lui mais très loin de son épouse légitime (Franklin Roosevelt).

LES RISQUES CARDIAQUES DU COÏT

L'activité sexuelle est réputée fatigante pour le cœur et par conséquent, de très nombreux cardiaques s'en éloignent, même s'ils sont bien équilibrés ou opérés et donc normalisés. C'est souvent l'épouse qui est angoissée à l'idée de provoquer une issue fatale lors du coït. Or on sait que l'activité énergétique et le travail cardiaque impliqué par un rapport sexuel équivaut à la montée à pied de deux étages. Si vous êtes essoufflé à l'issue d'un tel exercice, vous le serez lors de votre séance amoureuse. Un facteur de risque additionnel est constitué par la production par l'organisme lors de l'orgasme d'une quantité importante d'adrénaline pouvant entraîner le déclenchement d'une « attaque cardiaque » en raison du rétrécissement des artères coronaires qu'elle provoque. C'est sûrement le mécanisme en cause dans la constatation d'un risque majoré

1. A. Moravia, *Moi et lui*, Flammarion, 1971.

d'accidents cardiaques lors des rapports extra-conjugaux comparé à ce qui se passe lors de rapports conjugaux !
En effet, la vraie question est celle du risque réel d'accident induit par l'activité sexuelle chez des sujets ayant une atteinte coronarienne, comparé à des sujets normaux. On l'ignorait jusqu'à une récente étude menée à Boston à l'aide d'outils statistiques très performants[1]. Les résultats de cette étude sont extrêmement rassurants pour les cardiaques, l'activité sexuelle n'étant un facteur déclenchant l'infarctus que dans moins de 1 % des cas (0,9 %), et l'augmentation du risque est identique qu'il y ait ou non maladie cardiaque préexistante. Le risque est diminué chez ceux qui ont une activité physique régulière comparé aux sédentaires. On a même chiffré le risque d'avoir un accident cardiaque dans les deux heures qui suivent un acte sexuel : 20 chances sur un million ! À condition, indique une autre étude, de ne pas verser dans l'excès sexuel (il n'a pas été indiqué de valeurs normatives dans la dite étude) et d'être fidèle, on l'a vu !

LE PONTAGE N'EST PAS L'ABSTINENCE

J'ai pour ma part eu à traiter de très nombreux coronariens, opérés ou non, et même trois patients ayant subi une transplantation cardiaque. Tous poursuivent leur activité sexuelle depuis de nombreuses années. L'activité sexuelle participe de l'équilibre physique et psychologique au même titre que l'exercice physique. Elle doit être encouragée et l'impuissance si fréquente chez ces sujets doit être traitée plutôt que d'être fallacieusement considérée comme une chance supplémentaire de survie prolongée. On insiste encore trop peu, dans les centres de rééducation cardiaque, après une intervention ou un infarctus, sur ces données importantes pour la réhabilitation. J'ai même vu un célèbre cardiologue, médecin des hôpitaux, interdire à un patient un traitement pour l'impuissance sous prétexte d'un danger pour le cœur ! Or l'activité sexuelle peut être reprise dès la période de convalescence (ou rééducation) terminée, avec certaines précautions (voir encadré page 290). La question de l'utilisation de médicaments de type Viagra fait débat (voir chapitre 12).

La prostate n'interdit pas le sexe

Voici un autre intrus, encore plus sournois dans le fonctionnement sexuel de l'homme d'âge mûr, cette fois. Il est désigné par celui qui en est frappé, avec une très grande fréquence, comme le responsable poten-

---

1. Muller et coll., *JAMA*, vol. 275, n° 18, p. 1405-1447.

tiel des premières défaillances érectiles. Le « vous ne pensez pas que ce soit la prostate, docteur ? » est rarement absent quand le sujet qui consulte pour des problèmes d'érection dépasse la cinquantaine.

L'ADÉNOME PRESQUE INÉLUCTABLE

Au-delà de 55 ans, près de la moitié des hommes ont un certain degré d'augmentation de volume de la prostate. Cliniquement, un sur trois a réellement un adénome, tumeur bénigne de la partie médiane de cette glande. Outre l'indispensable dépistage du cancer de cet organe, pour lequel il existe aujourd'hui une stratégie efficace (voir figure 7.3), ce qui doit amener à consulter et peut faire soupçonner la présence d'un adénome est la concomitance des signes urinaires (mictions fréquentes et parfois difficiles, diminution de la puissance du jet urinaire) et de l'impuissance débutante. Dans l'esprit de celui qui en est atteint, s'inscrit dans le vague de ses connaissances la notion erronée que la prostate est un organe érectile et qu'avec une éventuelle

Le cœur a ses raisons

- La mort subite n'est pas plus fréquente après ou au cours de l'acte sexuel que dans la vie quotidienne.
- L'énergie dépensée et l'émotion engendrée par un acte sexuel accélèrent le rythme cardiaque et élèvent la tension artérielle.
- Seuls les sujets ayant une insuffisance cardiaque peuvent ressentir une gêne lors de l'activité sexuelle.
- La survenue d'une douleur vive, puis permanente, de la poitrine et/ou des bras et des mâchoires en faisant l'amour doit faire appeler un médecin en urgence.
- Après une intervention sur le cœur (pontage, valve ou transplantation) l'activité sexuelle est reprise au terme de la phase de convalescence. Il en est de même après rééducation consécutive à un infarctus.
- L'impuissance chez les coronariens est fréquente. Elle est liée à une atteinte des artères sexuelles. Elle réagit bien aux traitements par injections intracaverneuses qui sont possibles même si l'on prend des anticoagulants (voir chapitre 12).
- Le conseil de prudence pour les coronariens instables : prendre avant de faire l'amour un comprimé de trinitrine et proscrire le Viagra et les médicaments de la même famille.

intervention à ce niveau, il en sera terminé de la possibilité de l'acte. Pour lever tous les doutes, les réponses à donner doivent être claires et précises :

• sur le plan du fonctionnement sexuel, la prostate, même hypertrophiée, n'a aucune influence néfaste sur l'érection. Corollaire, l'ablation d'un adénome (voir figure 7.3) n'a pas, sauf incident opératoire rare (moins de 10 % de l'ensemble des techniques visant à supprimer l'adénome), d'influence sur la fonction érectile ;

• en revanche, la prostate hypertrophiée peut avoir une incidence sur la qualité de l'éjaculation. Celle-ci peut être plus difficile et parfois douloureuse en raison de l'obstacle constitué par le lobe médian de cet organe qui gêne l'expulsion du sperme. La sensation orgasmique s'en trouve parfois diminuée. Corollaire, la suppression de l'adénome améliore souvent la qualité de l'orgasme mais l'éjaculation se fera désormais dans la vessie : elle ne sera plus extériorisée ;

• la relation trouble entre prostate et sexualité doit être abordée dans toute consultation médicale motivée par ces problèmes. La pédagogie dispensée par le praticien doit être objective, fonction non de l'âge, mais des *desiderata* du sujet à l'égard de sa vie sexuelle. Tel médicament sera écarté parce que ayant des propriétés anti-androgènes alors que l'intéressé souhaite conserver intactes ses possibilités sexuelles. Ce n'est pas au praticien de décider pour lui. L'intervention ne sera pratiquée, si elle est nécessaire, qu'après avoir clairement indiqué au patient les conséquences probables sur l'éjaculation et l'absence presque certaine de retentissement sur l'érection (voir page 294).

LA MAÎTRISE DU CANCER

Le cancer de la prostate est l'un des deux cancers les plus fréquents chez l'homme ; il atteint 10,2 % de la population masculine. Après 55 ans – puisque dans 95 % des cas, il survient dans cette tranche d'âge –, il convient de le dépister systématiquement par une visite annuelle chez l'urologue. Plus on le dépiste tôt, en effet, meilleures sont les chances de guérison. Si par malheur on devait dépister un tel cancer, le choix du traitement inclut nécessairement la discussion de la préservation de la fonction sexuelle. Le patient doit savoir que même si le traitement du cancer supprimait l'érection, diverses thérapeutiques de l'impuissance lui offrent la possibilité de retrouver une vie sexuelle dans les semaines suivant l'intervention. Les injections intracaverneuses (voir chapitre 12) sont très actives dans ces cas. Cela doit être très clairement exprimé afin que le spectre de l'impuissance n'obscurcisse pas le choix du traitement au point de faire prendre au patient le risque de ne pas se soigner correctement.

SANS PROSTATE, L'ORGASME QUAND MÊME

Toute intervention sur la prostate comporte le risque important de voir le sperme ne plus s'extérioriser, mais être évacué dans la vessie. L'éjaculation est dite rétrograde (voir chapitre 1). Celui qui va subir une intervention de ce type doit bien connaître, tout comme sa compagne, l'absence probable d'inconvénients sexuels. En effet, pour le plaisir proprement dit, absence d'extériorisation du sperme ne veut pas dire disparition de l'orgasme. Les réflexes allant du pénis au cerveau et surtout la projection cérébrale du réflexe orgasmique sont le plus souvent conservés. C'est en définitive la compagne qui est le plus souvent impliquée car elle peut « souffrir » psychologiquement d'être privée du témoin principal de la satisfaction de son compagnon.
En effet, il faut beaucoup expliquer pour gommer dans la tête de l'opéré comme dans celle de sa compagne l'idée que l'opération de la prostate marque l'entrée dans la sénescence sexuelle.

L'ÉLOIGNEMENT SEXUEL DU COUPLE EST-IL UNE FATALITÉ ?

Les notions physiologiques indiquées ci-dessus sont à rapprocher des conditions de vie des sujets âgés au moment où ils consultent pour difficultés sexuelles[1] : 80 % sont mariés ou remariés ou vivent en couple, 13,5 % sont veufs et vivent seuls par suite du deuil ; et 6,5 % sont célibataires. 38,5 % ont interrompu toute activité sexuelle (13,5 % subissent les effets du veuvage, les 25 % restant vivant chastement avec leur compagne). Au total, cela fait 30 % des patients qui vivent avec une partenaire sans aucune activité sexuelle. Parmi les actifs, 66 % ont une seule partenaire sexuelle, le plus souvent identifiée à la compagne dont on partage la vie – à partir de cet âge, vie affective et vie sexuelle se superposent parfaitement de façon définitive. Dans les cas où partenaires sexuelles et épouses sont différentes ou complémentaires, les

1. Résultats d'une enquête prospective encore inédite faite sur 200 consultants âgés de plus de 60 ans, tirés au sort parmi ceux de cette tranche d'âge dans la cohorte de mes 9 500 patients.

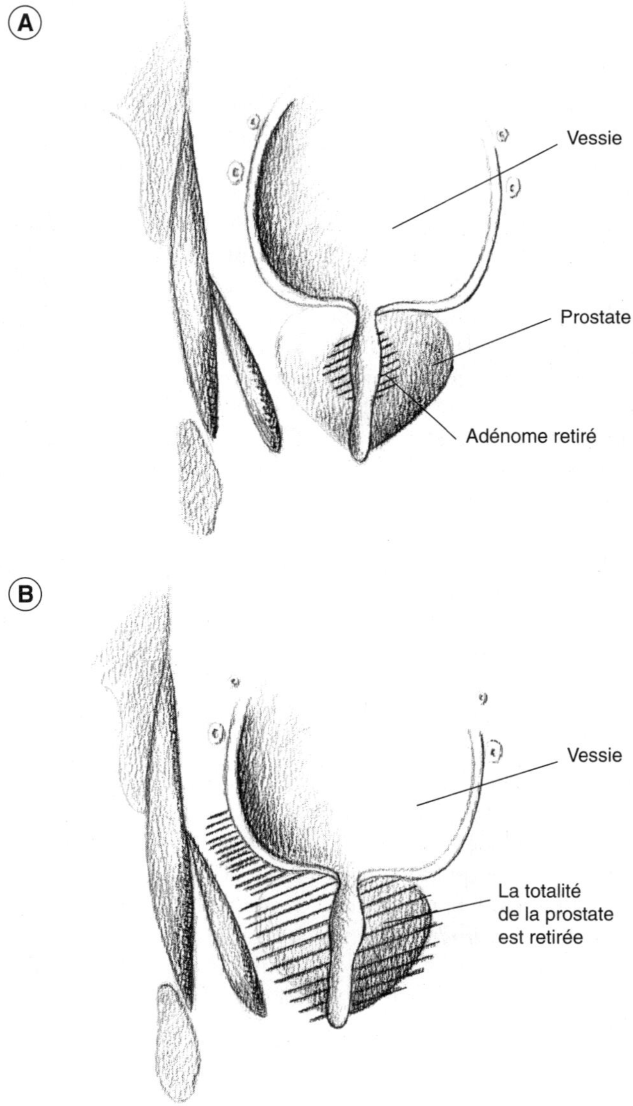

Figure 7.3. – *Différence entre ce qui est « enlevé » (hachures) lors de l'adénomectomie (A) et lors de la prostatectomie (B) pour cancer.*

Quatre questions sur la prostate

■ *Y a-t-il un rapport entre la prostate et la dysfonction sexuelle ?*
Sur le plan purement physiologique (voir chapitre 1), la prostate n'a pas d'action sur l'érection ; elle joue un rôle dans la production du liquide spermatique. Lorsqu'elle augmente de volume, ce qui est inéluctable mais variable avec la progression de l'âge, cela peut gêner l'éjaculation.

■ *Comment se manifestent les ennuis prostatiques ?*
Essentiellement par des difficultés à uriner. Les mictions deviennent plus fréquentes, plus difficilement contrôlables ou gênant le sommeil. Elles invitent à consulter sans retard. Elles sont le signe habituel d'une augmentation de volume bénigne de l'organe. Elles feront l'objet soit d'une intervention chirurgicale, soit d'un traitement médical. Cependant le diagnostic d'adénome simple ne doit être posé qu'après avoir formellement éliminé un cancer.

■ *Quand faut-il craindre le cancer de la prostate ?*
A partir de 50 ans, il doit faire l'objet d'un dépistage systématique, car c'est le cancer masculin le plus fréquent, qu'il y ait des facteurs alarmants comme ceux exposés ci-dessus, ou qu'il n'y ait aucune anomalie. Trois éléments permettent d'établir une suspicion légitime : l'étude clinique de la prostate par l'indispensable toucher rectal, le dosage de l'antigène prostatique PSA et l'échographie. La biopsie donnera une confirmation de ce qu'aura révélé l'échographie.

■ *Quelles sont les conséquences sexuelles d'une opération sur la prostate ?* (voir figure 7.3)
S'il s'agit d'un adénome, ce sont des anomalies de l'éjaculation, qui le plus souvent se fera dans la vessie, sans modification de l'orgasme (voir chapitre 1).
S'il s'agit d'un cancer, la nécessaire ablation de la totalité de l'organe entraîne dans les trois quarts des cas une suppression provisoire ou définitive de l'érection, aujourd'hui heureusement compensée par des traitements efficaces (voir chapitre 12).
Faute d'information, le retentissement des troubles prostatiques sur la sexualité est exagéré par celui qui en souffre. Il faut qu'il sache clairement les choses essentielles : les troubles de l'éjaculation, les remèdes que propose la médecine, et la possibilité de poursuivre ou de reprendre une vie sexuelle tout de même satisfaisante.

critères invoqués sont en premier l'indifférence sexuelle de l'épouse, malgré cela toujours aimée ; et en second, une liaison extérieure ancienne que l'on veut « quand même » perpétuer, parce que très satisfaisante « à tout point de vue ».

Le symptôme le plus fréquemment évoqué (plus de 70 % des cas) est une difficulté à obtenir ou à maintenir l'érection, qui s'est installée progressivement et dont le phénomène le plus gênant est l'absence d'érection se déclenchant spontanément, la partenaire habituelle renâclant souvent à faire ce qu'il faut pour compenser la diminution des réactions spontanées.

Dans la presque totalité des cas (98 %), la sexualité antérieure était normale et le trouble s'est installé progressivement, entraînant une diminution inexorable du nombre de rapports. C'est le vieillissement vasculaire qui est à mettre en avant en premier, puisque 47 % de ces sujets ont une diminution importante de l'arrivée sanguine, contre seulement 12 % qui ont un niveau artériel normal (c'est-à-dire comparable à celui des sujets témoins âgés sains). Seulement 25 %, moins d'un tiers des mêmes sujets, ont un taux de testostérone inférieur aux normes admises pour la population adulte générale (3 ng/ml). *A contrario*, seuls 25 % des hommes ont un bilan neurologique normal et près de la moitié ont une altération importante des réflexes locaux. Une proportion presque identique (27 %) ne montre aucun signe de fibrose locale alors que 43 % en expriment des signes marqués.

Pour résumer ces constatations cliniques objectives faites sur des sujets se plaignant de difficultés érectiles (figure 7.2 B), on retrouve très exactement sur le terrain les données théoriques et scientifiques des perturbations liées à l'âge exposées ci-dessus. Ainsi, l'andropause au sens élargi du terme ne concernerait pas plus d'un homme sur trois de plus de 60 ans.

Quand on stimule l'érection de ces sujets âgés et se plaignant de difficultés érectiles par injection locale de médicaments, suivie dix minutes plus tard de la visualisation d'images érotiques (voir chapitre 12), une érection totalement rigide peut être obtenue chez plus de 80 % d'entre eux, et seuls 5 % ont une altération médicalement irrécupérable de la fonction érectile (figure 7.2 A).

Ceci est l'élément capital de cette étude : les détériorations rencontrées chez les sujets ayant dépassé la soixantaine sont très rarement la cause d'une interruption inéluctable de la vie sexuelle. Cependant, elles conditionnent une modification des conditions d'obtention de l'érection :

- érections spontanées (sans stimuli) de moins en moins fréquentes ;

• érections nécessitant plus de sollicitations, et en particulier plus de stimuli tactiles ;
• érections plus lentes à devenir bien rigides et souvent moins durables.
Parallèlement, le sujet constate également une diminution de l'émission de sperme lors de l'orgasme. Il en conçoit la sensation accrue d'une sénescence, d'un épuisement de la fonction sexuelle dans son ensemble. Il est mûr pour le syndrome Romain Gary exprimé par son célèbre « Au-delà de cette limite, votre ticket n'est plus valable ».
En effet, tous ces paramètres survenant progressivement vont conditionner ou accélérer un processus de déstabilisation vis-à-vis de la vie sexuelle, d'autant plus aisément que l'idée de l'« andropause » inéluctable est véhiculée *urbi et orbi* – le vieillissement, voire l'arrêt de la vie sexuelle, étant dans l'esprit de tous inscrit dans le parcours de vie. La compagne habituelle entérine souvent, voire anticipe, cette démission face à la fatalité de l'âge.

Solitude sexuelle de l'homme âgé

La sexualité des hommes « âgés » est souvent vue aujourd'hui d'une façon péjorative par le grand public. Les hommes sont encore perçus, dès la cinquantaine, comme de vieux beaux s'ils sont sexuellement actifs, pire s'ils envisagent de procréer, de « refaire leur vie ». Au-delà, ils sont vus comme des papis libidineux.
Dans l'esprit des plus jeunes, les couples vieillissants qui vivent ensemble ne sont pas perçus comme continuant à avoir une vie sexuelle de couple, encore moins comme ayant encore un appétit sexuel à satisfaire. Cela est encore plus vrai pour les femmes, dont on pense très souvent que puisqu'elles sont ménopausées, elles ne peuvent (doivent ?) plus avoir de désir sexuel. On sait qu'il n'en est rien, bien au contraire. Mais toutes ces idées reçues contribuent à enfoncer les plus anciens dans l'indifférence sexuelle, l'involution érectile et cérébrale, d'autant plus vite que des difficultés techniques surviennent, empêchant la réalisation de l'acte.
La vie sexuelle est souvent la victime expiatoire du vieillissement du couple et de la trop grande proximité de la vie après la retraite : on se retrouve côte à côte tout au long de la journée, sans trop avoir à se dire, éloignés intellectuellement parce que l'on n'a pas évolué sur le même registre. Ou bien l'on souhaite profiter de cette nouvelle vie à deux pour « enfin vivre », y compris sexuellement, mais le physique ne répond plus. Parfois, l'épouse n'est plus depuis longtemps la partenaire sexuelle mais, avec la retraite, le retour définitif au foyer laisse désor-

mais peu de temps libre pour « aller voir ailleurs ». Souvent il y a un regain sexuel, mais les gestes et les pratiques inchangés depuis des lustres ne sont plus suffisants à ranimer une flamme vacillante. C'est alors, à cet âge, que dialogue et conseils sont indispensables encore plus qu'à tout autre moment. On pourrait les exprimer sous la forme de quelques adages :

• exprimer ses désirs, et les adapter l'un à l'autre ;
• ne pas avoir honte d'avoir encore un appétit sexuel ;
• adapter la gestuelle sexuelle aux modifications physiologiques de chacun ;
• ne pas écouter celui qui, en matière de sexualité, vous dit : « A votre âge, vous savez... » ;
• consulter à tout âge, si vous en avez l'envie. Si c'est l'érection qui est défaillante, il y a une solution possible.

Car le plus difficile est à venir : la solitude de l'homme âgé après divorce tardif ou, plus fréquemment, veuvage. Lorsque, après une période plus ou moins longue où ils ont interrompu toute activité sexuelle, ils songent non pas nécessairement à la reprendre, mais surtout à ne pas rester seuls –, ils découvrent, à leur grand étonnement, que les compagnes potentielles, même au-delà de 60 ans, sont désireuses d'une vie de couple complète. C'est alors qu'apparaissent des difficultés, voire une impuissance totale (voir chapitre 12), qui ruinent les possibilités de refaire sa vie.

Ces hommes appartiennent à la catégorie, majoritaire, qui auparavant disaient d'eux-mêmes : « Vous savez, docteur, je n'ai jamais été un foudre de guerre. » Lorsqu'ils se retrouvent seuls, ils vivent déjà en état d'échec potentiel face à ce problème. Ils pensent le minimiser en choisissant des compagnes dans la même tranche d'âge qu'eux, et découvrent que ces femmes ont des besoins, un appétit qu'ils sont souvent incapables de satisfaire. Les autres, ceux qui appartiennent à la catégorie « Vous savez, docteur, moi je n'ai jamais eu un seul problème, mais... », sont plus « machos », plus ambitieux. Demeurés seuls, ils iront plus naturellement se stimuler en choisissant, espérant ou visant des cibles féminines plus jeunes... J'observe d'ailleurs que pour ce type de jeunes femmes, qui se retrouvent vivant en couple avec des hommes nettement plus âgés, la préoccupation sexuelle est rarement prédominante. Le confort, la notoriété, la sécurisation, ou tout simplement la recherche d'un père que l'on a perdu, qui ne vous a pas aimée ou qui a disparu, sont le plus souvent les motivations sous-jacentes. Elles sont souvent d'autant plus patientes, compréhensives et actives dans la gestion de la vie sexuelle de leur nouveau compagnon que c'est plus l'image du couple que leur propre satisfaction sexuelle qui est en question. Paradoxalement, bien que ces hommes aient une vie sexuelle plus aisée, ce sont souvent eux qui sont les plus anxieux d'être performants vue la différence d'âge, souvent à tort puisque la sexualité n'est pas nécessairement prédominante dans la constitution de ces couples.

En tout état de cause, la question de la sexualité du sujet âgé se posera de plus en plus avec la prolongation de l'âge moyen de la vie. Qu'elle intéresse la vie des couples qui passent 50 ans et plus ensemble ou celle de ceux qui se forment sur le tard, l'essentiel, encore une fois, est dans le bon sens et l'harmonie. L'arrêt de la vie sexuelle n'est pas inscrit dans les gènes. Elle peut se poursuivre aussi longtemps que la vie se prolonge. Son rythme et ses possibilités sont fonction de la physiologie et essentiellement de la capacité érectile. J'ai constaté d'après les 4 000 cas que j'ai traités (formant l'objet d'une étude en cours sur « le vécu sexuel des patients sous traitement par injections intracaverneuses ») que, lorsque l'on permet par un traitement adapté à un couple âgé d'avoir des relations régulières, le rythme des rapports redevient le même qu'à la maturité (2 à 3 par semaine en moyenne). L'adaptation comportementale et affective est prédominante : un couple, qu'il soit ancien ou nouveau, ne peut exister réellement que dans l'harmonie des désirs partagés et réalisés.

J'ai traité avec succès pendant une dizaine d'années un homme, qui avait 67 ans lors de sa première visite, et son épouse de 65 ans, qui avait été et demeurait sa seule partenaire. Lors de sa dernière visite, comme nous faisions le point, il me tint ces propos : « Docteur, je venais simplement vous remercier, en mon nom et au nom de mon épouse qui vous est très reconnaissante. Vous nous avez permis de prolonger jusqu'à ce jour une vie totalement remplie. Aujourd'hui, nous n'avons plus ni l'un ni l'autre de besoins sexuels véritables… Nous avons donc pris la décision d'arrêter le traitement qui nous permettait de les satisfaire… Notre affection et nos liens restent intacts… » Ces propos illustrent l'ensemble du problème de la sexualité et du vieillissement : vivre sa vie, y compris sa sexualité, au même rythme que sa partenaire. N'est-ce pas, en définitive, le problème de chacun ?

Ce qu'il faut retenir

(1) L'intérêt sexuel est conservé chez une majorité d'hommes âgés.

(2) La baisse de l'activité sexuelle liée à l'âge est plus fonction d'une perte de moyens que de l'absence de désir.

(3) La baisse de la testostérone avec l'âge est progressive et variable suivant les individus.

(4) C'est le vieillissement des artères et muscles du pénis, parfois accéléré par la maladie, qui est à l'origine de la diminution de la virilité de l'homme âgé.

(5) Le risque d'un accident cardiaque pendant un coït est très faible, même chez les opérés du cœur.

(6) Une intervention sur la prostate, même en cas de cancer, n'interdit pas l'activité sexuelle, qui est restaurée par le traitement.

(7) Le couple doit adapter les pratiques sexuelles aux changements physiologiques qui interviennent avec le temps.

Chapitre 8

L'HOMOSEXUALITÉ

« La plus grande partie de la littérature qui traite de l'homosexualité représente soit une polémique sur l'odieuse anomalie d'une telle activité, soit un argument partial pour défendre le droit d'un individu à choisir son type de comportement sexuel[1]. »

A. Kinsey.

Quand, en 1948, A. Kinsey livre les résultats de sa monumentale enquête sur le comportement sexuel masculin, il affirme que 6,1 % de la totalité des pratiques sexuelles masculines sont homosexuelles, tandis que les pratiques hétérosexuelles représentent 69,5 %, les pratiques solitaires 24 % et la zoophilie 0,3 %. D'après les biographies recueillies par l'observateur rigoureux qu'était Kinsey – mais il n'avait pas enquêté sur une population randomisée (choisie au hasard) comme celles issues d'enquêtes pratiquées plus tard –, 37 % des hommes interrogés ont eu à un moment ou à un autre, entre l'adolescence et la vieillesse, au moins un rapport homosexuel.

1. A. Kinsey, *op. cit.*, p. 769.

QU'EST-CE QUE L'HOMOSEXUALITÉ ?

Comme si souvent en matière de sexualité, il faut savoir de quoi l'on parle. En matière d'homosexualité encore plus qu'ailleurs car, on le verra à propos du sida et de l'origine de l'épidémie dans la communauté homosexuelle, homophobie et prosélytisme s'affrontent. L'homophobie est un comportement individuel masculin de rejet total (le mot haine conviendrait) du comportement homosexuel. Il s'exprime souvent avec violence à l'égard de ceux qui vivent différemment leur sexualité, faisant écho à la *vox populi* vis-à-vis de l'homosexualité, si longtemps honnie et traquée par nos sociétés modernes issues de la culture judéo-chrétienne. Mais il y a en outre dans l'homophobie une sourde crainte individuelle de l'inversion sexuelle, crainte d'une attirance non seulement anormale mais interdite par le code social. La masturbation et l'adultère, qui ont été longtemps et violemment réprouvés, se sont largement répandus ; pas l'homosexualité et sa sensation de braver un interdit « contre nature »... comme l'inceste. L'homophobie serait plus une réaction de défense individuelle primaire, comme certaines formes de racisme. Elle s'effacera devant tel ou tel individu appartenant à la race honnie mais qui sera accepté parce qu'exceptionnel. Face à l'homophobie, les activistes « homos » ne sont pas en reste... et le caractère outrancier de leurs démonstrations achève de marginaliser l'homosexualité en livrant les uns et les autres à des surenchères aberrantes et à des démonstrations médiatiques qui retentissent même sur la validité de certaines études scientifiques.

Face aux montagnes d'écrits sur l'homosexualité, l'observateur de la sexualité masculine, le clinicien objectif, celui qui met ses convictions intimes dans sa poche (qu'elles soient politiques, esthétiques, affectives ou raciales) pour écouter les individus qui se confient à lui, a toujours eu une oreille bienveillante et curieuse envers la question de l'homosexualité. L'exposé que j'en fais ici est le reflet de cette curiosité scientifique exposée en toute impartialité : les homophobes et les militants activistes des mouvements gays n'y trouveront sûrement par leur compte : ils appartiennent à ces cohortes qui font marcher le monde sur la tête, en ce début de siècle, l'intégrisme de la calotte et des barbons de tout poil et le racisme évolutionniste qui n'épargne même pas le monde médical.

Le terme homosexuel est tiré de la racine grecque « semblable », et non du latin *homo*, l'homme. L'homosexualité est donc l'attirance sexuelle pour un être de même sexe que soi. En veine de culture, les humains ont inventé, grâce à la poétesse Sapho qui exerçait ses talents dans l'île

de Lesbos, le lesbianisme et surtout l'appellation contrôlée « lesbienne » pour les femmes, laissant aux hommes le terme « homosexuel ». Et d'une manière générale, l'homosexualité s'applique aux hommes, alors qu'on devrait parler d'homosexualité masculine et d'homosexualité féminine. Le terme homosexuel est réducteur, et on l'a « découvert » à l'occasion des recherches épidémiologiques sur le sida. L'inversion du comportement sexuel ne se réduit pas nécessairement à une attirance exclusive ni dans l'instant ni dans la durée. Tel homosexuel réputé exclusif peut avoir occasionnellement des relations avec des femmes. Il en est de même pour certains hétérosexuels qui, à l'occasion, ont une relation homosexuelle. Il faut revenir pour le comprendre au concept « d'urgence orgasmique », qui peut amener un être à avoir des contacts sexuels avec un être de même sexe dans une circonstance où il n'y a pas, et où il n'y aura pas avant longtemps de possibilité de s'adresser à une partenaire féminine : c'est le cas de l'univers carcéral, où l'on sait que les relations homosexuelles qui peuvent exister pendant la détention disparaissent dès l'élargissement.
Certains, avec A. Kinsey[1], plaident pour une sorte d'indifférenciation comportementale initiale qui amènerait les adolescents à de très fréquentes expériences homosexuelles (de 30 à 50 % selon lui) dans le début de leur vie sexuelle, et qui « dévieraient vers la normalité » sous l'emprise de la pression sociale d'une organisation hétérosexuelle de la société. Cinquante ans plus tard, on peut penser que c'était plutôt l'organisation du système éducatif qui perpétuait une sorte de tradition hellénique de l'initiation. Dans les collèges, à l'image d'autres concentrations unisexes d'autrefois et dans l'urgence orgasmique prépubertaire, ce type de relation était fréquent sans nécessairement présager une dérive future vers l'homosexualité exclusive.
Un autre âge où l'on peut voir surgir ou resurgir un comportement homosexuel est l'âge mûr. Dans tous les milieux, on est friand de ces histoires mettant en scène des hommes ayant dépassé la cinquantaine, à la vie de couple apparemment rangée et qui soudain révèlent une attirance homosexuelle irrémédiable, longtemps refrénée, et passent à l'acte. Cette urgence de la satisfaction de l'appétit orgasmique est identique à celle qui pousse tel homme, jusque-là fidèle à son épouse et heureux de l'être, dans les bras d'une autre femme. Le souvenir douloureux m'est resté d'un homme de la cinquantaine, bien établi dans la vie, père de trois enfants et qui était venu me demander assistance pour une impuissance latente, révélée à l'oc-

1. A. Kinsey, *op. cit.*

casion de la découverte d'une homosexualité avec « coup de foudre » pour un garçon plus jeune. Au-delà de l'« inamoramento », il avait de multiples rapports avec d'autres partenaires masculins. Il voulait une rigidité sans faille. C'était dans les années 1985-1986, où nous testions tous nos candidats au traitement, pour dépister une infection par le virus V.I.H... sauf refus exprimé du patient, ce que celui-ci avait manifesté. Le hasard voulut que le test fût tout de même pratiqué, et qu'il se révélât positif. « Je ne voulais pas savoir », me dit-il, effondré. Comme je lui indiquais quelles étaient ses responsabilités de père et de patron, et qu'il devait préserver ses partenaires, il soupira et murmura : « Dire que j'ai découvert si tard..., que c'était ma voie... » Je ne suis pas certain qu'avec mes conseils il ait pris plus de précautions que s'il n'avait pas su, mais il finit par me remercier de l'avoir informé. Il se suicida quelques années plus tard dans des conditions dramatiques, pour ne plus souffrir de l'évolution de sa maladie.

Le jeune Proust, modèle de l'homosexuel raffiné et exclusif, en même temps qu'il écrit les premières lettres d'amour/amitié à son condisciple du lycée Condorcet Jacques Bizet, demande de l'argent à son père pour retourner au bordel, après une première tentative avortée par trop d'émotivité – l'argent prévu pour la dame de petite vertu ayant servi à payer le vase de nuit brisé par la précipitation due à l'émotion du trop-plein de désir ! Tel colosse, ou tel séducteur hétérosexuel de l'écran – on se rappelle l'acteur américain Rock Hudson –, dont rêvaient de nombreuses jeunes filles, se révèle attiré uniquement par les hommes. L'homosexualité est protéiforme et non insérée dans un physique prédestiné. Si au lieu de l'isoler dans le ghetto d'une image comportementale exclusive, réductrice et finalement rare, on l'intégrait dans l'ordre naturel des choses, on en réduirait le côté caricatural qui nourrit l'homophobie.

K. Lorenz souligne que ses chères oies peuvent constituer des couples affectivement homosexuels, mais le besoin de reproduction étant exigeant, les jars savent retrouver le comportement hétérosexuel nécessaire (voir encadré ci-contre). Ici encore, l'information raisonnable cède le pas à l'anecdote : il n'y a plus que l'image des « drag queens » ou les désastreuses caricatures qui assimilent homosexualité, travestisme et transsexualité. L'homosexualité n'est qu'un comportement consécutif à une attirance vis-à-vis d'un être de même sexe, elle n'a besoin d'aucune mise en scène particulière pour s'exprimer. Les homosexuels et ceux qui les soutiennent seraient-ils moins perspicaces que les oies cendrées de Lorenz ? La provocation n'a jamais été pour les minorités le meilleur moyen de se faire admettre, tout comme la violence du plus grand nombre n'a jamais été le moyen de faire taire les moins nombreux.

Les jars homosexuels de Konrad Lorenz[1]

L'observation minutieuse de la vie des oies cendrées a conduit K. Lorenz et ses élèves à constater la fréquence des amours entre jars. Ils ne sont pas homosexuels au sens propre, car ils ne pratiquent pas ensemble d'actes sexuels. Bien que ce soit anatomiquement possible, les jars en sont incapables, par principe, car aucun d'eux n'est prêt à s'aplatir devant l'autre. Ils échouent dans leur entreprise copulatrice car ils essaient l'un et l'autre de se monter dessus. L'échec sexuel n'implique aucunement la distanciation des liens amoureux. Par ailleurs, il arrive, sans aucune conséquence non plus pour la solidité de l'union, que l'un ou l'autre « cède » aux instances pressantes d'une oie séduite par ces jars. En fait, il n'y a pas chez l'oie cendrée de comportement extérieur de séduction, c'est le mâle qui effectue la « demande en mariage ». Tout ce que peut faire l'amoureuse est de « mater » le comportement des deux « beaux » homosexuels, guetter le moment de leur étreinte inachevée, et se poser à cet instant, comme par hasard, s'aplatir et être pénétrée. « L'affaire peut se répéter et il s'instaure alors une relation très curieuse. Les deux jars restent aussi liés qu'auparavant, tandis que l'oie femelle les suit à grande distance. » L'attachement amoureux et sexuel normatif de ces animaux s'accompagne de cris, qualifiés par ces observateurs de « cris de triomphe ». Le cri de triomphe qui caractérise le couple amoureux ne se produit pas dans les rapports « volés » aux jars « homosexuels ». On a même pu observer le cas d'un trio de jars dont l'association homosexuelle dominait toute une colonie : l'un d'eux s'échappait souvent pour une liaison épisodique hétérosexuelle, à une certaine distance : « Immédiatement après l'acte, il revenait d'assez loin vers ses deux compagnons et accomplissait vis-à-vis d'eux "le cri d'amour", comme s'il voulait leur signifier que c'est à eux deux qu'il pensait. »

1. K. Lorenz, *L'Année de l'oie cendrée*, Stock, 1991.

LA FRÉQUENCE SUPPOSÉE DE L'HOMOSEXUALITÉ

A. Kinsey était persuadé que la fréquence de l'homosexualité était sous-estimée du fait des tabous sociaux. Il allait même jusqu'à dire que « sans l'emprise des contraintes sociales et conflits personnels, l'homosexualité pourrait l'emporter sur l'hétérosexualité ». Il fondait cette hypothèse sur l'énorme disparité entre le taux de 37 % de relations homosexuelles une fois dans sa vie, et celui de 6 % de comportement homosexuel exclusif. Si l'on regarde attentivement les tableaux qu'il fournit ainsi que plusieurs études antérieures faites par G.-W. Hamilton (1929), R. Ramsey (1945), R. Fruger (1947), on s'aperçoit que ce taux moyen de 30 % et plus, sur lequel s'appuient encore certains pour maximaliser le phénomène homosexuel, est fondé sur la grande fréquence d'un ou au maximum de quelques rapports, le plus souvent juste des attouchements entre adolescents, à l'époque où la mixité n'existait pas et où l'on ne disposait que d'une cousine pour quelque expérience innocente. Le copain de classe ou un aîné faisait office d'initiateur. L'empreinte du plaisir procuré par la satisfaction sexuelle est telle que les contraintes éducatives, sociales ou religieuses ne peuvent le réduire, et en tout cas certainement pas dans la proportion de 37 % à 6 %. Deux données sont intéressantes à ce titre : l'enquête ACSF réalisée chez les jeunes de 15 à 18 ans ne montre pas, loin de là, une proportion aussi grande de rapports homosexuels (inférieur à 10 %). D'autre part, les enquêtes épidémiologiques faites dans les communautés gays ont montré une très grande fréquence de rapports également hétérosexuels (de 72 à 86 %). Même si ce mélange des genres est dérangeant pour beaucoup, il est réel, avoué et nécessite une analyse.

Quand on s'en tient à une définition claire d'un rapport homosexuel réel et prédominant, on peut considérer les trois chiffres suivants concernant les rapports homosexuels exclusifs :

– enquête Kinsey (1948)	6,2 %
– enquête ACSF française (1993)	4,1 %
– enquête en Grande-Bretagne (1994)	3,6 %

Si l'on ne tient pas compte des expériences homosexuelles adolescentes sans lendemain, lesquelles ne sont mises au jour que par un interrogatoire insistant et bien conduit, car non comptabilisées par ceux qui les ont vécues comme de véritables signes de comportement homosexuel, il faut retenir pour l'homosexualité une incidence de 3 à 4 %. C'est ce pourcentage que je retrouve dans ma pratique quotidienne, au cours de

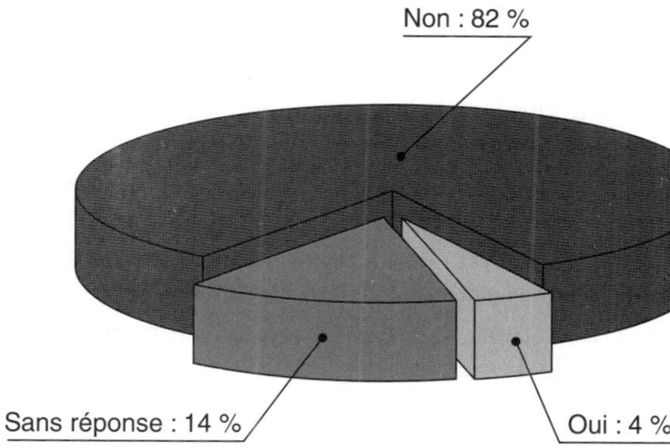

Figure 8.1. – *Fréquence de l'homosexualité.*
Sondage sur la présence de rapports homosexuels dans la population de patients consultant pour dysfonction sexuelle en 1994 (n=201)[1].

laquelle une enquête systématique auprès de mes patients porte sur ces données dans le passé et dans le présent.

Dans l'enquête française ACSF, on note une différence entre « attirance homosexuelle », chiffrée à 6,6 %, et « homosexualité » : 4,1 %. Quant à la propension à l'ambisexualité, elle est chiffrée à 4 %, chiffre égal dans les deux sexes. Comme dans tous les domaines de la sexualité, la validité des chiffres doit être critiquée en fonction des tabous et des réticences individuelles : quand on pose la question de façon directe, la non-réponse peut être signifiante. Aussi dans le questionnaire que remplissent mes patients, j'observe 14 % de non-réponses à la question sur d'éventuels rapports homosexuels (voir figure 8.1).

L'homosexualité exclusive : un phénomène limité

Rappelons-nous Platon qui, par la bouche d'Alcibiade, expliquait l'hétérosexualité ou l'homosexualité par la recherche d'une moitié identique ou différente à la suite de la séparation d'êtres primordiaux, doublement mâles, doublement femelles, ou hermaphrodites. Rappelons-nous qu'à l'origine, la matière humaine primitive a un potentiel de déve-

1. Enquête de l'auteur.

loppement féminin ou masculin, à partir de tissus identiques, et que c'est l'expression des gènes qui décidera du sexe. L'imaginaire en a déduit que nos comportements, notre orientation sexuelle sont, eux aussi, nécessairement ambivalents et pourraient à tout moment basculer dans l'inversion : l'homosexualité.

La constatation d'une ambisexualité, discutable dans sa fréquence et dans sa signification, de relations homosexuelles dans l'enfance et l'adolescence, d'une résurgence (le pic de la cinquantaine) des pratiques homosexuelles chez des hommes jusque-là strictement hétérosexuels, a conduit des esprits rigoureux comme A. Kinsey à concevoir un concept intéressant, celui d'une échelle d'orientation sexuelle (figure 8.2). Cette échelle est graduée de 0 à 6 ; 0 représentant un comportement et un psychisme hétérosexuels exclusifs et 6 représentant une expérience et un psychisme exclusivement homosexuels, la médiane 3 n'impliquant aucune préférence marquée pour l'un ou l'autre sexe. Les catégories 1 et 2, 4 et 5, se répondant en miroir, caractérisent pour les premiers des comportements homosexuels occasionnels, non imposés (catégorie 1) et pour la catégorie 2 un comportement hétéro prépondérant, mais une attirance homo sans passage à l'acte régulier, les catégories 4 et 5 étant le pendant homosexuel de 1 et 2 vis-à-vis de l'hétérosexualité. Selon A. Kinsey, le comportement 0 concerne 75,6 % des hommes, tous les autres comportements sur cette échelle graduée restent minoritaires, pour aboutir à un comportement homosexuel exclusif de 6,2 %. L'enquête réalisée en Grande-Bretagne se rapproche de cette catégorisation, mais retrouve aux extrêmes des chiffres sensiblement différents et qui semblent mieux refléter la réalité quotidienne : 90 % de comportements hétérosexuels exclusifs et 3,6 % de comportements homosexuels exclusifs.

L'échelle d'orientation de Kinsey a un double mérite, à mon sens, et devrait, comme le suggèrent ses successeurs travaillant dans l'institut qui porte son nom[1], être affinée pour fournir aux chercheurs et cliniciens un outil utilisable dans les enquêtes et travaux cliniques sur la sexualité humaine, en particulier pour évaluer dans tel type de comportement l'orientation sexuelle réelle. Une telle échelle devrait inclure la nature des fantasmes et des rêves (exclusivement hétéro ou homo), la nature de la réaction aux stimuli sexuels et son analyse, la capacité d'émotion et d'affectivité vis-à-vis des êtres de même sexe, et bien sûr le comportement sexuel réel avec une graduation proche de celle proposée en son temps

1. J. Reinisch, *op. cit.*

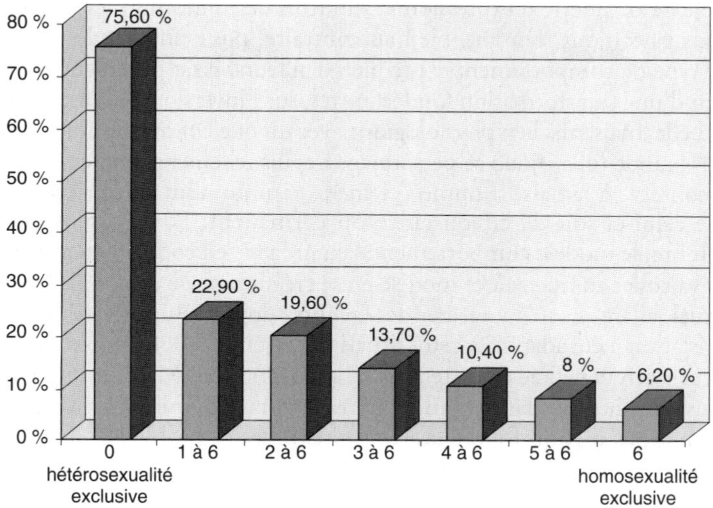

Figure 8.2. – *Échelle d'orientation sexuelle masculine dans le rapport Kinsey.*
Recensement de 1940, effectué sur un échantillon de 4 284 personnes (non randomisé).

par A. Kinsey. Le but étant d'éclairer individuellement des situations indéterminées et d'adapter au mieux orientations et réalités des comportements. Les études faites jusqu'à ce jour sont quantitatives et placées plus que jamais dans une perspective épidémiologique et préventive du développement des M.S.T. et spécifiquement du sida. Dans une étude personnelle non publiée, ayant évalué plus de 1 000 patients vus à notre consultation et soumis à un questionnaire inspiré des propositions faites ci-dessus, l'homosexualité exclusive représente 6 % de l'échantillon et l'ambisexualité 3 %.

LES CARACTÉRISTIQUES ET LES COMPORTEMENTS PRÉDOMINANTS

Les caractéristiques sexuelles homosexuelles sont ici analysées d'après l'étude que j'ai pu en faire, utilisant une méthodologie appliquée aux patients venus me consulter pour difficultés de fonctionnement sexuel. L'image que l'on a de l'homosexuel est bien souvent caricaturale, celle de la « grande folle » maniérée qui singe le comportement féminin. Sous prétexte de liberté d'expression et du droit des minorités, les organisations gays n'ont rien fait, bien au contraire, pour nuancer le tableau. Ce type de comportement existe bien d'ailleurs, il est purement acquis, fruit d'une transformation fondée, certes, sur l'inversion de l'orientation sexuelle, mais sans lien physiologique avec un quelconque dimorphisme. La « grande folle » joue ce personnage depuis tellement longtemps qu'il le conserve à jamais. Il mime l'élément féminin d'un couple éventuel, que celui-ci soit de circonstance ou permanent. Pour le plus grand nombre, le modèle comportemental étant la vie en couple hétérosexuel, on va coller au mieux à ce modèle en se créant une vie de couple homosexuel, allant jusqu'à y insérer des enfants adoptés. Aux Pays-Bas, où la législation a été adaptée à cette situation extrême, 3 000 couples homosexuels ont bénéficié de cette possibilité d'adoption. Mais est-on bien là dans la réalité, ou dans la satisfaction de fantasmes minoritaires, qui ne permet pas d'approfondir les caractéristiques et problèmes posés par l'orientation sexuelle homosexuelle prédominante ? Et surtout, pense-t-on à l'avenir des enfants ainsi adoptés ? Certaines études affirment l'absence de problèmes psychologiques chez les enfants ainsi élevés. Possible, mais n'est-ce pas sur le long terme qu'il convient de juger ?

L'importance du phallus

L'aspect, la taille et le fonctionnement du pénis sont primordiaux pour les homosexuels. Ils sont mis en avant avec encore plus d'acuité que par les hétérosexuels. L'érection étant le vecteur unique et la seule expression du désir sexuel, sa présence est primordiale. Cela explique que les impuissants qui, par peur des femmes, cherchent la satisfaction de leur appétit orgasmique dans l'homosexualité, y sont le plus souvent encore plus mal acceptés, souvent méprisés. Un de mes patients, homosexuel exclusif et raffiné devenu très jeune impuissant par suite d'un traitement radiothérapique, et à qui je demandais quelle satisfaction il retirait du rétablissement de sa fonction érectile, me répondit sans hésitation : « J'ai retrouvé ma bite ! »

Un multipartenariat fréquent

Il existe une variété de comportements dont l'étude est gênée par leur caractère minoritaire, par le fait que les résultats des recherches sont souvent jugés à l'aune des tendances sexuelles de chacun... Les caractéristiques générales sont les suivantes, toujours par comparaison avec l'hétérosexualité.

Une normalité physiologique indéniable

L'anatomie et la physiologie des homosexuels sont de type masculin, c'est-à-dire que les caractères sexuels secondaires – forme du corps, pilosité, voix – sont masculins, tout comme le développement des organes sexuels. Le taux des hormones sexuelles masculines et l'ensemble de l'équilibre humoral (les constantes biologiques) de l'homosexuel ne sont pas différents de ceux des hétérosexuels. Il n'y a pas de ce point de vue de différence significative entre les deux groupes, avec les outils biologiques dont on dispose actuellement. Il en résulte que la virilité est un aspect important de la typologie homosexuelle habituelle. Le lecteur de Proust aura remarqué, notamment dans la célèbre scène où Charlus rend visite à Jupien, dont la boutique est située dans la cour de l'hôtel particulier où vit le narrateur, que c'est par la gestuelle, les tics et tout le comportement extérieur des deux personnages que l'auteur décrit leur homosexualité[1].

Le multipartenariat est plus fréquent chez les homosexuels : c'est l'un des aspects les mieux connus, depuis que les études épidémiologiques ont mis en avant cette donnée comme étant un important facteur de risque de la propagation du virus V.I.H. Il est encore plus accentué pendant l'adolescence et la jeunesse, périodes où l'on se regroupe, comme dans toute communauté minoritaire, pour y cultiver ce qui rapproche. La différence statistique avec les hétérosexuels est évidente, puisque le nombre moyen de partenaires, qu'il soit considéré sur toute une vie, sur cinq ans ou sur un an, est toujours beaucoup plus élevé chez les homosexuels[2]. Y a-t-il une raison biologique à cette constatation statistiquement évidente d'un appétit orgasmique plus élevé ? Ou bien est-ce la difficulté sociale de vivre en couple qui entraîne des fréquentations plus nombreuses et un échangisme plus marqué ? Sans doute les deux, car si l'on considère qu'ici comme là, l'affectif et le sexuel sont primordiaux dans la réalisation harmonieuse de deux êtres attirés l'un vers l'autre, il ne faut jamais oublier que la dimension physique, l'esthétique du corps, est un élément prédominant de la sexualité masculine, préalablement à l'attirance intellectuelle, car l'affectif est le plus

1. M. Proust, *Sodome et Gomorrhe, op. cit.*
2. A. Spira, N. Bajos, *op. cit.*

souvent subordonné à l'attirance physique. G. Zwang[1] souligne que contrairement au comportement homosexuel des primates, fondé sur l'assouvissement de l'un des mâles, « l'échange délibéré de satisfaction orgasmique effective entraîne chez les humains homosexuels non l'agressivité mais la bienveillance réciproque “automatique” pouvant atteindre les niveaux affectifs les plus élevés ».

La formation d'un couple est fréquente, sinon habituelle, à partir de cette entente charnelle. Les liens affectifs qui s'établissent sont très forts, même si la fidélité affective est très souvent écorchée d'aventures « extra-conjugales » qui vont en augmentant au fur et à mesure que le couple vieillit. On voit s'installer des ménages à trois, un plus jeune venant à la fois combler le vide ontologique de l'absence d'enfant et raviver le désir émoussé.

Les troubles affectifs

Contrairement aux idées reçues, il n'y a pas, on l'a déjà vu, d'anomalies morphologiques spécifiques à l'homosexualité. Il n'y a pas non plus davantage de voyeurs et d'exhibitionnistes que dans la population hétérosexuelle. En revanche, dans une étude portant sur 400 pédophiles, l'auteur note un taux d'homosexualité (20 %) nettement plus élevé que dans la population générale[2]. Les troubles de l'affectivité semblent fréquents, sans que l'on ait de données statistiques précises. Ces troubles s'exercent soit dans l'inconstance (sorte d'exacerbation de l'appétit sexuel) et le donjuanisme (prédominance caractérielle masculine), soit dans une jalousie ultra-possessive (prédominance caractérielle féminine). Il est probable que l'homosexualité isolée, sans troubles ou comportements particuliers autres que l'inversion de l'objet du désir, est la plus courante. Même s'ils mènent une vie normale et en tout point gratifiante, ces hommes mourront, hormis adoption, sans descendance. Ce manque est souvent source de dépression secondaire tardive. Plus encore que l'hétérosexuel actif, l'homosexuel vit mal son vieillissement sexuel, en particulier la perte ou la diminution de son pouvoir phallique. G. Zwang signale encore que les troubles sexuels seraient moins fréquents chez les homosexuels, bien que cette impression ne soit pas étayée par une étude statistique. Dans ma pratique (voir figure 8.1), je recense un pourcentage d'homosexuels pratiquement identique à celui

1. G. Zwang, *Abrégé de sexologie*, Masson, 1990, p. 230.
2. M. Agrapant-Delmas, *Étude psychologique de 400 pédophiles*, IMESI, 1999.

constaté dans la population générale étudiée par l'enquête de A. Spira. Bien qu'il n'y ait aucune spécificité dans la nature des difficultés sexuelles rencontrées, j'ai constaté que, plus encore que dans la population hétérosexuelle, le manque de rigidité du pénis est très mal vécu par les homosexuels, qu'il y ait ou non habitude de pénétration anale.

L'homosexualité de compensation ou de refuge

Une forme particulière d'homosexualité que j'ai eu l'occasion d'observer à plusieurs reprises est fondée sur la compensation d'une impuissance primaire hétérosexuelle révélée lors des premiers rapports, survenant chez des sujets timides et anxieux, qui vont se réfugier dans l'inversion par compensation et par crainte d'un échec dévalorisant avec de nouvelles compagnes. Ces sujets se situent quelque part entre 1 et 5 sur l'échelle d'orientation de A. Kinsey. Sur la dizaine de sujets ayant évolué suivant ce mode qui ont été traités avec succès, la moitié a versé dans l'hétérosexualité. Cette hypothèse de l'homosexualité de compensation n'est pas à négliger, ainsi que la nécessité d'évaluer précisément l'orientation sexuelle de chacun, et dans le temps et suivant les circonstances. Il est probable qu'elle se développe chez des sujets qui ne sont pas des hétérosexuels exclusifs. Car comme le souligne encore G. Zwang[1], placés dans des circonstances de sollicitation homosexuelle puissante (comme l'univers carcéral), l'hétérosexuel ne cédera en général pas, le plus souvent il préférera avoir recours à la masturbation avec fantasme hétérosexuel. Il est possible que nos cas « guéris » de leur homosexualité par le traitement de leur impuissance l'aient été parce que pris dans la phase de l'homosexualité adolescente, la seule qui pourrait être réversible.

L'ACQUIS ET L'INNÉ DE L'HOMOSEXUALITÉ

Pour de nombreux penseurs, le comportement humain est *bisexuel* et l'évolution vers l'une ou l'autre des dominantes homo ou hétéro est le fruit des circonstances, du milieu et de l'éducation. Le comportement homosexuel serait donc acquis et conditionné. Or, contrairement à ce que pensait Freud[2], on ne choisit pas à un moment ou à un autre de sa vie son orientation homosexuelle, pas plus qu'il n'existe de schéma

1. G. Zwang, *op. cit.*, p. 232.
2. S. Freud, *Un souvenir d'enfance de Léonard de Vinci*, Gallimard, 1987.

original de l'homosexuel exclusif sur la triple influence du narcissisme, de l'importance érotique de la zone anale et d'une fixation érotique très forte à la mère[1]. De très nombreux hétérosexuels obéissent en effet aux mêmes caractéristiques. G. Zwang fait observer à juste titre que si l'homosexualité était réellement conditionnée, des thérapies de déconditionnement de type psychosomatique pourraient être efficaces, or il n'en est rien, à tel point que les psychiatres ont cessé de considérer l'homosexualité comme une déviation pathologique.

Même si elle prend des formes variables, l'homosexualité est très certainement « constitutionnelle ». L'orientation sexuelle, une fois fixée (phénomène de l'empreinte), paraît irréversible. On peut cependant retenir des degrés, comme l'a fait A. Kinsey, car ils correspondent à ce qui est observé cliniquement. Il ne faut cependant pas, comme le fait E. Badinter[2], mettre dans le même panier les troubles hormonaux, le transsexualisme et le travestisme, pour démontrer l'universalité probable des tendances homosexuelles. Il faut rappeler que le comportement « féminin » n'est pas nécessairement un signe d'homosexualité, contrairement à ce que laisse suggérer son étude. Il convient de rester objectif, l'hétérosexualité exclusive reste très largement majoritaire.

Dans le débat sans cesse nourri de nouvelles arguties sur les vraies causes de l'homosexualité, les milieux gays ont varié leurs arguments, dans le but de faire reconnaître que leur orientation particulière n'était pas une maladie. Ils ont d'abord privilégié le facteur « acquis » pour sortir l'homosexualité du chapitre des déviations pathologiques. Une fois que cela fut admis, on est reparti à la recherche d'une cause « constitutionnelle » plus confortable et permettant de nier la responsabilité du « choix » homosexuel. De tous ces arguments, il faut retenir quelques éléments significatifs.

La fixité du comportement homosexuel

L'étude sociologique de F. Whitman, citée par E. Badinter[3], avec ses sept points montre le caractère inné probable de l'homosexualité :

- l'homosexualité apparaît dans toutes les sociétés ;
- le pourcentage des sujets à orientation homosexuelle est invariable dans les différentes sociétés et à travers le temps ;

1. S. Freud, *Trois Essais sur la théorie de la sexualité*, Gallimard, 1987.
2. E. Badinter, *XY*, Odile Jacob, 1993, p. 159-180.
3. E. Badinter, *op. cit.*, p. 159-180.

• aucune norme sociale n'influe sur cette orientation ;
• il se forme des sous-groupes homosexuels dans toutes les sociétés étudiées ;
• le comportement homosexuel est universel ;
• il existe une même répartition de sujets très masculins et très féminins ;
• les sociétés primitives qui pratiquent une initiation homosexuelle des adolescents avec spermatophagie pour augmenter la fertilité de chacun ne produisent pas un pourcentage d'homosexuels plus grand que les sociétés ayant un comportement initiatique hétérosexuel.

Une anomalie génétique sur le chromosome X ?

Récemment remise à l'honneur, la théorie génétique de l'homosexualité conforterait bien sûr les tenants d'une hypothèse constitutionnaliste de l'inversion. Elle fut émise dès l'aube de la génétique et même antérieurement, sous la forme de son origine congénitale. Il y a plus de 40 ans, en effet, un médecin américain, F.-J. Kallman[1], étudiant des jumeaux monozygotes, montrait que si l'un était homosexuel, l'autre l'était également, alors que si les jumeaux étaient hétérozygotes, l'inversion n'était pas nécessairement bilatérale. Ce travail intéressant ne fut pas confirmé. Au contraire, des spécialistes de la génétique comportementale étudiée à travers les différences observées entre jumeaux monozygotes et hétérozygotes, comme J. T. Bouchard[2], ne trouvent aucun caractère héréditaire marqué expliquant les préférences sexuelles. On est revenu récemment sur ces données, à l'occasion de la publication en 1993 des travaux de l'équipe de Dean Hamer portant sur une quarantaine de familles comportant des frères homosexuels, montrant que la proportion d'homosexualité dans la fratrie était nettement plus élevée (13,5 %) que dans la population générale. Les chercheurs suggèrent alors qu'une anomalie sur le bras long du chromosome X, transmise uniquement par la mère, est plus fréquente chez les membres homosexuels de ces familles. L'orientation homosexuelle serait donc liée à un gène spécifique. L'anomalie était présente dans 64 % des cas examinés. D. Hamer fit face à des critiques méthodologiques et d'autres généticiens ne parvinrent pas à reproduire ses résultats. Pourtant celui-

1. F.-J. Kallman, *Heredity in Health and Mental Disorder*, New York, Nort, 1953.
2. J. T. Bouchard, « Genes environment and personality », *Science*, vol. 264, p. 1700-1701, 1994.

ci persista dans ses recherches et confirma ses résultats fin 1995[1], avec une sélection encore plus rigoureuse des sujets étudiés. Ont été exclues les familles ne montrant pas une « transmission » maternelle de l'homosexualité. Il retrouve un pourcentage identique (68 %) de frères homosexuels porteurs de l'anomalie (22 sur les 32 étudiés) alors que seulement 22 % des paires de frères homo/hétéro avaient les mêmes marqueurs. La même étude montre que chez les homosexuels féminins, on ne retrouve pas de liens statistiques avec le marqueur. Le débat reste ouvert, et demande confirmation par d'autres équipes, comme toujours en matière scientifique. Plus récemment, Bryan Sykes fournit une explication générique élégante à la survie du possible « gène gay ». Il serait transmis effectivement par la mère, par l'ADN mitochondrial, mais suite à une erreur de transmission. Le sujet « homosexuel » aurait dû être tué dans l'œuf[2].

Une structure du cerveau spécifique de l'homosexualité ?

En 1991, la prestigieuse revue *Science*, décidément très impliquée dans l'étude des origines de l'homosexualité, publiait les travaux de S. Le Vay, un neurologue de l'Institut Salk, lui-même homosexuel. Les données ont été recueillies lors d'études anatomiques sur l'hypothalamus de 41 sujets décédés de diverses affections, en Californie et dans l'état de New York (16 d'entre eux étaient homosexuels). S. Le Vay s'intéressait à une minuscule structure appelée INH3, connue pour être impliquée dans le comportement sexuel des mammifères. Chez les homosexuels, cette zone s'est révélée être deux fois moins volumineuse que chez les hétérosexuels (0,051 mm^3 contre 0,12). Ici, comme dans l'étude précédente, on attend confirmation par d'autres équipes, sans pour autant mettre en doute la qualité des mesures réalisées sous microscope[3].

Il faut ajouter à ces hypothèses sociologiques, génétiques et anatomiques des pistes hormonales déjà évoquées, les comportements sexuels féminins et masculins pouvant être modifiés par un « décalage biochimique », à un moment donné, de la formation des structures cérébrales. L'ensemble des modifications biologiques, au sens large du terme, juxta-

1. *Nature Genetics*, 1995, vol. II, p. 248.
2. B. Sykes, *La Malédiction d'Adam*, Albin Michel, 2004. (Voir l'intégralité du chapitre 23 : Un nouvel examen du gène gay.)
3. J.-Y. Nau, « Naît-on homosexuel ? », *Univers Santé*, n° 3, déc. 1995.

posé aux constatations sociologiques – fixité dans le temps et l'espace du pourcentage d'homosexuels –, plaide fortement pour un caractère constitutionnel.

G. Zwang[1] donne une bonne définition de l'homosexualité : « perturbation des structures instinctuelles fixant l'image sensorielle du partenaire sexuel ». À partir de cela, on peut considérer que ce seraient des altérations très fines portant sur certains gènes, et sur l'interaction de l'expression de ceux-ci sur la réceptivité des neurohormones au niveau de structures cérébrales comme l'hypothalamus (et pourquoi pas le INH_3 de Le Vay), qui conditionneraient l'orientation sexuelle préférentielle ou exclusive.

Il est encore trop tôt pour savoir précisément ce qui agit sur quoi pour entraîner cette situation donnée, et quel est le rôle aggravant de l'environnement social, parental et de l'atmosphère répressive qui a toujours régné sur tout ce qui entoure l'homosexualité. Les scientifiques sont sur la piste pour démêler ce qui revient à l'un et à l'autre des facteurs. Le débat n'est pas clos. Cependant nous sommes loin des considérations philosophiques sur l'identité masculine ambivalente et sur la nécessaire voire indispensable perception de notre incontournable homosexualité. Il ne faut pas prendre en particulier le rejet violent de l'homosexualité qu'ont certains hommes pour une universelle autodéfense contre cette tendance homosexuelle non acceptée. Les comportementalistes ont depuis longtemps analysé ce phénomène comme un relent de l'aversion qu'éprouvent les mâles entre eux dans la compétition pour la conquête de la femelle. L'attirance intraspécifique et hétérosexuelle impliquerait une attirance vers les odeurs *sui generis* de l'autre sexe et le rejet automatique de tout ce qui vient de ces « homonymes » et concurrents éventuels !

QUELQUES PRINCIPES POUR UNE APPROCHE DÉDRAMATISÉE

En cette fin de siècle, l'homosexuel ne doit plus se sentir d'une autre espèce, encore moins penser appartenir à la « race maudite », comme la nommait Proust il y a moins de 75 ans. Même si 57 % des hommes[2] affirment que s'ils étaient homosexuels, ils ne se sentiraient pas eux-

1. G. Zwang, *op. cit.*, p. 232.
2. Enquête citée par E. Badinter, *op. cit.*

mêmes vraiment des hommes, le fait homosexuel est aujourd'hui globalement accepté pour les autres. Si nous sommes cependant individuellement encore une majorité (58 %[1]) à ne pas supporter l'idée d'avoir un enfant homosexuel, le chiffre de ceux qui l'acceptent est réellement passé de 19 à 41 % en 22 ans.

L'homosexualité est une pratique minoritaire qui sera toujours vécue par la majorité au minimum comme un « accident », une sorte de malformation congénitale. Elle doit être acceptée ou perçue par les proches comme telle, d'autant plus que lorsqu'elle se démasquera, l'orientation sexuelle sera, à quelques exceptions près (homosexualité de compensation), irréversible.

Il est important de définir le degré de l'orientation sexuelle en fonction des paramètres suivants :

- l'attirance ;
- les rêves ;
- les fantasmes (en particulier lors de la masturbation) ;
- la conduite sexuelle.

En fonction des réponses, on pourra considérer l'homosexualité comme exclusive quand la réponse à ces quatre paramètres est univoque ; prédominante lorsque sur un fond constant de préférence masculine coexistent une activité psychique et/ou physique hétérosexuelle occasionnelle ; enfin, occasionnelle lorsque l'attirance étant à prédominance hétérosexuelle, on n'est pas indifférent, voire pas totalement réticent au même sexe en tant que stimulant sexuel (voir figure 8.2). Mais on ne considère pas comme conduites homosexuelles les attouchements entre de jeunes adolescents de même sexe, *sans lendemain*, à une période où la demande sexuelle est forte et l'orientation encore incertaine.

Sont à mettre en évidence les homosexualités refuges d'une timidité excessive, d'un amour hétérosexuel de jeunesse déçu, ou d'anomalies fonctionnelles qui écartent par anxiété excessive le jeune, dont l'orientation est à prédominance hétérosexuelle évidente, de l'objet de son désir.

Sont à préciser les conduites ambiguës, soit que le sujet est indifféremment sensible à chacun des deux sexes, réalisant une ambisexualité « parfaite », soit qu'il masque son homosexualité par convenance sociale et simule pendant de longues années une vie hétérosexuelle de façade. Ces deux dernières catégories recouvrent 4 % des sujets interrogés lors de l'enquête ACSF[2].

---

1. *L'Express*, 15-21 juin 1995.
2. A. Spira et N. Bajos, *op. cit.*

L'important pour celui qui ressent une orientation sexuelle différente (c'est vrai également pour son entourage) est de l'assumer le mieux possible, et assez rapidement, dès la survenue des premières expériences sexuelles. Le rejet dans ce cas et à cet âge est la pire des choses. Or, 63 % des jeunes homosexuels de 18 à 24 ans interrogés se sentent victimes de l'intolérance de la société à l'égard de leur orientation. Ils n'ont souvent le « choix » qu'entre la répression, la drogue ou le ghetto d'organisations prosélytes, qui les enfonceront dans leur différence en en faisant des militants extrémistes.

L'important ici est, une fois reconnue la prédominance ou l'exclusivité de l'orientation sexuelle masculine, de la banaliser, ce d'autant qu'il n'y a aucune autre « anomalie » décelable de l'individu. Une assistance psychothérapique peut se révéler utile, voire indispensable pour aider ces sujets à accepter ou à comprendre leur état. Un jeune Nord-Africain de 27 ans me consultait récemment, sollicitant un traitement efficace d'une impuissance en apparence totale. En fait, il n'y avait aucune anomalie physique. Son problème résidait dans une homosexualité exclusive qu'il voulait à tout prix combattre, car sa famille et sa religion le rejetteraient s'il était amené à révéler ses tendances. Lui-même ne les acceptait pas : convaincu de l'exclusivité de celles-ci, je le fis prendre en charge avec succès par un psychiatre pour l'amener à accepter d'abord, puis à vivre ensuite son homosexualité. À l'inverse, à chaque fois que j'ai la conviction d'une homosexualité refuge, je tente de normaliser les rapports hétérosexuels, parce que la balance penche vers la recherche de l'autre sexe. Il faut éviter tout prosélytisme, surtout chez les plus jeunes.

L'idéal serait que la prise en charge médicale soit indifféremment homo ou hétérosexuelle, et de refuser l'activisme homosexuel des uns et l'homophobie d'une partie du monde médical hétérosexuel. J'ai le souvenir d'un assistant qui, dès qu'il voyait un homosexuel, enfilait ostensiblement, avant de l'examiner, deux paires de gants par crainte d'une contamination par le virus V.I.H. ! L'homophobie dans le milieu médical s'élèverait à 20 % des médecins en contact avec des homosexuels.

Un autre élément important de l'approche de l'homosexuel est le respect de sa masculinité physique. Au-delà du jeu de rôles homme/femme caricatural immortalisé par *La Cage aux folles*, la sexualité de l'homosexuel est essentiellement phallique. Les problèmes souvent physiques qu'il éprouvera avec sa sexualité sont à ce titre identiques à ceux que l'on observe dans l'hétérosexualité. L'homosexuel exclusif, celui qui se situe au degré 6 de l'échelle de Kinsey, mourra sans descendance. La revendication de l'adoption d'enfants dans le cadre d'un concubinage ou d'un mariage légalisé, qui se fait jour souvent avec une certaine véhémence dans la communauté homosexuelle, ouvre selon leurs partisans le débat final vers une normalisation sociologique complète de l'inversion. Cette normalisation a commencé avec l'abandon des mesures de rétorsion judiciaires contre l'homosexualité entre adultes, puis avec l'abandon de son classement par les psychiatres dans les maladies psychiatriques. Mais le problème que pose cette normalisation totale est autrement délicat, d'une part parce que le couple homosexuel, même homogène, ne reproduit pas le schéma naturel évolutif de l'élevage du petit humain, et d'autre part parce qu'on peut craindre un prosélytisme vis-à-vis d'une orientation sexuelle future de l'enfant adopté, surtout si elle a été bien assumée par ses « parents ». Enfin, a-t-on le droit d'imposer une telle différence à un petit enfant qui n'est pas conscient des conséquences de ce choix ? Avant de légiférer à ce sujet, il conviendrait de revenir sur les réalités biologiques et statistiques des quelques expériences en cours.

L'orientation homosexuelle est minoritaire et le restera puisque, même si elle était constitutionnelle, et éventuellement génétique, elle ne se transmet qu'accidentellement par erreur génétique[1]. Même si elle ne constitue pas une conduite déviante, elle s'écarte du schéma naturel complet de la sexualité humaine pleinement gratifiante, qui cumule l'affectif, la satisfaction de la quête orgasmique et l'instinct de reproduction de l'espèce. On ne peut pousser la tolérance, la compréhension et l'assistance vis-à-vis des homosexuels jusqu'à exposer un enfant adopté à une telle différence sans avoir la certitude statistique, sociologique et à distance, que cela serait sans conséquence pour lui, quand il sera devenu adulte. Qui pourrait aujourd'hui donner une telle réponse ? L'expérimentation humaine pour les médicaments ou les interventions chirurgicales est soumise à des lois très strictes. Des expériences telles que l'adoption pour des couples homosexuels le sont-elles ? Prenons garde de ne pas aller trop loin. On a maints exemples d'erreurs stratégiques dans ce domaine, où trop de conseilleurs ne sont pas les payeurs. Combien d'hommes totalement dégoûtés des organes génitaux de leur épouse a-t-on vu quand la mode était d'assister à la naissance de son enfant ? Que dire de l'échec en matière de couple de l'élevage communautaire dans les kibboutz ?

---

1. B. Sykes, *La Malédiction d'Adam*, *op. cit.*

Nous ne sommes vraisemblablement pas responsables de notre orientation sexuelle primordiale, à ce titre la tolérance à l'égard de l'homosexualité doit être pleine et entière. Mais elle ne doit pas conduire à la déraison.

Ce qu'il faut retenir

① La fréquence de l'homosexualité exclusive ou prédominante varie suivant les statistiques de 4 à 6 %. Elle est présente dans toutes les ethnies, sociétés ou cultures.

② Le comportement homosexuel paraît inné, indépendant de l'éducation, on en cherche le substrat biologique dans les gènes et les structures anatomiques cérébrales.

③ Les activités homosexuelles éphémères de l'adolescence ne traduisent que rarement une tendance à l'homosexualité. Le taux d'homosexualité dans les sociétés pratiquant l'initiation homosexuelle des adolescents n'est pas supérieur à celles ne le faisant pas.

④ La physiologie sexuelle est identique chez les homosexuels et les hétérosexuels.

⑤ Le multipartenariat est beaucoup plus fréquent.

⑥ L'homosexualité chez un jeune homme peut être un refuge du fait d'une impuissance primaire par peur de l'autre sexe.

Troisième partie

LE SEXE DÉFAILLANT

Chapitre 9

MALADIES SEXUELLEMENT TRANSMISSIBLES ET MALADIES DU SEXE

« Que j'en ai connu, de ces bons jeunes gens, nourrissant une sainte horreur des maisons publiques et qui vous attrapent avec leur maîtresse les plus belles chaudes pisses du monde ! »

G. Flaubert.

Évoquer les maladies du sexe induit d'emblée une notion de transmission à l'autre. Même si nombreuses sont les affections qui impliquent le sexe de l'homme sans pour autant qu'il y ait eu contagion. Mais compte-tenu de leur charge émotionnelle, on pense d'emblée aux maladies sexuellement transmissibles (couramment appelées M.S.T.) qui sont multiples, et pour la plupart bénignes et facilement curables. Certaines véhiculent un risque potentiel d'affection chronique pour l'un et/ou l'autre partenaire. Elles existent depuis l'aube de l'humanité et ont toujours été utilisées comme un moyen de répression ou de limitation de la promiscuité sexuelle des humains. Ceux-ci ont su aussi, dès le début, multiplier protection et thérapie contre ces maux[1]. L'identification des organismes responsables de la syphilis et, plus tard de la blennoragie ainsi que l'apport immense des antibiotiques avaient rendu presque caduques les craintes vis-à-vis d'une infection par voie sexuelle. Avec la libération des mœurs liée à la maîtrise de la contraception, et la multiplication des rapports sexuels et des partenaires

1. M. Grmek, *Les Maladies à l'aube de la civilisation occidentale*, Payot, 1994.

différents sans plus aucune protection, on les a vu reparaître, ainsi que des affections sûrement anciennes, mais que la biologie moderne a su identifier : virales, comme l'herpès, ou liées à des micro-organismes, comme les mycoses ou les chlamydiae. Douloureuses mais sans impact immédiat visible sur la santé, elles limitèrent peu l'élan libérateur des « sixties », même si, aux États-Unis, on tenta d'instaurer un frein à ce qui était considéré comme une dépravation, en affirmant la gravité potentielle de l'herpès.

Puis vint le temps du sida, d'abord complètement étranger à la grande majorité de la population, qui ne se sentait pas concernée par les petits groupes à risque et qui négligeait ce risque, confiante dans les capacités des scientifiques à résoudre le problème. Puis intégré à la vie quotidienne comme une épée de Damoclès par un matraquage médiatique sans précédent, exercé par les mêmes apprentis-sorciers qui, au début, avaient avec légèreté fourni des indications rassurantes et erronées.

Parmi toutes les maladies sexuellement transmissibles, c'est aujourd'hui celle qui catalyse toutes les craintes et toutes les angoisses au point que l'on en oublie souvent les autres.

LE SIDA ET L'INFECTION PAR LE V.I.H.

L'irruption de l'infection par le V.I.H. (abréviation française de *virus de l'immunodéficience humaine*), en tant qu'affection sexuellement transmise et potentiellement mortelle a provoqué un bouleversement formidable des esprits vis-à-vis de la sexualité. Les effets, d'abord minimisés parce que concernant des populations minoritaires dont les mœurs marginales (homosexuels et drogués) étaient jugées par la plupart anormales et/ou répréhensibles, ont fini par recouvrir tout le paysage médical et comportemental de cette fin de siècle.

Les intellectuels [1] ont diversement et longuement commenté toutes les dérives comportementales que le simple mot sida évoque aujourd'hui. Pour ne pas avoir réfléchi aux leçons du passé, on (c'est-à-dire les scientifiques, les médias, les politiques, tous ceux qui à quelque degré sont responsables de la transmission de l'information) a confectionné un cocktail explosif fait de l'exacerbation de toutes les fantasmagories dont est capable l'homme face au sexe et à la fatalité de la mort.

C'est Susan Sontag qui, forte de ce qu'elle avait vécu dans sa lutte personnelle contre le cancer, a le mieux analysé l'utilisation faite du sida, comme l'avaient été dans le passé la peste, la lèpre, la tuberculose, voire le cancer : comme un exutoire de l'homme à ses craintes et à ses hontes. « Au fatalisme qui présidait aux grandes épidémies, à l'aspect individuel que revêtait la survenue d'un cancer, à l'innocence romantique de la tuberculose dont on ignorait jusqu'à Koch (1882) le mode de transmission, s'ajoute pour le sida, comme autrefois pour la syphilis, son caractère sexuellement transmissible. Et comme pour la syphilis, on voit se propager les mêmes bêtises, les mêmes exagérations, alors que pourtant la syphilis n'était pas identifiée à une mort certaine, à une mort précédée d'une longue agonie que l'on associait autrefois au cancer, et aujourd'hui au sida [2]. »

Dans cet ouvrage destiné à informer largement, à faire le point sereinement sur chaque sujet et en toute équité, il convient d'analyser la maladie avec la même méthodologie et le même souci d'honnêteté, sachant que ce qui est admis aujourd'hui peut être contredit demain, tant les connaissances dans ce domaine sont mouvantes. L'objectif est de désamorcer la bombe que constitue le monceau d'informations

1. Susan Sontag, *La Maladie comme métaphore. Le sida et ses métaphores*, Christian Bourgois, 1993. André Glucksman, *La Fêlure du monde*, Flammarion, 1994.
2. S. Sontag, *op. cit.*, p. 152.

contradictoires véhiculées par des personnages dont la langue de bois n'a d'égale que l'aura médiatique.
On ne reprendra pas ici l'ensemble des problèmes posés par l'émergence d'une affection qui a agi sur la population comme une catastrophe, on insistera essentiellement sur ce qui est utile au lecteur quant à la conduite de sa vie sexuelle, tout en insistant au passage sur quelques aspects généraux dont j'estime qu'ils sont soit sciemment, soit inconsciemment occultés. La plupart des informations sont puisées dans le remarquable ouvrage de M. Grmek[1], dont la pondération et la rigueur scientifique sont rassurantes.

Définition et origine de l'infection et de la maladie

Une maladie infectieuse bien connue comme la tuberculose se définit par l'infestation de l'organisme par un germe, le bacille de Koch. L'organisme, après une période initiale (la primo-infection), soit le circonscrivait et l'annihilait, soit ne parvenait pas à s'en débarrasser, laissant le champ libre aux ravages que l'on sait. La médecine moderne du XXe siècle a su isoler le germe, fabriquer des médicaments capables de le tuer, puis un vaccin immunisant contre lui. Le germe, quant à lui, n'est pas inerte, il s'adapte, se modifie de manière à résister aux armes qu'on lui oppose, obligeant les scientifiques à la vigilance. Concernant l'infection par le V.I.H., ce schéma n'est que partiellement valable, d'une part parce qu'il s'agit là d'une race de virus particulière (et connue au départ par seulement quelques laboratoires très spécialisés), les rétrovirus ; d'autre part parce qu'il est extrêmement sournois, pénétrant dans le système immunitaire, réduisant la capacité de celui-ci à se défendre contre toutes les infections, avant de l'annihiler complètement. C'est ainsi que celui ou celle qui est atteint devient excessivement vulnérable à toutes sortes d'affections que l'on a appelées « opportunistes » parce que se développant à la faveur de cette déchéance du système de défense de l'individu. Pendant longtemps, la lutte entre le virus et le système de défense reste silencieuse même si elle est effective, et les moyens de détection sont soit inopérants, soit simples témoins de la présence du virus dans l'organisme sans qu'on soit capable de prévoir encore s'il évoluera ou n'évoluera pas vers les complications qui constituent la véritable maladie.

---

1. M. Grmek, *Histoire du sida*, Payot, 1995, et la nouvelle édition au format de poche.

Ce qui rattache véritablement le sida à notre propos, la sexualité masculine, est bien évidemment son mode de propagation principal par les rapports sexuels, mais, au-delà, parce qu'il synthétise tous les fantasmes liés aux comportements sexuels, et qu'il est singulièrement frappant qu'il soit arrivé après 25 ans d'euphorie où l'individu avait cru avoir conquis toutes les libertés propres à sa qualité d'individu et surtout celle d'être, en toute quiétude, ouvert à toutes les expériences. Qu'on ne voie pas dans ces mots une réminiscence biblique de Sodome et Gomorrhe, mais une simple interprétation des faits, issue des articles ou ouvrages consacrés aux origines de l'affection. Les historiens de la médecine, rejoints par les biologistes, pensent que le virus V.I.H. existait certainement à l'état latent, présent dans l'environnement, comme probablement des centaines d'autres rétrovirus. Les méthodes nouvelles d'analyse génétique ont permis de le retrouver dans des organes conservés de quelques dizaines d'individus morts bien avant l'apparition des premiers cas (1981 [1]). Il n'a pu s'exprimer dans sa forme actuelle épidémique et catastrophique que par la conjonction de plusieurs facteurs à la fois biologiques, sanitaires, comportementaux et sociologiques. Parmi la pléiade de micro-organismes vivants qui nous environnent, la plupart sont dits saprophytes, c'est-à-dire qu'ils vivent de notre substance, mais sont bénins, sans danger pour la santé. Ils peuvent soudain se modifier par mutation et devenir pathogènes, nocifs, voire mortels. Pour que cela se produise, il faut un certain nombre de conditions qui n'ont été perçues pour le sida que récemment, et en particulier des passages multiples à l'intérieur de groupes d'individus définis qui permettent au virus de devenir de plus en plus pathogène. C'est ce qui s'est passé dans les deux groupes initiaux de la côte Est (New York) et de la côte Ouest (San Francisco) des États-Unis, où les premiers individus atteints vivaient et avaient leurs relations sexuelles en communauté.

La médecine moderne avait vaincu la plupart des maladies infectieuses soit préventivement par la vaccination, soit quand elles se déclaraient par antibiothérapie. Pourtant, on connaissait bien des virus ou des agents responsables de maladies très rares ne survenant que sur des organismes précédemment débilités. Ces virus étaient très répandus dans cette communauté gay de San Francisco. Ils attendaient, tapis dans l'ombre, une aide pour agir : le V.I.H. réactivé la leur fournit en

---

1. C'est le 5 juin 1981 que le désormais célèbre CDC (Center for Disease Control d'Atlanta) informa de cinq cas de pneumonies à pneumocytosis chez des hommes jeunes et homosexuels.

s'attaquant, dans le système immunitaire, aux cellules qui lui permettaient de résister communément à ces autres virus autrement banals. La promiscuité sexuelle, le nombre des partenaires, et la rapidité et la facilité des moyens de transmission firent le reste, d'autant plus facilement qu'on ne voulut pas voir immédiatement la réalité : la contagiosité sexuelle. Il y eut alors une triple réaction pernicieuse et dramatique.

• **Celle de la communauté homosexuelle**, qui, même prévenue, ne voulut pas abdiquer la liberté sexuelle chèrement acquise, comme ce steward canadien, considéré comme le patient 0. Cet homosexuel actif et passif, à la cadence de 250 partenaires annuels, aurait infecté, soit directement, soit par partenaire interposé, 40 des 248 malades américains diagnostiqués avant avril 1982. Atteint en 1980, prévenu en 1982 du risque qu'il faisait courir à ses partenaires, il ne prit aucune précaution jusqu'à sa mort en 1984. Il déclara dans une interview : « Je l'ai eu, ils peuvent l'avoir aussi[1]. » J'ai le souvenir d'un patient vu plusieurs années plus tard et qui m'insulta parce que je lui recommandais un test de dépistage compte tenu des rapports multiples qu'il avait. Il ne voulait pas savoir, et voulait surtout continuer à vivre ses amours sans retenue aucune. Le test, fait tout de même par routine, se révéla positif, et cette fois ce fut son médecin qui m'insulta, en me reprochant mon attitude irresponsable (*sic !*).

• **Celle de l'opinion publique**, et donc du monde politique, qui ne fonctionne plus que l'œil rivé sur les sondages, qui marginalisa d'emblée et la maladie et les malades sous prétexte qu'ils appartenaient à un monde qui n'était pas le leur : la malédiction de Sodome se réalisait et ce n'était pas leur problème. La propagation à d'autres milieux comme les ambisexuels et la prostitution ne fit qu'accroître chez les bien-pensants le mépris et l'indifférence face au problème. Quand les drogués, probablement infectés par les précédents, les rejoignirent dans les groupes à risque, cela ne fit qu'amplifier la mise en ghetto du phénomène. Il aura fallu l'identification d'un groupe « innocent » de toute tare comportementale – les victimes de la transfusion – par exemple, pour que l'opinion française soit véritablement mobilisée.

• **Celle de la communauté scientifique**, incapable de gérer et de communiquer, ballottée entre ses doutes légitimes devant des phénomènes nouveaux et la nécessité de réagir quasiment en direct et sous la

1. Rapporté par M. Grmek, *op. cit.*, p. 50.

pression des événements et des organisations de malades activistes, gays en tête. Sans parler de la concurrence individuelle que se livrent les chercheurs. La recherche, qu'elle soit clinique ou fondamentale, demande du temps, de la réflexion, des recoupements, et souvent des méthodologies, que le public, surtout s'il est atteint de l'affection qu'on étudie, ne peut pas toujours appréhender brut de décoffrage, comme on les lui livre actuellement. Les organismes de lutte contre le sida devraient décréter le huis clos et ne délivrer les informations ayant trait à son traitement qu'après consensus sur son activité potentielle et décision générale sur le choix des patients qui en bénéficieraient. Les journalistes devraient s'interdire de diffuser des informations autrement que sous forme d'hypothèses. Et chacun ne devrait fournir que la vérité, sans catastrophisme excessif, et surtout sans le fard destiné à cacher ses insuffisances ou erreurs antérieures.

L'état de la pandémie et son mode de propagation

Aujourd'hui, chaque individu, homme ou femme, peut être touché mais avec des risques inégaux, liés à ses mœurs, son lieu de résidence et ses habitudes.

Le nombre total des malades du sida à la fin 1994 dans le monde est estimé par l'O.M.S. à 45 millions et celui des individus infectés à environ 20 millions, dont 1,5 million d'enfants. D'abord limitée aux populations aisées de l'Amérique du Nord et de l'Europe de l'Ouest, la maladie subit une explosion en Afrique et en Asie et dans les milieux sociaux les plus défavorisés, qui cumulent tous les handicaps : la drogue, la prostitution et le peu d'influence des campagnes de prévention. Homosexuels et toxicomanes en Amérique du Nord et en Europe de l'Ouest représentent toujours les populations les plus touchées. Les rapports hétérosexuels comme cause de la transmission de l'affection varient de 8 % en Amérique du Nord à 17 % en France (la moyenne européenne est de 6 %). Le chiffre français élevé est à mettre en parallèle avec le chiffre élevé des drogués séropositifs des deux sexes.

Il est important dans le cadre spécifique de notre étude d'étudier la part sexuelle du mode de propagation de l'affection à l'échelon individuel. Tout le monde sait aujourd'hui que tout rapport sexuel non protégé peut être contaminant, puisque les protagonistes de l'acte sexuel peuvent être eux-mêmes contaminés sans le savoir.

Appuyé sur des études prospectives, malheureusement encore trop peu nombreuses[1], concernant les risques de contamination dans la population hétérosexuelle lorsqu'un des partenaires est infecté, on peut indiquer les données suivantes :

• le port du préservatif pendant les rapports pénétrants vaginaux et anaux représente la seule source de protection véritablement efficace (les chiffres statistiques n'excluent cependant pas totalement le risque) ;

• le retrait sans protection (coït interrompu) a permis d'éviter l'infection aux douze couples étudiés qui le pratiquaient pour tous les rapports ;

• quand il n'y a pas les précautions ci-dessus, le risque de contamination augmente avec l'état médical du sujet infecté, de 10 % chez les sujets asymptomatiques à presque 50 % chez les sujets ayant réellement la maladie. Le risque de contamination est plus grand lors de rapports avec pénétration anale et lorsque le sujet atteint a des lésions génitales ulcérantes. L'activation virale est plus forte chez les sujets porteurs d'autres affections sexuellement transmissibles ;

• les risques sont plus grands (5 pour 1) dans le sens de transmission homme infecté vers femme non infectée que l'inverse, sauf si les rapports ont lieu pendant les règles ou par pénétration anale, toujours plus contaminante que la pénétration vaginale. Il y a également inégalité géographique et l'on remarque que les femmes asiatiques (en particulier en Thaïlande) ont un pouvoir contaminant bien plus fort qu'en Europe ou en Amérique du Nord, probablement en raison des ulcérations vaginales beaucoup plus fréquentes dans ce pays.

Pour ce qui concerne le contact avec la salive, ce qui implique, dans les pratiques sexuelles, le baiser et la fellation, l'enquête européenne[2], réalisée sur des hétérosexuels monogames dont l'un des membres du couple était infecté, a montré qu'il n'y a aucune contamination induite par la fellation non protégée. L'auteur de l'étude indique cependant que la série de cas étudiés est trop courte pour innocenter *totalement* la fellation d'après ces seuls chiffres (voir encadré ci-contre), pour les couples utilisant par ailleurs systématiquement le préservatif pour leurs rapports vaginaux et/ou anaux. En ce qui concerne la transmission buccale, toutes les enquêtes épidémiologiques avec un sujet infecté innocentent le baiser sur la bouche si les deux cavités buccales sont indemnes de toute ulcération et plaie.

1. I. de Vincenzi, « A longitudinal study of HIV transmission by heterosexual partners », *NESM II*, août 1994, vol. 331, p. 341-346.
2. I. de Vincenzi, *op. cit*

Le pouvoir infectant du sang, du sperme et de la salive

▪ *Le sang* constitue le véhicule le plus contaminant. C'est par son contact direct, lorsqu'il est infecté, que l'on a le plus grand risque d'être infecté à son tour. C'est la raison pour laquelle la transfusion sanguine, avant les mesures draconiennes prises par la suite, a constitué une voie d'infestation privilégiée, surtout pour les hémophiles qui utilisaient des fractions sanguines dont la fabrication exige la mise en pool de sang provenant de très nombreux donneurs différents. Le sang d'un seul donneur infecté pouvait en effet à lui seul contaminer des milliers d'autres flacons provenant de donneurs indemnes. De même, lors des rapports sexuels, l'existence de plaies et en particulier d'ulcérations – ainsi que le sang des règles – met en présence de cellules potentiellement infectées, ce qui accroît le risque de contamination.

▪ *Le sperme* : les spermatozoïdes d'un homme infecté ne sont pas eux-mêmes infectés car les virus V.I.H. ne peuvent les pénétrer. Par contre, ils peuvent s'accrocher à eux et se laisser transporter pour transmettre l'infection.

▪ *La salive* d'un sujet infecté contient indubitablement le virus V.I.H., tout comme les cellules épithéliales et les cellules sanguines qu'elle peut renfermer. Pourtant, on l'a vu, il n'y a pas d'infection de bouche à bouche, ni par les objets souillés par la salive. On a objectivé récemment une protéine salivaire, le SLPI (*Secretory Leucocytose Protease Inhibitor*), qui entraverait le développement du virus et expliquerait que la salive n'est pas contaminante. Cependant, on a pu démontrer le pouvoir infectant de la salive chez l'animal, ce qui a fait reconsidérer le caractère innocent de celle-ci.

Comportements sexuels et risques de propagation

D'un côté, une formidable campagne d'information – qui, même si elle peut être sujette à critiques et par ses modalités et par son manque de clairvoyance, a le mérite d'exister et d'avoir fait prendre conscience de l'ampleur du problème et des comportements ancestraux difficiles, voire impossibles à bouger – véhicule trois messages clairs :

- l'infection par le V.I.H. expose à la mort ;

• la transmission sexuelle par pénétration est le mode de propagation prépondérant ;
• la protection par le préservatif est le seul moyen de bien se prémunir, avec une très grande certitude.
D'un autre côté, l'ensemble de la population perçoit le risque potentiel et apprécie la validité et l'efficacité des moyens de protection de façon très inégale, en fonction de nombreux tabous déjà décrits. S'agissant des hommes, 89 % considèrent le préservatif comme efficace, mais seulement 75 % reconnaissent qu'il est facile à utiliser[1]. Encore plus étonnant, les études prospectives faites par le groupe européen[2] dans une population hétérosexuelle et une étude américaine faite dans la communauté homosexuelle[3] sur les comportements sexuels montrent que, alors que l'un des constituants du couple est connu comme infecté, près de la moitié des participants à l'étude continuaient à avoir des rapports avec pénétration non protégés.
Dans la population générale non infectée par le virus, 20 % des hommes et 12 % des femmes seulement avaient changé en 1994 leur comportement sexuel en fonction du « risque d'attraper le sida ». Pourtant, la même enquête indique que 85 % des personnes interrogées sont conscientes de n'avoir pas de risque si « elles font attention » ; et malgré cela, la moitié provoque le destin. Tous ces chiffres indiquent encore une fois que l'étude des comportements sexuels échappe à toute rationalité, et surtout qu'individuellement, chaque homme et chaque femme ont le sentiment qu'il y a un moment où « l'on perd la tête ». L'éditorialiste[3] commentant cette réticence des populations à risque maximum à utiliser le préservatif réclame aux spécialistes un temps de réflexion vis-à-vis des croisades sur la suprématie du préservatif et une meilleure appréciation des autres paramètres : contrôle des autres M.S.T., développement des bactéricides vaginaux et conseils plus éclairés vis-à-vis des comportements.

1. A. Spira, N. Bajos, *Les Comportements sexuels en France, op. cit.*, p. 208-209.
2. I. de Vincenzi, *op. cit.*
3. A. M. Johnson, *NEJM*, 131, n° 6, p. 391, 1996.

Les risques de propagation avec un(e) partenaire non connu(e)

À l'échelon individuel, on peut résumer ainsi les risques de propagation lorsque l'activité sexuelle se déroule avec un ou une partenaire non connue :

1) Le risque zéro n'existe que s'il n'y a pas d'activité sexuelle.

2) La protection la plus absolue est le port du préservatif pour la totalité des activités sexuelles.

3) Le baiser sur une bouche ou des lèvres saines paraît sans risque.

4) La fellation par une bouche et des lèvres saines paraît sans risque, si l'on s'abstient du contact avec les muqueuses.

5) La pénétration vaginale non protégée lorsque les organes génitaux sont sains représente un risque faible, en dehors des règles. Si l'on ignore son infection potentielle, la pratique du coït interrompu (se retirer avant d'éjaculer) représente une protection certaine (sans être absolue).

6) La sodomie non protégée représente un risque accru dans toutes les circonstances.

7) La multiplication de partenaires différents représente une multiplication des risques, compte tenu de l'extrême variabilité du pouvoir infectant de chaque individu. I. de Vincenzi commente ainsi son étude de risque de contamination hétérosexuelle : « Si quelqu'un a cent rapports non protégés avec une seule personne peu infectante, le risque de transmission est faible ; par contre si le même individu a un seul rapport avec cent partenaires différent(e)s, il y a une grande probabilité pour qu'au moins l'une d'entre elles soit hautement infectieuse. »

Parmi les idées fausses les plus répandues, l'efficacité d'un lavage soigneux après l'acte : c'est totalement inutile, voire *nuisible,* en particulier en cas d'infections vaginales, parce que fragilisant les muqueuses, provoquant une congestion et donc favorisant la pénétration potentielle du virus. Le coït interrompu est perçu comme inefficace par une immense majorité, alors qu'il est, on l'a vu, réellement efficace, même quand l'un des partenaires est infecté. Il est surtout perçu comme difficile à pratiquer par les trois quarts des

personnes interrogées[1], ce d'autant que plus des deux tiers des femmes identifient pénétration et acte sexuel vraiment satisfaisant.
Face à cela, les éléments affectifs et sociaux de l'activité sexuelle humaine peuvent devenir des alliés : pour une grande majorité, l'amour et la fidélité sont des fondements de l'harmonie sexuelle, même si un nombre important, dans la gent masculine, considère qu'un coup de canif dans le contrat est véniel. Naïvement, les personnes interrogées par A. Spira et ses collaborateurs considèrent que le meilleur moyen d'éviter l'infection par le V.I.H. est de n'avoir de rapports sexuels qu'avec des personnes dont on est amoureux (72 %) et/ou que l'on connaît bien (79 %), surtout si on l'interroge sur son passé sexuel (64 %). Par contre, les mêmes, à une écrasante majorité (90 %), ne pensent pas possible de demander à sa partenaire un test de dépistage du virus V.I.H. L'efficacité de ces attitudes essentiellement subjectives est extrêmement aléatoire et variable suivant le comportement et le milieu socioprofessionnel dans lequel on vit. Une telle approche affective a de meilleures chances d'être efficace sous nos latitudes dans une province reculée, dans un milieu exclusivement terrien attaché aux valeurs éducatives et religieuses qu'à la ville, dans un milieu socioprofessionnel plus exposé et plus permissif. Le brassage des populations, la progression constante de l'usage des drogues injectables, la relativement fréquente ambisexualité des plus exposés à l'infection, rendent extrêmement fallacieuse toute prévention préconisée sur une sélection fondée uniquement sur la bonne mine.

LA RELATIVITÉ DES MOYENS DE PRÉVENTION

L'usage inconstant du préservatif est sûrement le problème le plus préoccupant, car il reflète une résistance importante à la cible quasi unique de la prévention : « porter le préservatif », surtout chez les jeunes. On a vu (voir chapitre 6) que même si son utilisation s'est généralisée pour les rapports initiaux, il est rapidement abandonné dès que la relation s'est stabilisée. Beaucoup soulignent son manque de naturel, de romantisme, sans parler des avatars liés à la fragilité de l'érection. Plus l'homme avancera en âge, plus il lui sera difficile de porter efficacement la protection. La stimulation nécessaire pour obtenir l'érection implique en effet une action directe sur le pénis. Très souvent, et même si sa mise en place fait partie du jeu érotique, une érection hésitante se trouvera anéantie par cet intermède intempestif. Un grand nombre de mes consultations

1. A. Spira, N. Bajos, *op. cit.*

est motivé par cette difficulté du port du préservatif, dans la perspective d'une nouvelle vie sexuelle. C'est certainement l'une des principales raisons de la non-utilisation du préservatif, avec pour beaucoup une prise de risque « quand même »... À ma connaissance, aucune campagne d'information n'a jusqu'ici tenu compte de cette dimension physique importante, au moins au stade de l'éducation du public par le corps médical, avec ce slogan potentiel : « Renforcez vos érections, vous pourrez vous protéger plus efficacement » (voir chapitre 12).

Les sentiments n'ont rien à voir avec la protection. L'amour ne protège que si les deux membres du couple sont vierges de l'infection, et si la fidélité est absolue et bilatérale. Il faut faire la différence entre les comportements à risque dans les rapports avec une partenaire potentiellement infectée et avec le partenaire dont on connaît avec certitude l'absence d'infection.

La crainte de voir le public relâcher sa vigilance individuelle ne justifie pas la langue de bois et la non-diffusion de la réalité de la situation à un moment donné. Orienter les croisades sur la fréquence de la propagation hétérosexuelle sous prétexte d'éviter l'exclusion ou l'opprobre sur les homosexuels ne diminuera pas la réalité des ravages de l'infection dans cette communauté. Il vaudrait mieux accroître la distribution gratuite des seringues aux drogués plutôt que de continuer à les voir propager la mort. Avant de prévenir, il faut informer : toute addiction à une drogue, qu'elle soit dure ou socialement mieux acceptée comme le tabagisme et l'alcoolisme, nécessite pour être entretenue de l'argent et, souvent, pour la drogue dure, beaucoup d'argent. Un moyen facile d'en obtenir est la prostitution, dont la forme occasionnelle, pour entretenir telle ou telle dépendance, est très développée. Or, cette prostitution est un important réservoir de propagation potentielle de l'infection.

Dans un centre américain de réhabilitation pour alcooliques, une enquête rétrospective a fait apparaître que 10 % des 300 sujets soumis au hasard à un dépistage étaient infectés par le virus V.I.H. : pire, 77,4 % de ces sujets ont quitté le centre sans savoir qu'ils étaient séropositifs.

La pandémie est mondiale et arbore maintenant des profils bien différents entre pays industrialisés et pays en voie de développement. Dans les premiers, avec les variantes déjà soulignées, elle touche encore, avec une fréquence écrasante, une population à risque connue. Dans les pays en voie de développement, c'est la contamination hétérosexuelle qui est prédominante, attisée par la multiplication des rapports, la prostitution et chez les femmes le manque d'hygiène des organes génitaux. Il est probable qu'une meilleure connaissance du pouvoir infectant des diverses souches et des modalités de transmission permettra à l'avenir de mieux comprendre les voies de propagation du virus. En attendant, il vaut toujours mieux sortir couvert… en toutes circonstances.

Cependant, faire connaître ces variantes au public est fondamental pour le responsabiliser et le faire réfléchir. Les débats et les campagnes restent incomplètes tant qu'individuellement chacun n'y trouvera pas une réponse adaptable à son cas particulier : le problème de l'agriculteur normand n'est pas celui du journaliste du microcosme parisien ni celui du globe-trotter solitaire qui arpente le monde sac au dos. Chaque cas est différent : celui du couple en voie de formation, avec déjà un passé sexuel ; celui de la jeune fille vierge ou du puceau qui a un premier rapport avec un partenaire déjà expérimenté. À cause de tabous ancestraux et aussi par méconnaissance de ces données biologiques, on a occulté la dimension affective et psychologique du sida pour n'en retenir que son risque potentiel – on pourrait réécrire la fameuse scène du *Malade imaginaire*, où, aux questions angoissées de nos modernes Argan, les Diafoirus d'aujourd'hui répondraient sans cesse : « la capote ! la capote ! » L'évolution dans la manière dont chaque pays mène ses campagnes de prévention est certes prometteuse, mais le phénomène est pour l'instant uniquement culturel, il faut désormais aller plus loin et inscrire la prévention dans une éducation sexuelle véritable.

En définitive, l'infection par le V.I.H. et le sida posent pour encore quelques décennies de nombreuses interrogations. Il semble qu'après une période d'affolement général et d'énervement scientifique, on maîtrise un peu mieux les problèmes posés, non seulement au niveau des outils de communication, mais aussi au niveau des possibilités thérapeutiques. Les sujets infectés ont la perspective de vivre plus longtemps et dans de meilleures conditions, notamment depuis l'apparition de la trithérapie utilisant les antiprotéases[1]. On a même l'espoir d'éradiquer le virus dès la phase initiale de l'infection, d'où l'importance de bien identifier, sinon le moment de la contagion, les signes initiaux de la maladie.

En contrepartie de ces progrès, l'affection risque alors de se banaliser et si un vaccin ou des mesures drastiques supprimant définitivement le virus n'interviennent pas, on risque de voir se relâcher les mesures préventives[2]. Il faut être vigilant, sans catastrophisme.

1. On lira le bouleversant témoignage de D. Sanborn, éditorialiste du *Wall Street Journal* (8 novembre 1996), « One man's AIDS tale ».
2. On a assisté effectivement, surtout avec l'efficacité des trithérapies, à un relâchement de la protection, surtout chez les homosexuels.

Cinq questions-réponses pour une meilleure prévention individuelle

▪ *À partir de quand peut-on abandonner le préservatif dans une relation qui s'est installée dans une fidélité mutuelle certaine ?*

À partir de deux dosages sanguins négatifs pratiqués à trois mois d'écart, trois mois après le dernier rapport incertain.

Si l'on ne peut supporter pour des raisons mécaniques et/ou psychologiques le préservatif, trois attitudes temporaires sont possibles :

– renoncer totalement à la pénétration pendant la phase de latence, c'est-à-dire les trois mois qui suivent un rapport potentiellement contaminant ;

– pratiquer le coït interrompu, en sachant que la protection n'est totale que si l'on maîtrise bien le retrait, ce qui est loin d'être évident ;

– obtenir par un traitement une érection rigide compatible avec le port du préservatif (voir chapitre 12).

N.B. : La règle du pouvoir infectant moindre des sujets infectés n'ayant aucun signe clinique de sida souffrirait une exception dans les deux premiers mois suivant la contamination : la présence virale serait alors au contraire particulièrement intense et ceci avant toute séroconversion.

▪ *Comment conduire ma relation amoureuse si mon/ma partenaire ne souhaite pas en parler ?*

– Conserver le préservatif.

– Si le port de celui-ci est vécu par la partenaire comme une suspicion, saisir l'opportunité pour la questionner sur la nature profonde de ses sentiments et dans l'attente, ne pas avoir de rapports avec pénétration.

– Ne jamais oublier la dimension affective de la relation : s'il y a suspicion, il y a forcément problème dans la relation amoureuse...

▪ *Je suis séropositif, puis-je continuer à avoir des relations sexuelles, comment ?*

Bien que non abordé de façon objective, le non-dit masque une triste réalité. Nombreux sont ceux, y compris parmi les professionnels de la santé, qui répondraient certainement non. Cela contribuerait à l'évidence à enfermer les sujets dans le ghetto de leur potentielle maladie. La réponse est oui à condition d'être très rigoureux quant aux nécessités de protection. Si c'est l'homme qui est séropositif, le port du préservatif est indispensable pour la pénétration et recommandé dans toutes les autres pratiques de la vie érotique (caresses, fellation, etc.). Si c'est l'élément féminin qui est séropositif, elle doit avant tout recommander à son partenaire le port du préservatif, et se faire surveiller pour éliminer toutes les M.S.T. concomitantes, et en particulier celles impliquant des ulcérations locales. Enfin, éviter à tout prix les relations pendant les règles.

N.B. : Ne pas déclarer à un partenaire potentiel sa séropositivité peut être considéré comme un délit si ce dernier contracte le virus, puis la maladie.

▪ *Je veux pouvoir vivre ma sexualité complètement, même avec le risque d'être infecté ; je ne veux pas du préservatif. Comment minimiser ce risque que j'accepte ?*

– Ne pas avoir de rapports pendant les règles.
– Proscrire la pénétration anale.
– Déconseiller à votre compagne la toilette intime avant le rapport.
– S'assurer qu'elle utilise un bactéricide après.
– S'assurer qu'elle ne présente pas d'infection chronique locale, en particulier ulcérante.

▪ *J'ai 55 ans, je suis seul et envisage de refaire ma vie. J'ai de bonnes érections le matin au réveil, quand je suis seul, et au début de mes rencontres intimes. Dès que j'essaie de mettre le préservatif, je perds mon érection et c'est le fiasco. Trois compagnes potentielles m'ont quitté, car je ne voulais pas avoir de rapports non protégés. Que faire ?*

– La seule solution est l'obtention d'une érection rigide par traitement pharmacologique comme on l'a indiqué dans la première réponse à cette série de questions, pour pouvoir revêtir le préservatif et aborder en confiance et en sécurité une telle relation.

LES AUTRES MALADIES DU SEXE, TRANSMISSIBLES OU NON

La catastrophe épidémique du sida masque au grand public, tout en les rendant encore plus à l'ordre du jour, les autres M.S.T. Dues à la transmission de micro-organismes divers, elles sont généralement curables sans séquelles majeures, quand elles sont reconnues et traitées suffisamment tôt. Par contre, elles peuvent créer des dommages importants si elles sont ignorées ou négligées, voire prédisposer à des affections plus graves (cancer) ou invalidantes (stérilité).

Les urgences

■ *Priapisme.* Caractérisé par la permanence d'une érection qui devient douloureuse et ne cède pas même au prix d'une éjaculation, le priapisme est une urgence médicale absolue et doit être traité le plus rapidement possible pour éviter des séquelles allant jusqu'à une impuissance définitive. Il est donc capital de ne pas attendre et de consulter au plus vite, c'est-à-dire dans les trois heures qui suivent son apparition. Plus le médecin intervient vite, plus le traitement est aisé (voir page 453).

■ *Torsion du testicule.* C'est aussi une urgence médicale absolue. Caractérisée par une vive et brusque douleur de l'un des deux testicules, apparue souvent après un effort ou la pratique du sport, la torsion est pour le testicule l'équivalent d'un infarctus pour le cœur, car elle prive le testicule de son oxygène. Asphyxiées, les cellules qui le composent souffrent et meurent. Il faut impérativement intervenir très vite pour « détordre » l'organe avant qu'il ne soit détruit.

■ *Orchiépididymite.* C'est le problème d'une grosseur douloureuse d'un testicule, apparue plus ou moins brusquement. Elle n'a pas le caractère hyperdouloureux et brutal de la torsion. Dans le doute, l'échographie fait aisément la différence entre les deux affections. L'origine en est microbienne ou virale et le traitement est médical, prescrit après une enquête recherchant une infection urinaire et une affection de la prostate.

■ *Le paraphimosis étranglé.* C'est ainsi que l'on nomme le phénomène engendré par l'impossibilité de recalotter un prépuce un peu trop serré, le plus souvent après un acte sexuel. Sur l'anneau étranglant la base du gland se développe un œdème qui, si l'on tarde à consulter, devient énorme. Le geste chirurgical est simple lorsque le phénomène est vu tôt. Plus tard, les lésions locales contraignent le plus souvent à une circoncision.

■ *La rupture du frein du prépuce.* Elle entraîne une hémorragie souvent spectaculaire car c'est une petite artériole qui saigne. Il faut comprimer énergiquement le point qui saigne et consulter rapidement un chirurgien.

■ *L'éjaculation sanglante.* Ce n'est pas réellement une urgence mais elle inquiète souvent, voire affole, car on la constate essentiellement lors de l'acte sexuel. L'hémospermie, comme la nomment les médecins, est le plus souvent bénigne. Elle commande cependant un bilan uro-génital auprès d'un spécialiste urologue. Il n'y a pas de précaution particulière à prendre en urgence.

▪ *L'écoulement urétral.* Indépendant de l'éjaculation proprement dite, souvent matinal, il traduit l'existence d'une infection des voies génitales liée au développement d'une M.S.T. Il faut consulter dès qu'on le constate, faire pratiquer un prélèvement pour identifier le germe en cause et se traiter le plus rapidement possible, en évitant tout contact sexuel non protégé.

▪ *Penis captivus.* Urgence sexuelle caricaturale et rarissime, rendant compte de l'emprisonnement de la verge dans un vagin dont les muscles sont contracturés, comme cela s'observe dans le vaginisme. L'injection de calmants et de médication décontractante en vient à bout.

Les affections de la peau du pénis

La lecture d'un atlas dermatologique consacré aux lésions survenant sur le pénis en inquiéterait plus d'un. Toutes sortes de lésions peuvent survenir. Les unes sont manifestement vénériennes : chancre, granulome, condylome, verrue seront décrites ci-dessous avec leur M.S.T. causale.

Les autres sont également des lésions qui inquiètent, mais elles ne sont pas liées à une contamination d'ordre sexuel. Certaines sont connues comme pouvant être des états précancéreux, et méritent à ce titre une attention particulière. Ce sont les plaques brunâtres sur le gland de la maladie de Bowen, ou bien celles, difficiles à différencier, de la maladie de Queyrat, ou encore des plaques dites leucoplasiques. Ailleurs, c'est dans le sillon entre gland et corps caverneux que se développent des inflammations récidivantes comme le lichen plan qui est grisâtre. Toutes nécessitant d'être examinées et traitées par le spécialiste de manière à éviter une évolution maligne ou traînante, avec douleurs résiduelles affectant jusqu'à la fonction érectile (voir chapitre 12).

Enfin le vitiligo : des taches de dépigmentation donnant à la peau un aspect totalement blanchâtre. Lorsque ces taches affectent le pénis, leurs propriétaires s'en inquiètent d'une part sur le plan évolutif, d'autre part sur le plan esthétique. Ces taches sont le plus souvent secondaires à une irritation ou une inflammation chronique. Elles sont sans gravité mais ne se recolorient que dans 20 % des cas.

LA CONDUITE À TENIR

– Consulter avant tout traitement.
– Ne pas appliquer n'importe quelle pommade avant qu'un diagnostic n'ait été posé.
– S'abstenir de rapports pénétrants non protégés tant qu'une M.S.T. n'a pas été éliminée.

Les gros testicules

L'augmentation de volume du contenu des bourses alarme d'autant plus vite qu'elle est douloureuse. La consultation en urgence est indispensable pour distinguer ce qui est inflammatoire, microbien ou viral de ce qui est tumoral. L'examen clinique et l'échographie localisent les organes en cause : testicule (orchite), épididyme (épididymite) ou les deux ensemble (orchiépididymite).

La « chaude pisse »

Connue sous le nom de blennorragie, elle est d'une extrême fréquence. C'est une infection déclenchée par une bactérie, le *Neisseria gonorrhœae,* qui se signale par une brûlure de l'urètre avec écoulement purulent survenant entre les mictions.

Elle est transmise exclusivement par voie sexuelle, l'homme constituant le seul réservoir du germe. Il est probable mais pas certain que l'affection était connue de toutes les civilisations du bassin méditerranéen, hébraïque, gréco-romaine et égyptienne. Cette hypothèse[1] vient de ce que le terme gonorrhée, définissant l'affection dans le monde anglo-saxon, caractérisait dans l'Antiquité l'écoulement de la semence, qu'elle soit infectée ou non. La blennorragie ne retient dans sa définition que l'écoulement de pus par le méat, lié à l'inflammation de l'urètre par le germe. Certains écrits hippocratiques mentionnent un tel écoulement « affectant surtout les femmes mariées et les hommes portés sur le plaisir vénérien ».

LA CONDUITE À TENIR

Le liquide jaunâtre doit être prélevé au laboratoire pour examen microbiologique immédiat identifiant l'agent responsable, le gonocoque. Dès lors, il faut instituer le traitement le plus rapidement possible pour éviter

1. M. Grmek, *Les Maladies à l'aube de la civilisation occidentale*, Payot, 1994, p. 214-216.

l'évolution chronique avec des localisations traînantes, en particulier au niveau de la prostate. Le médecin installera une antibiothérapie dès le prélèvement effectué, à adapter ensuite suivant l'étude de l'antibiogramme (recherche de la résistance ou de la sensibilité du germe isolé aux différents antibiotiques possibles). En effet, suivant le lieu géographique de la contamination, le germe peut avoir une sensibilité différente, en particulier en Afrique de l'Ouest et en Asie du Sud-Est, car les souches de germe sont devenues résistantes aux différentes variétés de pénicilline. Il convient de poursuivre le traitement jusqu'à disparition complète des signes, et au minimum dix jours. L'antibiothérapie doit être mixte pour traiter une éventuelle M.S.T. associée (chlamydiae, syphilis). On recherchera toujours l'infection à virus V.I.H. et on préconisera bien sûr au sujet infecté l'abstinence complète jusqu'à la guérison. Dans le même temps, l'examen et le traitement préventif de la ou des éventuelles partenaires est indispensable.

L'ACTUALITÉ DE LA BLENNORRAGIE

Elle est très souvent méconnue, ou insuffisamment traitée, responsable d'urétrite chronique, traînante avec persistance d'un écoulement sans germes, et de douleurs périnéales ou testiculaires, particulièrement tenaces et difficiles à soulager. Elles peuvent générer de véritables impuissances si le phénomène douloureux perturbe l'érection et devient prédominant lors de l'acte sexuel (voir chapitre 11).
Chez les homosexuels, les localisations anorectales sont fréquentes, et souvent latentes. Elles doivent être recherchées systématiquement. Méconnues, elles engendrent des complications infectieuses sévères et invalidantes.
En définitive, tout signe urinaire à la suite d'un contact sexuel doit faire suspecter une « chaude pisse » et consulter. Plus le traitement est institué rapidement, plus simple sera l'évolution.

Les chlamydiae

Contrairement à la blennorragie dont on peut trouver avec une quasi-certitude l'origine de la contamination, nécessairement récente, les infections à chlamydiae peuvent avoir été contractées plusieurs années avant d'être diagnostiquées.
L'affection se manifeste également par une urétrite aiguë, mais celle-ci est différente de celle de la blennorragie car donnant un écoulement clair et peu douloureux. Due à une bactérie parasitaire, *Chlamydiae*

trachomatis, qui peut, si elle n'est pas détectée et traitée systématiquement dès les premiers signes aigus, être à l'origine, comme la « chaude pisse », d'une dissémination dans les voies génitales – prostate, épididyme, vésicules séminales –, responsable plus tard de douleurs mal étiquetées et qui poussent ceux qui en sont victimes de consultation en consultation, sans que l'on ne trouve de solution efficace. Beaucoup plus rarement, l'infection peut se disséminer dans tout l'organisme, entraînant une conjonctivite bilatérale et des arthrites (inflammation des articulations souvent récidivantes). On regroupe ses manifestations sous le nom de syndrome de Fiessenger Leroy-Reiter, du nom des trois médecins ayant les premiers décrit cette association. L'affection transmise à la partenaire est responsable à bas bruit, à partir du col de l'utérus, de séquelles cicatricielles au niveau des trompes, responsables de stérilité. Si les femmes enceintes sont infectées sans le savoir, et ceci est très fréquent, elles peuvent transmettre l'infection au nouveau-né lors de l'accouchement : le bébé peut alors présenter dès la naissance des manifestations oculaires et une infection respiratoire avec rhinopharyngite. Le germe peut aussi se transmettre par contact non sexuel, et en particulier aux yeux par les mains souillées par les organes génitaux. Il provoque une maladie oculaire redoutable, le trachome, qui existe à l'état endémique au Brésil, dans le sud des Indes, en Afrique du Nord, là où l'hygiène est défectueuse et où la surpopulation entraîne la promiscuité, et qui rend tant de jeunes enfants aveugles.

LA CONDUITE À TENIR

Les chlamydiae sont tellement répandus que l'apparition de signes urinaires, quels qu'ils soient, doit les faire rechercher immédiatement par prélèvement de l'écoulement s'il existe, ou à défaut par spermoculture chez l'homme et par prélèvement au niveau du col de l'utérus chez la femme. En tout état de cause, un traitement des deux partenaires par les antibiotiques appropriés (tétracyclines ou chloramphénicol) est indispensable pendant une durée minimum de 15 jours.

L'herpès génital

En fait, il existe deux formes d'herpès dus à deux virus différents : H.S.V.2, initiales de « herpès simplex virus 2 », pour celui qui affecte préférentiellement les organes génitaux, et H.S.V.1, celui qui donne ces gros boutons sur la lèvre supérieure (boutons de fièvre). L'affection est répandue et connue depuis la haute Antiquité : *herpès*, en grec ancien,

veut dire « ramper », le terme caractérisant une éruption en train de progresser, de se répandre sur le corps.
Le virus entré dans l'organisme, le plus souvent par contact sexuel, évolue en deux temps : une primo-infection plus ou moins bruyante, passant souvent inaperçue ou en tout cas ne justifiant pas pour celui qui en est atteint une consultation médicale. Dès lors, après cette infection initiale, les virus se nichent dans l'organisme et seront réactivés à intervalles variables, causant des infections récurrentes, appelées poussées d'herpès. Que ce soit lors de la primo-infection ou lors des récidives, les signes de l'affection chez l'homme sont à la fois génitaux et locaux, caractérisés par une éruption cutanée et des douleurs. Le virus, en effet, stationne essentiellement dans les cellules nerveuses. Alerté par des douleurs génitales, celui qui est atteint découvrira sur son pénis, le plus souvent au niveau du gland, des petits boutons rougeâtres ou surtout des vésicules emplies d'un liquide transparent et extrêmement contagieux. Quand elles éclatent, ces vésicules deviennent de petites plaies qui se cicatrisent en une dizaine de jours. 80 % des sujets ayant eu une primo-infection récidivent, et les poussées peuvent se reproduire plusieurs fois par an, rendant cette affection bénigne pénible par sa chronicité. Lorsqu'elle affecte des sujets atteints d'une autre affection, en particulier infectés par le virus V.I.H., elle prend une tournure beaucoup plus dramatique avec des complications aiguës.

LA CONDUITE À TENIR

Reconnaître l'herpès : toute manifestation cutanée génitale doit faire l'objet d'un examen par le médecin, surtout si elle s'accompagne de douleurs locales et générales et de fièvre.
Si le diagnostic est évoqué, il faut s'abstenir de tout rapport sexuel *non protégé* pendant toute la durée de la poussée, tant que les boutons n'ont pas disparu. C'est au stade des vésicules que la contamination est la plus infectante. À chaque poussée, les mêmes mesures protectrices doivent être prises.
Un traitement local et général doit être entrepris avec l'acyclovir (Zovirax) à chaque poussée : il ne faut pas hésiter à consulter le dermatologue pour entreprendre un traitement de fond, lorsque les poussées sont fréquentes et extensives.
Toute poussée herpétique plus importante et plus extensive qu'à l'accoutumée, et toute primo-infection doivent faire l'objet de la recherche concomitante du virus V.I.H.
Dans 10 à 15 % des cas, H.S.V.1 peut lui aussi être responsable de

localisations génitales. Le bouton de fièvre herpétique n'innocente pas nécessairement la contamination sexuelle. Et en tout état de cause, il est aussi contagieux : s'abstenir du baiser dans ces circonstances est une mesure de précaution minimum. De même, lors d'une poussée, il faut soigneusement laver tous les objets mis en contact avec la bouche.

Les champignons (ou candidoses) et les mycoplasmes

Appelées mycoses ou candidoses, ces infections sont provoquées par un agent présent de façon naturelle et non pathologique dans les organes génitaux de très nombreuses femmes. Des facteurs variables (fatigue, stress, hygiène locale) peuvent transformer ces hôtes bénins en parasites responsables de symptômes désagréables, traînants et dont il n'est pas toujours aisé de se débarrasser.

Quand elle atteint le pénis, la contamination est presque exclusivement d'origine sexuelle ; le gland et son prépuce prennent alors un aspect rouge vif très luisant, comme enduits de vernis ; il peut s'y produire de petites érosions. Ces modifications s'accompagnent parfois d'une urétrite. L'inflammation du canal de l'urètre est surtout perceptible quand le sujet urine. Le diagnostic est confirmé uniquement au laboratoire par isolement de la levure, à partir de prélèvements de la lésion cutanée ou par culture des germes sur un milieu spécifique, permettant d'isoler l'agent responsable, appelé *Candida albicans.* Par ailleurs, si la transmission de la femme à l'homme est exclusivement vénérienne, la femme peut avoir contracté le champignon par simple transformation du milieu vaginal, sans pour autant avoir été infidèle (voir plus loin les conséquences sexuelles générales des M.S.T.).

Lorsqu'existe une urétrite aiguë et que l'on ne retrouve pas le gonocoque, il faut penser aux mycoplasmes et les rechercher au même titre que les chlamydiae et les trichomonas. Il faut également suspecter leur présence lorsque les symptômes persistent malgré le traitement spécifique et la disparition d'autres agents infectieux. L'identification du mycoplasme est malaisée, nécessitant souvent plusieurs prélèvements. Les antibiotiques du groupe des tétracyclines sont efficaces. Chez la femme, il faut le savoir, à l'instar de ce qui se passe pour les *Candida albicans* (comme pour toute la flore microbienne d'ailleurs), les mycoplasmes peuvent exister à l'état saprophyte, c'est-à-dire non pathologique, en deçà d'un certain seuil.

LA CONDUITE À TENIR

Le traitement, comme toujours en pareil cas, intéresse les deux partenaires sexuels. Impliquant désinfection locale, antibiothérapie locale et générale, il est souvent long, car le champignon se révèle difficile à chasser, en particulier lorsqu'il s'agit de candidoses récidivant à l'occasion de traumatismes psychiques ou de l'activation d'une dépression, un peu à l'instar de ce qui se passe avec l'eczéma.

Les infections à *Trichomonas vaginalis*

L'agent est ici un micro-organisme de la classe des protozoaires, responsable chez l'homme comme chez la femme d'un écoulement blanchâtre et fluide, sans douleur mais à l'odeur particulière, et accompagnée de démangeaisons. Les formes masculines peuvent souvent passer inaperçues et multiplier les contaminations avant d'être diagnostiquées. Non traité, le parasite peut infecter les annexes urogénitales (prostate, glande de Cowper, vésicules séminales). Le diagnostic est alors réalisé par l'examen direct du premier jet d'urine. Le parasite sera détruit par un traitement administré exclusivement par voie générale à l'aide d'un antibiotique spécifique, le Flagyl.

Le *Gardnerella vaginalis*

L'infection du vagin par ce micro-organisme normalement présent à l'état naturel est également fréquente et se rapproche des précédentes par son caractère récidivant. Les hommes sont infectés à bas bruit, car chez eux, il n'y a généralement pas de manifestation clinique ce qui contribue à réensemencer les partenaires. Le même antibiotique (Flagyl) serait efficace dans 90 % des cas mais n'empêcherait pas une récidive ultérieure chez les éléments féminins des couples à partir de la bactérie incomplètement détruite par l'antibiotique. Il est important de bien surveiller et traiter définitivement ces infections en apparence bénignes, car elles peuvent ouvrir la voie à une surinfection par des germes plus agressifs.

Les parasites externes : du morpion à la gale

Prêtant plus au rire qu'à l'inquiétude, ces infections sont dues à des parasites externes, responsables de démangeaisons tenaces, car attaquant la peau par la surface en s'accrochant sur les poils du pubis (poux) ou

en y creusant des galeries (gale) où les femelles de ces hôtes déposeront leurs œufs qui infesteront ensuite le corps tout entier excepté ses parties découvertes. L'un et l'autre peuvent être attrapés, sans contact sexuel, mais sont le plus souvent propagés par ce biais. Ils partagent les mêmes symptômes : démangeaisons intenses et rougeurs.
Dans le premier cas, les poux sont facilement identifiés avec une loupe ou même à l'œil nu, ils ressemblent à de petits crabes noirs accrochés à la peau et répandant des amas d'œufs le long des poils pubiens, ils laissent sur la peau environnante des marques bleuâtres témoins des suçons exercés par le parasite qui se nourrit du sang de son hôte. Tous les pharmaciens mettront à la disposition des infortunés infestés des traitements efficaces par lotion, tel le fameux onguent gris connu depuis des lustres.
Tout autre est le problème de la gale, car son agent responsable, l'acarus de Bonomio (du nom de son découvreur du XVe siècle), migre loin de ses bases pour essaimer sur tout le corps, laissant de longues traînées décolorées sur la peau, avec des démangeaisons accrues pendant la nuit : les lésions en sont souvent masquées par l'hygiène corporelle habituelle, et c'est le dermatologue, consulté pour des démangeaisons insupportables, qui pensera au diagnostic et prescrira le traitement spécifique, le Lindane, qu'il faudra appliquer sur la totalité du corps à partir du cou et conserver durant au moins 12 h pour se débarrasser de cet hôte encombrant.

Les verrues génitales (ou condylomes)

L'existence d'excroissances sur les parties génitales, appelées par les médecins condylomes (ou crêtes de coq), est connue de longue date. On pensait autrefois qu'elles n'étaient qu'une manifestation complémentaire d'autres M.S.T. comme la blennoragie ou la syphilis, ce qui n'est pas faux puisque leurs agents responsables, des virus appelés papillomavirus, coexistent effectivement fréquemment avec d'autres agents responsables de M.S.T. Au moins une vingtaine de ces papillomavirus peuvent infecter les voies génitales et se transmettre par contact sexuel. D'une grande fréquence, les verrues à papillomavirus doivent être traitées avec la plus grande énergie. Elles siègent chez l'homme sur les parties génitales découvertes : pénis et spécialement au niveau du prépuce, mais aussi du scrotum. Elles peuvent également se développer dans l'urètre. Les virus se transmettent sexuellement avec une très grande facilité, et sont incriminés chez l'homme (mais c'est rare) et surtout chez la femme dans le développement des cancers des organes génitaux. Les études épidémiologiques sont formelles : les épouses ou partenaires d'hommes dont une première femme a eu un cancer du col de l'utérus ont un risque plus important que les autres d'en avoir un à leur tour. Il en est de même pour celles dont les maris ont eu antérieurement ou concurremment un nombre important de partenaires sexuelles (plus de 20). Le risque de voir survenir un cancer de l'utérus chez l'épouse est 500 fois plus élevé lorsque l'infidèle fréquente des prostituées[1].

LA CONDUITE À TENIR

Toute verrue génitale mise au jour doit être supprimée par un traitement local et le sujet atteint régulièrement réexaminé pour déceler une éventuelle récidive.

La syphilis

Modèle de toutes les phobies liées à la transmission sexuelle des maladies et surtout à la mort par le stupre et la dépravation, la syphilis n'est pas aujourd'hui totalement éteinte. Pourtant, avec l'arrivée de la pénicilline (en 1940) particulièrement efficace sur son agent causal, une bactérie baptisée tréponème pâle *(Treponema pallidum)*, la maladie avait perdu son statut social de fléau, et toutes ses attributions métaphoriques. L'ensemble des intervenants actuels dans l'affaire du sida devraient pourtant s'intéresser à son histoire. On a accusé les marins de Christophe Colomb d'avoir importé la syphilis d'Amérique, alors que la maladie existait déjà certainement sur le pourtour du bassin méditerranéen[2] depuis l'Antiquité. Puis, les premières épidémies se développant en Europe, les Français accusèrent les Italiens d'être à l'origine du mal (le « mal napolitain ») et réciproquement (les Italiens l'appelèrent le « mal français »), tout comme aujourd'hui on discute doctement sur l'origine raciale du virus sidéen. La promiscuité qu'entraînaient à l'époque les guerres et les voyages multipliés par les découvertes étaient comme aujourd'hui les grands pourvoyeurs d'un organisme dont les passages successifs d'un corps à l'autre ont certainement activé la virulence.
Enfin, dernière similitude : l'incertitude. Jusqu'à la découverte de son agent causal, on discutait ferme sur les voies de propagation, et les personnes infectées faisaient l'objet d'une suspicion terrible : la maladie pouvait s'attraper, disait-on, par simple contact, sur la lunette des

1. K. Shah, *Journal of the National Cancer Institute*, 718, 1996.
2. M. Grmek, *op. cit.*

W.-C. ou sur les poignées de porte… Susan Sontag rapporte que c'est une des raisons de la présence exclusive de portes à battants sur tous les navires de la Navy américaine dans les années 1930 [1].

Sur le plan de son évolution, la syphilis connaît aussi un développement comparable : après une contamination initiale heureusement plus bruyante, et aujourd'hui curable, la maladie reste silencieuse jusqu'à des manifestations générales redoutables, en particulier au niveau du système nerveux, qui conduisaient à la mort dans des souffrances et des manifestations cliniques dramatiques. On se souviendra du calvaire vécu par certains personnages célèbres atteints, comme Guy de Maupassant.

L'affection évolue en trois stades. C'est à son stade initial primaire qu'il est capital de la reconnaître et de la traiter pour la faire disparaître. L'affection s'attrape après contact sexuel, quel qu'il soit, avec un(e) partenaire infecté(e). Le tréponème peut infecter une personne saine très facilement dès le premier contact sexuel. Il pénètre la peau ou la muqueuse et réalise localement une lésion initiale appelée chancre syphilitique. Facile à identifier lorsqu'il est apparent sur le gland ou les autres parties découvertes des organes génitaux, il peut passer inaperçu quand il atteint les muqueuses anorectales ou le vagin. C'est pourtant à ce *stade primaire* qu'il est capital de traiter l'affection pour l'éradiquer et éviter la diffusion des bactéries dans tout l'organisme. S'il n'est pas reconnu ou traité à ce moment favorable, le chancre disparaît, laissant une petite cicatrice, stigmate d'une fausse guérison trompeuse. La maladie évolue alors jusqu'à l'éclosion, quelques semaines plus tard, de la *phase secondaire*, témoignant d'une infestation générale avec des symptômes tels qu'un amaigrissement, une efflorescence de ganglions, des douleurs diffuses, signes de l'atteinte de divers organes et en particulier du système nerveux. Si l'on ne reconnaissait toujours pas l'affection à ce stade et si on la laissait évoluer sans la traiter, elle évoluerait vers la *phase tertiaire*, où le développement de lésions scléreuses (gommes) dans les organes nobles comme le cerveau, serait alors difficilement curable, entraînant des complications invalidantes et souvent mortelles.

LA CONDUITE À TENIR

Toute lésion génitale doit faire l'objet d'un examen par un médecin et, mieux, par un spécialiste. La syphilis devenant heureusement rare, les jeunes générations médicales n'en ont parfois qu'une connaissance

1. S. Sontag, *op. cit.*

théorique. L'examen direct au microscope du frottis de la lésion initiale fera connaître l'agent et permettra de traiter par les antibiotiques pendant une quinzaine de jours. Les tests sanguins faits régulièrement après le traitement initial contrôleront que la maladie n'est pas diffusée et qu'il n'est pas nécessaire de poursuivre un traitement plus long. La réaction sanguine qui détecte l'infection par tréponème, l'agent de la syphilis, a eu longtemps aussi mauvaise réputation qu'aujourd'hui la positivité au virus V.I.H. Le B.W. positif (des initiales de Bordet et Wassermann, auteurs du test) était nécessairement synonyme de rapports sexuels avec une femme de mauvaise vie. L'apparition du traitement antibiotique permit d'obtenir, quand il était appliqué assez tôt, une réaction négative au test : on était « blanchi »... au grand soulagement de ceux qui souhaitaient convoler, car il faisait partie de l'examen prénuptial.

Le cancer du testicule

Parmi les grosseurs anormales affectant les testicules, notamment chez le sujet jeune ou même adolescent, le cancer testiculaire doit être une préoccupation constante lors de tout examen médical. Fréquent[1] et capable de dissémination loin de ses bases en métastases pulmonaires ou cérébrales, il est sournois, car souvent non douloureux. La tumeur se présente comme une masse bosselant anormalement le testicule. Elle est souvent détectée par le patient lui-même qui s'en inquiète. Le diagnostic est assuré par l'échographie et confirmé par la biopsie qui en fixera la nature histologique. Des dosages hormonaux seront alors effectués. L'ablation du testicule est obligatoire ainsi qu'une ablation (curage) de l'ensemble des ganglions du petit bassin jusqu'à l'aorte (précédé ou non d'une radiothérapie). Une chimiothérapie complète ce traitement chirurgical pour nettoyer l'organisme de toutes les cellules cancéreuses pouvant avoir disséminé. Lorsqu'il est diagnostiqué avant une dissémination importante, l'évolution est favorable. La survie à cinq ans, qui marque en matière de cancer le seuil de la guérison, est de 70 %.
Le message ici est d'indiquer à tous les jeunes hommes que, comme les femmes qui sont éduquées tôt à examiner elles-mêmes régulièrement leurs seins à la recherche d'une tumeur, ils doivent palper à intervalle régulier le contenu des bourses pour y détecter la moindre anomalie suspecte.
Pour ceux qui ont subi l'ablation d'un testicule, il n'y a d'incidence sur la sexualité que psychologique : la hantise de la bourse vide. Pour y remé-

1. On compte 2 cas pour 100 000 hommes. Il survient surtout entre 35 et 40 ans.

dier, on implante généralement dès l'intervention une prothèse en silicone de la même dimension que le testicule dont on a fait l'ablation.
La nécessité d'une chimiothérapie, et surtout l'éventualité d'une radiothérapie, soulèvent le problème de la fertilité (voir chapitre 13). Le patient sera invité à faire conserver des paillettes de sperme congelé, compte tenu de l'éventualité d'une destruction du potentiel reproducteur du testicule restant, du fait du traitement.
Dernier élément, le cancer du testicule est 20 fois plus fréquent sur les testicules ectopiques, surtout si l'abaissement n'a pas été fait avant l'âge de 7 ans. Dans ces cas, l'ablation préventive est recommandée.

Le cancer de la verge

Ce cancer pose à nouveau le problème des soins d'hygiène au niveau du prépuce et de la circoncision. En effet, on ne recensait en 1994 qu'une dizaine de cas de cancer du pénis chez des hommes circoncis. Cette forme de cancer est cependant heureusement rare (de 0,3 à 1,1 pour 100 000 hommes). Il nécessite l'amputation partielle ou totale de l'organe si l'on veut éviter la dissémination de la tumeur. Malgré cela, il est mortel dans un cas sur quatre. Aujourd'hui, plutôt que le prépuce lui-même, on accuse le manque d'hygiène locale, et surtout les papillomavirus. On peut voir également des localisations cancéreuses péniennes dans le cadre du sida, essentiellement lors du syndrome de Kaposi.
Dans tous les cas, et comme dans toute autre forme de cancer, c'est la biopsie d'une masse apparue sur le pénis qui établira le diagnostic et l'ampleur de l'intervention chirurgicale. Des techniques de reconstruction par lambeaux musculaires seront indispensables en cas d'amputation pénienne élargie.

LE « SAFE SEX » EN GUISE DE CONCLUSION

Les M.S.T. ont existé de tout temps et à toutes les époques. Les progrès des sciences médicales et biologiques en permettent aujourd'hui l'identification rapide et le traitement de celles qui sont curables. Sans revenir sur le cas particulier du sida, il faut cependant insister sur la nécessité d'être vigilant pour traiter dans l'œuf toute infection, même bénigne, car certaines M.S.T. peuvent être à l'origine de maladies graves : infections traînantes, cancers. Il en est ainsi du virus de l'hépatite B dont la transmission sexuelle est avérée, sans aucun symptôme, et nécessite donc une vaccination préventive.

Face au désir impétueux, à notre appétit orgasmique exigeant, il y a un choix pour soi-même et pour les autres, une éthique à respecter, qui doit s'inscrire dans la réalité et obéir à une logique à la fois individuelle et applicable au groupe social.

Les conséquences psycho-affectives des M.S.T.

Qu'elles soient banales ou relativement bénignes comme heureusement la plupart, ou dramatiques comme l'étaient la syphilis autrefois et le sida aujourd'hui, les M.S.T. révèlent toujours la gêne profonde suscitée par la sexualité quand elle doit sortir des alcôves. Les M.S.T. renvoient aux deux principaux tabous sexuels, la honte et la crainte. Toutes deux se retrouvent au coude à coude dans la maladie générée par la pratique sexuelle, la plus secrète, celle qu'il faudra confesser à autrui… encore plus difficilement si elle implique une personne étrangère au couple officiel. C'est l'une des raisons majeures de la propagation des M.S.T. malgré toutes les campagnes d'information ; on se traite le plus souvent en cachette, insuffisamment et sans impliquer tous les partenaires en cause. Quelquefois, chez les plus craintifs, une « chaude pisse » va susciter une phobie telle des M.S.T. qu'elle les éloignera à jamais de toute autre tentative, suscitant soit une fidélité à toute épreuve, soit une solitude désespérée. D'autres fois, ce sont les séquelles des M.S.T. qui déclencheront des symptômes variés, dont la sanction est essentiellement la fuite devant « l'acte délictueux ».
Le nombre des prostatites, kystes résiduels des organes génitaux et autres douleurs variées que l'on peut constater chez les hommes qui consultent pour d'autres symptômes atteste la fréquence de ces affections inavouées et plus ou moins bien traitées. La crainte de les voir survenir est encore plus marquée depuis l'apparition du sida, constituant un frein puissant aux rapports « extérieurs », surtout en raison de la nécessité de se protéger qui n'est toujours qu'imparfaitement admise ou mal supportée. Ainsi, malgré cette crainte, toutes les campagnes d'information ont peu changé les comportements (hormis la généralisation progressive du port du préservatif chez les jeunes), tant il est vrai que le fait d'être amoureux est dans l'esprit du plus grand nombre « immunisant » et fait s'évanouir la honte et la crainte. Constat maintes fois répété d'un comportement contradictoire qui échappe à toute logique, allant même jusqu'à sublimer cette souffrance à travers l'art et la poésie. Avec la sexualité, le scientifique et ses statistiques se heurtent au mur de l'absolu. Le médecin doit surfer entre le quotidien et la métaphore quand l'amour la maladie et la mort sont en question.

Ce qu'il faut retenir

Sept règles pour une sexualité responsable

Règle n° 1 : Se protéger à chaque fois que l'on a un rapport avec une personne dont on ne connaît pas l'état physique, et quels que soient ses dires.

Règle n° 2 : Dans un couple en formation, quel que soit l'âge des protagonistes, l'échange d'information sur la sexualité est impératif, gage d'une confiance mutuelle.

Règle n° 3 : L'abandon du préservatif en toute sécurité n'est envisageable que dans les couples stables et à la fidélité absolue et certaine.

Règle n° 4 : Tout symptôme urinaire (brûlure en urinant, écoulement même clair), toutes douleurs avec fièvre, tout bouton ou ulcération minime sur les organes génitaux suivant un acte sexuel non protégé doivent faire l'objet d'une consultation et d'un traitement immédiat.

Règle n° 5 : Toute manifestation clinique génitale, urinaire ou gynécologique survenant chez l'un des membres d'un couple doit entraîner obligatoirement l'autre membre à la consultation médicale et à l'échange détaillé des informations obtenues. S'il y a d'autres partenaires, ils doivent être également prévenus et se soumettre à tous les examens et traitements nécessaires.

Règle n° 6 : Certaines affections génitales n'impliquent pas nécessairement une contamination sexuelle originelle et ne doivent pas remettre en question la fidélité de celui qui en est victime. Ici encore le dialogue est indispensable.

Règle n° 7 : Le refus du port du préservatif n'est souvent que le reflet d'une difficulté érectile ou la crainte de l'échec qu'elle suscite. Au lieu de s'abstenir ou de prendre des risques, mieux vaut consulter pour y remédier.

Chapitre 10

LES DÉBORDEMENTS DU SEXE

« La laideur et la violence de la pornographie ne sont que le reflet de la laideur et la violence de la Nature. »
C. Paglia.

Sujet sensible s'il en est, le problème des débordements sexuels évoque, pour le public, une actualité douloureuse : celle de la violence sexuelle et des abus qu'engendre le fait de forcer autrui à des rapports non voulus. L'inflation des crimes sexuels sur les mineurs a même justifié un projet de loi obligeant les délinquants sexuels, auteurs de tels crimes, à être traités pour éviter les récidives. Le public, le corps médical, les juristes sont impliqués et le débat est mis sur la place publique. Les sages du Comité consultatif national d'éthique sont interrogés par le pouvoir politique[1]. À plus d'un titre, le débat est exemplaire : les délinquants sexuels (hors pathologie psychiatrique avérée) ne sont pas considérés comme des malades mentaux, donc responsables de leurs actes. Juristes et médecins refusent de donner un caractère normatif à l'activité sexuelle, sans cependant jamais oublier que le débordement sexuel peut aboutir au meurtre. « Toutes sortes de personnalités peuvent être rencontrées chez les auteurs d'infractions sexuelles. Le même polymorphisme se retrouve au niveau de la nature des infractions, qui vont de l'exhibitionnisme simple au crime sexuel avec tortures. » C'est ainsi que les débordements tendent à englober toutes les activités sorties du cadre

1. V. Courtecuisse et J. Michaud, « Recommandations pour un projet de loi renforçant la prévention et la répression des atteintes sexuelles sur les mineurs », *Bulletin du CCNE*, n° 51, le 20 septembre 96.

du rapport sexuel entre deux êtres qui se sont librement choisis. On verra pourtant qu'il y a deux situations bien distinctes : l'une que l'on appellera « la recherche d'autre chose » en y incluant l'amour vénal, l'autre qui est plus spécifiquement « anormale » regroupée sous le vocable « d'hyperfonctionnement sexuel ». À part, seront traités les difficiles et douloureux problèmes de l'inceste et du transsexualisme. Enfin, on évoquera les exagérations entraînées par la nouvelle loi réprimant le harcèlement sexuel. Les abus sexuels allégués, encouragés par la nouvelle moralité du politiquement (sous-entendu sexuellement) correct aux États-Unis donnent lieu à bien des fausses accusations faisant également partie des débordements du sexe.

ACTIVER LE DÉSIR - RECHERCHER AUTRE CHOSE

On entendra par sexualité solitaire celle qui s'exerce quand l'homme n'a pas de partenaire fixe ou quand il y a dans un couple constitué déconnexion entre l'affectif et le sexuel. On y inclura les pratiques qui passent par l'utilisation des films, journaux et messageries à caractère pornographique, qui, même si elles s'exercent à l'intérieur du couple, sont plus l'apanage de l'homme.

La stimulation par la pornographie

Cette forme d'activité sexuelle s'exerce le plus souvent seul, bien que la disponibilité des cassettes vidéo et les programmes de télévision nocturnes la rendent accessible à l'intimité du couple. Mêmes sujettes à caution, les statistiques sont formelles : ce sont les hommes qui recourent le plus à ces moyens de stimulation, que ce soit sous forme de films et vidéos (47 % d'hommes contre 23 % de femmes), de livres et revues (47 % contre 19 %), de connexion à des messageries (10 % contre 3 %). F. Alberoni[1], on l'a vu, caricature assez bien cette différence entre les sexes en évoquant les étalages des kiosques de gare : les femmes se dirigent quasi exclusivement vers les volumes de la collection Harlequin, alors que les hommes vont plus volontiers feuilleter les revues à caractère pornographique. Si l'on voit aujourd'hui des revues et des spectacles mettant en scène la nudité masculine pour un public exclusivement féminin, cela se situe plus dans le cadre d'une provocation ultraféministe que dans une véritable demande physiologique. Le naturel demeure : l'homme préfère le plus souvent visualiser, et la femme presque toujours rêver. Il y a aujourd'hui quelques pistes biologiques à ce fait exprimé de façon triviale : « Il y a en tout homme un cochon qui sommeille. »
On a examiné (chapitre 2) le rôle joué par la testostérone à divers stades de la fonction sexuelle mâle, mais aussi femelle. On a vu également que les incitations érotiques partant de la périphérie du cerveau se transmettent au pénis par des relais nerveux spécialisés. Des études[2] sur certains petits mammifères (rats, lapins) ont montré que ces relais nerveux (dans le cerveau et dans la moelle épinière) étaient influencés

1. F. Alberoni, *op. cit.*
2. C. Bexer and G. Gonzales Mariscal, « Effects of sex steroid on sensory and motor spinal mechanisms », *Psychoneuroendocrinology*, 1994, vol. 19, p. 517-527.

par la concentration en testostérone et en DHT (déhydrotestostérone), la forme chimique de l'hormone utilisable par les tissus. Il en serait d'ailleurs de même de la contraction des vésicules séminales lors de l'éjaculation. La même étude montre que la testostérone agirait également sur la musculature pelvienne des femelles, mais d'une manière différente et en collaboration avec les hormones femelles.

Chez l'homme, on peut observer expérimentalement, grâce à un capteur de rigidité placé autour de la verge, les mouvements de contraction musculaire pelvienne, lors de la projection de séquences vidéo ou lors de lectures à caractère pornographique. On remarque qu'à qualité érectile égale, l'intensité de ces contractions diminue avec l'âge, la conductibilité des nerfs et, semble-t-il, la concentration en testostérone. Ces observations cliniques sont actuellement en cours d'évaluation, dans le but de tenter de définir la quantité optimum d'hormone mâle nécessaire à un fonctionnement harmonieux de ce système complexe. Les quelques expériences que l'on a pu mener dans les mêmes circonstances chez la femme n'ont pas révélé de réponses locales aussi significatives. Si la testostérone joue un rôle important dans ces mécanismes chez le mâle comme chez la femelle, et si l'on peut extrapoler du lapin à l'humain, cela pourrait aussi expliquer pourquoi l'homme préférera le « hard » et les *Cent Vingt Jours de Sodome* alors que la femme sera plus sensible à *Love Story*.

La pratique quotidienne, à ma consultation, de ces tests de stimulation sexuelle montre, outre des différences individuelles significatives dans la réponse aux stimuli, que certains hommes réagissent mieux aux images et d'autres plus à la lecture. Les réticences morales, culturelles ou religieuses face à ce type de stimulation s'effacent largement quand est expliqué leur intérêt clinique. Souvent les hommes qui évoqueront, avant l'examen, leur non-réaction habituelle, voire leur aversion devant ces images, auront une réaction érectile positive, surtout si l'on a pris soin de lever les effets locaux négatifs de l'inhibition (par une préparation pharmacologique avant la projection ou la lecture).

L'observateur de ces réponses aux simulations sexuelles sensorielles en laboratoire constate également ce qu'on pourrait appeler le phénomène de saturation orgasmique. Chez les patients examinés très près d'un orgasme, que celui-ci ait été obtenu par masturbation ou par rapports sexuels, la réponse aux stimuli est diminuée, de même chez ceux qui utilisent exagérément ces moyens de stimulation. Il est probable que les aires sensorielles corticales et les relais corticaux sous-corticaux vers le thalamus et l'axe hypothalamo-hypophysaire saturent. *A contrario*, à condition d'avoir préparé pharmacologiquement le pénis, il y a hyper-

réactivité chez les sujets sevrés de sexualité de longue date, en particulier chez les hommes de plus de 60 ans. Cela se traduit par une fréquence accrue des contractions musculaires pelvipérinéales réflexes lors des projections ou au cours de la lecture.
Les mêmes expériences cliniques n'ont pas été réalisées pour les sensations auditives, celles qui sont utilisées dans les messageries téléphoniques et qui semblent plus prisées par les jeunes. Il est néanmoins très probable que les stimuli auditifs agissent d'autant mieux que la fonction érectile est jeune et bien portante. On l'aura compris, que ce soit par la vue, par la lecture ou par l'écoute, ce qui est recherché par celui qui recourt à cette forme de stimulation, c'est l'activation et surtout la réactivation de la réaction sexuelle. Sa nécessité physiologique est attestée par la présence continue de ces stimuli, et ce depuis les premières expériences artistiques, quelles que soient les cultures jusqu'à l'avènement du cinématographe, dont l'une des premières réalisations a été un film pornographique. Le livre, éminement individuel et donc propice à la discrétion, a longtemps été le vecteur quasi unique de ces textes et de ces images stimulantes réservés à un public cultivé et en position d'affronter les interdits divers, en particulier ceux de l'Église. Les possibilités offertes par les médias et la vidéo les amènent aujourd'hui dans pratiquement tous les foyers.

La lecture et les images

Un homme qui me consultait récemment et à qui je projetais ce type d'images lors d'un test clinique me disait : « J'ai plutôt de l'aversion pour ce genre de films, parce qu'après quelques minutes, j'ai une réaction psychique violente, je dois me masturber très vite, puis le dégoût me vient très rapidement. » Et pour cause ! Il résumait avec candeur le processus physiologique déclenché par toute réaction sexuelle dépourvue d'affectivité, à savoir : une réaction sexuelle miniature mais comportant tous les stades du cycle déjà évoqué, activation du désir par l'image, désir d'orgasme activé par la masturbation, éjaculation-orgasme et phase réfractaire où la sensation d'ineffable est souvent remplacée par le dégoût, majoré par la perception aiguë de la solitude. Cette forme de pornographie individuelle, vide de sentiment et de préoccupation affective, et une fois levés les interdits éducatifs et religieux, peut avoir trois fonctions : l'activation et la découverte pour des hommes inexpérimentés ou inhibés par une éducation par trop rigoriste ; la réactivation, pour des sujets endormis dans le ronron d'une sexualité routinière ; enfin le remplacement, dans

la solitude ou l'abandon, quand la partenaire s'éloigne de la sexualité et que l'on souhaite satisfaire son désir tout en lui restant fidèle.
Quelle que soit la raison de son utilisation, il ne faut pas oublier les différences de perception masculine ou féminine de cette littérature ou de ces images ; dans leur grande majorité, les femmes en ont une forte aversion. Cela ne doit pas être interprété comme un rejet par elles de toute forme de fantaisie sexuelle, mais essentiellement comme une différence d'approche qu'il faut comprendre et respecter. Alors, messieurs, ne leur imposez pas plus le film X de Canal + que le match de football qui précède !

L'AMOUR VÉNAL

De tout temps et dans toutes les sociétés, l'amour vénal a joué un rôle tampon dans la quête orgasmique masculine, exutoire à la solitude ou à l'inégalité de la demande à l'intérieur du couple. Vilipendée, contrôlée, mais jamais interdite, la prostitution a toujours été présente dans l'organisation sociale de la sexualité humaine. En un demi-siècle, elle a considérablement changé dans son utilisation et dans sa sociologie. Elle est cependant toujours aussi présente, et son utilisation est constamment sous-évaluée par les diverses enquêtes. Dans l'enquête ACFS, à la question demandant avec qui a eu lieu le dernier rapport sexuel, 0,4 % répondent avec une prostituée et 1,2 % avec une partenaire de rencontre recrutée par annonce – chiffres très certainement largement en dessous de la réalité et contrastant avec les données recueillies dans tous les pays d'Europe. Certes, le rôle de la prostituée dans le rapport sexuel initiatique est, on l'a vu (voir chapitre 4), en chute libre : elle n'exerce plus de vocation éducatrice depuis près de 25 ans. Elle est aujourd'hui plutôt sollicitée pour les mêmes raisons que celles décrites un peu plus haut : solitude, crainte de l'abord et de l'échec avec une partenaire « normale », routine et lassitude du rapport conjugal, ou simple entorse ludique à l'exclusivité programmée de la vie en couple.

Les diverses formes de prostitution

En fait, il y a aujourd'hui une évolution considérable de la « profession ». Les péripatéticiennes jetées sur le trottoir des villes par la loi de 1945 sont aujourd'hui bien répertoriées, relativement peu nombreuses : 15 à 18 000 en France, 10 à 14 000 en Belgique, 50 à 80 000 en Allemagne, 24 000 aux Pays-Bas. Tous les organismes de contrôle de ces pays affirment que ce chiffre officiel est inférieur d'au moins la moitié à la réalité. Il ne rend en effet pas compte d'un phénomène qui croît de façon exponentielle et peu contrôlable : la prostitution occasionnelle et/ou détournée. Elle inclut la prostitution des mineures, celle des jeunes femmes errantes, déstabilisées, droguées ou marginalisées, et surtout ce que les spécialistes nomment la prostitution d'approvisionnement, intéressant toutes sortes de femmes exerçant une profession autre, mais qui se prostituent temporairement. Autonomes, elles sont difficiles à contrôler et à chiffrer. L'utilisation des messageries téléphoniques sous-entend très souvent ce type d'activité comme l'atteste le nombre de sites de rencontres sur Internet. Enfin, une forme plus raffinée et aussi plus discrète est représentée par les agences de rencontres et les bars à hôtesses : on recensait 121 de ceux-ci à Paris en 1996. Les femmes que l'on peut y rencontrer y ont également les activités professionnelles les plus diverses, et cette forme de prostitution qui ne dit pas son nom est pour elles temporaire et fragmentaire.

Si l'on considère la définition légale de la prostitution comme étant la pratique d'un contact sexuel contre rémunération de manière répétée et habituelle, il faut ajouter dans ce chapitre les massages-relaxations, qu'ils soient pratiqués en institut, en salon ou à titre individuel. Une enquête réalisée au Danemark a montré que cette activité occupait 2 000 personnes et réalisait un chiffre d'affaires de 500 millions de couronnes. La brigade spécialisée a recensé à Paris 180 salons de massages où l'on propose une relaxation complète, ce qui veut dire en clair que la séance de relaxation va jusqu'à l'éjaculation, quand ce n'est pas sa seule justification. Il faut cependant ici distinguer entre les salons de massage qui ne sont que de la prostitution déguisée, avec une tarification établie en fonction du stade de l'acte sexuel qui sera effectué, et d'autres établissements où sont pratiquées de réelles séances de relaxation se terminant éventuellement par une masturbation, mais jamais plus. La distinction entre les deux est souvent ténue, et certaines prestataires de services vont même jusqu'à se présenter comme de vraies thérapeutes.

J'ai le souvenir d'un patient d'une soixantaine d'années, haut magistrat, atteint d'une éjaculation prématurée invalidante gâchant une vie de couple harmonieuse. Ce catholique pratiquant, un tantinet psychorigide, me consultait après échec d'une « thérapeutique sexologique » s'étant prolongée plus de deux ans à raison d'une séance hebdomadaire. Celle-ci consistait en une masturbation plus ou moins longue suivie de fellation, avec comme prétexte la recherche du contrôle de l'éjaculation. Il n'y avait en fait aucune sorte de programme thérapeutique,

et comme j'indiquais à notre juge qu'il ne s'agissait là que d'une sorte de prostitution déguisée, il m'indiqua naïvement qu'en effet il se souvenait qu'on lui avait proposé d'aller plus loin dans l'exercice !
Le label de sexologue ou de psychologue n'implique pas nécessairement le diplôme de médecin (voir chapitres 11 et 12), mais peut servir de déguisement à une activité purement vénale, et sans aucune signification thérapeutique réelle.

Fonctions de l'amour vénal

L'assouvissement de son désir orgasmique sans implication affective permet à l'homme de maintenir un équilibre perturbé par l'abstinence ou l'insuffisance de satisfaction dans sa sexualité quotidienne. C'est un exutoire à la routine, à l'amour « à la papa » ou tout simplement une manière d'être infidèle sans se faire piéger par ses sentiments. Quel qu'en soit le mobile, l'homme qui recourt à cette forme de sexualité n'est pas toujours conscient de ses implications sur le plan de sa propre physiologie. Quand il s'agit de simplement assouvir le « manque » orgasmique, pas de problèmes, ni sur le plan affectif, ni sur le plan physique : l'amour vénal remplit sa fonction. Quand il s'agit de vérifier le fonctionnement de la sexualité, comme c'est parfois (souvent ?) le cas pour de jeunes hommes timides et inexpérimentés, ou lorsque la fonction érectile commence à défaillir, le résultat est beaucoup plus aléatoire, car l'objectif recherché est différent pour le demandeur et la prestataire de service : l'un cherche essentiellement à se rassurer sur sa fonction physiologique ; l'autre, essentiellement programmée pour « faire jouir », n'assume donc que la réalisation de cette partie du cycle sexuel, le plus rapidement possible, par souci de productivité. Ce décalage peut provoquer des situations d'échec, en particulier pour l'éjaculateur précoce novice, qui sortira souvent encore plus meurtri de telles expériences.
Hormis la dimension purement ludique, le sexe-récréation occasionnel, le recours à l'amour vénal traduit une insatisfaction latente due à une sexualité quotidienne insatisfaisante. Celles qui dispensent un service dans ces circonstances en sont bien conscientes et les plus observatrices le notent ou le disent quand on veut bien prendre en compte leurs observations. Toutes les Marie-Madeleine qui ont essuyé plus que le visage meurtri de celui qui passait peuvent l'attester. L'organisation de la société a toujours gardé – en tentant de la contrôler le mieux possible –, selon le principe intangible de la liberté individuelle, cette sexualité vénale, même si, comme la notion de couple, elle a évolué considérablement.

Les déviances de la substitution

Les sexologues des années 1970, dans la mouvance des travaux de Masters et Johnson, ont essayé de « récupérer » et de « médicaliser », non sans hypocrisie, le rôle de la prostitution initiatrice et/ou compensatrice. Sous le terme de *surrogate*, que l'on peut traduire par « partenaire de substitution », des jeunes femmes et aussi des jeunes hommes, joignant le geste à la parole, « traitent » sur ordonnance médicale les insuffisances sexuelles de ceux qui en souffrent ou disent en souffrir. On peut ainsi apprendre à muscler ses orgasmes, à faire l'amour toute la nuit et à envoyer une femme au « septième ciel » avec les secrets de l'orgasme multiple et de l'amour prolongé[1]. Ces jeunes femmes ont en général une formation paramédicale, parfois un doctorat en physiologie. Dans la définition légale, il s'agit bien là également de prostitution, même si elle est pratiquée sous couvert d'ordonnance et si la profession revendique ses propres règles déontologiques. On reviendra sur la valeur strictement médicale de ces techniques sexothérapiques quand elles sont appliquées à des sujets réellement défaillants (voir chapitre 12).

Le débat est ailleurs : il réside dans la grande misère sexuelle dans laquelle vivent de nombreux hommes, avec leurs sentiments, leurs fantasmes, leurs insatisfactions et leurs rêves d'une virilité triomphante permanente, celle qui est promise par ce type d'ouvrages, comme celle qui est montrée non seulement dans les films X, mais même dans les autres, sous le prétexte que nos instincts doivent tous s'exprimer au maximum de leurs possibilités. Quoi qu'il en soit, il n'est pourtant pas certain que chacun ait besoin de courir le marathon, comme il n'est pas évident que la musculation nous mettra tous « dans la peau » d'un Schwarzenegger. Le modèle de *Basic Instinct* est fantasmé et les *surrogate* ne pourront jamais transformer la nature, tout au plus l'améliorer : alors attention au mirage médiatique et à l'arnaque commerciale.

1. B. Keesling, *Comment faire l'amour toute la nuit*, Albin Michel, 1996.

Il y a, certes, des leçons à tirer des outrances et de la permanence de la prostitution sous toutes ses formes, que l'on devrait plutôt appeler « sexualité de remplacement », à l'instar de ce que l'on a fait pour de nombreuses autres dénominations infâmantes. L'homme a besoin de varier ses habitudes sexuelles, et, au fond, que l'on prête attention à ses inquiétudes ontologiques sur la puissance de son phallus. Il ne trouve pas nécessairement la réponse auprès d'une compagne qui lie si étroitement amour et érection. La putain, la partenaire de substitution, la masseuse ou même la femme « facile » rencontrée au détour d'une sortie solitaire sont autant de quêtes identiques et passagères d'un Graal impossible à atteindre parce que antinomique : joindre dans la même femme la madone et la putain.

Le syndrome de la madone et de la putain

Olivier, 37 ans, consulte d'abord seul – plus tard, je ferai connaissance de sa compagne – pour une impuissance situationnelle (voir chapitre 11). Ils se connaissent et s'aiment depuis plus de 10 ans, le mariage a été célébré deux ans avant la première visite d'Olivier, et le couple menace de se briser faute de satisfaction, faute d'enfant. Olivier a entrepris une psychanalyse depuis une dizaine d'années. Son mariage avait été précédé en effet par deux autres idylles successives qui n'avaient pas abouti, les colombes s'étant envolées, leur amour n'ayant pas résisté à son roucoulement inefficace. Dans le même temps, il peut obtenir sans difficulté érections et orgasmes soit seul, soit en compagnie de partenaires auxquelles il ne tient pas affectivement, en particulier avec des prostituées.

Cette situation apparaît comme l'expression ultime d'un divorce entre le respect idéalisé de l'objet aimé qui va jusqu'au blocage physiologique, et la faim sexuelle engendrée par l'appétit orgasmique basique et que l'on ne veut pas montrer à celle que l'on aime parce qu'on le vit comme un événement dégradant. J'ai rencontré ce syndrome une dizaine de fois dans une expression aussi caricaturale que l'histoire d'Olivier. Il en existe cependant d'innombrables formes plus ou moins accentuées, expliquant pour de nombreux hommes une grande part de l'activité sexuelle se déroulant ailleurs. L'homme imagine, ou bien feint souvent, un respect excessif pour l'être aimé, de façon à assouvir ailleurs son indicible légèreté. C'est sans doute pour cela qu'il sera très désagréablement surpris lorsque son épouse bien-aimée lui rendra la pareille. Faire de sa compagne habituelle une synthèse harmonieuse entre la madone que l'on vénère et la putain que l'on prend pour la délaisser sitôt le plaisir acquis résume la problématique sexuelle quotidienne de l'homme face à son couple.

ÉCHANGISME, TRIOLISME ET AMOUR EN GROUPE

Souvent fantasmé par l'homme, comme l'atteste la réaction très forte lors de la stimulation par visualisation d'images pornographiques impliquant l'amour avec deux compagnes, ce que les spécialistes appellent le *triolisme* revêt plusieurs formes cliniques. L'une implique nécessairement la compagne habituelle, et le surcroît d'excitation naîtra soit de la voir possédée par un compagnon mâle supplémentaire, soit de la voir se livrer à des relations homosexuelles avec une partenaire que l'on voudra soi-même posséder. S'il s'agit d'un homme comme troisième participant au trio, des relations homosexuelles avec lui ne sont pas exclues. On se rapproche ici du ménage à trois, effectif qui suppose pour l'un et l'autre membre du couple primitif tolérance et ambisexualité (voir chapitre 8). Une autre forme de triolisme, au contraire, exclut la compagne habituelle, l'homme voulant réaliser ce fantasme triolique à l'insu de celle-ci.

Suivant le principe « plus on est de fous, plus on rit », le pluralisme sexuel peut aller du triolisme jusqu'à l'échangisme à quatre : on se reçoit pour une fête entre amis plus ou moins intimes et l'on intervertit le compagnon sexuel habituel. Dans son expression majeure et multiple, la « partouze » était considérée dans les années 1960 et 1970 comme la forme la plus achevée de la liberté sexuelle totale. Très nettement minoritaire, cette pratique est en forte régression par suite de l'émergence du sida.

En tout état de cause, ces formes débridées de la sexualité n'impliquent que quelques individus. À ce titre, elles restent en lisière des comportements déviants tant qu'elles s'exercent dans la liberté de chacun, et bien sûr, *sans impliquer des mineurs.* Lorsqu'elles s'exercent en couple, elle n'impliquent que des personnes consentantes, car compte tenu d'une législation aggravée, l'un des membres du couple ne peut imposer à l'autre de telles pratiques sans son consentement.

Pour G. Zwang[1], ces pratiques n'impliquent « que des humains dont les structures (naturelles) de jalousie, de marquage du partenaire (quel

1. G. Zwang, *Sexologie*, Masson, *op. cit.*, p. 141.

que soit son sexe) restent faibles ». Ici, le sexuel déborde très largement l'affectif. Pourtant, lorsque le couple en tant que tel s'implique dans ce type de comportement, la satisfaction n'existe que par la participation du partenaire choisi, la visualisation extérieure de l'autre (surtout si c'est une femme) en train de jouir exacerbant le propre désir de celui qui regarde. Cela ne peut se faire que par un découplage de la jalousie naturelle dans une relation de couple harmonieuse avec un être aimé et donc choisi.

Même à une époque où l'on prône la liberté et où toutes les expériences sont accueillies avec bienveillance, ces comportements restent rares. Si de tels fantasmes existent, le passage à l'acte est minoritaire. Cela veut dire que les fameuses contraintes sociales, qui ne sauraient plus être invoquées, ne sont pas responsables de la rareté de ce type de comportement sexuel. Le comportement sexuel ordinaire de l'homme est, on l'a vu, majoritairement hétérosexuel et s'effectue exclusivement en couple, avec une composante affective forte. On l'a compris, même librement consenties, les pratiques sexuelles de groupe se situent à la lisière des débordements dus à une sorte d'hyperfonctionnement de la fonction sexuelle.

L'HYPERFONCTIONNEMENT SEXUEL

C'est à dessein que j'emploie le terme d'hyperfonctionnement (voir figure 10.1) pour qualifier les déviations sexuelles, par analogie avec les dysfonctionnements, qui seront l'objet des chapitres suivants. J'entends ici les déviations de l'objet sexuel. Les unes peuvent rester bénignes, comme le voyeurisme ou le fétichisme, d'autres sont tout à fait exceptionnelles et anecdotiques, comme l'autoconsommation du sperme ou l'excitation provoquée par les urines ou les matières fécales. Un dernier groupe concerne le couple sadomasochiste, le viol et la pédophilie. Les ouvrages des premiers sexologues faisaient largement état de ces déviations multiples, dont la fréquence était très surestimée et non appréciée scientifiquement.

Le débat est actuellement focalisé sur la violence sexuelle masculine, laquelle s'est étendue de la délinquance pour viol à l'excès de pouvoir (le harcèlement phallique). Le clinicien est surtout intéressé par les possibilités nouvelles offertes par les traitements possibles de ces hyperfonctionnements.

Les comportements déviants par « erreur d'objet »

Sous ce terme on classe les attitudes sexuelles impliquant l'attirance sur un objet sexuel incongru ou non habituellement reconnu comme tel. La forme la plus dangereuse est la pédophilie. Ces comportements peuvent exister dans le cadre d'une vie sexuelle par ailleurs normale.

LE FÉTICHISME

C'est une forme mineure de déviation, mais qui peut prendre le devant de la scène sexuelle lorsque l'absence du fétiche empêche la survenue de l'orgasme. Mise en avant par Freud pour expliquer les réminiscences des souvenirs sexuels infantiles à l'âge adulte, on n'en suit pas toujours très bien le fil. Le fétichisme est utilisé le plus souvent pour émoustiller une pratique solitaire, impliquant alors une mèche de cheveux, un sous-vêtement, un gant, qui seront d'autant plus efficaces qu'ils auront été dérobés à l'être « aimé ». En situation, ces objets peuvent être fétiches, mais généralement ce seront surtout les parties extra-sexuelles du corps (les mains, les pieds, le nombril...) qui constitueront les sources d'adoration habituelles.
La lingerie féminine compte au rang des fétiches les plus fréquemment évoqués, le sujet demandant à sa partenaire (ou en recherchant une) de se prêter à son fantasme. La limite n'est alors pas très claire entre fétichisme vrai et enjolivement du corps aimé par des accessoires que l'on ôtera un à un alors que le désir s'exacerbe. On rejoint ici la séduction, l'esthétique, en un mot, la corticalisation de la sexualité humaine.

LA ZOOPHILIE

Hormis les histoires de la mythologie, les rapports sexuels avec les animaux sont tout à fait anecdotiques, et seul A. Kinsey[1] dans l'époque moderne y consacre une étude scientifique d'où il ressort que ce type de déviance est rare (moins de 1 % de tous les orgasmes), essentiellement rural et passager. Elle est le plus souvent le fait de l'éveil sexuel à l'adolescence, fantasme nourri par la vision du coït des animaux entre eux. Sont encore plus exceptionnels les cas de zoophilie persistante quand une vie sexuelle interhumaine s'est installée. Dans mon expérience clinique personnelle, je n'ai vu signaler aucun cas de ce type, ni même en tant que fantasme.

1. A. Kinsey, *op. cit.*, p. 385.

LA NÉCROPHILIE

Les nécrophiles sont des hommes attirés par l'accouplement avec des morts. G. Zwang signale, sans référence, que les embaumeurs en seraient des « pratiquants assidus »[1]. Ils sont en tout cas les mieux placés. On rejoint ici les mythes surréalistes et ceux liés au vampirisme. On reste dans l'anecdote et l'imaginaire, immortalisés par Ophélie et ses multiples représentations.

LA PÉDOPHILIE ET LA PÉDÉRASTIE

La pédophilie est la pratique d'actes sexuels d'un adulte avec un enfant impubère. Elle peut être hétérosexuelle ou homosexuelle, répondant dans ce cas à la terminologie de pédérastie. Elle est considérée, contrairement à l'homosexualité entre individus pubères, comme une déviation véritable (voir figure 10.1).

Étant donné qu'elle constitue un délit, la fréquence réelle de la pédophilie est difficile à évaluer car c'est une pratique cachée et aucune enquête scientifique n'aborde le sujet directement. Elle ne vient réellement sur le devant de la scène que lorsqu'il y a plainte ou, pire, crime sexuel (voir pages 379 et suiv.). La protection juridique contre la pédophilie l'a étendue à la notion d'agression contre les mineurs (la majorité sexuelle légale est fixée à 15 ans) et à celle d'initiation de ceux-ci à la prostitution.

Les rapports potentiels entre adultes et mineurs répondant à cette définition peuvent être classés sous plusieurs formes :

- la pédophilie intrafamiliale, souvent initiatrice ;
- le syndrome « Lolita », où il n'est pas toujours facile de réellement affirmer qu'il n'y a pas un comportement de séduction de la toute jeune fille envers son « séducteur » ;
- la pédérastie, déviation vers les mineurs d'une homosexualité exclusive. Je connais le cas d'un homme cultivé, exerçant une profession libérale en vue, qui m'avait été adressé pour une impuissance, et dont l'homosexualité quasi exclusive (type 5 sur l'échelle d'orientation sexuelle de Kinsey) n'avait pas empêché un mariage de convention et la naissance d'un enfant. Son attirance pour les tout jeunes garçons n'excluait pas sa propre progéniture. Cet appétit sexuel exclusif dont il savait la délinquance le taraudait et l'avait amené à la dépression nerveuse, dont le traitement le rendit impuissant, et enfin suicidaire. Il refusait un traitement chimiothérapique qui aurait mis un frein à sa libido, et

---

1. G. Zwang, *Sexologie, op. cit.*

Figure 10.1

CLASSIFICATION MÉDICALE DES HYPERFONCTIONNEMENTS SEXUELS	
Paraphilies vraies	
Exhibitionnisme	Le fait d'exposer ses organes sexuels en public
Pédophilie	Désir sexuel orienté vers les enfants impubères
Voyeurisme	Observations obsessionnelles de l'activité sexuelle d'autrui
Fétichisme	Désir sexuel pour des objets non vivants et pour des parties du corps non sexuelles
Sadisme sexuel	La satisfaction sexuelle exige la souffrance et/ou l'humiliation de l'autre
Travestisme	Se déguiser en femme pour obtenir la satisfaction sexuelle
Masochisme	La satisfaction sexuelle exige sa propre souffrance et/ou humiliation
« Frotteurisme »	Toucher, se frotter contre des personnes non consentantes pour obtenir la satisfaction sexuelle
Dépendances sexuelles non déviantes	
Masturbation « compulsive »	Dépendance entraînant une véritable perturbation de la vie quotidienne
Promiscuité « maladive »	Personnes enfreignant en permanence le périmètre d'approche intime
Utilisation répétée de solutions de remplacement	Pornographie, vidéo, Minitel
Utilisation répétée d'accessoires pour agrémenter l'orgasme (le sien et celui de sa compagne)	Pharmacologique (nitrite d'amyle) Mécanique (godemiché, etc.)

souhaitait un traitement ponctuel pour avoir des érections lors de ses voyages à l'étranger où il pouvait sans trop de risque répressif satisfaire sa déviation. Il avait des sanglots dans la voix pour parler de son dernier amour, un jeune garçon de 13 ans mort accidentellement quelques mois plus tôt et dont il entretenait toute la famille. Quand il a à connaître de ce genre de cas, le médecin se trouve devant un dilemme déontologique terrible. Doit-il assister le patient qui se confie, et donc respecter le secret médical ou dénoncer le cas de pédophilie même en dehors du passage à l'acte ? En effet, c'est une déviation pathologique constitutionnelle et donc récidivante, qui peut entraîner des violences quand l'enfant se révolte ou menace de révéler la vérité. On sait aussi que l'on ne peut « traiter » ces sujets aujourd'hui que par suppression de l'appétit sexuel, mais que les traitements ne peuvent être mis en place, y compris lorsqu'il y a crime, qu'avec leur assentiment[1] (voir pages 379 et suivantes). Amener le pédophile que l'on détecte à se traiter reste la préoccupation majeure, pour l'empêcher de basculer dans la délinquance, voire dans le crime et surtout pour protéger les enfants.

Les comportements de séduction et de satisfaction non violents

Ce sont des comportements aux conséquences mineures mais qui peuvent cacher des déviations plus graves. Ces déviations doivent donc être prises au sérieux quand elles sont découvertes.

LE VOYEURISME

C'est sans doute l'une des déviations pour laquelle il est le plus difficile de faire la différence entre un comportement normal, animé par le plaisir esthétique de voir un corps dénudé – et Dieu sait combien le système commercial fait appel à ce côté « voyeur » de tout homme –, et la déviation véritable, qui consiste à se cacher pour voir à leur insu des femmes se dévêtir, se livrer à leur toilette intime ou à une activité sexuelle. Comme l'indique G. Zwang, « c'est son caractère dérobé qui fait le pathologique du voyeur ». Les *peep shows*, où le spectacle est permanent et rémunéré, ne sont qu'un ersatz de cette déviation puisque les acteurs vus sont consentants.

---

1. Un projet de loi a été déposé début 1997 visant à rendre obligatoire le traitement médical, dans ces cas, lorsqu'il y a jugement. En 2004, une expérimentation de traitement chimique a été autorisée par le ministère (voir page 384).

L'EXHIBITIONNISME

Ici c'est le caractère « extériorisé » de l'objet sexuel qui est mis en avant, la déviation consistant en une exposition inopinée du sexe mâle en érection à la vue de femmes ou d'enfants évidemment non consentants. La forme la plus achevée de l'exhibition implique l'éjaculation sous les yeux de la spectatrice choisie. L'anomalie est tenace et récidivante et les exhibitionnistes repérés doivent faire l'objet d'une surveillance médicale et d'une éventuelle prise en charge psychologique. Ils sont dans l'immense majorité des cas non violents, mais n'échappent pas au risque d'un basculement vers une déviation plus violente.

COPROPHILIE, COPROPHAGIE ET SPERMATOPHAGIE

Les coprophiles sont des sujets qui sollicitent et/ou vivent leur excitation sexuelle dans la vision de leur partenaire urinant ou déféquant. La déviation peut les conduire jusqu'à consommer les déjections : ils sont alors coprophages. On peut en rapprocher la spermatophagie, qui revêt deux formes. L'une est la consommation solitaire de son propre sperme. J'en ai personnellement observé un cas chez un sujet jeune sans aucune autre anomalie psychiatrique et dont la pratique a disparu quand le traitement lui a permis de recréer une vie sexuelle normale. L'autre est plus perverse, c'est le fait d'individus prenant plaisir à consommer un sperme fraîchement émis par un autre homme, à même les parties génitales d'une partenaire choisie et, on l'espère, consentante.

LA GYNANDROMORPHILIE

Ce terme d'apparence barbare, forgé à l'aide de racines grecques, caractérise un goût prononcé des hommes pour les travestis, que ceux-ci soient simplement vêtus en femmes ou anatomiquement féminisés (voir page 395). La fréquentation nocturne des allées des bois limitrophes des grandes villes peut faire penser qu'il y a de nombreux déviants de ce type. Ces populations ont été peu étudiées sur le fait de savoir s'il s'agit essentiellement de voyeurisme, d'une recherche de partenaires de substitution réputés moins onéreux, ou d'une véritable quête d'êtres « gynandroïdes » satisfaisant une ambisexualité latente. Deux psychiatres américains[1] ont étudié les clients masculins d'une messagerie téléphonique « rose ». Ils ont trouvé 119 hommes pouvant répondre à cette anomalie comportementale : 51 cherchaient des travestis, transsexuels

1. R. Blanchard et P. Colewis, *J. Nerv. and mental disease*, 1993, 181, p. 570-571.

ou hommes féminisés, sans avoir eux-mêmes de comportements « travestis » ; 37 étaient eux-mêmes travestis et cherchaient des homologues ; et 31 étaient d'anciens travestis recherchant des partenaires mâles « aspécifiques ». La caractéristique principale de ces demandes, selon les auteurs de l'étude, était que la gynandromorphilie représentait un intérêt érotique distinct de leur érotisation habituelle. On peut noter que plus de la moitié des hommes de ce groupe (68) recherchait de façon privilégiée des relations homosexuelles, c'est-à-dire une proportion dix fois plus élevée que dans la population générale (voir chapitre 8). Pour ce qui concerne la catégorie apparemment hétérosexuelle de ce groupe, tombe-t-elle dans celle d'une homosexualité refoulée et satisfaisaite de cette façon, ou relève-t-elle d'un intérêt particulier pour le vieux rêve mythologique de la femme/homme ? Il n'y a pas, pour l'instant, de réponse scientifique à cette question ni dans cette étude préliminaire ni ailleurs.

Défaut d'objets, déficit affectif, tendances déviantes dues à des modifications constitutionnelles, choix intellectuel ou comportemental – toutes les attitudes ou circonstances sexuelles qui viennent d'être évoquées, dont certaines sont aisément réprimées par la loi et d'autres scandaleusement tolérées (pédophilie), restent le plus souvent cachées et ignorées par la médecine, bien souvent impuissante faute d'études et de moyens adaptés. Jetés dans l'étouffoir psychiatrique, ces sujets sont le plus souvent voués à l'exclusion sociale, à la prostitution, quand ce n'est pas à l'expérimentation. Si elles sont parfois dramatiques individuellement, ces déviations (hormis la pédophilie) restent peu graves tant que la violence ne s'en mêle pas.

La violence sexuelle

L'intensité psychique de l'orgasme est telle qu'il peut confiner à la souffrance et donner naissance à l'idée de renforcer, voire de provoquer l'excitation sexuelle à l'aide de la douleur. Il ne faut pas se méprendre, ces « raffinements » issus des fantasmes et d'une littérature souvent talentueuse (voir encadré page 377) sont de vraies déviations sexuelles. Les comportements impulsifs conduisant au viol, avec ou sans crime, de femmes ou d'enfants, impliquent, quant à eux, un niveau de criminalité supérieur, ressortissant de la Cour d'assises, mais ils ont en commun le caractère peu prévisible et récidivant de leur survenue.

Les comportements sexuels violents et déviants ont trouvé ces dernières années une extension notable et souvent caricaturale, en particulier outre-Atlantique, sous la forme du harcèlement sexuel. La loi a été modifiée dans un sens beaucoup plus répressif et la notion de violence psychique rejoint peu à peu l'idée de viol physique[1]. L'homme, à qui l'on reproche souvent d'être émasculé, doit de plus en plus faire attention à ne pas trop montrer ses penchants avant d'avoir obtenu un consentement véritable, s'il ne veut pas se retrouver en prison. Il ne doit cependant pas non plus oublier qu'il n'y a pas de plaisir véritable qui ne soit partagé.

LE SADISME

La condition de l'excitation et de la satisfaction sexuelles du sadique est la souffrance de l'autre. Elle peut s'exercer à l'égard du partenaire sexuel choisi, mais aussi sur un sujet étranger à l'acte sexuel (animaux, personnes âgées, enfants). Les sévices sont multiples, prolongés et durables. Si la mort d'une victime survient, elle est le plus souvent accidentelle. On sait la fréquence des comportements sadiques domestiques classiques. Le nombre important de femmes battues l'atteste. L'erreur commune est de considérer que celles qui subissent ces sévices sont consentantes, voire qu'elles les aiment (masochisme en miroir) parce qu'elles ne les dénoncent pas. En fait, les victimes de viol ne sont pas considérées consentantes même si elles acceptent de le subir pour se préserver, mais la peur de représailles fait que nombre d'agressions sont méconnues. Les conduites sadiques dépassent le cadre strict de notre étude de la sexualité masculine. On a longtemps classé le sadisme en trois séries de comportement : les grands sadiques criminels, les pervers moyens et les petits sadiques plutôt moraux que physiques. Nous ne considérons ici que la déviation sexuelle ainsi définie : la satisfaction de l'appétit orgasmique ne peut être obtenue par le sadique qu'avec et par la souffrance du partenaire. Celle-ci est le plus souvent physique, au moment de l'acte, mais la perversion peut étendre ses tentacules dans l'ordre psychologique et moral, illustration du célèbre « je t'aime moi non plus ». La psychanalyse pensait qu'il y avait forcément duo avec la perversion en miroir appelée masochisme, et le monde contemporain a schématisé l'image du couple sado-maso. Les deux perversions sont pourtant distinctes, impliquant des comportements différents, et si le masochiste recherche de façon obligatoire une maîtresse-femme, le sadique recrute sa ou ses victimes là où il le peut, d'où la fréquence des cas domestiques. Le comportement sadique s'accompagne souvent d'autres déviances.

1. Témoin le récent projet de loi (2005) réprimant les propos homophobes.

LE MASOCHISME

C'est Krafft-Ebing dans sa célèbre *Psychopathologia sexualis* qui utilisa le premier ce terme pour souligner une perversion quasi exclusivement masculine, consistant à n'obtenir la satisfaction qu'en se soumettant totalement, tel un esclave, aux ordres et aux sévices d'une (un) partenaire toute-puissante, le temps du rapport sexuel. Madame Sacher-Masoch (voir encadré page ci-contre), la célèbre Wanda, fixe bien les données de la perversion et ses limites quand elle rapporte dans ses mémoires les ordres de son époux masochiste : « Essayez de devenir dans nos échanges intellectuels une élève modeste et attentive pour devenir dans nos échanges amoureux ma dominatrice, la femme voluptueusement cruelle de mes rêves, en me traitant comme votre esclave. »
La difficulté est pour le masochiste de trouver une compagne consentante pour jouer ce rôle. Perversion mineure dans le sens où elle n'implique que soi-même et où la violence est librement consentie, elle fait les belles pages des ouvrages spécialisés des clubs de rencontre et de l'Internet. Le schéma freudien du binôme sado-maso se réalise par l'anonymat des médias. Mais le masochiste n'y rencontre qu'une caricature de son idéal, car s'il a le sexe, il n'a que lui : s'il est fouetté et enchaîné, le plus souvent contre rémunération, une fois satisfait, il retournera au banal de sa vie, alors que ce qu'il cherche en vérité, c'est la domination totale d'une femme *aimée* dont il veut obtenir les pratiques perverses qui satisferont sa déviation. C'est en cela que le couple sado-maso reste caricatural, et rarement idéalisé par l'amour partagé. De plus, la femme du masochiste est également victime, car elle n'a pas le plus souvent fondamentalement un comportement sadique et elle doit cependant s'y soumettre si elle veut conserver son amant masochiste.

LE SADOMASOCHISME

Les deux types de comportement, sadisme et masochisme, sont des perversions graves pour l'équilibre des individus eux-mêmes. Même si l'on considère qu'elles n'entraînent que des violences individuelles et librement consenties entre adultes, ce qui reste à prouver, elles ne doivent pas être considérées comme un raffinement érotique anodin. Quels que puissent être les apports positifs de la psychanalyse, on peut lui faire grief d'avoir contribué à « normaliser » ces comportements d'agressivité et/ou de soumission en avalisant l'idée qu'elles font partie de nos attitudes constantes, et cela en liaison directe avec la biologie issue spécifiquement des noyaux de l'hypothalamus. La confusion des genres entre douleur, plaisir et sexualité ne peut être expliquée que par

Le Divin Marquis et l'ami de Louis II de Bavière

Sadisme et masochisme sont deux déviations sexuelles qui ont existé bien avant qu'on ne les baptise d'après deux écrivains qui en ont fait, dans leur vie et dans leurs œuvres, une description détaillée et quasi clinique. Étaient-ils réellement déviants ?

• *Donatien Alphonse François de Sade (1740-1814)*

D'une vieille famille de haute noblesse provençale qui comptait dans sa lignée la Laure de Pétrarque, il reçut une éducation classique et se maria par intérêt alors que son inclination était ailleurs. Libertin comme de nombreux nobles de son époque, et se croyant sans doute à l'abri derrière les privilèges de la noblesse, il se livre à une débauche ordinaire avec des affaires retentissantes dès 1763, puis en 1768 et 1772, où se mêlaient un « petit » sadisme (les victimes choisies parmi des prostituées sont généralement consentantes compte tenu de la rémunération) et des conduites non déviantes (utilisation répétée d'accessoires et d'aphrodisiaques comme la cantharide). Il n'y a jamais eu de crime sexuel dans ces affaires qui l'ont conduit de prison en prison, mais à cette époque prérévolutionnaire, les gouvernements successifs de Louis XVI voulaient, en faisant des exemples, montrer que les temps avaient changé.

Les diverses détentions exacerbèrent certainement l'hyperfonctionnement sexuel du cerveau du Marquis. Sans parler de son œuvre littéraire et philosophique, exégèse implacable du sadisme et décrivant avec soin toutes les déviances (*Les Cent Vingt Journées de Sodome*), ses biographies ont reconstitué qu'à Charenton, où il fut emprisonné entre 1801 et sa mort à 60 ans passé, il se masturbait jusqu'à 20 fois par jour et payait son geôlier pour qu'il lui fournisse l'une de ses toutes jeunes filles pour satisfaire ses fantasmes. Sur le plan médical, Sade n'était sans doute qu'un « petit » obsédé, victime de ses sens, de sa belle-mère qui l'avait dénoncé et de l'Histoire.

• *Léopold von Sacher-Masoch (1836-1895)*

Fils d'un préfet de l'administration austro-hongroise, il naquit à Lemberg (capitale de la province de Galicie, alors partie de l'empire des Habsbourg). Sa mère était ukrainienne. Il fut élevé par une nourrice de même nationalité qu'il n'oublia jamais. Dès 20 ans, à Graz en Autriche, il eut de nombreuses aventures féminines, dont on ne connaît pas réellement la nature. Au terme de l'une d'elles, qui dura quatre ans, il déclara : « Désormais je ne croirai plus jamais à la fidélité d'une femme. » À l'âge de 33 ans, il signa un contrat d'esclavage de six mois avec une femme qui l'emmena en Italie, déguisé en domestique. À son retour, il écrivit *Vénus à la fourrure*, où apparaît la description clinique du masochisme : « Je trouve un attrait étrange à la douleur et rien ne peut plus attiser ma passion que la tyrannie, la cruauté et surtout l'infidélité d'une belle femme. » Trois ans plus tard, il se maria et donna le nom de son héroïne Wanda à sa femme et signa avec elle un contrat qu'elle rédigea à sa demande : « Je suis votre souveraine, maîtresse de votre vie et de votre mort. »

Mais sa perversion était encore plus grande, car il recherchait l'homme qui aurait achevé de le faire souffrir (moralement en possédant sa femme) et physiquement (en le fustigeant). Cette recherche aurait conduit le couple dans une aventure étrange pleine de malentendus et sans lendemain vers Louis II de Bavière qui ne pouvait, compte tenu de son homosexualité et à cette époque de son impuissance probable, être l'homme de cette situation. Le mariage se rompit après 10 ans de ce qui dut être, pour Wanda/Aurore, un calvaire. Ici aucun doute, Sacher-Masoch était masochiste, le spécialiste qu'était Krafft-Ebing ne mit pas longtemps à forger le substantif (1866) qui fit la gloire de cet écrivain qui fascina les surréalistes et les psychanalystes. Léopold von Sacher-Masoch était un vrai déviant sexuel. Il reste à savoir si sa perversion a été déclenchée ou révélée par son incapacité à assumer ce qu'il pensait, étant jeune, être le moteur premier de la sexualité, la dominance du mâle.

une perversion biologique majorée par l'environnement et les péripéties de l'existence.

Le masochisme semble issu d'une erreur de programmation des neurotransmetteurs ; c'est en effet à partir de la douleur que s'exercerait la stimulation efficace déclenchant la réaction sexuelle. Pour ce qui concerne le sadisme vrai, celui qui implique le passage à l'acte, il s'agirait d'une aberration constitutionnelle. Dans les années 1970, on avait spéculé sur la fréquence d'un chromosome Y surnuméraire chez quelques délinquants sexuels graves. Le caractère récidivant, rebelle à toute psychothérapie, des actes sadiques plaide bien pour ce type d'explication due à une caractéristique de la personnalité. « En conséquence des excès freudiens, comme le souligne G. Zwang[1], la mythologie (sadomasochiste) infecte les productions culturelles. Et certains niais achètent dans les sex-shops chaînes, fouets et panoplies de cuir : ces sadiques "au petit pied" jouent au "Grand Guignol" chez eux ou dans des clubs spécialisés… jusqu'à lassitude, dégoût… ou divorce. »

Il est dommage et dangereux de banaliser de tels comportements, pire, de les présenter, témoignages à l'appui, comme des sophistications de l'acte amoureux. En réalité, ils le travestissent et, loin de le libérer, ils l'asservissent, sans compter le risque de causer de véritables agressions.

LES AGRESSIONS SEXUELLES

Le couple violence/sexualité est l'apanage quasi exclusif de la sexualité masculine. Hormis l'intensité toute relative des griffures ou morsures infligées par la femme au moment suprême, la sexualité féminine est peu violente, elle s'offre par la séduction et sa demande est rarement exprimée par la violence. C'est, au contraire, le sevrage sexuel qui la conduit à l'hystérie, mais ces manifestations cliniques extra-sexuelles sont non agressives vis-à-vis du sexe opposé. C'est celui qui pénètre qui va être le plus naturellement agressif. Et il l'est essentiellement par son capital hormonal potentiellement violent, puisqu'il est acquis que la testostérone joue un rôle prépondérant dans les comportements d'agressivité.

De fait, la violence sexuelle paraît s'exercer quasi exclusivement à l'égard des femmes, que celle-ci soit verbale (29 % de femmes pour 8 % d'hommes) ou factuelle avec rapports sexuels sous contrainte (4,4 % de femmes pour 0,5 % d'hommes)[2]. Sont sans doute sous-évalués les chiffres des agressions sur des mineurs, notamment de sexe masculin. La moyenne d'âge des garçons violés est en France de 14,5 ans avec des extrêmes allant de 8 à 17 ans.

En confrontant ces chiffres avec ceux des meilleurs spécialistes[3], le nombre probable d'agressions sexuelles par an est de 15 à 17 000, dont 5 000 correspondraient à des actes incestueux. Impression-

1. G. Zwang, *Sexologie, op. cit.*, p. 242.
2. A. Spira, N. Bajos, *op. cit.*, p. 214-219.
3. J. H. Soutoul et O. Chevrat-Breton, *Les Agressions sexuelles de l'adulte et du mineur*, Ellipses, 1994.

Figure 10.2. – *Nombre de viols ou de tentatives de viols de femmes de 1970 à 1991 aux États-Unis.*
(En 1991, cela représente 1 tentative de viol pour 1 000 habitants.)

nante aussi est la courbe des viols ou tentatives de viol aux États-Unis entre 1970 et 1991 (voir figure 10.2).

D'après J.-H. Frappier, un spécialiste québécois, « constitue un viol toute activité sexuelle à laquelle la victime est contrainte de participer par un agresseur, sur lui-même, sur elle-même, ou sur une tierce personne, contre son gré, par manipulation affective, physique, matérielle ou usage d'autorité, de manière évidente ou non, que l'abuseur soit connu ou non et qu'il y ait ou non évidence de lésion ou traumatisme physique ou émotionnel, peu importe le sexe des personnes impliquées[1]. » Cette définition inclut pratiquement tout le contenu de la loi du 22 juillet 1992, réformant le code pénal avec trois paragraphes qui distinguent clairement en matière d'agressions sexuelles :

– le viol (qui implique la pénétration) ;
– les autres agressions sexuelles (sans pénétration) ;
– le harcèlement.

De nombreux pays, en particuliers anglo-saxons, et la définition ci-dessus en est témoin, étendent la notion de viol à toute activité sexuelle

1. J.H. Soutoul, O. Chevrat-Breton, *op. cit.*

imposée par la contrainte. Nul doute que la jurisprudence évoluera de plus en plus dans ce sens. L'arsenal répressif est important mais peu de victimes portent plainte.

Les grands criminels sexuels sont reconnus tôt ou tard, et les affaires récentes impliquant des enfants violés puis tués témoignent de l'horreur de telles pratiques. Trois données sont évidentes chez ces sujets :

• le comportement habituellement normal, en dehors des actes délictueux, et en particulier l'absence fréquente de pathologie psychiatrique établie ;
• la connaissance habituelle des victimes par le violeur ;
• le caractère récidivant de la conduite.

En écho de ces affirmations, les statistiques montrent qu'une jeune fille de moins de 18 ans est agressée dans 30 % des cas par un membre de sa famille, dans plus de la moitié des cas par une personne qu'elle connaissait préalablement, et dans moins de 20 % par un inconnu. Ces proportions sont chez les femmes adultes respectivement de 22 %, 46 % et 32 %. Cela explique que s'il n'y a pas sévices visibles, voire décès, les faits sont rarement révélés, compte tenu de l'environnement de proximité. Chez les mineurs (dans une unité spécialisée de Tours[1]), 62 % des auteurs des agressions sont le père ou le beau-père et 4 % un autre membre de la famille.

On l'a dit, les violeurs sont rarement des grands malades mentaux (10 à 15 % des cas), ce sera alors une schizophrénie, une manie ou une forme majeure de la perversion sadique. Le plus souvent, ce sont des sujets débiles légers ou moyens dont les pulsions vont se désinhiber dans l'alcoolisme. Les experts psychiatriques[2] ont défini un profil psychique du violeur dont la personnalité incomplètement développée perçoit une insatisfaction sexuelle permanente (ils se défendent volontiers en alléguant une impuissance). Quatre éléments caractériseraient ce profil :

• la difficulté à verbaliser ;
• une projection paranoïaque (c'est la faute de l'autre qui m'a séduit) ;
• une relation d'appropriation (la victime est mon objet) ;
• l'anticipation de l'échec (je passe à l'acte pour éviter le refus probable de la relation).

Chez les « abuseurs intrafamiliaux », la relation d'appropriation prend souvent le devant de la scène, d'autant plus qu'elle s'associe à la notion

---

1. J. H. Soutoul, O. Chevrat-Breton, *op. cit.*, p. 246.
2. *Ibid.*

de possession : « C'est moi qui l'ai faite, je dois l'initier. » C'est surtout la facilité d'avoir un objet sexuel soumis à la maison. Il faut y ajouter que, pour la refonte de familles éclatées, le couple beau-père/fille mineure se trouve souvent réalisé et qu'il est « moins signifiant », car ne transgressant pas le tabou de l'inceste, ce d'autant qu'il est couvert par la mère/épouse.

LA VIOLENCE SEXUELLE ENTRE ÉPOUX

Dans cette litanie de la criminalité sexuelle ordinaire, une notion se fait jour peu à peu : le viol entre époux. Juridiquement, elle n'est admise dans le code français que depuis 1980, et apparaît de façon indiscutable dans la jurisprudence depuis le 15 juin 1992, date à laquelle la Cour de cassation a consacré la notion de viol entre époux au simple motif que la femme n'est pas consentante à des rapports sexuels normaux, et si ceux-ci lui sont imposés « par violence, contrainte, ou par surprise ». Or la violence conjugale est banalisée. On estime que 20 à 30 % des femmes vivant en couple en sont victimes, les deux tiers étant victimes de viols avec ou sans sévices. Dans une étude du « syndrome de la femme battue », H. Swanson, cité par J. H. Soutoul et O. Chevrat-Breton[1], indique que ces femmes victimes ne quittent pas leurs époux en raison des liens affectifs les unissant, de la peur de se retrouver seules, de la crainte de représailles et surtout parce que le comportement de l'agresseur est pulsionnel. Entre ses crises, il peut apparaître comme un bon mari. On retrouve là la grande difficulté à caractériser l'agressivité sexuelle, son caractère imprévisible, même si l'autre donnée constante est la récidive.

Cette faculté de violence dans le couple est un relent du pouvoir absolu du « pater familias ». Elle est bien sûr inacceptable, mais trop souvent subie, voire acceptée, malgré toutes les campagnes d'information menées. On ne peut qu'évoquer, outre les constantes citées ci-dessus par H. Swanson, une relation trouble, sadomasochiste, et certainement la prééminence de l'attachement amoureux.

Quelles thérapies pour les déviations ?

En définitive, il faut considérer globalement toutes les déviations, qu'elles soient mineures ou majeures, comme dangereuses. En effet, on peut

1. J. H. Soutoul et O. Chevrat-Breton, *op. cit.*, p. 161.

passer sans transition du mode mineur au mode majeur, comme en témoigne l'exemple de Van Geloven, assassin de deux fillettes, qui avait été condamné deux fois pour attentat à la pudeur (simple exhibitionnisme). L'exemple récent de Fourniret, n'ayant pas commis moins de 18 agressions sexuelles diverses avant de devenir « tueur en série », illustre bien ce fait connu[1]. Et pourtant, il fut libéré à peine quelques mois après sa condamnation à 7 ans de prison. Combien de fois entend-on dire que tel assassin-violeur, avant le crime fatidique, était « bizarre » ou qu'il « adorait » les enfants, et qu'il y avait eu quelques attouchements ou une conduite évocatrice mais sans vrais sévices, que l'on considéra à tort comme vénielle ? Jusqu'au jour où il va jusqu'au meurtre pour masquer un viol ignominieux, ou par dérive pulsionnelle majeure. Les meilleurs spécialistes insistent sur l'association fréquente chez un même individu de conduites « limites », sans grande gravité apparente, et de déviations graves. Ainsi le travestisme dans l'enfance ou l'adolescence doit être sérieusement pris en considération, tout comme l'exhibitionnisme. Ils peuvent annoncer, pour plus tard, des déviances plus graves.

Une constante, lors de nos consultations pour dysfonction sexuelle, est de démasquer, préciser et conseiller ces sujets ayant des petites déviations pour prévenir un passage à des actes beaucoup plus dramatiques. L'autre problème, posé aux juges et aux médecins psychiatres, actuellement mal résolu, est la prévention des récidives des grands ou petits délinquants. Il n'est pas actuellement assez tenu compte des données cliniques et des possibilités pharmacologiques. De plus, un individu, pour être traité, doit nécessairement accepter le traitement. S'il est détenu, il doit être *volontaire* pour se soumettre à une thérapeutique (la situation pourrait changer avec l'adoption d'une nouvelle loi en préparation).

LE TRAITEMENT DES GRANDS DÉVIANTS SEXUELS

Qu'ils soient atteints de désordres minimes gênant l'installation dans une vie affective et sexuelle harmonieuse, ou de désordres importants nuisibles pour la société, les déviants sexuels nécessitent une prise en charge médicale, ce d'autant qu'il y a le problème de la récidive inéluctable avec possibilité de crime. On dispose maintenant d'agents pharmacologiques permettant de diminuer, voire d'inhiber totalement les bouffées d'agressivité sexuelle.

---

1. M. Agrapant-Delmas, *De l'expertise criminelle au profilage*, Favre, 2001.

Trois familles d'agents peuvent être utilisées : les antipsychotiques, les antiandrogènes et les antidépresseurs, agissant au niveau d'un neurotransmetteur essentiel du système nerveux central, la sérotonine. Les agents de la première famille ne sont conseillés que lorsque des troubles psychiques graves accompagnent les pulsions sexuelles désordonnées.
Les antiandrogènes sont des médications qui annihilent les effets physiologiques de la testostérone. Le mécanisme par lequel la testostérone agit en favorisant les agressions sexuelles est inconnu à ce jour et il n'y a pas d'argument statistique démontrant une élévation significative du taux de testostérone chez les grands délinquants. En revanche, l'administration de médications inhibant la production de la testostérone entraîne en deux à quatre semaines une diminution du désir, des fantasmes, des érections et surtout des comportements déviants. La difficulté est ensuite d'adapter le dosage pour obtenir la persistance du résultat sur l'agressivité sexuelle tout en permettant une activité sexuelle normale, au moins pour ceux des patients ayant des comportements déviants non violents, et ce avant la survenue d'actes criminels. Un tel résultat est le garant de la poursuite du traitement. Dans le cas contraire, l'abandon est inéluctable, avec son lot de récidives dramatiques. Dans une revue de la littérature médicale[1] analysant le résultat du traitement par un agent antiandrogène (la médroxyprogestérone) administré par injection intramusculaire par diverses équipes à 108 délinquants majeurs (violeurs), on note qu'une protection contre les actes délictueux a été obtenue dans 65 % des cas. Le taux de récidive chute à 15 % quand les patients sont régulièrement traités. Par comparaison, 57 % des 21 sujets délinquants appartenant à un groupe témoin non soumis au traitement ont récidivé. Pour chacun de ces groupes, y compris le groupe témoin, une prise en charge concomitante par psychothérapie avait été réalisée. La même étude relate des résultats similaires avec une médication orale (la cyroptérone), avec des effets secondaires certes moins importants, mais dont l'administration par voie orale est un inconvénient qui rend difficile le contrôle.
Dans un rapport récent à l'Académie de médecine[2], J. Cordier et ses collaborateurs rapportent les résultats prometteurs d'un produit injectable agissant sur l'hypothalamus, la triptoréline (ou Decapeptyl) qui, associé à l'utilisation de faibles doses de testostérone lors du sevrage,

1. Martin P. Kalfka, « Current concepts in the drug treatment of paraphilia and paraphilia related disorders », *CNS Drugs*, 1995.
2. E. de Viel, *Le Quotidien du médecin*, 13 mars 1996.

permettrait le retour d'un désir et d'une sexualité normale tout en inhibant les pulsions criminelles. L'utilisation des antiandrogènes implique une baisse de l'ensemble des facteurs induits par la testostérone : désir, érections automatiques, fantasmes et d'une manière générale les pulsions sexuelles et l'agressivité. On considère que ce traitement doit être utilisé essentiellement pour des délinquants majeurs et pour les déviations invalidantes ou criminelles, compte tenu de leur pourcentage élevé de bascule éventuelle dans la criminalité. Après un traitement d'attaque à un dosage élevé sur une durée de quatre à six mois, on tentera de baisser progressivement les doses pour obtenir une posologie laissant une activité physiologique sans retour des fantasmes et des pulsions agressives. La surveillance par psychothérapie est bien sûr essentielle. Des instituts accueillant ce type de délinquants, comme celui qui existe à Montréal depuis une quinzaine d'années, sont nécessaires, voire indispensables pour assurer le succès de tels programmes. L'objectif répété, comme un leitmotiv, est d'éviter la récidive.

La réponse française à cette question était jusqu'à présent presque uniquement l'enfermement définitif des délinquants criminels. Or cette méthode, que l'on ne critiquera pas quand elle est appliquée à ceux qui sont arrivés au bout du parcours criminel, ne résout pas le problème de la récidive pour les 4 500 sujets condamnés à des peines de prison allant de 3 à 10 ans qui, tôt ou tard, seront à nouveau en liberté. Ceux-là, on se doit de les traiter. On sait aujourd'hui que la prison n'est qu'une caisse de résonance de la récidive. L'assistance psychothérapique sans chimiothérapie est illusoire, alors que cette chimiothérapie est efficace et ne constitue nullement une atteinte à la liberté individuelle. Comme l'éthique exige encore, même sur un délinquant sexuel avec risque de meurtre, d'obtenir son assentiment à tout traitement, la psychothérapie doit s'exercer à les persuader, avec l'aide de l'administration judiciaire, d'accepter un tel traitement, dans l'attente d'une modification en cours allant vers l'obligation juridique de se traiter. Or, dans le cas du meurtre de la petite Karine à Redon, que s'est-il passé ? Le pédophile, déjà condamné à 10 ans d'incarcération, avait été libéré bien avant le délai fixé, sans aucune prise en charge et sans surveillance : la récidive était assurée. Depuis, de nombreux cas similaires se sont produits.

Les antiandrogènes constituent actuellement la seule issue efficace au problème social et individuel de la récidive. Le Comité national d'éthique et l'Académie de médecine ont désormais précisé les conditions d'utilisation de ces produits efficaces et dont les effets sont réversibles. Ils peuvent être prescrits sous réserve d'un examen particulier de

la prescription (dont le critère est que le comportement déviant à traiter soit lié de façon impérative et même exclusive à la satisfaction sexuelle) et du consentement de l'intéressé, et qu'il soit associé à une psychothérapie ou à un déconditionnement.
Les antidépresseurs ont fait l'objet d'études dans le cadre du traitement des sujets associant des déviances sans pulsion criminelle et des troubles de l'humeur (anxiété et dépression). Les recherches faites dans ce domaine sont fondées sur l'interférence des hormones et de la sérotonine sur les structures du système nerveux central, dans le système limbique. Une diminution de l'activité de ce neurotransmetteur au niveau du cerveau pourrait être à l'origine de certaines déviances. Le nombre de patients traités est encore faible, mais les résultats sont encourageants et permettent même d'entrevoir une action sélective, certaines médications agissant sur les pulsions sexuelles dérangeantes à l'origine de déviances sans altérer fondamentalement le désir sexuel ordinaire.
La chimiothérapie, quelle qu'elle soit, doit être associée à une prise en charge psychothérapeutique. Celle-ci doit cesser de trop regarder vers le passé, et avoir pour but essentiel de soutenir l'action pharmacologique de prévention de la récidive, s'orienter d'abord vers l'acceptation par le patient de la nécessité d'avoir à se traiter, puis vers la mise en place d'un programme prévenant les récidives, fondé sur les techniques comportementales.
• **La conduite à tenir** - Chacun peut être exposé à, ou avoir autour de lui, un déviant sexuel. Il faut savoir se confier au médecin, qui doit être la plaque tournante de la prise en charge de l'agresseur. Il pourra tout d'abord entendre celui-ci, si le trouble reste infracriminel, ou déclencher une procédure judiciaire si celle-ci est devenue nécessaire pour la protection de tous. Le médecin peut se délier du secret médical et porter à la connaissance du procureur les cas d'agressions sexuelles sur des mineurs de moins de 15 ans quelles que soient les circonstances, et avec l'assentiment de la victime quand celle-ci est âgée de plus de 15 ans. Les assistantes sociales et les enseignants sont soumis aux mêmes règles.
La plupart des déviances constatées n'étant pas loin de la criminalité, l'important est de reconnaître les petites déviances, d'amener les sujets qui en sont esclaves à consulter, de faire un inventaire psychologique, de les conduire à accepter un traitement dont on dressera avec eux le programme, associant chimiothérapie et prise en charge psychothérapeutique. Ce sont les petites déviations (exhibitionnisme, fétichisme, travestisme) associées à des fantasmes débordant ou submergeant le

quotidien de l'individu qui doivent quitter les domaines de la littérature et/ou des faits divers pour être prises en charge médicalement, au même titre que toute autre difficulté sexuelle.

Les conduites incestueuses

« On est faits l'un pour l'autre, c'est biologique, on est sortis du même ventre. »

A. Téchiné, *Ma saison préférée.*

On a vu que dans un centre spécialisé de prise en charge de mineurs victimes d'agressions sexuelles, 83 % des abuseurs découverts étaient des membres de la proche famille. On ne reviendra donc pas sur le problème de l'agression et des déviances sexuelles, pour s'arrêter sur le problème de l'interdit de l'inceste. Anthropologues, sociologues, ethnologues, psychiatres, psychanalystes et bien sûr de nombreux écrivains se sont penchés sur la question. L'inceste ne figurant pas au code pénal en tant que délit caractérisé, la justice ne s'intéressera aux relations incestueuses que si elles impliquent un adulte et un mineur de moins de 15 ans. Pourtant, la *vox populi* aura toujours une attitude très particulière vis-à-vis de l'inceste : rejet et secret. L'inceste est considéré comme monstrueux, mais on se racontera non sans délectation les belles histoires d'amour incestueuses[1].

On a recherché à l'interdit de l'inceste des causes d'abord économiques, la nécessité de l'échange et du don pour accroître la richesse familiale ; puis sociologiques, avec la croyance en la différence essentielle entre nature animale et culture humaine ; des raisons biologiques, avec l'évitement de la consanguinité, pour éviter les malformations. Ces raisons suffisent-elles pour autant à élucider totalement le mystère de sa présence dans pratiquement toutes les civilisations ?

L'inceste recouvre trois types de relations : entre l'enfant ou l'adolescent et sa mère ; entre frère et sœur (ou cas exceptionnels d'incestes homosexuels) ; et d'une manière générale, entre l'enfant et un membre de sa famille. L'inceste père-fille occupe une place à part, dans la tradition du « pater familias » exerçant sur sa famille un pouvoir sans partage, équivalent du droit de cuissage du seigneur féodal. La notion d'inceste est souvent étendue aux proches parents et surtout aux nouveaux maris, ou nouvelles mères ou belles-filles qui fleuriront dans

1. J. Barry, *Bonne nuit Œdipe*, Le Seuil, 1993.

les familles éclatées, reconstituées ou étendues, dans lesquelles les générations se chevauchent et entraînent des situations considérées comme incestueuses. Si l'inceste de premier type, entre consanguins, est le plus strictement réprouvé, les relations entre personnes aux rapports familiaux plus éloignés comme ceux évoqués ci-dessus sont aussi considérées comme incestueuses ; c'est ce que F. Héritier[1] a appelé l'inceste de deuxième type.

L'INCESTE DE DEUXIÈME TYPE

L'histoire de Woody Allen avec la fille adoptive de son ex-compagne Mia Farrow est venue illustrer de façon médiatique la notion élargie d'inceste et le crime aux yeux de l'humanité que représente sa transgression. Rappelons les faits[2] : W. Allen a une histoire qu'il qualifie de « torride » avec la fille adoptive coréenne de son ex-compagne après la rupture de leur union. Accusé de relations incestueuses, il se défend en affirmant qu'il n'est ni le père biologique, ni le père social et qu'il ne vit plus avec la mère adoptive. Deux opinions résument la situation. Celle d'un psychologue : « C'est de l'inceste, même si cela n'en est pas vraiment. » Celle de Moses, l'un des autres enfants de Mia Farrow (elle en a sept ou huit) : « C'était le *boy-friend* de notre mère depuis 12 ans et, tout à coup, il se met à sortir avec notre sœur, *je ne peux pas admettre ça.* »

Ce qui s'est créé ici, c'est la relation, que F. Héritier considère comme le fondement de l'interdit de l'inceste, entre sangs identiques. « Quand un homme couche avec la mère et la fille, cela crée un lien contre nature[3]… » Nous ne sommes plus dans la délinquance mais dans la transgression d'un interdit aussi vieux que l'humanité. Il ne se produit que dans des situations exceptionnelles ou particulières et que l'éthologie permet de mieux comprendre[4]. Même si la Bible, à plusieurs reprises, prohibe en les mettant sur un même niveau l'homosexualité, la masturbation, l'inceste, la zoophilie et la nécrophilie, c'est bien dans la Genèse que l'on raconte l'histoire de deux des filles de Loth qui consomment avec leur père pour qu'ainsi il perpétue son peuple, car il était sorti de Sodome seul de son sexe, sa femme s'étant transformée en statue de sel…

1. F. Héritier, *Les Deux Sœurs et leur mère*, Odile Jacob, 1994.
2. Rapportés d'après le livre de F. Héritier, *op. cit.*
3. Rapporté dans le livre de F. Héritier, *op. cit.*
4. F. Héritier, B. Cyrulnik, A. Naoum, *De l'inceste*, Odile Jacob, 1994.

On a vu que les classifications socio-médicales modernes ont absous la masturbation et l'homosexualité, ont psychiatrisé les déviances comme la pédophilie et le viol, mais ont laissé l'inceste à part. La psychanalyse et son fondateur n'ont pas résolu le problème, en fondant d'une part les comportements sur le refoulement de l'Œdipe et, après la révision déchirante des premières thèses sur l'origine de la névrose, en occultant la possibilité des contacts sexuels intrafamiliaux. Problème d'autant plus aigu que Freud aurait eu à affronter l'inceste du deuxième type (selon l'un de ses biographes les plus prestigieux) avec Minna, la sœur de son épouse[1], et une tendance à celui du premier type dans sa relation particulière avec Anna, sa dernière fille, celle qu'il nommait « ma fidèle Antigone ». Cette fidélité durera jusqu'à la mort du fondateur de la psychanalyse. Anna aura d'abord une sexualité exclusivement solitaire et elle parle ouvertement de ses habitudes de masturbation. Puis, à partir de 1925, elle entamera une liaison (qui serait restée platonique) avec la fille du célèbre verrier américain L. Tiffany, avec laquelle elle partagera le reste de sa vie. La relation père-fille-amie ne laisse pas d'être trouble, même si tout paraît psychanalytiquement correct… ou presque, puisque le père a transgressé la règle qu'il avait lui-même édictée en psychanalysant sa propre fille. Celle-ci reconnaissait qu'elle lui cachait des choses[2]. On peut rapprocher ceci des habituelles considérations sur la genèse des penchants homosexuels ou de la sexualité de substitution. Le lien œdipien entre Sigmund et Anna aurait-il entraîné pour elle une impossibilité de créer des relations hétérosexuelles normales, et même d'envisager la maternité ? Elle qui se considérait comme l'épouse de son père, a-t-elle sombré dans une homosexualité de compensation ? A-t-elle poursuivi « le rêve, non possible, de la perpétuation de l'identique », le rêve parthénogénétique ?

L'INCESTE EXISTE-T-IL CHEZ LES ANIMAUX ?

L'interdit est entièrement comportemental puisque physiologiquement l'inceste, même primaire, n'est pas impossible. K. Lorenz notait déjà en 1936 que le petit de l'oie cendrée refusait les relations sexuelles avec sa mère ; puis, plus tard, il constatait l'aversion qu'ont les animaux de même lignée à se livrer à des rapports sexuels entre eux. Au-delà, les éthologues qui se sont succédé pendant des décennies pour observer les pratiques des petits singes installés sur une île près de Porto Rico

1. P. Gray, *Freud, une vie*, Hachette, 1995.
2. J. Barry, *op. cit.*, p. 322-348.

ont remarqué que moins de 1 % avaient des relations sexuelles avec leur mère. Il existe « une très puissante entrave comportementale à l'acte sexuel entre les animaux fortement attachés ». Elle est, semble-t-il, à la fois endocrinienne et comportementale. En effet, les mâles séparés dès la naissance de leur mère et élevés avec une « tante » copuleront avec la mère mais pas avec la femelle qui les a élevés. Cela ne veut pas dire que les relations observées sans dommage entre les bovidés, certains félins ou des pigeons soient incestueuses. L'inceste ne s'applique qu'à l'humain, et l'éthologie nous apprend deux choses : d'une part, c'est la proximité, l'attachement initial, dans un milieu structuré qui crée *naturellement* la négation des relations sexuelles intrafamiliales ; d'autre part, c'est la sémantique elle-même, par la monstruosité même qu'elle invoque, qui peut créer le sentiment incestueux. Il y a des conduites incestueuses qui sont révélées à leurs auteurs par leur verbalisation comme étant un inceste. Ce qui était plaisir et autorisé devient alors monstrueux et interdit : c'est le cas de ces jeunes au cousinage très éloigné qui s'aiment profondément, ont des relations intimes, et qui apprennent un jour qu'elles seraient incestueuses.

Selon les éthologistes, ce serait avant tout la vie en commun dans la petite enfance qui créerait l'inhibition, au-delà du milieu parental. Ainsi seulement 3 ‰ des enfants élevés ensemble dans les kibboutz d'Israël se marient entre eux[1]. Quand on leur demande pourquoi, ils disent que, s'ils l'avaient fait, ils auraient éprouvé un sentiment d'inceste[2].

La plupart des relations incestueuses ont une double origine. D'une part, l'incapacité pour un esprit « destructuré » d'appréhender l'interdit au moins au moment où il se produit : l'appétit orgasmique est alors supérieur, de même que la notion du plaisir de l'autre. L'inceste n'échappe pas alors aux autres conduites sexuelles normales ou déviantes. Il y a toujours un moment où la conscience du monde extérieur s'évanouit. D'autre part, l'absence de l'empreinte initiale qui marque l'inhibition, due à la vie commune initiale. De nombreuses grandes histoires mythiques, romanesques ou réelles sont conformes à ces deux schémas comportementaux, tels Byron et sa demi-sœur Augusta qui n'ont pas été élevés ensemble, et dont les amours incestueuses défrayèrent la chronique dans l'Angleterre au début du XIXe siècle. Au total, la relation et le sentiment incestueux sont des comportements où une fois de plus l'inné et

1. B. Bettelheim, *Les Enfants du rêve*, Robert Laffont, 1971.
2. B. Cyrulnik, *De l'inceste, op. cit.*

l'acquis se mélangent. Ils ne surviennent que dans des conditions particulières :

- exaltation du sentiment d'identité entre deux faux jumeaux hétérosexuels, et de surcroît de structure névrotique (comme chez Goethe). L'exaltation affective et sexuelle submerge alors les liens du sang qui n'ont pu inscrire dans leur cerveau l'interdit de l'inceste ;
- destructuration d'un individu, soit dans le cadre d'une déviance sexuelle (trop longtemps assimilée au droit de cuissage féodal), soit dans celui d'un cerveau véritablement malade (schizophrénie, maladie d'Alzheimer), soit simplement parce qu'il n'y a aucun support mais une simple vie en commun. On en rapprochera l'irruption dans le cercle familial d'un substitut parental qui n'a pas eu le temps de développer l'interdit (l'enfant est déjà âgé).

Tout ceci exposé, l'inceste, comme tous les autres abus sexuels, pose le problème de qui séduit et qui agit.

LE HARCÈLEMENT SEXUEL ET LES FAUSSES ALLÉGATIONS D'ABUS SEXUELS

Ce n'est pas nier l'existence d'abus sexuels que d'indiquer qu'une véritable psychose de ceux-ci s'est installée dans le cadre plus général du « politiquement correct », en même temps qu'une espèce d'hystérie de l'honnêteté et de la pruderie s'est emparée de la société aux prises avec des interrogations socio-économiques, dans laquelle la violence sexuelle ordinaire, quel que soit le milieu dans lequel elle évolue, n'est qu'un épiphénomène. L'Europe, sans avoir encore l'aspect caricatural des États-Unis, n'est pas exempte des vagues de cette épidémie, encouragée par les mouvements ultra-féministes, par les ravages de l'épidémie du sida attribuée à la trop grande permissivité sexuelle, et par les errements de certains thérapeutes.

Le harcèlement sexuel

L'évolution salutaire du code pénal en matière d'abus sexuel a prévu de punir les attentats sexuels même s'il n'y a pas violence, essentiellement quand les victimes sont des mineurs et que l'agresseur est un parent ou ascendant légitime, naturel ou adoptif, ou lorsqu'il exerce, par ses fonctions, l'autorité sur lui. On a ajouté à cette disposition, dans le même chapitre du code (222-23), le paragraphe suivant : « Le fait de harceler autrui en usant d'ordres, de menaces ou de contraintes, dans le but d'obtenir des faveurs de nature sexuelle, par une personne abusant de l'autorité lui conférant ses fonctions est puni d'un an d'emprisonnement et de 100 000 F d'amende. »

On est passé ici de la protection, ô combien justifiée, de victimes potentielles à une notion beaucoup plus vague qui ouvre la voie à tous les abus, dans l'espoir illusoire de voir limiter le commerce moral ou physique des charmes des uns et les abus du pouvoir des autres. On a vu, dans certaines universités américaines, des professeurs de grand talent suspendus pour avoir pris le café avec l'une ou l'autre de leurs élèves. Celles-ci étant amenées, par la suite, à « révéler » dans des confessions publiques les prétendus « sévices ». À une époque où la séduction sous toutes ses formes constitue un argument promotionnel, où certains postes, notamment dans les structures d'accueil, sont dispensés en tenant compte de l'aspect physique des postulantes, sans parler des allées du pouvoir fourmillant de personnes ambitieuses quel que soit le prix à payer, la distinction entre celui qui harcèle et celui qui est séduit est parfois difficile à faire.

On peut imaginer que la loi pourra être utilisée par une « victime » potentielle dès que le couple séduction/harcèlement n'aura pas fonctionné au mieux des intérêts des deux participants, et surtout des espoirs de la séductrice déçue. Comment faire la différence, en effet, entre celle (ou celui) qui aura accepté telle « promotion canapé » et un(e) moins heureux(se) qui, par dépit, accusera son petit chef de harcèlement ? Tout cela serait dérisoire ou anecdotique si cela ne rejoignait le problème des allégations de certaines « victimes d'abus sexuels ». Elles peuvent être fallacieuses, soit dans le but réel de nuire au supposé agresseur, soit de façon beaucoup plus pathologique, par confusion entre les fantasmes et les souvenirs, qui peuvent alors être réactivés par une méthodologie thérapeutique issue de l'hypnose très en vogue outre-Atlantique, la *thérapie des réminiscences.*

Les fausses allégations d'abus sexuels

J'ai traité Monsieur M., 62 ans, pendant de nombreuses années. Industriel et principal employeur d'une petite bourgade de 3 500 habitants dans le Centre de la France, il avait bénéficié, une dizaine d'années avant la période où se déroule cette histoire, des techniques de traitement exposées plus loin (voir chapitre 12) d'une impuissance larvée, installée depuis sa jeunesse. Il s'était remarié et avait eu une petite fille qu'il adorait. Il menait une vie paisible et industrieuse, respecté de tous. Un printemps, l'un des chefs d'équipe de son usine évoque devant lui les soucis qu'il a avec l'une de ses filles, âgée de 17 ans, en recherche d'emploi. Notre homme, attaché à son personnel, offre une place de vacataire et voilà la jeune fille affectée au service du nettoiement. Elle se révèle si peu assidue au travail en même temps que très provocante que, sur les conseils d'un de ses cadres, Monsieur M. annonce à son père qu'il va mettre fin à l'expérience. Vingt-quatre heures plus tard, deux gendarmes, un peu gênés, viennent l'interpeller dans son bureau et le conduisent sous bonne escorte au commissariat local où, devant la jeune fille, il est sommé de s'expliquer sur le viol qu'il lui aurait fait subir, la veille, après la journée de travail, dans les toilettes de l'établissement. Les détails intimes abondent dans la déposition de l'accusatrice, devant notre patron d'usine effondré. Une garde à vue lui est signifiée, puis une mise en examen. Le village s'empare de la nouvelle, et la rumeur enfle, le patron a le profil « idéal » du violeur complexé, un peu falot, le physique transparent, un peu bedonnant et timide, ayant des pulsions exacerbées par ses complexes et usant de son pouvoir patronal pour s'assurer les faveurs sexuelles d'employées corvéables à merci. D'autres victimes vont se déclarer, c'est sûr.

Ayant retrouvé un peu de lucidité, les uns et les autres, enquêteurs et accusé, s'avisent de relire les déclarations détaillées de l'accusatrice, qui parlent des dimensions « énormes » du pénis en érection du violeur et même de la couleur sombre de l'abondante pilosité locale. On mènera mon patient devant un médecin de l'administration qui constatera, lui, que le pénis est plutôt petit et que le pubis est plutôt clair et glabre. Il faudra mon témoignage formel et rétrospectif sur la dimension du pénis en érection mesurée et enregistrée à plusieurs reprises lors des divers examens pratiqués autrefois pour confondre l'affabulatrice et innocenter Monsieur M. Détruit psychiquement par cette histoire, il mit longtemps à retrouver sa dignité outragée. Que dire alors des centaines d'affaires qui ont éclaté aux États-Unis, mettant en jeu des prétendus abus sexuels subis dans l'enfance ? Le clou revenant au procès instruit à la suite de la plainte d'une femme de 60 ans contre son père de 91 ans, pour des faits s'étant déroulé 57 ans auparavant !

LES TROUBLES DE LA PERSONNALITÉ MULTIPLE

On sait que les traumatismes psychologiques ou physiques réels subis dans l'enfance peuvent être à l'origine de désordres psychiques à l'âge adulte et en particulier d'une difficulté à s'identifier en tant qu'individu. Diverses psychothérapies visent à extirper de l'esprit ces traumatismes, en reconstruisant la personnalité autour de son acceptation dans la production de ses actes. Ce fut le cas de la psychanalyse, Freud ayant très tôt compris que les récits qu'il entendait provenaient pratiquement tous de femmes consultant pour des symptômes hystériques et racontant la même histoire fondée sur des abus sexuels subis dans l'enfance. Une remise en cause radicale récente (dans les années 1970) de ces méthodes thérapeutiques est intervenue, poussée par la mode de l'hypnose. La guérison de ces troubles de la personnalité, que l'on officialisera en une pathologie psychiatrique autonome, le T.P.M. (troubles de la personnalité multiple), nécessite que les patients atteints en attribuent la responsabilité à des personnes qui les ont violés ou gravement traumatisés dans l'enfance.

La réalité des violences familiales, soutenue par la société en quête de nouvelles valeurs morales et dénonçant spécialement le *child abuse* (abus sur les enfants), les ligues ultraféministes si chatouilleuses dès que le sexe est mis en avant, et la mode renaissante des thérapies par hypnose créèrent pratiquement de toutes pièces une véritable épidémie de TPM. On atteignit très vite, vers la fin des années 1980, 20 000 cas de ces troubles de la personnalité diagnostiqués sur des femmes qui, venues consulter pour des symptômes divers (anorexie, boulimie, dysfonctions sexuelles), « commencèrent à toutes souffrir de réminiscences de sévices sexuels et physiques[1] » *alors qu'elles n'en avaient jamais eu conscience jusque-là*. Le cinéma s'empara de ces scénarios, plus alléchants que la fiction ordinaire, et popularisa les théories de la réminiscence, poussant vers les tribunaux des parents ahuris, dont certains avouaient, saisis à leur tour par ces réminiscences fictives. Tout ceci est fondé sur l'utilisation de l'hypnose et de l'autosuggestion lors de ces thérapies. Outre que seuls 10 à 15 % de la population adulte sont hypnotisables, il a été démontré[2] que le recouvrement de souvenirs sous hypnose n'assure pas leur véracité historique. Par contre, les sujets hypnotisés croient à leur réalité. La mode du T.P.M. et des révélations issues de ces séances d'hypnose s'étendit, englobant aussi les victimes de cultes démoniaques et de sabbats hypothétiques qu'aucune enquête criminelle ne parvint à objectiver.

Il fallut attendre 1992 pour qu'une vingtaine de couples, dont les filles

1. S. Mulhern, « Les aléas de la thérapie des réminiscences : les troubles de la personnalité multiple », in *Le Traumatisme de l'inceste*, PUF, 1995. Chapitre remarquable d'un livre excellent.
2. S. Mulhern, *op. cit.*, p. 72.

adultes, qui avaient là encore consulté leur psychiatre pour des problèmes banals, avaient révélé sous hypnose les pratiques incestueuses de leur géniteur, se regroupent et combattent avec l'aide d'autres spécialistes cette supercherie. Trois mille familles sont désormais regroupées dans le cadre d'une fondation, avec le soutien d'un comité scientifique de haut niveau, étudiant cette nouvelle déviance, « *le syndrome des faux souvenirs* ».

NE PAS DÉVIER LES DÉVIANCES

Il ne s'agit pas de nier les abus sexuels et les conduites incestueuses, dont la réalité et la fréquence ont été soulignées dans ce chapitre. Mais il faut faire attention aux délires collectifs aussi bien qu'aux erreurs individuelles. Les faux prophètes ont soulevé des populations incrédules, les faux thérapeutes sont capables de créer des affections, surtout dans le domaine encore controversé de la conscience et de sa partie cachée ou inexplorée, l'inconscient et les souvenirs. La sexualité, on l'a montré, en est la partie la plus sensible et la plus taboue.

Une ravissante jeune femme, qui accompagnait son mari aux prises avec des difficultés d'érection banales mais irrésolues depuis de nombreuses années, me racontait, pendant que son mari était soumis dans une autre salle à un examen, comment, ne souhaitant pas le tromper, elle avait longtemps hésité à s'autosatisfaire, essentiellement par rejet culturel et prévention sociale. Pour résoudre son problème, elle avait consulté un célèbre sexologue qui lui avait expliqué, par le schéma puis aussi par le geste, après l'avoir enjointe de se déshabiller, « qu'elle avait une mauvaise image de son vagin et de son clitoris » et qu'ils allaient tous les deux, thérapeute et patiente, résoudre ensemble le problème grâce à l'hypnose. Le problème consistait uniquement pour la patiente à savoir si l'auto-érotisme qu'elle connaissait, de même que la forme et la position de son clitoris, depuis l'âge de 12 ans, pourrait être une « thérapie » à ses manques physiologiques ! « Je me suis sauvée ! », me dit-elle.

Face à la réalité quotidienne, à l'horreur ordinaire, il faut aussi se garder de l'invraisemblable des fantasmes, des mythes, et surtout essayer de former des thérapeutes qui aient dépassé ceux-ci.

LE TRANSSEXUALISME

Le transsexualisme se définit comme un désir irrépressible d'appartenir au sexe dont on n'a pas la morphologie. Il faut bien différencier cette situation pathologique des états transsexuels, dans lesquels, par suite

d'une aberration chromosomique (voir chapitre 3), il y a dès la naissance, ou dans l'enfance, interrogation quant au sexe morphologique véritable. Ici, il n'y a aucun doute sur l'appartenance au sexe masculin du sujet qui revendique de devenir une femme. C'est psychiquement que l'on devient persuadé d'être du sexe opposé.
Patrick, 20 ans, est venu consulter à mon centre, dans un premier temps, pour une incapacité à avoir des érections correctes, et a subi les investigations habituelles et exhaustives quand il s'agit d'un trouble primaire (voir chapitre 12). On ne constate pas alors d'anomalie organique, et les tests psychologiques sont peu perturbés, même si *a posteriori* on remarquera certaines tendances schizoïdes. Cette démarche initiale est volontairement « fonctionnaliste », et le patient part avec ce qu'il souhaitait *a priori* : la certitude d'être « normal » physiquement parlant, et en plus, il sait désormais qu'il a la possibilité de remédier au blocage purement fonctionnel de son érection. Le jeune assistant qui l'avait vu alors n'avait rien remarqué qui puisse mettre sur la voie d'un diagnostic de transsexualisme. Trois mois plus tard, quelques jours avant une nouvelle consultation, c'est sa mère, enseignante, qui attira mon attention en me confiant par téléphone sa crainte quant à son comportement. Le garçon vivait seul avec elle depuis la mort accidentelle de son père et d'une de ses sœurs de deux ans sa cadette alors qu'il avait onze ans. Comme exhortation à se sortir de ce formidable traumatisme psychique, on lui répéta à l'encan « tu es l'homme de la famille maintenant ». Une sœur plus âgée avait quitté la niche familiale, et la mère de Patrick avait bataillé ferme pour élever le garçon dans sa masculinité : scolarité impeccable, arts martiaux et jusqu'à la moto qu'il pratique avec intensité. Tout paraît normal jusqu'à la deuxième année de médecine. Soudainement, il se met à ne plus aller aux cours, à traîner chez lui. La maman affolée constate la disparition de certains de ses sous-vêtements qu'elle retrouve dans la chambre du garçon, en même temps que des ouvrages spécialisés, entre autres, sur le transsexualisme, ainsi que les ordonnances de divers traitements hormonaux. Elle craint essentiellement l'homosexualité tout en acceptant son éventualité. Ce qui la préoccupe avant tout, c'est la dérive laxiste qui s'est emparée du garçon, devenu soudain hostile, désœuvré. Les pièces du puzzle se réunissent peu à peu, d'une part quand, dans une longue lettre où je lui avais demandé de m'exprimer tous les souvenirs qu'elle pouvait avoir sur les années d'enfance de Patrick, elle m'indiqua que, compte tenu de sa blondeur, on le déguisait souvent en fille et qu'il l'appré-

ciait, qu'il avait toujours partagé les jeux de fillettes de sa sœur jusqu'au décès de celle-ci, et qu'ils s'adoraient comme deux jumeaux. Après, c'est le silence du côté maternel, avec le développement en apparence normal décrit ci-dessus. C'est Patrick qui me racontera la suite de l'histoire : il n'a jamais admis d'être « l'homme de la maison » après le décès de son père. Il a fait semblant. Il n'avait aucune attirance particulière pour l'un ou l'autre sexe. Le désir d'orgasme était faible malgré des érections matinales normales. Il était beau garçon et les sollicitations ne manquaient pas. La raison de sa première visite à mon centre, après quelques échecs sexuels, était d'obtenir les moyens de tester la direction de son attirance sexuelle, qu'il jugeait assez ambivalente. Dans le même temps, ses recherches personnelles facilitées par ses études médicales lui font découvrir le transsexualisme et lui révèlent qu'il souffre de cette pathologie. C'est ce qu'il m'annonce d'entrée de jeu lors de sa deuxième visite (la première en ce qui me concerne). Comme c'était ma première expérience clinique avec ce que je savais être un drame véritable, j'essayais de biaiser, je me raccrochais à deux autres éventualités, l'une étant le mimétisme que tout étudiant en médecine éprouve à la lecture d'une description imagée et détaillée de la symptomatologie. Étudiant au même âge que Patrick les symptômes du cancer de l'œsophage, je me fis radiographier, certain d'en avoir un. L'autre éventualité était celle de la tendance schizophrénique, compte tenu des anomalies modérées des tests psychologiques, et de l'apparente construction du syndrome fait par le patient lui-même. Pourtant, après consultation du psychiatre, qui élimina formellement toute pathologie de ce type, et de nombreux entretiens, le diagnostic de transsexualisme fut retenu, laissant à mon pragmatisme un goût amer. Il n'y a pour le diagnostic positif aucun élément objectif autre que l'expression irrévocable, définitive et répétée du sujet qui aspire à devenir une femme. Il réclamait du chirurgien que je suis la transformation chirurgicale de son sexe, pour mettre en conformité son sexe morphologique et son sexe psychique. Ne pratiquant pas ce type de chirurgie, j'avoue avoir été soulagé de devoir passer la main… non sans avoir indiqué au garçon et à sa maman que les résultats tardifs des changements chirurgicaux du sexe dans le transsexualisme étaient globalement négatifs. D'où l'extrême circonspection et l'extrême prudence indispensables avant d'y souscrire.

Les distorsions du transsexualisme

Le vrai transsexualisme tel celui exposé ci-dessus est exceptionnel ; il doit être différencié des cas abusifs conduisant au changement de sexe pour des raisons « commerciales » (prostitution, spectacle) sur des sujets faibles d'esprit et souvent miséreux, habitués du travestisme, et se réalisant au prix d'une mutilation de leur sexe somatique. Comme le souligne avec beaucoup de pertinence G. Zwang[1], « le nombre de ces "sembles femmes" s'est considérablement accru avec l'implantation en pays miséreux (Amérique du Sud, Asie du Sud-Est) de véritables officines médico-chirurgicales branchées sur la prostitution masculine et infantile. On fait miroiter aux yeux de jeunes adolescents un avenir mirifique de putain huppée. Ils sont "hormonés" puis opérés vers leur vingtième année... Ils ne sont pas évidemment devenus de vraies femmes, leur pseudo-vagin ne sert pas à grand chose. »
Le dilemme du transsexualisme réside dans l'écho soulevé par une pathologie exceptionnelle remuant dans l'inconscient collectif les mythes androgynes et les penchants gynandromorphes de certains. Il alimente aussi la discussion sur le changement d'état civil, fondé, rappelons-le, essentiellement sur l'état somatique à la naissance, et ses conséquences : la possibilité pour la nouvelle femme de se marier et d'adopter des enfants[2]. Après une phase assez laxiste durant laquelle on a privilégié la liberté individuelle du choix, on est revenu, dans les pays occidentaux, à des conditions beaucoup plus restrictives, au vu des résultats individuels décevants de ces changements de sexe.

Le chemin de croix du transsexuel

Le véritable transsexuel se présente souvent, tel Patrick, comme un « délirant » en apparence normal. On retrouvera toujours, dans l'enfance, l'adolescence, ou même plus tard après un mariage fécond, des épisodes de travestisme. Dans l'enfance, c'est son caractère spontané qui doit éveiller l'attention. La perception du désir d'être de l'autre sexe est souvent sous-jacente, non ou mal exprimée, mais présente, sans cristallisation sur la réalité d'une entité, un peu, toutes proportions gardées, comme le cousin et la cousine amoureux l'un de l'autre et découvrant le mot « d'inceste ». Ici, malheureusement, il s'agit d'une affection incu-

1. G. Zwang, *Sexologie, op. cit.*, p. 244.
2. L. E. Pettiti, *Les Transsexuels*, PUF, 1992.

rable, un trouble de l'identité installé sans doute au moment de l'érotisation du cerveau, induit peut-être par un mauvais codage génétique, encore inconnu. Une équipe de chercheurs néerlandais[1] aurait retrouvé des anomalies d'une petite région de l'hypothalamus, le noyau de la strie terminale, dans une étude *post mortem* de six transsexuels masculins. Cette portion du cerveau se révélait être nettement plus petite que celle des autres hommes examinés par comparaison. Les auteurs ne retrouvent, en outre, aucune différence entre homosexuels et hétérosexuels. La question reste identique et entière comme pour l'origine de l'homosexualité. Il y a là, certes, une piste, mais on ne pourra pas savoir avant de pouvoir analyser *in vivo* et de façon répétée au cours de la vie l'évolution de ces structures, pour être certains de leur implication dans une telle pathologie.

Le transsexuel continuera sans doute encore longtemps son chemin de croix, percevant son trouble, il le découvrira ou on le lui fera découvrir. Viendra ensuite la première étape, le traitement par les hormones féminines, puis ce sera la quête de la chirurgie transformatrice. Elle implique la mutilation « illégale » d'organes sains (testicules et pénis) et la confection d'un néo-vagin après section de l'urètre. Il n'y aura, après cet exploit chirurgical qui excite l'esprit du public béotien et les amateurs des trop tristes boîtes de « travelos », ni sensibilité (donc pas d'orgasme) ni fonctionnalité réelle, le rétrécissement cicatriciel de ce vagin reconstruit étant habituel. Les régularisations sociales secondaires par le mariage ne sont que des ersatz et le taux de suicide secondaire est élevé. Il y a quelques années, à l'époque du développement maximum de ce type de chirurgie, une équipe médico-chirurgicale huppée nord-américaine avait mené une étude prospective, sans aucune idée préconçue, sur un groupe de volontaires transsexuels vrais souhaitant un changement de sexe. Une intervention correctrice avait été réalisée sur un groupe de 42 patients. Les conclusions, à long terme, avaient été négatives, car on n'avait observé une insertion vraie (au sens psychologique) dans le nouveau sexe que dans deux cas.

Le drame du transsexualisme est qu'il n'existe pas de déconditionnement possible, tout juste un accompagnement psychothérapique et une information courageuse allant dans le sens d'une dissuasion d'une intervention aux risques importants d'échec psychique et physique.

1. *Le Quotidien du médecin*, 2 nov. 1995 (analyse d'un article de la revue *Nature*).

LES CONDITIONS MÉDICALES ET LÉGALES DU CHANGEMENT DE SEXE

La législation concernant le changement chirurgical du sexe masculin est très stricte. Il est à noter que le sujet désirant un tel changement trouvera toujours dans des pays étrangers un chirurgien coopérant, au Maroc, en Belgique ou ailleurs. Mais les règles en Europe sont devenues très rigoureuses : le diagnostic doit être posé par plusieurs médecins, éliminant entre autres des pathologies simples comme le travestisme, ou des désordres psychosomatiques comme la schizophrénie, conduisant le plus souvent à des tentatives d'automutilation auxquelles les transsexuels, eux, ne se livrent pas. Une période d'observation de plusieurs mois avec psychothérapie d'accompagnement est instituée et acceptée par le vrai transsexuel qui désire réellement vivre une nouvelle vie. C'est à cette seule condition qu'on autorisera exceptionnellement une telle intervention, et c'est après une telle préparation (mise à l'épreuve) que les changements de sexe ont une mince chance de réussite.

Elles doivent rester l'exception. Comme l'indique le bâtonnier Pettiti[1] : « L'appréciation des motivations profondes des sujets et des chirurgiens est donc plus complexe qu'on ne le croit. En tout cas, le système de mise à l'épreuve par un contrôle médical s'impose. Le vrai transsexuel l'accepte et admet en même temps un vrai traitement psychiatrique, le sujet qui n'est pas un vrai transsexuel veut accélérer le passage à l'opération… La situation des vrais transsexuels est digne de très grande compréhension et d'attention sous l'angle de l'article 8 de la Commission européenne des droits de l'homme (garantissant la liberté individuelle), mais il reste évident que les législations ne peuvent complètement remédier aux obstacles sociaux… C'est pourquoi il faut s'attacher aux formules les plus souples prenant le plus grand compte des procédures de contrôle seules susceptibles d'éviter des opérations et des traitements nocifs pour l'équilibre de la personne. »

1. L. E. Pettiti, *Les Transsexuels, op. cit.*, p. 104.

Ce qu'il faut retenir

① Toute activité sexuelle imposée à l'autre par la force est un débordement sexuel.

② Toute déviance sexuelle, même si son attitude initiale est douce (voyeurisme...), peut basculer à tout moment dans la violence.

③ Tous les « criminels sexuels » récidivent s'ils ne sont pas traités.

④ Les actes sexuels sur mineurs sont souvent intra-familiaux et longtemps cachés.

⑤ Il faut se méfier de l'accusation d'abus sexuel sans preuve.

⑥ Le transsexualisme est une maladie grave, heureusement rare, pour laquelle la chirurgie de transformation aboutit à des résultats médiocres.

Chapitre 11

DU FIASCO À L'IMPUISSANCE

« Le sexe sans l'amour ce n'est peut-être pas le paradis, mais l'amour sans le sexe, c'est l'enfer. »
Françoise Sagan.

La défaillance de sa fonction sexuelle est très mal vécue par l'homme… tout comme par sa compagne. Le mot *impuissance* résume toutes les peurs et tous les tabous. L'impuissant se sent rejeté, son mal lui paraît inscrit au fer rouge sur son front. Autrefois, l'impuissant était soit celui qui ne pouvait procréer, soit celui qui ne pouvait pénétrer. L'accusation d'impuissance, seul mal opposable à l'indissolubilité des liens du mariage, imposait que l'on puisse démontrer *ex vivo* aux juges que l'on était capable de « dresser (érection), entrer (pénétrer) et mouiller (éjaculation) ». Nombreux furent ceux qui, classés impuissants au terme de ces procès, démontrèrent amplement par la suite la normalité de leur capacité sexuelle, tant était grande la suggestion, lors de ces mascarades médico-juridico-religieuses qui se prolongèrent jusqu'à la fin du XVIIIe siècle[1]. De plus, l'ignorance scientifique qui régna jusqu'à l'époque contemporaine concernant le sexe masculin contribua à maintenir pendant longtemps la confusion entre impuissance et infertilité.

1. P. Darmon, *Le Tribunal de l'impuissance*, Le Seuil, 1979.

NE PAS CONFONDRE IMPUISSANCE ET INFERTILITÉ

Depuis Hippocrate, et dans toutes les civilisations, la médecine a toujours cherché par des régimes, des médications, voire des procédés mécaniques et chirurgicaux, à pallier les insuffisances de la nature[1]. Cependant, la faiblesse des possibilités offertes rejetait les demandeurs vers les magiciens, sorciers ou religieux de tous acabits. Et on s'en remettait le plus souvent aux arts divinatoires et aux potions magiques pour regagner virilité et fertilité. Il en est resté, de nos jours, une grande crédulité vis-à-vis de tout produit ou technique dont on évoque la possible efficacité sur le plan sexuel, souvent sans la moindre vérification de sa réelle utilité.

La formidable moisson de progrès des sciences de la vie depuis la fin de la Deuxième Guerre mondiale a permis de trouver des remèdes aux misères sexuelles de l'homme, mais il y avait toujours un grand décalage entre le raffinement des techniques visant à lutter contre l'infertilité et l'incroyable approximation dans l'approche de l'impuissance. Le spermatozoïde avait, lui, une existence réelle, et méritait toutes les attentions scientifiques, alors que la « bandaison », paraissant toujours issue du surnaturel de la libido, était rejetée du monde dit « scientifique ». Depuis la fin du XIXe siècle, les premiers sexologues, bientôt suivis par les psychanalystes, construisirent le schéma, encore aujourd'hui en vigueur, d'un sexe omniprésent et gouverné par le cerveau, conscient ou inconscient, maître du destin phallique.

Après l'intermède qui vit pendant une vingtaine d'années (1960 à 1980) les sexologues tenter de se différencier des psychanalystes en privilégiant une approche sensorielle, certes plus physiologique, mais nettement insuffisante, de la sexualité, une ère scientifique nouvelle s'est ouverte quand, vers la fin des années 1970, quelques-uns se sont mis à examiner le pénis comme n'importe quel autre organe du corps[2]. On s'aperçut alors que d'autres avaient bien tenté, beaucoup plus tôt, de le faire, mais que leurs essais avaient été totalement occultés par leurs contemporains, tant le scepticisme était grand vis-à-vis de tout ce qui n'était pas issu du psychisme.

On voit encore aujourd'hui – bien que plus rarement qu'autrefois – confondre l'impossibilité pour l'homme de pratiquer l'acte sexuel, connue sous le terme global d'impuissance, et l'impossibilité d'avoir un enfant,

1. G. Zwang, *Histoire des peines de sexe*, Maloine, 1994.
2. R. Virag, *L'homme qui marche*, *op. cit.* et Introduction de ce livre.

définie comme étant une infertilité (ou stérilité). Il est bien évident que si l'impuissance est totale, c'est-à-dire si la pénétration est constamment impossible, la procréation par les voies naturelles sera *de facto* impossible. C'est en cela que les deux phénomènes peuvent être confondus. Je vois d'ailleurs de nombreux couples consultant dans la double perspective de corriger à la fois l'impossibilité de l'acte sexuel et sa conséquence sur les possibilités d'enfantement. *A contrario*, la stérilité, souvent perçue par l'homme qui en est victime comme une atteinte à son pouvoir masculin, peut entraîner une perte de l'image virile et une impuissance secondaire. Or c'est bien cette peur ancestrale de sa perte, associée à la notion qu'elle est inéluctable avec le temps, qui a gouverné pendant des siècles l'attitude des hommes vis-à-vis de l'impuissance au sens large du terme. Jeune et impuissant ou même infertile, on n'est pas une totalité d'homme ; plus âgé, en le devenant on commence un peu à mourir. Dès lors, l'esprit d'analyse se brouille, car le déficit sexuel est vécu non pas comme n'importe quelle maladie, mais comme une atteinte à la personnalité, au « moi profond », diraient les philosophes. Plus de la moitié des patients qui me consultent pour des difficultés sexuelles annoncent que ce qui les gêne dans leur impuissance c'est, entre autres conséquences, la perte de leur image virile. Paradoxalement, au lieu de les conduire rapidement chez le médecin, cela les en éloigne souvent longtemps. Ils vivent le phénomène négativement comme une fatalité, dont on espère vaguement qu'elle s'arrangera toute seule avec le temps. On verra que l'attitude de la compagne est souvent différente face à l'impuissance, où elle s'interpose souvent entre le thérapeute et le patient, et face à l'infertilité, où elle pousse très vigoureusement à la consultation. Contre l'impuissance, elle pense souvent être le traitement à elle toute seule, alors que, contre la stérilité, elle s'efface très vite derrière le spécialiste. Mais quelle que soit l'attitude de sa compagne, si elle existe, l'animal masculin n'aime guère la médecine et surtout la dépendance qui en résulte, encore moins quand il s'agit de son sexe. Chaque homme, quel que soit son niveau de culture, y ajoute une souveraine ignorance de sa mécanique intime.

LA FRAGILITÉ DE LA FONCTION SEXUELLE MASCULINE

La fragilité est inhérente au système sexuel lui-même. L'homme est celui qui apporte par l'érection la possibilité de l'union elle-même, et par l'éjaculation l'éventualité de la procréation. Que l'une ou l'autre, et surtout la première, parce que directement et immédiatement perçue, vienne à manquer, et le rapport entre deux êtres va s'en trouver bouleversé. Dans ce système interpénétré (le tenon et la mortaise), le tenon est la partie la plus fragile.

Petit lexique de la défaillance

• Les synonymes de l'impuissance

Impuissance : substantif s'appliquant au patient qui n'a pas ou plus d'érection suffisante pour la pénétration. Compte tenu de son caractère péjoratif et inavouable, les médecins lui préfèrent le terme plus neutre et plus savant de *dysfonctionnement érectile* ou même *dysérection*, encore plus technique et plus discret pour le profane. Ces termes désignent très précisément l'insuffisance de rigidité pénienne quelle que soit son origine.

Pannes sexuelles : élégante façon de désigner une impuissance naissante. Qui n'a pas, en effet, enregistré dans sa vie un échec sexuel et ne s'en est inquiété, surtout s'il se répète ? Cet euphémisme constitue surtout un moyen pour le patient de se masquer le problème jusqu'à ce qu'il devienne permanent, et pour certains médecins le symptôme, sous le fallacieux prétexte de ne pas trop le médicaliser. Les médias de vulgarisation de la santé adorent aussi ce terme : l'annonce d'un éventuel traitement efficace de telles pannes garantit un tirage accru. En tout état de cause, la panne sexuelle ne désigne qu'une impuissance vraiment très occasionnelle, celle qui se répète est un dysfonctionnement sexuel.

Asthénie sexuelle : équivalent du terme précédent, cette expression plus médicale évite d'employer le mot trop connoté d'impuissance. Il s'y ajoute la notion d'un manque d'appétit sexuel. C'est en général de cette manière que le patient annoncera son impuissance : « Je suis fatigué, docteur… »

Andropause : Ensemble des manifestations générales et sexuelles qui accompagnent la baisse du taux des hormones sexuelles masculines survenant à un âge variable (voir chapitre 7). Souvent employé à tort pour exprimer qu'on souffre d'impuissance : « N'est ce pas l'impuissance, docteur ? ».

• Les pertes du désir

Baisse de la libido : nombreux sont les hommes qui consultent pour des « problèmes de libido », alors qu'ils souffrent essentiellement d'un manque d'érection. La baisse de leur désir n'est que la conséquence de la mauvaise qualité des performances induite par la difficulté d'érection. La baisse de la libido, autrement dit du désir, encore qualifiée comme étant l'absence ou la diminution de l'appétit sexuel est, elle, caractérisée par la diminution de l'envie sexuelle : pensées, fantasmes, désir d'acte. L'inappétence peut être totale, c'est celle que l'on observe en cas d'anomalies endocriniennes importantes ou de traitements psychiatriques, de fatigue générale très intense ou de soucis majeurs extra-affectifs, ou lors de drames familiaux (deuils). Il faut bien différencier cette diminution globale de la libido de la baisse sélective du désir dans le cadre d'une union qui se désagrège, ou d'une liaison qui s'achève. L'appétit sexuel est conservé, mais pas pour le sujet sur lequel elle s'exerçait. Ici, les manifestations physiques (érections) consécutives à l'appétit orgasmique demeurent, c'est l'affectif qui est en cause. Il ne faut pas confondre ne plus être amoureux et ne plus avoir envie de faire l'amour.

• **Les troubles de l'orgasme**

Anorgasmie : l'homme peut accomplir la pénétration, donner du plaisir à sa compagne, mais il ne ressent aucune des manifestations habituelles de l'orgasme. Le plus souvent, l'absence des sensations ineffables de l'orgasme s'accompagne de l'absence d'éjaculation. Parfois l'homme peut éjaculer mais ne ressentir aucunement le plaisir. Il faudra aussi soigneusement distinguer les anorgasmies totales survenant dans toutes les situations sexuelles, des anorgasmies sélectives ne s'exprimant que lors des rapports mais laissant le plaisir solitaire intact. Elles n'expriment pas les mêmes anomalies. En tout état de cause, il faut se souvenir qu'il peut y avoir éjaculation sans orgasme, comme il peut y avoir orgasme sans éjaculation.

• **Les troubles de l'éjaculation**

Anéjaculation : absence d'éjaculation – il n'y a pas d'émission de sperme –, généralement associée à l'absence d'orgasme. Elle est à différencier soigneusement des éjaculations rétrogrades. Lorsqu'elle est due à des anomalies locales, l'anéjaculation ne supprime pas la sensation orgasmique. Celle-ci est cependant presque toujours moins intense.

Éjaculation rétrograde : se dit lorsque, pour des raisons physiologiques ou anatomiques, le sperme n'est pas expulsé à l'extérieur, c'est-à-dire de façon anté-

rograde, mais à l'intérieur, dans la vessie, par voie rétrograde. De même que pour l'anéjaculation, l'éjaculation rétrograde ne supprime pas l'orgasme.
Éjaculation rapide : se dit lorsque l'éjaculation n'est pas maîtrisée, que ce soit pendant ou en dehors de l'acte sexuel. Cependant son contrôle peut être appris.
Éjaculation prématurée : qualifie une éjaculation survenant trop tôt dans la symphonie de l'acte sexuel et sonnant le glas de sa poursuite. Un éjaculateur rapide peut compenser pour ne pas être prématuré, tandis qu'un éjaculateur prématuré est celui qui, même s'il contrôle jusqu'à un certain point, sera tout de même trop rapide pour sa compagne. La notion d'éjaculation prématurée est à géométrie variable.
Éjaculation ante portas *:* forme extrême de l'éjaculation rapide. L'éjaculation survient exclusivement avant la pénétration et *de facto* met fin prématurément à la séance amoureuse.

• Les anomalies de l'organe
Micropénis ou microphallus : petit pénis par anomalie de développement liée à une malformation congénitale locale ou régionale. À l'âge adulte, on parle de micropénis lorsque la taille du pénis est inférieure à 5,5 cm à l'état de repos physiologique et à 7,5 cm en érection.
Syndrome du petit pénis : conviction de certains hommes qui, malgré une taille du pénis dans les normes habituelles (voir chapitre 1), se sentent inférieurs, diminués dans leur virilité, parce qu'ils croient leurs organes sexuels trop petits.

• L'infertilité
Stérilité : impossibilité pour le couple d'avoir un enfant par les voies naturelles.
Infertilité : impossibilité pour l'homme de procréer, due à la qualité insuffisante de son sperme.
Azoospermie : absence totale de spermatozoïdes dans le sperme.
Oligospermie : quantité insuffisante de cellules reproductrices dans le sperme.
Asthénospermie : les spermatozoïdes sont peu mobiles et leur vitalité est insuffisante. Cette anomalie est souvent associée à la précédente sous le nom d'*oligoasthénospermie*.
Hémospermie : émission de sperme hémorragique. Quelle que soit son abondance, une éjaculation sanglante impressionne et inquiète toujours. Elle est bénigne dans l'immense majorité des cas.

Le phallus, on le sait, est en effet à la fois un instrument du bonheur mais aussi l'expression quasi unique de la masculinité. La féminité, elle, a toutes sortes de moyens pour s'exprimer. De plus, les instruments de la réalisation sont chez la femme entièrement cachés, et indépendants de ceux de la séduction. L'insatisfaction n'entraîne donc pas nécessairement la diminution de la féminité. Par contre, toute atteinte de la fonction sexuelle masculine, qu'elle concerne la réalisation de l'acte ou même la procréation, s'extériorise et entraîne tôt ou tard une atteinte de son image virile et une déstabilisation de l'ensemble de l'équilibre de la personnalité.
Si l'homme infertile se trouve le plus souvent dans la même situation que la femme stérile quant au vécu de cette infirmité et à la sensation d'être incomplets dans leur destinée, en revanche l'homme impuissant est le plus souvent vraiment seul (ou s'isole) dans son sentiment d'impuissance et face au caractère irrémédiable de son symptôme. Il n'est pas ou plus un homme, alors qu'une femme anorgasmique peut longtemps jouer son rôle de femme au nom de son amour. L'homme qui ne peut physiquement exprimer son désir se vit dévalorisé aux yeux de tous. Qu'il ait tous les attributs de la virilité (pilosité, voix grave, corps d'athlète) importe peu si la fonction sexuelle est défaillante, il sera avant tout *celui qui est impuissant*. Il risque de se vivre comme tel, dans tous les domaines de son existence.

Impuissance organique ou psychologique ?

La séparation des causes de l'impuissance en causes organiques et psychologiques n'a plus l'importance qu'elle revêtait lorsque les moyens de traitement de l'impuissance organique étaient uniquement chirurgicaux et qu'on ne disposait pas encore de la possibilité de déclencher l'érection simplement par des médicaments. Néanmoins, cela reste nécessaire pour bien comprendre la genèse d'une dysfonction érectile.
On appellera impuissance psychologique une difficulté d'érection sans aucun lien avec les mécanismes physiologiques y conduisant. Pour utiliser ce qualificatif, il faut bien évidemment avoir la certitude de l'intégrité desdites fonctions physiologiques et ne pas se contenter d'un approximatif « c'est dans la tête ». Il ne faut pas, en effet, confondre le facteur déclenchant la dysfonction érectile et la cause réelle de celle-ci. Or, le plus souvent, on retient le premier et on ne recherche pas la seconde.
On a coutume de caractériser l'impuissance organique comme un défaut de fonctionnement expliqué par un dérèglement d'une ou plusieurs

fonctions physiologiques permettant à l'érection de se produire. L'identification de ces différents mécanismes a été une étape fondamentale pour la compréhension et le traitement de l'affection. La fréquence de ces détériorations organiques a été en effet très longtemps totalement sous-estimée. Ce n'est que lorsque l'on a procédé à l'analyse systématique de ces facteurs que l'on a réellement mesuré leur impact. On verra que quatre facteurs principaux jouent un rôle déterminant dans la genèse d'une impuissance : artériel, veineux, neurologique et hormonal (voir chapitre 12). Seule leur vérification systématique permettra d'en préciser l'état.

Contrairement aux idées reçues, l'analyse statistique montre que les impuissances d'origine organique sont beaucoup plus fréquentes que les impuissances purement psychologiques. En effet, lorsque l'on se livre à la recherche systématique des quatre facteurs de l'impuissance, on en retrouve au minimum un dans au moins 70 % des cas. Néanmoins, la constatation d'une atteinte organique *ne doit pas faire oublier le terrain psychologique sur lequel elle évolue*. Enfin, lorsque des facteurs organiques et psychologiques sont présents chez un même sujet, on parlera d'impuissance mixte.

L'une des données essentielles de ce vieux débat de l'organique et du psychologique est l'imbrication des facteurs, ce qui n'a rien d'étonnant si l'on a compris la manière dont l'érection se déclenche. Celui qui est atteint ne retient bien souvent que le facteur déclenchant ou la maladie causale, mais rarement l'ensemble du problème dans sa dimension psychique.

Anxiété de la performance et angoisse de l'échec

Il y a plusieurs années, pour un réveillon de jour de l'an partagé avec mes proches, nous avions décidé avec mes enfants et la complicité d'une de nos amies, comédienne célèbre, de donner une scène d'une pièce de boulevard. Avant d'entrer en scène dans le salon de notre maison de campagne, entre les huîtres et le homard flambé, je m'aperçus qu'elle avait autant le trac pour se produire devant quelques amis que sur les planches des plus grands théâtres parisiens. Nous, les acteurs amateurs, nous étions hilares, tout à la joie de la bonne surprise que nous avions préparée. Nous, nous n'avions rien à prouver, rien à mettre en jeu ; elle, au contraire, était dans l'exercice de ses fonctions, elle se remettait en question.

Face à l'acte sexuel, l'homme est comme notre comédienne : quelles que soient les circonstances, il met en jeu son statut viril, sa stature de mâle.

Ce trac, équivalent de celui de l'artiste sur scène, est essentiellement sous-tendu par la crainte de ne pas pouvoir satisfaire l'autre grâce à ses seuls moyens physiques.

L'ANXIÉTÉ DE LA PERFORMANCE SEXUELLE

Elle est inhérente à l'activité elle-même, impliquée par la nature même de sa réalisation physique, laquelle concerne autrui, un autre désiré et surtout aimé, un être qu'avant tout on ne voudra pas décevoir. Bien avant cela, existe à l'origine de l'anxiété de la performance, l'inexpérience. Même si elle paraît aujourd'hui gommée par la masse d'informations aisément disponibles pour les jeunes, elle reste un élément prépondérant des échecs sexuels initiaux et du développement ultérieur d'une conduite d'évitement. Cette inquiétude ne disparaîtra pas avec l'expérience, elle restera latente, surgissant à nouveau, notamment en cas de changement de partenaire. En général, elle met en question exclusivement la performance, centrée sur la qualité de l'érection et le contrôle de l'éjaculation. La source de l'anxiété de la performance sexuelle, telle qu'elle est souvent exprimée par ceux qui l'éprouvent, réside dans la crainte de ne pas être à la hauteur en ne donnant pas le plaisir à la partenaire. Cette préoccupation n'est pas nécessairement altruiste, comme on l'a vu, mais liée à sa propre satisfaction et à son image virile. Il ne s'agit pas d'une image machiste, mais d'une réalité psychologique : la gratification que l'on tire de l'acte sexuel dépasse la satisfaction orgasmique individuelle, elle implique pour l'homme la satisfaction de l'autre, preuve de sa « puissance » et de son pouvoir viril. Il est probable qu'il s'agit là d'un comportement inné, vestige de l'évolution : le plaisir comme moteur de notre formidable capacité reproductrice.

L'anxiété de la performance est latente, en filigrane de toute l'activité sexuelle masculine. Elle peut ne jamais se manifester si la vie sexuelle se déroule normalement dès le départ et se poursuit de façon harmonieuse. Elle peut venir sur le devant de la scène à l'occasion d'un échec anodin, ou même d'une réflexion de la partenaire sur tel aspect du physique ou du comportement sexuel. Elle s'exprimera de façon déguisée sous l'expression si souvent entendue : « Oh ! Vous savez, côté sexe, bien que n'ayant jamais eu de problèmes, je ne suis pas un foudre de guerre » ou bien : « Je ne suis pas une bête de sexe ». Elle pourra préexister à toute activité sexuelle avec partenaire, faisant même se poser la question de l'attirance sexuelle et de son orientation. Chez l'homme d'âge mûr, elle peut rester latente, quand la vie sexuelle s'est organisée en confiance dans le cadre d'une vie de couple harmonieuse, et ne réapparaître qu'à l'occasion des premières défaillances liées aux effets délétères de l'âge, des stress professionnels, et d'affections intercurrentes. Le spectre de l'arrêt du fonctionnement de l'organe érectile et la hantise de l'horreur évoqués par le mot *impuissance* en sont les plus grands pourvoyeurs, avec le temps qui passe. Ce temps qui fait penser à tout homme, à tort, qu'au-delà d'une certaine limite, le ticket sexuel n'est plus valable.

L'ANGOISSE DE L'ÉCHEC

L'anxiété de la performance sexuelle a des conséquences psychologiques et physiologiques très importantes sur le comportement de l'homme. Elles peuvent déborder le cadre strictement sexuel et affectif d'autant plus que le phénomène aura commencé tôt dans la jeunesse du sujet. Elle entraîne l'angoisse de l'échec sexuel, qui va conduire graduellement vers l'évitement pur et simple des rapports. Celui qui en est atteint anticipe l'échec et s'esquive pour ne pas avoir à le subir. Chez certains, cette situation se produit après *un seul échec* : ils installent d'emblée les conditions pour ne pas avoir à affronter une nouvelle humiliation. Lorsque cela se produit dès la première tentative, on imagine les dégâts psychiques créés par une telle attitude. On voit ainsi arriver à la consultation de jeunes hommes confinés dans une sexualité solitaire, quand ce n'est pas dans une homosexualité de compensation, pour ne pas avoir à affronter le regard de l'autre.

Chez d'autres, c'est lors d'un changement des habitudes que surgit le spectre de l'échec potentiel. À l'intérieur du couple constitué, ce peut être la recherche de la conception demandant des actes répétés et en quelque sorte programmés, qui taraude l'image virile. Je me souviens d'un homme de la cinquantaine, vieux célibataire et séducteur invétéré, qui s'était marié sur le tard avec une jeune femme d'à peine 30 ans. Il était devenu presque totalement impuissant alors même que tous deux souhaitaient un enfant. Impuissance purement situationnelle puisqu'il pouvait avoir des rapports tout à fait normaux avec une ancienne amie avec qui il s'était testé, en désespoir de cause. Peur de ne pas pouvoir procréer ou crainte d'une paternité tardive ? Je ne pus démêler l'écheveau de l'inhibition chez cet homme assez secret et conscient aussi de son obligation de résultat pour garder la femme qu'il aimait.

L'étude objective du profil psychologique et du niveau d'anxiété générale des patients consultant pour des difficultés sexuelles montre deux éléments disparates vis-à-vis de l'angoisse de l'échec sexuel. Certes, elle est constante chez ceux qui ont un niveau d'anxiété générale élevé, mais elle existe également, dans un quart des cas environ, chez des sujets dépourvus d'anxiété dans toutes les autres circonstances de la vie. Elle affectera alors des hommes dont on admire par ailleurs le calme et l'équilibre psychique dans toutes les circonstances autres que celles de leur vie sexuelle. L'observation de ces cas permet de démontrer que c'est à l'évidence l'échec sexuel lui-même qui est à la fois la cause déclenchante et le facteur principal entretenant l'angoisse de l'échec. Si l'on admet, chez tout homme, une fragilité latente inhérente à l'obligation de réussite, issue de la physiologie sexuelle masculine elle-même, on pourra comprendre qu'une panne du système très occasionnelle et vénielle (contemporaine des vicissitudes de l'existence) puisse venir frapper de plein fouet des sujets par ailleurs ignorants sur les causes physiques réelles possibles de cette fragilité : c'est ce que j'ai appelé le *syndrome Rolls-Royce*. Comme les conducteurs des automobiles de cette marque ne peuvent imaginer un instant que leur véhicule puisse tomber en panne, l'homme sûr de lui et qui se vit comme viril ne peut envisager un seul instant la défaillance de son système érectile. Il mettra d'ailleurs généralement un temps fou à mener sa voiture sexuelle au garage médical. Il la bricolera le plus souvent lui-même. Là s'arrête donc la comparaison automobile, car chez Rolls, on vous envoie sans frais le mécanicien adéquat en cas d'improbable avarie.

Anxiété de performance
↘ Sécrétion exagérée d'adrénaline (lors de l'acte)
↘ Répétition de l'échec
↘ Diminution des tentatives
↘ Évitement
↘ Raréfaction de l'érection spontanée
↘ Diminution du désir
↘ IMPUISSANCE TOTALE

Figure 11.1. – *La spirale de l'échec sexuel.*

Ayant expérimenté la fragilité de sa mécanique érectile, l'homme va tout à coup *trop* s'y intéresser et au mauvais moment. Il ne se contentera pas de s'inquiéter soudainement de la qualité de ses érections matinales ou de vérifier par une pratique solitaire que ça fonctionne ; il deviendra observateur de son fonctionnement lors de l'acte sexuel lui-même. De ce fait, il anticipe l'échec.

LES CONDITIONS DU FIASCO

Les conséquences sont doubles, d'une part physiologiques, d'autre part comportementales, et elles interfèrent entre elles pour aggraver la situation, en additionnant leurs effets négatifs. L'auto-observation en cours d'acte sexuel entraîne une perturbation de la séquence sexuelle par l'irruption du conscient et de la réflexion dans cet acte essentiellement réflexe et sensoriel. De même qu'une sonnerie incongrue va venir perturber le bon déroulement de l'acte en créant une rupture sensorielle, un retour à la réalité extra-sexuelle, la crainte de l'échec a les mêmes conséquences négatives en diminuant ou supprimant le flux des stimuli sexuels entre le cerveau et le pénis. C'est ainsi que l'échec initial crée les conditions des échecs ultérieurs, lorsque le sujet y pense pendant l'acte sexuel. Il ne pense pas nécessairement à un nouvel échec, mais il est soudain plus attentif à sa propre physiologie qu'à celle de sa compagne et qu'à la gestuelle habituelle du processus amoureux, et cela empêche la bonne tenue de l'érection, voire sa survenue si ce mécanisme perturbateur a commencé dès les prémices. C'est donc l'attention consciente portée à un élément non directement lié à l'acte sexuel, avec intrusion de la volonté, qui constitue l'élément perturbateur initial.
Très vite, la crainte de l'échec imminent, puisque déjà vécu antérieurement, exerce ses effets ravageurs sur l'érection par le surcroît d'adrénaline que le stress entraîne l'organisme à fabriquer. On se souvient des propriétés de celle-ci : elle provoque la contraction de la musculature lisse des corps caverneux du pénis. Plus elle sera sécrétée abondamment, plus grand sera l'effet néfaste sur l'érection. Ce stress supplémentaire induit par la peur de l'échec vient s'ajouter au stress amoureux naturel, habituellement annulé par les effets stimulants du désir. Il peut commencer très longtemps avant la rencontre et exercer son action dommageable de façon presque chronique. Contrairement à ce qu'écrivait un humoriste, le meilleur moment de l'amour ne se situe alors plus « quand on monte l'escalier ». Se trouvent ainsi réunies toutes les conditions du fiasco telles que Stendhal les a décrites [1], d'autant plus que

1. Stendhal, *De l'amour*, *op. cit.*

d'autres facteurs allant dans le même sens peuvent aggraver le tableau : l'inconnu, les contrariétés de la vie quotidienne, la quantité de cigarettes consommées et, bien sûr, le terrain psychique général.

L'ÉVITEMENT

Dans le déroulement harmonieux de l'acte sexuel, le stress amoureux joue un rôle bénéfique lorsqu'il s'exerce avant la rencontre et lors des préliminaires. Toutes les chansons d'amour dans toutes les langues de la terre ont rapporté les effets de ce stress amoureux sur le rythme des battements du cœur : il s'accélère bien sûr à l'audition de la voix de l'être aimé et/ou désiré, à sa vue et au toucher. Cette accélération est essentiellement causée par une décharge d'adrénaline. Au niveau du pénis, cela se traduit par une très brève contraction de l'organe, que l'on voit lorsque l'on étudie expérimentalement la réponse érectile à la stimulation sexuelle visuelle ou pharmacologique. Ceci est le bon stress, efficace et fugace, suivi ensuite du déroulement normal de la séquence sexuelle, relayée par l'autre système neurovégétatif, le parasympathique. Au contraire, lorsqu'il y a surabondance d'adrénaline, l'érection ne peut pas se produire ou de façon très nettement insuffisante ; la verge reste molle et la contraction brutale des muscles et glandes locales conduit à une éjaculation prématurée ou son équivalent sous la forme d'une production exagérée de rosée d'amour[1], ce qui fait perdre quasi instantanément le début d'érection éventuellement constaté. Ce phénomène peut s'accompagner de manifestations générales liées au dysfonctionnement des systèmes sympathiques et parasympathique, avec perception désagréable de l'accélération du rythme cardiaque, transpiration, moiteur des paumes des mains, sensation de froid intense. On peut même assister au développement des signes d'une véritable panique, avec sensation de malaise intense, chute tensionnelle, oppression thoracique qui peuvent conduire à consulter d'urgence pour malaise cardiaque.
La répétition des échecs et l'angoisse accrue que ceux-ci entraînent ont pour conséquence la raréfaction, voire l'arrêt pur et simple, des tentatives de rapports sexuels. C'est l'évitement.

LE SYNDROME DU RENARD ET DES RAISINS

Dans la fable qui porte ce nom, La Fontaine met en scène un renard avide de raisins situés sur une treille qu'il ne peut atteindre, malgré toute

---

1. Voir page 85.

sa rouerie. Il finit par y renoncer en exprimant son désintérêt : « Ils sont trop verts, dit-il, et bons pour des goujats. » Ce que j'exprime avec ce syndrome, c'est la phase ultime de l'anxiété de la performance sexuelle : le désintérêt feint ou sincèrement perçu comme un manque de désir. Quand on sait que le plat ne va pas être bon, on a moins d'appétit... et moins on mange, moins le désir de se mette à table se manifeste. Pourtant, tel le renard de la fable, l'homme frustré crève d'envie, mais c'est un désir purement intellectualisé qui n'aura plus le support physique de l'érection. Le désir est totalement inhibé par l'angoisse de l'échec.
L'inactivité physique entraîne alors une involution biologique, les mécanismes hormonaux non stimulés par l'orgasme ne créant plus, chez l'individu qui n'a pas de rapports, le flux et le reflux du désir et de son assouvissement. Le taux de l'hormone mâle diminue en cas d'abstinence prolongée et revient spontanément à la normale après la reprise de rapports sexuels plus fréquents et surtout satisfaisants. La machinerie hypothalamo-hypophyso-testiculaire se met également en jachère quand elle n'est pas stimulée. L'inactivité sexuelle constitue le terme ultime de cette fragilité de la fonction sexuelle masculine. L'abstinence totale, douloureusement ressentie, en est le lot trop fréquent. Je vois quotidiennement des hommes qui attendent depuis plusieurs années (quelquefois plus d'une dizaine) un éventuel déblocage spontané de la situation. Parfois, ils ont consulté une fois, puis ont renoncé à se traiter par pusillanimité, ou parce qu'ils ont plongé dans une vie professionnelle occultant leur drame individuel.
C'est ainsi que Robert S. revient à ma consultation 12 ans après un premier bilan qui avait conclu à une difficulté purement émotionnelle et accessible à un traitement pharmacologique. Étonné que l'on ait retrouvé son dossier, il le fut encore plus quand je lui indiquai la date de sa dernière visite, qu'il croyait beaucoup plus récente. À présent délesté d'obligations professionnelles dont il avait exagéré par compensation les nécessités, il se trouve face à une solitude que son handicap n'aide pas à vaincre, et il veut enfin se traiter.
En définitive, à partir de cette fragilité constitutionnelle, la presque totalité des dysfonctions sexuelles évoluent suivant le même scénario. Il existe d'abord un facteur déclenchant variable, très anodin, parfois véniel et qui aura probablement disparu à l'heure de la consultation du spécialiste. L'homme prend conscience de sa fragilité et ressent la crainte de voir l'échec se reproduire. Il aggrave ainsi l'altération initiale de son érection. La répétition des échecs le conduit à éviter les rapports. La raréfaction des orgasmes entraîne la diminution du désir. L'absence de libido conduit à une abstinence durable (voir figure 11.1).

LES FACTEURS DÉCLENCHANTS

Les facteurs déclenchant une impuissance peuvent être très divers. Ils échappent à la classification classique qui voulait absolument séparer, voire opposer, l'organique atteignant les organes eux-mêmes, et le psychologique, plus lié au cerveau et à l'environnement. On aura compris qu'une telle dichotomie est impossible quand on veut étudier objectivement les défaillances du sexe masculin.

J'observe quotidiennement des patients dont le terrain ou les antécédents orientent vers une cause organique évidente et dont pourtant la défaillance a pour origine un problème sans lien avec la pathologie initiale. Inversement, j'en vois d'autres, classés péremptoirement dans les cas psychologiques, chez qui l'examen découvre une perturbation anatomique importante et passée inaperçue parce qu'on ne les avait pas examinés. Ceci souligne l'importance, pour celui qui prétend observer et traiter ces problèmes, d'une analyse préalable dénuée d'*a priori.*

C'est ainsi que l'on voit encore trop fréquemment les médecins classer tel sujet dans la catégorie des impuissances d'origine psychologique, avec pour seul remède le recours à des traitements psychologiques, analytiques, voire à des médications psychiatriques, parce qu'ils ne prennent en considération que l'aspect « anxiété de performance » consécutif à une défaillance initiale dont la cause n'a pas été recherchée.

La multiplicité des facteurs déclenchants

On l'aura compris, ce qui rend difficile l'analyse des dysfonctionnements sexuels, c'est la multiplicité des facteurs pouvant déclencher l'échec sexuel. Le sujet atteint ne comprend pas toujours pourquoi, lui qui n'avait jamais éprouvé de difficultés auparavant, plonge soudain dans la spirale de l'échec. Outre la fragilité constitutionnelle longuement exposée plus haut, il faut faire appel ici à la notion de seuils physiologiques. Tout organe, et le pénis n'échappe pas à cette règle, fonctionne avec une réserve physiologique très importante. Cela signifie qu'un organe, même détérioré ou amputé d'une partie de ses structures, peut assumer une fonction suffisante, et ce jusqu'à un certain seuil. On peut ainsi procréer avec un seul testicule; un foie amputé des deux tiers de son volume peut assumer toutes ses fonctions de régulation... et on pourrait multiplier les exemples au niveau des poumons, du cœur ou du tube digestif.

En matière de fonctionnement sexuel, et en particulier en ce qui concerne l'érection, cela veut dire que même avec des artères moins souples, un tissu érectile moins élastique, des hormones à un taux abaissé, on peut conserver longtemps une vie sexuelle satisfaisante, si les paramètres comportementaux restent identiques, et s'il n'y a pas de perturbations extra-sexuelles de la santé. Cela signifie également que si ces paramètres s'altèrent brusquement, on peut voir rapidement ce sujet basculer dans l'impuissance. Et pour lui, cela paraîtra incompréhensible.

Les facteurs de risque vasculaire que sont l'hypertension, le diabète, l'excès de cholestérol et la surconsommation de cigarettes, ceux qu'on a appelés les « tueurs silencieux » sont autant de menaces pour la qualité de l'érection, et ce d'autant plus qu'ils sont associés car ils additionnent leurs effets néfastes ! Et c'est en définitive cette multiplicité de plusieurs facteurs de risque qui va conduire le sujet atteint à l'impuissance. Dès 1984[1], j'avais démontré que chez un sujet se plaignant d'impuissance, quand sont présents deux de ces quatre facteurs, la nature même de l'impuissance est forcément, tout ou partie, d'ordre organique.

Il y a aussi une multiplicité de facteurs déclenchants qui sont autant de causes indirectes, car n'ayant pas de liens évidents avec la fonction érectile ou pas de relation apparente avec la physiologie elle-même. Tous renvoient en général à la réactivation de la fragilité constitutionnelle de la sexualité masculine. Il est impossible d'en dresser un catalogue exhaustif, ce qui serait à la fois ennuyeux et dangereux car il tendrait à attribuer à telle ou telle circonstance une valeur causale comme c'est trop souvent le cas avec des médicaments utiles. Je préfère m'en référer à ma pratique quotidienne et à ce qui est retenu le plus souvent par les patients comme facteurs déclenchants de leurs problèmes sexuels. Il ne faut surtout pas faire comme l'un de mes collègues andrologues qui, à chaque fois qu'il voit un homme de plus de 40 ans lui demander assistance pour des difficultés sexuelles, s'écrie : « Que voulez-vous, c'est l'andropause ! » En écoutant, et en notant, on peut se faire une idée objective sur ces facteurs déclenchants, bien souvent éloignés de la sexualité.

La tendance fâcheuse, depuis la disponibilité de médicaments comme le Viagra, est de ne plus rechercher les facteurs responsables de la survenue du dysfonctionnement.

---

1. R. Virag et coll., « Is impotence an arterial disease ? », *op. cit.*

Les tueurs silencieux de l'érection

Je nomme ainsi une série d'acteurs, qu'ils soient organiques ou psychologiques, jouant le plus souvent de façon occulte un rôle important dans la genèse des difficultés d'érection que peut éprouver un homme. Ils obèrent de façon insidieuse la sexualité sans que la victime en prenne conscience.

LE TABAC

Rassurons-les, tous les fumeurs ne sont pas impuissants ; cependant, le tabac est néfaste pour l'érection et pour la qualité du sperme. On ne parlera pas ici seulement du facteur de risque vasculaire que constitue le tabac, qui favorise les dépôts d'athérome sur les artères sexuelles comme sur toutes les autres artères de l'organisme, mais surtout du rôle direct du tabac sur le tissu érectile. L'élasticité de ce dernier est diminuée lorsqu'il est soumis à une trop grande quantité de nicotine, rendant l'érection moins durable. Cet effet négatif est direct et apparaît pour des quantités inhalées supérieures à 20 cigarettes par jour. Il a été confirmé par des études expérimentales réalisées sur l'animal et montrant que l'érection est nettement moins forte après inhalation de l'équivalent de la fumée d'une seule cigarette. Cet effet négatif s'exerce d'autant plus que le tissu érectile est attaqué par d'autres paramètres, comme le stress et tout autre facteur provoquant un surcroît d'adrénaline ou la diminution des neurotransmetteurs utiles à l'érection. Sur un plan statistique, cet effet néfaste est objectivé par la présence d'un plus grand nombre de gros fumeurs (au-dessus de 20 cigarettes par jour) dans notre population d'impuissants que dans la population générale[1]. Et cela est d'autant plus marqué que les consultants sont plus jeunes. En outre, l'effet négatif du tabac est encore plus patent chez les sujets présentant d'autres anomalies vasculaires et cardiaques. Un argument supplémentaire est constitué par la moindre réponse chez les fumeurs aux tests pharmacologiques effectués (voir chapitre 12), et la plus grande quantité de produit qu'il est nécessaire d'injecter pour obtenir l'érection lorsqu'on les traite.

C'est la raison pour laquelle je réclame toujours l'arrêt du tabac aux patients qui me consultent pour un trouble de l'érection, à la fois pour optimiser le traitement et pour prévenir une altération chronique ulté-

1. R. Virag et coll., « Is impotence an arterial disease ? », *op. cit.*

rieure au niveau de la fonction sexuelle, mais aussi sur le plan général : la perspective d'améliorer ses performances sexuelles constitue une très forte motivation pour que le fumeur arrête son intoxication.

LE CHOLESTÉROL

Comme le tabac, l'excès de cholestérol et de triglycérides joue un double rôle négatif, chronique d'une part parce qu'il est l'un des facteurs de risque essentiel du développement de l'athérome, d'autre part parce que l'excès des graisses dans le sang entraîne aussi un moins bon fonctionnement de l'accordéon érectile. Là encore, la normalisation de la biologie des graisses est un facteur essentiel de bonne santé sexuelle. Maintenant que l'on sait distinguer entre le « bon » (HDL) et le « mauvais » (LDL) cholestérol, on a constaté (voir chapitre 7) dans l'étude systématique réalisée aux États-Unis[1] que l'impuissance était d'autant plus fréquente que le taux de HDL était bas. En particulier, lorsque le taux atteint 30 mg/ml, la possibilité d'une impuissance chez les sujets de 38 à 55 ans est de 25 %. Elle atteint 65 % pour les hommes de plus de 55 ans. On peut donc considérer que l'on possède là un véritable marqueur biologique de l'impuissance.

LE DIABÈTE

C'est l'affection type associant des facteurs déclenchants qui peuvent être considérés comme des causes directes – l'atteinte des petites artères et des terminaisons nerveuses sympathiques responsables de ce que l'on appelle la microangiopathie – et des facteurs psychologiques, car le diabétique, informé de la fréquence de survenue de cette diminution inéluctable des érections, a tendance à anticiper son arrivée dès qu'il constate la moindre défaillance. Il faut également impliquer le traitement puisqu'on a accusé, sans preuve réelle, l'insuline elle-même d'être responsable des troubles érectiles. Toutes les études épidémiologiques établissent un lien statistique réel entre impuissance et diabète. Plus le diabète évolue depuis longtemps chez un individu, plus importante est l'incidence de l'impuissance. C'est ainsi qu'environ un diabétique sur deux aura des défaillances sexuelles après dix ans d'évolution de la maladie. Cependant, la baisse des érections peut intervenir beaucoup plus tôt dans l'évolution de l'affection. En fait, l'impuissance peut être révélatrice du diabète. Il m'a été donné de voir un patient, âgé d'une quarantaine d'années, consultant sans autre manifestation clinique

---

1. *Massachusetts Male Aging Study, op. cit.*

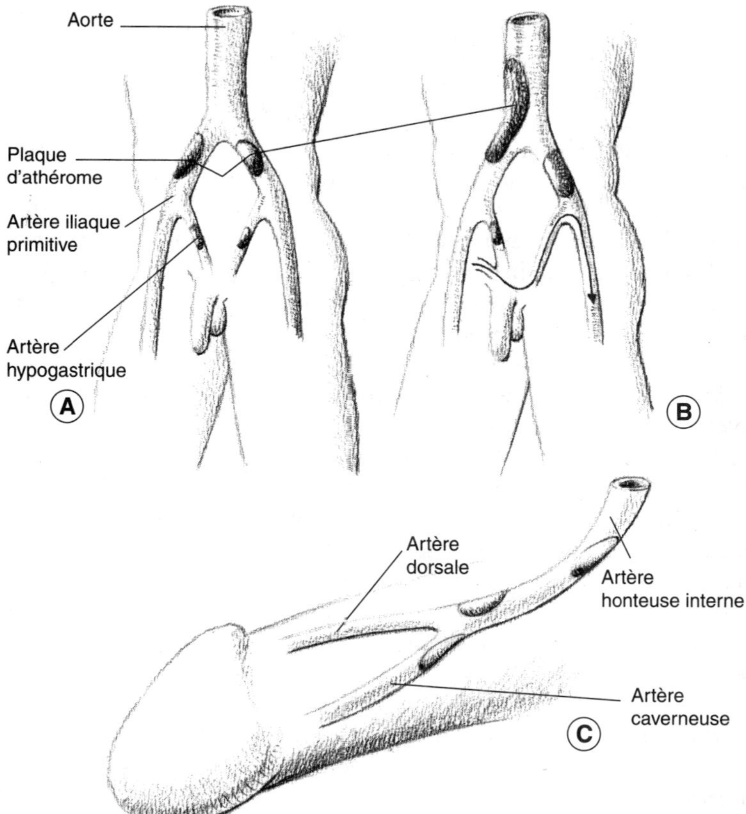

Figure 11.2. – *Obstruction artérielle et impuissance.*
A : obstruction par plaques d'athérome des artères iliaques primitives et des hypogastriques. B : le syndrome dit du « vol pelvien » : à la suite d'une obstruction des troncs principaux, lors de l'érection, le sang qui devrait normalement aller à la verge est dérivé vers les cuisses et les jambes, insuffisamment vascularisées. C : obstructions sur les branches distales des artères sexuelles.

évidente pour une impuissance apparue brusquement. Son taux de sucre dans le sang dépassait 5 g/l, alors que le taux normal est de 1 g. Il fut hospitalisé d'urgence dans un service de diabétologie, car à ce taux, on est habituellement dans le coma ! Son inquiétude quant à la qualité de ses érections l'avait sans doute sauvé de complications beaucoup plus

graves. On aura compris que devant une impuissance inopinée, le médecin doit toujours penser à rechercher un diabète latent.
La possibilité pour les chercheurs d'avoir un modèle expérimental de rat diabétique a permis d'étudier de façon précise les conséquences biochimiques du diabète sur le pénis de ces rongeurs. Ceux-ci ont constaté que la concentration en neurotransmetteurs était nettement moins importante dans le tissu érectile des rats diabétiques que dans celui des rats « normaux ». En écho à ces recherches, on a remarqué chez les humains que moins le diabète est équilibré, plus sévère est l'impuissance. Ainsi, le traitement sera d'autant plus efficace que le diabète sera mieux contrôlé, c'est-à-dire que la quantité de sucre dans le sang (glycémie) sera le plus proche possible de la normale.
L'état de la fonction sexuelle devrait être contrôlé par les diabétologues avec autant de soin que celui qu'ils apportent à la surveillance des yeux et des reins, organes cibles des complications sévères de la maladie. Plus l'affection aura commencé tôt dans la vie de celui qui en est atteint, plus ceux qui en ont la charge doivent être vigilants et fournir une information positive et prophylactique. L'aspect positif du contrôle permanent de la glycémie et du régime alimentaire pour l'avenir de la vie sexuelle est en effet un puissant facteur de motivation pour un jeune patient, et même pour un moins jeune, à bien faire son régime, bref à se traiter.

L'HYPERTENSION ARTÉRIELLE

Les individus souffrant d'hypertension artérielle sont exposés, entre autres dommages pour leur santé, à souffrir de difficultés d'érection, et ce d'autant plus facilement qu'existent, associés à elle, d'autres facteurs de détérioration des vaisseaux sanguins comme l'excès de graisses dans le sang, le tabagisme ou le diabète. Comment l'hypertension retentit-elle sur la qualité des érections ? À court terme, et sur un plan purement circulatoire, il ne semble pas que l'élévation de la pression puisse, en soi, perturber l'arrivée sanguine. De fait, j'ai pu constater lors d'examens objectifs, des érections parfaitement normales coexistant avec des chiffres tensionnels très élevés.
C'est en général lorsque, grâce aux médicaments, le médecin fait baisser la tension qu'apparaissent les difficultés sexuelles. Ceci est quelquefois caricatural quand le médicament utilisé a par lui-même une action néfaste (voir page 427). C'est moins évident depuis que l'on dispose d'anti-hypertenseurs plus spécifiques. En effet, les médecins spécialistes et les laboratoires pharmaceutiques qui se sont aperçus que le spectre

de la perte des érections était un puissant facteur de « non-observation » du traitement sont de plus en plus attentifs au confort sexuel de leurs patients hypertendus.

En fait, il semble que ce soit essentiellement l'état des artères sexuelles de l'hypertendu qui conditionne la survenue d'une impuissance lors de la mise en place du traitement : si celles-ci sont indemnes, il est peu probable que les traitements actuels interfèrent ; dans le cas contraire, cette éventualité est hautement probable[1]. On aurait pu se rendre compte de ce fait par deux arguments : d'une part, le fait que la classe de médicaments la plus accusée d'être néfastes, les bêtabloqueurs, ne produisait, dans les grandes séries étudiées, que 13 % d'impuissance ; d'autre part, parce que les changements incessants de traitement chez les hypertendus se plaignant d'impuissance n'entraînent que très rarement une amélioration de la situation érectile. Le problème n'est pas anodin sur le plan de la santé publique, car bien souvent les patients avertis du risque sexuel négligent volontairement leur traitement, en prenant le risque de voir survenir une complication aussi dramatique qu'une hémiplégie ou un coma par rupture d'un vaisseau cérébral.

Un travail récent qui rapporte les chiffres provenant de trois études portant au total sur plus de 25 000 patients montre que l'existence de troubles sexuels représente, chez les hommes, l'une des trois causes les plus fréquentes d'arrêt du traitement[2]. Compte tenu de mes propres observations, il serait simple de prévoir dans le bilan de toute hypertension l'examen des artères sexuelles de manière à déceler ceux des patients les plus exposés à faire des complications, à les informer d'une telle éventualité, et à leur indiquer que même si une impuissance se produit, cela ne mérite pas d'être sanctionné par l'abandon du traitement puisque l'on possède des solutions efficaces pour y remédier.

> Des progrès sont à prévoir dans ce domaine, avec la découverte par une équipe de chercheurs de l'université de Harvard de la présence, à l'intérieur du pénis, de récepteurs à l'angiotensine, une substance impliquée dans l'hypertension artérielle, et dont il existe plusieurs types. L'excès dans l'organisme de l'angiotensine isolée dans le pénis pourrait expliquer certains cas

1. R. Virag, F. Nollet, E. Greco, « Hypertension artérielle et impuissance », Réunion annuelle de la Société française d'hypertension, 1993.
2. L. M. Prisant, A. A. Carr, P. B. Bottini et coll., « Sexual dysfonction with antihypertensive drugs », *Arch. Int. Med.*, 1994, n° 154, p. 730-736.

d'impuissance primitive, non déclenchée par le traitement, chez des hypertendus jeunes. Pour chacun de ces types, on met actuellement au point des médicaments antihypertenseurs ayant la propriété d'inhiber sélectivement les effets néfastes de ces molécules. On peut donc envisager, pour un avenir proche, des médications traitant en même temps l'hypertension et l'impuissance, ou mieux encore, prévenant la survenue de cette dernière.

LA DOULEUR

On parlera ici de douleurs présentes dans la région des organes sexuels, mais pas nécessairement liées à l'activité sexuelle. Le patient signale soit une intervention perturbatrice, comme le traitement d'une hernie de l'aine, ou bien la cure d'hémorroïdes ou encore un acte ou un geste médical dans la sphère urinaire (sondage, toucher, exploration). Il localise mal cette douleur intempestive qui envahit alors son esprit et gêne considérablement le déroulement de l'acte sexuel. Les consultations médicales s'enchaînent alors, le plus souvent négatives, soit parce que la cause initiale a disparu, soit parce qu'il s'agit d'une séquelle difficilement curable, soit encore du fait d'un terrain psychologique un peu particulier, à tendance hystérique (voir chapitre 12). Un examen approfondi pour éliminer une cause curable est généralement rassurant et on peut alors s'appliquer à faire disparaître cette douleur.
Je recevais récemment un couple sans histoire. Leur vie sexuelle avait été harmonieuse et heureuse jusqu'à l'apparition sur le gland et le prépuce de petites lésions que l'on tarda à identifier précisément. Un dermatologue élimina formellement une lésion vénérienne et un herpès, au profit d'une affection appelée lichen plan. Compte tenu de sa localisation et de son caractère récidivant, on lui conseilla une circoncision. Entre-temps, et quand les soins locaux leur en laissaient la possibilité, les rapports sexuels devinrent difficiles en raison de douleurs survenant au moment de l'éjaculation. Bientôt, malgré la circoncision et la disparition complète de toute lésion, l'éjaculation était devenue impossible, remplacée par une douleur aussi vague dans sa localisation qu'intolérable dans sa perception. Tous les examens se révélèrent normaux, et il me fallut beaucoup de persuasion et l'aide efficace de son épouse pour lui faire comprendre qu'il fallait avant tout qu'il traite sa douleur et cesse de chercher une explication anatomique à son problème. Dès lors, on put instituer un traitement symptomatique, atténuer la douleur dans un premier temps, avant de la voir disparaître ensuite. La psychothérapie que nous avions dispensée à deux ayant sans doute joué un rôle primordial.

Encore plus caricaturale est l'histoire de ce jeune garçon d'à peine 25 ans, opéré dix fois de la verge en quelques années, avec comme point de départ un frein du prépuce trop court et à l'arrivée des prothèses mises en place pour une prétendue fibrose des corps érectiles ; tout cela en raison, à chaque fois, de la persistance de douleurs entraînant des consultations et des réinterventions multiples. L'examen de ce garçon était strictement normal, alors que l'intensité des troubles ressentis était toujours aussi frappante. L'empreinte cérébrale sexuelle était devenue synonyme de douleur : aucun bistouri n'y pouvait plus rien.

L'INTERRUPTION DE LA VIE SEXUELLE

L'observation quotidienne de ceux qui se plaignent de dysfonctions sexuelles fait de la non-pratique de l'acte l'un des facteurs déclenchants les plus habituels. Elle correspond à notre dicton populaire « la fonction crée l'organe » et au pragmatique « *use it or lose it* » des Anglo-Saxons (utilisez-le sans quoi vous le perdrez).

On a déjà évoqué les effets néfastes de l'évitement provoqué par la crainte de l'échec. Ici, ce sont les circonstances de la vie qui provoquent l'interruption : maladie ou intervention chirurgicale sans lien avec la sexualité, éloignement de l'être aimé, période d'abstinence par absence de partenaire, ou plus simplement un conflit de couple qui se prolonge. L'ensemble du système sexuel se met en jachère : le désir s'estompe, les érections diminuent, le pénis paraît fondre et ne plus avoir cette existence guillerette qui en faisait un compagnon capricieux, voire désinvolte, aux yeux de son propriétaire naguère heureux. Seul l'exercice solitaire peut freiner un tant soit peu une telle évolution, sans cependant constituer un aussi puissant stimulant que l'orgasme ressenti lors d'un rapport sexuel « complet ». Plus l'interruption aura été longue, plus la probabilité d'une difficulté à la reprise d'une activité sera grande, amplifiée par un changement de partenaire ou une modification physique et/ou psychologique importante.

LES COMPORTEMENTS STÉRÉOTYPÉS

La vie sexuelle du couple évolue par phases : tout d'abord, celle de la découverte, suivie de l'apparente instabilité du désir bilatéral contemporain de l'*inamoramento*, qui fera place à la tendresse mutuelle de l'amour consolidé (voir chapitre 5). Sur le plan sexuel, la gestuelle de l'acte s'installera dans l'émerveillement et l'inconscience de la phase initiale. L'érection est vécue comme l'absolue preuve du désir. Survenant naturellement et aisément, sans aucune sollicitation particulière, elle permettra le déroulement harmonieux de la séquence amoureuse. Or, on a vu qu'avec le temps, l'âge venant, l'érection spontanée est moins évidente, la réponse érectile à la vue moins franche. Avec le temps, on se séduit moins du regard, le toucher devient indispensable, et bien souvent les habitudes prises, surtout du côté féminin, excluent les caresses. Cet homme de 74 ans, professionnellement encore actif et dont la compagne avait 56 ans, me questionnait sur les possibilités d'améliorer des performances devenues très insuffisantes du fait d'une difficulté grandissante à obtenir des érections rigides et durables. L'examen (voir chapitre 12) ne montrait qu'une diminution de la sensibilité locale, alors que le niveau hormonal était celui d'un homme de 20 ans plus jeune. Il m'exhortait de lui indiquer s'il était sur la voie d'une dégradation inéluctable et de le lui dire avec franchise, afin qu'il puisse mettre dignement un terme à cette relation vieille de 25 ans. Comme je m'informais sur les habitudes du couple et surtout sur le type de stimulations sexuelles utilisé, il m'apprit que sa partenaire, depuis leurs premières relations, ne lui avait jamais touché les organes génitaux. Sa réponse à mes éclaircissements et à mes conseils sur la nécessité d'un surcroît de stimuli comme unique traitement de son problème fut nette : « Vous conviendrez, docteur, qu'on ne va pas refaire l'éducation sexuelle d'une femme de 56 ans… » Il s'en remettait à moi pour résoudre son problème. Cette attitude est perçue par plus de la moitié des hommes interrogés[1] sur leur vie sexuelle et les éventuelles difficultés qu'ils éprouvent : ils se plaignent du manque d'initiative de leurs compagnes. Cette uniformité et cette pérennité des habitudes anciennes constituent un facteur aggravant des difficultés sexuelles qui s'installent à l'âge mûr.

STRESS, SOUCIS QUOTIDIENS, SOUCIS ÉCONOMIQUES

On a vu l'importance négative de l'adrénaline sur le déclenchement et l'entretien de l'érection. Toutes les situations stressantes constituent pour l'individu qui les subit autant de potentialités d'interférences dans le processus amoureux, surtout si elles s'accompagnent d'une suggestion psychique suffisamment importante pour atténuer, éloigner ou totalement éteindre le désir sexuel.

Ici, ce sont des problèmes professionnels ; là, des soucis familiaux ; ailleurs un changement des conditions d'habitat qui, en créant une promiscuité avec les enfants ou d'autres membres de la famille, gêne voire empêche la réalisation de l'acte. Situations banales et fréquentes,

1. Sondage Sofres pour les laboratoires Upjohn, nov. 1994.

sans conséquences tant que la fonction érectile est indemne, mais capables d'évoluer vers l'impuissance si une détérioration, jusque-là latente, se démasque à cette occasion.

Les médicaments contre le sexe

La liste des médicaments réputés entraîner des difficultés sexuelles est très longue. Je n'en dresserai pas ici de catalogue exhaustif, parce que nombre de ces médicaments sont peu employés, que leur effet délétère n'est absolument pas certain, et qu'un ouvrage tel que celui-ci, destiné au grand public, ne doit pas, sous prétexte de préserver l'érection, détourner les patients de traitements indispensables. Un autre fait gênant l'appréciation réelle des effets néfastes des médicaments est leur intrication avec l'affection qu'ils sont censés traiter, comme dans le cas de l'hypertension artérielle.

Quand accuser avec certitude le médicament ?

- Quand la difficulté sexuelle survient peu de temps après le démarrage du traitement ;
- quand il n'y a pas de rapport direct entre la maladie traitée par ce médicament et une éventuelle dysfonction sexuelle, ou bien que celle-ci n'existait pas antérieurement à la prise du médicament ;
- quand l'arrêt du médicament entraîne la normalisation de la vie sexuelle.

Certaines catégories de médicaments, cependant, sont largement utilisées et nombre de mes consultants les accusent de leur avoir déclenché une impuissance.

LES ANTIDÉPRESSEURS

Parmi les nombreux médicaments utilisés pour traiter la dépression (au sens large du terme), certains sont très nettement dépresseurs des fonctions sexuelles : ce sont les neuroleptiques (Tofranyl, Anafranyl, Victan, etc.), alors que les anxiolytiques, en particulier les benzodiazépines (Valium, Témesta, etc.) ne sont pas en cause. L'effet néfaste est essentiellement cérébral, avec diminution pharmacologique du désir et disparition des érections nocturnes et matinales. Les affections que ces médications traitent rendent souvent difficile l'interprétation de ces effets néfastes. C'est ainsi qu'une maladie comme la psychose maniaco-dépressive voit ses effets sur la sexualité varier suivant que le patient se trouve en phase maniaque, durant laquelle il peut avoir une hyperactivité sexuelle obsessionnelle, ou en phase dépressive, durant laquelle il y a également dépression sexuelle. Si, dans une telle affection, la sexualité se trouve impliquée et contribue au déséquilibre psychique, c'est avec le psychiatre qu'il faut bâtir la thérapeutique et, tout comme pour l'hypertension, utiliser les moyens offerts par les traitements locaux de l'impuissance, ce qui permet souvent l'allégement du traitement.

On a vanté les mérites du Prozac, du Zoloft[1], présenté un peu comme l'arme absolue contre la dépression, d'autant plus considérée comme la pilule du bonheur qu'elle n'aurait aucune répercussion sur la sexualité, bien au contraire. En fait, on voit des cas de plus en plus nombreux d'impuissance due au Prozac, survenue très souvent de façon spectaculaire après l'absorption de seulement quelques comprimés. Ce fut le cas de l'un de mes patients d'une cinquantaine d'années qui me signala la disparition totale de ses érections dès le tout début de son traitement et leur réapparition dès la cessation des prises et le remplacement du coupable par un autre médicament.

LES BÊTABLOQUEURS

On entend sous ce nom des produits agissant sur certains récepteurs du système sympathique, d'ailleurs assez peu impliqués dans le mécanisme de l'érection. Ils sont utilisés dans le traitement de l'hypertension artérielle et dans les affections cardiaques. En particulier, ils protègent le cœur d'une récidive après un premier infarctus du myocarde. Souvent accusés d'être à l'origine de nombreuses impuissances chez les hypertendus, on a vu qu'ils ne produisent cette complication que dans 13 % des cas (chiffre provenant d'une enquête anglaise portant sur 1 350 cas). Bien plus, dans une étude réalisée sur des volontaires sains, il a été démontré que ces médicaments n'ont pas d'influence sur la sexualité des sujets dont la tension artérielle est normale. Même si aujourd'hui on peut utiliser d'autres classes d'antihypertenseurs, il n'est sûrement pas indispensable de se priver du concours de ces médicaments lorsque leur utilisation est nécessaire pour l'amélioration du pronostic vital à long terme, dans le cas d'une maladie cardiaque.

1. Ils appartiennent à une famille de substances agissant sur le métabolisme de la sérotonine (un acide aminé impliqué dans de nombreux processus cérébraux).

Les ophtalmologistes utilisent souvent les bêtabloqueurs, sous forme de collyres, dans le traitement d'une affection appelée glaucome. L'absorption sanguine à partir de la conjonctive est très importante et peut provoquer chez les patients traités et prédisposés (atteinte latente des artères du pénis) des impuissances en apparence inexpliquées et rarement rapportées à leur cause.

LES DIURÉTIQUES

Utilisés le plus souvent dans des indications identiques, hypertension et insuffisance cardiaque, ils produisent une impuissance chez environ 30 % des patients à qui ils sont administrés. Les troubles sont vraisemblablement liés aux perturbations de l'équilibre chimique du sang, en particulier la fuite de potassium qu'ils entraînent et qui contrarie la capacité de relâchement du muscle lisse du pénis.

LES ANTIANDROGÈNES

Certains, comme les spironolactones (Aldactone), prescrits pour des affections du foie, ont comme effet néfaste de bloquer la synthèse des hormones sexuelles masculines. D'autres sont utilisés spécifiquement pour lutter contre l'activité androgénique nuisible dans certaines affections, comme le cancer de la prostate, réputé hormono-dépendant et pour lequel, lorsqu'il est métastasé ou lorsqu'on ne l'opère pas, il est indispensable de bloquer le fonctionnement des hormones mâles afin de freiner la progression de la maladie. La rançon d'un tel traitement est triple sur le plan sexuel : diminution ou disparition du désir, disparition des érections, diminution du volume pénien. La chute du taux de testostérone à des valeurs proches de zéro entraîne une véritable involution sexuelle, généralement très préjudiciable au moral de celui qui en est affecté.
Un autre médicament, utilisé dans le traitement de l'adénome de la prostate, le Chibroproscar, a des effets moins spectaculaires. C'est un antiandrogène certes moins puissant mais néanmoins néfaste sur le plan sexuel. Le patient doit en être prévenu avant de s'engager dans ce type de traitement, d'autant plus qu'il n'est pas le seul moyen de traitement de cette affection.
Il existe, on l'a vu, de très nombreux médicaments impliqués dans les mécanismes conduisant à l'impuissance. Ils ne sont souvent que marginaux et/ou réclament des études approfondies. On doit toujours pondérer leurs effets et les projeter sur l'histoire clinique.

Les causes certaines

Une cause certaine est un facteur déclenchant l'impuissance de façon indubitable. L'érection était normale, puis un événement s'est produit et depuis elle est impossible. Dans certains cas, on peut pratiquement dater cet événement. Dans d'autres, c'est l'évolution d'une maladie ou d'un état morbide qui va à l'évidence entraîner l'impuissance.

LES ACCIDENTS (COLONNE VERTÉBRALE, PETIT BASSIN)

Deux sortes d'accidents peuvent entraîner des perturbations importantes et d'autant plus dramatiques qu'elles surviennent chez des sujets jeunes, victimes d'accidents de la route, du travail ou lors de la pratique sportive : les fractures de la colonne vertébrale lorsqu'elles blessent la moelle épinière, et les fractures du bassin lorsqu'elles blessent les artères et les nerfs de la verge.
Ils ont en commun le caractère dramatique que revêt l'accident initial, qui peut s'accompagner de menaces sur la vie même de l'individu atteint, faisant dans l'immédiat passer au second plan le problème de la sexualité. Le plus souvent, le médecin commence à y prêter attention à la suite de demandes réitérées du handicapé, lorsque celui-ci est en période de rééducation : au moment-même où il réalise le caractère inéluctable de son handicap, il s'inquiète du caractère totalement anarchique (pour les para ou tétraplégiques) ou de l'absence complète (pour les blessés du petit bassin) de l'érection.

• **Les effets des fractures de la colonne vertébrale.** Trop souvent, le problème posé est escamoté par les praticiens des centres de rééducation, alors que des solutions existent. Pour les paraplégiques, il est d'autant plus aigu que se pose aussi celui de la fertilité chez ces hommes et leurs compagnes jeunes et désirant des enfants. Curieusement d'ailleurs, ce dernier souci est mieux pris en charge. Il est résolu par des techniques instrumentales permettant de recueillir le sperme par électroéjaculation en vue d'une insémination artificielle. Ce sont des pratiques relevant strictement de la procréation médicalement assistée (voir chapitre 13). Elles excluent, par essence, le rapprochement sexuel. Or le handicapé souhaite aussi préserver sa vie de couple, et l'assumer, s'il le peut, presque normalement, conception comprise. S'il vit seul avec son handicap, il est encore plus indispensable qu'il puisse espérer des relations sexuelles. Cela est possible grâce à la technique des auto-injections intracaverneuses, qui permet aux blessés de la moelle épinière d'obtenir aisément des érections durables. Les possibilités d'éjaculation sont, elles, plus contingentes, liées au niveau de la lésion de la moelle et à la nature des séquelles, suivant que les muscles sont flasques ou animés de contractions spasmodiques. Très souvent, des stimulis adéquats et appliqués avec intensité permettent de l'obtenir dans le cadre de la vie intime. L'orgasme est souvent atténué, mais compensé par l'immense bonheur ressenti par ces handicapés de « pouvoir quand même ».

• **Les effets des fractures du bassin.** Le problème est différent, car l'impuissance se manifeste après la consolidation, et chez un homme qui a récupéré toute sa mobilité. Il s'agit d'une séquelle du traumatisme initial, qu'il faudra traiter pour son propre compte. Les anomalies portent en général sur les artères alimentant le pénis qui auront été déchirées lors du traumatisme initial ; l'examen radiographique des lésions à l'aide d'un produit opaque permet d'en guider la réparation chirurgicale. À cette atteinte artérielle peuvent s'associer des lésions de la racine des corps caverneux, de l'urètre ou même des nerfs de l'érection. On se trouve alors dans une situation similaire à ce qui se passe dans les paraplégies ou dans les impuissances après interventions chirurgicales. L'érection ne peut plus se déclencher spontanément.

LES OPÉRATIONS CHIRURGICALES (PROSTATE, VESSIE, RECTUM, AORTE)

Les interventions sur les organes du petit bassin et de la partie basse de l'abdomen peuvent entraîner des perturbations de l'érection et/ou de l'éjaculation, le plus souvent en raison des mutilations anatomiques requises par l'ablation de tumeurs cancéreuses au niveau de la prostate, de la vessie et du rectum (voir figure 11.3). La proximité des vaisseaux et surtout des nerfs de l'érection explique la fréquence des séquelles sexuelles de ces interventions qui, compte tenu des progrès de la cancérologie, sont très souvent curatrices, laissant aux opérés une durée de vie prolongée. Une fois obtenue la guérison ou la stabilisation de l'affection causale, ils réclameront donc souvent assistance.

La probabilité d'une impuissance est inégale en fonction des organes considérés :

• pour la vessie, elle est pratiquement constante lorsqu'on enlève en même temps la prostate, intervention appelée cystectomie totale élargie avec prostatectomie (figure 11.3 A) ;

• pour le rectum, elle dépend du niveau de l'intervention : plus celui-ci est bas, plus élevé est le risque (figure 11.3 B) ;

Sport et sexe

Outre les accidents signalés ci-dessus, l'interférence entre accident sportif et sexualité est présente dans ces types de traumatisme particuliers :

- *Chute à califourchon* sur un plan dur pouvant soit rompre une artère et créer un priapisme, soit donner un hématome et une atteinte artérielle ;
- *Percussion brutale des organes génitaux et du bas ventre* par un ballon lancé à grande vitesse, voire par un coup de pied humain ou animal entraînant des lésions des artères, soit au niveau du petit bassin, soit dans le pénis. Si ce type d'accident est arrivé à un sujet se plaignant d'une insuffisance d'érection survenue rapidement, il faut penser à une lésion de ce genre ;
- Apparentées à ces lésions traumatiques, il faut signaler la bizarrerie que représentent *les difficultés d'érection rencontrées par certains cyclistes* randonneurs ou professionnels. Là ce serait la compression prolongée des nerfs de l'érection sur la selle de bicyclette qui serait responsable. J'avais signalé autrefois la possibilité de ce mécanisme[1] ; elle a été confirmée par des auteurs scandinaves qui ont, à l'aide d'examens précis de la conduction des nerfs, montré la perturbation des réflexes locaux, au terme de très longues courses cyclistes. Dans les cas que j'ai pu observer, les effets néfastes de ces compressions prolongées étaient réversibles après quelques semaines. Compte tenu du mécanisme probable, il faut conseiller à ces sujets exposés la pratique régulière, lors des longues randonnées, de la position dite « en danseuse » pour décomprimer les nerfs !

Pour mémoire, rappelons les dangers de l'utilisation de la testostérone pour « gonfler » la musculature.

1. R. Virag, *L'homme qui marche*, *op. cit.*

• pour la prostate, elle est fonction de la diffusion de l'affection, laquelle conditionne la possibilité de conservation des nerfs de l'érection. Certains chirurgiens affirment que la fonction érectile peut être conservée dans 75 % des cas de prostatectomie totale ; mais les statistiques objectives sont beaucoup moins optimistes et font état d'un pourcentage plus proche de 35 %. En fait, c'est la prostatectomie elle-même qui

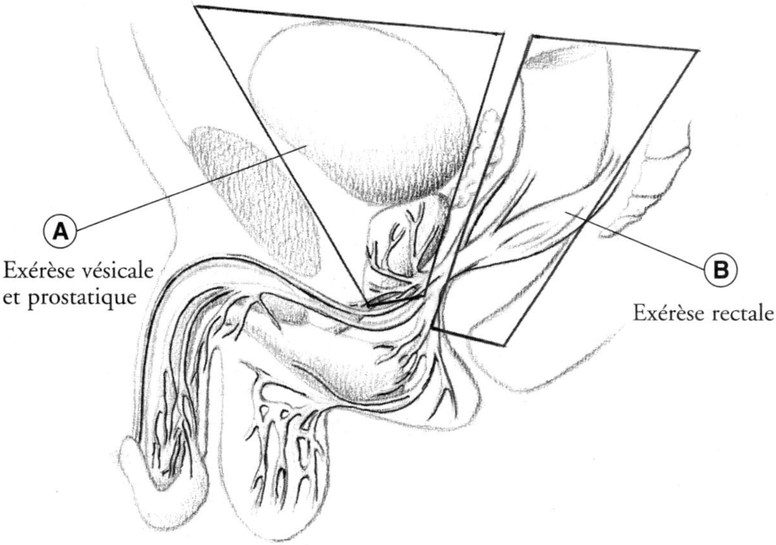

Figure 11.3. – *Relations dangereuses entre les nerfs de l'érection et la chirurgie.*

entraîne une sorte de paralysie de l'érection. Celle-ci est bien objectivée par le test d'hypertémie (voir page 478, encadré : le PNORT). Il convient de traiter les patients le plus tôt possible avec des mini-injections[1]. En fait, de nombreux facteurs additionnels influent sur le devenir sexuel de ces opérés : la nécessité d'une radiothérapie complémentaire qui aggrave les dégâts locaux, l'état antérieur des artères sexuelles qu'il conviendrait d'étudier systématiquement au préalable, les autres facteurs influençant la qualité de la vie sexuelle, qu'ils soient d'ordre physique ou psychologique.

Les interventions, généralement précédées de radiothérapie, intéressant le petit bassin et, d'une manière générale, les chaînes ganglionnaires qui s'y trouvent, perturbent l'innervation et la vascularisation des organes sexuels. On les retrouve donc à l'origine de nombreuses impuissances à la suite du traitement du cancer du testicule ou de maladies du système lymphatique.

---

1. R. Virag, *Les Injections intracaverneuses*, J. Libbey, 2004.

Ce que le futur opéré doit savoir

Le patient doit nécessairement être informé de la probabilité de survenue d'une impuissance, mais aussi des possibilités efficaces d'y remédier afin de ne pas se priver d'un traitement salvateur qu'il pourrait avoir tendance à refuser pour sauvegarder sa virilité. Une étude préalable de la fonction sexuelle est utile pour fixer les probabilités de survenue d'une impuissance et éclairer le débat sur la stratégie thérapeutique. Le chirurgien doit aussi clairement indiquer qu'il y aura possibilité non seulement de perturbation de l'érection, à laquelle on pourra remédier, mais aussi de l'éjaculation, pour laquelle seule l'évolution spontanée jouera éventuellement, de façon exceptionnelle. En conséquence, une conservation du sperme doit être envisagée, si l'intéressé souhaite ultérieurement procréer. Il doit en être ainsi à chaque fois qu'un traitement est susceptible de supprimer la capacité du testicule à fabriquer les spermatozoïdes, et ce d'autant plus que le sujet est plus jeune (voir chapitre 13).

En un mot, l'information préalable du futur opéré sur les conséquences sexuelles éventuelles de l'intervention est indispensable. Ne pas la dispenser clairement est pour le chirurgien une faute indéniable.

LES MALADIES

Il est souvent difficile de dire avec certitude que l'impuissance ou l'infertilité sont de façon certaine consécutives à telle ou telle maladie. En effet, là, beaucoup plus que lors d'accidents, des facteurs hétérogènes interfèrent, et au premier chef, l'état de malade lui-même. Les maladies et affections diverses signalées ici sont celles pour lesquelles le pourcentage d'impuissance est nettement plus élevé que dans la population réputée en bonne santé, comme on l'a vu pour le diabète ou l'hypertension.

• **L'infarctus et l'artérite des membres inférieurs.** Nombre des hommes consultants pour des problèmes sexuels ont déjà subi soit un pontage, soit une dilatation des artères coronaires. Ils sont souvent également atteints d'obstruction des artères conduisant le sang à la partie basse du corps, et en particulier à l'une ou l'autre des jambes. Huit patients sur dix, atteints d'une telle affection, se plaignent de difficultés à obtenir l'érection (figure 11.2). *A contrario*, chez un homme se

plaignant d'un manque d'érection et chez qui on découvre une anomalie des artères du pénis, il convient de rechercher systématiquement une atteinte concomitante des artères du cœur, encore latente.
L'ensemble des organes sexuels peut être mal irrigué : d'une part, le pénis avec une difficulté à obtenir l'érection, mais aussi les testicules avec une diminution de la production de testostérone. Le symptôme essentiel est la douleur à l'effort et spécialement à la marche. Elle provoque une crampe du mollet ou de la cuisse lors de la marche rapide, et tout médecin qui serait consulté penserait alors à cette hypothèse. La douleur est due à la mauvaise oxygénation des muscles mal vascularisés. Parfois, les signes sont plus sournois car c'est dans des circonstances peu évocatrices en apparence : ces crampes musculaires se produisent lors de l'acte sexuel en particulier. Deux éléments viennent perturber le bon déroulement de la séance amoureuse : la douleur due à la crampe distrait l'attention de la sexualité ; et le non-maintien de l'érection se produit en raison d'un détournement du sang des organes sexuels vers l'épaisse musculature des fesses et des cuisses, sollicitée par les mouvements de va-et-vient. Ce dernier signe est souvent mal interprété, notamment lorsqu'il est isolé. On l'attribue facilement à des problèmes psychologiques (figure 11.2 B).
Une difficulté érectile de l'âge mûr chez un gros fumeur peut être une conséquence de l'artérite dont on doit toujours rechercher les signes qui n'échapperont pas à un examen clinique attentif. Le plus difficile ici n'est pas de faire le diagnostic, mais de convaincre, une fois de plus, les spécialistes de ce type d'affection de prendre en considération l'impuissance. Trop souvent en effet, les chirurgiens vasculaires négligent les artères à destinée sexuelle lorsqu'ils font les reconstructions (pontages) rendues nécessaires par l'évolution de l'artérite.

Cœur et activité sexuelle

1. L'activité sexuelle est contre-indiquée en cas d'insuffisance cardiaque sévère.
2. Le risque de mort subite, chez un coronarien, lors de l'acte sexuel est rarissime mais plus fréquent lors des rapports extra-conjugaux.
3. Après un infarctus, l'activité sexuelle peut être reprise en même temps que l'activité physique et sportive.
4. Les inhibiteurs des phosphodiestérases (Viagra®, Cialis®, Lévitra®) sont interdits quand le patient coronarien prend des vasodilatateurs contenant ou donneurs de NO.

• **La hernie discale.** Nombreux sont les patients présentant des problèmes sexuels chez qui on retrouve des hernies discales au niveau lombaire ou lombosacré. Les rhumatologues s'intéressant peu à cette concomitance, il est vraiment difficile de chiffrer avec précision le retentissement de l'un sur l'autre. Le spécialiste des troubles du fonctionnement sexuel que je suis ne peut que se borner à souligner la présence fréquente d'altération des réflexes locaux et de la sensibilité pénienne chez de tels patients. Cela établit un lien probable entre les deux affections et c'est logique de le penser puisque les terminaisons nerveuses venant ou destinées au pénis transitent vers le cerveau par la moelle épinière, au niveau où se produisent les hernies discales et la plupart des souffrances liées à l'arthrose vertébrale. Dans tous ces cas, il convient d'établir d'abord le lien entre l'affection de la colonne vertébrale et la dysfonction sexuelle, avant d'objectiver l'éventuelle lésion de la moelle par les techniques radiologiques modernes, comme l'IRM (imagerie par résonance magnétique). Ensuite, il faut envisager un éventuel traitement local au vu du retentissement d'ensemble de la hernie discale. Mais un travail statistique prospectif serait indispensable pour chiffrer avec certitude le bénéfice que l'on pourrait retirer d'une telle démarche.

• **La sclérose en plaques et les maladies de la moelle épinière.** Dans la sclérose en plaques, le problème est tout autre que dans la hernie discale. C'est une affection invalidante, minante pour celui qui en est atteint comme pour son entourage. Elle est très souvent à l'origine d'érections insuffisantes, de difficultés d'éjaculation et d'orgasmes atténués. Ces problèmes s'ajoutent aux fréquentes atteintes des sphincters contrôlant la vessie et l'anus. Les symptômes sont variables parce qu'ils dépendent de la dissémination des plaques affectant la myéline de la moelle épinière : elles peuvent ou non atteindre les zones commandant l'érection d'une part, et l'éjaculation d'autre part. On sait que l'affection évolue par poussées plus ou moins résolutives, sur des dizaines d'années, et que les traitements, jusqu'à présent palliatifs, essaient de rendre le plus compatible possible la maladie avec la vie quotidienne, professionnelle et personnelle. Tous les patients que j'ai eu à traiter pour une impuissance inhérente à cette affection insistent sur le bienfait général qu'ils retirent d'une telle possibilité, en particulier sur la façon dont l'épouse supporte et participe au contrôle du handicap. Il serait intéressant de réaliser une étude pour apprécier si globalement les poussées sont moins fréquentes pour les sujets chez lesquels les troubles sexuels sont jugulés.

Des affections plus rares atteignant la colonne vertébrale ou la moelle épinière, comme la sclérose latérale amyotrophique ou les tumeurs, sont responsables de problèmes sexuels dans des conditions à peu près identiques. Toutes ces affections ont en commun de pouvoir être détectées à partir d'un trouble sexuel isolé qui ne fait pas toujours penser à la maladie causale. Le médecin interrogé doit, lui, savoir y penser d'emblée et demander les investigations qui permettront d'éliminer cette hypothèse.

• **Les tumeurs hypophysaires.** Elles sont, en général, très peu parlantes cliniquement. Mais devant une impuissance isolée, le clinicien, surtout s'il constate un manque d'appétit sexuel, demandera les examens biologiques adéquats. Une baisse importante de la testostérone et une élévation importante du taux de la prolactine doivent faire rechercher un adénome, tumeur bénigne qui se développe aux dépens d'une partie de l'hypophyse chez l'homme. Le scanner, ou mieux l'IRM, la visualise parfaitement, et précise ses relations avec le nerf optique tout proche et avec de grosses structures vasculaires. Bien que rares – on en voit 1 cas

La maladie n'exclut pas les relations sexuelles

Dans la plupart des domaines médicaux, les spécialistes ignorent ou feignent d'ignorer la demande plus ou moins précise de leurs patients. Ils ont tendance à focaliser leur savoir sur la pathologie qu'ils étudient, mais aussi à exclure la sexualité du domaine clinique, considérant souvent *a priori* que la maladie exclut, en soi, la possibilité d'avoir des relations sexuelles. Pourtant, pour les patients souffrant d'affections chroniques, celles-ci sont un baume ; leur compagne, à l'amour souvent exacerbé par la perception du temps compté, le leur délivrera avec d'autant plus de sollicitude qu'ils pourront y répondre. C'est avec une mentalité identique que l'on a si longtemps laissé les malades souffrir alors même qu'existaient les moyens médicamenteux de les soulager. On ne consentait à leur en accorder qu'à un stade terminal de l'affection. Aujourd'hui, on ne marchande plus les opiacés à ceux qui souffrent, par contre on néglige encore trop souvent la souffrance morale des impuissants, au point de ne pas les informer des possibilités qu'ils ont de résoudre leur problème, notamment en cas de maladie sérieuse.

sur 300 examens pour impuissance – l'adénome à prolactine est chez l'homme la plus habituelle de ces tumeurs hypophysaires, qui peuvent intéresser également d'autres parties de cette glande, chef d'orchestre de tout le système hormonal.
Deux notions sont importantes à considérer face à la découverte d'une telle anomalie :
• la dysfonction sexuelle est avant tout un signe d'appel, et la tumeur découverte doit en premier lieu être traitée pour elle-même, afin d'éviter une complication qu'entraînerait l'expansion du processus dans les structures cérébrales avoisinantes, impliquant en particulier la vision ;
• la normalisation des constantes biologiques n'est pas forcément synonyme de restauration d'une sexualité normale ; l'impuissance peut évoluer pour son propre compte après suppression de l'adénome, compte tenu des données exposées plus haut concernant la fragilité de la fonction sexuelle masculine. Ces phénomènes se trouvent accrus dans cette pathologie hormonale par le fait que l'inappétence sexuelle qui en est la marque peut durer depuis de très nombreuses années, tant l'évolution de ces tumeurs est lente et silencieuse.
On traitera donc la tumeur d'abord, soit par des médicaments spécifiques contrôlant la production de la prolactine, soit par la chirurgie. Ce n'est qu'une fois qu'il aura été débarrassé de sa tumeur que l'intéressé s'occupera en général de son problème d'érection souvent négligé par le médecin plus attaché à normaliser les constantes humorales que la fonction sexuelle elle-même.

• **L'insuffisance rénale.** Cette affection est aussi une grande pourvoyeuse d'impuissance, essentiellement à cause du traitement utilisé pour épurer l'organisme de son trop plein d'urée. En effet, 50 à 75 % des patients sous dialyse ont des difficultés d'érection. Les causes sont un peu mystérieuses, sans doute en rapport avec les modifications de l'équilibre du milieu intérieur induites par la dialyse. Tout comme les diabétologues, les néphrologues n'encouragent que très parcimonieusement à la consultation spécialisée, lorsque les patients la réclament. La restauration d'une activité sexuelle satisfaisante est pourtant dans cette pathologie invalidante une source d'espoir, dans l'attente de la greffe rénale libératrice. En effet, la transplantation supprimant la dialyse permet en principe, entre autres bienfaits, de supprimer l'impuissance. Ce n'est malheureusement pas toujours le cas, notamment en raison de la nécessité d'utiliser après une greffe la chimiothérapie antirejet, qui est néfaste pour l'érection.

L'histoire de Daniel C., 63 ans, résume l'attitude générale des médecins. Il vient me consulter, à la fois truculent et un peu amer : « Vous savez, docteur, je suis un miraculé, mais je suis malheureux… je viens vous voir comme un dernier recours. » Son histoire médicale : double insuffisance rénale et cardiaque, dialyse rénale de plusieurs années, impuissance tenace. « J'étais tellement épuisé par mes séances et essoufflé avec mon cœur qui battait la chamade, qu'il n'était même pas question que j'éveille ma libido ! » Trois ans auparavant, il a subi avec succès une double transplantation rénale et cardiaque. Sa vie a été transformée, mais il est demeuré impuissant et désespéré car ses médecins refusaient, pour des raisons obscures, d'en envisager le traitement. Il menacera alors de se suicider. C'est dans ce contexte que j'acceptai de lui implanter une prothèse (voir chapitre 12) et il retrouva immédiatement la joie de vivre après des suites simples. Cette attitude négative des médecins eux-mêmes face au traitement de l'impuissance résiduelle de patients ayant eu une maladie grave, nécessitant des traitements complexes, est particulièrement choquante. Elle correspond à un réflexe qui pourrait s'exprimer ainsi s'il était formulé : « Vous êtes vivant, alors soyez heureux et n'en réclamez pas plus. »

Le cas particulier de l'alcoolisme

Chacun connaît les effets euphorisants de petites quantités d'alcool, qui libère des inhibitions de toutes sortes et en particulier de l'anxiété de la performance sexuelle. La timidité s'estompe, les préventions convenues ou apprises s'effacent, et on aura plus d'audace après une soirée bien arrosée.

Il n'en sera pas de même, loin s'en faut, quand la dose absorbée est trop importante et va bien au-delà du contrôle de la conscience. C'est sans gravité quand cela rend incapable d'entreprendre ou de continuer la séance amoureuse ; cela peut être dramatique si cela s'achève dans la violence sexuelle (voir chapitre 10).

À terme, ce sont essentiellement les complications de l'alcoolisme qui vont entraîner l'impuissance, jouant à la fois sur les nerfs, les artères et l'équilibre hormonal. Une particularité toujours intrigante, parce que n'ayant reçu à ce jour aucune explication logique, est que nombre d'alcooliques repentis souffrent d'impuissance au terme de leur désintoxication, au moment où ils cherchent à reconstruire une vie équilibrée. Toutes les enquêtes menées se sont révélées incapables d'expliquer ce phénomène, particulièrement dramatique pour ceux qui l'éprouvent à un moment crucial de leur parcours. Heureusement, des solutions thérapeutiques satisfaisantes pourront être offertes, comme pour cet homme de 41 ans, sorti de son enfer grâce à une désintoxication et qui reconstruit sa vie avec une jeune femme de 30 ans, rencontrée dans la maison de repos où ils ont subi lui sa désintoxication, elle un traitement antidépresseur. Grâce au traitement, ils ont pu ainsi rapidement concrétiser une union que l'impuissance constatée au sortir du traitement spécialisé empêchait et ce malgré une psychothérapie intensive.

D'une manière générale, le problème posé par l'alcoolisme, comme par le tabagisme et aussi par les drogues en général, est celui de l'origine de l'intoxication. Les déboires de la vie et les difficultés sexuelles en font partie et sont en général des facteurs aggravants. Ici encore plus que dans d'autres circonstances, le mauvais fonctionnement de la sexualité constitue, pour des individus à la personnalité fragile, un élément qui entretient le « vice » initial. Traiter l'impuissance est primordial pour encourager le sevrage ou empêcher la rechute.

Drogues et sexe

Utilisées parfois pour améliorer la performance sexuelle ou surtout la perception du plaisir, les drogues, outre leurs autres dangers, peuvent-elles rendre impuissant ? Il y a peu d'études permettant de l'affirmer. J'ai pour ma part, sur la dizaine de milliers de patients que j'ai conseillés ou traités, eu affaire à moins d'une dizaine d'ex-drogués (avec des drogues dures) dont les difficultés sexuelles relevaient d'ailleurs d'une angoisse de l'échec sexuel, la drogue constituant dans ces cas un substitut à cette angoisse. Comme derrière tous les troubles comportementaux, il y a fréquemment une perturbation initiale du comportement sexuel.

Le haschich et autre chanvre indien ou marijuana, consommés sous forme de cigarettes appelées familièrement joints, sont, comme l'alcool, euphorisants en quantité modérée. Une étude, effectuée à Porto Rico il y a déjà dix ans, a montré qu'il n'y avait aucune modification des érections nocturnes mesurées scientifiquement chez des sujets « fumant » régulièrement. Il n'y a pas non plus à ce jour d'étude montrant un lien direct entre impuissance et usage de drogues dures (cocaïne, héroïne, crack). Leurs dangers se situent bien sûr ailleurs, et notamment dans l'explosion de violence, en particulier sexuelle, qu'elles peuvent provoquer (voir chapitre 10). Le drogué s'éloigne en général de la sexualité, entièrement noyé psychiquement et physiquement dans la dépendance.

Tout autre est le problème de l'usage des poppers. Il s'agit d'une substance, le nitrite d'amyle, que l'on inhale pour renforcer et prolonger la sensation orgasmique. Outre le risque intrinsèque de blocage rénal, et de complications respiratoires, il s'ajoute un risque létal si on l'associe à la prise de Viagra ou de médicaments de la même famille. L'usage récréatif de plus en plus fréquent de ceux-ci doit rendre encore plus vigilant et demande de mettre en garde les utilisateurs potentiels.

LES PRINCIPALES DIFFICULTÉS

L'anorexie sexuelle

Un homme qui se plaint de la baisse, voire de la disparition, de son appétit sexuel parlera volontiers de l'affaiblissement de sa libido. On sait que 36 % des hommes se plaignant d'impuissance accusent une baisse du désir [1]. La véritable anorexie sexuelle est à différencier clairement du syndrome du renard et des raisins. Celui-ci, rappelons-le, est une sorte de baisse de l'appétit sexuel due à des difficultés érectiles préexistantes qui, aggravées par l'anxiété de la performance et l'angoisse de l'échec, ont conduit le sujet jusqu'à l'abstinence. Tout autre est la véritable anorexie, qui se caractérise par des troubles du désir s'accompagnant d'une disparition concomitante des érections nocturnes et matinales et de l'envie d'avoir des rapports. Dans ce dernier cas, c'est en général l'épouse frustrée qui pousse à la consultation ce « gros paresseux » qui ne s'intéresse plus aux jeux amoureux et ne répond à aucune séduction. Dans ce même ordre d'idée, rêves érotiques et fantasmes s'atténuent ou disparaissent. L'homme pourrait vivre ainsi sans nourriture amoureuse sans dommage, si l'extérieur ne le sollicitait pas.
J'ai ainsi connu un homme qui ne consulta qu'après une vingtaine d'années de vie asexuée et sans désir, poussé par une compagne potentielle étonnée de sa froideur. Il était atteint d'une tumeur de l'hypophyse sécrétant de la prolactine en excès, laquelle abaissait durablement et notablement la production de testostérone à des valeurs si basses que le désir était totalement inhibé. Un autre se présenta avec son épouse, poussé par le désir d'enfant ; ils se côtoyaient depuis 15 ans sans aucune relation. Il aimait sa femme, mais ne la désirait aucunement ; il ne désirait d'ailleurs personne. Il n'y avait aucune cause biologique iden-

1. Enquête Sofres pour le laboratoire Upjohn, *op. cit.*

tifiable à ce désert sexuel, et donc aucun traitement. On n'a encore à ce jour aucun moyen d'investigations de ce type de trouble. Quand il existe depuis toujours et quelles que soient les formes de stimuli ou de cibles sexuels, c'est probablement qu'il y a eu dans la vie embryonnaire ou dans la petite enfance un défaut dans l'organisation morphologique, ou dans les récepteurs cérébraux, incapables alors d'analyser les stimuli. Ces cas d'inappétence totale primaire sont heureusement exceptionnels car on est totalement démuni devant ces êtres incapables de construire une vie équilibrée.
Le plus souvent, le manque de libido est lié à une baisse de la testostérone qu'après analyse on pourra corriger. Quand l'anorexie est vraiment liée à la chute des hormones mâles, et d'autant plus si c'est la seule cause, la compensation s'accompagne rapidement d'une restauration du désir et d'érections nocturnes, suivie par l'amélioration de la performance sexuelle elle-même.

L'impuissance primaire chez l'homme jeune

On a vu qu'environ 15 % (8 % pour l'érection et 7 % pour l'éjaculation) des sujets de moins de 30 ans ont des difficultés sexuelles. Ils représentent environ 25 % de mes consultants. L'impuissance primaire est de loin la plus dramatique, la plus invalidante. On la dit primaire parce que révélée dès les premières tentatives qui sont autant d'échecs. Quelle que soit la cause déclenchante, les conséquences psychiques sont majeures chez des adolescents presque toujours ignorants de leur physiologie et inexpérimentés. C'est dans ces cas que l'anxiété de la performance fera le plus de ravages, conduisant la plupart de ces jeunes à la désespérance et à la solitude, à l'évitement de tout contact affectif par peur panique de l'échec. Parfois l'impuissance s'inscrit dans le tableau d'un couple constitué, le mariage ayant été célébré mais non consommé. On voit des couples consultant après plusieurs années de mariage blanc. Le couple a tenu et se contente de jeux amoureux sans pénétration. Lorsqu'ils se décident à voir le médecin, c'est essentiellement par désir d'enfants. Ailleurs, la consultation est plus précoce, motivée par les échecs sexuels avec menace d'éclatement du couple. Dans ces cas, on constate fréquemment une inexpérience bilatérale, fruit d'une absence totale d'éducation sexuelle et d'un carcan socioculturel ayant rendu tabou, même de nos jours, les choses du sexe. Quand on examine ces garçons, on est devant une situation assez stéréotypée : l'érection existe mais ne se maintient pas. Parfois, elle se manifeste dès avant la

rencontre, au téléphone, voire à la simple évocation de l'être aimé, mais au contraire elle est totalement absente lors des rencontres, inhibée par l'émotion et l'angoisse. Dans d'autres cas, elle existe lors des préliminaires amoureux mais disparaît brutalement au moment du passage à l'acte. Souvent, c'est une éjaculation intempestive qui vient mettre fin à la tentative.
Le sujet victime d'une telle situation va réagir suivant son caractère, soit comme on l'a vu, par un évitement total de la relation qui conduit à l'échec, soit, par une fuite en avant « compulsive », comme disent les psychiatres, en multipliant les tentatives, aboutissant à autant d'échecs, dans l'espoir de trouver celle avec qui cela marchera. Si une démarche médicale est entreprise, elle se heurte le plus souvent aux paroles lénifiantes du médecin à propos de l'inexpérience, de la nécessité d'attendre une hypothétique solution naturelle, ou bien il dirige son patient *sans examen préalable*, vers une démarche psychothérapique.
La prise en charge de ces écorchés vifs, adolescents ou jeunes adultes souffrant de difficultés sexuelles, est très délicate : ils sont en très bonne santé, le médecin leur fait intellectuellement peur, en même temps qu'ils investissent énormément dans la démarche qu'ils entreprennent. Ils vivent souvent seuls leurs difficultés et ont focalisé leur problème sur une éventuelle anomalie physique dont la cure drastique les délivrerait enfin de leur obsessionnelle incapacité à réussir. À cet âge, la dichotomie entre le physique et le psychique est mal établie. Toutes les incohérences au sujet de la sexualité se bousculent dans l'esprit de celui qui souffre et cherche, tous azimuts, à comprendre. Il se considère comme anormal, bien plus, il pense qu'il est le *seul* à éprouver ces problèmes [1]. Il n'est que de voir le caractère rassurant pour eux d'observer la présence dans ma salle d'attente de patients aussi jeunes qu'eux. Il ne s'agit pas d'initier une quelconque thérapie de groupe, mais simplement pour eux de constater qu'ils ne sont pas un cas unique, que le médecin n'est pas devant une situation inconnue et que surtout, il prend en considération leur problématique. Homme d'expérience, certes, il gère un cas unique. Des détails souvent éloignés du problème comptent, tels que des données encouragées par la culture psychanalytique répandue qui fait souvent rattacher tel événement de l'enfance, encore présent dans ce jeune cerveau, à la situation présente. Mais aussi une apparente déformation ou une anomalie des organes génitaux remarquée dans l'enfance, exagérément grossie par le patient et qui nécessairement voudra la ratta-

1. R. Virag, *L'homme qui marche*, *op. cit.*

cher à son état présent. Toutes les pistes sont bonnes pour établir un dialogue fructueux.
Il ne faut pas lésiner sur les examens à faire, ce d'autant que des anomalies physiques réelles peuvent être à l'origine de la défaillance initiale (dans 20 % des cas). En effet, l'impuissance primaire du sujet jeune est soit totalement comportementale, fruit d'une inhibition psychique globale ou plus simplement d'une anxiété de la performance sexuelle évoluant sur un terrain exposé (timidité, isolement, échec initial), soit provoquée par une anomalie physique dont il conviendra de déceler l'origine. Dans tous les cas, seule une évaluation complète physique et psychologique conduira au diagnostic précis et ouvrira la voie au traitement, dans le souci de donner à ces garçons, *très vite*, l'opportunité de réussir à entrer dans la satisfaction sexuelle.

L'éjaculateur rapide

Marie, 39 ans, et Robert, 47 ans, travaillent tous deux dans la communication. Elle, titulaire d'un D.E.A., a repris une activité professionnelle après s'être consacrée douze ans aux trois enfants qu'ils ont eus. C'est une petite blonde discrète, au sourire doux et au regard un peu triste. Lui est un grand et bel homme, au regard clair, passionné par sa vie professionnelle. Le couple a failli éclater deux ans auparavant. Marie a sombré dans la déprime, lassée de rapports sexuels expéditifs, qui ne lui ont valu en 19 ans qu'un seul véritable orgasme. « C'est vrai, me dit-elle avec simplicité, sans gêne, je jouis par les caresses, mais ce que l'on ressent par l'accomplissement total de l'acte, cet orgasme qui vient du fond de vous, c'est inouï. » Elle est prête à aller l'éprouver ailleurs, tout en soulignant que Robert est l'homme de sa vie. Jamais il n'a pu maîtriser son corps : ni l'érection qui s'enfuit vite, ni l'éjaculation qui survient inopinément et en tout cas toujours trop vite. Du coup, le désir s'est enfui, ou plutôt s'est effacé devant la peur d'affronter l'échec. Aujourd'hui, il se contente de caresser Marie, qui attend tellement plus.
On ne considère ici que les hommes, tel Robert, dont le non-contrôle de l'éjaculation constitue une entrave à l'épanouissement sexuel, en gardant en mémoire (voir chapitre 3) ce qui a été dit de cette fonction dont les ressorts physiologiques sont encore très mal élucidés. Il existe trois circonstances habituelles de consultation pour éjaculation prématurée.

CELUI QUI « VIENT » BEAUCOUP TROP VITE

Il réalise le tableau dramatique de l'impuissance primaire décrit ci-dessus et en constitue une cause possible, puisque la pénétration n'intervient pas, devancée par l'éjaculation ultrarapide et la perte immédiate de l'érection. Celui qui en souffre se confine dans l'isolement de la masturbation solitaire tant est perturbante cette débandade alors même que la fête érotique a à peine commencé. La charge émotionnelle est telle que le flot d'adrénaline qui inonde le sujet annihile toute velléité érectile : on ne veut pas que la partenaire voie ce désastre le plus souvent interprété comme un manque d'amour. Honteux, on s'enfuit sans penser que la physiologie permettrait éventuellement, si on se calmait, de recommencer rapidement avec plus de succès.

L'ÉJACULATEUR RAPIDE COMPENSÉ

Une race fréquente d'éjaculateur rapide est celle où le phénomène est compensé par la possibilité de poursuite ou de répétition de l'acte : lors du premier acte de la séance amoureuse, l'éjaculation survient rapidement et cela est assez bien accepté par le couple, parce que l'érection se reproduit très rapidement, parfois même avec persistance du pénis *intra muros*. Il n'y a pas ou peu d'interruption de la séquence amoureuse et un deuxième orgasme peut être obtenu, concomitant de celui de la partenaire ou le suivant immédiatement. L'entente sexuelle est bonne tant que cette situation peut être maintenue. Lorsque les premières atteintes liées au vieillissement surviennent, et en particulier les difficultés à retrouver une érection après un premier orgasme, l'éjaculation rapide va reprendre le devant de la scène sexuelle, parce qu'elle ne pourra plus être compensée. C'est une cause de consultation extrêmement fréquente à la cinquantaine. Elle n'est pas toujours évoquée de prime abord, car masquée par la difficulté d'érection devenue dominante. Mais survient la confidence : « Vous savez, j'ai toujours été rapide, mais avant je compensais… »

LE « MÂLE ÉGOÏSTE »

12 % des hommes ayant des érections normales, interrogés dans le cadre de l'enquête Sofres, indiquent une absence d'orgasme chez la partenaire. Près de 50 % de ceux qui me consultent se déclarent (ou bien c'est leur compagne qui l'exprime) incapables de maintenir le contrôle de l'éjaculation jusqu'à la satisfaction de l'autre. Le « mâle égoïste » est celui qui ne vit pas trop mal cette situation, car pour lui la satisfaction est obtenue. C'est la frustration chronique de sa compagne et la menace de

rupture, qui le conduiront à consulter : « Pour moi, docteur, ça va, mais il faut sauver mon couple. Ma femme n'est pas clitoridienne, elle ne se satisfait pas des caresses, elle refuse les rapports, etc. » Si l'on entend la partenaire seule, les reproches sont caricaturaux : « Il ne fait pas attention à moi, il me pénètre et c'est très vite fini et puis plus rien. » Les magazines regorgent de ces descriptions qui ont alimenté le dossier du machisme, tel qu'il est vu par les féministes : le « mâle égoïste » qui poursuit les pratiques solitaires et qui a fait dire à certains sexologues, comme Sharon Hite, que les femmes pouvaient se passer de ce mâle-là en le remplaçant par le vibromasseur, autrement plus efficace.

L'éjaculateur rapide de ce type est souvent victime de son mal, il a adapté son comportement à sa physiologie : tantôt il saura raffiner à l'infini les préliminaires en les magnifiant et aura la réputation d'un amant délicieux et voluptueux pour celles qui sont réceptives, sensibles à ce qu'elles prennent pour de l'altruisme. D'autres fois, il sera rejeté parce que la partenaire percevra surtout le manque de durée de la phase ultime et décisive de l'acte : la pénétration. Ailleurs, il se fera violent, il sera celui qui prend sans coup férir et qui rejette une fois son orgasme obtenu, sans égards pour la partenaire amoureuse et soumise. Dans ce schéma, où l'attitude est compensatoire, pseudosadique, on tentera de faire croire que c'est comme ça parce qu'on est le mâle dominant. Une telle attitude ne marche qu'avec des partenaires acculturées, soumises pour des raisons affectives fortes (« je l'aime ! ») ou par intérêt. Ces « mâles égoïstes » se tournent souvent vers ce qu'on appelait autrefois les amours ancillaires. C'est aussi une fonction des amours vénales que de satisfaire cette propension à l'orgasme rapide souvent refusé par la partenaire habituelle lassée.

Dans tous les cas de figure, c'est l'interruption prématurée de l'acte qui constitue le désordre principal provoqué par l'éjaculation trop rapide, que le patient soit incapable (celui qui « vient trop vite » et l'éjaculateur rapide compensé) ou qu'il n'en ait pas envie (le « mâle égoïste »).

L'impuissance sans cause apparente de la cinquantaine

Que l'on n'ait jamais été un « foudre de guerre » sexuel ou que l'on soit plutôt du genre « Vous savez, docteur, je n'ai jusqu'ici jamais eu de problème, j'étais plutôt un chaud lapin », l'impuissance qui vous saisit sans crier gare autour de la cinquantaine par des pannes occasionnelles ou une difficulté rapidement croissante est d'autant plus intempestive et mal vécue qu'elle s'inscrit sur un terrain physiologique sain, du moins en apparence : notre homme est actif, fait du sport, son désir est intact, il ne prend pas de médicaments.

À y regarder de plus près, il vous apprendra qu'il est volontiers stressé dans des situations imprévues, qu'il est fumeur (plus d'un paquet par jour depuis plus de 15 ans), que sa compagne prend rarement l'initiative et que la fréquence et la qualité des érections matinales se sont dégradées depuis peu. Les examens de laboratoire pourront indiquer un début de diabète ou un cholestérol trop élevé (surtout en cholestérol HDL bas), voire les effets néfastes d'une consommation d'alcool trop élevée. En allant plus loin dans l'investigation, on pourra questionner le couple sur la qualité de la relation affective. Témoin cette lettre reçue de Marielle C., quelques jours avant la visite de son mari pour une première consultation :

« Tout d'abord, 20 ans de mariage : rare bonheur, réelle entente sur tous les plans. Surviennent les pannes ! J'essaie de dédramatiser et lui dis et redis, ce qui était exact, qu'il n'avait jamais été meilleur amant (l'imagination peut très bien suppléer la sacro-sainte érection). Puis il s'aperçoit qu'il ne suffit pas d'avaler une petite pilule bleue ou rose, et la descente aux enfers commence… Il ne veut pas admettre qu'outre une histoire de tuyauterie, nous avons laissé se dégrader nos relations et que la part psychologique est aujourd'hui indéniable. Si je pense avoir dit et fait ce qu'il fallait les deux premières années, depuis un an je prends ma part de responsabilité dans notre mésentente car je ne le supporte que difficilement et me sens parfois odieuse. Ce qu'il ne vous dira pas : après 20 ans à ne boire que de l'eau (sauf en société), c'est maintenant une bouteille à chaque repas ; après 20 ans à peu près propre, c'est maintenant le bain hebdomadaire uniquement ; après 20 ans en pyjaveste, il s'arrange pour se coucher avant ou après moi, en pyjama complet, appareil dentaire enlevé ; après 20 ans sans colère (quelques accrochages, une journée de bouderie et puis terminé), à présent des colères dantesques, il hurle, tape sur la table, devient tout rouge… Nous avons fait l'amour quatre fois cette année… Ancien directeur de marketing d'une grande société, il s'est trouvé un nouveau travail où il se lève tous les jours à cinq heures, dort après déjeuner et se plante crevé devant la télé après dîner… un vrai pépé. »

Si j'ai reproduit, non édulcoré, ce témoignage, c'est qu'il reflète bien les ravages exercés par les pannes sexuelles non assumées, mal traitées, ces impuissances larvées qui peuvent vous précipiter vers l'alcoolisme, le laisser-aller moral et physique et les comportements colériques. Un peu comme si l'insatisfaction et la diminution de la fréquence orgasmique ressortaient sous forme d'agressivité. On ne peut balayer d'un revers de main abstentionniste, comme c'est si souvent le cas, ces pannes isolées, sous une terminologie apaisante, et incriminer l'âge, l'usure du couple, les choses de la vie. Il faut percer les drames qu'elles sous-entendent ou occasionnent, et surtout prendre en charge la défaillance. Marielle C. concluait sa lettre ainsi : « Moralement, il attend beaucoup de vous ; j'abonde dans ce sens et suis prête à faire les efforts nécessaires de mon côté... »

L'érection instable

Un mécanisme très souvent incriminé à l'origine des défaillances sexuelles est le non-maintien d'une érection qui survient normalement. Elle laisse le sujet encore plus frustré que toute autre circonstance, car l'impression d'inachevé est d'autant plus ressentie comme une frustration que tout dans les rapports amoureux paraissait s'initier favorablement. C'est dans la phase d'excitation mutuelle que survient la débandade. Chacun est alors immergé dans ce moment où « l'on perd la tête », où toute la contrainte du cerveau supérieur s'est effacée, pour laisser libre cours à la gestuelle qui vise à la gratification de l'appétit orgasmique de chacun. C'est à ce moment précis que le personnage principal fait défaut : le pénis érigé est pour la partenaire, on le sait, à la fois l'outil majeur, même s'il n'est pas *stricto sensu* indispensable, et le témoin obligé de l'intensité du désir. La perte de l'érection est perçue d'autant plus péniblement que c'est le moment où, dans le déroulement de l'acte, elle est le plus nécessaire.
La survenue de l'érection étant le signal, dans la séquence des événements survenant lors d'une rencontre amoureuse, du véritable passage à l'acte, l'événement indésirable de sa perte intervient alors même que l'acte est déjà engagé. La compagne ayant perçu qu'elle est désirée s'abandonne, s'ouvre à l'autre. La perte d'érection est perçue par elle, à ce moment-là, comme un désir insuffisant ou disparu du partenaire, au moment même où elle éprouve le désir irrépressible de le recevoir en elle. C'est ce qu'exprime la phrase : « l'amour sans le sexe, c'est l'enfer », de Françoise Sagan, placée en exergue de ce chapitre. Il en sera de même quand, après pénétration, l'érection ne se maintiendra pas suffisamment rigide pour que l'acte complet se poursuive jusqu'à l'orgasme pour l'un et l'autre des participants. Et même si l'on compense (« l'imagination peut bien suppléer la sacro-sainte érection »), très

nombreuses sont les femmes qui ressentent douloureusement cette frustration de l'acte « total » interrompu.
Le non-maintien de l'érection est en fait le témoin d'une insuffisance de blocage du sang à l'intérieur des corps caverneux. Les mécanismes présidant à ce blocage étant multiples, les causes de ce non-maintien sont nombreuses (voir chapitre 1) et leur analyse demande, plus que tout autre signe de défaillance érectile, une recherche détaillée et complète, pour ne pas induire d'idées préconçues avant que d'avoir établi un diagnostic précis. L'essentiel dans la compréhension de cette symptomatologie de l'érection non maintenue, c'est d'extirper d'emblée de la tête de la compagne, lorsqu'elle participe à la prise en charge du problème, que c'est un défaut du désir : l'insuffisance de maintien n'est pratiquement jamais la conséquence d'un désintérêt sexuel, lequel s'exprimerait beaucoup plus tôt dans la séquence amoureuse. Il n'est que quelques esthètes ou collectionneurs invétérés appartenant à une forme dégradée de « casanovisme » qui séduiraient en allant jusqu'à ce stade et s'arrêteraient avant d'avoir fait consommer l'autre. Le défaut de maintien est le plus souvent la conjonction d'un trop-plein de désir, d'une anxiété sexuelle importante et de désordres physiologiques naissants, rendant l'érection plus fragile.

Le sexe déformé

Le spécialiste est assez souvent consulté pour un problème de déformation du pénis. S'il est trop mécanicien, il aura tendance à ne considérer que l'aspect balistique de la chose, l'impossibilité d'adéquation du tenon avec la mortaise. Mais le problème du sexe déformé est beaucoup plus complexe, se rapportant au mythe phallique lui-même. Le sexe déformé est ridicule, on ne souhaite pas le montrer, et cela même si la fonction n'est pas altérée. Les cliniciens ont bien des déboires avec ces déformations, que certains ont tendance à intégrer dans le cadre de la chirurgie esthétique, sans toujours apprécier la dimension symbolique de l'organe sur lequel ils interviennent. L'un de mes souvenirs les plus cuisants en la matière, datant du début de ma carrière, est le cas d'un jeune garçon ayant une déformation congénitale modérée de son pénis, lequel s'incurvait vers le bas lorsqu'il entrait en érection. Cela ne gêne pas réellement dans les relations sexuelles, mais le garçon, âgé de 17 ans et demi, n'osait pas se montrer devant les autres et refusait toute éventuelle relation de peur d'avoir à révéler sa déformation. Tout naturellement, et compte tenu du retentissement psychologique, on décida de procéder à la correction chirurgicale de la déformation. Le résultat esthétique fut excellent et le pénis fonctionnel. Mais le garçon revint quelques mois plus tard en me demandant de réintervenir, car « il se préférait comme avant ». Il ne sentait pas ce pénis nouveau comme étant le sien. Je me retrouvais devant un dilemme que mon inexpérience avait provoqué. Les raisons psychologiques par lesquelles je m'étais laissé aller à opérer me revenaient comme un boomerang.

Ici encore plus que dans tous les autres domaines des dysfonctions sexuelles, il faut être prudent et analyser toutes les données, et en particulier les causes de ces déformations. On en distingue trois grandes catégories : les déformations congénitales, les déformations après traumatisme local et la maladie de La Peyronie.

LES COURBURES CONGÉNITALES

Ce sont des déformations du pénis en érection liées à des anomalies ou des asymétries de développement embryologique des enveloppes de l'organe. Elles sont relativement fréquentes mais rarement très invalidantes. La déformation la plus fréquente consiste en une courbure du pénis en érection vers le bas, lorsque le sujet est debout. Soit elles sont isolées et ne posent en général de problème qu'après la puberté, au moment où l'adolescent s'en plaindra, soit elles font partie d'anomalies plus complexes de développement du corps spongieux et d'abouchements anormaux de l'urètre insuffisamment développé. C'est ce que l'on appelle l'*hypospadias*. La malformation urinaire prédomine et demandera un traitement chirurgical ultraspécialisé. Ce n'est que plus tard qu'on aura à corriger d'éventuelles séquelles péniennes et érectiles.

Isolée ou associée à d'autres anomalies congénitales, c'est la déformation du pénis en situation de fonctionnement qui interpelle le spécialiste qui doit confronter plusieurs données :

- l'importance réelle de la déformation et l'éventuelle gêne qu'elle constitue pour pénétrer. Le rayon de courbure des déformations est long et le plus souvent, on l'a vu, à concavité inférieure ou latérale. Il ne constitue que très exceptionnellement une véritable gêne fonctionnelle, sauf dans le cas d'interventions multiples dans l'enfance pour une autre malformation ayant laissé des séquelles cutanées ;
- le terrain psychologique et le vécu sexuel par rapport à la déformation ;
- la capacité du sujet à percevoir les données de son problème avant toute intervention, qui ne doit être entreprise qu'après un temps suffisant de réflexion et une motivation harmonisant la réalité anatomique et le terrain psychologique et comportemental.

Il y a en définitive très peu d'indications chirurgicales véritablement justifiées si un bon travail d'information est effectué pour démontrer et garantir la normalité de la fonction et la bénignité de la déformation. J'ai l'habitude d'indiquer à mes jeunes consultants qu'ils ont une verge de forme africaine (en effet, les Noirs ont souvent des verges assez effilées avec des courbures vers le bas ne leur donnant pas l'aspect « fier » du phallus érigé du dieu Priape). En raison de la réputation d'efficacité sexuelle des Africains, cette comparaison est en général bien reçue et rassurante. Ou de leur raconter l'exemple que j'ai donné plus haut (voir chapitre 3) de ce père qui montra à son fils sa verge en érection pour le convaincre qu'il avait une déformation identique à la sienne et qu'elle ne l'avait empêché ni de le concevoir ni de vivre une sexualité satisfaisante !
En revoyant mon carnet opératoire, je constate n'avoir opéré qu'un nombre très limité de ces déformations depuis plus de dix ans ! L'expérience et la persuasion sans doute, et le souvenir de mon cas malheureux.

LA « FRACTURE » DE LA VERGE

D'un traumatisme sur la verge érigée et rigide peut résulter l'équivalent d'une fracture. C'est le terme consacré, mais on serait plus près de la réalité en comparant ce traumatisme avec ce qui se passe lors d'une rupture du tendon d'Achille. L'enveloppe solide (albuginée) enfermant les organes érectiles peut se rompre à l'occasion d'un choc direct, ou surtout à l'occasion d'une hyperflexion brutale comme elle est réalisée par ce qu'il est convenu d'appeler le « faux pas du coït ». Dans l'excitation extrême du rapport sexuel, la verge au maximum de sa rigidité, donc de la distension de l'albuginée, ressort lors d'un mouvement de va-et-vient exagéré et ne retrouve pas l'orifice vaginal. Elle bute violemment sur le pubis et son enveloppe se rompt ou s'effiloche sur l'un des côtés de la verge, là où l'enveloppe est la moins épaisse. Généralement, une douleur aiguë accompagne la sensation de craquement causée par le choc. Parfois, dans l'excitation, la victime n'a rien perçu et le souvenir d'une anomalie ne sera même pas retrouvé. D'autres fois, c'est l'énorme hématome de la verge, consécutif au choc, qui attirera l'attention immédiatement, pouvant aller jusqu'à l'urgence médicale s'il est important, ou qui sera remarqué plus tard, lors de la toilette, s'il reste minime. Ailleurs, et c'est le cas habituel, c'est l'apparition ultérieure d'une déformation, comme une cassure, qui alarmera, fera consulter et reconnaître *a posteriori* la « fracture ». Dans les deux circonstances, une intervention chirurgicale peut être nécessaire, surtout au stade aigu où, à chaud, après évacuation de l'hématome, on peut réparer assez facilement la rupture de l'albuginée et obtenir la « cicatrisation » sans séquelles ultérieures. Dans le cas où la « fracture » n'a pas été perçue, une cicatrisation anarchique va se produire, responsable d'une déformation plus ou moins marquée, qui sera plus difficile à gérer chirurgicalement. On se rapproche ici des problèmes posés par la maladie de La Peyronie.

LA MALADIE DE LA PEYRONIE

C'est la cause la plus fréquente de déformation de la verge. Décrite en latin au XVIIIe siècle par François Gigot de La Peyronie, chirurgien de Montpellier et fondateur de l'Académie de chirurgie, elle est la conséquence de l'épaississement de l'enveloppe des corps caverneux. Depuis sa description, on se perd en hypothèses quant à l'origine de cet épaississement fibreux qui peut aller jusqu'à l'ossification de l'albuginée. Certains évoquent des mécanismes généraux (autoanticorps, origine génétique) ; d'autres parlent de microcalcifications consécutives aux microtraumatismes multiples subis par le fonctionnement de l'organe lui-même. L'enveloppe de la verge serait envahie de « mauvais » collagène et ce d'autant plus que l'âge intervient dans cette transformation. On peut imaginer que c'est l'addition de tous ces facteurs qui est en jeu dans la production de ces plaques de fibrose, qui peuvent avoir trois conséquences principales :

- l'érection peut devenir douloureuse, en raison de l'étirement contrarié d'un tissu riche en terminaisons sensitives ;
- la verge se déforme, puisque l'enveloppe épaissie ne laisse plus le pénis se développer harmonieusement ;
- l'organe se raccourcit et paraît moins volumineux puisque l'expansion est limitée, ce qui ne manque pas d'affecter grandement les sujets atteints.

Même si elle ne touche que 3,8 % de la population masculine, l'anomalie est beaucoup plus fréquente qu'on ne le pensait préalablement, lorsqu'on ne la diagnostiquait qu'au stade de déformation. Sur l'ensemble de la population me consultant pour dysfonction sexuelle, 5 % des sujets sont porteurs d'une maladie de La Peyronie avec déformation et 6 % en ont les stigmates sans déformation. Après 60 ans, les chiffres grimpent respectivement à 19 % et 25 %. L'affection a deux caractéristiques : son évolution est imprévisible, ce qui accroît encore le mystère qui l'entoure, et il n'y a encore aucun traitement efficace sur la fibrose elle-même. On peut voir des formes aiguës passer en quelques semaines du stade douloureux simple à une déformation recroquevillant le pénis en accent circonflexe et le rendant inutilisable, et *a contrario*, on assiste parfois à des guérisons « miraculeuses » spontanées avec disparition des plaques fibreuses. On dit que le génie évolutif de la maladie est imprévisible. Dans l'attente d'un traitement efficace sur la cause elle-même, on traite uniquement les conséquences, avec trois options : l'abstention, le traitement esthétique et fonctionnel de la déformation, et, quand impuissance et déformation se conjuguent, la mise en place d'implants. Ici comme dans les déformations congénitales, c'est la capacité d'utilisation de l'organe qui pèse dans la décision chirurgicale, qui sera toujours mesurée et jamais hâtive (voir chapitre 12).

Le priapisme

Les ouvrages médicaux mettent à part ce thème qui n'est en général pas traité dans les problèmes de pathologie sexuelle. Quant aux livres de vulgarisation, ils ne l'abordent généralement pas, alors qu'il y a ici un véritable travail d'information à réaliser pour éviter aux sujets victimes de cette affection de devenir totalement impuissants. Le priapisme, par référence au dieu grec de la fertilité toujours représenté le pénis érigé, est défini comme une érection permanente, indépendante de la stimulation sexuelle, ne disparaissant pas spontanément, même si l'éjaculation est provoquée. L'érection, se prolongeant, devient douloureuse et même intolérable.

C'est une véritable urgence médicale puisque la poursuite du phénomène entraîne, après un délai de six heures, des lésions du tissu érectile, à l'origine d'une fibrose irréversible des corps caverneux. Connu depuis l'aube de l'histoire de la médecine et décrite dans des livres médicaux du Moyen Âge, le priapisme avait pour cause principale l'utilisation d'un aphrodisiaque dangereux extrait de la mouche cantharide. Le priapisme est synonyme d'impuissance car il est le plus souvent traité trop tard et avec des procédés chirurgicaux, aggravant plus les dégâts qu'ils ne les traitent. Toutes les statistiques actuelles affichent encore un minimum de 50 % d'impuissance résiduelle après traitement du priapisme. Des progrès récents sont intervenus dans la prise en charge de cette affection depuis que, à l'instar de ce que l'on fait pour déclencher l'érection par injection de substances dans la verge, on peut administrer des médications qui suppriment l'érection.

L'une des causes connues habituelles (en effet, le priapisme survient dans un grand nombre de cas de façon spontanée, sans cause déclenchante) est une maladie très répandue dans la population originaire d'Afrique subsaharienne – et donc chez les Antillais – par suite d'une anomalie génétique de l'hémoglobine, le principal composant du globule rouge, chargé du transfert des gaz du sang oxygéné et du gaz carbonique, appelée drépanocytose. Les patients présentant l'anomalie développent très fréquemment des priapismes sous formes récidivantes et résolutives, commençant tôt dans la vie et entraînant à bas bruit fibrose et impuissance, sans que parents ni enfants osent en parler ni entre eux ni aux médecins. Les spécialistes s'occupant de ces patients ont remarqué en outre que les troubles psychiatriques qui s'installent sont directement liés à l'existence de difficultés sexuelles sévères inavouées. Mettant à profit l'existence de ces attaques de priapisme larvées très fréquentes, j'ai mis au point avec les médecins du centre de drépanocytose de l'hôpital Henri Mondor un protocole préventif efficace de cette complication redoutable. Il peut servir de consigne à tout sujet victime d'un priapisme quelle que soit sa cause. Ce protocole, valable pour 95 % de l'ensemble des priapismes, doit donc être connu de l'ensemble des intervenants de ce domaine particulier de pathologie : depuis qu'il a été mis en place pour traiter le priapisme de la drépanocytose, aucun cas de priapisme aigu ne s'est déclenché sur les patients traités. Les autres terrains favorisant le déclenchement d'une érection permanente sont la prise de certains médicaments (neuroleptiques, antihypertenseurs ou anticoagulants) et l'existence de maladies de sang.
Enfin, il existe une dernière forme très particulière et très rare (moins de 5 % des cas) secondaire à un traumatisme direct sur la verge flaccide (donc peu protégée par son enveloppe), lequel peut entraîner une plaie de l'une des artères caverneuses. Cette plaie artérielle occasionne un remplissage plus ou moins rapide de la verge qui gonfle et devient battante. Malgré le traitement pharmacologique indiqué plus haut, le priapisme se reproduit et s'intensifie. Le traitement est uniquement chirurgical, après repérage échographique et artériographique de la lésion. Malheureusement, le diagnostic est souvent fait tardivement, notamment pour ces formes post-traumatiques. Témoin cet homme de 32 ans, tombé à califourchon et ayant eu la verge tumescente et battante le lendemain de son accident, qui attendit six jours pour consulter. Seul le volume exagéré de son pénis le gênait. Entre-temps, il était parti faire du ski, peu soucieux de la gravité de son état. Il ne sauvegarda sa fonction érectile que grâce à la compétence du spécialiste consulté ! Le pria-

pisme, quand il n'est pas douloureux, est plus vécu comme un triomphe que comme une urgence. Grave erreur !

LA CONDUITE À TENIR DEVANT UN PRIAPISME
La prise en charge médicale est impérative et urgente.
Reconnaître le priapisme : c'est une érection survenue spontanément qui persiste au-delà des normes physiologiques et devient douloureuse.
Appeler le médecin en urgence : il devra rechercher une cause favorisante : traitement pharmacologique de l'impuissance, drépanocytose (chez les Noirs d'Afrique et d'Amérique), traumatisme local, prise de médicaments. Il mettra en œuvre le traitement en urgence (injections d'etiléfrine en intracaverneux et mise en place d'un traitement préventif des récidives).
Après l'urgence, mettre en place une conduite de prévention : si le sujet est prédisposé à une récidive, il faut qu'il apprenne l'ensemble de la technique (voie orale et intracaverneuse) pour pouvoir se prendre en charge seul dans toutes les circonstances.

Le sexe mutilé

Tout le monde a sans doute en mémoire l'histoire de cette Américaine jalouse qui avait émasculé son époux volage et jeté l'organe sectionné par la fenêtre. Récupéré par un policier, le pénis fut réimplanté mais sa fonction demeura très altérée ; d'où le procès intenté par la victime.
Les amputations agressives sont bien moins fréquentes que les automutilations survenant lors d'épisodes hallucinatoires chez des sujets psychotiques, ou chez des patients ayant ce qu'il est convenu d'appeler de sévères désordres de la personnalité. Des automutilations peuvent se voir également chez les sujets souhaitant désespérément un changement de sexe (voir chapitre 10). Dans tous les cas de figure, à condition d'avoir conservé proprement le fragment amputé dans le sérum froid, une réparation est possible, grâce aux techniques microchirurgicales. Ultérieurement, avec l'aide des injections locales médicamenteuses, une reprise de la fonction peut être envisagée.
Tout autres sont les plaies liées à des blessures accidentelles de nos organes nobles. La classique et comique prise de l'organe dans une fermeture à glissière peut entraîner des dégâts importants allant jusqu'à un véritable scalp de la peau du fourreau, qui devra alors être très soigneusement réparé. Les parents doivent mettre en garde les petits garçons dès l'apprentissage de l'habillage pour prévenir ce type d'acci-

dent. Rappelons que Boileau fut, lui, victime non de la fermeture à glissière, mais d'un coq qui lui picora les parties intimes et le laissa infirme pour le restant de sa vie. Ces blessures demeureraient sans effet réel sur la fonction érectile si elles ne donnaient souvent lieu, à titre de séquelles, à des manifestations variables telles que douleurs ou perception d'un raccourcissement dont les sujets atteints affirmeront qu'elles gênent le déroulement de leur vie sexuelle. J'ai eu l'occasion d'observer de tels patients pour une impuissance résiduelle, manifestement non fonctionnelle, car la réparation avait été parfaite. « Ce n'est pas pareil qu'avant », insistent-ils en général pour expliquer leurs difficultés.
On ressent ici les préoccupations et sensations diverses pouvant atteindre un homme aux prises avec un doute sur sa virilité. Il est à l'écoute de ses réactions et perçoit des événements ou des aspects dont il n'avait pas conscience précédemment et dont il imagine des conséquences néfastes dans la réalisation de l'acte. Le praticien, avec l'aide de la compagne quand elle est disponible, doit se faire psychothérapeute pour le persuader du contraire.

LA FEMME ET LES DIFFICULTÉS SEXUELLES MASCULINES

Tous les traités de sexologie insistent sur la nécessité de traiter le couple lorsqu'il existe une difficulté sexuelle. Autant cela est facile à réaliser lorsqu'il s'agit de la prise en charge de la stérilité, autant cela relève de l'aléatoire lorsqu'il s'agit d'impuissance. À peine 20 % de mes consultants viennent avec leur compagne, alors que lors de la prise du rendez-vous initial, on encourage vivement à venir à deux. Ici encore, on peut dégager des tendances et des schémas, liés d'une part à des *a priori* culturels, d'autre part aux différences physiologiques et comportementales entre hommes et femmes, déjà définies (voir chapitre 3).

Lorsque l'homme veut consulter seul

Il peut y avoir plusieurs raisons à ce que l'homme veuille consulter seul, la plus fréquente étant que la consultation est motivée par des échecs révélés par des rapports extraconjugaux et que le consultant ne veut pas mettre en péril la pérennité du couple légitime. Les circonstances sont variables et pas toujours évidentes à analyser. Tantôt le couple n'a plus de rapports sexuels depuis plus ou moins longtemps, alors que

par ailleurs des rapports d'affection subsistent ainsi qu'une volonté de préserver le noyau familial dans l'état. Dans ce cas, l'homme, motivé par son appétit orgasmique, a déconnecté sa vie sexuelle de sa vie familiale quotidienne et de son lien affectif : le problème de la réalisation de l'acte lui appartient totalement et il sera seul gestionnaire du traitement. La situation sera presque semblable lorsque le couple a conservé une activité sexuelle mais que notre patient a également une ou plusieurs liaisons extérieures. Face à cela, l'homme peut se comporter de différentes manières : ici, il voudra gérer la totalité du problème lui-même pour conserver le maximum de discrétion à l'intérieur comme à l'extérieur du couple ; là, l'une ou l'autre des partenaires sera tenue au courant des démarches, voire du traitement entrepris. Ce sera soit l'épouse légitime, quel que soit l'état des relations, soit celle avec qui l'on conjugue le mieux l'affectif et le sexuel, quelle que soit la nature du lien.
Une autre attitude fréquente par rapport à la compagne potentielle est : « J'attends (sous-entendu des bonnes nouvelles) pour lui en parler. » Il y a deux circonstances dans lesquelles les hommes observent une telle attitude : tantôt il existe un couple constitué et l'union est heureuse, hormis le problème sexuel que le mari veut résoudre, à l'insu de sa compagne, mais pour elle, qu'il sent souffrir de la situation plus que lui-même ; tantôt le couple n'est pas encore constitué, mais l'homme craint qu'une défaillance initiale ne vienne compromettre une histoire qui commence. Il anticipe en consultant, parce qu'il a perçu au fil des conversations que l'idylle naissante ne pourra se réaliser qu'avec une entente sexuelle qu'il craint de ne pouvoir assurer. Cela concerne soit des sujets jeunes ayant déjà essuyé des échecs et des ruptures, soit, et c'est le cas le plus fréquent, des sujets plus âgés qui « refont leur vie » après un veuvage ou un divorce tardif : les rencontres se font au travers d'annonces, de clubs ou de voyages, et la sexualité y a une importance bien plus grande qu'on ne peut l'imaginer de prime abord, même pour des sujets ayant largement plus de 50 ans. Celles qui souhaitent convoler de nouveau ont l'exigence d'avoir un véritable mari : il ne s'agit pas de la réunion platonique de deux solitudes, mais de la constitution d'un vrai couple. Cette aspiration bute très souvent sur la réalité ou la peur d'une insuffisance de l'érection.

Lorsque la femme ne veut pas consulter

Il y a ici encore plusieurs situations possibles, qui restent hypothétiques tant l'on n'a pas la possibilité de confronter les données fournies par le consultant avec les dires de sa partenaire. Le doute est de mise quand

le patient explique que sa compagne n'est pas venue pour des raisons matérielles vagues (éloignement, travail, enfants, etc.). Dans ces cas, c'est l'évolution de la relation qui permettra de faire la part entre le refus réel déguisé et une réelle et provisoire indisponibilité.
Souvent, lorsque le couple est uni, ce sont des raisons culturelles qui empêchent la femme de venir. On ne veut pas parler du sujet tout en approuvant la démarche. Le cas est similaire lorsque la compagne vient jusqu'au cabinet du médecin mais reste, apeurée, intimidée et masquant mal une certaine honte, dans la salle d'attente. Elle se bornera à murmurer un : « Je l'attends, c'est son problème. » Le médecin acquiescera tout en anticipant qu'il la verra plus tard, au terme de l'examen. *En effet, à chaque fois que l'on peut avoir les deux éléments d'un vrai couple, la prise en charge est grandement facilitée.*
Parfois, l'absence de l'épouse ou de la compagne est bien réelle : elle a quitté celui qui consulte, ou refuse désormais tout rapprochement. Tantôt il a la certitude qu'elle a rencontré quelqu'un d'autre, tantôt il ne sait pas, mais l'évitement est institutionnalisé, fondé sur la mauvaise qualité des rapports liés à la défaillance sexuelle masculine. L'homme, déjà en situation d'échec, est aussi en situation de compétition : il faut faire aussi bien ou mieux que l'amant réel ou potentiel. Pire encore, moralement, sont les situations que l'un de mes confrères américains a appelé *under the gun*, littéralement le revolver sur la tempe : « Si tu continues à mal faire l'amour, je te quitte. » De telles éventualités se produisent le plus souvent après un long temps d'évolution, et la défaillance sexuelle n'est souvent que la partie émergée d'un iceberg sur lequel l'union fait naufrage pour des raisons psychoaffectives multiples. Parfois, l'éloignement de la compagne est intervenu parce que l'homme n'a pas pris en compte les invites successives de sa compagne à se faire soigner, et celle-ci a fini par se lasser ou met en jeu, chantage ultime, la pérennité du couple en fuyant…
La découverte de l'infidélité de l'épouse pour cause de non-satisfaction agit sur l'homme comme un électrochoc. C'est cette révélation qui va l'inciter à consulter. Il confiera souvent qu'il ne pensait pas que cela (la sexualité de sa femme) pouvait avoir une telle importance ! Dans de tels cas, il n'est bien sûr pas évident que la simple restauration des érections amène la reconstitution harmonieuse du couple. L'homme, traumatisé par l'infidélité d'une compagne aimée, surtout quand il a l'impression, voire la certitude, que c'est par l'insuffisance de sa propre performance, est de plain-pied dans le degré maximum de l'anxiété de la performance. Il a besoin avant tout de récupérer sa possibilité d'être

à nouveau à la hauteur, même si on peut être parfois sceptique sur la possibilité de reconstituer le couple. C'est, dans tous les cas, son image virile défaite qui doit être restaurée.

Lorsque la femme consulte

Dernière éventualité : accompagnant l'homme impuissant, c'est sa femme qui consulte ou qui le fait consulter. J'ai coutume d'illustrer cette démarche en soulignant qu'il est facile de voir que c'est madame qui pousse, au propre comme au figuré, monsieur à se soigner. C'est elle qui a pris le rendez-vous, c'est elle qui l'accompagne, voire qui le précède, et c'est elle qui est la plus loquace, lors de l'entretien qui précède l'examen physique proprement dit, auquel elle demandera parfois d'assister. Cela n'est pas nécessairement la garantie d'un couple solide. Il n'est pas rare, en effet, de voir poindre dès l'entame du dialogue initial des règlements de comptes. Soit il se déverse un florilège de critiques sur l'égoïsme sexuel du conjoint, autrefois plus performant mais peu attentif, et aujourd'hui ni performant ni attentif. Soit la conversation se poursuit en triangle avec le médecin comme témoin et interlocuteur de faits et sentiments qui ne se sont jamais exprimés réellement, avec en exergue un péremptoire « Vous savez, docteur, moi je n'ai pas de problèmes, mais alors lui… » et suit, devant un partenaire parfois agacé, parfois résigné, quelquefois furieux, l'inventaire des manques et des défaillances ! Et pour peu que le praticien soit inexpérimenté, qu'il n'ait en tête que la physiologie de la fonction sexuelle masculine, il se trouvera dans ces conditions un peu dans la position de Freud parti à la découverte de l'inconscient : « comme pour une expédition polaire avec des vêtements d'été et une carte des lacs Italiens ». On verra dans le chapitre suivant comment la médecine doit approcher ce genre de situation.

L'interférence médicale et la relation du couple

Toutes ces attitudes et les situations qu'elles génèrent découlent d'une vision de la sexualité et du rapport à l'autre extraordinairement variables, dans laquelle il n'est pas toujours simple de distinguer des lignes directrices. L'existence de traitements, comme l'injection ou l'implant, engendrant l'érection indépendamment de la partenaire, révèle souvent des incompréhensions dans le fonctionnement sexuel du couple.

Le phénomène essentiel est un court-circuit physiologique réalisé par

la femme amoureuse dans sa relation à l'autre. Elle obéit à une logique sophiste répandue, même dans les couples très unis, où le lien est très fort :
1) c'est le désir d'elle qui crée l'érection ;
2) s'il y a moins ou pas d'érection, c'est que le désir diminue ou a disparu ;
3) si le désir a disparu, c'est donc qu'il n'y a plus d'amour.
C'est pourquoi il peut alors s'installer une distorsion dans l'appréciation des thérapeutiques actives proposées pour renforcer ou rendre de nouveau possible l'érection. Elles sont plus perçues comme un « succédané d'amour » que comme une nouvelle possibilité de resserrer le lien affectif distendu. Dans l'esprit de certaines femmes, le thérapeute autonomise la sexualité de l'homme en lui fournissant la maîtrise de son organe érectile que celles-ci croyaient dépendant auparavant de son amour, de son désir, parfois exclusif parce que fragile ou conditionné uniquement par les sentiments.
En définitive, la relation du médecin avec la compagne de son patient va se faire selon trois scénarios possibles.
• *Premier scénario* : on agit sans elle, à son insu, parce que c'est la volonté de celui qui consulte ou que l'analyse des données recueillies implique une telle attitude car la compagne n'accepterait pas l'irruption de la thérapie dans sa vie intime. J'ai de très nombreux patients, notamment ceux en autotraitement, qui le font à l'insu de leur compagne, parce que le traitement a été initié avant que la relation ne se soit installée dans la durée, ou bien parce que patient et médecin ont considéré qu'elle y aurait réagi négativement. Il faut souligner ici que la personne que le médecin prend en charge est celui ou celle qui consulte. Si c'est l'homme qui consulte seul, déontologiquement *c'est lui* le patient. On peut toujours proposer la consultation du couple dans un souci d'optimiser le traitement, mais tout en privilégiant les intérêts de celui qui a pris la décision de la consultation. Il faut subtilement faire ressentir puis accepter par les partenaires la nécessité du dialogue, lequel n'a quelquefois jamais été entrepris.
• *Deuxième scénario* : la partenaire reste dans une neutralité bienveillante et discrète. Elle participe de loin, de la salle d'attente ou de chez elle, silencieusement ou en appelant le médecin de son compagnon pour préciser tel ou tel point du traitement entrepris. Attitude qui reflète probablement celle de son compagnon vis-à-vis de sa vie génitale à elle, qui reste un jardin secret. Le gynécologue reste souvent une sorte d'intrus qu'on ne découvrira qu'à l'occasion des accouche-

ments ou d'avatars de santé plus sérieux. Je ne peux pas penser que les modifications induites dans le comportement sexuel des hommes qui sont traités à l'insu de leur compagne habituelle ne sont pas perçues par celle-ci et qu'elle ne s'interroge pas sur leur origine. Elles ont l'élégance de faire croire, ou peut-être est-ce une illusion entretenue pour le bien du couple lui-même, que l'équation amour-désir-érection a été magiquement rétablie.

• *Troisième scénario* : l'idéal est d'instaurer ou de poursuivre, à l'occasion du traitement, un dialogue confiant au sein du couple. Pour y aider, le médecin doit expliquer les données du problème, et installer le traitement dans l'harmonie du couple. C'est vrai qu'il faut préserver le mystère et ne pas trop médicaliser. C'est vrai qu'il faut que la restitution de l'érection respecte le reste de l'équation. Si le couple est solide sur ses bases, c'est facile. Si les bases de l'union sont lézardées, la restitution des possibilités sexuelles de l'un ne suffira pas toujours à maintenir la relation. Le médecin n'est là que pour fournir le ciment, mais il ne peut s'immiscer au-delà sans risquer d'avoir à prendre parti à un moment ou à un autre.

Dernier avatar et non des moindres, au-delà de l'indifférence, l'épouse s'est installée dans un véritable confort de vie avec (grâce à ?) l'impuissance de son compagnon. Elle a sublimé sa relation et déprécié, désincarné son amour. Quand l'homme amoureux voudra se traiter, il démasquera chez sa compagne cette situation confortable et se verra rejeté à l'extérieur pour la réalisation d'objectifs devenus mineurs pour elle.

Hormis ce cas particulier, on l'a vu avec l'apparition de traitements efficaces, ce qui est en jeu, c'est l'indépendance sexuelle de l'homme. Ce que de nombreuses femmes redoutent, tout en entonnant le grand refrain à la mode, « il n'y a plus d'hommes », c'est que ceux-ci développent une indépendance physiologique égale à celle qu'elles ont justement obtenue par la gestion de leur fécondité.

La solidité de très nombreux couples n'est qu'apparente, fondée sur une fidélité acquise plus sur l'anxiété de la performance extérieure que sur des principes moraux et amoureux solides. En leur proposant de supprimer cette anxiété de la performance, on fait tomber une barrière psychologique énorme et cela, les femmes, même si elles ne l'expriment pas, le ressentent fortement.

La fréquence et l'âge des défaillances sexuelles masculines

En 1988, dans une très officielle communication à l'Académie de chirurgie, j'avais affirmé, après recoupements et projections et aussi sur la foi d'une enquête menée quatre ans auparavant[1] avec le concours des médecins généralistes, que 2,5 millions de Français souffraient de difficultés érectiles. Beaucoup avaient alors pensé que, à l'instar de Knock, je voyais en chaque homme un impuissant qui s'ignore. Il est évident qu'il n'est pas toujours aisé d'affirmer devant un parterre d'hommes et de femmes dont la moyenne d'âge est plus proche de 50 ans que de 30 ans que vraisemblablement au moins 15 à 20 % de ceux qui vous écoutent ont des problèmes de ce type. Les uns et les autres se regardent avec des sourires contraints, voire des rires gras, habituelle réaction gauloise (en fait, on l'observe dans toutes les cultures) – on devrait dire « réaction machiste de détresse ». La plaisanterie sexuelle n'étant en général qu'un rempart, une dénégation et une manière de dire : « C'est pas moi, c'est l'autre ! » C'est un fait – les recoupements et les extrapolations faites aux États-Unis, au Japon et dans d'autres pays d'Europe concordent – des dizaines de millions d'hommes souffrent de difficultés sexuelles, le plus souvent caractérisées par des défaillances de l'érection qui les rendent plus ou moins impuissants.

En 1994, une étude statistique faite par un institut de sondage[2] confirmait les chiffres obtenus en 1988 tout en affinant l'approche et en soulignant les effets de l'âge : 39 % des hommes interrogés déclarent avoir des difficultés, qui perturbent la vie sexuelle de façon importante dans 18 %. Encore cette évaluation ne prend-elle en compte que les difficultés liées à des insuffisances d'érection ; il faut y ajouter les désordres liés à l'éjaculation prématurée, soit 7 % des non-impuissants, d'après la même étude. Elle montre également, concernant le paramètre de l'âge, une augmentation franche du pourcentage des dysfonctions à partir de la

1. R. Virag, P. Bouilly, in *Proceeding of the 1st World Meeting on Impotence*, Éditions du CERI, Paris, 1986.
2. Étude Sofres pour le laboratoire Upjohn (utilisée avec l'autorisation de ce dernier).

cinquantaine, alors qu'entre 18 et 50 ans, le pourcentage reste stable (inférieur à 10 %). En définitive, si l'on cumule l'ensemble des dysfonctionnements sexuels, permanents ou occasionnels, on trouve dans cette étude un pourcentage supérieur à 45 %[1]. Longtemps contestées, la réalité et l'importance de ces pourcentages ont été confirmées par toutes les études faites postérieurement. Ils justifient la reconnaissance de ces troubles sexuels comme un véritable problème de santé publique. Ils sous-tendent aussi nombre de désarrois individuels, de ruptures de couples dont la réalité reste masquée. La dysharmonie des comportements féminins et masculins n'est pas non plus mieux perçue mais reste éclatante. Quel que soit le nom qu'on lui donne, l'incapacité sexuelle masculine constitue un handicap formidable au bien-être de millions d'hommes et de femmes.

Ce qu'il faut retenir

① Le fiasco occasionnel devient trouble permanent s'il persiste et s'aggrave pendant plus de trois mois.

② La défaillance répétée de l'érection, quelle que soit sa cause, engendre le plus souvent une anxiété de l'échec qui évolue pour son propre compte et aggrave la situation.

③ Les causes de la faillite de l'érection sont multiples : elles peuvent être organiques, psychologiques ou occasionnées par un traitement.

④ Une cause peut en cacher une autre, c'est pourquoi un bilan complet est indiqué en cas de trouble sexuel.

⑤ L'hypertension artérielle, le diabète, le tabac et le cholestérol en excès partagent, avec la peur de l'échec, l'inactivité sexuelle et le stress, le titre de « tueurs silencieux de l'érection ».

⑥ La défaillance érectile du sujet jeune doit être prise autant au sérieux, sinon plus, que celle de l'homme d'âge mûr.

⑦ L'éjaculation rapide isolée non contrôlée conduit tôt ou tard à l'impuissance.

1. Tous ces chiffres ont été confirmés par de nombreuses études ultérieures réalisées dans le monde entier.

Chapitre 12

TRAITER TOUTES LES DÉFAILLANCES

« Je suis presque toujours comme ça, mes résolutions s'évanouissent en présence de l'action… le matin ! Hélène était venue. Ô disgrâce ! Je n'ai pu. »

Eugène Delacroix, *Journal.*

L'arrêt du fonctionnement sexuel n'est pas inscrit de façon inéluctable dans les mécanismes biologiques du vieillissement. L'orgasme peut être obtenu à tout âge, de même que l'érection, si l'une des péripéties dont on a brossé les principaux aspects cliniques n'affecte pas l'individu. On sait aussi à présent la fréquence avec laquelle la fonction érectile peut être détériorée. Par contre, si l'on donne aux sujets affectés d'impuissance, même âgés, la possibilité de poursuivre ou de retrouver une vie sexuelle satisfaisante, le rythme de celle-ci se rapproche de celle des sujets beaucoup plus jeunes. Le plus tenace des tabous vis-à-vis de la pratique sexuelle est résumé dans les commentaires des quinquagénaires qui sollicitent un avis thérapeutique pour traiter leur sexualité défaillante : « De toute façon, ça s'arrêtera bien un jour. » Or il semble bien que non, même si l'on n'a pas encore de réponses statistiques valables pour les hommes très âgés (au-delà de 85 ans). La discussion n'est pas de pure forme, le vieillissement général de la population et l'amélioration constante de sa santé amenant à réfléchir sur ces données.

PLAIDOYER POUR UNE APPROCHE MÉDICALE

La médecine d'aujourd'hui peut répondre à la demande de ceux qui veulent obtenir, conserver, améliorer ou regagner leurs possibilités de mener une vie sexuelle harmonieuse. *Il existe des possibilités thérapeutiques pour toutes les situations.* Pourtant, seuls 22 % des sujets ayant des difficultés sexuelles ont déjà consulté un médecin pour tenter de résoudre leur problème[1], alors que 70 % des hommes interrogés affirment avoir connaissance de l'existence de solutions médicales. Tous ceux qui consultent – qui ont sauté le pas – confessent combien la démarche est difficile, beaucoup soulignent l'errance à la recherche d'un interlocuteur qui veuille bien prendre en compte leur démarche. La plupart ignorent ou ont des idées préconçues sur les traitements disponibles. Face à eux, décideurs et informateurs ne répondent sûrement pas, surtout depuis l'apparition du Viagra, de façon adéquate puisque, malgré les innombrables articles de presse, malgré la multiplication des enseignements de tous ordres, ces actions n'amènent qu'une minorité de sujets à se traiter. Une étude faite en milieu urbain (la ville de Cologne) depuis l'apparition des pilules pour l'érection aisées à prendre discrètement montre la persistance d'une résistance importante au traitement : moins de 30 % des hommes atteints de dysfonctionnements sexuels se traitent.

La défaillance sexuelle est l'affaire du médecin

Le problème de base est que, le plus souvent, la défaillance sexuelle n'est pas perçue d'emblée comme une affaire médicale, ni par ceux qui en souffrent, ni par ceux qui sont censés les soigner. Pour les premiers, il y a deux attitudes stéréotypées. D'une part, celle qui consiste à croire que « ça va s'arranger tout seul ». Elle est fréquente chez les jeunes ou les stressés qui, victimes d'une défaillance ponctuelle, sont souvent encouragés dans leur attentisme par une compagne compréhensive. D'autre part, celle des plus âgés qui pensent que « c'est le début de la fin ». Ils voient s'étioler une fonction dont ils pensent qu'elle est destinée à disparaître tôt ou tard. Si l'on a la grippe, le réflexe est de prendre un médicament ou de consulter un médecin, si l'on rencontre des difficultés sexuelles, le réflexe est d'abord de « gamberger », puis de chercher

1. Sondage Sofres pour le laboratoire Upjohn, déjà cité.

des solutions ailleurs que dans le domaine médical, ou en lisière. Ce n'est que très tard, devant la persistance des symptômes, que l'on prendra la décision de se confier à son médecin, souvent sous l'exhortation d'une compagne lassée, mais qui a mis presque aussi longtemps à envisager l'idée du recours médical, ou encore sur le conseil d'un ami qui se traite déjà.

Tous soulignent la difficulté qu'ils ont eue à solliciter un avis. Les médecins, en effet, sont aussi temporisateurs, éludeurs que leurs patients face à un symptôme qui les met mal à l'aise. Alors qu'ils sont pourtant les mieux placés pour savoir que des solutions existent, ils n'anticipent ni n'incluent l'impuissance dans leurs préoccupations. C'est toujours le patient qui timidement tentera d'aborder le sujet, et très souvent le médecin se réfugiera dans le *statu quo* avec le même « ça va s'arranger tout seul » ou un sempiternel « que voulez-vous, c'est l'âge ». Pour eux non plus, l'impuissance ne fait pas partie intégrante de la médecine. Il faut voir avec quelle constance les diabétologues, les cardiologues, les neurologues oublient cette dimension alors qu'une bonne moitié des sujets qu'ils traitent a ou aura tôt ou tard des difficultés, sans parler des cancérologues qui trop souvent éludent purement et simplement le sujet avec ce non-dit fréquemment perçu par le patient guéri : « Soyez déjà heureux d'être en vie… »

La disponibilité des médicaments faciles n'a modifié la donne qu'en apparence. La pilule est souvent plus prescrite pour se débarrasser du problème que pour le résoudre.

Faire accepter l'idée du traitement

L'homme en défaillance sexuelle, une fois acceptée l'idée qu'il doit se soumettre à un contrôle médical, a rarement le réflexe de se dire : « tout plutôt que de rester comme ça », c'est-à-dire « n'importe quel traitement, pourvu que je puisse faire l'amour ». D'après mes statistiques personnelles, une telle attitude est celle d'à peine 5 % de ceux qui consultent. Même s'ils sont très motivés, les hommes sont sélectifs dans le choix des thérapeutiques qu'ils sont prêts à accepter : la plupart se refusent *a priori* à une intervention chirurgicale, surtout lorsqu'elle consiste à placer dans le pénis des implants pour aider mécaniquement à obtenir la rigidité. On rejoint ici un nombre important de tabous : ils veulent conserver la faculté naturelle de l'érection. Tout procédé mécanique est perçu, souvent faute d'explication, comme une agression et est bien souvent assimilé aux objets achetés dans les *sex-shops* par les « obsédés ». C'est d'ailleurs l'une des préoccupations des consultants : ne pas avoir l'air obsédé du sexe. Le leitmotiv, quand on les interroge sur leurs *desiderata*, est : « Vous savez, docteur, je ne cherche pas la performance, je veux simplement retrouver mon équilibre » ; sous-entendu : « Je ne veux surtout pas que vous pensiez que je suis anormal ». C'est sûrement une raison identique qui conduit la plupart à ne pas accepter que l'on aille fouiller dans leur cerveau pour débusquer un Œdipe mal rentré, une homosexualité latente ou des fantasmes qui les feraient paraître « malades du sexe ». Beaucoup de mes consultants (35 %) ont déjà essayé au préalable pilules, vitamines, régimes alimentaires aux prétendues vertus aphrodisiaques ou érectiles, l'acupuncture, voire l'hypnose – en un mot, tout ce qui ne nécessite pas d'intervention médicale et qui est indolore, et à distance de l'organe malade. Cette démarche initiale est d'autant plus facile que les initiateurs de ces traitements font miroiter un important pourcentage de réussite. Par leur facilité d'utilisation et leur divulgation large, les pilules de la famille Viagra prescrites par le généraliste sans examen préalable se rangent dans ces traitements perçus comme faciles par l'utilisateur.

Un élément non négligeable de l'acceptation de traitements plus invasifs par l'homme en défaillance sexuelle est le contexte de sa vie de couple et l'intérêt de sa partenaire pour la vie sexuelle. Si la faillite érectile se situe dans une vie de couple détériorée, l'homme aura tendance à négliger de se traiter : à quoi bon ? pour qui ?

Ici encore, on se borne à constater une telle détermination puisque 25 % des hommes ayant des impuissances évoquent les difficultés sexuelles de leur compagne, et 50 % son manque d'initiative. Ceux qui consulteront le feront après avoir constaté que leur propre incapacité est identique quelle que soit la partenaire ou sa sollicitation. En définitive, il y a deux freins à la non-acceptation des traitements interventionnistes : le manque d'informations claires face à un symptôme aux causes et conséquences multiples, et la réelle motivation de celui qui sollicite le traitement.

J'ai l'habitude, lorsque je vois pour la première fois un homme (ou un couple) qui sollicite mon avis sur une défaillance érectile, d'apprécier dans un premier temps trois éléments : sa perception de son symptôme, sa ou ses motivations réelles, et ses *a priori* vis-à-vis des divers traitements possibles. Une question importante que doit poser le médecin lors de ce premier entretien est : « En définitive, qu'attendez-vous de moi ? » Une deuxième étape est la compréhension qu'il faut lui (leur) apporter des mécanismes potentiels de la défaillance, et cela à l'aide de l'évaluation, qui doit être faite à ce moment précis pour que le patient sache où il se situe dans la hiérarchie des altérations possibles. La dernière étape, celle de la proposition d'un traitement, ne doit pas être trop précoce. Elle est bien sûr fonction des deux premières et elle peut évoluer en fonction des explications données et surtout dans le temps. Je me souviens d'un personnage venu me voir, il y a plusieurs années, sur la recommandation d'un ami commun, et qui, après un long entretien où toutes les étapes évoquées ci-dessus avaient été abordées, et alors que je lui indiquais que la seule solution de son problème résidait dans l'utilisation d'auto-injections pour déclencher l'érection, m'annonça avec l'autorité qui en avait fait le décideur prestigieux qu'il était : « C'est nul votre truc, docteur… Je ne me ferai jamais ça ! » Je n'entendis plus parler de lui pendant plus d'un an, jusqu'à un vendredi soir où il revint, sans rendez-vous, demandant à me voir toutes affaires cessantes, parce qu'il lui fallait absolument ce soir-là effacer avec certitude un échec insupportable à la mesure d'un amour naissant ravageur. Comme je lui disais que j'avais su que tôt ou tard il reviendrait, il fit comme si notre rencontre initiale datait de la veille, et repartit avec son viatique. Il devint l'un de mes plus fervents prosélytes.

L'important dans ce contexte est de faire percevoir qu'il n'y a pas de fatalité de la défaillance sexuelle masculine : seules les limitations imposées par le patient fixent les règles du jeu. La médecine a la capacité de restaurer les possibilités avec des procédés divers. Le patient a, quant à lui, la liberté de les accepter ou de les refuser, suivant sa motivation profonde, dans laquelle entrent de nombreux paramètres (l'image de soi, la problématique interne de la sexualité propre et celle du couple ou tout simplement sa pusillanimité), et d'après la connaissance impartiale et motivée que lui en ont donné les spécialistes consultés. En définitive, il faut qu'il sache que s'il n'y a pas de fatalité de la dysfonction sexuelle, les moyens efficaces d'y remédier ne ressortent pas de je ne sais quelle pratique magique, mais d'une démarche médicale raisonnée, graduelle dans la hiérarchie des moyens mis en œuvre, et inévitable si l'on veut aboutir à un résultat tangible.

À QUI S'ADRESSER POUR ÊTRE PRIS EN CHARGE

Quand le spécialiste recense la manière dont celui qui souffre dans sa chair sexuelle est arrivé jusqu'à lui, il ne manque pas d'être surpris. La majorité des consultants soulignent les difficultés rencontrées pour accéder à une prise en charge conforme à ce qu'ils souhaitent. Cela tient à plusieurs facteurs dont le principal est la pléthore des dénominations des éventuels spécialistes affirmant prendre en charge le problème : sexologue, andrologue, urologue, angiologue, psychiatre, chirurgien vasculaire, endocrinologue, médecin interniste, gynécologue et généraliste peuvent prétendre à une sous-spécialisation qu'ils auront acquise sur le tas, en complément de leur activité principale. Il n'est interdit à personne de s'occuper de vos difficultés sexuelles et aucune étiquette ne garantit la réalité ou la spécificité d'un enseignement dans ce domaine[1].

Une autre difficulté est l'absence de consensus dans la démarche et la méthodologie de ceux qui se disent vraiment spécialisés dans ce domaine, les uns privilégiant l'aspect psychologique, les autres l'ignorant, d'autres encore exclusivement orientés vers des traitements aux conséquences irréversibles. Face à tout ce bric-à-brac, les patients ont en revanche une attitude unanime de totale crédulité, à la fois stressés par leur problème, paniqués par la crainte de l'absence de solutions et taraudés par l'urgence à le résoudre quand ils ont pris la décision de consulter. Ainsi je suis toujours frappé quand des patients se sont laissés implanter des prothèses (ce qui implique une intervention chirurgicale) sans en avoir mesuré les conséquences réelles, ou quand ils se confient à de prétendus thérapeutes sans en avoir vérifié la qualification. Alors comment s'y reconnaître dans ce maquis touffu ? Il y a quelques pistes balisées et des signaux à respecter.

• Si vous avez un médecin de famille, consultez-le, soit pour qu'il vous conseille un spécialiste, soit pour qu'il vous renseigne sur le spécialiste dont vous aurez obtenu le nom par ailleurs et dont il pourra valider plus facilement que vous la compétence.

• Si vous avez décidé d'aller voir un spécialiste, assurez-vous non seulement de sa qualification mais aussi de sa compétence : interrogez-le ou écrivez-lui. Pour certaines « spécialités » comme la sexologie, faites préciser si votre interlocuteur est médecin ou non. Une confusion est parfois entretenue à ce sujet. Il en est de même pour les psychologues non médecins, ils peuvent certes être utiles, mais uniquement en tant qu'auxiliaires d'une démarche médicalisée.

Toute démarche médicale doit obéir à une séquence d'abord exploratoire, étudiant le symptôme et son environnement psychoaffectif, suivie de la

1. Les spécialistes sont depuis peu (2004) regroupés dans une société savante : la SFMS (Société française de médecine sexuelle, www.sfms.fr).

proposition d'un programme thérapeutique, avec éventuellement un choix entre différentes méthodes adaptées au cas particulier. On doit au patient l'information la plus complète possible, appuyée par des données statistiques. Dans tous les cas, et surtout lorsqu'une intervention est indiquée, un temps de réflexion doit être offert, en particulier si des conséquences néfastes sont possibles, ou s'il y a modification irrémédiable de l'anatomie. On voit trop souvent des patients venir après qu'une catastrophe irréversible se soit produite. Il y a rarement de solution chirurgicale univoque, nécessaire d'emblée, tout comme on doit se méfier quand des résultats mirobolants sont annoncés avec des techniques anodines. Tout aussi suspectes sont les attitudes stéréotypées du genre : « C'est l'andropause » ou : « C'est sûrement dans la tête », affichées sans aucune vérification préalable. Ailleurs, on verra le médicin se réfugier dans le confort diagnostique, en pointant un doigt accusateur vers tel médicament ou tel événement éventuellement en cause, sans en vérifier la réalité en toute objectivité.
Il faut aussi se méfier des effets d'annonce, soit qu'ils privilégient telle ou telle idée séduisante sans réelle preuve scientifique, comme cela se voit trop souvent dans les médias, soit que le progrès annoncé soit patent mais à une échéance plus lointaine. En effet, les énormes budgets mobilisés par la recherche obligent ceux qui les gèrent à sans cesse justifier de leurs progrès pour voir lesdits crédits renouvelés, quand ce ne sont pas les commerciaux eux-mêmes qui poussent en avant pour des raisons spéculatives. Les informations médicales sont aujourd'hui fournies au grand public sans délai, le plus souvent dès leur conception et avant même d'être utilisables. Or il faut entre cinq et dix ans pour qu'une découverte issue d'un laboratoire de recherche entre dans le quotidien de la vie de celui qui l'attend et en prend connaissance par la télévision qui lui présente comme si c'était déjà là.
Il y a autre chose d'assez spécifique à la sexualité masculine défaillante, c'est son polymorphisme, lequel rend extrêmement difficile la lecture des statistiques analysant les résultats de tel ou tel traitement. On l'a vu avec la mise sur le marché de certaines médications dont les fabricants annonçaient chacun 80 % de bons résultats sur la foi d'études dites multicentriques, c'est-à-dire réalisées dans de nombreux centres médicaux, indépendants les uns des autres, mais coordonnées par le laboratoire promoteur. Les cliniciens utilisateurs se révéleront beaucoup moins optimistes ultérieurement, ramenant ces pourcentages à 25 % pour l'un des produits et 50 % pour l'autre. Est-ce à dire que les uns ou les autres sont malhonnêtes ? Certainement pas. Le terme impuissance recouvrant des situations tellement différentes, on peut englober de bonne foi des

sujets peu atteints qui vont bonifier un résultat statistique que la logique industrielle des entreprises aura vite fait de valoriser. Que dire quand ce sont les journaux médicaux les plus huppés[1] qui publient un article vantant les effets d'une nouvelle méthode (voir page 505) pour administrer la prostaglandine, dont 13 des 16 auteurs sont employés dans l'entreprise fabriquant le produit testé ! Enfin, les organismes de contrôle, d'un côté comme de l'autre de l'Atlantique, n'exigent pas d'études comparatives avec un produit efficace, mais uniquement avec le placebo. La nécessaire évaluation des troubles érectiles est souvent sacrifiée à la recherche d'un résultat immédiat.

Évaluer avant de traiter

L'ensemble de la démarche exposée ici est le fruit de l'expérience issue du suivi de près de 10 000 patients examinés en presque 20 ans et dont toutes les données conservées ont fait l'objet d'analyses statistiques diverses. Le pire, en effet, on ne le soulignera jamais assez, est l'idée préconçue. C'est un travers commun de toute démarche, même médicale, quand elle s'applique à des situations aussi émotionnelles que celles créées par la vie affective et son corrélat sexuel.
Deux exemples frappants illustrent cet état de fait encore trop fréquent, même chez les spécialistes.
Monsieur L. consulte avec son épouse ; ils sont mariés depuis 12 ans. Il m'est adressé en désespoir de cause après deux interventions chirurgicales inefficaces sur les artères iliaques, pour un avis avant la mise en place d'implants péniens définitifs. Le dossier est éloquent : c'est le cas déjà vu du quinquagénaire porteur d'un excès de mauvais cholestérol et d'un rétrécissement important de l'une des deux artères hypogastriques, ce qui orientait en apparence vers l'origine vasculaire. Personne n'avait envisagé qu'entre ce notable, médecin de surcroît, et son épouse, il n'y avait plus jamais eu de tentative de rapports depuis l'échec initial de la nuit de noces. On était en présence d'une véritable non-consommation du mariage, alors même que les érections nocturnes et leur traduction matinale étaient normales, ce qui excluait *à priori* une atteinte organique sévère qui aurait pu justifier les interventions chirurgicales qu'avait subies notre homme. Faute d'enquête exhaustive, on avait totalement ignoré que, depuis cette tentative avortée, il n'y en avait plus jamais eu d'autre et que les deux époux vivaient comme frère et

1. *New England Journal of Medicine.*

sœur. Ils n'avaient commencé à consulter que lorsque l'épouse de ce mariage blanc, ayant atteint l'âge limite, s'était avisée qu'il fallait faire quelque chose pour que l'union ne restât pas stérile. Les méfaits de l'hypercholestérolémie familiale occultèrent tout l'historique de ce couple, peu enclin à en confier les détails et soulagé d'avoir trouvé une explication organique au désert de sa vie privée. Plus ou moins sciemment, ils avaient fourvoyé leurs médecins et accepté une intervention chirurgicale !

Le patient recherchant souvent une explication qu'il estime rationnelle au non-fonctionnement sexuel, anticipera volontiers une lésion physique patente plutôt qu'une origine exclusivement psychologique. *A contrario*, les médecins, eux, gardant dans l'idée que les défaillances sexuelles ont le plus souvent leur origine « dans la tête » de leurs patients, des histoires comme celle illustrant le deuxième exemple typique d'idée préconçue quant à l'origine d'une impuissance sont bien plus fréquentes. Fabrice a 37 ans lorsqu'il me consulte pour la première fois. Il sort de 12 années de psychanalyse, entrecoupées de diverses autres tentatives (sexothérapie individuelle et de groupe, hypnose, acupuncture et médicaments de toutes sortes) qui n'ont guère fait avancer le problème posé par une impuissance s'étant manifestée dès les premières tentatives hétérosexuelles à l'âge de 17 ans. Rien ne lui fut épargné, tant de sa propre initiative, qui le conduisit, vu la constance de ses échecs féminins, vers une homosexualité de compensation mal vécue, que de

Quand faut-il « médicaliser » un trouble sexuel ?

- Quand l'anomalie persiste plus de trois mois et dépasse le stade du fiasco occasionnel.
- Quand on se sent « anormal » sur le plan sexuel et que l'on ne trouve pas de réponse satisfaisante à son « mal-être ».
- Quand il y a une difficulté au niveau du couple, basée sur la plainte sexuelle d'un de ses constituants.
- Quand une anomalie morphologique (dimension, déformation) entraîne une perturbation mécanique ou psychologique.
- Quand trois à six mois après une maladie ou une intervention, sans rapport avec la sexualité, « tout n'est pas redevenu normal ».
- Quand, avant de subir un traitement pouvant avoir des répercussions sexuelles, on souhaite anticiper et prévenir ses éventuelles conséquences, avec un spécialiste.

celle des divers médecins consultés qui, sans aucun examen préalable, avaient une fois pour toutes étiqueté le symptôme comme étant d'ordre psychologique, et donc devant nécessairement se résoudre grâce à une démarche psychothérapeutique. L'interrogatoire du patient aurait pourtant dû attirer l'attention dès le début, puisque Fabrice avait toujours affirmé qu'il n'avait jamais eu d'érections totalement rigides, même à l'époque de son adolescence, avant toute tentative d'acte et sans charge émotive particulière. Le défaut érectile préexistait à l'angoisse de l'échec, qu'il avait développée ultérieurement et qui, occupant le devant de la scène, masquait tout autre symptôme. Des examens appropriés révélèrent une anomalie, probablement congénitale. Fabrice fut opéré, put se marier et mener la vie de couple dont il rêvait, mais avec une quinzaine d'années de retard.

Le travail du médecin n'est pas facilité par les consultants eux-mêmes qui peuvent avoir aussi une idée préconçue sur l'origine de leur mal : événements, état anatomique, médicaments absorbés, relations avec la partenaire, ou même des données n'ayant rien à voir avec la défaillance sexuelle. Seule une enquête rigoureuse parce que systématique peut mettre au jour tous les paramètres impliqués dans chaque cas considéré. Il y a trois étapes obligées pour les appréhender, avant d'établir un programme de traitement : connaître parfaitement l'histoire de la défaillance et le contexte dans lequel elle évolue ; évaluer globalement l'état de la fonction érectile ; apprécier un à un chaque facteur supposé être impliqué dans la défaillance. Observer scrupuleusement chacune de ces étapes est le seul moyen de ne pas tomber dans le piège des *a priori* tels que ceux évoqués par nos deux histoires types.

Le questionnaire et l'entretien

La prise en charge des difficultés sexuelles sort du cadre habituel d'une consultation médicale banale, qu'elle soit celle du généraliste ou celle du spécialiste. S'agissant d'hommes peu habitués à confier leur intimité à autrui, et peu enclins à se soumettre au « pouvoir médical », il faut tenter d'établir d'emblée une relation confiante, en percevant le plus vite possible le sens de la demande qui est formulée, son contexte, voire les limites accordées à l'intervention médicale. Les bases de la confiance sont la franchise du demandeur et la disponibilité (la capacité d'écoute) du médecin sollicité. Dans ma pratique quotidienne, le lien s'établit autour d'un questionnaire remis à toute personne venant me consulter. Long d'une quinzaine de pages et rempli par le patient en salle d'attente, il permet à celui-ci, à partir des questions posées, de refaire son parcours sexuel, psychoaffectif, aussi bien que de recenser toutes les causes médicales potentielles. Certaines questions ne sont qu'effleurées, d'autres sont volontairement occultées ou masquées par leur répétitivité ou leur caractère anodin. De rares patients renâclent, voire refusent de le remplir. D'autres, encore plus rares, prennent la fuite avant même le début de la consultation. En fait, le questionnaire représente une première preuve de la réelle motivation de celui qui sollicite une aide médicale. Certains craignent qu'il les empêche de s'exprimer lors de l'entretien particulier, ou même qu'il remplace celui-ci. Il faut dès le premier abord rassurer sur ce point, faire comprendre que c'est une aide, une ouverture à la conversation qui va suivre. De fait, la plupart reconnaîtront, après y avoir répondu, que cela leur aura permis une introspection qu'ils n'avaient pas ou mal menée jusque-là.

En une soixantaine de questions, le questionnaire explore la vie sexuelle présente et passée, les principaux facteurs favorisants et d'une manière générale l'ensemble des événements médicaux vécus par le sujet. Les réponses seront analysées, approfondies et complétées au cours de l'entretien qui suit immédiatement sa rédaction. Il donne trois sortes d'informations : la photographie de la situation actuelle ; le passé sexuel, psychoaffectif et pathologique ; les attentes du patient et l'acceptabilité des traitements.

L'ANALYSE DE LA SITUATION

Pour établir une photographie des événements qui amènent à la consultation, il est nécessaire d'interpréter les faits exposés, en particulier de traduire ce que le patient éprouve en une symptomatologie définie. Très souvent, la plainte est vague, la terminologie imprécise, d'autant plus que l'on ne veut pas « avouer » l'impuissance, qu'elle se cache derrière des faux-semblants ou des inexactitudes. Il faut préciser en particulier ce qui appartient au défaut d'érection, à une éjaculation incontrôlée, à un appétit sexuel insuffisant ou encore à la détérioration de la relation du couple. De même seront précisées la fréquence et la qualité des érections automatiques nocturnes ou matinales, les éventuelles habitudes de masturbation, les fantasmes et *desiderata* sexuels et, bien entendu, le cadre dans lequel le sujet vit sa sexualité.

Deux questions directes et orales concluront cette première partie de l'enquête, indispensable et préalable à toute prise en charge : *Quelle est sur une échelle de 0 à 10 votre satisfaction personnelle vis-à-vis de votre vie sexuelle actuelle ?* On précise bien que l'on exclut toute appréciation concernant la partenaire et le contexte affectif, évalué par ailleurs. La

même question sera posée indépendamment à la partenaire lorsqu'elle est présente ou qu'elle peut être interrogée. *Qu'attendez-vous précisément de votre visite ?* Cela permet d'ouvrir le débat sur la motivation, les espoirs et les éventuels *a priori* sur les traitements possibles.
Les données recueillies feront l'objet d'une quantification précise en trois indices permettant de dresser une photographie instantanée de la situation sexuelle et érectile des sujets qui consultent. Le premier indice est le reflet chiffré de l'activité sexuelle intégrant la fréquence des actes, les possibilités de pénétration et le contrôle de l'éjaculation. Le second renseigne sur le fonctionnement de l'érection, hors sexualité partagée, essentiellement en précisant la qualité des érections matinales ou nocturnes automatiques, et celle des érections diurnes, qu'elles soient inopinées ou provoquées, mais solitaires. Le troisième est tout simplement fourni par la note que le sujet se donne en matière de satisfaction individuelle, et éventuellement celle de sa compagne.
Chacun de ces trois indices se verra attribuer une valeur de 0 à 10 qui quantifiera l'activité sexuelle, la valeur intrinsèque de l'érection et la satisfaction de celui (ou ceux) qui consulte(nt). Cette triple évaluation a plusieurs intérêts. D'abord, la traduction chiffrée des symptômes oblige l'observateur et le patient à préciser la nature exacte de la plainte, qui est souvent formulée de façon vague. Ainsi l'indice d'activité sexuelle étalonne de façon objective l'importance d'une souffrance exprimée par des patients d'une façon identique : « Vous savez, docteur, côté sexuel, ça ne va plus du tout. » Celui dont l'indice est très faible (de 0 à 3) est à aborder différemment de celui qui s'est exprimé de manière identique mais dont l'indice pointe à 5 ou 6.
L'obtention d'indices chiffrés[1] a un autre intérêt essentiel, celui de susciter des critères comparatifs quantitatifs pour suivre l'évolution autrement que par des appréciations approximatives comme « ça va mieux », « c'est moins bien », ou « c'est pas terrible ». Ils sont bien sûr intéressants pour montrer, dans une publication scientifique, les résultats globaux d'une technique, mais ils sont surtout utiles au jour le jour pour interpréter le plus objectivement possible chaque cas individuel, notamment quand les progrès ne sont pas immédiatement spectaculaires.
Beaucoup trouveront sans doute incongru que l'on cherche à mettre en équation une fonction aussi complexe, où les paramètres psychoaffec-

1. Notamment l'IIEF (Indice international de la fonction érectile), utilisé pour les études cliniques.

tifs sont si importants. Pourtant, c'est justement en procédant de la sorte, en utilisant des questions précises et recoupées, que l'on évite les erreurs caricaturales déjà mentionnées. Comme le soulignait lord Kelvin, « un problème chiffré est un problème à moitié résolu. »

LE PASSÉ SEXUEL, PSYCHOAFFECTIF ET PATHOLOGIQUE

Les réponses au questionnaire, éclairées par l'entretien qui suit immédiatement sa rédaction, permettent d'explorer l'ensemble des antécédents de celui qui consulte. L'exploration du passé sexuel et psychoaffectif s'intéressera autant aux faits qu'à l'interprétation controversée de ce qui s'est passé dans la période prépubertaire. Certes, le milieu socio-éducatif, la qualité de la présence du père à la phase de maturation sexuelle ont une importance incontestable quant à la genèse d'une anxiété sexuelle. Mais ils ne doivent en rien occulter les données diagnostiques qui souvent en résultent : l'âge des premiers rapports, leur qualité, l'existence de violences sexuelles initiales, l'éventualité d'une homosexualité latente ou de fait. La réalité et la fréquence de la masturbation, les expériences sexuelles ultérieures, l'existence des fantasmes sont précisées soit directement soit indirectement, en tenant compte des fréquentes réticences des sujets à les exprimer. Il ne s'agit pas de fouiller pour fouiller : récemment, pour un couple qui me consultait, l'homme me précisa dans son questionnaire que l'un de ses fantasmes était de « faire l'amour sur un tas d'ordures ». Je jugeais que l'exploration de ce fantasme, pour lequel il n'y avait pas – sa compagne le confirmait – de tentative de passage à l'acte, n'apporterait rien au traitement de son problème ponctuel d'érection, déclenché par un diabète mal équilibré ! À l'inverse, lorsque les fantasmes et les comportements ne sont pas en accord dans un couple, ils peuvent expliquer ou justifier une défaillance. Il faudra, avec tact, suggérer des modifications dans l'approche sexuelle.

On s'intéressera surtout dans cette enquête rétrospective aux données objectives sur l'histoire du comportement sexuel de toujours : qualité de l'érection, contrôle de l'éjaculation, importance de l'appétit sexuel, intensité de l'orgasme. C'est à partir de là que l'on définira avec précision le profil exact du trouble sexuel. Existe-t-il depuis toujours ? On dira que la dysfonction est *primaire*. On qualifiera de *secondaires* les troubles intervenants après une période plus ou moins longue de vie sexuelle satisfaisante[1].

1. W. Masters et V. Johnson, *Les Mésententes sexuelles et leur traitement*, Robert Laffont, 1972.

Cette évaluation permet ainsi de bien cibler le défaut principal et originel et son évolution dans le temps : tantôt, par exemple, c'est l'éjaculation qui a toujours été rapide mais plus ou moins compensée par la répétition de l'acte, laquelle est devenue impossible par la suite ; tantôt c'est un défaut de maintien de l'érection de plus en plus sévère, occasionnant une éjaculation de plus en plus rapide, par crainte réflexe de ne pas pouvoir « finir ». D'autres fois, l'érection se produit normalement, se maintient aussi longtemps qu'il n'y a pas de tentative de pénétration, mais s'effondre au moment du passage à l'acte.
La connaissance du passé pathologique est également capitale pour définir un programme thérapeutique, lequel devra nécessairement s'inscrire dans l'actualité de cette éventuelle pathologie. Les habitudes (tabac, alcool, drogue), les antécédents médicaux et chirurgicaux (en ciblant bien sûr ceux susceptibles de déclencher une défaillance sexuelle), les médicaments absorbés sont passés en revue, en gardant toujours en mémoire qu'il est important de tenter d'établir un lien direct entre la pathologie présente ou passée et la défaillance sexuelle, sans oublier que c'est souvent l'addition de facteurs favorisants qui est responsable de la faillite érectile.
Les attentes du patient et l'acceptabilité des traitements. Troisième et dernier volet de l'entretien entre le médecin et le consultant, la définition des attentes du patient et l'exploration de ses réactions devant les traitements éventuels sont indispensables. Ils se feront en deux temps, avant et après l'examen physique dont les résultats viendront nécessairement modifier ou modeler le profil du traitement.

Un nouveau test non invasif : le PNORT

Le PNORT (abreviation anglaise de « *Penile NO Release Test* ») évalue la capacité du pénis à produire le NO, que l'on peut décrire comme le carburant de l'érection. Pas de NO, pas d'effet du Viagra, par exemple. Le test est réalisé avec un appareil d'écho-Doppler. On mesure le diamètre de l'une des deux artères caverneuses (voir page 57) avant et après mise en place d'un garrot interrompant la circulation pendant 5 minutes. La dilatation constatée est proportionnelle à la quantité de NO libérée lors de la levée du garrot. Lorsque le diamètre augmente de plus de 40 %, il est hautement probable qu'il n'y aura pas d'anomalie significative de l'érection. La normalité du test rend inutile le test d'érection provoquée.

La base de l'examen : le test de l'érection provoquée

Il y a encore quelques années, il fallait une hospitalisation de trois jours et la pratique d'examens complexes (mesure des érections pendant le sommeil, opacification des artères, des veines et des corps caverneux) pour évaluer la valeur réelle de l'érection et de ses composantes principales. On était alors obnubilé par la nécessité de différencier absolument ce qui appartient au cerveau, le « psychologique », et ce qui appartient au pénis, l'« organique ». On a vu les limites de cette opposition et surtout son irréalisme physiologique niant le rôle capital du système nerveux et hormonal, qui agit tantôt sous l'emprise du comportement, tantôt en réaction à une atteinte de l'érection, par une mise au repos de l'ensemble du système. On n'avait pas non plus les outils perfectionnés permettant d'évaluer l'érection de façon non invasive, ce qui est suffisant neuf fois sur dix. C'est aussi l'expérience acquise depuis ces vingt dernières années grâce à ces examens compliqués qui a permis de simplifier aujourd'hui la démarche diagnostique, essentiellement dirigée vers la recherche d'une solution thérapeutique. Cela peut sonner comme une phrase creuse, un truisme, puisqu'elle exprime le B. A.-Ba de la démarche médicale, mais je pense indispensable de le rappeler, tant en matière d'impuissance règnent l'approximatif et le précaire !

Il convient de suivre deux grands axes, l'un appréciant la qualité globale de l'érection, l'autre évaluant ses composantes spécifiques, vasculaires, nerveuses, hormonales et psychologiques. Cela permet de répondre aux trois préoccupations essentielles de celui qui consulte et qu'il exprime de façon assez lapidaire : 1) « Alors je ne suis pas fini ? » 2) « En définitive, d'où viennent mes difficultés ? » 3) « Y a-t-il une solution simple ? » Et il est d'autant plus pressé d'avoir des réponses qu'il a mis longtemps à se décider à consulter.

Il en est du pénis comme du cœur : un examen qui ne permettrait pas de voir l'organe concerné en situation d'effort physiologique n'aurait qu'une valeur très limitée pour celui qui veut en apprécier sa valeur fonctionnelle. Pour ce qui concerne le cœur, les spécialistes utilisent le tapis roulant ou la bicyclette pour déterminer avec précision sa valeur fonctionnelle. *Le test de l'érection provoquée* (voir figure 12.1) poursuit, pour le pénis, les mêmes objectifs. J'ai mis au point ce test, tout au long des années d'observation des patients, en tenant compte de l'expérience acquise, des progrès dans la compréhension des mécanismes en cause, des possibilités offertes par les traitements, et de l'attente des patients. Le but de l'examen est d'apprécier, en se rapprochant le plus possible des conditions physiologiques d'une érection naturelle, ce que j'appelle *la capacité érectile globale*. J'utilise pour provoquer une érection totale deux sortes de stimuli : l'une est pharmacologique, par action directe au niveau de la verge d'une petite dose de médicaments déclenchant le processus érectile ; l'autre est physiologique, c'est la visualisation d'une cassette vidéo montrant des images érotiques fortes. Les deux stimulations sont appliquées successivement, la projection vidéo intervenant dix minutes après la stimulation pharmacologique pour laisser le temps au produit d'agir et pour effectuer pendant ce temps diverses mesures appréciant les variations du volume et de la rigidité du pénis, et, grâce à l'imagerie et à la dynamique des ultrasons, l'aspect du tissu érectile et des vaisseaux péniens. La stimulation visuelle est maintenue ensuite une dizaine de minutes, au cours desquelles les diverses mesures décrites sont poursuivies. En particulier, grâce à un capteur spécial, on apprécie en temps réel la rigidité de la verge. On observe aussi la fréquence des contractions musculaires spontanées induites par les images et témoignant de l'intensité de la réponse aux stimuli cérébraux. La qualité de la contraction volontaire de cette musculature sera également vérifiée en fin de projection. Tous ces paramètres seront encore contrôlés après l'arrêt de la stimulation pour juger de la permanence de l'érection ainsi obtenue.

Les conditions techniques et psychologiques de cet examen sont essentielles à son interprétation et à l'acceptabilité du traitement par injection intracaverneuse. Le mot et l'idée d'injection faisant peur, il convient de ne pas rater le premier rendez-vous avec ce qui sera éventuellement un pilier essentiel du traitement. Le résultat du test a souvent à lui seul vertu thérapeutique. Il peut en effet rassurer en montrant au patient qu'il est capable d'obtenir une érection durable. Il prouve aussi au patient que placer une petite aiguille dans le pénis n'est pas douloureux du tout.

Lorsqu'une érection complète n'aura pas été obtenue (ce qui se produit dans environ 15 % des cas), il sera nécessaire de compléter l'examen par une troisième stimulation, réalisée à l'aide d'une pompe infusant dans les corps caverneux du sérum physiologique. L'appareil mesure avec précision le débit de liquide nécessaire au maintien de l'érection. Ce que l'on appelle l'érection artificielle permet ainsi de différencier les « fausses fuites », liées au stress, des fuites véritables dues à une atteinte plus ou moins sévère du fonctionnement intrinsèque du muscle pénien. Son importance sera jugée sur la valeur du débit nécessaire au maintien de l'érection : plus il est élevé, plus la fuite est importante.

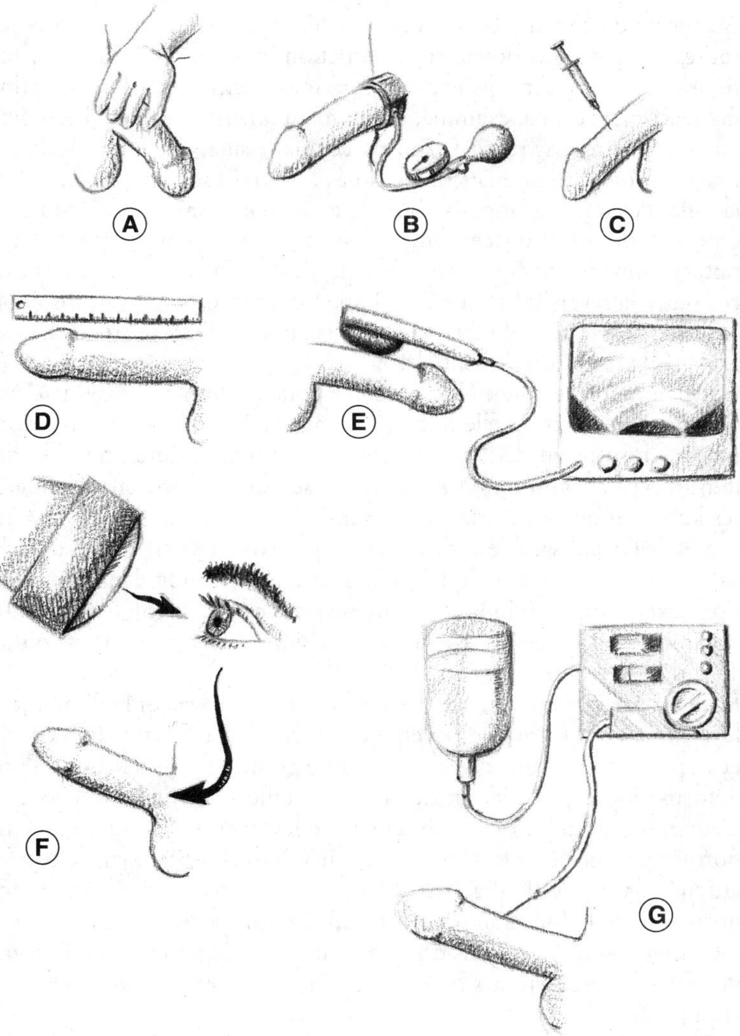

Figure 12.1. – *L'examen initial et le test d'érection provoquée. A : examen manuel du pénis. B : prise de pression dans les artères péniennes. C : injection intracaverneuse. D : mensuration du pénis pour calcul du volume érectile. E : échographie-Doppler des artères péniennes. F : stimulation sexuelle visuelle. G : érection artificielle avec la caverno-pompe.*

Au terme du test d'érection provoquée, on peut répondre à presque toutes les questions posées sur la fonction érectile, les examens spécifiques ne servant plus qu'à affiner certaines d'entre elles. L'observation des réactions du sujet examiné, notamment lorsqu'il constate l'érection, est souvent très instructive : soit parce que le sujet déclare insuffisante une érection parfaitement rigide, soit parce qu'il sortira transformé de la salle d'examen. L'angoisse initiale et le scepticisme se sont mués en espoir d'une solution certaine. C'est souvent l'accompagnatrice qui notera immédiatement ce changement de son partenaire, qui vient de constater la réversibilité possible d'une situation qu'il croyait insoluble – illustration muette du cri de Flaubert dans une de ses lettres : « La vie ! La vie ! Bander c'est l'essentiel[1]. »

Cette situation rassurante est observée pour environ 85 % des patients qui me consultent, quelle que soit la cause déclenchante du fonctionnement insuffisant de l'érection. Mais attention à l'interprétation des faits : ceci ne signifie qu'une seule chose : que l'érection pourra être restaurée par une méthode non chirurgicale. Cela ne préjuge en rien des causes de l'insuffisance érectile. Beaucoup, y compris dans le corps médical, ont tendance à croire que le fait d'obtenir l'érection dans ces conditions exclut une origine organique sévère, ce qui est totalement faux, notamment pour ce qui concerne les lésions affectant les nerfs ou les artères de l'érection.

Le test d'érection provoquée permet également d'évaluer la dimension, le volume et la forme de la verge en érection. Ce faisant, le médecin et le patient pourront discuter en toute connaissance de cause d'une déformation constatée, ou de la petite taille éventuelle de l'organe. Ceux qui redoutent que la longueur de leur verge soit inférieure aux normes peuvent être rassurés en voyant où ils se situent sur la courbe affichée dans la salle d'examen. C'est la seule concession faite à une normalité de la fonction sexuelle, tant il est important pour celui qui est affligé, pour des raisons uniquement psychologiques, du syndrome de la petite verge, de se situer par rapport à une moyenne générale de la population.

En définitive, la manière dont a été obtenue l'érection, lors de cet examen gigogne, est hautement significative.

Mais il sera tout de même nécessaire, une fois l'appréciation globale de la qualité de l'érection réalisée, de procéder à l'analyse de chaque facteur éventuellement en cause.

1. G. Flaubert, *Correspondance*, *op. cit.*, t. II, p. 386.

L'évaluation des facteurs impliqués dans l'érection

LES ARTÈRES

C'est au cours de l'examen initial que, grâce à l'échographie Doppler, on évalue la qualité de l'apport sanguin au pénis. L'examen obéit à des impératifs dont le non-respect rend l'examen peu fiable, voire inutile. Le matériel utilisé doit être suffisamment performant pour permettre le repérage d'artères minuscules. La technique comporte le repérage des quatre artères principales du pénis, et spécialement celles qui irriguent les corps caverneux (artères caverneuses). Ce repérage est facilité par l'injection intracaverneuse de médicaments. C'est pourquoi cet examen artériel est pratiqué lors du test de l'érection provoquée, dont il fait partie intégrante. On appréciera l'aspect, le calibre et la pression de chacune des artères repérées. La mesure des variations du volume du pénis pendant les dix minutes qui suivent l'injection du médicament donne un aperçu indirect du débit global de sang pénétrant dans la verge.

Les étapes essentielles de l'examen

- Un questionnaire auto-administré
- Un entretien exhaustif avec le médecin
- Le test d'érection provoquée
- La détermination du taux des hormones
- L'examen des voies neurologiques
- Les tests psychologiques
- La classification des résultats
- Le choix d'un traitement

Lorsque est détectée une insuffisance artérielle manifeste, l'examen est étendu aux artères des jambes et du petit bassin, voire à l'ensemble du système vasculaire, pour ne pas méconnaître une autre localisation athéromateuse.

LES VEINES ET LE TISSU ÉRECTILE

Le concept de fuite veineuse est né dans les années 1980 des premières études vasculaires de l'érection. Elles donnèrent lieu à des spéculations qui ne furent que le prolongement des joutes qui opposaient depuis des siècles ceux qui privilégiaient le concept de la « baignoire », dans lequel le blocage veineux est essentiel, et les partisans de « l'éponge », qui ne tenaient compte que de l'apport sanguin[1]. Force fut de constater que des patients à artères strictement normales étaient malgré cela incapables de conserver l'érection suffisamment longtemps. On objectiva la fuite grâce à l'érection artificielle et à la radiographie, avec l'opacification par injection de produit de contraste dans les corps caverneux : les partisans de la baignoire se dirent dès lors qu'il suffirait pour supprimer la fuite de fermer les veines principales du pénis. On pratiqua alors de très nombreuses interventions dont la plupart échouèrent, d'une part parce que le « bouchon » veineux est multiple et que certaines des veines qui le constituent ne sont pas accessibles facilement – mal repérées lors de l'intervention, elles se développent à nouveau et la fuite récidive –, d'autre part parce que le diagnostic de fuite veineuse « pure » ou « prédominante » est parfois excessif. En effet, la fuite peut se manifester parce que le muscle érectile se relâche imparfaitement par simple anxiété, parce que les stimuli sont insuffisants ou ne peuvent parvenir à leur cible, ou encore parce que le muscle lisse encore fonctionnel se retrouve en quantité insuffisante en raison de maladies vasculaires préexistantes entraînant une fibrose. De tous ces mécanismes de fuite, le plus répandu est celui de l'anxiété de la performance, qui présente un aspect clinique identique à celui de la fuite veineuse, dû uniquement au relâchement exagéré de substances contractant la musculature, ce qui empêche le sang de demeurer dans le pénis. Le fiasco est une fuite sans lésion organique réelle. De la même façon, lors d'un examen, crainte, douleur, ou anxiété générale excessive peuvent créer les mêmes conditions néfastes et produire une fuite artificielle, donnant lieu, si elle est mal interprétée, à une proposition erronée d'intervention chirurgicale.

Quand la fuite veineuse aura été reconnue réellement d'origine organique, il conviendra de préciser l'état de dégradation du tissu érectile, de manière à éviter une intervention sur les vaisseaux qui serait inutile au cas où la détérioration du tissu serait trop importante. Dans ces cas, devenus rares depuis que l'on utilise les médicaments intracaverneux, on peut proposer la pratique d'une biopsie lorsque l'on a un doute sur la capacité de récupération fonctionnelle du tissu érectile. En pratique, le diagnostic de fuite veineuse, c'est-à-dire de non-maintien de l'érection par détérioration isolée des mécanismes de blocage, n'est affirmé

1. H. Brénot, *Histoire de l'impuissance*, *op. cit.*

que quand on s'est assuré que les autres facteurs (artériel, neurologique, anxieux) sont absents ou nettement au deuxième plan.

LES NERFS

Ce que l'on explore ici sont les voies de conduction allant et venant de la verge. Malgré leur sophistication, ces mesures sont encore indirectes, car l'exploration n'accède pas à l'innervation du muscle lisse du pénis lui-même. Ce que l'on appelle le système sympathique, lequel conditionne le déclenchement de l'érection, est difficile à évaluer directement, les potentiels mis en œuvre étant faibles et nécessitant une amplification importante.

On se fie donc à un ensemble de signes issus d'une étude étagée des voies nerveuses. On étudie localement le fonctionnement des muscles entourant le pénis et des nerfs qui les commandent. La sensibilité de la verge est appréciée par mesure de la conduction des nerfs sensitifs. Au-delà, on étudie la vitesse de propagation des incitations appliquées au pénis au niveau de la moelle épinière, puis au niveau cérébral. Des études plus approfondies pourraient être envisagées à l'aide de traceurs radioactifs spécifiques. Elles n'ont malheureusement pas encore été appliquées à l'étude des réactions cérébrales durant la stimulation sexuelle, autrement que d'une manière expérimentale.

Dans près de 30 % des cas donnant lieu à une exploration des voies neurologiques telle que je la fais pratiquer en routine sur mes consultants, on détecte des anomalies plus ou moins marquées, d'origine motrice ou sensitive. Les spécialistes se sont jusqu'à présent très peu intéressés à ces détériorations, liées à des pathologies diverses et souvent banales comme l'arthrose vertébrale, mais également liées à des désordres du métabolisme (cholestérol, diabète) ou de l'équilibre endocrinien perturbant la conduction nerveuse. L'examen est essentiel pour une décision chirurgicale éventuelle. Une reconstruction vasculaire est en effet illusoire si se révèle une atteinte neurologique marquée.

LES HORMONES

Tout au long des deux premières parties de cet ouvrage, on a vu l'importance des hormones mâles dans la sexualité. L'une des grandes acquisitions de la biologie médicale de ces cinquante dernières années est la connaissance des mécanismes de fonctionnement des systèmes neuro-endocriniens, et en particulier de ce que les spécialistes appellent l'axe hypothalamo-hypophyso-gonadique. En clair, ce sont – ce que tout étudiant en médecine de deuxième année sait –, les équilibres qui régissent la sécrétion de ces hormones, tels que, lorsque la testostérone baisse, les hormones hypophysaires et hypothalamiques augmentent et inversement (voir figure 1.8). À la richesse de ces explorations biochimiques répond malheureusement l'uniformité des possibilités de traitement et sa piètre action sur l'érection elle-même.

L'exploration hormonale est cependant indispensable dans le bilan de tout patient se plaignant de difficultés sexuelles, d'autant plus s'il y a baisse du désir et baisse des érections automatiques. On dose dans le sang, toujours prélevé en début de matinée pour respecter la tendance générale à avoir à ce moment de la journée la sécrétion maximale, la testostérone, la prolactine et les hormones hypophysaires LH et FSH. On peut procéder à des dosages de fractions de l'hormone mâle pour préciser la teneur disponible pour la sexualité (testostérone libre) et celle destinée aux tissus périphériques divers (DHT) possédant des récepteurs à cette hormone (peau, muscle, nerf, etc.). En parallèle, le dosage de l'œstradiol permet aussi d'établir des corrélations fines et une balance avec le taux de testostérone, notamment dans l'étude des conséquences hormonales de l'obésité.

Certains résultats ont valeur de signes d'alerte : un taux excessivement bas de testostérone ou des taux très élevés de prolactine feront toujours rechercher une tumeur de l'hypophyse. Lorsque la testostérone est basse, on discutera essentiellement de la nécessité d'administrer un traitement substitutif. C'est à dessein que l'on ne donne pas ici de valeurs précises des différentes hormones, les chiffres étant variables suivant l'âge mais aussi suivant les méthodes utilisées pour faire les dosages.

LE PSYCHISME ET L'ANXIÉTÉ

L'évaluation du psychisme et de l'anxiété sont essentiellement fonction du sens clinique de l'investigateur, aidé par les réponses au questionnaire et éclairé par l'entretien avec le consultant. Les tendances notées à cette occasion seront étayées par les réponses à des tests d'orientation psychologique permettant de déceler des tendances comportementales et un niveau général d'anxiété, que l'on confrontera aux troubles constatés.

Ces tests ont deux avantages distincts et complémentaires. Passés en direct, face à un ordinateur, ils sont anonymes et peu inquiétants pour l'homme victime d'une défaillance sexuelle, à qui l'évocation du psychiatre fait généralement peur. Interprétés par ce dernier, invisible de prime abord, ils sont répartis en trois tendances : les dépressifs, les névrotiques et les psychotiques. Autant les deux premiers groupes peuvent le plus souvent se passer, après discussion, de l'intervention du psychiatre, autant les sujets appartenant au dernier groupe doivent être considérés avec prudence et nécessitent un avis spécialisé, surtout si un traitement chirurgical est envisagé. C'est dans ce dernier groupe que l'on trouve les sujets ayant des scores d'indice de satisfaction décalés vers le bas par rapport à leurs troubles véritables, et que l'on remarque le plus souvent des tendances déviantes.

Il n'est pas toujours facile de faire accepter à ces patients la prise en charge par le psychiatre, tant ils sont en demande d'organicité, de traitement d'un défaut mécanique. Même si ce défaut existe, il faut, préalablement à tout acte thérapeutique important, s'entourer d'un avis complémentaire quand on a décelé une personnalité fragile. *A fortiori* lorsqu'il existe une tendance suicidaire : parmi le petit nombre de mes patients qui se sont suicidés, au moins trois l'ont fait de façon certaine pour des raisons directement liées à leur impuissance, l'un malheureusement avant même de m'avoir consulté, n'ayant pas supporté l'attente du rendez-vous, un autre après avoir pris connaissance des résultats d'examens et de la nécessité d'une intervention, un autre par suite de l'échec de diverses thérapeutiques que nous avions tentées. Il est vrai aussi que cette menace suicidaire peut être utilisée comme chantage pour obtenir une consultation plus rapide ou tout simplement pour accompagner l'angoisse d'une rupture. Quoi qu'il en soit, je prends toujours au sérieux une telle menace, qui impose une décision thérapeutique rapide concernant la défaillance sexuelle, et l'aide du psychiatre dès que les tests ou la situation l'imposent.

LES OBJECTIFS DU TRAITEMENT

Le travail qui reste à faire, une fois recueillies toutes ces données, est essentiel puisqu'il va permettre de répondre aux questions posées par le consultant et de prendre la bonne décision thérapeutique. Avant la synthèse, il faut se livrer à un travail analytique qui permet de classer toutes les réponses obtenues.

C'est le test de l'érection provoquée qui fournit l'orientation essentielle. Lorsqu'une érection complète et se prolongeant dans les trois minutes suivant l'arrêt de la stimulation visuelle a été observée, on conclut que la valeur globale de l'érection est bonne et que la fonction érectile pourra être restaurée simplement. Cela ne signifie pas nécessairement qu'il n'y a pas d'atteinte organique. Il faut pour cela analyser les résultats de l'évaluation des critères spécifiques.

Dans le cas contraire, l'altération de la fonction érectile est jugée sur l'importance du débit de fuite. Il n'est pas inutile de rappeler que l'appréciation des résultats peut être faussée si, en cours d'examen, il y a eu un stress excessif ou des phénomènes douloureux importants. Toute réponse excessivement négative comparée à l'état clinique doit faire l'objet d'une deuxième étude avant condamnation définitive d'une fonction érectile.

Chacun des résultats des explorations spécifiques sera coté de 0 à 3 suivant la sévérité croissante de son atteinte.

Le patient aime bien se situer sur une échelle par rapport à des normes biologiques, et pour le médecin c'est un moyen commode et efficace de faire la synthèse de ses recherches. La décision de traitement ne peut qu'en être facilitée. Trop souvent, on voit arriver des patients ayant déjà effectué de nombreux examens, souvent répétitifs, sans qu'aucune décision n'ait été finalement prise, faute de synthèse véritable. Le patient a besoin sinon de certitudes – qu'on ne peut pas toujours lui donner – du moins d'orientations précises, fondées sur des critères définis.

Les objectifs du traitement sont triples : restaurer la possibilité d'une vie sexuelle harmonieuse, traiter les causes spécifiques et le terrain sur lequel elles évoluent, résoudre si cela est nécessaire le problème du couple lorsqu'il est constitué. L'essentiel, à ce stade de la démarche, est de passer en revue avec le patient les différentes possibilités de traitement adaptées à sa situation. Bien souvent, cela aura été évoqué dès le premier entretien. Souvent le patient a déjà lui-même son idée sur la question, de par ses connaissances personnelles ou ses consultations antérieures. Dans le triptyque thérapeutique évoqué ci-dessus, la plupart ne voient que l'aspect restauration de l'érection.

Monsieur L., 50 ans, consulte pour une impuissance presque totale, en toutes circonstances. Il fume 40 cigarettes par jour et ses dosages sanguins montrent un excès important de cholestérol. Sa femme se plaint en outre de son manque de tendresse. Il s'est décidé à consulter, après plusieurs années de dégradation et un échec extérieur d'autant plus cuisant qu'il était persuadé que, dans son cas, c'était l'usure du couple qui était essentiellement en cause. Le traitement de cette défaillance peut s'envisager de plusieurs manières. On peut se focaliser d'emblée sur le problème réel des facteurs de risque que sont le tabac et le cholestérol, exiger préalablement l'arrêt du premier et un régime draconien pour le second, en faisant miroiter un retour d'érection dès que les équilibres métaboliques seront obtenus. Une autre approche pourrait être la focalisation sur le problème du couple et la tentative d'instauration d'une thérapie psychologique et comportementale à deux, dans la perspective de trouver ou retrouver les gestes et les stimulations appropriés à chacun. Les deux attitudes sont défendables dans une perspective à long terme. Le patient s'inscrit presque toujours dans le court terme, d'autant plus qu'il a souvent perdu du temps avant de consulter.

Or l'expérience est formelle dans ce domaine : il y a urgence. Cette urgence explique les échecs par l'abandon prématuré des traitements de l'impuissance qui ne prennent pas en compte ce paramètre essentiel qu'est l'obtention rapide d'une érection solide. Certes, une fois celle-ci obtenue, il faudra enchaîner sur la prise en charge des deux autres aspects du triptyque évoqué ci-dessus. Malheureusement, bien souvent le médecin devra se rendre à l'évidence : une fois restaurée l'érection défaillante, « son malade » lui échappe, résout à sa guise son problème de couple s'il existait, et continue à fumer et à s'alimenter sans se soucier ni des graisses animales qu'il ingère, ni de la quantité d'alcool qu'il absorbe. Certes il vous est reconnaissant, mais comme le patient à qui vous avez sauvé la vie après un terrible accident de voiture, mais qui ne ralentit pas pour autant dans les virages ni ne respecte les limitations de vitesse. Souvent, surtout si l'on a été très explicite, l'alerte sexuelle est l'occasion d'une remise en cause d'un mode de vie tant sur le plan physique que moral, une mise au point salutaire.

Il faut donc bien différencier dans les traitements que l'on va examiner ceux qui permettent de restaurer l'érection avec certitude de ceux qui constituent le projet à plus long terme de normaliser les déséquilibres ayant participé à la défaillance sexuelle. L'essentiel en matière de traitement de l'impuissance est de ne pas leurrer celui qui demande assistance. On a vu que le désarroi créé par cet état rend le sujet crédule et prêt à n'importe quelle expérience pourvu qu'on lui fasse miroiter une solution à son problème. L'arrivée de médications efficaces et ingérées facilement a donné de l'espoir à tous ceux qui souffrent de dysfonctionnements sexuels, mais plus à la manière d'une aspirine qui délivre d'une céphalée rebelle que d'un antibiotique qui liquide une infection grave.

REDONNER À L'HOMME SON ÉRECTION

De fait, quel que soit le symptôme prédominant – érection insuffisante, éjaculation rapide ou désir émoussé –, l'essentiel dans l'immédiat, pour le patient et sa partenaire, est la reprise d'une activité sexuelle, avec la

méthode la plus simple et la plus efficace possible. C'est ce que j'appelle restaurer la fonction (voir encadré page 495).
Ingérés (comme le Viagra), injectés (comme la papavérine) ou appliqués, ces traitements ont pour caractéristique de déclencher, faciliter ou prolonger l'érection lors des rapports sexuels. Ils répondent donc à la mission de restauration de la fonction. On les distingue des aphrodisiaques qui, eux, sont destinés à raviver le désir défaillant, essentiellement par action cérébrale. En fait, la différence est souvent ténue, tant les mécanismes de la défaillance sont imbriqués les uns aux autres, tout comme les effets des médicaments.

Les « starters de l'érection » : Viagra, Cialis et Lévitra

Pour l'instant, les médicaments de la famille des inhibiteurs de la phosphodiestérase de type V (PDE5) sont les seules molécules ingérées capables, sous certaines conditions, de renforcer l'érection. D'autres, comme les dérivés de l'apomorphine (Ixense® ou Uprima®), mis sur le marché à grand renfort de publicité, ont rapidement fait long feu. Les inhibiteurs des PDE5 sont au nombre de trois : le sildénafil (Viagra®), le tadalafil (Cialis®) et le vardénafil (Lévitra®). Sept ans après la mise sur le marché du premier, on peut en faire aujourd'hui un bilan impartial.

MÉCANISME D'ACTION

Les inhibiteurs des PDE5 agissent en neutralisant une enzyme, la phosphodiestérase spécifique, celle de type 5 (il en existe une douzaine d'identifiées, impliquées dans de nombreux mécanismes cellulaires). Cette enzyme provoque la dégradation d'une molécule contribuant à la production de l'érection. En inhibant sa production, les médicaments de cette famille provoquent l'accumulation du GMP cyclique dont on a vu (voir pages 96-97) qu'il était l'un des principaux moteurs de l'érection. Contrairement aux médications injectées directement dans le pénis (voir page 492), les inhibiteurs des PDE5 ne sont actifs que si une stimulation efficace est présente. Leur ingestion sans désir et/ou sans stimuli ne provoque pas d'effet significatif. Agissant sur une voie chimique dont le déclencheur est le NO (voir page 97 et suiv.), il convient que, de surcroît, il y ait production locale d'une quantité suffisante de celui-ci pour que le médicament agisse. Le test PNORT (voir page 478) constitue une aide certaine pour prédire l'efficacité des inhibiteurs des PDE5.

AVANTAGES

La voie orale permet une utilisation aisée, c'est-à-dire discrète. Le délai de mise en œuvre de 45 à 60 minutes pour Viagra et Lévitra est ramené à 20 minutes pour Cialis. Ce dernier bénéficie d'un « plus » certain avec une durée de vie de son efficacité beaucoup plus longue que celle de ses concurrents. On peut ainsi avaler le comprimé le matin et bénéficier de ses effets potentiels pendant près de 24 heures. L'effet de « programation de l'acte sexuel » souvent mal vécu est ainsi gommé. Accompagnant l'acte sexuel en renforçant l'érection, les inhibiteurs des PDE5 exercent un effet de réassurance chez ceux qui souffrent de la peur de l'échec, tout en préservant à l'acte son effet naturel.

INCONVÉNIENTS

Malgré un tropisme électif pour le tissu érectile du pénis, les inhibiteurs des PDE5 ont des effets généraux car d'autres organes sont plus ou moins riches en PDE5, l'enzyme cible de ces médicaments. De plus, par leur mécanisme essentiellement vasodilatateur, ils peuvent interférer avec d'autres médicaments à visée vasculaire et provoquer des variations tensionnelles. *L'association à des dérivés nitrés, fréquemment utilisés par les patients atteints d'insuffisance coronarienne, est formellement contre-indiquée compte tenu du risque de collapsus mortel par désamorçage de la pompe cardiaque.* D'une manière générale, il convient d'être prudent dans l'emploi des inhibiteurs des PDE5 pour les patients prenant déjà des médicaments à visée vasculaire et/ou porteurs d'anomalies cardiaques. Dans l'utilisation courante, un certain nombre d'inconvénients sont constatés, allant de simples troubles vasomoteurs (rougeur faciale, sensation de chaleur excessive, hypersudation) à des inconvénients plus marqués : migraines tenaces, sensation de malaise général, crampes musculaires persistantes (surtout avec le Cialis), troubles de la vision colorée (surtout avec le Viagra), obstruction nasale et troubles digestifs. Toutes ces difficultés réunies affectent à des degrés divers environ un utilisateur sur quatre. Certains s'en accommodent, souvent en prenant un médicament supplémentaire destiné à en gommer les effets désagréables ; d'autres préfèrent arrêter le traitement, appliquant individuellement le principe de précaution.

EFFICACITÉ

Les inhibiteurs des PDE5 ont une efficacité inversement proportionnelle à la sévérité de l'atteinte érectile. Les chiffres affichés par les industriels producteurs de ces molécules (75 à 85 % d'efficacité) sont optimisés, d'une part par l'inclusion dans les séries étudiées de patients peu atteints, d'autre part en raison de l'utilisation de critères d'évaluation souples embellissant les résultats. Amélioration parfois insuffisante et bons résultats réels sont souvent additionnés indûment. La réalité du terrain pour les patients souffrant effectivement de dysfonctionnement érectile, c'est 45 % de résultats positifs. C'est pourquoi, plutôt que de prescrire le médicament à l'aveugle, il est préférable de préciser, grâce aux examens, la nature exacte de la défaillance et le moyen d'y remédier. Ainsi, un élément important pour une utilisation fructueuse des inhibiteurs des PDE5 est de déterminer le taux de testostérone. Lorsqu'il est trop abaissé, le rendement de ces médicaments sera faible, invitant à un traitement hormonal préalable avant de les prescrire.

CONCLUSIONS ACTUELLES

Force est de costater que l'apparition de ces « pilules de l'érection » a suscité un bouleversement légitime de l'approche médicale et humaine des problèmes sexuels masculins. Ainsi, une utilisation « récréationnelle » ou de confort de ces médicaments en est une conséquence difficile à mesurer. Elle est réelle, même si elle est parfois niée par les industriels. Pourtant, c'est sur ce terrain et sur celui des difficultés érectiles débutantes du sujet de la cinquantaine que les médicaments par voie orale trouvent leurs meilleures indications. Les effets secondaires gênants et la crainte de complications cardio-vasculaires constituent *a contrario* un frein à leur utilisation.

La mini-injection intracaverneuse à la demande

C'est sans contestation possible la méthode la plus efficace pour permettre à ceux qui ne le peuvent pas d'avoir une vie sexuelle satisfaisante, en restaurant une érection solide et durable.

Cette technique de traitement est dérivée de la découverte en 1980 de l'action chimique directe sur le tissu érectile d'une vieille substance qui dilate les artères, la papavérine[1] (voir page 35 et suiv.). Ce dérivé[2] du pavot, injecté directement dans le pénis, provoque une érection durable.

---

1. R. Virag, *Papavérine et impuissance : la voie pharmacologique*, Éditions du CERI, 1985.
2. C'est un alcaloïde, substance organique d'origine végétale, ayant une puissante action vasodilatatrice.

LES EFFETS VISIBLES DES INJECTIONS

Le principe du traitement est simple : provoquer l'érection par apport local de médications reproduisant le cycle érectile, tout en le modifiant de façon à corriger les anomalies provoquant la défaillance sexuelle.

• *L'érection peut être déclenchée sans qu'il y ait stimulation préalable, et sans intervention des centres cérébraux contrôlant la réaction sexuelle.* Cela signifie que celui qui intellectuellement souhaite avoir des relations avec une personne aimée sans que son désir « physique » soit suffisant pour passer naturellement à l'acte pourra tout de même le faire grâce à ce procédé.

• *L'érection ainsi déclenchée active les centres sexuels cérébraux, dont les incitations renforcent au niveau du pénis le mécanisme érectile déclenché par le médicament.* Cela signifie qu'un sujet dont les réactions, à la fois locale, au niveau du pénis, et cérébrale sont insuffisantes pour obtenir un acte satisfaisant, redevient « capable », grâce à la conjonction de ces deux actions. Ce qui est réalisé au laboratoire et que j'ai décrit sous le nom de « test de l'érection provoquée » reproduit exactement ce phénomène capital de la potentialisation des effets péniens et psychiques : *il n'est pas toujours indispensable ni souhaitable pour l'harmonie du traitement d'obtenir une érection complète avec le médicament injecté. Il est préférable de laisser une place aux mécanismes cérébraux.* Le traitement joue alors le rôle de starter et de régulateur de la réaction sexuelle.

• *L'érection peut survenir même si les mécanismes régulant son fonctionnement sont interrompus, endommagés ou inhibés.* Cela signifie que le traitement est accessible aux paraplégiques et tétraplégiques, aux victimes de maladies affectant la moelle épinière, aux diabétiques, et à tous ceux qui, indemnes de toute lésion organique, voient leur érection ne pas se déclencher ou disparaître par suite d'une trop grande émotivité ou d'une peur de l'échec entraînant un excès d'adrénaline générale et locale. Le médicament, dans ce cas, se substitue ou contrecarre une action chimique insuffisante ou néfaste. Il déclenche ou régule les réactions chimiques normalement induites par le système nerveux et perturbées par maladie ou accident.

• *Les médicaments injectés augmentent le débit du sang arrivant dans la verge.* L'érection insuffisamment rigide par suite d'un épaississement de la paroi des artères distribuant le sang au pénis se trouvera améliorée. Il en sera de même dans le cas d'un maintien insuffisant de l'érection par suite d'un mécanisme concomitant : le non-blocage du sang dans les corps caverneux à cause d'une pression sanguine insuffisante.

• *Le relâchement des muscles constituant une grande partie du tissu érectile est obtenu ou amélioré par l'action directe des médicaments injectés.* Cela améliorera la fonction pour ceux qui, par excès de tabac, de stress, et/ou par lésions directes de tout ou partie de ces muscles, ont une capacité réduite à remplir les espaces sanguins ouverts grâce au relâchement de ces muscles.
• *L'érection obtenue est indépendante de la survenue de l'éjaculation : elle peut persister au-delà et permettre un renouvellement de l'acte sexuel.* Cette propriété gomme les effets ravageurs des actes insuffisamment prolongés, de façon chronique, en raison d'une éjaculation trop rapide. Elle donne aussi la possibilité à ceux qui le souhaitent d'une sexualité plus épanouie, par le maintien d'une disponibilité érectile au-delà d'un premier orgasme, en raccourcissant ou effaçant totalement la période réfractaire, pendant laquelle en principe tout nouvel acte est impossible.
On voit que les candidats à ce type de traitement sont extrêmement nombreux. Il est pratiquement applicable à toutes les formes de défaillance sexuelle, sauf lorsqu'il y a incapacité psychique à le réaliser, ou lorsque l'état local est trop détérioré pour permettre l'action du médicament : excès de fibrose, ou détérioration des mécanismes de blocage. 90 % des patients consultant pour défaillance sexuelle, quelle que soit sa cause, peuvent prétendre à cette forme de traitement. Mais 85 % d'entre eux accepteront d'y recourir, à condition toutefois de bien leur en expliquer les tenants et les aboutissants.
On dispose, avec les injections intracaverneuses, d'un traitement efficace et très gratifiant à condition que celui qui le pratique en maîtrise tous les aspects. Cela signifie que celui qui le prescrit les maîtrise également.

BIEN MAÎTRISER LA MÉTHODE[1]

Dans une première période, qui s'est prolongée sur 15 ans (1980-1995), le traitement, découvert et mis au point par les médecins cliniciens sans aucun apport logistique des firmes pharmaceutiques, s'est développé dans un monde de spécialistes. Ceux-ci ont défini les règles d'utilisation, ont essuyé les incidents engendrés par toute nouvelle thérapeutique, et ont appris à les maîtriser. Ils en ont fait un traitement aujourd'hui fiable et universellement adopté, au taux de succès très important avec des risques maîtrisés. Ces vrais spécialistes sont cependant encore très peu nombreux. Ils utilisent, *sous leur entière responsabilité légale, des médications qui n'ont*

1. R. Virag, *Les Injections intracaverneuses*, *op. cit.*

Les traitements de l'impuissance

Les médicaments par voie générale
– *Les stimulants*
• Ginseng, Gingembre
• Arginine
• Yohimbine
• Piribédil (Trivastal®)[3]
– *Les faiseurs d'érection*
• Sildénafil (Viagra®)[1]
• Tadalafil (Cialis®)
• Vardénafil (Lévitra®)
• Apomorphine[2] (Uprima, Kense)
• Agent mélanotrope[2]
• Alpha bloquants[3] (Validex®, Xatral®, Phentolamine, Vasobral® et Prasozine)
– *Les hormones*
• La testostérone
• Androtardyl® (*voie intramusculaire*),
• Androgel® (*voie transdermique*)

Les médicaments par voie locale
– *Intracaverneuse*
• Papavérine[3]
• Trivastal[4-3]
• Prostaglandine PGE1, (Caverject®, Edex®)
• Moxysilite (Icavex®, Erecnos®)
• Vadilex[3-4]
• Atropine[4]
• Persantine[4]
– *Intra-urétrale*
• Prostaglandine PGE1 (système MUSE®)[2]
– *Pommade*
• Nitroglycérine[2], Prostaglandire[2]

La chirurgie
– *Chirurgie vasculaire*
• Artérialisation veineuse
• Pontage artériel
• Ligatures veineuses
– *Implants péniens* (Mentor®, AMS®)
• Semi-rigide malléable
• Hydraulique

Aide mécanique externe
Divers dispositifs basés sur le même principe de production de l'érection à l'aide d'une pompe et de son maintien par un anneau placé à la racine du pénis.

Les adjuvants psychiques
– Psychothérapie
– Hypnose
Traitements chimiques à « visée psychique »
• Anti-stress
• Anti-dépresseurs

Les adjuvants physiologiques (kinési-sexothérapie)
– Kinésithérapie des muscles locaux
– Thérapie corporelle

1. Commercialisé fin 98.
2. En expérimentation.
3. Pas d'autorisation « officielle » d'utilisation pour le traitement de l'impuissance.
4. Utilisé en mélange avec la papavérine.

pas été conçues à l'origine pour cette indication, et dont ils ont découvert les effets sur l'érection grâce à leur perspicacité de cliniciens[1]. Ainsi la papavérine, médication aussi ancienne que l'aspirine, a vu son destin se transformer et devenir synonyme de virilité. Près d'une quarantaine de médicaments, ayant jusqu'alors diverses autres utilisations, ont été testés tout au long de ces années et ont contribué à améliorer l'efficacité de la méthode. Ils ont également permis d'établir une hiérarchie d'utilisation en fonction des causes de la dysfonction. On peut aujourd'hui, en mélangeant certains de ces produits, obtenir une érection en injectant des quantités de produit inférieures au 1/10 de millilitre.
Or on a assisté depuis 1995, avec l'entrée en scène des firmes pharmaceutiques et la mise sur le marché de certaines de ces médications ayant reçu une autorisation officielle, à une inflation de prescripteurs potentiels, n'ayant pas toujours la formation nécessaire à la mise en place de tels traitements. Déliés d'une partie de leurs responsabilités par l'implication de celle des industriels, ils se fient essentiellement au contenu des notices d'utilisation, qui ne peuvent en aucun cas remplacer en la matière le rôle pédagogique du médecin auprès de son malade. D'autant plus que le médicament n'est qu'un élément de la méthode. Comme me le confiait l'un des responsables de la force de vente de l'un de ces laboratoires, déçu par la performance économique de son médicament et analysant les carences du système de distribution : « C'est un peu comme si nous avions mis sur le marché un produit merveilleux sans en prévoir les revendeurs. »
C'est que la mise en place d'un tel traitement, s'agissant d'une pathologie aussi complexe que celle concernant la sexualité, va bien au-delà de la rédaction d'une simple ordonnance. Elle doit *tout gérer*, depuis la technique d'emploi jusqu'à l'ensemble des implications psychologiques. Cela commence par l'anticipation du succès de la méthode. En effet, le sujet souffrant d'une difficulté ou d'une impossibilité d'érection en arrive le plus souvent à l'évitement de toute tentative pour ne pas se retrouver en situation d'échec. Lui faire miroiter qu'il va sûrement réussir implique de mettre en œuvre toutes les conditions du succès, y compris la possibilité d'un échec partiel pendant la période d'installation du traitement, celle où l'on tâtonne pour trouver le bon produit et la bonne dose. Dans un premier temps, au cours du test de l'érection provoquée lors du premier examen, le sujet incrédule, presque sans s'en rendre compte constatera que l'injection n'est absolument pas

1. R. Virag, *Papavérine et impuissance*, *op. cit.*

douloureuse et qu'elle est capable de produire sur lui l'effet escompté. Il sera alors temps de suggérer qu'il pourra obtenir le même effet lui-même chez lui. S'il manifeste de l'inquiétude quant à sa capacité de se traiter lui-même, il faudra se montrer rassurant et indiquer qu'un protocole en quelque sorte *sur mesure* lui permettra l'apprentissage de la technique, et qu'on l'accompagnera jusqu'à l'établissement du traitement définitif.

Dans un second temps, il ne faut pas négliger l'explication des buts réels du traitement. Ils sont doubles : l'un, à court terme, est la reprise de rapports sexuels satisfaisants, grâce à l'injection ; l'autre, à plus long terme, est la restauration d'une fonction naturelle, en se passant éventuellement des injections.

L'un des moments les plus importants dans l'information donnée au futur utilisateur d'une telle méthode est celui de l'évocation des risques possibles. Ceci n'est qu'une stricte application du devoir de tout médecin prescrivant un traitement quel qu'il soit. S'agissant d'un autotraitement, s'appliquant de surcroît à la sexualité, il convient d'être encore plus prudent. On a affaire ici à une recette magique : l'érection assurée pour une durée très largement suffisante à la réalisation de tous les fantasmes ! Le patient peut être tenté de se surdoser, simplement pour « assurer », ou pour être le meilleur. Il peut se confier à son meilleur ami, qui lui demandera de partager la potion magique. Un soir, j'ai été alerté d'urgence par le médecin d'un hôpital breton qui venait de recevoir un plaisancier présentant un priapisme évoluant depuis quatre jours : le temps qu'il lui avait fallu pour atteindre la côte. Notre homme, parti en agréable compagnie, et avec l'un de ses amis en traitement par les fameuses injections, avait emprunté l'une d'elles, alors qu'il ne souffrait d'aucune anomalie. Il obtint une érection qui ne disparut pas spontanément et devint extrêmement douloureuse après plusieurs heures d'évolution… et pas vraiment utilisable. Le médecin ayant prescrit le traitement à son ami lui avait dit que, contrairement à d'autres, le produit employé ne donnait qu'exceptionnellement cette complication. Il n'avait pas bien sûr prévu son utilisation par un tiers, et son patient, solidarité de marins en bordée aidant, avait innocemment fait profiter son compère de son bonheur retrouvé. Bien guidé par mes explications, notre médecin breton délivra sans dommage l'imprudent de son encombrante érection. Cette historiette s'acheva avec la visite du vrai patient qui sollicita un traitement moins « dangereux ». À chaque utilisation, il craignait désormais de devoir affronter une situation identique à celle qu'avait subie son ami du fait de son imprudente sollicitude.

L'évocation de cette histoire un peu ridicule a pour but de faire sentir qu'avec l'émergence de traitements véritablement efficaces, car donnant une érection immédiate, on risque de voir se multiplier des histoires de ce genre. Ce que l'on voit avec les drogues, stupéfiantes ou aphrodisiaques, prises en petit comité ou dans les grands messes (raves), risque de se produire avec la généralisation et la banalisation de ces traitements érectiles, et surtout avec l'apparition de préparations que l'on pourra s'administrer plus facilement. C'est pourquoi j'ai l'habitude de fournir à mes patients, au moment de la mise en place de tels traitements, un petit mémento qui, outre un résumé de l'ensemble de la technique, met en exergue les dix commandements de l'utilisateur[1]. Y sont précisées les complications possibles, mais également les obligations du patient. C'est un *véritable contrat* que le patient signe avec son médecin, celui-ci s'engageant à assumer 24 heures sur 24 l'ensemble des implications du traitement, celui-là dégageant l'initiateur du traitement de toute responsabilité en cas de non-respect des conditions du protocole.

UN TRAITEMENT AUJOURD'HUI DÉNUÉ DE RISQUES

Ainsi on aura clairement exposé au patient les risques éventuels du traitement, non sans l'avoir rassuré sur la rareté de ces risques. Après maintenant 15 ans d'utilisation, les deux risques majeurs mis en avant par les détracteurs de la méthode ont pratiquement disparu, du moins chez ceux qui l'exécutent suivant les critères que je recommande, en tant que découvreur et utilisateur le plus chevronné du système. Ces deux risques sont *l'érection prolongée*, ne disparaissant pas spontanément, et le développement, par la répétition des injections, de *formations fibreuses* à l'intérieur des corps caverneux. Pour ce qui concerne le premier, l'érection prolongée est la sanction d'un mauvais dosage et/ou de l'emploi d'un médicament inadapté. Le risque est le même que celui du priapisme. Une érection déclenchée par injection de médicaments dans le pénis ne doit *en aucun cas* se prolonger au-delà de 3 heures.

Dans les premiers temps de l'utilisation de ces injections, la crainte de la survenue de ces accidents était tellement importante qu'on ne laissait pas les patients trop lointains les utiliser, sauf à être proches du centre de traitement. Il fallait en effet intervenir très vite pour vider les corps caverneux du sang qui y était bloqué. Très rapidement, on sut

1. R. Virag, *L'homme qui marche*, *op. cit.*

trouver une parade chimique à cet inconvénient, ce qui permit une expansion rapide des indications. On sut mieux doser les médicaments, ce qui raréfia les érections prolongées. Surtout, on mit au point, en cas de malheur, un antidote que le patient peut s'administrer lui-même, d'une manière identique à celle employée pour déclencher son érection. L'érection disparaît en une vingtaine de minutes, si bien qu'aujourd'hui tous les patients doivent en être munis, ce qui les rend totalement autonomes et libres d'utiliser leur traitement où qu'ils soient.

Pour ce qui concerne le développement de formations fibreuses à l'intérieur de la verge, on sait maintenant qu'il est indépendant des médications utilisées, alors qu'on avait accusé à tort certaines, comme la papavérine, de les favoriser. Leur survenue est surtout fonction de deux éléments : d'une part, une susceptibilité individuelle, imprévisible ; d'autre part, des erreurs techniques répétées par maladresse ou incompréhension. L'étude d'une série de plus de 2 000 patients suivis régulièrement a permis de chiffrer à moins de 10 % la fréquence de ces complications, qui dans seulement 1 % des cas ont obligé à interrompre le traitement[1].

Après avoir bien expliqué au patient que le traitement est aisé à mettre en place et qu'il est sans danger pour la santé locale et générale, il faut aborder le problème, parfois délicat, de l'attitude à adopter vis-à-vis de sa compagne. Qu'elle soit au courant ou non de la pratique d'un tel traitement, on conseillera au patient de toujours minimiser la place du traitement dans la vie sexuelle, et surtout de gommer au maximum le lien entre l'injection et l'acte lui-même. Il faut éviter dans toute la mesure du possible le phénomène « sexe sur ordonnance », le plus important étant de prévenir le rejet de l'injection par la partenaire, qui pourrait considérer celle-ci plus comme une rivale que comme une alliée. Tantôt parce que l'homme s'en remet totalement au traitement en omettant l'affectif, tantôt parce que sa femme cède à son péché mignon de jalousie et profère un jugement définitif : « Si tu as besoin de cela, c'est parce que tu ne m'aimes plus assez. » Gérer cette situation, c'est aborder parallèlement au traitement que l'on va mettre en place le problème du couple (voir chapitre 11).

1. R. Virag, « Late complications of intracavernous injections », présenté au congrès annuel de l'American Urological Association, 1994.

Les aspects techniques du traitement

Ils seront envisagés lors de la phase de mise en place proprement dite : un minimum de deux séances sera nécessaire, entrecoupées d'une petite série d'essais faits à domicile avec la partenaire. Il est nécessaire, une fois choisi le médicament que l'on va utiliser, de le mettre à l'épreuve pour en fixer le dosage exact. En effet, tantôt la stimulation sexuelle réelle entraînera par son intensité une diminution de la quantité de médicament nécessaire, tantôt une anxiété excessive nécessitera une augmentation des doses envisagées au départ (figure 12.2).

Cette phase d'installation constitue la période de tous les risques pour le succès de la méthode. Si l'on est trop prudent, on risque l'échec, d'autant plus rudement ressenti que les espoirs de réussite avaient été mis en avant. C'est surtout vrai pour les sujets jeunes et les couples non stabilisés. Si l'on est trop entreprenant, on risque l'érection prolongée, et même avec le secours de l'antidote, le traitement risque d'être rejeté, perçu comme dangereux et compliqué.

Il sera indispensable de préciser aux utilisateurs jeunes que ce traitement n'interfère absolument pas avec une éventuelle grossesse. J'avais, en 1983 et 1984, suscité une étude réalisée en Italie, qui avait montré que les spermatozoïdes n'étaient aucunement modifiés par l'utilisation des médicaments intracaverneux. Sur les dizaines de « bébés-papavérine » (c'est ainsi que l'on nomme les enfants conçus à la suite d'un rapport sexuel induit par l'injection), il n'a été signalé aucune anomalie. C'est encore un avantage du traitement local que de n'avoir aucune interférence médicamenteuse compte tenu de l'étanchéité des fonctions d'érection et d'éjaculation. Le débat a récemment été relancé parce que l'on a imposé aux firmes commercialisant la prostaglandine PGE1 d'indiquer sur leur notice un risque abortif, compte tenu des propriétés générales de cette molécule chez la femme enceinte. En fait, il n'y a pas de passage possible, lors du coït, du médicament de l'homme vers la femme. Bien au contraire, l'injection peut se révéler une aide décisive lors des traitements des stérilités du couple (voir chapitre 13), lorsque la nécessité de rapports rapprochés potentiellement fécondants se fait pressante. On assiste en effet parfois à des situations de blocage dont le futur père n'arrive pas à se libérer. Le déclenchement de l'érection devient alors indispensable pour atteindre le but procréatif.

DIFFICULTÉS ET ÉVOLUTION DU TRAITEMENT

Les principales difficultés rencontrées sont la crainte de l'injection, la difficulté de doser le médicament choisi, et le manque de confort de la méthode perçu par certains. Il faut y ajouter les contraintes économiques, liées d'une part au coût de certains médicaments, d'autre part aux nombreuses visites médicales (trois au minimum) nécessaires pour bien installer le traitement. Cela explique que, même motivés, certains abandonnent le traitement en cours de route. Selon certaines statistiques, près de la moitié des patients soumis à ce traitement l'abandonneraient plus ou moins rapidement. Mais à y regarder de plus près, on s'aperçoit que nombre de ces abandons rendent compte plus d'une insuffisance de prise en charge que d'une réelle difficulté vis-à-vis du traitement. Si l'on réussit à répondre par avance à toutes les questions et à anticiper les inconvénients signalés ci-dessus, le taux des abandons, à long terme, n'excède pas 25 %, sans compter bien sûr les arrêts du traitement liés à une guérison pure et simple.

La crainte et l'inconfort de l'injection peuvent être contrebalancés par l'utilisation d'un injecteur automatique, qui masque à l'utilisateur l'aiguille et surtout évite de la faire pénétrer soi-même à travers sa peau. Il est accueilli avec enthousiasme par les plus pusillanimes qui, une fois la crainte enfuie, et l'habitude venant, l'abandonnent ensuite pour la simplicité et la discrétion de l'injection manuelle.

La préparation du matériel d'injection doit être réduite au maximum pour simplifier le geste. Tout doit être conçu dans le sens de la discrétion. La disponibilité du médecin doit être entière tant qu'une routine ne s'est pas installée chez l'utilisateur. Il faut souvent insister sur cette disponibilité, car le patient déçu d'un premier échec n'ose pas toujours se manifester : j'ai vu des patients revenir après trois ans de silence pour voir s'il n'y avait pas du nouveau parce que le premier traitement n'avait pas été satisfaisant d'emblée, alors qu'un simple changement de doses aurait suffi !

Les soucis économiques ne sont évidemment pas étrangers à certaines de ces interruptions. Le phénomène n'est pas propre à notre pays, puisqu'une statistique récente émanant de l'un des centres les plus importants des États-Unis les met au premier rang des causes d'abandon du traitement. Au-delà de l'éthique individuelle de chaque médecin, cela pose le problème général de la communauté face à la prise en charge de tous les frais liés à la santé. La conservation ou l'obtention d'une sexualité suffisante sont-elles une nécessité ou un confort ?

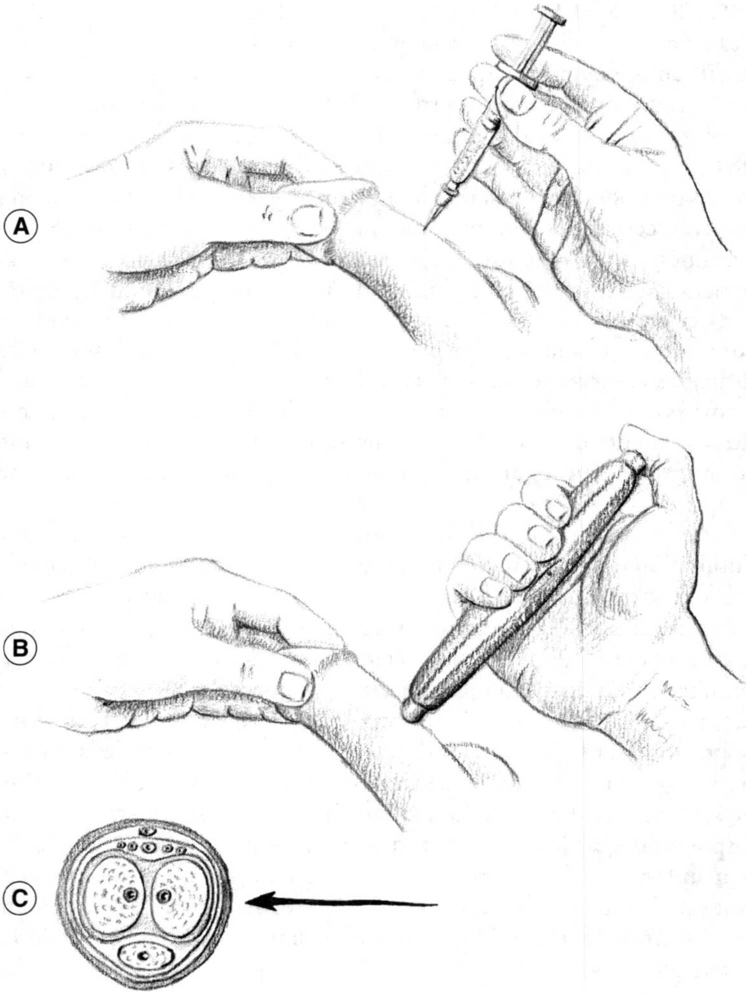

Figure 12.2. – *L'auto-injection de médicaments intracaverneux. A : injection manuelle. B : injection à l'aide d'un appareil automatique. C : direction (indiquée par la flèche) optimale pour la pratique de l'injection.*

DES RÉSULTATS REMARQUABLES

Au-delà de leurs contraintes et de leurs brillants succès, quels sont en définitive les vrais résultats des traitements par injections intracaverneuses ? On les apprécie en fonction de plusieurs paramètres évaluant l'efficacité, la dépendance et la continuité, et bien évidemment à l'aune des complications, sur le long terme. Plusieurs études ont été menées et publiées sur ces sujets, en particulier celle sur le devenir de tous les patients ayant été examinés cinq ans auparavant au CETI et à qui l'on avait proposé un traitement par injections. Cette étude, qui permit de recueillir près de 600 réponses[1], montra que certains n'avaient jamais commencé le traitement prescrit, d'autres l'avaient arrêté et que la majorité continuaient. On constata que l'activité sexuelle s'était normalisée pour respectivement 22 %, 44 % et 98 % de ces trois groupes.

Chez ceux qui poursuivent le traitement, un peu plus de la moitié seulement utilisent constamment l'injection pour avoir une activité sexuelle. Les autres n'en sont donc pas totalement dépendants : ils alternent les actes avec érection spontanée et les actes après injection, essentiellement au gré de deux paramètres, l'amélioration de la qualité des érections naturelles et la crainte de la rechute. Stimulées par les médications injectées, la musculature des corps caverneux et les artères l'irriguant sont à nouveau plus performantes et les érections naturelles s'améliorent. Cependant, l'effet favorable finit par s'épuiser avec le temps, nécessitant alors une réintroduction des injections. Les patients le formulent clairement : « Vous savez, docteur, votre piqûre ça marche pour quatre ou cinq semaines, mais dès que je sens que mon érection faiblit, je sais que je dois recommencer. » Le second paramètre conduisant à une reprise du traitement est la rechute de l'impuissance lorsque les vieux démons de l'anxiété de l'échec reprennent notre homme, et avec eux le souci obsédant de ne pas décevoir à nouveau.

Cette étude, mais aussi les conversations quotidiennes avec les patients ont permis de constater que nombreux sont ceux qui poursuivent le traitement même si médicalement ils pourraient s'en passer, parce que leur vie sexuelle est nettement meilleure que celle qu'ils avaient vécue antérieurement à leur dysfonction. Les pannes sont désormais impossibles, l'éjaculation est beaucoup plus facile à contrôler et on peut avoir

1. L. Beck, « Devenir à cinq ans des indices d'activité et de satisfaction dans une population d'impuissants traités et non traités », mémoire de D.E.S. d'andrologie, 1995.

un deuxième orgasme avec une plus grande facilité. La compagne est désormais beaucoup plus épanouie. En conséquence, notre homme ne prendra plus le risque de revenir un tant soit peu à la situation antérieure. C'est ce que j'ai appelé la dépendance de confort.

La mini-injection en bref

- Le traitement par injection peut convenir à 9 patients sur 10.
- Les inconvénients et complications sont minimes, à condition que l'installation et le suivi immédiat soient rigoureux.
- Il n'y a pas un mais des médicaments actifs qui peuvent être utilisés isolément ou associés entre eux. Ils sont prescrits suivant les résultats de l'investigation préalable, et la dose en est strictement personnelle (voir page 495).
- Suivant l'état de la relation et la psychologie de la partenaire, la méthode est utilisée soit en toute discrétion soit de façon ouverte.
- Le traitement peut être temporaire, arrêté après la reprise d'érections spontanées normales.
- Le traitement peut être poursuivi de longues années sans accoutumance et sans détérioration locale, même après plusieurs centaines d'injections. De même, il n'y a pas d'effet néfaste sur la santé, y compris chez ceux qui ont eu antérieurement des problèmes cardiaques ou une autre pathologie sévère.

Autres méthodes

Un patient se traitant avec succès depuis plusieurs années et qui se riait de sa peur initiale à la perspective de s'injecter le produit directement dans le pénis me rapportait qu'il faisait souvent l'expérience d'évoquer cette question devant des amis ou relations, et qu'il rencontrait très souvent une réaction de rejet total : « Me piquer là, tout ça pour bander, oh ! non... » Pour paraphraser Bazin, les parties honteuses sont tellement sacrées que beaucoup, médecins ou malades, quand ils ne sont pas une seule et même personne, rejettent la méthode, à mon sens plus par quelque obscurantisme culturel que par crainte réelle de la piqûre.

Bien de ces refus « idéologiques » tombent, nous l'avons vu, quand la motivation devient impérative.
Pourtant, cette réticence de principe à l'injection a suscité de très nombreuses recherches pour trouver des méthodes évitant « l'agression de l'aiguille », dont on ne souligne jamais assez la nature plus psychique que physique.

LE SUPPOSITOIRE DANS L'URÈTRE

Le système MUSE, abréviation anglo-saxonne signifiant « système permettant l'administration intra-urétrale de médicaments pour provoquer l'érection », était, dans l'esprit de son promoteur américain, Virgil Place, le procédé destiné à remplacer dans l'avenir l'injection. De quoi s'agit-il ? Un petit dispositif que l'on fait pénétrer de quelques centimètres par le méat (extrémité de l'urètre) afin de propulser un minuscule bâtonnet contenant un principe actif, la prostaglandine PGE1. Après un massage du pénis, le produit diffuse dans les corps caverneux et provoque l'érection. La méthode est en cours d'évaluation et donne des résultats assez variables, mais en tout état de cause moins efficaces que les injections. Ses indications seront donc nécessairement plus limitées. Surtout, elle suscite une critique de fond majeure : pour être efficace, le MUSE nécessite l'utilisation de quantités 20 à 100 fois supérieures de médication active, dont une partie importante passera dans la circulation générale avec des effets secondaires qui restent à préciser. Un autre élément appelle la prudence, c'est la possibilité de rétention de médicament dans l'urètre et sa transmission vaginale lors de l'éjaculation. Enfin, il n'est pas certain que l'acceptabilité sera supérieure à celle des injections, tant l'homme craint toute manipulation intra-urétrale. De plus, comme me le disait A. Grazziottin, une brillante consœur italienne, « les hommes n'aiment pas que l'on mélange le pipi et le sexe ».

LES POMMADES OU ONGUENTS ÉRECTILES

Inspirés de l'utilisation des patchs, dispositifs diffusant des médicaments à travers la peau, ou de la simple application d'une pommade, leur utilisation serait une véritable amélioration par rapport à la méthode des injections par son extrême simplicité et la disparition pure et simple de la piqûre. Chaque congrès consacré au traitement de l'impuissance voit apparaître une nouvelle tentative dont on espère l'efficacité. Aucune n'a encore franchi la barrière des autorisations administratives ou même celle de la reconnaissance scientifique, comme ce fut le cas pour la papavérine. Ici encore, on se heurte à des difficultés techniques liées à l'anatomie et à la physiologie locale. Les corps caverneux sont en effet entourés d'une membrane épaisse, peu perméable, alors que la peau est très richement vascularisée. En conséquence, une grande partie du produit appliqué sur le pénis diffuse dans la circulation générale et n'atteint pas le tissu érectile. Les résultats sont donc inconstants, avec souvent des effets généraux désagréables par baisse de la tension artérielle, en raison même de la diffusion rapide dans l'organisme d'un produit appliqué sur la peau.

Il paraît pourtant possible d'imaginer que des modifications, en particulier électriques, de l'interface peau/albuginée permettent dans l'avenir de faire pénétrer les produits de façon plus efficace dans l'organe érectile, sans piqûre et sans complication.

UN GADGET MÉDICAL : L'AIDE MÉCANIQUE EXTERNE À L'ÉRECTION

À mi-chemin entre la technologie médicale et le gadget de *sex-shop*, cette méthode mécanique pour obtenir l'érection a connu une grande vogue aux États-Unis, essentiellement avant l'essor des traitements pharmacologiques. Le principe est simple : le pénis flaccide est introduit dans un cylindre de verre qui est appliqué sur le pubis. Son extrémité est reliée à une pompe qui permet de créer le vide à l'intérieur du cylindre. Par cet effet mécanique, l'érection se développe. Son maintien, une fois l'érection obtenue, sera assuré par un anneau de latex qu'on aura fait glisser à la racine de la verge et qui sera maintenu pendant une vingtaine de minutes maximum.

Peu des patients européens à qui on la propose acceptent cette méthode. Elle paraît plus largement diffusée outre-Atlantique, grâce à un bon marketing assorti d'un remboursement par les caisses d'assurance maladie. Les résultats publiés, souvent flatteurs, sont en contradiction avec le bouche à oreille des spécialistes. Il n'y a pas à ma connaissance de véritables études comparatives avec d'autres méthodes, ni de statistiques sur leur utilisation à long terme. D'après mon expérience, nombreux sont les appareils qui, après quelques essais d'utilisation, sont remisés au fond des placards, essentiellement à cause de l'inconfort de la méthode et spécialement son peu de discrétion.

Il y a pourtant une indication logique à cette méthode, c'est le renforcement des effets insuffisants des injections intracaverneuses en cas de détérioration marquée de la fonction érectile, et lorsque le patient refuse l'intervention chirurgicale. Dans ce cas de figure, l'anneau de contention suffit bien souvent à lui seul. Malheureusement, même si la méthode peut se montrer parfois utile, elle est psychologiquement difficilement acceptable, mettant en œuvre une logistique lourde à assumer, surtout si c'est à l'insu de la compagne, d'autant plus qu'il y a un accessoire voyant (l'anneau) à mettre en place.

Retrouver l'érection par la chirurgie

La chirurgie ne vit aujourd'hui que des échecs ou impossibilités des traitements médicaux. Exceptionnellement, un patient souhaitera y recourir de parti-pris. Il faudra alors être encore plus prudent dans l'exposé des avantages et inconvénients de l'intervention choisie. Le plus souvent, c'est une indication de nécessité, parce qu'il n'y a pas d'autre solution, et la chirurgie peut alors réparer une déformation, améliorer la fonction ou la remplacer.

LA CHIRURGIE RÉPARATRICE

Elle intervient dans trois situations de gravité différente : les courbures congénitales isolées, les déformations dues à la maladie de La Peyronie et les séquelles péniennes de malformations congénitales.

Le redressement des courbures isolées du pénis est presque toujours d'autant plus aisé que la malformation existe de naissance ; elle s'associe en effet à une verge longue. La technique dite de la fronce (voir figure12.3 A) sera aisément pratiquée et le discret raccourcissement qu'elle implique est sans conséquence. Le bon moment pour envisager l'intervention est l'immédiate période postpubertaire, quand les organes génitaux ont presque atteint leur stade adulte, mais n'ont pas encore servi.

Le problème posé par la maladie de La Peyronie est différent, s'agissant de déformations généralement associées à un raccourcissement du pénis provoqué par le développement de plaques épaississant l'albuginée. Suivant la situation de ces plaques, l'importance de l'angulation et du raccourcissement, soit on se contentera de la technique de la fronce, soit on incisera ou excisera les plaques, en comblant la brèche ainsi créée avec une pièce de tissu synthétique ou une greffe de tissu humain provenant du patient lui-même. On doit proposer l'intervention uniquement si la déformation gêne la réalisation de l'acte sexuel. Les préoccupations esthétiques et psychologiques sont fréquemment évoquées mais, en définitive, seule compte la fonction. En effet, le geste chirurgical est délicat, et la nature même de cette maladie à l'évolution

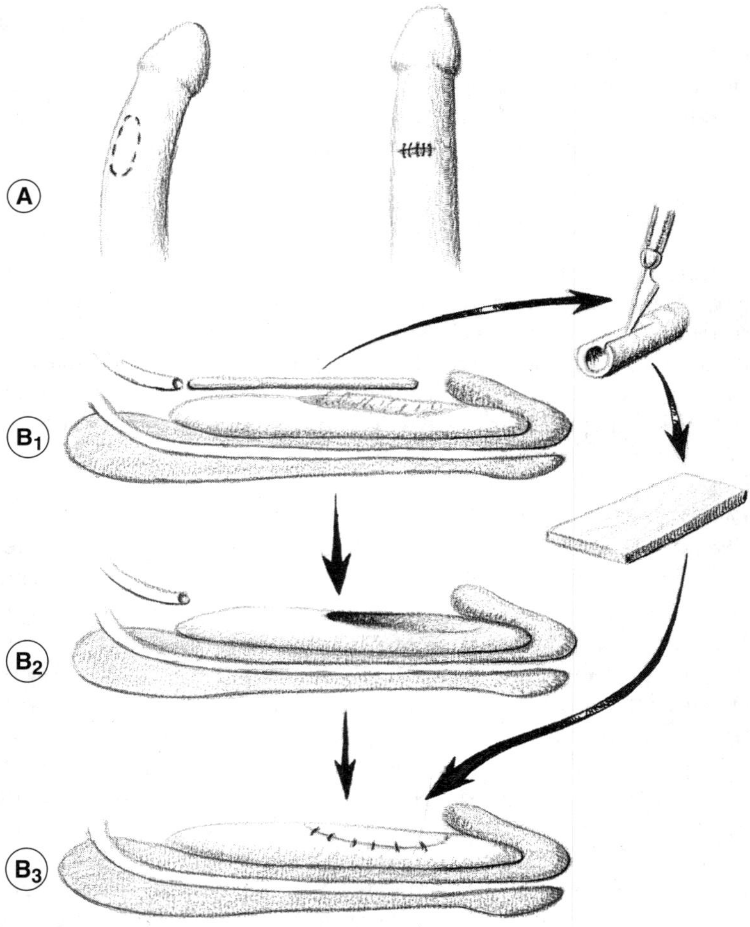

Figure 12.3. – *Chirurgie réparatrice du pénis.*
A : réparation d'une courbure isolée (incision longitudinale et suture horizontale permettent la correction de l'angulation).
B : ablation et plastie pour une maladie de La Peyronie complexe.
1 : ablation de la veine dorsale de la verge et incision et/ou excision de la plaque.
2 : « greffe » de la veine utilisée comme un « patchwork » pour combler la brèche de l'albuginée.
3 : résultat à l'achèvement de l'intervention.

fantasque expose à la récidive et n'encourage donc pas à se livrer à des interventions préventives, l'avenir étant imprévisible. L'espoir de disposer prochainement de médicaments anti-fibrose pourrait faire changer la stratégie, en opérant à un stade plus précoce de l'affection sans risque de récidive.
En ce qui concerne les amputations traumatiques ou les conséquences génitales de malformations néonatales plus étendues, ce sont de véritables exploits techniques que les chirurgiens devront réaliser en associant les techniques les plus sophistiquées de confection de lambeaux musculaires à la mise en place de prothèses. On doit en plus compter avec la nécessité de la réparation de la voie urinaire. Ce sont ici des interventions complexes rentrant dans le cadre du préjudice corporel plus que dans le traitement de la défaillance sexuelle, qui reste contingente dans ces situations dramatiques.

LA CHIRURGIE « ESTHÉTIQUE »
L'évocation des possibilités de réparer le pénis ou de restaurer l'érection grâce à la chirurgie amène à évoquer le problème controversé des interventions proposées pour faire grandir ou grossir l'organe sexuel masculin. Le fantasme phallique nourrit très largement le débat, entretenu par les entreprises de chirurgiens ou même de certains médecins non spécialisés qui proposent ces interventions plastiques à l'instar d'un lifting ou d'une plastie mammaire. La plupart des candidats potentiels sont des victimes du syndrome de la petite verge qui est, on l'a vu, beaucoup plus d'ordre psychologique que réellement préjudiciable à la vie sexuelle. Le bénéfice en longueur que l'on peut entrevoir, obtenu par section du ligament attachant le pénis au pubis, n'excède pas 2,5 à 3 cm. Encore faut-il préciser que la section du ligament doit s'accompagner parfois d'une intervention plastique sur la peau pour réaliser un tel allongement. Le gain sera perceptible essentiellement lorsque l'organe est flaccide ; autrement dit, cela ne changera rien à la longueur du pénis en érection.
Pour ce qui concerne le gain en épaisseur, il est classiquement obtenu par apport graisseux, à partir de tissu adipeux prélevé dans d'autres parties de l'organisme du patient. Outre que le résultat est peu durable, donc que l'intervention doit être recommencée à intervalles réguliers, le candidat doit être conscient que ce que l'on élargit, ce sont les parties molles, mais qu'en aucun cas on n'obtiendra un gain en rigidité. Sur un plan fonctionnel, on peut élargir une verge trop étroite en interposant sur toute la longueur du pénis, et de chaque côté, des greffons veineux auto-

logues qui sont suturés à l'albuginée préalablement incisée. En tout état de cause, de telles interventions peuvent améliorer le confort de celui qui se trouve mal pourvu et se cache quand il prend sa douche dans son club sportif, mais en aucun cas elles ne peuvent prétendre améliorer la performance érectile. Si l'on considère qu'elles ne sont pas dénuées de complications cutanées ou même fonctionnelles, on ne peut que conseiller la plus extrême prudence aux candidats potentiels.
J'ai pour ma part l'habitude de répondre à ce type de demande par la question suivante : « Vous a-t-on déjà fait la remarque d'une gêne occasionnée dans la pratique de l'acte par la dimension de votre pénis ? » Dans la plupart des cas, la réponse est négative. Et si la réponse est positive, j'indique le peu qu'il y a à en attendre sur le plan fonctionnel. Ensuite j'effectue la mesure du pénis au repos et après avoir provoqué l'érection, et je situe les mensurations obtenues sur la courbe de la moyenne générale de toutes les mesures obtenues pour les patients me consultant. Là encore, le patient sera en mesure de constater 9 fois sur 10 qu'il se situe dans la moyenne et qu'il échappe très largement à la définition du *microphallus*. Le dernier argument à développer est la variabilité des dimensions de la verge au repos, influencées par toutes sortes de facteurs. Seuls les candidats persistant dans l'idée d'une intervention après ces explications seront retenus pour une intervention éventuelle. La seule indication éventuelle d'un élargissement pénien serait la survenue, dans un couple par ailleurs très uni, d'une inadéquation entre un pénis fin et un vagin distendu par les accouchements, entraînant une diminution de la sensation orgasmique chez l'épouse. Les tests psychologiques révélant souvent chez ce type de candidats des tendances névrotiques et psychotiques, une consultation avec le psychiatre attaché à l'équipe est indispensable avant tout geste chirurgical, dans l'intérêt même du patient qui risque d'être cruellement déçu à la sortie du bloc opératoire.

LA CHIRURGIE VASCULAIRE

La découverte, il y a une vingtaine d'années, de l'origine vasculaire de très nombreuses impuissances, a amené quelques chirurgiens à appliquer les techniques du pontage au pénis. Les premières interventions proposées se révélèrent le plus souvent insuffisantes. Il a fallu s'adapter au fonctionnement spécial de l'organe viril, et en particulier au fait que la plupart des défaillances nécessitant le recours à la chirurgie impliquent plus la fuite du sang hors des corps caverneux que l'insuffisance de l'arrivée sanguine. C'est ainsi que l'on imagina d'utiliser la veine dorsale profonde de la verge pour recevoir une artère donneuse (voir figure 12.4) de manière à inverser le circuit normal pour empêcher la fuite sanguine lors de l'érection. Ce faisant, on obtient une permanence de la pression dans les corps caverneux qui favorise le démarrage de l'érection. Cette intervention, dite artérialisation de la veine dorsale, ne vit plus aujourd'hui que des échecs des techniques médicales. Son utilisation, avant d'être décidée, est soumise à deux impératifs : l'absence d'atteinte des nerfs de l'érection et un tissu érectile de qualité suffisante. Ce dernier élément n'est pas toujours facile à apprécier, ce qui explique la disparité des résultats obtenus. Certaines équipes, le plus souvent européennes et rigoureuses dans le choix de leurs indications, affichent des résultats positifs dans 85 à 90 % des opérations. D'autres, principalement américaines, plus laxistes dans le choix de leurs patients, n'obtiennent pas plus d'un cas sur deux de réussite. En tout état de cause, le candidat à l'intervention doit être prévenu de la possibilité d'un échec partiel, qui conduirait à renforcer le résultat par des injections ou un traitement par voie orale, ou d'un échec

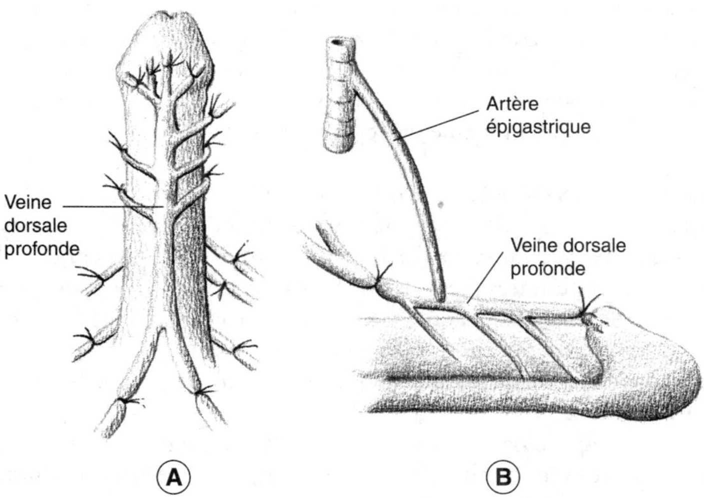

Figure 12.4. – *La chirurgie vasculaire contre l'impuissance. A : ligatures veineuses multiples visant à réduire la sortie du sang des corps caverneux, lors de l'érection. B : l'artérialisation de la veine dorsale de la verge (type V_2 de Virag). Dans cette variante, l'artère épigastrique est branchée sur la veine dorsale profonde ligaturée à ses deux extrémités : le sang reflue à contre-courant dans les corps caverneux.*

total, qui pousserait vers la pose d'un implant. Avec la chirurgie vasculaire, même en cas d'échec il y a toujours un recours possible.
Dans certains cas particuliers, on peut recourir à des techniques de pontage plus classiques intéressant directement les artères érectiles. Il s'agit essentiellement de sujets victimes de traumatismes ayant abîmé le réseau artériel de la verge avant son arrivée dans l'organe. On peut alors, car le tissu érectile est sain, obtenir des résultats brillants en amenant le sang dans le circuit artériel normal. Enfin, il est indispensable de rappeler que chez les sujets victimes d'obstruction des artères situées plus haut, les techniques de pontage ou de dilatation peuvent intéresser les artères distribuant le sang au pénis. Elles sont trop souvent négligées par les chirurgiens ayant en charge ces patients.
Bien sûr, la décision d'une intervention ne peut être que le fruit d'un bilan complet et d'une très large information par celui qui en propose la réalisation. Ce dernier doit être en mesure de préciser l'expérience qu'il a lui-même de ce type d'intervention, et il doit toujours accorder au patient un temps de réflexion. Le recours à un deuxième avis n'est jamais inutile, à condition qu'il soit sollicité auprès d'un vrai spécialiste. Dans ce domaine spécifique, ils se comptent en France sur les doigts d'une seule main ! Et ils ne sont guère plus nombreux dans le reste de l'Europe, ni même outre-Atlantique.

LES IMPLANTS OU PROTHÈSES PÉNIENNES

Considérée à juste titre comme l'intervention de dernier recours, la chirurgie de mise en place des implants ou prothèse pénienne souffre d'une acceptation très médiocre de la part de ceux à qui elle est proposée. Nombreux sont ceux qui s'y refuseront, même après une large information sur les implications d'une telle intervention.
La mauvaise image de marque dont sont affligées les prothèses est largement imméritée.
Les aspects psychologiques sont multiples. Ils affectent le sujet lui-même, qui se sent souvent diminué d'avance à l'idée d'en être arrivé là, au stade d'avoir de « vraies béquilles » pour assumer sa sexualité. Il faudra que sa motivation soit beaucoup plus forte que sa prévention, voire sa honte. Ils affectent également sa compagne qui renâcle, ne souhaitant pas que son homme aille jusque là pour conserver la possibilité d'un acte complet. À ces appréhensions s'ajoute aussi l'ignorance de la relative simplicité de l'intervention, des avancées technologiques des prothèses, et du bénéfice fonctionnel de l'opération, en particulier la conservation du plaisir procuré par un acte avec prothèse. L'idée la plus répandue est le caractère totale-

ment artificiel de l'acte ainsi rendu possible, ce qui est entièrement erroné puisque si l'on a une capacité orgasmique avant l'implantation, elle sera conservée après la mise en place.

Actuellement, *la technologie des prothèses est excellente* : plusieurs modèles avec des mécanismes variés permettent de conserver la flaccidité du pénis en dehors des utilisations (voir figure 12.5). La procédure opératoire est simplifiée, rendant la pose simple et le séjour en clinique de courte durée. Cicatrice et matériel implanté sont invisibles. La fiabilité est bonne (moins de 10 % de réintervention pour défauts mécaniques, dans mon expérience) et la satisfaction est à la mesure de l'information que l'on aura fournie au patient (ou au couple) : la prothèse est « comme la plus belle fille du monde, elle ne peut donner que ce qu'elle a en son pouvoir ». Pour la prothèse, c'est la possibilité restaurée de la pénétration.

Il ne faut pas cependant en méconnaître les risques. L'implantation de matériaux synthétiques expose au risque infectieux[1] comme partout ailleurs dans l'organisme, et il faut être très vigilant, surtout lorsqu'une maladie comme le diabète est la cause de l'impuissance. Un défaut mécanique peut toujours survenir, obligeant à une réintervention. La plus grave des complications reste cependant le rejet psychologique d'une prothèse posée à la hâte, sans explication suffisante, à des sujets avides d'une solution définitive et prêts à accepter n'importe quoi sur l'instant. Or la mise en place des implants implique, on l'a vu, une détérioration irréversible du tissu érectile. Si d'aventure cette prothèse était implantée, à sa demande, à un sujet encore capable d'érections grâce à des moyens médicaux, celui-ci doit être informé très clairement du fait que la nécessité de retirer ces implants, quelle qu'en soit la raison, entraînera une impuissance définitive et la nécessité d'une réintervention ultérieure pour pose d'un nouvel implant. Certes, on connaît de rares cas où ce postulat a été pris en défaut, notamment chez des sujets jeunes injustement opérés et que l'on a débarrassés assez tôt du matériel, mais cette exception ne doit pas faire manquer à la règle absolue d'information sur l'irréversibilité de la pose d'un implant.

On l'aura compris, la prothèse vit essentiellement de l'échec de toutes les autres méthodes. Elle rend des services remarquables chez les sujets jeunes, victimes de fibrose irréversible des corps caverneux, et qui, grâce à elle, sont guéris d'une impuissance jursqu'alors irrémédiable. Elle est aussi réclamée par des sujets souhaitant une solution simple et défini-

1. Une technologie nouvelle, enduisant le matériel implanté de solutions antibiotiques, réduit considérablement le risque infectieux.

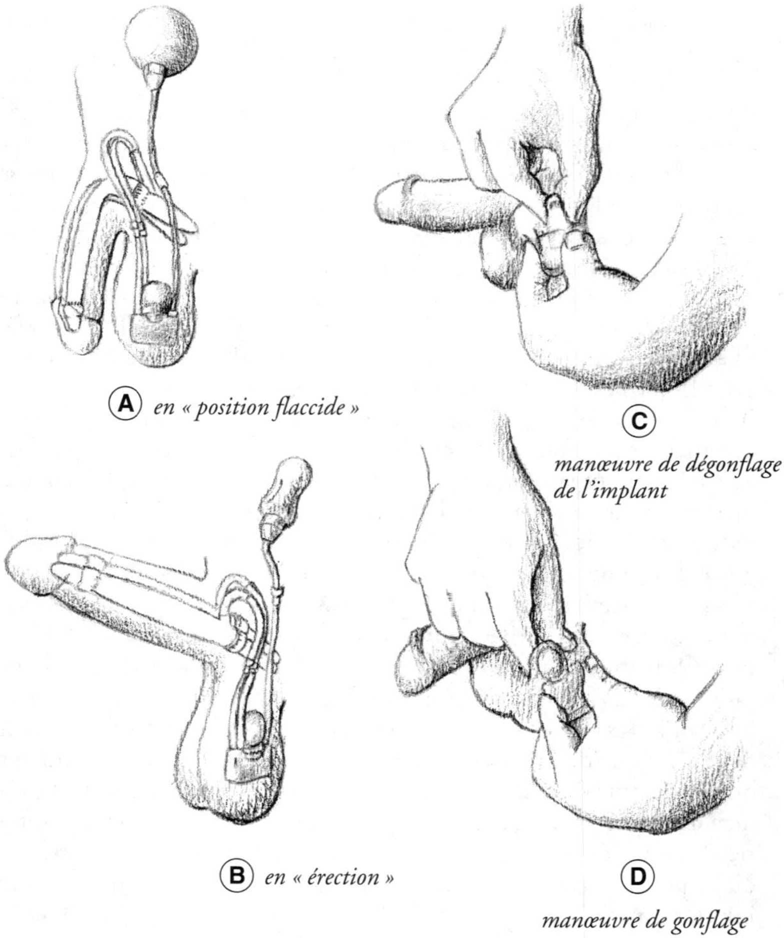

Figure 12.5. – *L'implant pénien hydraulique.*

tive, non contraignante et non médicamenteuse. Son acceptation augmente aussi avec le temps, et l'on voit certains patients dont l'enthousiasme pour d'autres traitements s'essouffle, la réclamer alors qu'ils s'y étaient refusés jusqu'alors – question de motivation également.
Le patient, en matière d'impuissance, doit garder en mémoire qu'il existe une solution à tous les stades de l'évolution de son problème.

LES TRAITEMENTS INDIRECTS

On qualifie ainsi tous les traitements visant à aider indirectement la restauration de la fonction sexuelle ou agissant sur d'autres paramètres que l'érection.

Fortifiants, vitamines, aphrodisiaques

Dans l'attente de l'arrivée de médications sur mesure, les spécialistes utilisent la pharmacopée pour tenter d'améliorer différents domaines de la fonction sexuelle. Ce qu'il faut savoir, c'est que l'ensemble de ces médications essayées ont un effet à peine supérieur à celui d'un placebo, que leur efficacité n'a été validée par aucune étude sérieuse.
Trois facteurs déterminent cette efficacité : l'action réelle des médicaments, leur effet placebo, et l'effet bénéfique de la prise en charge elle-même. Il n'est pas rare en effet que le patient vous dise, lors d'une deuxième visite, alors qu'aucun traitement n'a encore été mis en place : « Docteur, ça va nettement mieux. » La remise en confiance psychologique due à la constatation ou l'affirmation d'une intégrité physique ou à la réparation possible du trouble est très bénéfique. De nombreux traitements « anodins » ou mineurs agissent sur ce mode.

DES ALIMENTS APHRODISIAQUES

« Les truffes rendent les femmes plus tendres et les hommes plus entreprenants », notait Brillat-Savarin dans sa *Physiologie du goût*[1]. Mes consultants réclament souvent des conseils diététiques « pour une meilleure sexualité », sous-entendu pour avoir de fréquentes et meilleures érections, en quête de philtres et potions permettant de mieux faire l'amour, quête permanente depuis la préhistoire. J.-M. Bourre dresse un catalogue plein d'humour mais aussi de renseignements scientifiques sur l'action supposée de ces aphrodisiaques traditionnels.
Orale ou écrite, la tradition charrie en la matière une quantité importante de données dont il est difficile d'apprécier avec certitude le rôle réel et encore moins l'efficacité. Certains, comme la moutarde ou les orties, quand ils ne faisaient pas la preuve de leur efficacité par absorption, étaient appliqués localement ! Il en allait de même de la gelée royale produite par les abeilles. Les anciens Grecs, pour provoquer une érec-

1. Cité par J.-M. Bourre, *La Diététique de la performance*, Odile Jacob, 1995, p. 181-192 : Les aliments de la sexualité.

tion, préféraient se faire piquer directement le pénis par l'une d'elles spécialement dressée dans ce but. J'ai connu un apiculteur qui avait essayé en vain cette technique !

Les épices et les condiments ont toujours joui d'une réputation aphrodisiaque, de même que la moutarde (contraction du moût ardent), l'ail (mais attention à l'haleine qu'il propage), le poivre, le safran, le romarin, la sarriette (que Dionysos nommait herbe du bonheur), la noix de muscade, le girofle et enfin la cardamome (toujours populaire au Moyen-Orient) se partagent, selon les régions et leurs habitants, les faveurs des amoureux.

Si l'on ne sait pas pourquoi la truffe serait aphrodisiaque, par contre on pense pouvoir expliquer pourquoi le cochon et le chien truffier sont d'aussi bons chasseurs de truffes. Parmi les constituants responsables de l'odeur particulière de ce champignon figurent des doses certes faibles mais perceptibles de testostérone qui attirent la truie, mêlée à d'autres arômes qui feront réagir le chien, lequel le manifestera en remuant la queue ! « Ces hormones contenues dans la truffe sont identiques à celles que l'on retrouve dans les sécrétions axillaires, la salive, la sueur et l'urine de l'homme. De là à affirmer qu'elles (les truffes) soulagent une physiologie défaillante, il n'y a qu'un pas[1]. » Mais à quel prix !

Les célèbres cuisses de grenouille, dont les Français sont connus pour être de grands consommateurs, tout comme ils sont réputés pour leurs conquêtes amoureuses, seraient-elles aussi aphrodisiaques, ceci expliquant cela ? Nos grenouilles se nourrissant essentiellement de mouches cantharides, elles avalent une grande quantité de cet aphrodisiaque connu depuis des siècles. Selon les chercheurs américains qui ont réalisé cette étude[2], un batracien bien nourri pourrait contenir dans ses cuisses jusqu'à 5 mg de principe actif pour 100 mg de muscle, mais l'absorption par l'homme de 10 mg de cette substance provoque de sévères complications. On imagine que les diététiciens et pharmacologues développeront des études pour nous fabriquer une grenouille dont les cuisses soient juste assez mais pas trop dosées en principe érectile ! Nos célèbres toques imagineront bien de les accommoder avec tous les ingrédients mentionnés ci-dessus.

Les rhinocéros, les cerfs et les rennes ont payé un lourd tribut à la réputation aphrodisiaque de la poudre obtenue avec la corne de l'un et les bois des autres. Jusqu'à ce jour, aucune preuve sérieuse n'a pu être

1. J.-M. Bourre, *op cit.*
2. Cité par J.-M. Bourre, *op. cit.*

apportée de leur efficacité, même si une préparation liquide obtenue à partir des cornes de jeunes cerfs serait tenue pour très puissante par des experts russes et japonais. Dernier élément scientifique propre à faire fantasmer scientifiques et apprentis amoureux : le brame des cerfs déclencherait l'ovulation des biches ! Preuve indirecte du pouvoir sexuel de ces animaux magnifiques.

L'INDUSTRIE DU GINSENG

Originaire de Corée, le ginseng est certainement actuellement le produit le plus utilisé dans le monde pour stimuler la sexualité. Il est souvent mélangé à d'autres principes actifs et stimulants comme la noix vomique, contenant un excitant puissant et dangereux, la strychnine. Il convient donc de se méfier de la formulation de ce que l'on achète. Compte tenu des contrôles, ces préparations pharmaceutiques et diététiques en Europe ont une teneur variable en principe actif, mais à l'abri de tout danger. Leur efficacité réelle n'a jamais été démontrée par des études contrôlées, même si des publications asiatiques font état depuis quelque temps de résultats intéressants, non encore validés par des équipes à la fiabilité reconnue.

En définitive, existe-t-il une alimentation et un mode de vie idéaux pour l'amoureux qui se veut performant ? Ponctuellement, pour faire tomber l'anxiété et les barrières conventionnelles, une petite quantité d'alcool au milieu d'un repas pas trop abondant mais épicé peut suffire, surtout accompagnée de l'esprit et du charme nécessaires à la séduction. Sur le long terme, on l'aura compris, si l'on veut longtemps érection garder, il convient de se conserver en bonne santé. Protéger son cœur, ses artères, son cerveau, sans oublier de pratiquer. L'abstinence prolongée est « castratrice » et génératrice d'involution. Il faut entretenir le fonctionnement sexuel, orgasme compris, même en l'absence de la partenaire ou si celle-ci est indisponible temporairement, au minimum deux fois par mois.

L'activité physique doit certes être présente mais mesurée. Lorsqu'elle est importante (marathoniens, randonneurs, cyclistes, etc.), elle demandera compensation au niveau énergétique (vitaminothérapie, oligo-éléments, sels minéraux) et parfois hormonal. On peut voir en effet une consommation excessive de testostérone lors de la pratique sportive intensive.

L'activité intellectuelle est aussi un stimulant sexuel : l'imaginaire, l'imagerie, toute activité par ailleurs gratifiante, voire dangereuse, constituent autant de stimuli venant interférer avec l'appétit orgasmique de base.

Du bon usage des hormones

La prescription d'hormone mâle (testostérone) se rapproche des traitements non spécifiques, tant elle a été utilisée pour tout genre de défaillance sexuelle. Un tel traitement n'est réellement profitable que s'il existe bien au départ une baisse significative du taux de l'hormone mâle. On provoquera alors le retour des érections matinales, un meilleur appétit sexuel et également une amélioration du bien-être général, tous éléments qui sont bénéfiques pour la qualité de l'acte, surtout s'il n'y a pas d'autre cause à la défaillance érectile. Une fois mis en place, le traitement doit être indéfiniment poursuivi, avec un contrôle régulier du taux d'hormone circulante et de PSA pour détecter une éventuelle et rarissime action néfaste sur la prostate. En adaptant la quantité d'hormone administrée à l'état clinique pour ne pas entretenir un taux trop élevé de testostérone, les risques de voir se produire un cancer de la prostate induit par le traitement hormonal sont inexistants. L'examen régulier de la prostate est cependant indispensable car la découverte, toujours possible, d'un cancer débutant est une raison impérative d'arrêter le traitement hormonal.

Il faut se rappeler que dans le cas où l'abaissement du taux de la testostérone est une des causes potentielles d'une défaillance sexuelle, le traitement hormonal exclusif n'entraîne pas nécessairement la réapparition d'érections de qualité. Ainsi, si après trois mois d'utilisation de la testostérone un résultat positif ne s'est pas produit, un traitement visant à rétablir l'érection plus directement devra être entrepris.

La psychothérapie et la sexothérapie

Nombreux sont les psychiatres, et aussi implicitement les sexologues, qui considèrent que les techniques issues de leur spécialité ne constituent qu'un appoint dans la lutte contre la défaillance sexuelle. Ils ont eu le mérite, pendant de très nombreuses années, de supporter tout le poids des patients se plaignant de troubles sexuels, lorsque les traitements directs n'avaient pas encore la simplicité, l'efficacité et l'innocuité qu'on leur connaît aujourd'hui, et de tenter d'y remédier avec plus ou moins de succès.

D'autres auteurs[1] se sont largement expliqués sur les aberrations de la théorie psychanalytique quant à l'approche thérapeutique de la sexua-

1. G. Zwang, *La Statue de Freud*, Robert Laffont, 1985. P. Debray-Ritzen, *op. cit.*

« Se charger » à la testostérone

Nombre de mes consultants sont des culturistes ou des leveurs de fonte. Tous savent, comme d'autres sportifs de haut niveau, qu'en s'injectant des doses importantes de testostérone pendant la musculation, ils développent de façon spectaculaire leur poids musculaire. Quand ils arrivent à moi, c'est pour ses effets néfastes indirects sur la sexualité. L'impuissance n'est en effet qu'une conséquence tardive de la mise au repos de l'hypophyse produite par l'administration prolongée et massive d'hormone mâle. Celle-ci a des conséquences encore plus néfastes :
– surcharge du foie ;
– détérioration du capital immunitaire, avec sensibilité exagérée aux infections ;
– développement facilité de tumeurs, en particulier au niveau de la prostate.

En se « chargeant » à la testostérone, on ne risque pas seulement la disqualification, on menace sa vie.

lité humaine. Les thérapies issues de cette obédience sont-elles pour autant toutes à rejeter ? Si l'on considère l'action directe qu'elles peuvent avoir sur l'érection, certainement oui. S'il s'agit d'évacuer des problèmes liés à l'éducation, à l'identification, à la manière de percevoir la sexualité, elles peuvent avoir un rôle au même titre que toute psychothérapie. Ce qui est inacceptable, c'est de voir encore aujourd'hui des patients ayant commencé depuis plusieurs années une cure analytique pour des troubles sexuels dans l'attente d'un résultat effectif qui n'arrivera jamais. Pourtant, la collaboration entre psychiatres et spécialistes des défaillances sexuelles peut être très efficace lorsqu'elle est coordonnée. En particulier, on obtient de brillants résultats chez les dépressifs chroniques et même chez les patients atteints de psychose maniaco-dépressive. Le principe de base d'une telle collaboration est l'harmonie des thérapeutiques, les unes s'appliquant à contrôler l'état psychique, les autres s'appliquant à permettre la reprise des érections. Le mieux-être immédiat obtenu par le renouveau de la vie sexuelle permet très souvent d'alléger les traitements médicamenteux et, ce faisant, de hâter la reprise d'érections naturelles satisfaisantes[1].

1. H. Cuche, « Le psychiatre et l'impuissance », *La Revue de médecine interne*, avril 1997.

Chez les spécialistes de la thérapie comportementale, technique visant à prendre connaissance de son corps, à maîtriser ses sensations et ses émotions, et chez les sexologues qui prennent volontiers en charge le couple dans son ensemble et séparément, on s'est rendu compte que les traitements donnaient lieu à de nombreux échecs par abandon. Ces abandons sont dus aux délais demandés pour obtenir des résultats. Ce qui est recherché, l'acte complet, est souvent interdit dans le but louable, en théorie, d'éviter la répétition des échecs. Hélène Kaplan, l'une des sexologues américaines les plus renommées, l'a si bien compris qu'elle a purement et simplement intégré la technique des injections intracaverneuses dans ses traitements sexologiques[1].
De fait, nombreux sont les patients qui, une fois obtenue grâce aux injections la possibilité des érections, n'auront plus besoin de ces thérapies, qui ne doivent donc plus être employées aujourd'hui que comme des adjuvants ou des compléments. Le vrai rôle de la sexothérapie est le conseil et la prise en charge des couples qui le demandent. Trop souvent, l'inexpérience en la matière est totale. Il faut pourtant que l'un et l'autre partenaires se découvrent sur le plan des sens et de la gestuelle sexuelle. Le rôle du thérapeute est de faire découvrir et admettre à l'un ce que l'autre attend de lui.
La réceptivité à ce type de thérapie est très inégale, dans la population dans son ensemble comme au sein du couple qui consulte. Quand les couples ont des habitudes installées depuis longtemps, il est souvent illusoire de vouloir les faire changer. D'une manière générale, les hommes acceptent beaucoup moins bien que leur compagne ces thérapies qui semblent, en tout état de cause, réservées aux plus jeunes.
Ici, comme pour toutes les autres solutions, il faut indiquer à celui (ceux) à qui l'on propose un programme thérapeutique ses chances de réussite et sa durée. Malheureusement, peu nombreux sont ceux qui établissent de véritables statistiques dans ce domaine. Les études comparatives sont difficiles, en particulier parce que les protocoles sont très personnalisés, d'autant plus que maintenant les traitements ne sont plus exclusifs mais associés, on l'a vu, à d'autres techniques plus efficaces à court terme.

La « kinésisexothérapie »

S'appuyant pour une part sur des techniques sexothérapiques et aussi sur la maîtrise des sensations physiques comparables à celles utilisées

---

1. H. Kaplan, G. Wagner, *The New Treatment of Erectile Dysfonction*, Grüne, 1995.

dans la thérapie comportementale, un peu à l'instar de ce que l'on fait pour les futures mamans avec l'accouchement sans douleur, ce que je qualifie du néologisme « kinésisexothérapie » vise à mieux maîtriser l'ensemble de la réaction sexuelle, grâce à la modulation des événements physiologiques contrôlables. Il s'agit essentiellement d'utiliser au mieux les possibilités offertes par la maîtrise de l'ensemble musculaire situé autour de la portion du pénis enfouie dans le périnée. Pour ce faire, le patient devra apprendre à reconnaître ces muscles, à les localiser et à les fortifier. Ces séances de musculation peuvent être aidées, au départ, à l'aide de la technique du biofeedback, qui consiste à réaliser un enregistrement de l'amplitude des contractions de manière à visualiser celles-ci et à objectiver les progrès réalisés.
Cette musculation est une aide utile, d'une part chez les patients ayant une difficulté de maintien modérée liée à la distension générale de la musculature périnéale, d'autre part pour mieux contrôler l'éjaculation. Certains sexologues prétendent même que la maîtrise de ces muscles permet la possibilité de l'orgasme multiple[1]. Pour la recherche d'un meilleur contrôle de l'éjaculation, il faut gérer également le rythme respiratoire et l'amplitude des mouvements de va-et-vient.
Les résultats sont extrêmement variables, en fonction de la capacité individuelle à intégrer ces techniques et aussi de la patience avec laquelle on accepte une certaine lenteur des progrès enregistrés. C'est pourquoi elle gagne énormément à être couplée à des techniques plus rapidement efficaces telles que l'injection intracaverneuse.
L'apprentissage du contrôle de cette musculature ainsi que de la respiration durant l'acte est fondamental, pour conserver le *self-control* le plus longtemps possible avant d'atteindre le point de non-retour déclenchant l'éjaculation et l'orgasme, et ainsi obtenir la maîtrise de l'éjaculation. La plupart des hommes se laissent déborder par leur désir d'orgasme et, par ignorance de leur propre physiologie, ils se révèlent incapables de modifier leurs mauvaises habitudes. La « kinésisexothérapie » devrait les y aider en trois étapes : apprendre à quantifier l'état de son désir et du niveau d'excitation, maîtriser l'arrivée de l'inéluctable d'abord seul, puis avec la partenaire, en agissant sur sa propre physiologie, enfin apprécier parfaitement les réactions de l'autre pour harmoniser l'ensemble.
Une approche complémentaire à ranger dans ce chapitre est « l'approche psycho-corporelle », qui consiste pour les hommes dépourvus de sensa-

1. B. Keesling, *op. cit.*

tions ou « déconnectés de leur corps » à leur faire progressivement découvrir leurs sensations physiques par des massages adaptés, complétant ou précédant l'apprentissage des techniques de musculation ou de contrôle de l'éjaculation.

TRAITEMENT DIRECTIF OU À LA CARTE ?

Il ne faut pas confondre explications nécessaires de l'ensemble des possibilités thérapeutiques et laxisme. Trop souvent, les médecins consultés laissent le choix des armes au patient : « Si vous voulez, on peut faire tel ou tel traitement, c'est vous qui choisissez. » Or, même si, en définitive, c'est évidemment le patient qui décide, son choix final doit nécessairement être guidé par le médecin, avec des arguments induits par le résultat du bilan et des données statistiques. De même que l'analyse des données recueillies par les examens doit faire l'objet d'une synthèse, la revue des techniques de traitement effectuée avec le patient doit s'achever par l'élaboration d'un programme thérapeutique. Il est indispensable de bien différencier dans son esprit les techniques visant à traiter tel ou tel symptôme – le manque d'érection, l'éjaculation rapide, le manque de désir – de celles qui visent à soigner les causes ou le terrain occasionnant ou entretenant la défaillance sexuelle. L'âge et les circonstances jouent également un rôle déterminant. Les stratégies sont différentes s'il s'agit d'un jeune impuissant ayant l'espoir de former un couple ou d'un veuf ayant dépassé la soixantaine et souhaitant connaître une compagne pour rompre sa solitude. Les possibilités sont elles aussi différentes : on ne pourra pas, par exemple, proposer une chirurgie vasculaire à un homme âgé, de même que l'on n'envisagera une prothèse pour un sujet jeune que si la détérioration du tissu érectile est irrémédiable et définitive. Même la stratégie employée avec une technique comme les injections intracaverneuses sera différente : chez le sujet d'âge mûr, on ne cherchera pas nécessairement la guérison (c'est-à-dire l'arrêt du traitement à un moment ou à un autre), contrairement au jeune pour lequel on ambitionne le retour définitif à une sexualité normale sans aucune aide. Le programme thérapeutique répond presque toujours à une triple exigence : restaurer la possibilité d'un acte sexuel harmonieux, tenter de traiter les causes potentielles identifiées ; prendre en charge le terrain sur lequel évolue la défaillance sexuelle. Malheureusement, bien souvent, il y a confusion des genres. Le thérapeute novice emploie une arme inadaptée, par exemple les hormones pour restaurer l'érection, ou

bien une intervention vasculaire pour remédier à une fuite veineuse sans que l'on se soit rendu compte qu'il y a des anomalies importantes sur les voies nerveuses. Dans les deux cas, c'est l'échec assuré. Dans le premier, on en est quitte avec quelques piqûres inutiles ; dans le deuxième, c'est la déconvenue, beaucoup plus marquante psychologiquement, d'une intervention inefficace.
Il faut, dans l'établissement du programme de traitement, bien différencier ses étapes et les faire percevoir au patient. Le résultat brillant des injections occulte souvent le reste, et nombreux sont les patients intéressés seulement par le premier des trois aspects du programme. Une fois obtenus le rétablissement de l'érection et la reprise d'une vie sexuelle satisfaisante, ils négligeront les deux autres objectifs. Le confort d'utilisation faisant le reste, pourquoi alors s'arrêter de fumer, faire un régime pour faire baisser le taux de cholestérol ou, mieux, contrôler un diabète ? Quelques années plus tard, on ne s'étonnera pas de voir le traitement devenir moins efficace. Il aurait mieux valu alors suivre le médecin qui indiquait que, faute de mesures préventives, les composantes de l'érection continueraient malgré tout à se détériorer. Il en sera de même si les aspects psycho-affectifs sont ignorés : cela peut être le rejet pur et

Comment stimuler le désir ?

• *Les moyens non médicaux*
- susciter ou provoquer un échange amoureux ;
- varier les pratiques sexuelles ;
- lever les inhibitions (parler, « destresser », boire modérément un peu d'alcool) ;
- chasser peur, stress et soucis d'activité professionnelle ;
- stimuler l'autre et inviter l'autre à vous stimuler.

• *La médecine aphrodisiaque*
- oligo-éléments et vitamines (ginseng, arginine, zinc, tyrosine, yohimbine, extrait d'avoine) ;
- bromocriptine (Parlodel®) uniquement chez les patients souffrant d'un manque de désir par élévation de la prolactine ;
- « apprendre son corps » (thérapie corporelle, massage sensitif) ;
- psychothérapie et hypnose (pour lever les inhibitions) ;
- suppression des médicaments anaphrodisiaques ;
- stimuler et renforcer l'érection provoque à coup sûr un regain d'appétit lorsque le désir s'est amenuisé par espacement des rapports.

L'activité sexuelle est le meilleur moteur du désir.

simple par la compagne de son partenaire à nouveau performant, et qu'elle préférait tel qu'il était auparavant, ou la découverte d'un conflit de couple majeur dû à une perception totalement différente de leur sexualité par l'un et par l'autre.

La prise en charge de la défaillance sexuelle masculine ne peut se cantonner à la prescription d'une médication « érectogène » ou à la réalisation d'une intervention chirurgicale, elle doit aborder et ambitionner de résoudre l'ensemble de la problématique sexuelle de celui qui consulte.

Les résultats

À un récent colloque, je faisais remarquer à quelques congressistes qui sollicitaient mon avis, hors session, sur telle ou telle nouveauté thérapeutique aux résultats initiaux prometteurs, qu'il y avait une remarquable constance dans le pourcentage de bons résultats revendiqués par chacun des traitements apparaissant sur le marché, le taux de 80 % étant assez univoque ! Il y a plusieurs raisons à cela : l'absence d'utilisation de critères stricts d'évaluation, la variété et le degré des divers types de défaillances sexuelles rendant les séries étudiées inhomogènes, et le manque de suivi à long terme des patients.

L'évaluation devrait être la plus indépendante possible. Or, les tenants d'une méthode ont toujours tendance, même s'ils agissent avec la plus grande honnêteté, à surévaluer leurs résultats. On a pu voir ainsi les bons résultats réels des implants péniens varier de 95 % à 50 % suivant qu'ils provenaient d'équipes soutenues par les industriels ou totalement indépendantes. Un autre paramètre intervenant fréquemment est celui de l'expérience de l'équipe publiant le résultat, l'idéal étant un contrôle par une équipe indépendante de celle qui a réalisé le traitement, quel qu'il soit. C'est ainsi que j'avais fait réaliser par un de mes collègues américains l'analyse de mes résultats chirurgicaux, puis l'analyse du devenir 5 ans après une première visite d'une série de 1 000 patients par un médecin indépendant[1]. Les résultats de cette étude peuvent servir de conclusion à l'ensemble de ce chapitre sur le traitement des défaillances sexuelles (voir figure 12.6).

Depuis les premiers travaux de Masters et Johnson[2], qui signalaient la

1. L. Beck-Ardilly, *op. cit.*
2. W. Masters et V. Johnson, *Les Mésententes sexuelles et leur traitement*, Robert Laffont, 1972.

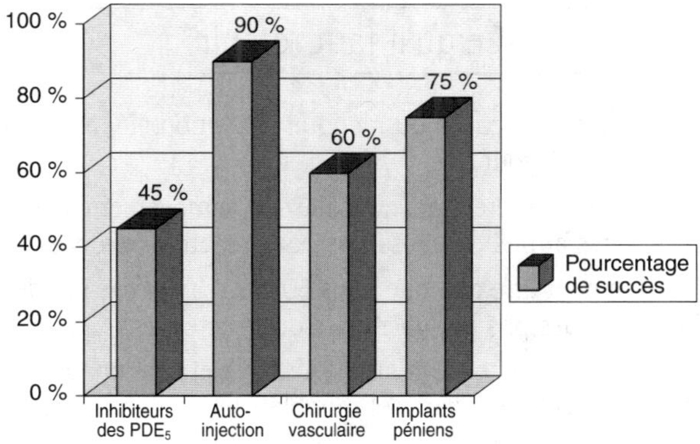

Figure 12.6. – *Résultats comparatifs des traitements des dysfonctions érectiles.*
Résultats immédiats (restauration d'une activité sexuelle jugée satisfaisante).*

** On entend par résultats immédiats les résultats jugés 3 mois après la mise en place du traitement ou pratique de l'intervention.*
Sources : Statistiques du CETI (Centre d'Explorations et Traitements de l'Impuissance).

difficulté du traitement des défaillances sexuelles masculines et en particulier des cas d'impuissance, les progrès ont été gigantesques, notamment avec l'utilisation universelle des injections intracaverneuses. Aujourd'hui, que les difficultés soient passagères ou définitives, qu'elles évoluent chez un sujet sain ou dans le contexte d'une affection invalidante mais autorisant une vie sexuelle, il existe toujours une solution thérapeutique valable et fiable. C'est au médecin de l'expliciter en fonction des lésions constatées, c'est au patient de les accepter en fonction de ses motivations.

Ce qu'il faut retenir

① Quelle que soit la cause du manque d'érection, il y a une solution médicale possible, à tout âge.

② La restitution de l'érection, quel que soit le moyen employé, permet le traitement des autres composantes de la réaction sexuelle.

③ L'érection peut être obtenue dans 50 à 80 % des cas par des médicaments spécifiques pris par voie orale ou injectés.

④ La mini-injection dans le pénis est indolore et sans danger. Elle offre à l'homme des érections rigides et durables quand il le souhaite.

⑤ La chirurgie est un recours utile et efficace quand les autres méthodes ont échoué.

⑥ Les aspects psychologique et comportemental peuvent bénéficier de techniques paramédicales (psychotherapie, sexothérapie, kinésithérapie).

Chapitre 13

L'INFERTILITÉ MASCULINE

« Pour le plus grand bien de ceux d'entre nous qui ont besoin de ces traitements et dans l'intérêt des enfants qui naissent, il serait maintenant judicieux que les procréations médicalement assistées passent de la médecine de l'exploit qui engendre la contestation, à la médecine du quotidien. »
C. Humeau, F. Arnal.

Sur les 10 à 15 % des couples constitués qui consultent pour une stérilité supposée, seuls 3 à 5 % sont véritablement stériles, les autres étant soit anxieux et normalement fertiles, soit qualifiés d'hypofertiles[1]. Une consultation médicale doit être envisagée quand l'enfant désiré n'est toujours pas conçu après un an de rapports sexuels réguliers non protégés. Tous les spécialistes s'accordent pour souligner le caractère stressant pour le couple de la constatation de l'infécondité, surtout si elle perdure. Le chemin médical étant souvent long et pénible, il convient de ne pas tarder à l'aborder, en s'adressant à des médecins spécialisés mais privilégiant l'aspect humain de la démarche.
Les progrès du traitement des infertilités sont l'un des domaines les plus médiatisés de la médecine moderne. Tout le monde a en mémoire la naissance en 1978 de Louise Brown, le premier bébé-éprouvette. Presque vingt ans plus tard, la brèche ouverte par la possibilité de concevoir en laboratoire un embryon, donc un être vivant, à partir de deux gamètes prélevés

1. C. Humeau et F. Arnal, *Les Médecines de procréation*, Odile Jacob, 1994.

sur deux humains et de l'implanter ou de le conserver par congélation, n'en finit pas de faire fantasmer la plupart et de faire passer à l'acte nombre d'apprentis sorciers. Notre propos ici n'est que d'envisager la part masculine de l'infertilité du couple, laquelle a bénéficié récemment de l'apport de techniques nouvelles comme l'ICSI, l'injection intracytoplasmique d'un seul spermatozoïde.

LA PART DE L'INFERTILITÉ MASCULINE DANS LA STÉRILITÉ D'UN COUPLE

Contrairement au traitement des dysfonctions sexuelles, qui est le plus souvent une démarche solitaire, l'infertilité s'aborde à deux, et ce sera l'exigence absolue de toute équipe prenant en charge une stérilité. Quelle est, dans ce contexte, la fréquence de la responsabilité masculine ? Elle est considérée comme la cause principale dans un tiers des cas, et un facteur y contribuant dans encore 20 % des cas. C'est dire qu'au moins une fois sur deux, l'homme est concerné. On est bien loin des croyances antérieures en la quasi-exclusivité du caractère féminin des stérilités. C'est pourquoi l'enquête médicale inclura *de facto* l'élément masculin du couple.

L'azoospermie absolue, c'est-à-dire l'absence totale de cellules fécondantes mâles dans le sperme, n'est en cause que dans 10 % des cas. Pour tous les autres, on parlera d'oligoasthénotératospermie, néologisme un peu long désignant les insuffisances quantitatives et/ou qualitatives de spermatozoïdes cependant présents.

Les causes possibles de l'azoospermie peuvent être mécaniques quand il y a un obstacle, par défaut congénital, ou à la suite d'un traumatisme ou d'une infection sur les voies conduisant les spermatozoïdes jusqu'à l'urètre. Dans ce cas, ceux-ci seront normaux en amont de l'obstacle, contrairement aux cas où c'est la fabrication des cellules elle-même qui est en cause, soit par suite d'un défaut endocrinien au niveau de l'hypophyse et/ou de l'hypothalamus, soit parce que les testicules ont été abîmés après une affection virale comme les oreillons ou parce que leur développement s'est trouvé entravé par une anomalie du développement embryonnaire.

L'insuffisance quantitative ou qualitative du sperme relève de causes tellement variées qu'une enquête exhaustive sera indispensable, surtout s'il n'y a aucun signe d'appel.

LES CONDITIONS D'UN DIAGNOSTIC

Avant toute investigation complexe et coûteuse, il convient de reconstituer l'historique de la vie sexuelle et des antécédents fertiles, tout en sachant que le potentiel fécondant est variable et que l'existence d'une fertilité antérieure satisfaisante n'est pas une garantie absolue pour le futur. Si l'infertilité masculine est avérée et durable, on s'attachera à retrouver dans le passé médical du sujet des antécédents néfastes, telle une ectopie testiculaire, surtout si elle est bilatérale, ou des torsions répétées, ou encore un traumatisme important. On détectera fréquemment des poussées d'inflammation testiculaire à l'occasion d'une maladie virale très fréquente comme les oreillons, qui altère considérablement le tissu spécialisé chargé de fabriquer les cellules reproductrices. Il faudra également rechercher dans la mémoire incertaine du sujet le souvenir d'un traitement hormonal, ou simplement celui d'une visite chez le « spécialiste des glandes » car maman trouvait qu'elles ne se développaient pas assez vite. Encore plus lointaines et complètement omises si on ne dispose pas du témoignage parental ou d'un carnet de santé, les interventions chirurgicales de la petite enfance, telle celle effectuée pour hernie du nourrisson, peuvent avoir endommagé les testicules.

Le passé sexuel sera évoqué avec précision tant en ce qui concerne d'éventuels rapports ayant entraîné une grossesse (avec la partenaire avec qui l'on désire à présent un enfant, ou avec une autre), qu'en ce qui concerne la recherche d'une M.S.T. ayant occasionné une infection locale et de possibles séquelles avec obstruction au niveau de la voie excrétrice.

L'enquête, presque policière, recherchera la prise de médicaments néfastes et en particulier l'administration intempestive d'androgènes à haute dose, notamment chez les adeptes de la musculation intensive. On sait que la testostérone médicamenteuse provoque en quelques semaines l'arrêt total de la spermatogenèse. À ce titre, elle est aujourd'hui proposée comme contraceptif masculin (voir chapitre 6).

L'environnement, et notamment les pesticides, mais aussi les nombreux engrais industriels nuiraient au développement harmonieux de la lignée germinale masculine : la recherche d'une exposition prolongée à des agents chimiques est donc importante, surtout si aucune autre cause évidente n'apparaît déterminante.

L'examen du sperme

Pour l'homme anxieux au sujet de sa capacité reproductrice, l'examen du sperme est une démarche beaucoup plus significative que n'importe quelle autre analyse. Pour le prescripteur qui jette négligemment le mot spermogramme sur l'ordonnance, il n'y a pas de différence entre cet examen et un électrocardiogramme ou une numération sanguine – on est dans la banalité du quotidien. En revanche, pour celui à qui il est prescrit, on entre dans le tabou non seulement à cause de la masturba-

tion, souvent culpabilisée, par laquelle on obtiendra la liqueur séminale, mais surtout pour la signification du résultat, qui met en cause, plus qu'une fonction physiologique, l'intégrité masculine individuelle, celle qui lui interdira, si le résultat n'est pas conforme, d'assurer sa propre descendance. La signification sacralisée du spermogramme doit être prise en compte par le prescripteur et verbalisée, notamment au moment où il commentera les résultats, surtout s'ils sont franchement mauvais. La dimension émotionnelle pour l'individu et pour le couple est énorme, même si la procréation médicale assistée offre des possibilités sans cesse améliorées face aux avatars de la nature.
Le spermogramme (avec spermocytogramme comme il convient de le préciser pour étudier sa fertilité) renseigne sur les paramètres influant directement sur le pouvoir fécondant du sperme : nombre de spermatozoïdes et leur concentration dans le sperme, mobilité, nombre de formes anormales et viabilité de l'ensemble. Il donnera également des indications sur la cause des altérations si l'on y découvre une inflammation, une infection ou la présence d'anticorps.
À côté de ce test de routine qu'est le spermogramme classique, des examens plus raffinés ont été mis au point pour apprécier avec plus d'acuité le pouvoir fécondant du sperme : ils évaluent la capacité de migration et la potentialité de survie des spermatozoïdes. Parmi ces tests, il convient de mentionner le test de Humster (contraction des mots humain et hamster, ce sympathique petit animal compagnon de tant d'enfants et de scientifiques). Après avoir modifié les ovocytes du hamster, on apprécie le pouvoir fécondant du sperme en fonction du nombre de spermatozoïdes capables de pénétrer les cellules souches du hamster femelle.
Quels que soient les résultats du spermogramme, il faut savoir qu'aucune situation n'est aujourd'hui désespérée. Il est des situations totalement rassurantes, lorsqu'à deux examens successifs on constate un volume de sperme compris entre 1,5 et 5 ml, contenant au moins 20 millions de spermatozoïdes par ml (ou cm^3), dont les deux tiers ont une viabilité, une mobilité et une morphologie satisfaisantes. Le pouvoir fécondant est alors certainement bon. À l'opposé, sauf absence totale de spermatozoïdes confirmée par la biopsie testiculaire ou totale négativité du test de Humster, il n'y a « aucun moyen objectif d'affirmer à coup sûr la non-fécondance d'un sperme[1] ».

1. C. Humeau et F. Arnal, *op. cit.*, p. 265.

A contrario, bien des bilans pour stérilité masculine resteront normaux sans que l'on puisse expliquer pourquoi la fécondation n'a pas lieu : certains paramètres de fécondance restent encore mystérieux et l'influence des facteurs psychologiques est totalement méconnue mais patente. Se fondant sur cette donnée, un spécialiste bien connu a l'habitude de conseiller un voyage d'amour et/ou un pèlerinage, suivant les croyances du couple, avant d'entreprendre une enquête médicale sophistiquée !

On verra l'usage qui est fait des renseignements des spermogrammes et autres tests dynamiques dans la préparation des spermatozoïdes lorsqu'une insémination artificielle, voire une fécondation in vitro, est envisagée.

L'examen du sang

Dans le sang de l'homme infertile, on va rechercher les stigmates d'une atteinte hormonale, avec d'autant plus d'attention s'il existe dans le passé les signes d'une puberté tardive, le souvenir d'une agression infectieuse, virale ou traumatique sur les testicules, mais également des maladies ou accidents affectant l'hypophyse et l'hypothalamus. Ces patients ont en outre des stigmates physiques souvent connus, mais quelquefois découverts à l'occasion de l'enquête pour infertilité. Ils seront d'autant plus marqués que l'anomalie causale sera intervenue plus précocement dans la vie du sujet. Lorsque c'est avant la puberté, l'homme aura l'aspect dit de l'eunuque, avec une grande taille, des bras démesurément longs, une pilosité rare ou absente, des organes génitaux très petits et une masse musculaire peu développée. À l'infertilité s'associe alors une impuissance avec absence de désir sexuel. Beaucoup plus fréquent, mais plus sournois dans son expression, est le tableau de la défaillance testiculaire intervenant souvent longtemps après la puberté : le désir sexuel qui existait se fait moins pressant, entraînant une diminution des érections spontanées, la pilosité se fait plus rare, et le sujet se rase moins souvent. Dans tous les cas, c'est l'examen sanguin qui donnera la clé de l'énigme.

Dans certains cas, il existe des signes extérieurs qui témoignent d'une atteinte haut située de la filière endocrinienne, car associant des malformations physiques (déformation faciale), psychologiques et surtout sensorielle (anosmie, c'est-à-dire absence de l'odorat). Il s'agit, dans ce cas, d'une maladie héréditaire, appelée le syndrome de Kallman-De Morsier, liée à un défaut génétique entraînant des anomalies de développement au niveau du système limbique.

Rester prudent sur les résultats

Quand on lit un spermogramme anormal, il faut se rappeler que la spermatogenèse (ensemble des étapes de la fabrication du spermatozoïde) prend 74 jours, délai auquel il faut ajouter deux semaines pour le voyage jusqu'au réservoir constitué par les vésicules séminales. Ainsi, une perturbation ou anomalie constatée un jour J peut n'être que le reflet de ce qui s'est passé trois mois auparavant, témoignant d'une infection déjà guérie ou de la prise ponctuelle d'un médicament néfaste. Il est donc toujours recommandé de faire un deuxième examen trois mois plus tard, surtout si la cause déclenchante initiale a disparu. Il serait en effet stupide d'entreprendre des traitements longs et pénibles avant d'avoir la certitude de la permanence des troubles.

Quand s'associent une baisse du volume de la quantité éjaculée, une absence de spermatozoïdes et une baisse du taux de fructose, on suspectera une anomalie sur les vésicules séminales ou un obstacle sur les canaux éjaculateurs.

Il faut enfin se rappeler que ce qui compte, c'est la qualité du sperme plus que sa quantité. En matière de procréation médicalement assistée, plus le sperme est de qualité médiocre, moins la fécondance est bonne : de 64 % avec un sperme normal, le taux de fécondation diminue à 15 % avec un sperme de mauvaise qualité[1]. Parmi les qualités en cause, c'est certainement la capacité de migration du sperme qui est la plus importante, puisqu'en matière de F.I.V., si la migration est facile, on obtient 28 % de grossesses contre 10 % lorsque les spermatozoïdes se déplacent difficilement.

En tout état de cause, il est indispensable de répéter les examens, surtout si ceux-ci donnent des résultats discordants.

1. C. Humeau et F. Arnal, *op. cit.*, p. 263.

Le dosage sanguin de quatre hormones déjà bien connues, la testostérone, la prolactine, la LH et la FSH, éventuellement complété par celui de l'inhibine et par des tests dynamiques qui sensibiliseront les anomalies constatées sur les dosages de base, permet le plus souvent de démasquer le responsable de l'infertilité. Suivant la conjonction des résultats

respectifs, on peut identifier le niveau du déficit, orienter les autres étapes du diagnostic, et bien sûr, établir la thérapeutique.
Il faut encore mentionner une recherche particulière dans le sang des sujets infertiles, celle des anticorps antisperme. Le système immunitaire, qui normalement ne peut interférer avec les cellules reproductrices, peut, dans certaines circonstances encore mal élucidées, s'activer négativement vis-à-vis de ses propres spermatozoïdes. Et en effet, il semble y avoir une plus grande fréquence de ces anticorps dans certains cas d'infertilité. Il est important de le découvrir dans l'espoir de les faire diminuer par un traitement approprié. Ces tests complexes sont de mise surtout lorsqu'il existe des anomalies isolées de la motilité du sperme.

La recherche d'anomalies locales

LES TESTICULES

Ils sont bien sûr accessibles aux doigts du médecin mais il existe des outils précis permettant d'en apprécier le volume et de le comparer avec la normale suivant l'âge, sachant qu'à partir de 20 ans le volume est définitif. L'échographie permet aujourd'hui des mesures volumétriques précises et une étude morphologique du testicule et de l'épididyme.
Le volume testiculaire est certainement important et significatif puisqu'il est constitué pour 90 % de tubes séminifères. Il est classique de considérer que si un trouble est intervenu avant la puberté, les testicules sont petits et durs, alors qu'ils seront plutôt ramollis s'il s'agit d'une déficience postpubertaire.

LE VARICOCÈLE

C'est ainsi que l'on nomme la dilatation des veines ramenant le sang de chaque testicule vers les veines de la circulation générale. Environ 15 % de la population masculine est porteuse d'une telle anomalie, que l'on comparera aisément aux varices ou aux hémorroïdes. En 1952, un médecin écossais, W. S.Tulloch, signala qu'il avait rendu fertile un homme azoospermique après lui avoir supprimé un varicocèle bilatéral : son spermogramme atteignit 27 millions de spermatozoïdes et un enfant put être conçu. Depuis cette époque, on a beaucoup discuté à propos de l'influence du varicocèle sur l'infertilité[1], mais il y a un fait

1. J. Pryor, S. Howards, « Varicocele », *Contemporary Management of Impotence and Infertility*, William and Wilkins, 1988.

statistique indubitable, c'est que l'on retrouve plus du double de varicocèle (35 %) chez les hommes infertiles que dans la population générale. Certains soulignent cependant que c'est certainement parce qu'on les recherche avec plus de soin dans cette circonstance. Autre sujet de controverses, la cause de l'infertilité liée au varicocèle : certes, la stase du sang dans les testicules semble la cause logique de son rôle délétère, mais sa cause réelle, intrinsèque, reste controversée. Est-ce un défaut d'oxygénation du tissu testiculaire, est-ce une augmentation de la température testiculaire, dont on sait qu'elle est néfaste à la spermatogenèse puisque utilisée comme contraceptif ?

Pour mettre les uns et les autres d'accord, un modèle expérimental animal (chez le rat) a été mis au point et a permis de démontrer que la création d'un varicocèle entraîne, d'une part, une augmentation du flux sanguin et de la température testiculaire et, d'autre part, une diminution du nombre et de la mobilité des spermatozoïdes. La suppression au bout de trois mois du varicocèle corrige les anomalies ainsi créées.

Les médecins étant avant tout des pragmatiques, et le traitement du varicocèle étant d'une grande simplicité, tout varicocèle diagnostiqué chez un homme infertile conduisit en général à une opération. Cela a amené une inflation du diagnostic et du traitement de cette anomalie. Aux cas cliniques patents, prédominants à gauche, du fait d'une disposition anatomique particulière de la veine spermatique gauche se manifestant par une dilatation visible ou palpable de ces veines au niveau du cordon spermatique, on a rajouté la notion de varicocèles infracliniques. Ce sont les cas détectés par des examens utilisant les ultrasons et la thermographie, voire la radiographie, qui mettent au jour le reflux anormal dans les veines. Le bilan de ces interventions « à tout va » n'a pas été bien fameux quant à l'amélioration des possibilités de conception. Nombreux sont les spécialistes qui ont nié son utilité dans tous les cas, même ceux où le varicocèle est cliniquement évident. Le consensus actuel est qu'il est inutile d'opérer les varicocèles infracliniques.

Quand il est indiqué, le traitement peut être chirurgical ou radiologique. Il vise à supprimer le reflux anormal du sang en liant la veine spermatique assez haut pour éviter toute récidive. Bien que critiqué par beaucoup, ce traitement reste l'un des plus couramment pratiqués pour combattre l'infertilité masculine. Il est logique lorsque l'anomalie est évidente et que le spermogramme est altéré. Dans ces conditions, on constate un taux de grossesse voisin de 30 %, ce qui reste statistiquement significatif comparé aux 15 % constatés lorsque aucun traitement n'est appliqué dans des conditions similaires.

En définitive, le traitement d'un varicocèle chez un homme dans le cadre d'une stérilité du couple n'est un facteur favorable pour une conception que lorsqu'il est isolé et altérant modérément le spermogramme. Il faut cependant rester circonspect quant au futur et ne pas donner de faux espoirs tant qu'un résultat probant n'a pas été obtenu.

LES LÉSIONS OBSTRUCTIVES

On appelle lésions obstructives deux types d'anomalies qui sont en général des séquelles de maladies infectieuses, que celles-ci soient consécutives à une M.S.T. ou bien à une infection plus générale comme la tuberculose ou, chez les Africains, la bilharziose. Dans ces deux cas, l'infection est d'abord urinaire puis s'étend aux voies génitales. L'infection initiale est en générale guérie de longue date, et c'est à l'occasion de la découverte d'une azoospermie que l'on constatera des séquelles au niveau des voies génitales. Les sites les plus fréquents sont au niveau de l'épididyme et de l'origine du canal déférent ou au niveau des canaux éjaculateurs et des vésicules séminales. Les techniques modernes d'évaluation radiologique utilisant les ultrasons et l'I.R.M. permettent de localiser l'obstruction et d'en envisager la correction chirurgicale, surtout si l'obstacle siège à un niveau facilement accessible.
On peut rapprocher de ces obstructions involontaires les demandes de patients qui, s'étant rendus volontairement infertiles en se faisant sectionner les canaux déférents, réclament de nouveau la possibilité de procréer naturellement (voir pages 269 et suiv.).

LA BIOPSIE TESTICULAIRE

Lorsqu'il existe une absence ou une très faible quantité de spermatozoïdes, le prélèvement pour examen histologique d'une petite quantité de tissu testiculaire est indispensable pour savoir quel est l'état de la spermatogenèse. Quand elle est parfaitement normale avec un nombre de formes matures suffisant, c'est qu'il existe une obstruction quelque part sur la voie évacuatrice. Mais le plus souvent, il s'agit d'un arrêt de maturation, ou bien d'une diminution globale de toutes les formes intermédiaires de cellule souche, ou encore, exceptionnellement, de l'absence de tissu germinal avec présence du seul syncitium de Sertoli. Dans ces derniers cas, heureusement exceptionnels, même les techniques les plus modernes ne permettent pas à l'homme la procréation avec son propre sperme.

En bref

Dans l'étude d'une stérilité, la recherche d'une cause masculine est impérative, et sera d'autant plus acharnée qu'on ne retrouve pas de cause patente sur le versant féminin du couple. Il faut également savoir que, même en cas de stérilité féminine exclusive, le pouvoir fécondant des spermatozoïdes est capital pour l'efficacité de la *procréation médicale assistée* (P.M.A.).

L'étude du spermogramme établi après masturbation est fondamentale pour différencier l'absence totale de cellules fécondantes dans le sperme (stérilité véritable) et les insuffisances en nombre et en qualité (hypofertilité).

La séquence des autres examens sera conditionnée par ces résultats et par ceux de l'analyse hormonale. Il reste que, dans près de 40 % des cas, l'infertilité masculine reste inexpliquée et se trouve alors être l'objet de traitements aspécifiques et empiriques, pour finir par l'insémination avec donneur extérieur, « pratique d'inspiration vétérinaire dont l'indignité est restée dissimulée sous les vertus affichées de gratuité et d'anonymat[1] ».

Or l'élément primordial de cette recherche étiologique est la notion récente qu'*aucune infertilité masculine ne doit être considérée comme désespérée*, compte tenu du développement de la nouvelle technique de fécondation *in vitro*, permettant l'utilisation d'un seul spermatozoïde même « fatigué », voire de formes moins matures comme les spermatides, mais appartenant à l'homme infertile.

1. J. Testart, « Pénétrer l'ovule, pourquoi pas ? », *Le Quotidien du médecin*, n° 5726, 1995.

LES TRAITEMENTS DE L'INFERTILITÉ MASCULINE

Il doit demeurer à l'esprit du lecteur que, comme toujours en médecine, on se doit d'aller du plus simple au plus compliqué, du plus naturel au plus artificiel. Pour le couple, le désir d'enfant se définit comme issu de sa chair : avoir son enfant, conçu avec ses propres cellules. Les autres solutions seront toujours un pis-aller, source fréquente de problèmes psychologiques qui ne sont pas toujours soupçonnés au moment du choix, guidé essentiellement par la notion de manque immédiat. En ce qui concerne l'homme infertile, et tout machisme de bas étage mis à part, il sera père adoptif, père nourricier, mais il restera à jamais le père d'un enfant conçu avec un spermatozoïde qui n'est pas le sien. Même si intellectuellement le problème peut être dépassé, la réalité biologique transcende les idéologies même les plus nobles. Il n'est que de voir les dégâts psychologiques si fréquents provoqués chez les enfants ainsi conçus lorsqu'ils découvrent que leur père nourricier n'est pas leur père biologique. C'est pourquoi la démarche thérapeutique se doit d'être jusqu'au-boutiste dans le sens de l'utilisation « à tout prix » (bien sûr en minimisant au maximum le risque d'un enfant malformé) des spermatozoïdes de l'élément masculin du couple infertile.

Les médicaments

Ils sont employés dans deux circonstances bien différentes selon que l'on a décelé une anomalie sanguine spécifique ou non.

LES TRAITEMENTS SPÉCIFIQUES

• **Les traitements hormonaux** sont prescrits lorsqu'il existe de façon évidente une insuffisance testiculaire. On tentera d'abord de compenser le manque, soit en administrant l'hormone mâle si c'est le testicule qui ne fonctionne pas suffisamment, soit en stimulant celui-ci si le manque se situe au niveau de l'hypophyse ou de l'hypothalamus.
Les déficits en hormone mâle dus à une production exagérée de la prolactine constituent un cas particulier. Dans ce cas, l'utilisation d'une médication luttant contre l'excès de prolactine, comme la bromocriptine (Parlodel), est le plus souvent efficace.

• **Les traitements anti-infectieux** sont prescrits lorsqu'on diagnostique une infection du sperme, tant sont fréquentes les M.S.T. et leurs conséquences. Le traitement antibiotique n'est efficace que s'il s'agit d'une infection en cours. On sait qu'il faut alors attendre sa guérison totale pour avoir de nouveau des rapports non protégés et *a fortiori* concevoir un enfant. Dans le cas où il n'y a pas de signes évidents d'inflammation associés à la découverte d'une infertilité, mais juste des stigmates d'infection génitale, par les si fréquentes *chlamydiae* par exemple, il n'y a statistiquement aucune chance d'améliorer le pouvoir fécondant du sperme par un traitement antibiotique[1].

---

1. D. Mc Cure, « Drug therapy for idiopathic infertility », *Contemporary Management of Impotence and Infertility*, *op. cit.*

• **Les traitements par les corticoïdes** sont prescrits, avec un succès variable et discuté, aux sujets qui possèdent des anticorps antisperme, car la cortisone a des propriétés anti-inflammatoires et aussi antigéniques. On est ici à la limite des traitements spécifiques, mais il n'y a aucun risque à un essai thérapeutique dans ce cas.

LES TRAITEMENTS NON SPÉCIFIQUES

Ils s'adressent essentiellement aux infertilités masculines sans causes définies, appelées par les cliniciens idiopathiques. Outre les médications citées ci-dessus, qui peuvent être employées un peu à tout hasard et en désespoir de cause, on a surtout utilisé une classe de médicaments appelés anti-œstrogènes, dans le but de stimuler la sécrétion de LHRH et subséquemment de l'hypophyse, avec en particulier la production de FSH, sans interférer avec le métabolisme de l'hormone mâle et de son mécanisme de rétrocontrôle.
Les deux médicaments les plus connus en la matière sont le clomiphène et le tamoxifène (ce dernier est utilisé communément dans la prévention des récidives du cancer du sein). Indépendamment des effets secondaires, en particulier sur la libido, les résultats sont contradictoires et discutés en terme d'efficacité.
D'autres thérapeutiques non spécifiques utilisant l'arginine, la vitamine C, les anti-inflammatoires non spécifiques comme l'indométhacine, ainsi que de multiples complexes vitaminés, ont été employées seules ou associées les unes aux autres. Cette seule énumération, d'ailleurs non exhaustive, suffit à suggérer leur faible portée, aucune n'ayant dégagé des résultats suffisamment convaincants pour balayer les autres. Elle rappelle la multiplicité des traitements proposés contre l'impuissance avant que les techniques d'injections locales de médicaments ne viennent les supplanter. Nul doute que l'arrivée d'une technique aussi efficace que l'ICSI aura des effets similaires.

La chirurgie

Outre le traitement chirurgical du varicocèle évoqué ci-dessus, il s'agit essentiellement de techniques utilisant la microchirurgie et visant à supprimer un obstacle sur la voie épididymo-déférentielle (voir figure 13.1 A). Le chirurgien, nécessairement entraîné à ce type de techniques, sera sollicité dans deux circonstances bien différentes. Le plus fréquemment, il s'agit de réparer les canaux déférents après une vasectomie, le patient souhaitant de nouveau pouvoir procréer. L'opération

Figure 13.1. – *Traitement chirurgical de l'infertilité.*
13.1 A : Vaso vasostomie (en latin canal déférent se dit *vas deferens*), intervention de réparation après vasectomie.

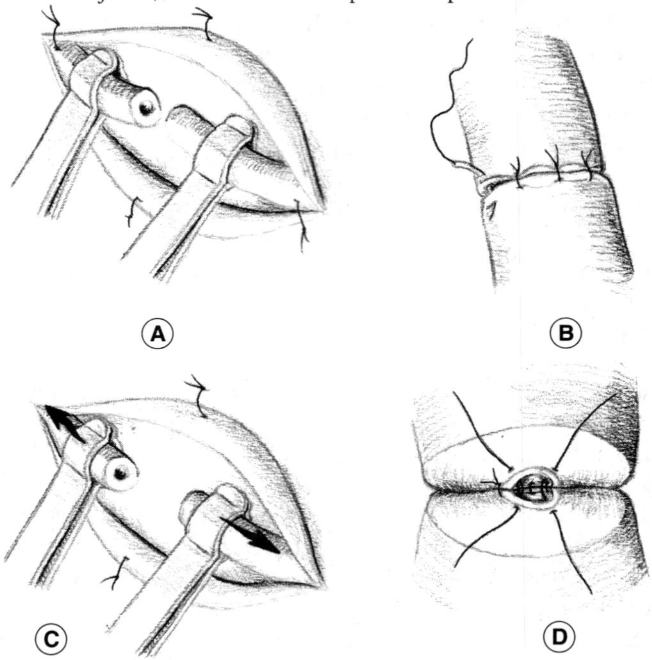

A : repérage des extrémités - B : rapprochement sans tension - C : suture du canal - D : suture de la musculature

13.1 B : Anastomose épididymo-déférentielle.

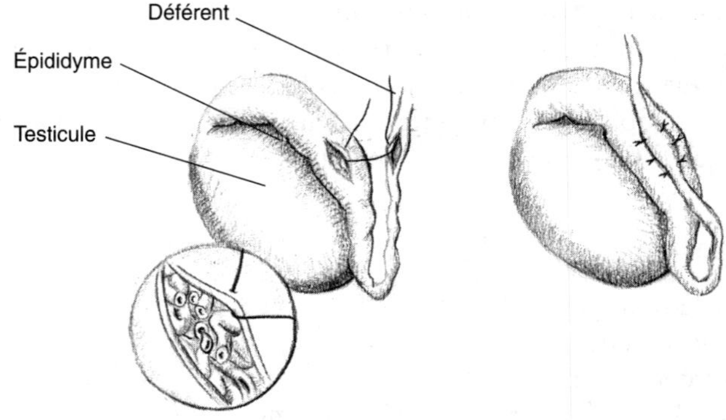

À gauche : ouverture de l'épididyme et du déférent, en cartouche fort grossissement. À droite : l'anastomose terminée.
NB : Cette intervention se pratique lorsqu'il y a obstruction au niveau de la partie distale de l'épididyme.

porte le nom de vaso-vasostomie (du nom latin du canal déférent, *vas deferens*). Elle a été raffinée par l'utilisation de la microchirurgie et offre des résultats voisins de 90 % de réussite quant à la restauration de la perméabilité du canal, et de 40 à 70 % quant à l'obtention consécutive d'une grossesse. Toutefois, ces taux varient en fonction d'un paramètre important, l'âge de l'obstruction : plus celle-ci a été prolongée, moins les résultats anatomiques (perméabilité) et fonctionnels (grossesses) sont satisfaisants. Étant donné la rareté de la pratique de la vasectomie en Europe (hormis la Grande-Bretagne et les pays scandinaves), cette intervention est très rare, notamment en France.

La deuxième intervention pouvant être pratiquée est l'anastomose épididymo-déférentielle (voir figure 13.1 B). Elle concerne les sujets présentant un sperme dépourvu de spermatozoïdes mais contenant une quantité suffisante de fructose, et une spermatogenèse normale. L'obstruction est haut située (une radiographie des déférents montrant l'absence d'obstacle confirme que l'obstruction est sus-jacente) et demande donc de mettre en contact direct l'épididyme et le canal déférent. Diverses techniques de microchirurgie sont proposées, avec des résultats variables allant de 20 à 80 % de grossesses.

D'autres techniques avaient été imaginées par les chirurgiens pour recueillir les spermatozoïdes dans le cas d'absence congénitale des déférents et/ou des vésicules séminales. Elles sont aujourd'hui obsolètes depuis que l'on sait prélever directement au niveau des testicules les précieuses cellules et les préparer avant de les inséminer ou de faire une F.I.V.

Comme dans tant d'autres domaines, la part du chirurgien s'estompe, malgré toute son imagination et tout son talent à trouver des techniques, toujours plus fiables sur le plan fonctionnel, et toujours moins traumatiques. Avec les progrès intervenus récemment, le traitement de l'infertilité masculine risque de devenir dans l'avenir presque exclusivement biologique[1].

L'insémination artificielle et la fécondation *in vitro* (F.I.V.)

La lutte contre la stérilité a en principe pour objectif la conception d'un enfant par les moyens les plus naturels possibles. L'idéal du couple infertile est de pouvoir faire, après le traitement, comme ceux qui n'ont pas

1. Lire à ce sujet C. Humeau et F. Arnal, *Les Médecines de procréation*, *op. cit.*

eu de problèmes. Cet idéal physiologique et psychologique n'est pas toujours réalisable, loin de là, soit parce que les lésions sont incompatibles avec cet objectif, soit parce que les échéances étant souvent longues, on le sacrifie pour des impératifs d'âge. Près de la moitié des infertilités masculines restent sans solution « naturelle » et nécessitent le recours à la procréation médicale assistée (P.M.A.) (voir figure 13.3). Celle-ci vise à conditionner les spermatozoïdes puis à les introduire dans l'appareil génital féminin au moment opportun (insémination artificielle) ou à réaliser la rencontre avec l'ovocyte à l'extérieur du corps puis à transférer l'embryon (fécondation *in vitro*, F.I.V., fivette). Les problèmes masculins spécifiques de la P.M.A. sont ceux du recueil et du conditionnement des spermatozoïdes et du raffinement des techniques de F.I.V.

L'INJECTION DIRECTE DANS L'OVULE

Les azoospermies véritables ou les spermes de qualité très médiocres étaient purement et simplement écartés des tentatives de F.I.V. avant les travaux de deux spécialistes bruxellois, P. Devroey et L. Van Steirteghem. Ces médecins ont imaginé injecter directement le spermatozoïde dans le corps même (cytoplasme) de la cellule primordiale féminine. Des techniques approchantes avaient été essayées sans succès significatifs, alors que celle-ci, la plus audacieuse, semble bien fonctionner, et sans risque. On obtiendrait[1] dans ces cas extrêmes 35 % de grossesses et 26 % d'enfants viables avec un taux de malformation identique à celui observé dans la population générale (2,8 %). C'est là le point capital d'achoppement de cette technique nouvelle, dont il ne faut pas ignorer le caractère invasif. Ses détracteurs – et il y a toujours des Cassandres pour démolir, le plus souvent sans preuve véritable, une révolution médicale – craignent l'introduction dans le cœur même de la cellule d'éléments étrangers (ADN, bactéries, virus ou protéines) pouvant nuire au développement de l'embryon. Un observateur et spécialiste aussi sourcilleux de la technique et de la protection du génome humain que J. Testart[2] souligne que « bien qu'aucune conséquence de cette éventuelle contamination n'ait été rapportée, cette hypothèse mérite une attention particulière ». Il indique qu'une expérimentation est en cours à ce sujet et que, cela va sans dire, des précautions d'asepsie extrêmes sont indispensables en la matière.

---

1. P. Devroey, in *Le Quotidien du médecin*, n° 5705.
2. J. Testart, in *Le Quotidien du médecin*, n° 5726, 1995.

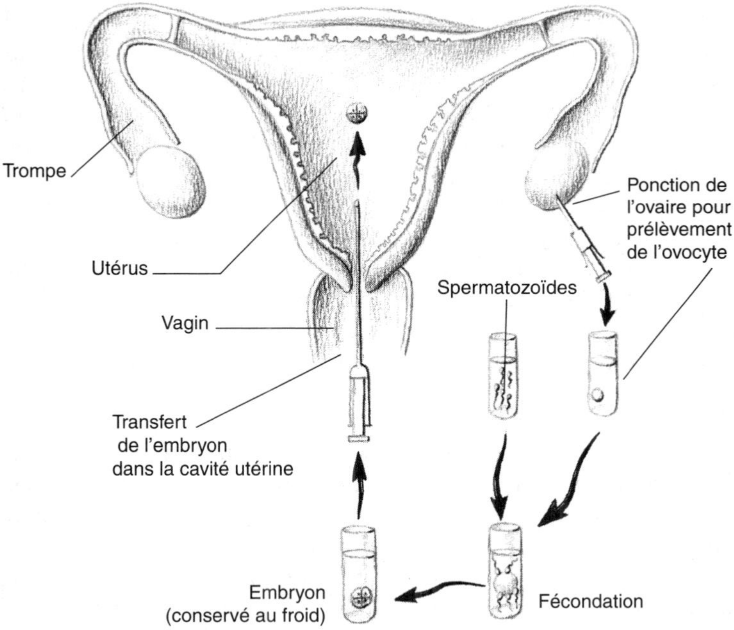

Figure 13.2. – *La fécondation in vitro (fivette)*
(modifié de Cl. Humeau et F. Arnal, op. cit.)

Rappel succinct de la technique de la F.I.V. :
Dans la technique habituelle, le sperme obtenu par masturbation est optimisé en laboratoire de manière à rapprocher le plus possible les spermatozoïdes de ce qu'ils sont quand ils parviennent aux trompes utérines. Avant le prélèvement, on aura essayé de le bonifier au maximum par des traitements hormonaux. Cependant, le taux réel d'accouchements obtenus par ces techniques dans les cas d'infertilité masculine ne dépasse guère 30 % pour l'ensemble des tentatives.

Dans cette même étude, le père du premier bébé-éprouvette français balaie les autres craintes nées de cette méthode (quant au transfert d'anomalies génétiques ou à la manipulation indue des embryons) et, bien au contraire, il en étend les indications avec la possibilité d'utiliser non plus les spermatozoïdes matures, mais les cellules sorties directement du testicule, n'ayant pas encore les caractéristiques finales propres au voyage désormais inutile jusqu'à la trompe. La technique

de l'ICSI peut ainsi utiliser les spermatides. On peut donc prélever les cellules directement au niveau du testicule et, là où il faut normalement 100 millions de cellules, une seule suffit. On peut conclure avec P. Devroey que si son innocuité se trouve confirmée, « l'ICSI est une révolution aussi importante pour l'infertilité masculine que l'a été la F.I.V. en 1978 pour l'infertilité féminine. »
Au-delà, quand la F.I.V. échoue du fait des spermatozoïdes, l'infertilité masculine ne pourra être résolue que par l'apport du sperme d'un tiers. On sait que pour être conforme à la loi de juillet 1994 (article L. 152-6), celui-ci « ne peut être pratiqué que comme ultime indication lorsque la procréation médicale assistée à l'intérieur du couple ne peut aboutir ».

LE DON DE SPERME

Trois circonstances peuvent amener un couple stérile à solliciter un don de sperme : la stérilité avérée par déficience irréversible de la semence masculine ; l'existence chez le candidat père d'une anomalie génétique ; enfin, lorsqu'il y a risque de transmission d'une infection grave comme le sida. Dans la première éventualité, on l'a vu, il faut nécessairement que l'on ait épuisé toutes les possibilités médicales. Dans les deux autres éventualités, les choix sont beaucoup plus délicats, les facteurs psychologiques individuels venant se mêler très largement et à juste titre aux conseils scientifiques et médicaux. En effet, il est exceptionnel que le risque de transmettre une maladie génétique soit de 100 %. Il oscille, suivant les affections, de 5 à 50 %. Ce risque sera perçu par les futurs parents de façon très variable, d'autant plus que le diagnostic anténatal permet une détection et un avortement thérapeutique. Ce n'est souvent qu'après plusieurs de ces tentatives malheureuses de confrontation aux lois de la statistique que les futurs parents choisiront le don du sperme.
Une fois la décision prise, les futurs parents doivent être rassurés quant à la nature du sperme qui servira à l'insémination artificielle. Les règles d'utilisation sont très strictes et garantissent l'anonymat des parties concernées, donneur comme receveur. La qualité du sperme fait l'objet de toutes les sollicitudes, et les règles et précautions préconisées dès l'origine par les Cecos (organismes habilités au prélèvement et à la conservation du sperme humain) sont un modèle de rigueur servant toujours de référence quant à l'utilisation du matériel biologique humain.
Le couple qui fait appel à un donneur étranger a ainsi toutes les garanties de confidentialité. Le sperme prélevé est congelé et, de ce fait, le

risque déjà réduit, lié au hasard, de rencontrer des sujets de même génération et de même provenance géographique, voire familiale, est pratiquement exclu. La sélection des donneurs est par ailleurs extrêmement rigoureuse en terme d'infection et d'anomalies génétiques.
Le reste est l'affaire du couple et de l'incidence psychologique de la décision sur le « pouvoir » paternel de celui qui n'est pas le père biologique. Même si elle est d'emblée bien assumée dans l'euphorie de l'attente de l'enfant que l'on a voulu à tout prix, elle peut devenir à tout moment source de conflit, voire de chantage quand des différends surgissent dans le couple, ou bien quand l'enfant n'obtient pas les résultats scolaires ou le profil de carrière que l'on espérait pour lui. Il est malheureusement plus facile de renier ce qui n'est pas sorti de ses propres gènes !
Sans doute par trop pessimistes, ces prévisions doivent être envisagées quand on aborde les problèmes psychologiques de l'insémination, de même que lors de l'adoption, stade ultime de cette quête de l'enfant. Cela doit être dit et bien approfondi avant toute décision hâtive ou émotionnelle.
L'enfant, conçu naturellement ou par P.M.A. avec le sperme d'autrui ou adopté, doit être élevé et amené à l'âge adulte avec le maximum de chances. Le père malheureusement stérile doit faire définitivement abstraction de ses gènes et faire comme s'il était le père biologique. Il se posera tôt ou tard le problème de révéler ou non à un enfant ou à un adulte que celui qui l'a élevé, à la suite d'une insémination, son père nourricier, n'est pas le père biologique.
On peut penser que ce n'est pas indispensable en cas d'insémination, alors que c'est presque inévitable en cas d'adoption. Cependant, dans les deux cas, le non-dit porte en lui le risque d'un drame psychologique tardif si l'enfant découvre que son père ne l'est pas biologiquement parlant. Il n'y a pas de règle, l'attitude est fonction du cadre familial et de la personnalité de l'enfant.

PRÉVENTION DES MALADIES À FORT RISQUE D'INFERTILITÉ

La torsion et l'ectopie testiculaires

Lorsqu'il existe une ectopie ou cryptorchidie, c'est-à-dire une non-descente des testicules ou une torsion aiguë ou subaiguë, il faut opérer. En cas de torsion, on a vu qu'il s'agit d'une urgence véritable, d'autant plus qu'il a été démontré chez l'animal qu'une torsion unilatérale durable pouvait non seulement détruire le testicule tordu mais également entraîner des dégâts importants sur le testicule sain[1]. En cas de non-descente des testicules, que celle-ci soit unie ou bilatérale, l'intervention chirurgicale pour fixation du testicule dans la bourse (orchidopexie) est impérative. Elle est aujourd'hui réalisée beaucoup plus tôt qu'autrefois. Les enfants sont opérés entre 9 et 18 mois après leur naissance, alors qu'auparavant on attendait volontiers l'âge de raison (7 ans). Il semble que plus on opère tôt, plus on a de chance de protéger le tissu germinal des méfaits de l'hyperthermie corporelle. Cependant, il faut tempérer l'optimisme, compte tenu de la fréquence d'anomalies génétiques et d'autres anomalies anatomiques, notamment au niveau de l'épididyme et du déférent. De fait, les statistiques montrent qu'après traitement de la cryptorchidie bilatérale, pas plus de 30 % des patients récupèrent des spermogrammes dans la limite de la normale. Quand la lésion est unilatérale, la normalisation ne concerne que les deux tiers des opérés.

Le varicocèle chez l'adolescent

De nombreuses études ont montré la fréquence du varicocèle (surtout à gauche) chez l'adolescent âgé de 11 à 16 ans. Compte tenu de son incidence sur la fertilité (diminution du volume testiculaire et anomalies du spermogramme), on a posé la question de leur traitement chirurgical systématique quand ils sont découverts dans la population de cette tranche d'âge. Malgré l'absence d'études prospectives dans ce domaine, l'intervention est recommandée quand le varicocèle s'accompagne d'une diminution du volume testiculaire : soit le testicule gauche est inférieur de 5 mm au testicule droit, soit la croissance testiculaire est inférieure à celle indiquée par les tables habituelles.

Le cancer du testicule

La principale source d'infertilité est due aux différents traitements des cancers des sujets à l'âge où ils souhaitent procréer, qui créent des dégâts sur les lignées germinales. Il faut cependant distinguer entre le cancer survenant sur l'organe reproducteur lui-même et les autres. Il existe sûre-

1. H. M. Nagler, R. deVere White, « The effect of testicular torsion on the controlateral testis », *Journal of Urology*, n° 128, 1982, p. 1343-1348.

ment une prédisposition génétique au cancer et à l'infertilité qui l'accompagne, avant même tout traitement. Diverses études sur les patients atteints d'un cancer du testicule ont en effet montré qu'avant tout traitement, le taux moyen de spermatozoïdes et leur qualité étaient nettement moindres chez eux que dans une série de sujets témoins non porteurs du cancer. Il existe en outre, pour ce type de cancer, une incidence familiale. Chez la souris, on a découvert un gène régulant le cancer et la fertilité. En outre, le cancer du testicule partage avec les autres cancers les aléas de traitements qui influent négativement sur la fertilité. La chirurgie, en lésant les réseaux nerveux commandant l'éjaculation, la radiothérapie, en lésant les tissus, et la chimiothérapie, par des actions multiples, s'associent aux effets négatifs du stress induit par la maladie elle-même.
Toutes ces raisons font que malgré les progrès dans ce domaine grâce au ciblage de plus en plus précis et économe des traitements, il est toujours impératif de proposer aux sujets qui ont à subir des traitements mettant en question la conservation du potentiel reproducteur de prélever avant tout traitement leur sperme et de le faire congeler et conserver.

Les handicaps moteurs

On a vu le drame constitué par la survenue d'une paraplégie (voir chapitre 11). Si le problème des érections de ces handicapés est aujourd'hui facilement réglé par les injections intracaverneuses, celui de l'obtention d'une éjaculation ne l'est que rarement de façon concomitante. Or la demande est réelle chez les sujets jeunes, d'autant plus que les difficultés d'éjaculation sont encore plus fréquentes (voir figure 13.3). Il n'y a bien sûr aucun moyen de restaurer l'arc réflexe de façon constante. Ce sont donc des méthodes substitutives qui vont être utilisées pour obtenir du sperme en vue d'une insémination artificielle. On a utilisé des moyens médicamenteux, en particulier l'ésérine, préconisée par le spécialiste français P. Chapelle. Ce médicament agit sur le système parasympathique. Son efficacité est cependant tempérée par ses effets périphériques, spécialement des vomissements, qui en limitent malheureusement l'utilisation. Le plus souvent, on a recours à des moyens mécaniques, essentiellement à l'électroéjaculation. Cette technique, proposée par l'Anglais G. Brindley, consiste à introduire dans le rectum du sujet para ou tétraplégique une sonde guidée par le doigt, reliée à un stimulateur électrique. Elle est placée le plus près possible des vésicules séminales. Avec cette technique, on obtient du sperme chez 70 % des patients, dont 20 % de manière rétrograde, c'est-à-dire que le sperme est émis dans la vessie, puis recueilli avec les urines et lavé avant d'être congelé en vue d'une insémination.

Ces techniques doivent en effet être pratiquées le plus tôt possible après l'accident de manière à obtenir du sperme avant que les changements testiculaires interviennent quand la paralysie s'installe dans la durée. Or ces précautions ne sont pas toujours prises par les couples et leur famille, tout entiers à la douleur du traumatisme psychique initial. L'environnement médical doit savoir les suggérer, au moment opportun, dans le cadre de la prévision d'une réinsertion complète du handicapé. Encore une fois, il est étonnant de voir comment l'aspect sexuel, au sens large du terme, est occulté dans tout ce que l'on peut lire sur la nécessité de faire vivre aux handicapés la vie la plus normale possible.

Qu'il s'agisse d'accidents ou de maladies au long cours, la médecine réalise ce que le commun des mortels appelle encore avec respect des miracles, mais il en ressort des êtres vivants, certes, mais souvent dépri-

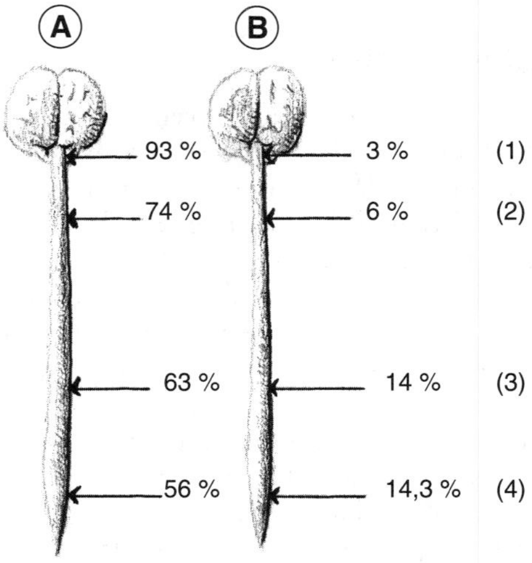

Figure 13.3. – *Difficultés sexuelles des paraplégiques. Pourcentage de conservation de l'érection (A) et de l'éjaculation (B) suivant le niveau des lésions traumatiques de la moelle épinière. (1) niveau cervical - (2) niveau cervico-dorsal - (3) niveau dorso-lombaire - (4) niveau lombo-sacré.*

més, parce que diminués dans leur capacité à aimer complètement, conception comprise. La même médecine leur offre aujourd'hui des possibilités immenses de recouvrer ou de conserver leur potentiel sexuel. Si on ne leur propose pas, qu'ils les réclament, à l'aide de ce livre si besoin.

Ce qu'il faut retenir

① L'infertilité masculine est une cause fréquente de stérilité du couple. Donc le bilan doit nécessairement impliquer son élément masculin.

② La nouvelle technique d'injection directe du spermatozoïde dans la cellule primordiale féminine (ICSI) offre l'espoir de pouvoir utiliser les spermatozoïdes même fatigués ou pas encore matures.

③ Les techniques chirurgicales sont anodines et doivent être tentées chaque fois que cela est licite, même si le pourcentage de chance de réussite est faible (1/3 des cas).

④ En cas d'aléas médicaux majeurs (maladies ou interventions potentiellement agressives pour la lignée génétique), la congélation de sperme préalable est indispensable pour ceux qui veulent conserver un espoir de paternité.

Conclusion

LA SEXUALITÉ MASCULINE À L'AUBE DU XXIe SIÈCLE

« La substance, la structure humaine ne changent guère.
Rien de plus stable que la courbe d'une cheville,
la place d'un tendon ou la forme d'un orteil.
Mais il y a des époques où la chaussure déforme moins.
Au siècle dont je parle, nous sommes encore tout près
de la libre vérité du pied nu. »
Marguerite Yourcenar.

Deux mille ans avant notre ère, les tablettes sumériennes traduisaient déjà la préoccupation de l'homme pour sa virilité :
« Que le vent souffle
Que frémisse la futaie
Que les nuages s'amoncellent
Que tombe la rosée
Que ma puissance s'écoule comme l'eau de la rivière
Que mon pénis soit bandé comme la corde d'une harpe,
de sorte qu'il ne puisse sortir de son sexe. »
Quatre mille ans plus tard, nous sommes toujours tout près de la « libre vérité du pied nu » ou plutôt du « pénis bandé ». Avec ou sans chaussure, l'homme est toujours aussi anxieux de sa sexualité. Or il y a un décalage frappant entre la masse de savoir disponible et l'incrédule ignorance des mécanismes qui la conditionnent. Pendant ces millénaires, la

femme a voulu sortir de son ghetto ancestral, le ménage et l'élevage, pour acquérir son autonomie économique, aidée en cela par la science qui lui a apporté le contrôle de sa sexualité et la liberté de la conception. Aidée de penseurs complaisants, elle veut refaire la masculinité en lui rognant ses ailes mâles, tout en se plaignant qu'il n'y ait plus d'hommes.

LES FONDEMENTS INCONTOURNABLES

Le sexe interpelle l'homme chaque jour, individuellement et collectivement. Sensations, désirs, amour et leur expression physique aussi bien qu'intellectuelle nous assaillent continuellement. Occultées, gommées ou exprimées, nos pensées oscillent sans cesse entre l'ineffable et l'obsessionnel. J'ai voulu tout au long de ces pages montrer qu'on pouvait entrevoir l'ensemble du problème du sexe masculin avec une certaine sérénité, à condition de se débarrasser des *a priori* venant de pseudo-scientifiques exploitant notre fragilité constitutionnelle, et de respecter les faits incontournables que nous ont appris l'étude de la biologie (au sens large du terme, incluant la médecine et la physiologie), l'éthologie (science des comportements) et la paléontologie. Contrairement à ce qu'a voulu nous inculquer la culture judéo-chrétienne, l'usage de la sexualité n'est ni accessoire, ni répréhensible. Ce n'est qu'à partir de là que chacun pourra entamer une réflexion sur le sens qu'il veut donner à sa vie.

Une histoire vécue résume les situations banales que peut faire vivre la présence continuelle de l'aiguillon sexuel. Dans une gare, des passagers attendent pour acheter leur titre de transport. Derrière un homme aux cheveux grisonnants, un habitué de cette gare, s'agite un couple dont la femme craint de manquer le départ. L'habitué se retourne et la rassure : « Quoi qu'il arrive, le train attend », dit-il en remarquant le ravissant visage aux pommettes saillantes, encadré de cheveux jais, de son interlocutrice. Quelques instants plus tard, il s'amusera, avec une pointe de regret, à voir le tendre manège des deux amoureux qui vont se quitter. Le train s'est ébroué, la jeune femme s'est assise à quelques travées de là face à notre quinquagénaire en éveil. Ils échangent regards et sourires. Notre homme perçoit en lui un frémissement : il est au degré un de l'excitation sexuelle. Quelques instants après, ils seront assis côte à côte, devisant de banalités, et deux heures plus tard, dans le feu de la conversation, ils auront franchi chacun des degrés de la promiscuité sexuelle. Il lui aura pris le bras pour appuyer un argument verbal. Elle, enflammée par ses paroles, saisira sa main dans un sourire en approchant sa tête. Le train est déjà en gare, ils échangent leurs numéros de téléphone. Une vraie séduction mutuelle s'est opérée. Se reverront-ils pour matérialiser leur désir partagé ? Comment le gérera-t-elle, avec son enfant de quelques mois et son compagnon, d'après ses dires fou amoureux. Comment accordera-t-il cette rencontre avec le respect et la tendresse qu'il a pour une épouse avec qui il a tout partagé depuis trente ans ?

Cette histoire caractérise l'un des fondements incontournables de notre quotidien, la gestion par l'individu d'incitations sexuelles fréquentes, sinon permanentes, qu'il doit arbitrer en fonction de son éthique personnelle et dans le respect de l'autre.
Elle met en évidence le rapport qui en découle : le vécu sexuel est plus ou moins signifiant suivant l'importance du rapport à l'affectif des personnages en cause. Même si l'homme déconnecte plus fréquemment que la femme le sexe de l'affectif, tout rapport sexuel est psychiquement signifiant et peut basculer dans un lien affectif fort, même s'il paraissait en être dénué au départ.
Autre constante importante du comportement sexuel humain : sa propension très majoritaire à se réaliser en couple. Ainsi toute nouvelle union charnelle contient le germe d'un nouveau couple, d'où la multiplication des divorces. Le partage du partenaire est en effet toujours mal vécu par celui à qui il est imposé dans un premier temps, puis à la longue aussi par l'initiateur de l'adultère. C'est pourquoi le qualificatif de monogame infidèle s'applique parfaitement à l'espèce humaine, et si les valeurs de fidélité restent toujours aussi vivaces, elles ne se conçoivent pas en général sur la durée d'une vie entière.
Le désir paternel d'enfant est à la fois éthologique, plus ou moins inhérent à l'instinct de reproduction, et culturel (incluant des préoccupations généalogiques et économiques). Sa gestion par l'homme lui-même est aujourd'hui acquise, d'une part en ce qui concerne la certitude de paternité grâce aux empreintes génétiques, d'autre part pour ce qui implique le contrôle du moment de la conception. Au même titre que sa compagne, l'homme peut décider quand il doit être fertile, en s'appliquant lui-même une contraception temporaire.
L'aspiration à la vie sexuelle, même si l'appétit orgasmique devient moins exigeant, ne disparaît pas avec l'âge. La formation de nouveaux couples à la cinquantaine et au-delà sera de plus en plus fréquente et doit tenir compte de la réalité du souhait de poursuivre l'activité sexuelle. Ceci s'applique aussi aux couples à longévité prolongée.
Ce que l'on appelle l'hétérosexualité est la normosexualité. Seule une minorité d'hommes ont une activité bisexuelle ou exclusivement homosexuelle. Ce défaut, probablement constitutionnel, dans la détermination de l'objet sexuel, ne doit être ni condamné ni méprisé, mais ne mérite aucun prosélytisme. Toutes les incitations au développement de la part féminine que posséderait l'homme ne sont que des élucubrations intellectuelles ne reposant sur aucune base physiologique. Une fois que le gène responsable (le SRY) a exprimé son message, le déve-

loppement masculin est inéluctable, et, s'il n'y a pas d'accident de parcours, l'homme entier dans toute sa masculinité sera attiré par l'autre sexe, avec ses qualités et ses défauts propres.

Le développement harmonieux de la masculinité obéit à une logique biologique induite par les gènes, et comprenant à la fois l'aspect physique et comportemental. Elle est façonnée par l'environnement et l'éducation. Il n'y a pas de véritable éveil sexuel avant la puberté, même si le schéma corporel et affectif se dessine dès la petite enfance et si l'érection existe dès la vie intra-utérine. Les stades sexuels décrits par Freud ne doivent plus être exprimés que comme étant une théorie philosophique, sans fondement biologique.

Ainsi conçu et achevé, l'homme doit assumer son sexe, vivre avec son pénis, c'est-à-dire l'intégrer à lui-même, l'accepter tel qu'il est : un organe ordinaire, vecteur pluriquotidien de ses urines, fréquent missionnaire de son plaisir, et éventuel transmetteur de son désir d'enfanter. Ni fierté particulière, ni honte. Et surtout pas d'inquiétude.

VERS UNE SEXUALITÉ MASCULINE SANS FAILLE

Certes, l'homme peut éprouver un certain vertige devant ces perspectives, surtout si face à sa partenaire il garde une attitude défensive ou, pire encore, s'il pratique l'évitement des responsabilités par crainte de l'échec ou des conséquences d'une implication affective trop importante.

Pourtant, l'homme du XXIe siècle est nécessairement appelé à une sexualité sans faille et sur une longue durée, compte tenu de l'allongement de sa propre durée de vie et de celle de sa congénère, actuelle ou future compagne. Pour ce faire, il devra réellement se connaître et connaître l'autre, préserver sa santé sexuelle comme sa santé générale et, quand ce sera nécessaire, s'ouvrir aux traitements disponibles. Ce vaste programme nécessite un véritable enseignement de la physiologie sexuelle, qui n'existe même pas encore au niveau d'études supérieures comme les études médicales. Le rajeunissement et l'évolution des premiers rapports sexuels, s'effectuant entre des adolescents inexpérimentés, imposent que les jeunes connaissent tôt les données intimes de leurs corps et les bases des comportements sexuels pour prévenir ou rapidement maîtriser les échecs ou balbutiements initiaux éventuels. Cette éducation, commencée à la maison, devrait être théorisée à l'école, pas trop tôt mais cependant pas trop tardivement et pas au-delà de l'éveil pubertaire. Il devrait être dispensé par de véritables spécialistes, médecins ou non, débarrassés des *a priori* psychanalytiques aussi bien que religieux, pour donner des informations vraies et pratiques. Il devrait aussi inclure une mise en garde en forme de conduite à tenir face aux abus sexuels.

Une information obligatoire sur les comportements et sur l'hygiène sexuels devrait être dispensée chaque fois que l'on a connaissance d'un couple qui se forme, et aussi dans le cadre des bilans de santé, qu'ils soient scolaires, dans le cadre de la vie professionnelle ou après la retraite. Elle devrait nécessairement comporter des données complétant celles fournies par l'éducation préalable, sur l'évolution physiologique avec l'âge, la contraception et la conception, la prévention des M.S.T., la prise en charge des dysfonctions sexuelles et les possibilités thérapeutiques y afférentes.

L'accès aux thérapeutiques doit être élargi, d'une part en formant les médecins généralistes, d'autre part en développant au niveau de chaque spécialité concernée une véritable politique de prise en charge des dysfonctionnements sexuels adaptée aux problèmes spécifiques posés.

Dès qu'un accident a entraîné une paralysie définitive des membres, le patient devrait être renseigné sur l'évolution de ses capacités sexuelles, possibilité reproductrice inclue. Son sperme devrait immédiatement être collecté pour préserver l'avenir. De même, l'avenir de la fonction érectile devrait être sereinement discuté avant chaque intervention chirurgicale ou mise en place de traitement pouvant l'affecter.

À tout âge et dans toute condition, chaque homme souffrant de dysfonction sexuelle doit savoir qu'il y a, s'il le souhaite, une possibilité efficace de traitement. *Le mot impuissance, dans le sens d'incapacité irrémédiable, doit désormais être banni de notre vocabulaire, puisqu'à présent l'homme peut prétendre à ne plus jamais l'être.*

LES TRAITEMENTS DU FUTUR

On peut prévoir dans un délai relativement rapide le développement de traitements locaux et généraux toujours plus efficaces pour déclencher et maintenir l'érection. On dispose actuellement par simple raisonnement clinique de mélanges de médications capables de déclencher une érection durable chez la majorité des patients se plaignant et ce, sous une forme miniaturisée, discrète, indolore et sans danger. Le traitement peut donc être proposé même à des formes liminaires de

dysfonctions, incluant l'éjaculation rapide, les troubles situationnels et même le renouvellement insuffisant de l'érection lorsqu'ils deviennent invalidants.
Déjà la pilule a relayé l'injection, et d'autres molécules arriveront à la rescousse, à l'assaut d'un énorme marché potentiel. Administrées par voie orale ou appliquées sur l'organe, elles devront garantir l'efficacité du résultat aussi bien que le fait l'injection. Car l'enjeu est là : l'érection pharmacologique, c'est le confort psychologique assuré, la certitude de ne pas faillir, sans aucun risque médical, sans aucun accessoire apparent au moment de l'acte sexuel et sans nécessité de recourir à l'intervention chirurgicale.
L'avenir est aussi dans le développement des traitements dérivés de la génétique, ce que l'on appelle la thérapie génique. La verge étant accessible, on peut facilement imaginer l'injection de cellules musculaires lisses identiques à celles qui composent le tissu érectile, préalablement préparées *in vitro* à fabriquer des substances luttant contre la fibrose. Mieux, on peut envisager d'utiliser la verge elle-même comme récipiendaire de cellules préalablement préparées et qui, une fois introduites dans le pénis, sécréteront un facteur de croissance, lequel régénérera le tissu érectile.
Les progrès de l'ingénierie médicale, la disponibilité de matériaux de plus en plus sophistiqués et le raffinement des techniques chirurgicales permettent certainement d'espérer d'importants progrès dans les techniques de reconstruction après accident et également lorsque le pénis est réellement petit, surtout si on les couple aux techniques de culture de tissus évoquées ci-dessus. On peut imaginer la création de manchons de silicone souple doublé de peau humaine génétiquement conditionnée et emmanchés sur un moignon de pénis servant d'usine pour un néo-tissu caverneux.
Tout autre est le problème de la cible cérébrale : les troubles comportementaux, ceux du désir ne jouissent pas des mêmes avancées thérapeutiques que celles enclenchées par l'utilisation de la papavérine. Depuis les premières injections de testicules de taureau jusqu'à l'utilisation de la LH RH, le chef d'orchestre hypothalamique, en passant par les innombrables travaux sur la testostérone, on a échoué dans le projet d'identifier un vecteur unique du désir que l'on puisse stimuler ou au moins moduler, alors qu'on parvient aujourd'hui à l'annihiler. Une récente expérience avec le sulfate de DHEA s'est révélée décevante. On affronte ici deux écueils de taille : les mécanismes et médiateurs sont certes connus mais ils gèrent des activités diverses ; et contrairement à

ce qui passe pour l'érection, on manque de critères précis d'évaluation. Il n'existe pas d'échelle du désir, ni d'ailleurs du plaisir, sans compter l'absence d'appréciation des connexions avec le cortex cérébral et ses fonctions subjectives. Il y a cependant des axes de recherche avec la dopamine, l'ocytocine et les antisérotonines, qui sont des stimulants potentiels du désir, voire du plaisir. Il faudra dans l'avenir trouver des formulations spécifiques de telle ou telle activité.

Au-delà, une voie de recherche beaucoup plus prometteuse pourrait être ouverte avec l'implantation de cellules cérébrales ayant une activité bien spécifique, comme cela a commencé récemment pour le traitement de la maladie de Parkinson, due au mauvais fonctionnement d'une minuscule partie du cerveau, le *locus niger*. On peut imaginer dans le futur et sur le même principe suppléer de cette façon à une absence de désir par non-développement ou mauvais fonctionnement de la zone cérébrale responsable. Si le transsexualisme était réellement occasionné par un développement insuffisant d'une zone spécifique, on pourrait y suppléer en recréant le chaînon génétique manquant... Perspectives certes beaucoup plus lointaines, car venant interférer dans la délicate mécanique cérébrale.

Qui dit traitement dit connaissance toujours plus approfondie des fonctions défaillantes ou même du fonctionnement normal : tout ce qui concerne l'érection fait l'objet de recherches intensives, y compris au niveau cérébral. La biochimie du sperme et les possibilités offertes par l'utilisation des spermatozoïdes ou même des cellules plus jeunes ont atteint un degré de sophistication extrême. L'étude des mécanismes commandant et contrôlant l'éjaculation est encore insuffisante, tout comme celle, voisine, des mécanismes présidant à la phase réfractaire et au volume du sperme, dont la diminution est mal ressentie par les hommes vieillissants.

Parallèlement, c'est au niveau de l'étude comportementale de la vie sexuelle que devrait s'organiser une recherche véritable, non pas pour donner une photographie instantanée d'un groupe donné interviewé à un temps T, mais pour voir évoluer toute une population depuis sa naissance jusqu'à sa mort. À l'instar de ce qui a été fait pour les maladies cardio-vasculaires lors de la fameuse étude Framingham [1], on pourrait observer une population entière avec des critères variés (allant de l'ana-

1. La population de cette petite ville du Massachusetts a été suivie pendant des années pour évaluer le retentissement des facteurs de risque, et en particulier le cholestérol, sur les maladies cardiaques.

tomie à la pathologie en passant par la sociologie et l'éthologie). En utilisant des « autoquestionnaires » individualisés, on pourrait supprimer les erreurs des enquêtes précédentes et surtout obtenir des données évolutives. Il faut envisager de couvrir au moins une génération pour avoir un aperçu réel et fiable des mœurs sexuelles d'un groupe donné, et qui soit extrapolable à l'ensemble de la population. Travail gigantesque mais indispensable, qui seul permettrait d'éclairer de très nombreux points encore obscurs, malgré le travail de Kinsey, lequel n'avait pas l'appoint des techniques statistiques modernes et de l'informatique. Une telle entreprise exige la multidisciplinarité et des moyens importants. C'est un défi pour ce siècle à venir, qui devra non seulement continuer dans la voie des immenses progrès intervenus dans la connaissance des mécanismes présidant à nos réactions sexuelles et dans l'assistance à ceux qui sont défaillants, mais aussi les intégrer dans une conception éthique de la société débarrassée de ses complexes et de ses complaisances.

VALEURS MORALES, ÉTHIQUE ET PÉRENNITÉ DE L'ESPÈCE

Le scientifique dans son laboratoire, le médecin dans son entretien singulier avec le patient ne devraient pas avoir d'autres états d'âme que ceux imposés par la nature même de leur activité. Ils doivent mettre leurs convictions dans leur poche et ne se préoccuper l'un que de l'observation des faits, l'autre que du bien-être de celui qui lui demande assistance. S'agissant de la sexualité, les problèmes posés dépassent souvent cette nécessaire neutralité. Comment dire, en effet, à cet individu qui poursuit manifestement des fantasmes, que même une érection solide n'amènera pas à la solution de ses problèmes ? Comment intervenir dans le débat général qui oppose la hiérarchie de la religion dominante à la plupart de ses fidèles ? Comment éclairer les juristes qui ne savent manifestement pas gérer les problèmes des délinquants sexuels, grands et petits, ou ceux posés par le progrès de la médecine ? Comment enfin concilier l'inéluctable progrès, la soif génétique de toujours savoir plus, avec la nécessaire protection de l'espèce ?
Les sexologues du début du siècle nous parlaient de morale et de liberté. Chaque individu peut aujourd'hui jouir d'une liberté sexuelle pratiquement sans entrave, qui n'a pour limites que le respect de l'autre et bien sûr notre destin mortel. Cette liberté nous a amenés à toutes sortes

d'expériences dont certaines transgressent les lois fondamentales de l'espèce. On a joué avec nos enfants au nom de théories filandreuses, et avec leur éducation sexuelle en culpabilisant des gestes naturels et innocents. On utilise les acquis de la procréation assistée pour créer des familles contre nature avec deux pères ou deux mères voire une communauté, combinaisons dont on sait qu'elles ne peuvent pas aboutir à un développement harmonieux de l'enfant. On manipulerait bien l'ordonnancement biologique pour nettoyer la machinerie génétique dans un sens ou un autre, elle qui se chargeait jusqu'ici de le faire elle-même pour le bien de tous en éliminant les plus faibles avant qu'ils n'existent.

Déjà des généticiens nous annoncent que le chromosome Y, à force de rapetisser[1], pourrait à terme disparaître et avec lui les hommes. Le *sex ratio* tendant vers 0, il ne naîtrait plus progressivement que des individus du sexe féminin. Nul doute que d'ici là, avec le stock immense d'embryons congelés que nous aurons constitué, les femmes mathématiquement dominantes pérenniseront le genre masculin, car à quoi leur serviraient alors les merveilleux outils de séduction que l'évolution a sélectionnés ?

Au-delà des progrès mirobolants prévisibles et des craintes qu'ils font naître, demeure le respect du nécessaire équilibre de la nature. La médecine de ce dernier quart de siècle a délivré l'homme de ses craintes ancestrales. L'impuissance n'est plus. Les destins individuels sont ainsi optimisés. On peut désormais aimer et concevoir à sa guise aussi longtemps que choix de vie et potentiel génétique nous y autorisent. Comment les hommes gèreront-ils cette aptitude nouvelle ? Dans une errance sentimentale sans fin ou dans le retour à la pureté originelle du paradis perdu ?

1. *La Chute d'Adam*, *op. cit.*

Annexes

GLOSSAIRE

ADN : initiales de *acide désoxyribonucléique,* constituant essentiel du matériel génétique.

Adénome : tumeur toujours bénigne.

Adrénaline : hormone fabriquée par la glande surrénale. Elle régule l'organisme dans les situations extrêmes vécues, en particulier dans les situations stressantes.

Agénésie : défaut de développement embryologique amenant l'absence totale d'un organe.

Albuginée : enveloppe blanchâtre tendineuse entourant les corps caverneux et donnant au pénis sa rigidité.

Androïde : forme et aspect masculins.

Andropause : littéralement, équivalent féminin de la ménopause. En fait, ensemble des manifestations physiologiques qui seraient concomitantes de la baisse progressive du taux de testostérone sanguine liée au vieillissement.

Angiotensine : ensemble de substances sécrétées par divers organes, en particulier le rein, impliquées dans le contrôle de la tension artérielle.

Antiséminal : qualifie des substances luttant contre la qualité du sperme par voie sanguine.

Artères : conduit destiné au transport du sang oxygéné distribué à partir du ventricule gauche du cœur.

Artères caverneuses : artères principales des corps caverneux.

Artères hélicines : branches des artères caverneuses assurant le remplissage sanguin du pénis.

Artérialisation : technique chirurgicale consistant à brancher une artère sur une veine afin d'y exercer une contrepression permanente.

Athérome : épaississement de la paroi artérielle dû à l'interaction de l'excès de cholestérol, de la cigarette, du stress et d'autres facteurs de risque vasculaire. En évoluant, l'athérome crée des obstructions des artères. Au niveau du cœur, il est responsable de la plupart des infarctus.

Auto-immune : se dit d'une affection au cours de laquelle un sujet se sensibilise négativement à une fonction ou à un organe qui en est dépendant.

Axillaire : appartenant au creux de l'aisselle. La pilosité axillaire désigne les poils sous les bras.

Bêtabloqueurs : médicaments agissant sur les récepteurs bêta du système sympathique. Ils sont utilisés dans l'hypertension artérielle et dans la prévention de l'infarctus du myocarde.

Bilharziose : maladie parasitaire endémique en Afrique, provoquant principalement des lésions de l'appareil urinaire et génital.

BMC : initiales de bordel militaire de campagne.

Canal déférent : conduit chargé du transport des spermatozoïdes depuis l'épididyme jusqu'à la vésicule séminale.

Cantharide : mouche commune du bassin méditerranéen contenant un puissant aphrodisiaque, la cantharidine capable de déclencher l'érection.

Caryotype : désigne la constitution chromosomique d'une espèce. Le caryotype humain est constitué de 48 chromosomes.

Cavernographie : technique radiologique visant à opacifier les corps caverneux du pénis. Se pratique sur la verge mise en érection.

Chromatine : partie du noyau des cellules contenant les chromosomes.

Circoncision : opération consistant en la suppression du prépuce.

Corps caverneux : portion principale de la verge faite de deux portions accolées en canon de fusil à deux coups, principaux responsables de l'érection.

Corps spongieux : partie de la verge entourant l'urètre. Il se gonfle à la partie distale pour former le gland.

DHEA : abréviation de *déhydroépiandrostérone*. Hormone d'origine surrénalienne, qui aurait un rôle encore discuté dans la stimulation de l'appétit sexuel.

DHT : abréviation de *déhydrotestostérone*. Dérivé de la testostérone agissant sur des récepteurs situés dans les organes périphériques comme la prostate, la peau, le tissu nerveux.

Détumescence : c'est, au niveau de la verge, l'ensemble des événements physiologiques suivant l'éjaculation et amenant l'organe à la flaccidité.

Dialyse : technique médicale consistant à épurer le sang d'un excès de déchets, comme par exemple l'urée chez les insuffisants rénaux.

Dilatation : technique radiologique et chirurgicale par laquelle, à l'aide d'un ballonnet, on dilate une artère rétrécie.

Doppler : se dit communément de tout examen des vaisseaux ou du cœur utilisant les ultrasons pour mesurer les vitesses sanguines sur la base de l'effet Doppler, du nom du physicien autrichien du XIXe siècle.

DSS : initiales de *dosage sensitive sex reversal.* Gène présent sur le chromosome X et capable d'induire le développement des organes génitaux féminins. Il jouerait également un rôle dans le développement harmonieux du sexe mâle.

Duplication : en embryologie, dédoublement d'un organe.

Échographie : imagerie médicale utilisant les propriétés des ultrasons pour réaliser par voie externe non invasive des images des organes ou vaisseaux du corps.

Ectopie : se dit d'un organe qui n'est pas à sa place habituelle dans le corps. Par exemple, un testicule absent de son sac scrotal.

Électroéjaculation : technique instrumentale consistant en la stimulation transrectale de l'éjaculation par un courant électrique.

Endocrine : se dit d'une glande dont la production se déverse dans le système sanguin (c'est le cas de la plupart des hormones).

Endorphines : substances chimiques dont la structure est proche de celle de la morphine, synthétisées au niveau du cerveau, et donnant la sensation du plaisir.

Énurésie : émission involontaire d'urine d'un enfant qui continue à faire pipi au lit au-delà de trois ans.

Épididyme : organe situé dans le scrotum, au-dessus du testicule, et continué par le canal déférent.

Épisiotomie : intervention sectionnant les muscles périnéaux lors d'un accouchement difficile.

Érection artificielle : technique employée par les spécialistes pour provoquer une érection par injection dans le pénis de sérum physiologique, à l'aide d'une pompe permettant le calcul des débits d'obtention et de maintien de l'érection.

Érection nocturne : qualifie les érections survenant la nuit, de façon automatique, sans stimulation sexuelle.

Ésérine : substance agissant sur les récepteurs à dopamine, destinée à stimuler l'éjaculation chez les paraplégiques.

Exocrine : se dit d'une glande dont la production se déverse à l'extérieur du système sanguin, dans le tube digestif (la bile), ou hors de l'organisme (la sueur, le sperme).

Farinelli : l'un des plus célèbres castrats italiens. On appelait ainsi les chanteurs castrés avant la puberté pour qu'ils conservent leur coloration vocale de soprano. La tradition s'est perpétuée à la chapelle Sixtine jusqu'en 1902.

FSH : abréviation de *folliculo stimulin hormon.* Chez l'homme, cette hormone, fabriquée par l'hypophyse, stimule la production des spermatozoïdes par le testicule.

Gaussien : critère de rigueur des données statistiques, qui se réfère à la distribution statistique obligatoire d'un phénomène, quel qu'il soit, dans une population.

Génotype : ensemble des facteurs génétiques responsables du phénotype.

Glycémie : niveau du sucre dans le sang. Son taux est fixé à un gramme par litre. Trop faible, on parle d'hypoglycémie, trop élevé, on parle d'hyperglycémie, comme c'est le cas dans le diabète.

Gonorrhée : infection à gonocoques, la plus fréquente des M.S.T.

Guillery : vieux français signifiant pénis.

HAM : initiales de *hormone antimullérienne.* Elle est chargée de résorber l'ébauche féminine restante quand l'embryon mâle se développe.

Hermaphrodisme : se dit d'un être ayant des organes reproducteurs masculins et féminins.

Hypogonadisme : ensemble des manifestations liées à la production insuffisante de testostérone.

Hypospadias (hypospade) : anomalie d'abouchement de l'urètre.

ICSI : initiales de *intracytoplasmic spermatozoïd injection.* Technique récente de fécondation in vitro extrême car pouvant utiliser des spermes de qualité médiocre.

Implants péniens : terme médical (mieux approprié que celui de prothèse) qualifiant l'appareillage soit semi-rigide soit hydraulique, placé dans les corps caverneux pour pallier une impuissance définitive.

Infertilité, infertile : impossibilité pour un couple de concevoir naturellement un enfant.

Intumescence ou tumescence : se dit de la verge lorsqu'elle s'emplit de sang mais n'a pas encore atteint la rigidité.

LDL : initiales de *low density lipoproteins*, fraction du cholestérol considéré comme nuisible lorsqu'il est en excès dans le sang.

Leucoplasie : en dermatologie, plaque blanchâtre.

LH : abréviation de *luteinizing hormon*. Hormone fabriquée par l'hypophyse et modulant la production de la testostérone par le testicule.

LH RH ou lullubérine : hormone fabriquée dans l'hypothalamus et chargée de réguler la production de la LH.

Libido : qualifie dans le vocabulaire psychanalytique l'énergie psychique. Confondu par tous avec l'appétit sexuel et, par extension, avec ce qui touche au sexuel en général.

Limbique : s'applique au système limbique, structure cérébrale liée au contrôle des émotions.

Lucy : nom donné par l'anthropologue Lakey au premier squellette de protohominidé découvert au nord du Kenya, dans la région connue pour être le berceau de l'humanité.

Méiose : division cellulaire particulière partageant le patrimoine génétique en deux parties.

Microangiopathie : lésion des artères terminales et des capillaires.

Micropénis : se dit d'un pénis adulte mesurant moins de 5,5 cm de long à l'état flaccide et moins de 8 cm en érection.

Microphallus : même situation que le précédent, mais l'anomalie est associée à d'autres aberrations congénitales.

Myéline : composant principal de la moelle épinière.

Neurotransmetteur : substance chimique sécrétée à l'extrémité des fibres nerveuses et transmettant un ordre physiologique à un récepteur situé sur l'organe cible.

Noradrénaline : équivalent chimique de l'adrénaline fabriquée à l'extrémité des fibres nerveuses du système sympathique et provoquant la contraction des fibres musculaires lisses des vaisseaux sanguins ou des viscères.

Olisbos : version grecque du godemiché.

Onanisme : terme médical ancien qualifiant l'habitude de masturbation.

Ovocyte : cellule germinale primitive fabriquée par l'ovaire et déversée dans la trompe utérine pour y être éventuellement fécondée par un spermatozoïde.

Ovulation : moment du cycle où l'ovaire émet l'ovocyte, se situant en moyenne au 14e jour.

Pandémie : épidémie évoluant à l'échelon mondial.

Papavérine : substance extraite du pavot (par le chimiste allemand Hofmann au XIXe siècle) ayant la capacité de dilater les vaisseaux sanguins par relâchement de la musculature lisse qui compose leurs parois. La verge étant également pourvue de muscle lisse, la papavérine y produit un puissant effet érectile.

PCR : initiales de *polymerase chain reaction.* Technique de biologie moléculaire permettant d'accélérer l'étude des phénomènes liés à l'expression des gènes.

Phallus : qualifie en général le pénis en érection. L'adjectif *phallique* qualifie tout ce qui touche de façon métaphorique à l'érection.

Phénotype : caractérise les propriétés visibles du corps humain, par exemple la coloration des cheveux, l'aspect physique, etc.

Phérormones : odeurs déterminant l'attirance sexuelle dans le règne animal.

Phimosis : affection du prépuce rétréci de telle façon que le gland ne peut ressortir aisément de sa gaine cutanée.

Plexus : amas de fibres nerveuses renflées constituant des relais entre les organes et la moelle épinière.

Pontage : intervention chirurgicale par laquelle, à l'aide d'un matériau vivant ou artificiel, on court-circuite un segment de vaisseau sanguin obstrué pour rétablir l'irrigation sanguine.

Prépuce : partie de la peau recouvrant le gland lorsque la verge est flaccide et coulissant lorsque la verge devient rigide, découvrant ainsi le gland.

Prostaglandines : famille de substances secrétées par l'organisme et ayant une activité variable mais puissante sur les vaisseaux sanguins et la musculature lisse de nos organes. Les unes provoquent des contractions et sont à l'origine de médicaments utilisés en gynécologie-obstétrique, les autres, comme la prostaglandine PGE_1, sont dilatatrices et utilisées pour provoquer l'érection.

Prostatectomie totale : ablation totale de la prostate, effectuée en cas de cancer localisé.

PSA : initiales de *prostatic specific antigen.* C'est une protéine produite par la prostate, qui constitue un marqueur biologique témoin d'un hyperfonctionnement de la prostate. Un taux élevé de PSA nécessite un dépistage du cancer de la prostate.

Reptilien : adjectif s'appliquant à ce qui vient du cerveau initial, celui du comportement instinctif.

Safe sex : expression anglo-saxonne qualifiant l'ensemble des méthodes permettant une activité sexuelle sans risque.

Sclérose latérale amyotrophique : maladie neurologique d'origine génétique atteignant la moelle épinière, relative aux muscles moteurs.

Scrotal : qualifie ce qui appartient au scrotum.

Scrotum : poche à la peau plissée contenant les deux testicules.

Sommeil paradoxal : caractérise les périodes de sommeil agité de mouvements non coordonnés et d'une activité psychique intense (rêves). C'est lors de ces périodes que surviennent les érections nocturnes.

Spermatozoïde : cellule reproductrice mâle achevée.

Spermicide : qualifie un produit qui détruit les spermatozoïdes in situ, lors de l'acte sexuel.

Spermiogenèse : série de transformations subies par la cellule souche donnant au spermatozoïde son aspect définitif.

SRY : initiales de *sex determination region of the chromosome Y.* C'est le gène déterminant la transformation de l'ébauche sexuelle embryonnaire initiale en testicule.

SSV : initiales de *stimulation sexuelle visuelle.* Technique d'examen consistant en la projection d'images pornographiques pendant que des mesures des paramètres physiologiques sont effectuées sur les organes génitaux.

Test pharmacologique : examen médical du pénis après injection d'un médicament provoquant un début d'érection.

Triglycérides : fraction des graisses sanguines liée au métabolisme des sucres en excès qui peuvent augmenter anormalement leur taux.

Veine : conduit sanguin ramenant le sang chargé des déchets tissulaires et de gaz carbonique vers le cœur et les poumons pour le réoxygéner.

Veine dorsale de la verge : veine principale du pénis. Lors de l'érection la circulation s'y interrompt totalement.

Veru montanum : partie de l'urètre enfouie sous la prostate qui voit déboucher les canaux éjaculateurs et les sécrétions prostatiques. C'est là que s'accumule le sperme, lors de l'acte sexuel, avant d'être éjaculé.

Vésicules séminales : situées à la face postérieure de la prostate, ce sont de petites glandes chargées de recueillir les spermatozoïdes entre les éjaculations.

BIBLIOGRAPHIE

Ouvrages

Aizid I.-H. et Sakti D., *The Penis,* Lea and Febiger, 1993.

Alberoni F., *Le Choc amoureux,* Ramsay, coll. Pocket, 1987.

Alberoni F., *L'Érotisme,* Ramsay, coll. Pocket, 1989.

Aron C., *La Bisexualité et l'Ordre de la nature,* Odile Jacob, 1996.

Badinter E., *XY, de l'identité masculine*, Odile Jacob, 1991.

Barry J., *Bonne nuit Œdipe,* Le Seuil, 1993.

Bataille G., *L'Érotisme,* Les Éditions de Minuit, 1957.

Beck-Ardilly L., *Devenir à cinq ans des indices d'activité et de satisfaction dans une population d'impuissants traités et non traités*, mémoire de D.E.S. d'andrologie, Paris, 1995.

Bennett A.-H., *Impotence,* W. Saunders, 1994.

Bettelheim B., *Les Enfants du rêve,* Robert Laffont, 1971.

Bishop C., *Le Sexe et le sacré*, Albin Michel, 1997.

Biologie du comportement, Ophrys, 1984.

Bonnard M., *Sexualité masculine, grandeur et défaillances*, Ellipses, coll. « Vivre et comprendre », 1996.

Bourre J.-M., *La Diététique de la performance, intelligence, mémoire, sexualité,* Odile Jacob, 1995.

Branlard J.-P., *Le Sexe et l'État des personnes,* LGDJ, 1993.

Breney P., *L'Amour*, PUF, Coll. « Que sais-je ? ».

Brenot P.-H., *Impuissance masculine, perspectives historiques,* L'Esprit du temps, 1994.

Cazals A., *Prostitution et proxénétisme en Europe,* La Documentation française, 1995.

Céline L.-F., *Voyage au bout de la nuit,* Gallimard.
Changeux J.-P., *Raison et plaisir,* Odile Jacob, 1994.
Chauvin R., *Biologie de l'esprit,* Éd. du Rocher, 1990.
Colette, *Le Blé en herbe*, Flammarion, 1969.
Crick F., *L'Hypothèse stupéfiante. À la recherche scientifique de l'âme,* Plon, 1994.
Cyrulnik B., *Les Nourritures affectives*, Odile Jacob, 1993.
Cyrulnik B., *Sous le signe du lien,* Hachette, coll. « Pluriel », 1989.
Damasio A. R., *L'Erreur de Descartes,* Odile Jacob, 1995.
Daniélou A., *Le Phallus,* Pardès, 1993.
Danzer R., *L'Illusion psychosomatique*, Odile Jacob, 1989.
Darmon P., *Le Mythe de la procréation à l'âge baroque*, Le Seuil, 1981.
Darmon P., *Le Tribunal de l'impuissance*, Le Seuil, 1979.
Debray-Ritzen P., in *Petite Histoire de la sexualité infantile expurgée de ses jobardises,* P.-M. Favre, 1982.
Duché D.-J., *Histoire de l'onanisme,* PUF, coll. « Que sais-je ? », 1994.
Dumas D., *La Sexualité masculine,* Albin Michel, 1990.
Ellis H., *Études de psychologie sexuelle*, Le Mercure de France, coll. « Le Cercle du livre précieux », 1964.
Fisher H., *La Stratégie du sexe*, Calmann Lévy, 1983.
Fisher H., *Histoire naturelle de l'amour,* Robert Laffont, 1994.
Flandrin J.-L., *Les Amours paysannes (XVIe-XIXe siècle),* Gallimard/Julliard, coll. « Folio histoire », 1993.
Flandrin J.-L., *Le Sexe et l'Occident,* Le Seuil, coll. « Points Histoire », 1981.
Flaubert G., *Correspondance,* t. I et t. II, Gallimard, coll. « La Pléiade », 1991.
Foucault M., *Histoire de la sexualité,* Gallimard, 1976.
Friedler J., *Psychanalyse et neurosciences,* PUF, 1995.
Freud S., *Un souvenir d'enfant de Léonard de Vinci,* Gallimard, coll. « Idées », 1987.
Freud S., *Essais de psychanalyse,* Payot, 1966.
Freud S., *Totem et tabou,* Payot, 1965.
Freud S., *Trois Essais sur la théorie sexuelle,* Gallimard, coll. « Idées », 1987.
Freud S., *La Vie sexuelle,* PUF, 1969.
Gabel M., Lebovici S., Mazet P., *Le Traumatisme de l'inceste,* P.U.F. 1995.
Gauthier C., *Comment parler de sexe avec vos enfants,* M. A. éd, 1990.
Gary R., *Au-delà de cette limite, votre ticket n'est plus valable*, Gallimard, 1975.

Gray P., *Freud, a life of our time,* Doubleday, 1989.

Gide A., *Si le grain ne meurt,* Gallimard, 1976.

Givens D.-B., *Love Signals : How to attract a mate,* New York, Crown, 1983.

Glucksman A., *La Fêlure du monde,* Flammarion, 1994.

Godeau P., Piette J.-Ch., Herson S.,*Traité de médecine,* Flammarion, (2e édition), 1981.

Grmek M., *Histoire du sida*, Payot, (réédition) 1995.

Grmek M., *Les Maladies à l'aube de la civilisation occidentale*, Payot, 1994.

Gros F., *Regard sur la biologie contemporaine*, Gallimard, Folio, 1993.

Héritier F., *Les Deux Sœurs et leur mère*, Odile Jacob, 1994.

Héritier F., Cyrulnik B., Naoum A., *De l'inceste*, Odile Jacob, 1994.

Humeau C. et Arnal F., *Les Médecines de procréation*, Odile Jacob, 1994.

Jacob F., *Le Jeu des possibles,* Fayard, 1981.

Jung C. G., *Métamorphoses et symboles de la libido,* Montaigne, 1924.

Kallman F.-J., *Heredity in Health and Mental Disorder*, New York, Nort, 1953.

Kaplan H., Wagner G., *The New Treatment of Erectile Dysfonction*, Grüne, 1995.

Keesling B., *Comment faire l'amour toute la nuit*, Albin Michel, 1996.

Kelen J., *L'Éternel Masculin, traité de chevalerie à l'usage des hommes d'aujourd'hui,* Robert Laffont, 1994.

Kenney, *Physiology of aging*, 2e éd., Year Book, 1989.

Kinsey A. C., Pomeroy W. B., Martin C. E., *Le Comportement sexuel de l'homme,* Éditions du Pavois, 1948.

Kinsey A., Pomeroy W. B., Martin C. E., Gebhard P. H., *Le Comportement sexuel de la femme*, « Toute la ville en parle », Amiot & Dumont, 1954.

Laborit H., *Les Bases biologiques des comportements sociaux,* Fides, 1994.

Laborit H., *La Légende des comportements,* Flammarion, 1994.

Lacan J., *Écrits,* Le Seuil, 1966.

Langaney A., *Le Sexe et l'innovation,* Le Seuil, 1973.

Lechtenberg R., Dana A., OHL, *Sexual Dysfunction*, Lea and Febiger, 1994.

Le Camus J., *Pères et bébés,* L'Harmattan, 1995.

Lewin B., *Gènes*, Flammarion, coll. « Médecine-Sciences », 1988.

Lewisohn, *Histoire de la vie sexuelle*, Payot, 1957.

Liscano J., *Mitos de la sexualidad en Oriente y Occidente,* Alfadil, 1991.

Lorenz K., *L'Année de l'oie cendrée,* réédition, Stock, 1991.

Mac Lean P., *Les Trois Cerveaux de l'homme*, Robert Laffont, 1990.

Mahoudeau J., « Ambiguïtés sexuelles », in P. Godeau, *Traité de médecine*, Flammarion, 1996.

Malinowski B., *La Sexualité et sa répression dans les sociétés primitives*, Payot, 1990.

Masters W., Johnson V., *Human Sexual Response*, Grün et Stratton, 1966.

Masters W., Johnson V., *Les Mésententes sexuelles et leur traitement*, Robert Laffont, 1972.

Money J., *Love maps : Clinical concepts of sexual/erotic healthy and pathology, paraphilia and gender transposition*, New York, Irvington Publishers, 1986.

Morris D., *Le Singe nu,* Grasset, 1968.

Morris D., *Le Couple nu,* Grasset, 1972.

Mulhern S., « Les Aléas de la thérapie des réminiscences : les troubles de la personnalité multiple », in *Le Traumatisme de l'inceste*, P.U.F., 1995.

Onfray M., *L'Art de jouir,* Grasset, coll. « Figures », 1991.

Oraison M., *La Question homosexuelle*, Le Seuil, coll. « Points », 1975.

Paglia C., *Sexual Personae, art and decadence from Nefertiti to Emily Dickinson*, First Vintage Books, 1991.

Pavese C., *Le Métier de vivre*, Gallimard, 1977.

Perper T., *Sex Signals, The biology of love*, Philadelphie, IV Press, 1985.

Pettiti L.-E., *Les Transsexuels*, PUF, coll. « Que sais-je ? », 1992.

Platon, *Le Banquet,* Garnier,

Proust M., *À la recherche du temps perdu,* Gallimard, coll. « La Pléiade », 1989.

Proust M., *Contre Sainte-Beuve*, Gallimard, 1954.

Pryor J., Howards S., « Varicocele » in *Contemporary Management of Impotence and Infertility*, William and Wilkins, 1988.

Rachewitz (de) B., *Éros noir, mœurs sexuelles de l'Afrique noire, de la préhistoire à nos jours*, Le Terrain vague, 1993.

Radiguet R., *Le Diable au corps*, Gallimard, 1982.

Reinisch J. et Beasley R., *L'Amour, le désir, le corps*, Robert Laffont, 1993.

Sade, *Œuvres complètes*, Gallimard, coll. « La Pléiade », 1995.

Sartre J.-P., *L'Être et le Néant*, Gallimard, 1987.
Sartre J.-P., *Les Mots*, Gallimard, 1987.
Segalen M., *Sociologie de la famille,* Armand Colin, 1993.
Shorter E., *The Making of the Modern Family.*, Basic Books Inc., 1975.
Sontag S., *La Maladie comme métaphore. Le sida et ses métaphores,* Christian Bourgeois, 1993.
Soupault R., *Marcel Proust, du côté de la médecine*, Plon, 1967.
Soutoul J.-H. et Chevrat-Breton O., *Les Agressions sexuelles de l'adulte et du mineur,* Ellipses, 1994.
Spira A., Bajos N., *Les Comportements sexuels en France*, La Documentation française, 1995.
Stekel W., *L'Homme impuissant,* Gallimard, coll. « Psychologie », 1972.
Stendhal, *De l'amour*, Garnier,
Sulloway F.-J., *Freud biologiste de l'esprit*, Fayard, 1981.
Szasz T., *Karl Kraus et les docteurs de l'âme*, Hachette, 1985.
Tanagho E. A., Lue T. F., McClure R. D., *Contemporary Management of Impotence and Infertility*, Williams and Wilkins, 1988.
Testart J., *Le Désir du gène,* François Bourin, 1992.
Texier J., *Le Sperme,* PUF, coll. « Que sais-je », 1993.
Tomasini E., *Les Aphrodisiaques naturels, guide pratique*, De Vecchi, 1993.
Tomasi di Lampedusa G., *Le Guépard,* Le Seuil, 1996.
Valéry P., *Cahiers*, t. II, Gallimard, coll. « La Pléiade », 1974.
Verlaine P., *Poèmes érotiques*, in *Œuvre poétique complète*, Gallimard, coll. « La Pléiade », 1962.
Vilain E., *L'Inutile Adam,* Médialogue, 1996.
Vincent J.-D., *Biologie des passions*, Odile Jacob, 1994.
Vincent J.-D., *La Chair et le Diable,* Odile Jacob, 1996.
Virag R., *L'homme qui marche,* La Table Ronde, 1990.
Virag R., *Papavérine et Impuissance : la voie pharmacologique,* Éd. du CERI, 1985.
Zeldin T., *Les Françaises et l'histoire de l'humanité*, Fayard, 1994.
Zwang G., *Abrégé de sexologie,* Masson, 1990.
Zwang G., *Éthologie humaine,* Simep, 1988.
Zwang G., *La Fonction érotique,* Robert Laffont, 1980.
Zwang G., *Histoire des peines de sexe*, Maloine, 1994.
Zwang G., *La Statue de Freud,* Robert Laffont, 1985.

Articles

« Aging Men », *Magazine Newsweek*, oct. 1996.
Bagatelle C. J. and Bremner W. J., « Drug therapy : Androgens in men : uses and abuses », *New England Journal of Medicine*, 334, 1996, n° 11, p. 704-707.
Benson M. D., Torpy E. J., *Obstet. and Gynec.*, 85, 1995, p. 279-284.
Berjau L., Mieusset R., « Contraception masculine par hyperthermie », *Contraception, Fertilité, Sexualité,* 1995, vol. 23, p. 611-614.
Bexer C., Gonzales Mariscal G., « Effects of sex steroid on sensory and motor spinal mechanisms », *Psychoneuroendicronology,* 1994, vol. 19, p. 517-527.
Bhasin S., « The effects of supraphysiologic doses of testosterone on muscle size and strength in normal men », *NEJM*, 335, n° 1, 1996.
Blanchard R. et Coléuis P., *J. Nerv. and Mental Disease*, 1993, n° 181, p. 570-571.
Bouchard J. T., « Genes environment and personality », *Science*, 1994, vol. 264, p. 1700-01.
Conti G., Virag R., *Urol. Int.,* 1989, n° 44, p. 303-317.
Cuche H., « Le psychiatre et l'impuissance », *La Revue de médecine interne*, 1997.
Devroey P., *Le Quotidien du médecin*, n° 5705.
Hendry W. F., *Br. J. Urol.*, 1994, p. 337-344.
Hutchinson K. H., « Androgens and sexuality », *The American Journal of Medecine*, 1995, 98 IIIS.
Jegou B., « Les hommes deviennent-ils moins fertiles ? », *La Recherche*, 288, juin 1996, p. 60-65.
Johnson A. M., *NEJM,* 131, 1996, n° 6, p. 391.
Jouannet P., « Decline of semen quality among fertile men in Paris during the past twenty years », *NEJM*, février 1995.
Journal of Urology, 1996, n° 154, p. 1148-1152.
Kalfka M.-P., « Current concepts in the drug treatment of paraphilia and paraphilia related disorders », *CNS Drugs*, 1995.
Kimura D., « Le sexe du cerveau », *Pour la science,* nov. 1992, p. 98.
The Lancet, 18 mars 1989, n° 8638, p. 598-599.
« Massachusetts Male Aging Study (MMAS) », *Journal of Clinic Endoc. Metab.*, 71, 1990, p. 1442.

Muller et coll., *JAMA*, vol. 275, n° 18, p. 1405-1447.

Nagler H. M., deVere White R., « The effect of testicular torsion on the controlateral testis », *J. Urol.*, 1982, n° 128, p. 1343-1348.

Nature Genetics, 1995, vol. II, p. 248.

Nau J.-Y., « Naît-on homosexuel ? », *Univers Santé,* déc. 95, n° 3.

Pediatrics, 1993-94, p. 966-973.

Prisant L. M., Carr A. A., Bottini P. B. et coll., « Sexual dysfonction with antihypertensive drugs », *Arch. Int. Med.*, 1994, 154, p. 730-736.

Le Quotidien du médecin, analyse d'un article de la revue *Nature*, 2 nov. 1995.

Le Quotidien du médecin, 1995, n° 5726.

Resnick M. D., Blum R. W., *Pediatrics*, 1994, n° 94, p. 909-13.

Sanborn D., « One man's AIDS tacle », *Wall Street Journal*, 8 nov. 1996.

Shah K., *Journal of the National Cancer Institute*, 1996, p. 718.

Testart J., « Pénétrer l'ovule, pourquoi pas ? » *Le Quotidien du médecin,* 1995, n° 5726.

Udry J. R., Billy J. O. G., Morris N. M., « Serum androgenic hormones motivate sexual behaviour in adolescent boys », *Fertil. Sexual*, 1985, p. 4390.

« Ultrasonic testicular texture and size in 444 men from the general population : correlation to semen quality », *Eur. Urol.*, 1993, 24 (2), p. 231-238.

Vermeulen A., *Le Quotidien du médecin*, 6 mars 1996.

Viel (de) E., *Le Quotidien du médecin*, 13 mars 1996.

Vincenzi (de) I., « A longitudinal study of HIV transmission by heterosexual partners », *NEJM,* août 1994, vol. 331, p. 341-346.

Virag R., Bouilly P., in *Proceeding of the 1st World Meeting on impotence*, Paris, Éd. du CERI, 1986.

Wilcox A. J., Weinberg C. R., David D. D., « Timing of sexual intercourse in relation to ovulation », *NEJM*, 7 décembre 1995, t. 333, p. 1517-1520.

INDEX

REMERCIEMENTS

Mes remerciements vont avant tout à mes patients. L'écoute quotidienne de leurs plaintes, mais aussi leurs encouragements incessants comme leur bonheur retrouvé ont constitué un aiguillon constant de mon travail. Ils sont la matière de ce livre.

Ils vont aussi à mes collègues et à mes élèves, et tout spécialement à Henri Cuche, psychiatre, et Hélène Sussman, angéiologue, dont les conseils et critiques ont enrichi le manuscrit.

L'équipe éditoriale a été un stimulant permanent, tout spécialement Mathilde Nobécourt qui a porté ce livre avec moi, Laure Paoli qui l'a défendu et Emmanuelle Héaume qui l'a patiemment et impitoyablement corrigé. Un grand merci également à Richard Ducousset qui m'a donné le temps et les moyens de le réaliser. J'espère que son ambition qu'il devienne un ouvrage de référence se réalisera.

Fred Weil et ma fille Vanessa ont brillamment mis en valeur les images que mon pauvre talent pictural aurait eu bien du mal à exprimer sans eux. Véronique et Sylvie, mes fidèles collaboratrices, ont souffert en silence pendant plus de trois ans devant leur traitement de texte, avec l'aide de Jean-Marc Venet. Que tous reçoivent mon affectueux merci.

Je ne mentionnerai par discrétion que les prénoms des amis dont les conseils et commentaires m'ont éclairé : merci à Frédéric, François, Georges, Jérome, Francis, Jean-Paul, Jean-Claude, Daniel…

Cet ouvrage a été composé par I.G.S. - Charente Photogravure

Dépôt légal éditeur : 55411-04/2005
édition 01
Librairie Générale Française - 31, rue de Fleurus - 75278 Paris Cedex 06
ISBN : 2-253-13045-1

Imprimé en Italie par « La Tipografica varese S.p.A » - Varese

30/1775/3